KB154493

공녀고 나발이고
집에 간다고

FEEL PREMIUM
EDITION

— I —

공녀고 나발이고 집에 간다고

❧ 단디 장편 소설 ❧

Contents

Chapter.1

로또에 당첨되기 이틀 전이었다.

무서운 꿈을 꾸었느냐.

아닙니다.

슬픈 꿈을 꾸었느냐.

아닙니다. 찐만두가 되는 꿈을 꾸었습니다.

그런데 왜 그리 슬피 우느냐.

지윤은 흐르는 눈물을 닦아 내며 말했습니다.

차라리 찐만두가 되는 게 낫기 때문입니다. 회사에 가는 것보다는요. 제기랄.

월요일이 되어 (가)족같은 회사에 출근하는 지윤은 찜통 같은 지하철 안에서 속으로 이를 갈았다.

아니, 잠깐만. 이 정도 날씨면 사람 죽여도 정당방위로 인정해 줘야 되는 거 아닌가. 찐만두가 나인지 내가 찐만두인지 모를 정도로 익어 가고 있잖아,

지금.

아니면 우리나라 날씨가 혹시 나를 담금질하는 중인가. 여름에는 불 속에, 겨울에는 찬물에 번갈아 넣으면서 우리나라 사람들을 명검으로 만들려고 담금 질하고 있는 거냐고. 그렇다면 검이 되어 주는 게 인지상정 아닌가.

더위에 지쳐 헛소리가 머릿속에서 방언처럼 터져 나왔다.

그래도 회사엔 에어컨 틀어져 있겠지.

열차에서 내려 빠르게 지하철 계단을 올라가던 중 지윤은 주말에 샀던 로또 의 당첨 번호를 확인하지 않았단 걸 깨달았다.

"이거 되면 바로 회사 짼다. 진짜로 찢어 버릴 거야."

험악한 말을 뱉어 냈지만 지윤은 내심 알고 있었다. 어차피 로또에 당첨되지 않았을 거고, 오늘도 출근해야 한다는 걸.

야근 수당도 제대로 챙겨 주지 않는 사장과, 자기가 하는 말이 성희롱인 줄 도 모르고 계속 짖어 대는 대리와, 식비 영수증을 제출하면 '뭘 이렇게 많이 드 셨어요?' 라고 면박을 주는 사장 딸인 경리가 있는 그곳으로.

회사에 들어가기 직전 지윤은 휴대폰으로 로또 당첨 번호를 확인했다.

와, 몇 개 맞는 거 같아.

……어, 좀 많이 맞힌 거 같은데.

……아니, 다 맞는데?

어라?

아니, 잠깐만.

회사 앞에 우뚝 멈춰 서 있던 지윤은 종종걸음으로 구석으로 걸어가 다시 확 인했다.

금세 온몸이 땀에 흠뻑 젖어 들었다. 더워서 흐르는 뜨겁고 찝찝한 땀이 아 닌 차갑게 식어 버린 식은땀이 온몸에서 주르륵 흘러내렸다.

아래턱이 부들거리다 곧 몸 전체가 떨려 와 지윤은 입술을 앙다문 채 숨을 몇 번이나 들이마셨다가 천천히 내쉬었다. 애써 마음을 가라앉힌 뒤 다시 번호를 하나씩 대조했다. 그걸로도 모자라 큐알 코드로도 다시 확인했다.

분명한 1등이었다. 여섯 개의 숫자가 색색깔로 반짝였다.

누가 볼세라 지윤은 휴대폰과 당첨 용지를 급히 바지 주머니에 넣었다가 혹시 떨어뜨릴까 싶어 당첨 용지를 다시 꺼내 손에 꼭 쥐고 회사 문 앞으로 향했다.

퇴사하겠다는 말을 어떻게 해야 할지 고민되었지만 지윤은 문을 벌컥 열자마자 넘치는 감정을 주체하지 못하고 터뜨렸다.

"저 그만두겠습니다!"

하지만 그곳은 회사가 아니었다.

"그게 무슨 말이니, 솔레아."

"네?"

'걔가 누군데요.' 라고 되물으려 했지만 남자들의 눈은 정확히 이쪽을 향해 있었다.

긴 탁자의 상석에는 은발이지만 얼굴엔 주름이 거의 없는 미중년이 근엄한 자태로 앉아 있었고, 그의 양옆에는 허리를 꼿꼿하게 세운 젊은 남자 두 명이 고개만 살짝 문 쪽으로 돌린 채 앉아 있었다.

젊은 남자 둘 중 비교적 날카로운 인상을 가진 적갈색 머리칼의 회색 눈 남자가 먼저 입을 열었다.

"아프다고 누워 있을 땐 언제고 네 결혼 얘기를 나눈다니 튀어나와서 한다는 말이, 뭐? 그만두겠습니다? 이 결혼이 네 맘대로 결정할 수 있는 일인 거 같아?"

그러자 맞은편에 앉아 있는 차분한 인상의 분홍 머리가 인상을 찌푸렸다.

"그레이. 동생에게 그런 식으로 말하면 안 되지."

그래, 이 새끼야.

머릿속에서 욕설이 튀어 나간 건 둘째 치고, 이 상황이 이해가 가지 않았다.

분명히 회사의 문을 열었는데.

문에 붙어 있는 조악한 회사 이름도 분명히 봤다고.

"아니, 길을…… 길을 잘못 들었나 봐요. 죄송합니다."

멍한 표정이 되어선 더듬거리며 뒷걸음질을 치는 순간, 깨달았다. 운동화가 아니라 구두를 신고 있다는 걸.

고개를 아래로 숙이자 그제야 입고 있는 드레스가 눈에 들어왔다.

떨어지는 고개를 따라 흘러내린 붉은색의 머리카락도.

이게 뭐지. 꿈인가. 방금 저 아저씨가 나를 뭐라고 불렀더라.

지윤, 아니, 솔레아는 눈동자를 이리저리 굴리며 정찬실을 둘러보았다.

높은 천장엔 화려한 샹들리에가 매달려 반짝거리고 둥근 아치 모양의 창문으론 환한 햇빛이 들어왔다. 길게 뻗어 있는 하얀 대리석 식탁은 회사 사람들이 모두 몰려와 회식을 해도 될 만큼 넓었다. 바닥 역시 누가 닦았는지는 몰라도 먼지 한 톨 보이지 않을 정도로 광이 번쩍번쩍 났다.

휘둥그레 커진 눈으로 정찬실을 이곳저곳 살피는 솔레아를 안쓰럽게 바라보던 은발의 남자가 다정한 말투로 말했다.

"솔레아, 아직 몸이 좋지 않으면 돌아가도 좋다. 앤, 밖에 있으면 레아를 방으로 데려가라."

"예, 공작님."

문을 열고 들어온 검은 머리에 푸른 눈을 한 하녀가 솔레아의 팔을 조심스레 잡아 부축했다.

"가세요, 아가씨."

"아니, 그게, 어, 아, 저……."

혹시 내가 연 게 회사로 들어가는 문이 아니라 차원의 문이었나.

하필 로또 1등에 당첨된 이 시점에, 차원의 문을? 사춘기 시절 다른 세상으로 가고 싶다고 그렇게 빌 때는 안 되더니 다 포기한 지금?

솔레아는 멍청한 얼굴로 사람 두 명은 너끈히 굴러다닐 수 있을 법한 넓은 복도를 하녀가 이끄는 대로 걸었다.

"저기요."

"아가씨. 말씀 편히 하세요."

"한국말 어디서 배우셨어요?"

어딘지 모를 곳을 바라보며 읊조린 솔레아의 말에 눈을 동그랗게 떴던 앤이 울상을 지으며 답했다.

"무슨 말씀이세요. 아가씨, 저 앤이잖아요."

앤이라니. 내가 아는 앤은 빨간 머린데 당신은 검은 머리잖아요.

한국인이면 성씨와 본관을 말해 주세요. 김해 김씨야, 밀양 박씨야. 박앤. 김앤. 이것도 이상한데 아무튼 앤이라뇨, 나야말로 묻고 싶다. 대체 무슨 말씀이세요.

"혹시 촬영 중인데 제가 잘못 들어왔나요?"

"네?"

어리둥절한 목소리로 되물은 앤은 솔레아가 이상하다고 생각했는지 더 이상 말을 잇지 않고 그녀를 부축한 채 앞으로 걷기만 했다.

한참 걷자 방에 거의 도착한 듯 몇 명의 하녀들이 더 나타났다.

"아가씨, 아까는 정말 깜짝 놀랐어요. 갑자기 침대에서 벌떡 일어나시더니 정찬실로 뛰어가셔서요!"

"몸은 괜찮으세요? 계속 누워 계시다 오랜만에 일어나셨는데."

"의사를 부를까요?"

"깨어나신 김에 식사를 준비할까요? 간을 약하게 한 수프를 만들게요. 아가씨가 다시 잠들지 않으시면 30분 안에 갖다드릴 수 있어요."

"일단 물 한 잔 드세요. 아가씨."

누군가 내민 물잔을 얼떨결에 받아 든 솔레아는 물을 벌컥벌컥 마신 뒤 주변 사람들을 돌아보며 물었다.

"여기 어디예요? 솔레아는 또 뭐고요? 혹시 몰래카메라 중이면 말해 줘요. 재미없으니까."

솔레아의 말이 끝나자마자 방금 전 물잔을 건네준 하녀가 눈을 까뒤집으며 그대로 쓰러졌다.

흩어지는 숨 사이로 튀어나온 말은 '아이고, 아가씨. 기억을 잃으시다니.' 였다.

"세상에! 마르실라 님! 정신 차리세요!"

"아가씨! 마르실라 님이 쓰러지셨어요!"

"마르실라라니······. 어디 마씬데요? 작명소가 사대주의인가."

아직도 상황 파악이 되지 않아 어안이 벙벙하지만 일단 사람이 쓰러졌으니 옮기긴 해야 할 것 같았다.

아픈 사람을 보고 그냥 지나칠 수는 없으니.

솔레아는 바닥에 쓰러진 본관 모를 마씨 여성을 들쳐 업었다. 그러자 뒤에서 탄성이 터져 나왔다.

"꺅! 아가씨!"

"몸 상하시는데!"

깡마른 사람 하나 업은 걸로 왜 이렇게 유난이야. 그런데 평소보다 좀 힘든 것 같네.

"빈방이 어딘지 말해 줘야 사람을 눕히죠!"

팔에 힘이 빠져 하녀의 몸이 아래로 흘러내려 갔다. 마씨 여성을 고쳐 업은 솔레아는 일단 앤이 가리킨 옆방으로 들어가 침대에 그녀를 고이 눕혔다.

"이거 몰카면 말해 줘요. 근데 왜 다들 머리색이 총천연색이에요? 가발인가요? 눈은 또 왜 그래. 컬러 렌즈 꼈어요? 다들 이목구비가 너무 서양인 같은데. 아니, 근데 한국말이 너무 유창하잖아요. 혹시 내가 영어를 쓰고 있나. 헬로우, 두유 노 미."

영화 세트장인가. 아니면 내가 모르는 사이에 한국어가 전 세계 공용어가 된 건가.

솔레아가 하는 영문 모를 소리를 듣고 있던 하녀들의 얼굴이 새하얗게 질렸다.

"아가씨. 대체 왜 이러세요. 정말 무슨 일 있으신 건가요."

"안 되겠어요. 안젤라. 당장 의사를 불러와요."

하녀 몇 명이 의사를 부르기 위해 황급히 방을 빠져나가는 걸 본 솔레아는 얼굴을 찌푸리며 제 머리카락을 잡았다. 시뻘건 붉은색이었다.

"최면이라도 걸었는지 모르겠지만, 이런 장난 재미없다니끄, 아악!"

가발을 벗기 위해 뒷머리채를 한 움큼 잡아서 위로 휙 잡아당긴 순간 솔레아는 비명을 지르며 휘청거렸다.

"뭐야, 이거!"

공작가의 귀한 막내 아가씨가 제 머리채를 잡아 위로 쑥 들어 올리는 걸 목격한 사람들의 얼굴이 사색으로 변했다.

"아가씨의 오른손에 악령이 들렸어!"

"까아아아악!"

아, 잠깐만요. 흑염룡도 아니고 악령이라니.

누가 제발 이해 좀 시켜 줘요. 이거 뭔데. 뭐냐고. 차라리 내가 악령이면 그렇다고 말을 해 줘요.

그리고 자는 사람 머리를 탈색시킨 미용사 누구야, 나와.

의사가 검진을 하는 동안 하녀들은 솔레아의 옆에 서서 쓰러진 마르실라를 대신해 열심히 떠들었다.

"아가씨께서 전혀 기억을 못 하세요. 본인이 누구신지, 여기가 어딘지도요."

"그리고 악령이 들리신 것 같아요. 아까 악령 들린 저 오른손이 아가씨의 머리카락을 잡아서 휙 위로 올렸다고요."

그래서 손을 침대 헤드에 묶었니. 이 다정한 못된 것들.

의사는 사뭇 진지한 표정으로 솔레아에게 몇 가지를 물었다.

"성함을 말씀해 보십시오."

"……윤지윤이요. 앞으로 해도 윤지윤. 거꾸로 해도 윤지윤."

자기소개를 할 때면 '문지윤이요?', '윤지운이요?' 하고 되묻는 경우가 많아 '앞으로 해도 윤지윤. 거꾸로 해도 윤지윤입니다.' 라고 답하는 게 버릇이 되었다. 그래서 저도 모르게 평소처럼 말이 튀어나왔다.

솔레아의 대답에 의사는 더 심각해진 표정으로 그녀를 바라보며 다시 물었다.

"그럼 이곳이 어딘지는 기억하십니까?"

"……어디 세트장이길 바랐는데 분위기를 보니 그건 아닌 것 같네요."

의사는 가망이 없다는 듯 고개를 천천히 가로저었다.

아니, 누가 죽을 날 받아 놨냐고. 이보세요. 의사 선생님.

뭐라 한마디 하려던 순간 문이 벌컥 열렸다. 아까의 그 은발 미중년이었다.

"레아!"

뭐지, 저 걱정 가득한 눈빛과 화려한 이목구비는. 난 저런 은발 미중년을 꼬신 적이 없는데.

솔레아의 당황한 눈을 보자 더욱 하얗게 질린 남자는 떨리는 턱을 한 번 꾹 다문 뒤 입을 열었다.

"내가 누군지 알아보겠니."

"아니요."

그의 뒤로 정찬실에 같이 있었던 남자 둘도 따라 들어왔다.

"아버지, 평소처럼 그냥 쓰러진 걸 거라니까요."

회색 눈깔이 은발 미중년에게 투덜거리자 그 옆의 분홍이가 핀잔을 주듯 말을 가로챘다.

"넌 아픈 동생한테 말을 꼭 그렇게 해야겠어?"

"자기한테 관심이라도 달라는 듯이 큰일 있을 때마다 픽픽 쓰러지니까 그렇지."

분홍 머리는 그나마 얼굴만큼 싹수가 있어 보이는데 그레이인지, 그래, 이 새끼야인지 뭔지 하는 저놈은 예절 교육을 에어 드랍으로 받았나.

그사이 의사가 침통한 표정으로 공작이라는 자에게 아가씨가 기억 상실이라고 전했다. 그 순간 뭔가 굉장히 중요한 걸 잊고 있는 듯한 불길한 기분이 솔레아의 뒤통수를 강하게 내리쳤다.

뭐였지. 정말 소중한 걸 잊은 것 같아.

"악! 로또!"

오른손이 묶인 것도 잊은 채 솔레아는 방금 바다에서 건져 올린 참치처럼 펄떡였다.

"내 돈! 내 돈! 로또 어디 갔어! 그거 누가 주워 가면 어떡, 아, 쌍! 돈! 돈! 로또!"

갑자기 미쳐 날뛰기 시작한 솔레아를 본 의사는 진정하라며 소리쳤고, 하녀는 금방이라도 침대에서 뛰어 오를 것처럼 구는 솔레아의 몸을 직접 내리누르며 울음 섞인 목소리로 외쳤다.

"아가씨! 정신 차리세요!"

"돈! 아, 잠깐만! 타임! 내 돈! 17억! 집에 간다고! 가야 된다고! 악!"

집에 갈 거라고~

솔레아 아가씨의 괴성이 공작저를 뒤흔들었다.

❄ ❄ ❄

은발 미중년이 솔레아에게 다가가려 하는 순간 의사가 그를 가로막았다.

"공작님! 다가오시면 안 됩니다, 아가씨께서는 상태가 매우 안 좋으십니다!"

"대체 무슨 짓을 했길래 내 딸이 갑자기 발작을 해!"

"내 돈!"

공작이 의사를 붙잡고 말하는 도중에도 솔레아는 돈을 외치며 발로 이불을 걷어차고 있었다. 어지간한 고통이 아닌 것 같아 바라보는 이들의 가슴도 아플 지경이었다.

"일단 저 발작이라도 멈춰 주게!"

공작의 말이 끝나기 무섭게 분홍색 머리칼의 사내가 솔레아의 곁으로 다가섰다.

그러곤 발을 동동거리며 침대에서 벗어나려 날뛰는 솔레아의 머리 위로 손바닥을 가져가 펼치더니 알아들을 수 없는 주문을 작은 목소리로 읊조렸다. 그러자 순식간에 솔레아가 잠잠해지며 괴성이 잦아들었다.

방금 전까지만 해도 몸을 뒤틀며 날뛰던 솔레아가 피처럼 새빨간 머리카락을 침대 위에 넓게 퍼뜨린 채 미동도 없이 엎드려 누워 있자 그레이가 분홍이에게 달려들었다.

"헤이먼! 몸도 안 좋은 애를 갑자기 기절시키면 어떡해!"

"그냥 재운 거야. 아버지께서 발작을 멈춰 달라고 하셨으니까."

헤이먼은 조용히 공작의 눈치를 살폈다.

공작은 걱정스러운 눈으로 잠든 솔레아의 뒤통수를 한참 동안 보다가 의사와 아이들을 데리고 방을 빠져나갔다.

❄ ❄ ❄

자고 일어났지만 여전히 넓은 방 안이었다.

비좁은 원룸이 아니라 세 명은 너끈히 누워 잘 수 있는 넓은 침대와 큰 창, 걱정스러운 눈으로 자신을 지켜보는 하녀들이 있는 그곳.

솔레아는 허공을 보며 시름시름 앓았다.

"17억……. 개새끼들아……. 내 17억 어디로 갔냐고……. 아니, 내가 대체 어디로 온 거냐고요."

복권 당첨금의 세금 33%를 빼도 대략 17억 정도가 되는 큰돈이었다. 그 돈이면 빚도 충분히 갚을 수 있을 테고, 남은 돈으로 꽤 괜찮은 집을 한 채 살 수도 있을 것이다.

옆으로 돌아누운 솔레아가 땅이 꺼져라 한숨을 내쉬는 걸 본 앤이 조심스럽게 다가왔다.

"아가씨. 따뜻한 차라도 한 잔 가져다드릴까요?"

"저기요."

"아가씨. 말씀 편하게 하세요. 저는 아가씨의 하녀인 앤이에요. 지금 당장은 기억이 안 나시겠지만 차차 기억이 돌아올 수 있도록 저랑 다른 분들도 다 아가씨 곁에서 도울게요!"

그냥 제 17억을 찾아 주실래요?

아아, 웃고 있어도 눈물이 난다.

두 손을 모아 쥐며 묻지도 않은 각오를 말하는 걸 보고 있자니 정말 눈앞이 캄캄했다.

"하……. 그래요, 앤. 차는 괜찮으니까 시원한 물 한 잔 가져다줘요."

"제게는 편히 말씀하셔도 돼요. 더 필요한 건 없으세요?"

"물이면 돼요."

그리고 17억.

뒷말은 조용히 삼켰다.

앤이 나간 후, 침대에서 내려온 솔레아는 부드러운 슬리퍼에 두 발을 끼워 넣고는 창가로 다가갔다.

창문 밖엔 절대 서울은 아닌 것 같은 풍경이 펼쳐져 있었다.

넓은 초록 들판이며 드라마에서나 볼 법한 정복을 차려입은 채 허리춤에 검을 차고 있는 기사들, 그리고 어제 봤던 싹수없는 적갈색 대가리와 분홍 머리 꽃미남.

창가에 서 있는 솔레아를 본 건지 이맛살을 찌푸린 적갈색 머리가 몸을 완전히 돌려세우곤 뭐라 뭐라 큰 소리로 말했지만 창을 닫고 있어 전혀 들리지 않았다.

머리가 갈색이면 갈색이고, 적색이면 적색이지. 적갈색 머리가 뭐냐. 짬뽕도 아니고. 넌 이제부터 젓갈이다. 얄밉고 시끄러운 새끼.

솔레아는 안 들린다는 의미를 전달하려 귀를 후비는 시늉을 했다.

미안한데 안 들려. 그리고 사실 하나도 안 미안하네.

솔레아의 행동을 눈을 동그랗게 뜬 채 바라보던 젓갈 놈이 이내 소리치며 이쪽을 향해 뛰어오기 시작했다.

그러자 뒤에 서 있던 핑크 미남이 잽싸게 따라붙어 그를 말렸다.

자신을 잡은 핑크 꽃미남의 팔을 뿌리치고 다시 이쪽을 향해 뛰어오던 젓갈은 잠시 후, 무언가 알 수 없는 힘에 막힌 것처럼 몸을 버둥거렸다.

그 모습을 시큰둥하게 바라보고 있던 그 순간, 핑크 미남의 손에서 흘러나온 금색의 안개 같은 것이 젓갈 놈의 몸을 휘감았다.

"뭐야, 저게!"

솔레아는 두 눈을 휘둥그레 뜨고 창문을 벌컥 열었다.

"아, 형! 하지 마! 헤이먼!"

기차 화통을 삶아 먹었는지, 발성 좋은 그레이가 허공에서 팔다리를 마구 뒤흔들며 큰 소리로 외쳤다.

"솔레아 몸도 안 좋은데 찾아가지 마, 그레이."

그래, 이 새끼야.

이름을 누가 지었는지는 모르겠지만 참 입에 잘 붙네. 그레이 새끼.

금빛 안개는 그레이의 몸을 들어 올렸다가 다시 조심스럽게 풀밭 위에 내려놓고는 헤이먼의 몸속으로 빨려 들어가듯 사라졌다.

솔레아에겐 처음 보는 신기한 광경이었지만 그레이는 별스럽지 않다는 듯 헤이먼에게 짜증 섞인 목소리로 말했다.

"솔레아 저게 사람을 약 올리잖아! 기억을 잃었다더니 진짜 꼭 다른 사람이 된 것처럼!"

그러자 헤이먼은 이쪽에는 들리지 않을 정도의 조용한 목소리로 나긋나긋 그레이를 타일렀다.

잠시 후, 퍽 소리가 날 정도로 세게 헤이먼을 밀친 그레이가 몸을 휙 돌려 반대쪽으로 걸어갔다.

"무슨 말을 했길래 저러지."

그때 창밖으로 몸을 살짝 내밀고 있는 솔레아를 본 헤이먼이 미소 지으며 손을 흔들었다. 그러곤 손바닥 위에서 뭔가를 만들어 내더니 솔레아를 향해 날려 보냈다.

바람을 타고 부드럽게 날아온 금빛의 작은 새는 솔레아의 창가에 앉아 고운 목소리로 지저귀기 시작했다.

"우와……."

어제부터 이리저리 짤짤 털리기만 하던 멘탈이 잠시나마 안정되는 느낌에 솔레아는 조심스럽게 작은 새의 부리 끝을 검지로 툭 건드렸다.

그 순간 뜨거운 건지, 차가운 건지 알 수 없는 따끔한 통증이 손끝에 스치더니 작은 새는 그대로 사라져 버렸다.

손가락을 부여잡은 솔레아가 놀란 눈으로 창밖을 봤을 땐, 새를 날린 헤이먼은 이미 사라진 뒤였다.

"뭐야, 지 새끼는."

예쁘게 잘생긴 얼굴로 나한테 왜 이래. 가짜 새는 원래 만지면 안 되는 거였나.

아니, 안 되면 안 된다고 말을 했어야지. 꼬시는 것처럼 상큼하게 웃으면서 새를 날려 놓고는 만지니까 톡 쏘는 건 뭐야.

부드럽게 생겼지만 사실은 앙큼한 놈이니 기억해 달라는 자기 어필인데 내가 눈치를 못 챈 건가.

이게 무슨 남돌 뽑는 서바이벌 프로그램도 아니고 왜 저래, 진짜.

씩씩거리며 창문을 쿵 소리 나게 닫는 순간, 문밖에서 말소리가 들려왔다.

"아가씨, 물을 가져왔어요."

"네. 들어오세요."

곧 문이 열리고, 조용히 방 안으로 들어온 앤은 창문 앞에 서 있는 솔레아를 보며 기함했다.

"아가씨! 몸도 안 좋으신데 겉옷도 걸치지 않으시고! 어휴!"

들고 온 쟁반을 냉큼 탁자에 내려놓은 앤이 넓은 카우치 위에 돌돌 말려 있던, 두툼한 털로 된 숄을 낚아채듯 집어 들고는 종종걸음으로 빠르게 다가와 솔레아의 어깨에 둘러 주었다.

"기껏해야 봄 날씨 같은데 이렇게 두꺼운 숄을 걸칠 필요가 있나요."

"아가씨는 몸이 약하셔서 한여름에도 감기에 자주 걸리곤 하셨잖아요. 얼른 이리 앉으세요."

그 말이 거짓은 아닌 듯 앤은 시원한 물뿐만 아니라 따뜻한 차와 딸기잼과 버터를 곁들인 스콘까지 가져왔다.

"앓고 일어나신 뒤에는 늘 차와 스콘을 드셨으니까요. 기억을 잃으셨어도 입맛은 그대로이실 테니 준비해 봤어요. 괜찮······으실까요?"

앤은 솔레아의 눈치를 살피며 스콘이 담긴 접시를 조심스럽게 솔레아 쪽으로 조금 더 밀었다.

솔레아라는 이 여자가 평소에 몸이 얼마나 안 좋았는지는 지금 이 태도만 봐도 알 수 있었다. 그리고 앤이 그녀를 얼마나 걱정하고 있는지도.

이게 귀한 집 딸이어서 그런 건지, 아니면 정말 진심으로 걱정이 돼서 그런 건지는 알 수 없었지만 그래도 하나는 확실했다.

지윤은 태어나서 한 번도 느껴 본 적 없는 다정함이었다.

불현듯 아주 오래전 마주했던 어머니의 다정한 눈빛이 떠올랐다.

몸에 맞지도 않는 두툼한 외투를 겹쳐 입은 어머니는 비둘기가 많은 서울역

구석 언저리에서 지윤의 손을 잡은 채 물었다.

'지윤아. 엄마랑 같이 갈래?'

'어디?'

'멀리.'

'왜?'

'그냥.'

짧게 대답하던 어머니의 얼굴은 전혀 기억이 나지 않았지만 그녀의 표정이 지독히 슬퍼 보였다는 감각은 뚜렷하게 남아 있었다. 그리고 그녀가 내내 주변을 살피며 떨고 있었다는 것도.

지윤이 고개를 절레절레 젓자 이제껏 단 한 번도 사 준 적 없던 과자를 사 온 어머니는 봉지까지 직접 뜯어 어린 지윤의 손에 쥐여 준 후, 화장실에 다녀올 테니 여기서 가만히 기다리라 하고선 가 버렸다.

하늘을 향해 날아오르는 회색 비둘기들 사이로 멀어지는 감색 외투의 엄마.

마치 사진을 찍어 놓은 것처럼 그 장면이 선명했다. 손가락이 아리듯 시려 와서 바닥에 과자 봉지를 내려놓은 지윤은 그곳에서 멍청히 몇 시간 내내 엄마를 기다렸었다. 그다음엔……

경찰서에서 꼬박 하루를 보낸 뒤에야 술이 덜 깬 아빠가 찾아왔다.

'이년아, 네 엄마 어디 갔어! 그년 어디 갔냐고!'

'선생님, 진정하세요.'

말리는 경찰들과 아빠의 술 냄새. 그 속에서 지윤은 울지 못했다. 그저 엄마를 다신 보지 못한다는 것만 어렴풋이 깨달았다.

상념을 떨쳐 내듯 고개를 저은 솔레아는 앤이 차려 놓은 간식들을 내려다보다 그냥 제일 앞에 있는 물잔을 들어 마셨다.

앤의 눈꼬리가 내려가는 게 실망한 것 같아 보였지만 어차피 이 친절과 애정은 '진짜' 솔레아가 누려야 할 것이었다.

"여기가 어딘지, 내가 누군지 말해 줘요, 앤."

앤은 결연하게 고개를 끄덕이더니 한참을 조곤조곤 솔레아에게 설명했다.

솔레아 폰 베르고.

베르고 공작가의 막내딸이었다. 태어날 때부터 몸이 약해 늘 남들의 도움을 필요로 했으며 파티에도 한 번 나가 보지 못하고 성년을 맞이한 열여덟 살.

가족은 위로 오빠가 셋 있고, 어제 본 그 은발 미중년이 아버지인 디에르고 폰 베르고.

젊은 시절 디에르고 공작은 전쟁만 터졌다 하면 참전하여 적군을 싹쓸이했다고 한다. 그러다 아내의 몸이 약해진 뒤론 저택에서 아내와 함께 시간을 보냈다고. 하지만 그리 사랑해 마지않던 아내는 죽어 버려 지금은 혼자.

그럼 전쟁에 참전 중이라 집에 없다던 첫째 오라비는 그 애비를 닮았나 보네. 젊은 나이에 기사단장이라니, 능력도 좋다.

솔레아는 시큰둥하게 첫째의 이름을 입 안에서 되뇌었다.

티온 폰 베르고.

그에 대해선 이름 외에는 별다른 정보를 얻지 못했다. 전쟁에서 공을 세우느라 공작저엔 거의 오지 않고 있다는 것만 들었을 뿐.

둘째는 괴상한 마법을 쓰는, 분홍 머리에 분홍 눈의 꽃미남 헤이먼.

이 나라에는 마법을 쓰는 자가 소수 있기는 하지만 대부분 가지고 있는 마력 자체가 그리 큰 편은 아니라 일상에서 작은 도움을 받는 정도라고.

헤이먼처럼 사람을 공중에 띄우고 새로운 형상을 만들어 내어 유지하는 건 꽤 큰 마력을 필요로 하나, 그 역시 일상에선 그저 유용하게 쓰이는 정도라고 했다.

그리고 그 마법사 놈 밑에 있는 셋째가 적갈색 머리에 회색 눈동자를 가진 그레이였다.

그는 첫째 못지않은 뛰어난 검술 실력을 가져 기사 작위까지 땄지만 어느 기사단에도 들어가지 않았다고 했다.

……왜 이 저택에 남은 거지? 능력도 출중한 놈이? 싹수가 없어서 아무도 안 데려간 건가.

타당하다. 너무 그럴듯하다. 그 정도 싸가지면 어딜 들어갔어도 단체 생활에 적응 못 하고 왕따당해서 이리 치이고 저리 치이다가 굴러 들어온 돌 다시 굴려 나갈 관상이지.

솔레아는 고개를 끄덕거렸다.

오빠라는 셋과의 관계는 어땠냐 물으니 앤은 웃으며 얌전히 답했다.

"세 분 모두 아가씨를 아끼셨어요."

미묘한 표정으로 솔레아가 고개를 갸웃거리자 앤은 박수를 짝 치며 덧붙였다.

"그레이 도련님이 아가씨 방에 가장 자주 오셨었어요! 걱정도 많이 하셨고요!"

"말도 안 돼."

"예?"

"내가 기억을 잃었다는 걸 몰랐을 때에도 말을 아주 제멋대로 하던데."

앗. 그래도 오빠라는 사람인데 내가 너무 막말해 버렸나.

슬쩍 앤의 눈치를 살폈지만 그녀는 감격한 얼굴로 입을 틀어막았다.

"아가씨 방금 저한테 반말하셨어요! 조금씩 기억이 돌아오시나 봐요!"

"아, 하하……. 무심코 그래 버렸네!"

흔한 이야기가 생각났다.

모두에게 사랑받는 주인공이 어떤 일을 겪고 전생의 기억을 떠올리는 전형적인 이야기. 어쩌면 나도 내 전생을 기억해 낸 게 아닐까. '솔레아'가 진짜 나의 인생이라면?

다른 생을 살 수 있는 걸까.

그때, 앤이 주머니에서 하얀 종이를 꺼냈다.

"아, 참. 이거 복도에서 주웠는데 혹시 아가씨의 종이인가요?"

얇은 종이 위에 나열된 검은색 숫자들.

로또 종이였다.

"꺄악!"

솔레아는 귀신이라도 본 것처럼 소리를 지르며 앤의 손에서 종이를 낚아챘다.

"내 돈이 진짜였어! 돈! 내 17억! 끄아아악!"

또다시 머리를 쥐어뜯는 아가씨를 본 앤은 겁에 질린 채 방에서 뛰어 나갔다.

"누, 누가 좀 도와주세요! 아가씨가 어제와 같은 발작을 일으키셨어요! 의사 선생님!"

17억을 날린 고통은 고작 하루 만에 사그라들지 않았다.

솔레아는 한참을 발버둥 치다 스스로 마빡을 후려치고 셀프로 기절했다.

하지만 깨도 그대로였다.

17억을 두 번 다시 만날 수 없는 염병할 세계관.

저절로 밥맛이 뚝 떨어지네.

내가 회사 가기 싫다고 좀 투덜거렸기로서니 사람을 이런 곳에 떨구다니.

아니, 다른 때면 몰라. 17억을 눈앞에 두고 은행 하나 없는 곳으로 온다는 게 말이 되냐고.

집에 보내 주세요.

토끼 같은 17억이 저를 목 빠지게 기다리고 있어요.

솔레아는 침대에 모로 누운 채 창밖을 보며 한숨만 푹 내쉬었다. 앤은 솔레아가 한숨을 쉴 때마다 눈치를 살피며 뭔가를 내밀었다.

"아가씨. 뭐라도 좀 드세요. 하루 종일 아무것도 드시지 않았잖아요. 몸도 약하신데."

"대체 몸이 얼마나 약하길래."

조용히 혼자 읊조리는 솔레아의 말을 제대로 듣지 못한 건지 앤이 '예?' 하고 되물었지만 솔레아는 못 들은 척 자리에서 일어났다.

몸이 약하다는 게 거짓말은 아니었는지 머리가 핑 돌더니 눈앞이 금세 깜깜해졌다.

"……이런 쿠키 말고. 밥은 없어?"

소리 몇 번 질렀다고 벌써 목이 쉬어 버려 칼칼하게 갈라진 목소리가 입 밖으로 튀어나왔다.

울상이 된 앤이 쟁반에 받친 찻잔을 좀 더 솔레아 쪽으로 밀어 주며 정중히 말했다.

"식사를 가져올까요?"

"쌀밥……. 아니, 됐어. 직접 가서 볼게. 부엌이 어디지?"

침대 기둥을 짚고 침대에서 내려온 솔레아는 손에 쥐고 있는 종이를 보며 다시 한숨을 내쉬었다.

여기선 쓸모도 없다지만 그래도 언젠가는 돌아갈지도 모르는데 17억을 몸에서 떼어 놓을 순 없었다. 한두 푼도 아니고 자그마치 17억이다.

여기 오기 전에도 손에 쥐고 있었으니 들고 온 게 아닌가.

솔레아는 속으로 17억, 17억을 되뇌며 종이를 두 번 접어 왼손에 꼭 말아 쥐곤 문을 향해 걸어갔다.

뒤따라온 앤이 솔레아의 팔을 조심스럽게 잡으며 부축했다.

"아가씨. 괜찮으세요? 부엌까지 직접 가시게요?"

"예. 아니, 응."

"부엌은 너무 정신이 없으니까 정찬실로 모실게요. 그리고 말씀 편히 하세요."

"그러기엔 제 정신이 온전치 못하네요. 일단 알았어."

부자는 망해도 3년은 간다는데 나는 원래 알거지라 이건가. 17억으로 사람을 들뜨게 해 놓고 채 하루도 지나기 전에 이런 이상한 판타지 세상에 날 처박아?

무슨 일이 있어도 돌아간다.

솔레아가 빌어먹을 운명에 대해 속으로 쌍욕을 퍼붓고 있는 줄도 모르고 충실한 하녀 앤은 눈물을 삼켰다.

'아가씨가 몸이 많이 안 좋으시니까 내가 더 열심히 보필해 드려야지!'

정찬실로 가는 동안 마주친 시종과 하인들은 솔레아에게 밝게 웃으며 인사를 건넸다.

그런 식의 꾸밈없이 맑은 웃음에 면역이 없는 솔레아는 멋쩍은 표정으로 시선을 피하며 대충 고개를 숙이고 지나갔다. 그러자 옆에서 부축하던 앤이 조용히 속삭였다.

"아가씨. 고개를 숙이실 필요는 없으세요. 평소처럼 미소만 지으셔도 돼요."

"그게 더 어려워."

미소 짓는 게 얼마나 힘든데.

취업 시장에서 거꾸로 강을 거슬러 오르는 힘찬 연어처럼 올라갔다 미끄러지고 다시 올라갔다 미끄러지길 반복할 때 면접관 앞에서 웃는 게 얼마나 힘들었던가.

그때마다 지윤은 필사적으로 다른 생각을 떠올리곤 했다.

'앞에 앉은 놈들 저거 다 가발. 비바람 불면 다 날아감.'

'쟤네 발톱 깎을 때 머리에 피 쏠려서 오른발 깎고 난 뒤 10분 쉬어야 됨.'

온갖 어처구니없는 생각을 하고 있으면 저절로 얼굴에 미소가 떠올랐다.

때로 걷잡을 수 없을 정도로 긴장이 몰려오는 순간이면, 가운데에 앉은 늙은이의 가발이 비바람에 날아가는 모습을 상상했다. 제목은 '가발 타고 날아온 메리 가발피스.'

그딴 상상을 하고 있으면 굉장히 자신감 넘치는 미소가 얼굴에 퍼졌다.

딱 한 번, 참지 못하고 쿠흡픔! 하고 웃는 바람에 면접장에서 불합격 통보를 받고 쫓겨나다시피 나온 적도 있었지만 긴장해서 호달달 떨며 아무것도 하지 못하는 것보다는 나았다.

지금 다니는 회사에 취직한 이후로는 더 이상 면접을 보지 않게 되어 그 방법을 안 쓴 지는 꽤 오래되었다.

그렇게 옛 생각을 하며 걸어가던 차에 셋째 놈과 마주쳤다.

그래 이 새끼야를 줄인 그레이. 이곳에 와서 제일 먼저 이름을 외운 놈이었다.

솔레아를 발견한 그레이가 반갑다는 얼굴로 다가왔다.

"걸어 다닐 힘은 있나 보네?"

"앤. 이 사람은 원래 말을 이렇게 하니?"

그레이의 말을 무시하고 앤에게 묻자 잔뜩 당황한 눈으로 그레이와 솔레아를 번갈아 바라보던 앤이 이내 고개를 푹 숙였다.

"……아, 아가씨……."

딱히 앤의 대답을 들으려 한 건 아니었기에 솔레아는 오들오들 떠는 그녀를 뒤로하고 앞서 걸었다. 그레이를 지나치려는 찰나 그가 낮게 가라앉은 목소리로 말을 걸며 팔뚝을 잡아 멈춰 세웠다.

"너 진짜 아무것도 기억 안 나?"

솔레아가 신경질적으로 팔을 뿌리치고 노려봤지만 그레이는 그런 눈빛 따윈 아랑곳 않고 뿌리쳐진 제 손을 내려다보며 작게 중얼거렸다.

"……뭐야, 왜 더 말랐어."

솔레아가 평소에 이놈을 어떻게 내했는지는 모르지만 지윤은 솔레아가 아니었다. 지윤은 그와 똑바로 눈을 마주했다.

"함부로 손대지 마."

그레이의 회색 눈동자를 담은 커다란 눈이 잠깐 동그랗게 뜨이더니 이내 곱게 휘어졌다.

"진작 그렇게 반응하지. 평소엔 미안해 죽겠단 눈을 하고 쥐 죽은 듯 지나다니더니. 진짜로 기억이 안 나긴 안 나나 봐?"

그레이가 웃음을 머금은 채 이죽거렸다.

"아가씨. 아무리 아프셔도 끼니는 챙겨 드셔야죠. 귀하신 몸인데."

"네가 알 바 아니잖아."

"제가 왜 상관이 없습니까. 아가씨의 호위 기사가 될 몸인데."

호위 기사라니. 이 쓰레기가 내 호위 기사가 된다고?

기 싸움을 하던 중이었음에도 하도 어처구니가 없는 소리라 솔레아는 눈살을 찌푸린 채 앤을 돌아봤다.

"솔레아 주변에 인물이 그렇게 없어? 이딴 놈을 붙이게?"

지윤에게 '솔레아'는 완전한 타인이었지만 남들 눈에는 아니었다. 스스로를 3인칭으로 칭했다는 걸 모른 채 여전히 멘붕에 빠져 있는 솔레아는 얼굴을 구기며 고개를 갸우뚱 기울였다.

그레이가 입을 틀어막고 웃는 걸 보지 못한 솔레아는 완전히 혼자만의 생각에 빠졌다.

저딴 한량 양아치 새끼가 내 호위 기사가 된다니. 말도 안 돼. 호위를 받긴 뭘 받아. 저놈 칼에 찔려 죽지나 않으면 다행이지.

그때 상념을 깨뜨리듯 그레이가 장난을 걸어왔다. 아까의 딱딱한 얼굴은 어디로 치웠는지 능청스러운 표정이었다.

"듣는 이딴 놈 섭섭하네. 솔레아는 그레이 싫어?"

"뭐?"

질색하는 솔레아의 반응을 보고 이거다 싶었는지 그레이는 더욱 징그럽게 솔레아를 따라 했다.

"그레이는 들었는데. 아까 네가 그랬잖아. '솔레아 주변에 인물이 그렇게 없어? 이딴 놈을 붙이게?' 라고. 다 찢어져 갈라진 그 목소리로."

그제야 제 실수를 알아차린 솔레아가 얼굴을 빨갛게 물들인 채 그레이를 지나쳐 걸었다.

"솔레아는 이딴 놈 싫겠지만 그레이는 솔레아 호위 기사 해야 하거든."

"따라오지 마."

"솔레아 배고프겠네. 그레이가 챙겨 줘?"

"시끄러워."

"솔레아는 기름진 거 못 먹으니까, 솔레아는 부드러운 거 먹어!"

"닥쳐!"

"솔레아는 화났어!"

"닥치라고 했지!"

"그레이는 솔레아가 소리 지르는 거 처음 들어 보네!"

결국 그레이의 말을 무시하고 걸음을 옮기는데도, 뒤에서 들리는 우렁찬 목소리는 멈추지 않았다.

"그레이는 솔레아가 욕하는 것도 처음 들어!"

"그레이는 솔레아가 그만 누워 있었으면 좋겠네!"

"그레이는 솔레아가 너무 웃기네!"

"그레이는 솔레아가 기운 펄펄 나는 것도 처음 봐!"

시뻘게진 얼굴로 걷던 솔레아는 정찬실에 도착하자마자 의자에 쓰러지듯 주저앉았다.

"밥이든 뭐든 좋으니까 아무거나 빨리 가져와 줘요. 아니, 가져와 줘."

그 말에 앤이 결연한 표정으로 부엌을 향해 뛰어가더니 몇 분 지나지 않아 우유로 만든 따뜻하고 걸쭉한 티를 가져왔다.

"이게 뭐예요?"

"아, 바로 식사를 하시면 속에 부담이 될 거라며, 우유차를 가져다드리라고……."

"누가? 주방장이?"

"……그레이 도련님이요."

"뭐?"

난처한 듯 말하는 앤을 보며 솔레아는 왼손에 쥐고 있는 로또 종이를 더 강하게 쥐었다. 그러다 땀에 젖어서 찢어지기라도 할까 봐 금방 손의 힘을 풀었다.

"안 먹어요."

찻잔을 밀어 내기 무섭게 정찬실 입구 쪽에서 듣기 싫은 목소리가 들려왔다.

"힝, 그레이 슬퍼."

귀엽지도 않은 주제에 문 뒤로 몸을 숨긴 채 얼굴만 빼꼼 내밀고 있는 꼬라지를 보니 분이 치밀었다. 단 하루, 얼굴을 마주한 건 채 5분도 안 되는데 이렇게 화가 나는 걸 보면 사람을 빡치게 하는 데에는 아주 도가 튼 놈이었다.

아까처럼 소리 지를 기력이 없는 솔레아는 그를 무시하고 앤에게 명령했다.

"이거 말고, 다른 걸로 부탁해요. 주방장에게 앤이 직접 말해서."

"예, 아가씨."

살벌해진 솔레아의 목소리에 앤은 다시 눈치를 보며 정찬실을 빠져나갔다. 앤이 편히 나가도록 문을 잡아 준 그레이는 성큼성큼 안으로 들어와 솔레아의 맞은편에 앉았다.

"뭐 하는 거야."

"나도 뭐 좀 먹으려고."

"다른 데서 먹으면 되잖아."

"아가씨가 건강하셔야 제 마음이 놓이죠."

놀리는 건지 뭔지 모르겠지만 자꾸 아가씨, 아가씨 하고 부르는 게 여간 신경에 거슬리는 게 아니었다. 솔레아는 허리를 꼿꼿이 세우고 그레이를 노려봤다.

그러자 그레이는 의자 등받이에 천천히 몸을 기대며 한쪽 입꼬리를 비스듬히 올려 웃었다.

"진짜 아무것도 기억 못 하는구나. 보기 좋다, 야."

"뭐?"

숱 많은 적갈색 머리카락이 그의 고갯짓을 따라 부드럽게 흔들렸다. 텅 빈 것처럼 보이던 회색 눈동자가 선명하게 솔레아를 향했다.

또렷한 그의 이목구비는 묘하게 시선을 자극했다.

"그런데 이상하게 너무 방어적이네. 계속 날이 서 있잖아. 누가 보면 평생을 위협받으면서 살아온 줄 알겠어."

"하."

"하?"

저도 모르게 헛웃음을 쳐 버린 솔레아는 이내 자조적인 웃음을 지워 버렸다.

그런 건 몸이 바뀌어도 티가 나나 보네.

아버지는 없느니만 못한 사람이었다. 한번 집을 나가면 최소 3일은 지나야 들어왔고, 일주일, 혹은 한 달 만에 마주칠 때도 있었다. 어찌 됐든 늘 집으로 돌아왔던 그는, 집에 사람이 없으면 눈에 보이는 모든 걸 발로 차고 던지며 때려 부수곤 했다. 뭐, 사람이 있다고 해서 별다를 것도 없었지만.

무력을 휘두르는 사람에게서 그저 무력한 인간으로 자랐다.

그렇게 평생을 두려움에 떨다가 딱 한 번, 소주병을 들고 달려드는 아버지를 있는 힘껏 밀쳤다.

술에 취해 휘청거리던 아버지는 그대로 쿵 소리와 함께 쓰러지더니 일어나지 않았다.

지윤은 용수철처럼 튕기듯 벌떡 일어섰다. 머릿속에는 도망가야 한다는 생각이 가득한데 두 다리는 무겁기만 했다. 겨우 운동화를 구겨 신고 밖으로 달려 나갔다.

그날 새벽, 달리는 내내 귓속에서 심장이 뛰는 것처럼 온몸으로 쿵쿵 소리가 크게 울려 퍼졌다. 아빠가 쫓아올지도 모른다는 생각에 몇 번이나 뒤를 돌아봤고, 내리막길에선 바보처럼 데굴데굴 굴러 옷이 찢어지기도 했다.

아빠가 죽었을지도 몰라. 아니, ……아빠가 살았을지도 몰라.

공포를 느끼는 이유는 매 순간 바뀌었고, 그건 지윤을 더욱 날카롭게 만들었다. 그날 이후로 단 한 번도 집으로 돌아가지 않았다.

그렇게 시간이 흐른 어느 날, 그녀가 머물던 식당 뒤편의 쪽방으로 낯선 사람들이 찾아왔다.

그들은 아버지가 네 이름으로 빚을 졌으니 갚으라고 했다. 네 앞으로 된 빚이니 상속 포기 그딴 건 씨알도 안 먹힐 줄 알라는 위협과 함께.

살아 있었구나.

웃음밖에 나오지 않아 그저 웃기만 했다. 지윤은 그들에게 간절히 물었다.

'그거면 끝인가요?'

그들은 알 수 없는 표정으로 서로를 바라보더니 대충 고개를 주억거렸다.

그들의 '끝' 과 지윤의 '끝' 은 달랐겠지만 어쨌든 살다 보면 끝날 줄 알았다.

그날부터 닥치는 대로 돈을 벌었다. 공장에서 열두 시간씩 교대로 일을 하다 보면 다른 생각을 안 할 수 있어서 좋았다. 그러다 사정을 들은 공장장이 돕겠다며 다가와 지윤의 명의로 보증을 세워 놓고 도망간 후로는 어디가 끝인지 알 수 없게 되었다.

그 뒤로 여기저기 면접을 봤지만 어디 한 군데 뽑아 주는 곳이 없었다. 그러다 공장에서 알게 된 사람이 가족 같은 회사를 소개해 준다기에 들어갔더니 진짜 가족이 운영하는 그냥 좆같은 회사였다.

난 또 가족 같다기에 가족이 어떤 건지 알 수 있겠구나 했는데.

그럼 그렇지. 내 주제에 무슨 가족이야.

그렇게 살던 중에, ……아. 잠깐만. 내 17억. 하, 샹.

"야!"

잠시 잠잠해졌다가 갑자기 인상을 구기는 솔레아를 본 그레이는 스푼으로 유리잔을 두드렸다.

챙, 챙. 기분 나쁜 소리가 울리자 솔레아는 짜증 섞인 눈으로 그레이를 바라봤다.

"야! 수프 먹으라니까! 왜 멍하니 있냐! 뜨거우면 뜨겁다고 말을 하든가!"

뭐라는 거야. 동태눈깔 젓갈 그래 이 새끼야가.

그레이의 말처럼 솔레아의 앞에는 어느새 수프가 놓여 있었다. 옛날 생각을 하다 보니 앤이 다가온 줄도 몰랐다.

그레이는 여전히 신경질적인 말투로 나불거렸다.

"째려볼 기력 있으면 수프부터 먹어! 기억 잃었다고 아주 막 나가지, 너? 어? 기억 돌아오고 나서도 지금처럼 하나 보자. 아니, 앤! 수프가 뜨겁잖아! 그니까 애가 못 먹는 거 아냐!"

"죄송해요, 식혀서 다시 가져올게요!"

앤이 접시로 손을 뻗으려는 걸 솔레아가 막자 그레이가 때를 놓치지 않고 또 깝죽거렸다.

"너 입으로 뭐 넣는 꼴을 못 봤다, 내가. 오늘 그거 다 먹고 일어나라."

픽 웃은 솔레아는 수프를 한 숟가락 떠 후후 분 뒤 입으로 가져갔다. 그리 뜨겁지도 않았다.

밍밍한 수프를 다 먹고 자리에서 일어나는 솔레아를 그레이가 유심히 관찰했다.

"나한테 할 말 없어?"

"내가 너한테 무슨 할 말이 있을까."

띠껍게 말을 뱉어 낸 솔레아가 뒤돌아 정찬실을 나가자 그레이는 씩 웃으며 자리에서 일어났다.

"이제야 진짜 남매 같네."

❄ ❄ ❄

방으로 돌아가려 했지만 정찬실을 나가자마자 하녀장 마르실라가 다가와 솔레아를 다른 곳으로 안내했다.

"어디로 가는 건가요?"

"공작님께서 찾으십니다."

옛날부터 이 말이 이해가 안 됐어.

공작님이 나를 찾으면 그쪽이 나를 찾아와야 하는 거 아닌가. 상식적으로?

공작님이 나를 찾는데 내가 그쪽을 찾아가야 한다고? 이 무슨 귀족적 사고
방식이야.

목마른 놈이 우물 파야지. 딱 보니까 내가 지금 병약 공녀 같은데 왜 딸을 오
라 가라야. 정정하신 아버지가 저를 찾아오세요. 당신 머리가 셌지, 관절이 셌
냐고요.

내가 원래 상도덕은 지키는 사람인데 낯선 곳에 와서인지 사고가 제대로 돌
아가지가 않네.

"왔구나, 솔레아. 몸은 어떠니. 식사가 끝난 뒤 천천히 불러도 된다고 했는
데 아이들이 요란을 떨었나 보구나."

디에르고 공작은 부드러운 미소로 솔레아를 맞이했다.

"아……. 아니요, 요란이랄 것도 없는데요. 뭐."

몸이 여간 약한 게 아닌지 복도를 걸어오는 동안에도 괜히 지쳐 짜증이 돋았
는데 신수 훤한 중년이 미안한 표정으로 미소를 짓는 걸 보니 차마 화를 낼 수
가 없었다.

솔레아는 머쓱한 표정으로 얌전히 의자에 앉았지만 공작은 솔레아를 불러
놓고도 한참 동안 말을 꺼내지 못하고 망설였다.

이 중늙은이가 조금만 덜 친절하고, 조금만 덜 생겼어도 일어나서 나갔을 텐
데.

녹록지 않은 인생을 살아왔던 터라 지윤은 남들보다 조금, 아주 약간 거친
면이 있었다.

"저, 왜 부르셨는지……."

결국 참지 못하고 솔레아가 먼저 운을 떼자 공작이 헛기침을 하며 품속에서 종이를 꺼냈다.

"공작령 안에 있는 이들의 명단이다. 혹시 네가 찾는 사람이 이 중에 있니?"

디에르고 공작이 내민 종이를 받아 든 솔레아는 낯선 문자들을 눈으로 훑어 내렸다.

분명히 처음 보는 글자들인데도 자연스럽게 읽혀 이해하는 데에는 무리가 없었다.

십수 장의 종이 다발에는 모두 낯선 이들의 인적 사항이 적혀 있었다.

「쉬르치앙 돈/27세/아내와 사별 후 혼자 살고 있음. 농민.」

「시칠리온 엠바 턴/18세/여자 친구는 있다고 하나 난봉꾼이라는 소문이 돎.」

「내르난 내 돈/31세/결혼하여 가정을 이뤘음. 1남 1녀. 성실하다는 이웃들의 평가.」

「돈/20세~25세 사이/노예. 몸에 생채기는 많으나 훌륭.」

「노아 턴/16세/사창가 일꾼/굉장한 미남. 장사 수완이 특출남.」

「돈 내르주앙/22세/몰락 귀족의 사생아. 현재 자택에서 혼자 지냄.」

．

．

．

이게 다 뭐야.

솔레아의 머릿속에 첫날 들었던 대화가 스쳐 지나갔다. 그레이가 말했었지.

'아프다고 누워 있을 땐 언제고 네 결혼 얘기를 나눈다니 튀어나와서 한다는 말이, 뭐? 그만두겠습니다? 이 결혼이 네 맘대로 결정할 수 있는 일인 거 같아?'

설마 이 사람들 전부와 선이라도 보라는 건가?

하지만 그런 목적으로 이 명단을 가져왔다고 보긴 어려웠다. 일단 후보가 너무 많았다. 이 미중년이 말하는 걸 봐서는 딸을 꽤나 아끼는 듯한데 이렇게 닥치는 대로 선을 보라고 할 것 같지는 않았다.

한국에서 이랬다가는 딸 집 나가요. 아저씨.

그리고 결정적으로 명단 속 남자들이 천차만별이었다.

유부남에 난봉꾼에, 사생아, 노예는 또 뭐야?

'굉장한 미남'은 왜 써 놨어? 그게 중요해? 몸에 생채기는 많으나 훌륭? 뭐가 훌륭하다는 건데.

대체 목적이 뭐길래 이걸 준 거지.

솔레아의 얼굴이 점점 굳어지자 공작은 안절부절못하며 얼른 말을 이었다.

"네가 찾는 사람이 없니? 어쩌면 '돈'이라는 이름이 가명일 수도 있겠구나. 내가 그것까진 생각을 못 했다. 네가 계속 돈을 찾으며 부르짖길래……."

"아."

그제야 이해가 갔다.

이 병약한 공녀가 몰래 불같은 사랑의 열병을 앓다가 기억을 상실한 거라고 생각하시는구나. 워낙 돈, 돈 외치며 발버둥을 쳤으니.

쉬르치앙, 시칠리온. 그 와중에 17억과 비슷한 발음까지 잘도 찾아오셨다.

심각한 낯으로 눈치를 살피는 디에르고 공작을 힐긋 본 솔레아는 터지려는 웃음을 참으려 이를 악물었다.

로또 종이를 쥐고 있는 왼손을 들어 입가를 가린 뒤 몇 번 헛기침을 하고 '돈' 명단을 내려놓자 공작은 눈썹을 팔자로 휘며 실망했다.

"……역시 이름만으론 정보가 부족했지? 그림이라도 그려 오라 할까? 그러면 알아볼 수 있겠니?"

침통한 표정으로 얕게 한숨을 내쉰 공작이 조심스럽게 말했다.

"기억을 잃었다고는 하지만……. 사랑은 기적을 일으키기도 하니까. 네가

36

괜찮아질 수만 있다면 누구라도 상관없으니 데려오마."

"너무 누구라도 상관없으신 거 아닌가요. 여기 노예도 있잖아요. 아니, 그리고 이게 뭐야. 사창가 일꾼도 있다고요. 유부남이면 또 어쩔 건데."

괜히 놀리고 싶은 마음에 과장되게 말하자 디에르고가 눈을 아래로 내리깔았다.

테이블 위에 놓인 그의 커다란 주먹에 불끈 힘줄이 솟았다. 젊은 시절 전장에서 이름깨나 날렸다는 건 거짓이 아닌 것 같았다.

디에르고 공작은 부들부들 떨리는 목소리로 천천히 말을 이었다.

"……젊을 때니까, 뭐. 그래. 그럴 수도……. 너는 대부분의 시간을 공작저에서 보냈으니…… 뭘 몰랐을 테니까. 그래도 순진한 네가……. 아니, 저택 밖으로는 나가지 않는 줄 알았더니 언제, ……그래. 나도 젊었을 때는. 아니, 그래도……."

문장 하나도 제대로 끝맺지 못하고 이 말 저 말 주절거리던 공작은 대뜸 목소리를 높였다.

"내 뭐라고 했니! 아비와 오라비들이 잘나서 네가 얼굴 보는 눈만 높아졌을 테니, 사람을 만날 때는 인성을 최우선으로 보라 하지 않았어!"

"아니, 뭔! 무슨 말을 그렇게 하세요!"

"태어난 순간부터 나와 네 오라비들이랑 지냈으니까 어지간히 안목이 높겠니, 네가! 적어도 멀쩡한 놈을 골랐어야지! 어떻게 죄다 난봉꾼에 노예에 사생아에, 유부남은 또 왜 있어!"

"누군 줄 알고 목소리를 높이세요!"

"누군데! 노예면, ……노예면 인사만 시키고 도로 팔아 버릴 게다!"

"유부남이면!"

"유부남이면 네가 포기해야지! 무슨 짓을 하려는 거냐!"

질색을 하며 자리에서 튀어 오르는 공작을 보고 있자니 시트콤 속에 들어와 있는 것 같았다.

장난기 가득한 분위기에 솔레아는 웃음이 터져 그만 깔깔 웃고 말았다.

신비로운 자색 눈동자를 곱게 휘며 붉은 머리카락이 이리저리 흐트러질 정도로 웃는 솔레아의 모습은 전에 없이 밝아 보였다.

공작은 죽은 제 아내를 쏙 빼닮은 솔레아를 멍하니 보다가 이내 재빠르게 정신을 차렸다.

방금 내 딸이 어디에서 웃음을 터뜨렸더라. 설마.

"······유부, 유부남이냐?"

"아니요."

단번에 아니라고 대답한 솔레아 덕분에 디에르고는 안도의 한숨을 내쉬었다.

눈가에 맺힌 눈물을 닦으며 고개를 젓는 솔레아를 본 공작은 다시 고민에 빠졌다.

그는 테이블 위에 놓인 명단을 집어 들고 진지한 눈으로 한 장씩 읽어 보다가 다시 내려놓곤 그 어느 때보다도 낮고 진중한 목소리로 말했다.

"······그래도 사창가는 안 된다."

"명단엔 이름이 있던데요."

"인사를 시켰다간 또 어떻게 널 꼬여 낼지 모른다. 그걸로 먹고사는 놈이 아니니. 이 저택 밖은 네 생각보다 험하단다."

"그렇겠죠."

"그놈은 너를 돈으로 보는 거야."

"나도 돈을 찾고 있는데."

솔레아의 말에 공작은 절망적인 표정으로 명단을 흘깃 내려다봤다.

진짜 돈이라면 부족함 없이 키웠으니 필시 사람 '돈' 일 텐데.

기억을 상실한 솔레아가 '돈' 을 그렇게 찾는 걸 보면서 모든 기억을 잃어도 사랑했던 사람에 대한 기억만은 생생한 거라 판단했다.

기억을 되찾는 데에 도움이 될까 싶어 딸이 애타게 찾는 '돈' 이란 돈들은 모조리 찾아 갖다줬더니 사랑의 불씨를 지핀 건가.

자신 역시 젊은 시절엔 부인 없는 인생을 감히 상상조차 할 수 없을 정도였으니. 제 딸인 이 아이도 당연히 그렇겠지. 솔레아의 심정이 이해가 갔다.

그러니 용납할 수 없는 놈이라 하더라도 한 번 정도 인사를 받아 줄 의향은 있었다.

……그래도 어지간한 놈이었으면 좋으련만.

공작의 보랏빛 눈이 미미하게 아래로 처졌다. 가만히 눈을 내리깐 채 한동안 고민하던 공작은 잠시 후에 긴 숨을 천천히 뱉어 내더니 결심한 듯 단단하게 말했다.

"각오가 됐다. 이제 말해 다오. 너를 슬프게 한 정인이 누구니."

솔레아는 웃음기를 거두고 담백하게 말했다.

"없어요."

"응?"

"없어요. 기억도 없는데 좋아하는 사람이 있을 리가 없잖아요."

진짜 솔레아가 누군가를 좋아했다면 몰라도.

하지만 하녀들의 태도나 평소에 미안해 죽겠단 눈으로 쥐 죽은 듯 다녔다는 그레이의 말로 봐선 솔레아는 심약한 성격이었을 것이다.

그런 성격에 간 크게 저택을 몰래 빠져나가서 불같은 사랑을 했을 리가 없지.

솔레아의 난호한 대답을 들은 디에르고 공작은 그제야 안심한 듯 크게 한숨을 내쉬며 환하게 웃었다.

"다행이구나. 멀쩡한 놈이 하나는 있을 줄 알았는데 죄다 하자가 있는 것들뿐이라 걱정을 많이 했단다."

"저도 하자가 있는걸요."

"너한테 무슨 하자가 있니. 몸 아픈 거야 차차 좋아질 텐데. 그리고 아무리 그래도 너는 내 딸이야. 아빠 앞에서 그런 말은 하지 말아 다오. 마음이 아프구나.”

솔레아는 빙긋이 웃었다.

진짜 아빠는 저런 말을 하는구나. 딸 입에서 모자란다는 말을 듣는 것조차 버거워하는 게 아빠구나.

“……솔레아를 많이 사랑하셨나 봐요.”

무심코 튀어나온 말이었다.

스스로를 남처럼 칭하는 말에 공작은 놀란 눈으로 앞에 앉은 제 딸을 바라봤다.

그러고 보니 파리하게 질린 흰 낯으로 순하게 미소 짓던 전과는 완전히 다른 분위기였다. 기억을 잃었다기보다는 다른 사람이 된 것 같다는 게 더 어울릴 법한 표정이었다.

게다가 그 말을 뱉는 솔레아의 표정이 유난히도 쓸쓸해 보였다. 꼭 버려진 아이처럼.

바로 앞에 앉아 있는데도 멀리 떨어져 있는 것처럼 거리감이 느껴졌다.

디에르고는 그런 솔레아를 잠시 바라보다가 이내 유하게 입꼬리를 올려 웃었다.

“널 항상 사랑한단다.”

솔레아는 놀란 듯 눈을 동그랗게 떴다가 이내 빠르게 깜빡이며 고개를 아래로 숙였다.

“이만 가 볼게요. 아직 몸이 안 좋아서.”

“그래, 그러렴.”

자리에서 일어나 문으로 향하는데 뒤에서 디에르고가 장난기 섞인 목소리로 다시 말을 걸었다.

“이 중에 없는 게 아니라 진짜로 없는 거지? 레아. 나중에 아빠 뒷목 잡게 하면 안 된다.”

문 앞에 선 솔레아는 고개만 살짝 옆으로 돌려 대답한 뒤 문을 열고 나가 버렸다.

"……명단엔 남자밖에 없잖아요."

가볍게 장난을 치려던 디에르고의 얼굴에서 핏기가 빠져나갔다.

"……잠깐만. 뭐, 뭐라고? 솔레아! 레아, 다시 와 보렴! 레아! 남자가 아니면? 남자가 아니면!"

뒤에서 울리는 공작의 목소리를 뒤로하고 솔레아는 빠르게 복도를 걸었다.

아직 저택의 구조를 잘 모르지만 공작과 더 같이 있다간 전부 다 실토하게 될 것 같았다.

당신의 솔레아는 없고, 나는 당신을 모른다고.

……내게 당신 같은 아버지는 없다고.

앤의 말에 의하면 솔레아는 며칠 전부터 열이 펄펄 끓어올라 정신을 제대로 차리지 못했다고 한다. 원래도 간간이 앓긴 했으나 그렇게 상태가 심각한 건 어릴 때 이후 처음이라 온 저택이 비상이었다고 했다.

그러다 갑자기 잠이 든 것처럼 숨소리가 고요히 잦아들어 코 밑에 손가락을 갖다 대 보자 숨을 쉬는 건지 안 쉬는 건지 분간이 되지 않을 정도로 콧바람이 약했다고 했다.

'숨을 쉬고 있었어?'

'……사실 잘 모르겠어요. 그래서 의사를 부르러 가려고 했어요. 그런데…….'

'그런데?'

'아가씨가 갑자기 눈을 번쩍 뜨시더니 자리에서 일어나셔서 정찬실로 뛰어가셨잖아요.'

'아.'

그때는 이미 지윤이 솔레아의 몸으로 들어온 이후였다.

……원래의 솔레아는 어떻게 된 거지?

지윤은 씁쓸한 표정을 지으며 공작의 방이 있는 쪽으로 뒤돌아섰다.

불쌍한 사람.

"솔레아! 깬 지 얼마나 됐다고 벌써 돌아다녀, 몸도 안 좋은 게!"

그레이의 목소리가 멀리서 들려오자 솔레아는 인상을 찌푸리며 눈앞의 아무 문이나 열고 들어갔다.

오래된 책 냄새가 풍겨 오는 서재였다. 책의 양만 보면 도서관에 가까웠지만.

솔레아는 뭔가에 홀린 듯 서가 근처를 걷다가 무심코 진한 붉은색의 책을 뽑아 펼쳐 들었다. 책 속에는 방금 쓰인 듯한 유려한 글씨체가 선명하게 남아 있었다.

회사로 들어가는 문을 연 줄 알았더니, 차원의 문이었나 보다. 왜 이런 판타지 세상으로 온 거지. 내 17억은 어떡하냐고.

……뭐야, 이건.

멍한 눈으로 일기장을 넘기자 다른 내용들이 펼쳐졌다.

집에 보내 주세요. 토끼 같은 17억이 저를 목 빠지게 기다리고 있어요.

아니, 근데 저 회색 동태눈깔은 풀 네임이 그래 이 새끼야인가? 싹수가 웹툰이네. 나한테 원수졌나. 귀여운 척은 또 왜 해. 얼굴 좀만 덜 생겼어도 싸웠다.

분홍 머리는 왜 또 쎄하게 굴지.

쎄 이즈 사이언스라는 한국 고유의 정서가 아직 내게 남아 있는데. 얼굴값 하는 건가.

지윤이 솔레아의 몸에 들어온 뒤로 했던 생각들이 그대로 적혀 있었다.

하지만 맹세컨대 이런 곳에 와서 글을 쓴 적은 없었다. 온 지 며칠 되지도 않았고, 이 서재에는 처음 들어와 보는데.

심지어 글을 안다는 사실조차도 방금 디에르고 공작이 내민 명단을 읽고 나서야 알았는데 이런 걸 썼을 리 없었다.

일기장을 읽는 솔레아의 얼굴이 새하얗게 질려 갔다.

"……설마 미래의 일도 적혀 있나?"

떨리는 손으로 조심스럽게 책장을 넘겼지만 뒷장은 백지 상태였다.

손가락으로 종이를 잡아 맨 뒤에서부터 촤르륵 넘겨 봤지만 모두 빈 종이였다. 그때, 바닥에 무언가가 떨어졌다.

검은색의 펜이었다.

"이게 뭐지?"

설마 이 펜으로만 이 종이 위에 글씨를 쓸 수 있는 건가. 그럼 여기다가 미래의 일을 쓰면 돌아갈 수 있나?

솔레아는 설레는 마음으로 펜을 들고 종이 위에 갖다 댔다. 쓸 문구는 단 하나였다.

'17억 로또 종이를 들고 무사히 원래 살던 세계로 귀환.'

펜촉이 종이에 닿으려는 찰나, 어떤 힘이 펜촉을 밀어 내는 것처럼 점 하나조차 찍을 수 없었다.

같은 극의 자석끼리 서로를 밀어 내는 것 같은 힘이었다.

솔레아는 일기장을 바닥에 내려놓은 뒤 두 손으로 펜을 잡았다. 소중한 로또 종이는 소매 사이에 잠깐 넣어 놓고 크게 심호흡을 한 후 심기일전하고서 흡, 하는 기합 소리를 내며 펜을 종이에 갖다 댔다.

"……으으, 아……. 좀, 제발……!"

끙끙거리며 온몸의 체중을 펜에 실어 종이 위에 잉크 방울이라도 떨어뜨리려고 했지만 아무리 용을 써도 절대 닿지 않았다.

"쌍!"

땀이 흐를 정도로 힘을 줬지만 소용없었다. 화가 나 펜을 집어 던지자 검은 펜은 구석으로 데굴데굴 굴러갔다.

아, 아무리 화나도 펜을 던지면 안 되지. 지금 이 상황에서 유일한 희망은 저 망할 펜뿐인데.

그거 조금 힘썼다고 손가락이 저릿했다. 게다가 어깨부터 팔까지 근육이 찢기기라도 한 듯 고통스러웠다.

누가 보면 팔 굽혀 펴기 50개는 한 줄 알겠네.

솔레아는 무릎걸음으로 절절 기어가 다시 펜을 주웠다.

정확히 뭔지는 알 수 없지만 반드시 필요한 물건이었다. 펜을 일기장에 끼운 뒤 솔레아는 자리에서 일어섰다.

서가 사이를 빠져나와 책상 쪽으로 다가간 솔레아는 책상 위에 있던 많은 펜들을 일기장에 갖다 대려고 노력했지만 일정 거리 이상 가까워지면 펜이 쩌적 소리를 내며 갈라지고 말았다.

"뭐, 이딴 게 다 있어?"

17억 거저는 주기 싫다는 거지. 염병할 세상. 공짜는 없다 이건가.

솔레아는 잔뜩 화난 표정으로 일기장과 검은 펜을 챙겨 서재에서 나갔다.

서재에서 나오자마자 사람들의 걱정 어린 목소리가 들려왔다.

"아가씨가 안 보이셔요!"

"앤! 아가씨가 공작님과 대화를 마치신 뒤 방에서 나오셨을 때 곁에 없었어?"

"잠깐, 진짜 잠깐 화장실에 갔다 왔어요!"

앤과 다른 하녀들의 목소리 사이로 썩 반갑지 않은 말소리도 들렸는데, 뛰어왔는지 숨이 썩 고르지 않았다.

"걔 또 어디서 쓰러진 거 아냐? 뒤뜰 정원 찾아봤어?"

"네, 도련님. 제가 꼼꼼히……."

"내가 다시 가 볼게."

세찬 발걸음으로 복도를 가로지른 그레이가 모퉁이를 도는 순간, 솔레아와 부딪쳤다.

"악!"

"와, 깜짝이야!"

여기 있어요, 라고 말하려 했다. 이 들소 같은 놈이 갑자기 들이받지만 않았어도.

달리던 그레이가 뻗은 발에 다리를 걸어차임과 동시에 그의 가슴팍에 이마를 들이박은 솔레아는 그대로 뒤로 넘어갔다.

"……이, 동태눈깔 새……."

욕을 끝까지 하지도 못하고 솔레아는 기절했다.

눈을 뜨기 전, 솔레아는 간절히 빌었다.

제발. 집어라. 반지하라고 욕 안 할게요. 17억만 고스란히 돌려주시면 진짜 얌전히 착하게 잘 살겠습니다. 이제 진짜 다시는 인생 저주 안 하고 주어진 17억에 감사하며 남은 삶을 겸허히 짜릿하게 살아 보겠습니다. 제발. 진짜 제발이요.

저도 모르게 입 모양으로 제발, 제발이라고 빌었는지 신경질적인 목소리가 튀어나왔다.

"깼나?"

다분히 짜증 섞인 말투에 솔레아는 눈을 부릅뜨고 목소리의 주인을 째려봤다.

"얻다 대고 짜증을 내? 지금 네가 나를, 악!"

몸을 일으키려는 순간 파도처럼 밀려오는 고통에 솔레아는 그대로 다시 뒤로 쓰러졌다. 침대 헤드에 머리를 박으려던 찰나 창가 쪽에 서 있던 그레이가 재빠르게 다가와 솔레아의 머리를 손으로 받쳤다.

"괜찮아? 너 다리 부러졌어."

"뭐?"

"……다리가, 부러졌어."

다리의 고통은 그래서라고 쳐도, 그레이가 받치고 있는 머리도 아팠고, 배, 가슴, 어깨, 여기저기 안 아픈 곳이 없었다. 마치 누가 두들겨 팬 것 같았다.

솔레아는 싸늘한 목소리로 그레이에게 말했다.

"너 나 때렸어?"

"아냐!"

깜짝 놀란 그레이가 머리를 내던지듯 내려놓는 바람에 솔레아는 다시 침대에 내팽개쳐졌다.

"악! 이 망할 놈아!"

"내가 널 왜 때려!"

"그럼 왜 온몸이 이렇게 아픈 건데!"

이놈이 먼저 막 편하게 굴어서 그런가. 이상하게 그레이에게는 쉽게 막말이 나왔다. 솔레아가 분에 찬 목소리로 따지자 불퉁한 표정으로 솔레아를 보던 그레이가 눈을 다른 곳으로 돌렸다.

"……네가 약해서 그렇지, 뭐."

"뭐, 인마?"

"인마?"

"그래, 인마!"

보호자는 없고, 가진 것 빚뿐인 젊은이가 대한민국에서 먹고살려면 얼마나 독해져야 하는지 넌 모를 거다. 이 금수저 동태눈깔 새끼.

솔레아는 이를 갈며 소리쳤다.

"눈을 어따 두고 다니는 거야! 보험사 불러!"

"보, 어?"

"……벼, 병원!"

"의사가 왔다 갔어. 다리를 고정시켜 뒀으니까 그만 움직여. 네가 워낙 약해서 나랑 부딪쳤을 때 보통 사람보다 더 크게 충격을 받은 것 같다더라. 다른 곳은 며칠 쉬면 낫겠지만 다리는 마력 없이 나으려면 적어도 두 달은 안정을 취해야 할 거야."

"두 달?"

로또 당첨금 수령 기간은 1년이다. 하루하루가 귀한 와중에 두 달이나 버려야 한다니.

침대에 가만히 누워 있는 동안 지나간 시간은 누가 보상해 주는데?

충격받은 솔레아가 입을 크게 벌린 채 가만히 있자 그레이는 잠시 뻘쭘하게 서 있다가 탁자 위에 있던 얇은 책 한 권을 들고 솔레아에게 다가왔다.

"……서재에 갈 거면 간다고 말을 하고 가지. 이 저택 사람들이 다 너만 보는 거 알면서, 왜 그랬냐. ……인마."

저 쪼잔한 회색 동태눈깔 새끼.

속으로 이를 간 솔레아는 손을 내밀어 일기장을 받으려 했다. 그런데 일기장을 솔레아에게 내밀던 그레이가 다시 휙 제 쪽으로 가져갔다.

"이게 그렇게 중요해? 품에 안고 오느라 내 발자국 소리도 못 들을 만큼?"

"중요……하지. 그리고 네 발자국 소리 들었어. 네가 소 떼같이 뛰어와서 거리를 가늠 못 했을 뿐이야."

일기장의 내용을 봤냐고 물으려던 솔레아의 눈에 새빨개진 그레이의 얼굴이 들어왔다.

"표정이 왜 그래?"

그레이는 빨개진 얼굴을 다른 쪽으로 돌리며 더듬더듬 말했다.

"……너도 이제, 어, 어른이고, 음, 알겠는데. 그런, 그런 걸 찾아보는 건, 아니. 서재에 이런 책이 있는 줄도 몰랐다."

"……그게 무슨."

솔레아가 말을 다 잇기도 전에 그레이가 먼저 입을 열었다.

"하녀들 보기 민망할까 봐 일단 내가 숨겨서 들고 오긴 했는데 너무 자주 보진 마라."

"이, 이게 뭘로 보이는데."

아무리 생각해도 반응이 이상했다.

일기장 속 내용을 봤다면 이게 무슨 말이냐고 묻는 게 정상적인 반응이다. 아무리 단세포라도 '여기 일기장 속에 있는 회색 동태눈깔이 내 얘기냐?' 하고 따져야 한다.

솔레아의 질문에 그레이는 얼굴로도 모자라 일기장을 들고 있는 손가락 끝까지 빨개졌다.

"……렘샤 부인의 은밀한 사정, 이잖아."

"음?"

그레이는 차마 솔레아를 쳐다보지 못하고 눈을 좌우로 왔다 갔다 굴리며 최선을 다해 시선을 피했다.

"이해해. 그럴 수 있지. 하루 종일 저택에 있으니까 이런, 그런…… 책을, 그래. 호기심이 생길 수도 있지. 괜찮아."

"잠, 잠깐만. 읽어 봐. 그런 내용이야?"

"뭘 모르는 척하고 있어! 야!"

"아니, 읽어 보라니까!"

"이, 이걸? 이걸 읽어? 지금? 여기서? 네 앞에서?"

책을 내민 후로 내내 몸을 반쯤 돌리고 있던 그레이가 화들짝 놀라며 솔레아를 향해 똑바로 섰다.

"미안해! 내가 처박아서 미안하다! 야! 그, 그렇다고 이런 것까지 시킬 필요는 없잖아!"

"읽어 보라니까!"

솔레아가 진심으로 소리 지르는 모습을 처음 본 그레이는 거절할 수 없었다.

게다가 솔레아의 이마에 난 커다란 보라색 혹과 뒤통수에 대고 있는, 마력으로 온도를 조절 중인 아이스 팩이 죄책감을 더욱 자극했다.

"알, 알았어. 너 어디 가서 내가 이딴 거 읽었다고 말하고 다니지 마라."

"아, 좀."

"……진짜 말하지 마."

"알았다고!"

아랫입술을 물어뜯으며 책장을 넘겨 보던 그레이는 솔레아에게 조심스럽게 물었다.

"어, 어디부터 읽어 줄까."

아오, 답답한 새끼. 솔레아가 꿰뚫을 것처럼 째려보자 그레이가 황급히 이어 말했다.

"아니, 네가 아파서 못 읽으니까 내가 대신 읽어 주는 거잖아. 그, 그러면 어디부터 읽어 줘야 하는지 말을 해 줘야 알지. 뭐, 아, 아무 데나 펼치고 읽을까. 그러지. 뭐."

그레이는 애써 태연하고 대범한 척하며 책장을 펼쳤다. 이어 '윽.' 하는 짧은 신음을 내뱉은 그는 듣기 좋은 낮은 목소리로 음란 서적을 낭독하기 시작했다.

"……렘샤 부인의 하얀 손이 기사의 탄탄한 가슴을 움켜쥐자 그의 잇새로 신음이 터, 터져 나왔다. ……계속 읽어?"

솔레아가 대답 없이 째려보자 그레이는 떨리는 손으로 책을 다시 고쳐 잡더니 시뻘게진 눈가를 찡그리며 커다란 눈을 질끈 감았다 떴다.

"……아웃, 하, 웃. 응. ……으웃. 부인. 너무 급하신 게 아닙니까. 낮게 울리는 에라스토의 낮은 신음을 들은 렘샤는 작게 웃었다. 후훗. 그러곤 그의 들뜬 숨을 집어삼키듯 뜨겁게 키스했다. ……어, 엉덩이를 들어요, 에라스토. 옷이 걸렸네요. 크흠. 흠! ……에라스토의 바지를 손쉽게 벗겨 낸 렘샤는 한껏 달아오른 그의, 그의, 그의 중, 중심을……."

"진짜로 그렇게 쓰여 있어?"

"아, 진짜야!"

금방이라도 터질 것 같은 얼굴을 한 그레이가 책을 침대 옆 탁자에 내던지듯 내려놓고는 도망치듯 멀어졌다.

"이걸 어떻게 읽냐! 안 해! 안 읽어! 다 나으면 네가 읽어! 혼자 읽어! 이제 싫어! 이 미친놈아!"

"미친놈이라니! 내가 동생이라며!"

"오빠라고 부르지도 않으면서 뭔 동생이야!"

버럭 소리를 지른 그레이가 방문을 향해 다가가려는데, 그 순간 노크 소리가 들려왔다.

그레이는 놀란 고라니처럼 제자리에서 펄쩍 뛰어오르더니 광속으로 되돌아와 책을 냉큼 서랍 제일 아래 칸에 쑤셔 넣고는 태연히 말했다.

"들어와."

"누가 보면 네 방인 줄 알겠네."

문을 열고 들어온 사람은 앤이었다.

"무슨 일이지."

"아가씨의 친구분들께서 병문안을 오셨습니다. 열병이 가라앉았다는 소식만 듣고 오셨기에 다리를 다치신 건 모르십니다. 어쩔까요, 아가씨? 만나 뵐 수 있으시겠어요?"

이마에 커다란 혹을 단 솔레아는 또 3인칭을 쓰며 경악했다.

"솔레아가 친구도 있어?"

그레이는 고개를 절레절레 흔들며 앤에게 말했다.

"얼굴에 있는 상처를 대충 가린 후에 불러. 솔레아는 친구가 찾아오면 거절하지 못했으니까. ……뭐, 좋아했는지는 모르겠지만."

앤에게 명령한 그레이는 솔레아를 돌아보며 씩 웃었다.

"그레이는 갈게. 솔레아는 친구들 만날 때 그레이가 같이 있으면 안 좋아했거든."

"솔레아가?"

아직도 이상한 걸 못 알아채고 스스로를 3인칭으로 부른 솔레아에게 그레이는 아까보다는 유하게 웃어 보였다. 어쩐지 조금 쓸쓸해 보이는 미소였지만 여전히 장난기를 가득 담고 있었다.

"친구들이 괴롭히면 오빠 불러."

"오빠 같은 소리 하네."

"그러게. 오빠 같은 소리를 한다, 내가."

그레이가 나가자 앤이 다른 하녀들과 함께 재빠르게 들어와 누워 있는 솔레아의 얼굴을 단장했다.

'대체 어떤 친구들이기에 이런 때에도 만나야 되는 거야?'

보라색 혹을 가리겠다며 분첩으로 열심히 얼굴을 두드리던 하녀들이 모두 나간 뒤 몇 분 지나지 않아 화려한 옷을 입은 여자 셋이 들어왔다.

뒤로 자빠져도 귀족임을 알 수 있는 화려한 옷과 머리였다.

"세상에, 솔레아! 이게 무슨 일이야."

"다리를 다쳤다고 하녀가 말해 주긴 했지만 이 정도일 줄은 몰랐어!"

"몇 주 전부터 침대에서 일어나지도 못한다기에 얼마나 걱정했는지 몰라."

솔레아가 친구들을 좋아하는 것처럼 보이진 않았다는 그레이의 말과, 나중에 단장하러 들어온 하녀들이 죽을상을 지으며 '더 아프시면 안 되니까 너무 마음 쓰지 마세요.'라고 한 말을 들은 터라 걱정했는데 생각보다는 멀쩡한 반응이었다.

난 또, 괴롭힘이라도 당하는 줄 알았네.

솔레아는 무덤덤하게 말했다.

"보다시피 몸은 아프지만 열이 나진 않아. 걱정해 줬다니 고마워."

내가 아무리 돈에 돌아 버린 미친 사람이라도 생판 남의 몸에 들어온 마당에 당사자 인간관계까지 조지고 갈 순 없지.

최대한 상냥하게 말했는데 친구들은 당황한 것처럼 서로 시선을 교환하더니 귀에 대고 속닥거렸다.

들리지도 않을 정도로 조용조용히 말하는 터라 뭐라고 하는지 알 순 없었지만 사람을 면전에 두고 귓속말을 나누는 게 썩 좋아 보이진 않았다.

"왜 사람을 앞에 두고 귓속말을 하지?"

"아. 아무것도 아니야."

그중 가운데에 서 있는 여자가 싱긋 웃으며 말했다.

"그런데 기억을 잃었다는 소문이 진짜였구나. 말투가 확 달라졌어."

"원래는 어땠는데?"

금발을 올려 묶은 가운데 여자가 부드럽게 미소 지으며 침대 끄트머리에 걸터앉았다.

"상냥했지. 늘 우리에게 존대를 했잖니."

"내가?"

"그래. 우리가 널 찾아올 때마다 거리를 두는 것처럼 말을 편히 하지 않아서 매번 얼마나 마음이 불편했는지 몰라. 기억을 잃어 우리를 모를 테니 소개부터 해야겠구나."

금발이 서 있는 여자들을 흘긋 쳐다보자 한 명씩 미소를 지으며 인사를 건넸다.

"호르비안 자작가의 세릴이야. 넓은 농지를 소유하고 있으니 언제든 놀러 와도 좋아. 네가 침대에서 일어날 수 있게 되면 말이야."

"케인 자작가의 줄리아라고 해. 노예 무역을 하고 있으니 새로 수발을 들 놈이 필요하면 말해."

이년 봐라?

……물론 저렇게 당당하게 말하는 걸 보니 노예 무역이 불법은 아닌 것 같지만 그게 문제가 아니었다. 한국에서 평생을 살아온 사람의 도덕에 기스가 나고 있었다.

내 얼굴이 구겨지는 걸 보지 못했는지 침대에 앉은 금발 머리가 소개를 이어 갔다.

"나는 르밀리앙 리안드리고. 우리 백작가가 이 근방에서 가장 크게 직물업을 하는 거 알지? 아, 기억을 잃었으니 모르겠구나. 불쌍해서 어떡해."

말을 마친 르밀리앙이 눈썹을 아래로 늘어뜨리며 조심스럽게 내 손을 잡긴 했지만 기분이 더러웠다.

가시가 돋친 말에 기분이 불편해진 솔레아는 잡힌 손에 힘을 주며 그녀의 손을 고쳐 잡았다.

"야."

잡은 손을 휙 당기며 부르자 르밀리앙은 당황한 듯 잠깐 눈을 빠르게 감았다 뜨기를 반복했지만 이내 그림처럼 미소 지었다.

"응, 솔레아."

"근데 왜 지금이 더 불편해 보이지? 다시 존댓말 써 줘?"

솔레아의 말투에 놀란 듯 눈을 동그랗게 뜬 르밀리앙은 옆에 서 있는 다른 두 명의 영애를 보다가 다시 솔레아를 돌아보며 상냥히 미소 지었다.

"그럴 리가. 지금이 훨씬 좋은걸. 우리는 친구잖아. 네가 매번 집 밖으로 나오지 못해도 우리는 늘 널 찾아왔는걸."

이상했다.

앤의 말대로라면 파티도 한 번 나간 적 없고, 몸이 약해서 늘 침대 위에 누워 있었다는데 언제 이렇게 돈 많아 보이는 여자 셋을 친구로 사귄 걸까.

게다가 쓰러지기 전 그레이가 했던 말을 떠올려 보면 평소에도 자주 쓰러졌던 거 같은데. 어떻게 얘네를 만난 거지. 이렇게 싸가지 없어 보이는 애들을.

솔레아의 표정이 썩 좋지 않자 르밀리앙의 옆에 서 있는 연한 갈색 머리가 입을 열었다.

"다리는 어쩌다가 그렇게 다친 거야?"

"그레이가 와서 박았어."

사실 그대로 말했을 뿐이다.

하지만 듣는 이들의 얼굴에 떠오른 감정은 놀라움보다는 혐오에 가까웠다. 침대 옆에 서 있는 진한 갈색 머리 여자가 눈을 동그랗게 뜨고 말했다.

"그레이라면 네 바로 위의 그?"

"응."

"세상에나! 공작님께는 말씀드렸어?"

"뭐……. 누군가가 말했겠지. 일부러 그런 건 아니고 그냥 사고였어."

저도 모르게 그레이를 감싸는 말을 했다는 것에 묘한 기분을 느낄 때쯤, 르밀리앙이 솔레아의 손을 두 손으로 잡으며 강건하게 말했다.

"그런 안일한 태도를 취하면 안 돼. 넌 이 집안의 소공작이잖아!"

"……위에 셋이나 있는데 왜 내가 소공작이야."

"어머나."

짧은 감탄을 뱉어 낸 갈색 머리 두 명은 이내 다시 둘이서 속닥거렸다. 솔레아가 짜증 섞인 얼굴로 둘을 돌아보며 말했다.

"야. 니네 자꾸 둘이서 귓속말할 거면."

"레아."

말을 끊어 먹은 금발 머리가 대단한 선의라도 베푸는 것처럼 따스하게 웃으며 솔레아의 손등을 부드럽게 토닥였다.

"불쌍하게도. 아무도 네게 말해 주지 않았구나."

"뭘."

솔레아가 물었지만 금발 머리는 제 입으로 말하지 않고 또다시 옆에 선 다른 여자를 바라보며 슬쩍 눈치를 줬다.

그러자 진한 갈색 머리가 금발 머리의 표정을 따라 하는 것처럼 솔레아를 동정 어린 눈빛으로 내려다보며 입을 열었다.

"이 집의 적자는 너뿐이야."

솔레아의 미간이 찌푸려지자 그걸 다른 신호로 알아챘는지 갈색 머리 옆에 선 여자가 재빨리 이어 말했다.

"위의 셋은 공작 부인이 오랫동안 아이를 가지지 못하셔서 밖에 굴러다니는 거렁뱅이들을 데려온 거잖아. 출신부터가 다른데 어떻게 공작가를 이어받을 수 있겠어."

"그래. 거기다 그레이라는 놈은 부모의 얼굴도 모르는 길바닥 거지 출신이잖아. 공작 부인께서도 참. 아무리 마음씨가 좋으셔도 그렇지. 어떻게 앵벌이나 하던 더러운 뒷골목 아이를 데려올 생각을 하셨는지 몰라. 그런 놈은 내 노예

54

상단에도 차고 넘치는데 말이야. 팔아 봤자 돈도 얼마 안 된다고."

잡고 있는 솔레아의 손이 차갑게 식음과 동시에 얼굴에서 핏기가 사라지자 금발은 한 손을 뻗어 솔레아의 머리카락을 정돈했다.

"저런. 솔레아. 많이 놀랐구나. 하지만 셰릴과 줄리아가 입이 험하긴 해도 다 널 아끼고, 네가 이 집에서 똑바로 살아가길 바라니까 저렇게 말하는 거야. 그리고 거짓말은 아니잖니. 그런데 전에 내가 말했던 건 생각해 봤어?"

"뭐?"

차갑게 식은 눈으로 바라보는 걸 눈치채지 못했는지 금발 머리가 귀밑머리를 손가락으로 우아하게 쓸어 넘기고는 천천히 운을 뗐다.

"공작님께서 지금 놀리고 계신 땅이 있으니 우리 가문과 손을 잡자고 했잖아. 우리 리안드리고의 사업 수완이 좋으니 이익을 보는 건 금방일 테고, 네가 적자로서 이 집안에서 자리매김을 할 수 있는 좋은 기회가 될 거라고. 그런데 너는 내가 이 저택에 올 때마다 그저 생각해 보겠다고만 하니, 나는 네가 너무 마음이 약한 게 아닌지 무척이나 걱정이 돼."

"……그래?"

"가죽 공장에서 하루 종일 무두질을 하던 놈이라 그런지, 티온은 전쟁터에서 두각을 드러내고 있잖아. 그리고 마법사 밑에서 실험이나 당하던 들쥐 같은 둘째는 그 알량한 재주 덕분에 마법사로 벌어먹으며 네 아버지 옆에 찰싹 붙어 있질 않나. 그것도 모자라 너를 들이박은 그 무식한 거지가 네 호위 기사가 될 거라니. 네가 겁먹고 용기를 내지 못하는 것도 이해가 돼."

침대 옆에 서 있는 셰릴이 냉큼 말을 얹었다.

"공작님도 너무하시지! 네가 베르고의 소공작으로 불리는 걸 알고 계시는데도 불구하고 이렇게 아프도록 내버려 두시다니."

"그 물 빠진 실험 들쥐가 혹시 마법으로 네 몸에 무슨 짓을 한 건 아니니? 네 방이나 몸에 걸린 저주는 없는지 확인해 보라고 했잖아. 그것도 안 했지, 너?"

다그치는 것처럼 따지는 줄리아의 말까지 연달아 듣자 그제야 이해가 갔다.

왜 이년들이 왔다 가면 솔레아가 풀이 죽어서 며칠을 앓았던 건지.

그 심약한 성격에 한번 제대로 받아치지도 못한 채 가만히 듣고만 있다가 이들을 돌려보냈겠지.

첫째라는 인간은 아직 만나 보지 못했고, 둘째 헤이먼은 쎄하긴 하지만 어쨌든 그건 내가 직접 판단할 일이야. 그레이는. ……그래 이 새끼건, 그래 저 새끼건 일단 나만 욕할 거야.

게다가 솔레아가 이 집의 적자든 아니든 그게 무슨 상관인가. 나는 어차피 이 세계 사람이 아닌데.

르밀리앙을 바라보는 솔레아의 눈이 곱게 가늘어졌다. 바싹 마른 입술이 가로로 길게 늘어지며 입꼬리가 올라가자 핏기 없는 입술이 찢어져 피가 한 방울 새어 나왔다.

하얀 얼굴 위에 어렴풋이 보이는 시퍼런 멍과 진한 보라색 눈동자, 아래로 곱게 늘어뜨린 붉은 머리칼과 그와 똑같은 색으로 맺힌 핏방울은 사람을 바짝 긴장시켰다.

솔레아는 미소를 머금은 채 르밀리앙에게 단조롭게 물었다.

"너 빡대가리야?"

"……뭐, 뭐? 잠깐만. 뭐라고?"

금발이 잡고 있던 손을 놓고 몸을 뒤로 옮기자마자 솔레아가 침대에서 일어나 앉았다.

아직 온몸이 쑤시지만 엿을 다발로 처먹은 것 같은 기분에 가만히 누워 있을 수가 없었다.

"기억을 잃었다는데 뭔 사업이고 개나발이야. 지금 이 상황에서 사업에 대해 생각해 봤냐고 묻는 게 말이 되냐. 나 방금 깼다. 이 돌빡아. 새대가리라서 10초에 한 번씩 말해 줘야 돼? 리안드리고 영애. 저 기억을 잃어서 하나도 몰라요. 그니까 사업이고 뭐고 사기 치려면 느그 집 바퀴벌레한테 가서 치세요."

셋의 얼굴에 불쾌감이 여실히 드러났다.

줄리아가 잔뜩 화가 난 얼굴로 뭐라 쏘아붙이려는 찰나, 솔레아가 먼저 입을 열었다.

"거지새끼들을 주웠건, 너희 같은 새대가리를 주웠건 그건 이 공작가에서 결정한 일이야. 그리고 니네 부모님은 너희를 낳은 김에 키우는 거지만 내 위의 셋은 선택받은 거란 생각 안 해 봤니? 하긴, 했겠냐. 그 머리로."

침대로 한 발짝 다가서는 줄리아를 돌아본 솔레아는 빠르게 말을 이었다.

"노예 무역 한댔나? 그럼 말해 봐. 머리통 돌아가는 게 느린 노예들은 제값에 못 팔 텐데 그럼 너희는 대체 어디서 선택을 받겠니. 팔리긴 할까?"

"이, 건방진……!"

줄리아가 손을 들어 솔레아의 뺨을 거세게 내려쳤다.

짝, 소리와 함께 얼굴이 돌아감과 동시에 르밀리앙이 침대에서 일어섰다.

"침대에서 일어나지도 못하는 계집애가 불쌍해서 말 상대 몇 번 해 줬더니 고마운 줄도 모르고 천박하게."

르밀리앙의 말에 솔레아는 눈을 똑바로 뜨고 그녀를 바라봤다.

여유 넘치는 솔레아의 시선에 르밀리앙은 눈을 가늘게 뜨고 솔레아를 죽일 듯 노려봤다.

"하, 기억뿐 아니라 교양까지 잃었나 보네. 멍청한……."

"그건 너희 얘기지. 침대에서 일어나지도 못하는 이 계집애가 누구인지 잊었어?"

셰릴의 두 눈이 커다래지고, 르밀리앙의 얼굴에서 핏기가 빠져나가기 시작했다. 줄리아는 언제부터인가 빨개진 손바닥을 벌벌 떨고 있었다.

"너희 말대로 나, 베르고의 소공작이잖아."

아랫입술을 베어 문 르밀리앙이 주먹을 꽉 쥔 채 온몸을 사시나무 떨듯 떨어

댔다.

왼쪽 뺨이 부어오르기 시작했는데도 솔레아의 얼굴에 스민 독기는 한층 더 해졌다.

"그래서 뻔질나게 드나든 거 아니야? 콩고물 떨어질 거 없나 찾는 거렁뱅이 새끼들처럼?"

르밀리앙이 참지 못하고 손을 들어 올리는 순간, 솔레아가 큰 소리로 외쳤다.

"그레이!"

여태껏 솔레아에게서 한 번도 들어 본 적 없는 쩌렁쩌렁한 발성에 놀란 르밀리앙이 문 쪽을 바라봤다가 다시 솔레아를 바라봤다.

비소를 머금은 솔레아는 픽 웃으며 어깨를 으쓱 올렸다 내렸다.

"왜? 얼굴 보긴 부끄러워?"

얼마 지나지 않아 쿵쿵 울리는 발소리가 들리더니 곧 문이 벌컥 열리고 그레이가 들어왔다. 잔뜩 상기된 그의 얼굴은 빠르게 뛰어왔다는 걸 말해 주고 있었다.

솔레아는 영애들 틈 사이로 얼굴을 내밀며 그레이를 향해 손을 들어 올렸다.

"헤이. 앵벌이 오빠."

"……뭐?"

"오빠도 교양을 좀 갖춰. 동생이 불렀기로서니 숙녀 방문을 벌컥벌컥 열면 쓰나."

침대를 둘러싼 셋이 바짝 굳은 상태로 서 있는 것 따위는 신경도 쓰이지 않는다는 듯 그레이는 넓은 보폭으로 성큼성큼 다가왔다.

"얼굴이 왜 이래. 이거 뭐야. 누가 이랬어."

"얘네가 오빠가 어릴 때 앵벌이를 했다고 하더라고. 그래서 너희도 같은 짓 하러 온 거 아니냐고 했더니, 세상에. 교양머리 없이 뺨을 휘갈기네."

처음 봤을 때부터 늘 생기 넘치던 그레이의 얼굴이 차갑게 굳었다. 그레이의 뒷모습을 보고 있는 이들 역시 살기를 느꼈는지 아무런 말도 못 하고 가만히 서 있었다.

"……저, 그레이 님. 그게 아니라."

르밀리앙이 그레이에게 말을 걸자마자 그레이는 듣기 싫다는 듯 솔레아를 그대로 안아 올리곤 뒤돌아 빠른 걸음으로 방 안을 가로질렀다.

문밖으로 나간 그레이는 복도에 서 있는 집사와 하녀들에게 명령했다.

"손님들 가시니 배웅해. 그리고 오늘 일은 내가 직접 공작님께 말씀드리지."

"잠깐만요! 솔레아! 그런 뜻이 아니었잖아! 우리 얘길 좀 들어 봐! 솔레아!"

뒤에서 외치는 소리에도 솔레아는 태연하게 그레이의 품에 안긴 채 말했다.

"오빠 앵벌이를 좀 잘했나 봐? 소문이 여태 짱짱한 걸 보면."

"오빠, 오빠 잘도 하네. 뺨은 복어처럼 부풀어선."

"내가 복어보단 좀 낫지."

그레이는 속상한 마음 어딘가에서 미묘한 감정을 느꼈다. 여태 만나 왔던 이들은 딱 두 부류였다. 잔뜩 눈치를 보며 비위를 맞추거나, 앞에선 비위를 맞추고 뒤에선 조롱하는 이들.

평생 동안 남들이 세워 놓은 살얼음판 위에서 살아가는 기분이었는데.

웬걸, 기억을 잃은 동생이 그 살얼음판 위에서 썰매를 타고 있다.

기억을 잃기 전의 솔레아는 하루 종일 침대에 누워 있었다. 가끔 일어나서 움직이긴 했어도 늘 조용했다.

원래도 내성적이긴 했지만, 자신의 위로 있는 세 명의 오빠가 모두 입양아라는 걸 알고 나서는 이따금 짓곤 했던 미소조차 더 이상 볼 수 없었다.

그저 잔뜩 눈치를 보며 미안하다는 듯 고개를 숙이고 다녔다.

'……나처럼 약하고 쓸모없는 사람이 이 집안에 태어나선 안 됐어. 내가 태어나기 전이 훨씬 행복했을 텐데. 지금은 나 때문에 다들 욕을 먹고 있잖아. 고

작 내 존재 하나 때문에······.'

하녀에게 울음 섞인 소리로 말하는 어린 솔레아의 목소리를 문 너머로 들었던 날 이후로 그레이는 일부러 솔레아에게 더 짓궂게 말을 걸었다.

한 번이라도 솔직하게 화를 내는 모습을 보고 싶었고, 서로 왁왁 소리를 지르면서 싸우고 싶었다. 그렇게라도 벽을 허물고 싶었다.

그런데 말입니다. 제 동생이 기억을 잃더니 벽을 때려 부수고 있어요. 저는 허물기만 바랐는데요.

솔레아를 품에 안은 그레이의 표정이 괴상하게 변했다. 미간은 힘껏 구긴 주제에 입꼬리는 비실비실 올라갔다.

"야. 맞은 건 난데 왜 네 얼굴이 상해?"

"내 얼굴이 뭐."

"얼굴이 요상해지고 있잖아. 설마 친동생 아니라고 나한테 그렇고 그런 마음 품은 거 아니겠지? 미안한데 나 그런 거 아주 질색이야."

"미쳤냐!"

소리를 꽥 지른 그레이는 솔레아를 안고 있다는 것도 깜박할 정도였는지 팔의 힘을 풀 뻔하다가 냉큼 다시 그녀를 고쳐 안았다.

"떨어질 것 같으면 좀 버둥거리기라도 해."

"다리 골절에 뺨까지 맞았는데 엉덩방아쯤이야."

솔레아의 태연한 말투에 그레이의 한숨이 더욱 짙어졌다.

"······그렇다고 뺨을 맞으면 어떡하냐."

"뺨 정도는 맞아 줘야 합의금을 받지."

"뭐?"

"있어, 그런 거."

법의 철퇴는 안 맞더라도 가문의 철퇴 정도는 때릴 수 있겠지. 힘 있는 공작가라면 말이야.

합의금 같은 거 들어오면 나한테 주면 좋겠다. 이 세계에서 사용하는 돈이라면 금으로 만들지 않았을까?

머릿속으로 금은방 아저씨와의 짜릿한 독대 타임을 가지고 있는 솔레아는 뻘겋게 부어오른 뺨 따위는 아무렇지 않았다.

엄마에게 버려지고, 아버지를 버리는 굴레 속에서 자신은 내내 혼자였으니까.

이 꼴 저 꼴 보며 살다 보니 삶에 정답은 없다는 걸 깨달았다.

가끔은 맞아 주는 게 나았고, 또 어떨 땐 미친년처럼 물어뜯어 작은 몫이라도 챙겨야 할 때가 있었다.

여기라고 다를까. 뭐, 이제 와서 따귀 정도야 별스럽지도 않다.

"그레이."

"왜."

"그 금발네 집 돈 많아?"

"……몰라."

"공작가의 딸을 위협했으니까 돈 좀 뜯어낼 수 있지 않을까."

대수롭지 않다는 듯한 솔레아의 태도에 인상을 잔뜩 찌푸린 그레이는 하녀가 빈방의 문을 열기도 전에 발로 차서 열어젖혔다.

방 안을 성큼성큼 걸어가 솔레아를 침대에 내려놓은 그레이는 냉랭한 말투로 대답했다.

"……돈만 뜯어내는 걸로 되겠냐."

그 빌어먹을 팔도 뜯어야지.

두꺼운 이불이 서걱대는 소리에 그레이가 짧게 덧붙인 말을 듣지 못한 솔레아는 편하게 자세를 고쳐 앉았다.

가만히 그 모습을 지켜보던 그레이는 평소의 짜증 섞인 말투로 잔소리를 시작했다.

이제 다 알게 됐으니 하는 말이지만, 너는 공작가의 뒤를 이을 소공작이니 본인이 얼마나 귀한 사람인지 더 확실히 깨달아야 한다. 그러니 앞으로 그런 위험한 짓은 하지 마라. 내가 너를 호위하는 기사가 되긴 할 테지만 24시간 옆에 붙어 있을 수도 없는 노릇이다. 방금 같은 일이 또 생기면 어떡할 거냐. 네 스스로 몸을 지키는 방법도 어느 정도는 알아야 한다. 그리고 맞긴 왜 맞아. 맞지 않고 해결할 수 있는 좋은 방법을 찾아야지. 네 몸을 인질 삼아서 뭔가를 뜯어내려는 심산이었다면 아주 단단히 잘못 생각했다.

어쩌구저쩌구 블라블라.

솔레아는 시큰둥한 표정으로 그레이를 바라보다 물었다.

"왜 잘못 생각한 건데."

그레이의 표정이 미묘하게 일그러졌다.

"약점을 잡을 수 있다면 잡아야지. 가장 쉽고 확실한 방법이었잖아."

힘이 들어간 입술을 애써 꾹 다물었다가 천천히 한숨을 내쉰 그레이는 나지막하게 말했다.

"너를 지킬 사람이 없는 것도 아닌데 왜 그런 짓을 해."

그레이를 뚫어져라 보고 있던 솔레아의 눈동자가 조금 흔들렸다.

배 안쪽 어딘가가 뜨끈하게 지져지는 기묘한 기분에 솔레아는 시선을 반대로 돌리며 일부러 너스레를 떨었다.

"나도 사지만 멀쩡했으면 그렇게 안 보냈지. 차례차례 머리끄댕이를 잡아다가 자진모리장단으로 휘뚜루마뚜루 돌린 다음에 머리털을 오독오독 쥐어뜯어서 치실로 썼을 건데."

"······어?"

생전 처음 들어 보는 언사라 그레이가 저도 모르게 되물었다.

과장해서 말하긴 했지만 진심이었다. 부모 없는 거지새끼라는 말은 이제 어디서도 듣고 싶지 않았다. 그게 저를 향한 게 아니더라도.

그때 마침 디에르고 공작과 헤이먼이 문을 열고 들어왔다. 공작의 두 눈 가득 볼을 시뻘겋게 물들인 솔레아가 들어왔다.

"솔레아!"

뛰다시피 침대로 빠르게 다가오는 공작의 뒤로 미간을 잔뜩 찌푸린 헤이먼이 따라 걸어오며 말했다.

"아버지. 사용인들에게 들으니 전부터 저택을 드나들던 그 세 명이 솔레아에게 막말을 한 걸로도 모자라 우리 가문의 땅을 빌려 사업을 시작하자는 무리한 제안을 계속해서 했다고 합니다. 레아는 마음이 약해서 여태 아버지에게 말하지 못한 거겠죠. 그렇지?"

"……예, 그랬겠죠. 저야 기억이 안 나니 오늘 일이 처음 같았지만, 대화를 나눠 보니 전부터 그런 식으로 굴었던 것 같았어요."

그래, 전부터 그랬겠지. 그리고 진짜 솔레아라면 헤이먼의 말처럼 혼자서 싸안고 있었을 거다.

근데 헤이먼 쟤 표정이 왜 저렇게 굳어 있지.

뒤통수에 감겨 오는 이 쎄함. 이목구비 조화가 냉미남이라 그런가.

자고로 한국인의 '쎄'라 함은, 미래에서 보내는 텔레파시이자 모진 풍파를 겪으며 살아온 인생의 빅 데이터를 도출한 결과물인데.

솔레아가 속으로 뻘한 생각이나 하고 있는 사이, 공작의 얼굴은 점점 더 차갑게 식어 갔다.

"그런 일이 있었다니……. 레아. 위험한 일이 있었으면 나한테 말했어야지. 아프진 않니?"

"괜찮아요. 겨우 따귀 한 대인데요. 별로 아프지도 않았고요. 이걸 빌미로 가문을 욕하고 다닌 것까지 다 묶어서."

"뭐?"

"잘된 일이니까 너무 속상해하지 마세."

"빌미라니!"

이쪽 세계에 온 지 며칠 되지 않았지만 디에르고 공작의 화난 모습을 보는 건 처음이었다.

두 눈을 크게 뜬 디에르고 공작이 목에 핏대를 세우며 크게 외쳤다.

"아빠 앞에서 어떻게 빌미라는 말을 써! 세상 어느 아빠가, 어느 오빠가! 네 따귀값으로 눈엣가시인 자를 치운다 하겠어! 품이 얼마가 들든, 자식들에겐 비 한 방울도 맞히기 싫은 게 부모 마음인데! 어떻게 아비 면전에서 제 몸이 빌미 라는……."

디에르고는 속상한 마음에 언성을 높이다가 문득 솔레아의 반응이 이상하다 는 걸 눈치챘다.

동그란 눈을 크게 뜬 솔레아는 두 손으로 이불을 터뜨릴 듯 감아쥔 채 굳어 있었다. 방금 전까지만 해도 희던 피부는 퍼렇게 질리다 못해 시체처럼 보일 지경이었다.

"……레아?"

아래턱이 잘게 떨려 올 정도로 겁에 질린 솔레아는 디에르고에게서 시선을 떼어 내지 못했다.

당황한 디에르고가 솔레아에게 손을 뻗자 그녀는 본능적으로 어깨를 움츠리 며 시선을 아래로 내렸다. 그러곤 들리지도 않을 정도의 작은 음성으로 무어라 중얼거렸다.

"죄송해요."

"……뭐?"

"죄송해요. 안 그럴게요. 잘못했어요. 잘못했어요, 아빠. 죄송해요."

숨을 쉬는지조차 의심스러울 정도로 솔레아는 빠르게 말을 뱉어 냈다.

기억을 잃은 이후의 솔레아에게서 처음으로 '아빠'라는 말을 들었지만 이런 걸 원한 건 아니었다.

디에르고는 솔레아에게 뻗었던 손을 얼른 걷어 갔다.

"레아. 괜찮니?"

"잘못했어요, 다신 안 그럴게요. 죄송해요. 잘못했어요."

"레아, 아빠 좀 보렴."

최대한 다정한 말투로 말했지만 천천히 고개를 들어 올린 솔레아의 눈에는 작은 이슬이 맺혀 있었다. 빛이 반사된 눈망울은 아름답게 반짝였지만 그 낯은 전혀 아름답다고 말할 수 없었다.

"잘못했어요. 아빠. 제가 다 잘못했어요."

분명히 디에르고를 바라보고 있는데도 아무것도 보이지 않는 것처럼 솔레아의 눈은 어딘지 모르게 초점이 흐렸다.

디에르고는 입술을 힘주어 꾹 다물며 솔레아에게서 천천히 한 걸음씩 멀어졌다. 손이 닿지 않을 만큼 멀어진 후, 솔레아의 시선이 다가오자 디에르고는 표정을 느슨하게 풀고 낮은 목소리로 차분히 말했다.

"미안하다. 속상하다고 해서 소리를 지르면 안 됐는데, 미안하다. 레아."

몇 번이나 거듭해서 사과한 공작은 솔레아가 놀라지 않도록 느린 발걸음으로 방을 나갔다.

헤이먼은 솔레아를 가만히 바라보며 몇 번이나 입을 달싹였지만 결국 아무런 말도 꺼내지 못하고 이내 공작을 따라 나갔다.

"……야. 괜찮아?"

그레이는 제자리에서 움직이지 못했다. 솔레아는 저도 모르게 그레이의 옷자락을 붙잡고 닫힌 방문을 보다가 몇 분 후에야 대답했다.

꽤나 멀쩡한 것 같은 밝은 음성이었다.

"아, 갑자기 큰 소리를 들어서. 이제 괜찮아. 좀 놀라서 그래."

말은 그렇게 하면서도 솔레아는 여전히 그레이의 옷자락을 움켜쥐고 있었다. 그레이는 조심스럽게 솔레아를 돌아보며 다시 물었다.

"옆에 있어 줄까?"

"아니! 괜찮아, 진짜. 혼자 있어도 돼."

아까 분명 눈가에 눈물이 맺힌 걸 봤는데 지금은 거짓말처럼 티 없이 맑은 얼굴이었다. 방금 전까지 패닉 상태였다는 게 믿기지 않을 만큼.

하지만 여전히 가쁘게 오르락내리락 움직이는 흉부가 눈에 들어왔다.

그레이는 가만히 솔레아를 내려다봤다.

"야. 손잡는다. 놀라지 마라."

"잉? 손을 왜 잡아."

인상을 구기며 신경질을 내는 솔레아의 태도에도 그레이는 아랑곳 않고 제 옷자락을 잡은 솔레아의 손을 부드럽게 손안에 쥐었다.

한 손에 들어오고도 남는 작고 약한 손이었다.

차갑게 식은 솔레아의 손끝부터 그레이의 체온이 옮겨 가며 더디게 데워졌다.

힘들 때 곁에 있어 주고 싶었다.

출신이 아니라 함께 나눈 시간과 추억이 가족을 만드는 거라고 믿었으니까.

돌아가신 공작 부인이 제게 가르쳐 주신 것 중 가장 귀한 가르침이었다. 가면을 뒤집어쓴 동생에게 괜찮지 않아도 된다고 말하고 싶었다.

몇 분이 지난 후, 솔레아의 숨소리가 점점 가라앉았다. 곧이어 솔레아가 장난기 가득한 목소리로 태연하게 딴지를 걸어왔다.

"……저기요. 그레이 씨. 아까도 말했지만 동생한테 작업 걸고 그러면 안 됩니다."

"너 진짜 미쳤냐!"

감성으로 촉촉하게 젖어 가던 그레이가 제자리에서 펄쩍 뛰며 불에 덴 것처럼 솔레아의 손을 뿌리쳤다.

"너, 너는! 애가! 어? 아프고 나더니. 어? 머리가 어떻게 된 거 아냐?"

"그러게 손을 왜 잡아! 너 금지된 사랑 그런 거 읽고 싶으면 동네 서점 가서 찾아 읽어! 렘샤 부인 한번 읽더니 머릿속에 마구니가 꼈네!"

"마구니가 뭐야! 그리고 렘, 렘샤 부인은 내가 읽고 싶어서 읽은 게 아니라 네가 읽던 걸 내가 대신 읽어 준 거지! 그리고 그러려고 손잡은 거 아니잖아!"

"엄멈멈머, 그러면 다 큰 오빠가 동생 손을 왜 잡았대!"

"야!"

"왜!"

짓궂게 놀려 오긴 했어도 솔레아는 아까보단 훨씬 편해 보이는 표정이었다.

그레이는 그 이후로 공작이 보낸 의술사가 찾아와 솔레아의 다친 몸을 마력으로 회복시켜 주는 동안에도 떠나지 않고 옆에 서서 계속 아웅다웅 싸워 댔다.

"으이구, 몸이 아주 만신창이다. 선생님이 마력 일주일 치는 너한테 쏟아붓고 가시겠네."

"이 회색 동태눈깔아. 이 중에 90%는 네가 때려 부순 거야. 무식하게 사람을 걷어차냐."

"일부러 그런 게 아니라, 잠깐만. 동태눈깔? 너 동태눈깔이라고 했냐?"

"너 동태가 뭔지는 알고 화내니?"

"이게 진짜. 다 나으면 보자."

"지금도 보고 있잖아."

두 사람을 보며 허허 웃던 의술사는 솔레아를 치료한 뒤 조심히 방을 빠져나갔다.

두 분 참, 우애가 좋은 듯 안 좋은 듯 좋은 것 같은 남매군요.

늦은 밤, 방으로 돌아간 솔레아는 침대 위에 가만히 누워 천장을 바라보고 있었다.

오늘 일은 명백한 실수였다. '아빠'라는 사람이 소리를 지른다고 굳어 버리다니. 진짜 아빠도 아닌데.

한참 뒤척이고 있자니 무언가가 창문을 톡톡 두드리는 소리가 들려왔다.

절뚝거리며 창가로 가 커튼을 젖히자 금색 안개가 시야를 가득 채웠다. 눈이 부셔 잠시 찡그렸다가 다시 똑바로 뜨자 노란 빛을 뿜어내는 손바닥만 한 크기의 작은 인영들이 눈에 들어왔다.

밝게 빛나는 금색 그림자들은 창문 밖에서 익살스럽게 오들오들 떠는 시늉을 하더니 정중하게 노크를 했다.

"하하, 이게 뭐야."

창문을 살짝 열어 주자 그들은 조심스럽게 방 안으로 들어와 신나게 춤을 추기 시작했다.

잔잔한 음악도 함께 들려왔다. 얼떨결에 금빛의 인영들이 이끄는 대로 침대로 간 솔레아는 얌전히 모로 누운 뒤 탁상 위에서 돌아가며 춤을 추는 인영들을 오래도록 지켜보다 천천히 잠이 들었다.

❋ ❋ ❋

가만 내버려 두었으면 완치되는 데 두 달이나 걸렸을 텐데 공작이 불러온 의술사의 마력 덕분인지 일주일 만에 전처럼 걸을 수 있게 됐다.

마법이 좋긴 좋구나. 부어올랐던 뺨은 이젠 흔적조차 보이지 않았다.

침대에 걸터앉아 침대 옆 협탁의 제일 아래 서랍을 열었다.

일기장과 그 사이에 끼어 있는 내 소중한 로또 종이. 그리고 글도 안 써지는 빌어먹을 만년필.

얼른 집에 가려면 뭐든 방법을 찾아야 할 텐데.

그동안 열심히 시도해 봤지만 일기장 어느 곳에도 글자를 적을 수 없었다. 그저 하루가 끝날 때쯤 착실히 당일의 일이 기록될 뿐.

웬 친구라는 것들이 찾아와서 시비를 걸길래 나름대로 짤짤 털어 줬다. ……디에르고 공작이 '빌미'라는 단어에 불같이 화를 낸 걸 보니 딸을 정말 많이 사랑했나 보다. 그럴 법도 하지. 그런데 나는 왜 놀라서 굳어 버렸을까.

오늘 일은 명백한 실수였다. '아빠'라는 사람이 소리를 지른다고 굳어 버리다니. 진짜 아빠도 아닌데.

공작은 그날 이후 모습을 드러내지 않은 채 매일 1통씩 편지를 보내왔다. 벌써 7통이나 쌓인 편지를 서랍에서 꺼내 침대 옆 탁자에 펼쳐 놓았다.

첫날의 편지는 미안하다는 내용이었다.

「솔레아.」

이름을 적고 한참 후에야 뒷부분을 적기 시작했는지 잉크가 말라 있는 색감이 달랐다.

「다친 곳은 좀 어떠니. 의술사에게 비용은 상관하지 말고 최대한 빨리 나을 수 있도록 신경 써 달라고 했는데 얼른 나았으면 좋겠구나.

어제는 화를 내서 미안했다. 어떤 이유로든 너에게 소리 지르며 화를 낸 건 내 잘못이야. 기억도 온전치 않아 이것저것 많이 힘들 텐데 네 입장을 생각하지 않고 무작정 소리를 높였구나.

네 마음이 풀린다면 다시 나와 차를 마셔 주겠니. 기다리고 있을 테니 급하지 않게 천천히 오렴.」

둘째 날은 그 친구라는 것들에 대한 처분 내용이 함께 적혀 있었다.

「레아. 어제저녁 식사 시간엔 수프 한 그릇을 다 비우고 작은 감자까지 하나 먹었다고 앤이 자랑하더구나. 네가 전보다 잘 먹는다고 하니 기쁘구나.

넌 어떨지 모르겠지만 일단 너도 알고 있는 게 좋을 것 같아 소식을 전하자면, 너를 괴롭히던 그 세 가문의 작위를 모두 박탈시켰다. 제국의 공신인 우리 가문을 모욕했으니 당연한 처사지. 아마 다시는 우리 땅을 밟지 못할 거다.

그리고 너를 찾아왔던 그 세 명의 영애는 각 가문에서 처리했단다.

그들이 오라비들을 모욕하는 말을 하고 다녔다는 네 발언을 그레이가 직접 들었다고 증언했고, 그 자리에서 르밀리앙이라는 영애가 '그런 뜻으로 한 말이 아니었다.'라고 말한 덕에 모욕을 했다는 걸 스스로 입증한 게 돼 버렸거든.

이런, 내가 제대로 전달하고 있는 거니. 말로 설명하면 더 잘할 텐데.

오랜 시간 동안 마음고생이 많았다. 오라비들이 받은 모욕에 진심으로 화내며 싸워 줬다니 내가 미처 살피지 못한 부분을 네가 채워 줬구나. 고맙고, 미안한 마음이 크다.

그럼, 오늘도 잘 먹고 잘 자고, 푹 쉬렴.」

편지의 내용은 시간이 흐를수록 점점 더 밝아졌다.

「레아. 요즘 그레이랑 자주 얘기를 나눈다고 들었다. 그래서 그레이에게 네가 어찌 지내냐 물어봤는데 글쎄 이놈이 하는 말이, 네가 예쁜 쓰레기라더구나.

동생에게 무슨 그런 말을 하냐고 타이른 뒤 연무장 100바퀴를 뛰고 오라고 시켰다. 그런데 이 녀석이 100바퀴를 뛰고도 '아버지. 솔레아는 완전히 새롭게 태어난 예쁜 쓰레깁니다.'라고 하더라니까. 물론 나는 안 믿지. 근데 말이야. 혹시나 해서 묻는데 그레이랑 싸웠니……?

얘야. 내가 그 말을 믿는다는 건 절대 아니란다.」

편지를 읽다가 나도 모르게 웃음이 터졌다.

그레이 새끼야. 공작님한테 예쁜 쓰레기라고 하고 다니면 어떡하냐고.

오늘 아침에 받은 편지지를 펼치자 꽃 한 송이가 툭 떨어졌다.

꽃을 주워 들어 손 위에 올려놓은 뒤 천천히 편지를 읽어 내려갔다.

「레아, 잘 잤니. 좋은 아침이다. 오늘은 내가 집에 없으니 편히 돌아다녀도 괜찮아. 물론 마르실라는 아직 네가 다리가 낫지 않아서 그런 거라고 했지만 그래도 내가 저택을 비우면 네가 좀 더 편한 마음으로 있지 않을까 싶구나.

아, 일부러 피하는 건 아니란다. 황궁에 볼일이 있어서 다녀오는 것이니 너는 걱정 말고 오늘도 그레이와 오늘은 헤이먼과 같이 있는 게 어떻겠니.

그레이가 너에게 썩 좋은 영향을 끼치는 것 같진 않더구나.

그리고 오늘은 마침 하늘이 맑고 푸르니 테라스에서 차를 마신다면 아주 멋질 것 같은데 네 생각은 어떨지 모르겠구나. 혹시 몰라 내가 좋아하는 찻잎을 보낸다.

동봉한 꽃은 오늘 아침 눈을 뜨고 창밖을 바라봤을 때 가장 활짝 피어 있던 꽃이란 다. 네가 보고 기뻐했으면 좋겠구나.」

뭐지. 이 아저씨……

젊었을 때 전쟁만 빡 터지게 하고 다녔다면서 사람 마음 후리는 솜씨가 보통이 아니잖아.

하마터면 사회의 비난을 한 몸에 받는 걸로도 모자라 심의에 걸릴 뻔했어.

나도 모르게 자꾸만 웃음이 배시시 피어올랐다.

한없이 가볍게 말하긴 했지만 묘한 기분이 드는 건 당연했다. 이런 어른은 처음이었다.

아예 다른 세상이라 그런가. 어른들도 무슨 설탕에 푹 절여졌다가 나온 것 같네.

이상하게 뒤통수가 간질간질했다. 발가락도 스멀스멀 뜨거워졌다.

이상하다는 말 말고는 다른 어떤 말로 표현해야 할지 알 수 없는 감정이었다.

솔레아는 좋았겠다.

이리저리 부푸는 마음들을 애써 한 문장으로 꾹 눌러 정리하고서 밖에서 대기하고 있을 앤을 불렀다.

"앤!"

"네, 아가씨!"

무슨 5분 대기조도 아니고 뭐 그렇게 박진감 있게 문을 열고 들어와.

"이 꽃이 피어 있는 곳에서 차를 마시고 싶어. 그리고 스콘도 부탁해."

편지지를 손에 쥔 채 꽃을 흔들어 보이자 앤의 표정이 환하게 밝아졌다.

"네! 아가씨! 금방 준비할게요! 찻잎은, ……공작님께서 보내신 걸로 준비할까요?"

"그래."

"옙! 맡겨 주세요!"

기분이 무척 좋았는지 앤은 문도 제대로 닫지 않고 잽싸게 튀어 나갔다. 슬쩍 일어나 복도를 내다보자 신난 망아지처럼 공중으로 폴짝 뛰어오르며 달려가는 앤이 보였다.

뭐가 저렇게 좋지.

요 며칠 내내 공작과 내 사이가 소원해 저택의 분위기가 영 구리다는 얘기는 그레이에게 전해 들었다.

하지만 고작 그런 걸로 사람들의 기분이 오락가락하다니 이상하잖아.

겉으로만 보면 겨우 아빠와 딸이 싸운 것뿐인데. 싸운 것도 아니지. 그저 아버지가 화내고, 딸이 놀랐던 것뿐이다.

그건 아주 사소한 일인데.

편지들을 정리하다 나도 모르게 입 밖으로 소리 내어 말했다.

"여긴 다정한 사람들이 많구나."

마법을 때려 박은 탓인지 몸 컨디션이 전보다 훨씬 좋아진 게 느껴졌다.

그러니 오늘은 공작님 말대로 차를 마셔야겠다.

넓은 정원에서 느긋하게 차를 마시고 있자니 멀리서부터 헤이먼이 천천히 다가오는 게 보였다.

쎄 이즈 싸이언쓰의 관상을 지닌 미남.

쎄이먼이 말했다.

"몸은 좀 어때. 여기까지 나온 걸 보니 이제 걸을 수 있나 보네. 괜찮아?"

"응. 걷는 것 정도는."

"다행이다. 의술사를 한 번 더 불러도 되니까 불편하면 언제든 말해."

"……알았어."

어라, 나 혹시 똥촉인가. 얘 착한 사람 같아.

매일 그레이 새끼야와 얘기하다 보니 이런 살가운 인사말은 약간 어색하게 느껴졌다.

옆에 있던 하녀가 얼른 찻잔을 하나 더 가져오더니 헤이먼의 앞에 놓고 붉은 홍차를 따라 주었다.

그야말로 귀공자 같은 자태로 내 맞은편에 앉은 헤이먼은 신이 천 일 동안 세밀하게 빚고 또 빚어서 지상으로 내려보낸 것 같은 미남이었다.

너 한국말도 잘하는데 한국에서 데뷔하지 그랬어.

최소한 유튜브라도 했어야지.

말없이 가만히 앉아 있기만 해도 사람들이 '단군 이래 제일 재밌네요.' 하고 좋아요와 구독, 채널 알람 설정까지 해 줬을 텐데.

물론 그레이도 팬티를 세 번은 갈아입을 정도로 지리게 잘생겼지만 장르가 달랐다.

굳이 비교하자면 그레이는 보고 있으면 묘한 위압감에 무릎이 저절로 털썩 꿇려지는 날카로운 미남 느낌이었고 헤이먼은 뒤통수가 깨져 피를 철철 흘리며 언뜻 스쳐봐도 저승까지 따라갈, 선과 악이 공존하는 천의 얼굴을 가진 배우 관상이었다.

예술이네, 진짜.

묘하게 오른쪽 얼굴과 왼쪽 얼굴이 달랐다. 눈의 쌍꺼풀이 짙은 오른쪽 얼굴은 아련 서사 남자 주인공 같았고, 그에 비해 조금 더 얄쌍한 왼쪽 얼굴은 퇴폐미가 철철 흘러넘쳤다.

이보세요. 지금 당신의 퇴폐 간지가 제 드레스를 적시고 있다고요. 머릿속에서 계략 광공 플레이리스트가 재생되고 있는 걸 아냐고요.

뚫어져라 바라보는 내 시선을 눈치챈 건지 소리 없이 조용히 차를 마시며 꽃을 보던 헤이먼이 나를 향해 천천히 고개를 돌렸다.

뭐지, 방금 CF였나.

아니. 안 돼. 정신 차려. 한국에 토끼 같은 17억이 기다리고 있어.

나는 눈을 감고 고개를 흔든 후 태연하게 말했다.

"고마워."

"뭐가?"

"그날 내 방으로 마법 보내 준 거."

"아."

"아아?"

고개를 갸웃 꺾으며 헤이먼이 한 말을 똑같이 따라 하는 순간, 그레이가 기겁하는 소리가 환청처럼 들렸다.

'내가 너 입 닫고 다니랬잖아아아악~'

요 며칠 내 말버릇을 익힌 그레이는 펄쩍 뛰며 기함을 했다.

'야, 너는 다리 나아도 밖에 나다니지 마라!'

'왜? 너무 예뻐서?'

'돌았나요? 그게 아니라 누가 널 베르고의 공녀라고 보겠냐. 이렇게 막 나가는데.'

'내가 뭘 막 나가. 마르실라랑 하녀들은 내 칭찬 엄청 하던데.'

'그럼 나한테는 왜 이래.'

'차가운 공작저의 여자. 하지만 하녀들에겐 따뜻하겠지……. 뭐, 그런 거 아닐까.'

내 말에 인상을 팍 찌푸린 그레이가 방을 나섰다가 다시 들어왔다.

'동생. 혹시 뇌를 바꿔 끼웠어?'

'오빠. 혹시 뇌를 바꿔 끼우고 싶어?'

냉랭하게 생긴 이목구비와는 어울리지 않게 입술 한쪽을 삐죽거린 그레이는 방을 나가면서도 계속 구시렁거렸다.

'쟤 저거 진짜 최소한 비정상인데……'

내가 며칠 전 그레이와 나눈 대화를 떠올리며 풉 하고 웃음을 터뜨리자 헤이먼이 다시 나를 바라봤다.

하지만 내가 웃어서 바라본 게 아니라는 듯 그는 금세 아까 전의 이야기를 이어 갔다.

"네가 그날따라 약해 보여서 마음이 쓰였을 뿐이야. 이젠 괜찮다니 다행이네."

"나 원래 약했다고 들었는데."

잠시 무감한 눈으로 나를 보던 헤이먼은 고상하게 찻잔을 들고 차를 마시며 대답했다.

"넌 우리와 근본부터 다르니까. ……그런데 그날은 처음으로 네가 어딘가를 부유하는 것처럼…….

"도련님, 아가씨!"

집사 모건이 헤이먼의 말을 끊으며 뛰어왔다.

"무슨 일이지?"

"마법사 협회장께서 오셨습니다."

그런 것도 있어? 역시 어느 세계를 가도 협회는 있구나. 노조도 있나?

대충 고개를 주억거리며 남은 홍차를 호록 마시고 있는데 헤이먼의 표정이 평소와 달랐다.

귀신이라도 본 것처럼 얼굴이 하얗게 질려 있었다.

"……괜찮으니 안으로 들여."

헤이먼의 말에 잠시 눈치를 살피던 모건이 정문을 향해 뛰어갔다.

"협회장이 누군데."

"아무것도 아니야. 방으로 돌아가 있어. 넌 몸이 안 좋으니까."

방금 전까지만 해도 몸이 좋아져서 다행이라고 했으면서 지금은 몸이 안 좋으니까 방으로 가라니. 자리를 피해 달라는 소리로밖에 들리지 않았다.

"싫어. 안 가."

"뭐?"

흐트러진 매무새를 돌보던 헤이먼이 조금 굳은 얼굴로 날 신경질적으로 돌아봤다.

"네가 있을 이유가 없잖아."

"공작님이 편지로 '오늘은 헤이먼과 같이 있는 게 어떻겠니.' 하시던데. 난 오늘 너랑 놀 예정이야."

내 말에 헤이먼은 아까 전과는 확연히 다른 차가운 눈빛으로 말했다.

"가라면 가."

아, 이상하네.

혹시 나 지금 블루라이트 차단 안경을 꼈나. 싹수가 유난히 누렇게 보이네.

대답하지 않고 가만히 앉아서 헤이먼을 보고만 있자 그는 이내 내게서 등을 돌려 버렸다.

"네 마음대로 해. 어차피 네가 있든 없든 달라지는 건 없으니까."

말을 마친 헤이먼은 내 옆을 스쳐 지나가 저택 안으로 사라졌다.

마법사 협회장이 뭐길래 나한테는 얼굴도 안 보여 주려고 하는 거지.

됐다, 이놈아. 나도 안 가. 오늘은 너희 아빠 봐서 참는다. 베르고 공작 아니었으면 네 그 분홍 머리 뽑아다가 빗자루를 만들었을 거야.

그때 미미한 불쾌감을 씻어 주듯 시원한 바람이 불어와 머리카락을 간질이며 지나갔다.

휴가라도 나온 듯 기분이 산뜻해졌다.

그래, 방에 가서 일기나 써 보자.

왠지 오늘은 일기장에 글씨를 쓸 수 있을 것 같아. 그런 날 있잖은가. 아무 근거도 없는 자신감이 솟구쳐서 로또에 당첨될 것만 같은 그런 날.

물론 대부분은 똥촉이지만, 난 로또 1등에 당첨된 행운의 주인공이니까 한 번 정도는 촉이 맞지 않을까.

라고 생각한 것이 무색하게, 무심코 입구를 향해 고개를 돌리는 순간 해초 같은 청록색 머리칼이 두 눈 가득 들어왔다.

발목까지 내려오는 긴 망토를 걸친 사내는 나를 발견하자마자 빠르게 거리를 좁히며 금세 내 앞까지 다가왔다.

전우치야 뭐야. 왜 축지법을 써.

'도사란 무엇이냐~ 도사란 마른하늘에 비를 뿌리며 땅을 접어 달리고!'

머릿속에서 영화의 한 장면이 재생됨과 동시에 쿵짝, 쿵짝 하는 신나는 국악

비트가 울려 퍼졌다.

순식간에 내 앞에 우뚝 멈춰 선 그 남자는 날 보며 환하게 미소 지었다. 얼굴은 20대 정도로 보였지만 묘하게 나이 들어 보이는 사내였다.

"누구세요?"

"반갑습니다. 공녀님. 말씀은 익히 들어 왔는데 뵙는 것은 처음이군요. 저는 마법사 협회 도르간나의 협회장 이달론이라고 합니다."

도르간나? 돌았나?

"아, 예. 저는 몸이 안 좋아서 이만."

내 쎄이언스가 도망가라고 온몸으로 외치고 있었지만 그는 나를 보낼 생각이 없어 보였다.

"공녀님께 신성한 기운이 느껴집니다."

"저 안 믿고, 안 사요. 제사도 안 지내고, 무슨 공부든 안 합니다."

사이비를 차단하듯 빠르게 대답하고 자리를 벗어나려 했지만 그는 막무가내였다.

"최근에 큰일을 겪지 않으셨습니까?"

이거 한국에서 여러 번 겪은 수법인데.

"왜요. 조상 중에 큰 사고를 겪으신 분이 계셔서 한을 풀어 드려야 하나요? 아니면, 제 마음의 불안은 영의 치료로 나을 수 있는 그런 건가요?"

비웃으며 쏘아붙이자 이달론은 크게 웃으면서 대답했다.

"그럴 리가 있습니까. 다만 공녀님의 신성한 기운이 이 세상의 것이 아닌 듯해 여쭌 것이니 노엽게 여기지 마시고 한번 생각해 보시지요. 정말로 최근에 큰일을 겪으신 적이 없으십니까. 큰 행운이나, 아니면 그에 준하는 불행 같은……."

17억을 따는 큰 행운을 얻자마자 은행이 없는 곳으로 떨어진 큰 불행을 겪었는데요.

하지만 이 가짜 젊은이의 말에 동조하고 싶은 마음은 전혀 없었다.

일단 며칠 전 불면의 밤에 마법을 보여 주며 달래 준 헤이먼이 꺼리는 데에는 이유가 있을 것 같았다.

말없이 띠꺼운 표정으로 이달론을 바라보고만 있는데, 그런 나를 발견한 그레이가 잽싸게 이쪽으로 달려왔다. 그 역시 나와 이달론이 마주치는 걸 원치 않았던 듯 당황한 눈으로 이달론을 지나쳐 내게 다가왔다.

"왜 나와 있어. 들어가, 솔레아. 방까지 데려다줄게."

"아냐. 나 혼자 들어갈 테니까 오빠는 둘째 오빠한테 가 봐. 이 사람이랑 같이."

"아, 어. 그래. 잠시만. 앤이랑 같이 들어가."

조금 떨어진 곳에서 우리를 지켜보고 있던 앤이 이상한 분위기를 감지하고 도도도 빠르게 달려왔다.

나는 이달론에게 짧게 눈인사를 하고 그를 지나쳤다.

그러자 이달론이 내 뒤통수에 대고 낮게 말했다. 작은 목소리였음에도 불구하고 귓가에 바로 꽂은 것처럼 선명하게 들리는 이상한 음성이었다.

"곧 다시 뵙지요."

가짜 젊은이를 뒤로하고 저택의 안으로 들어갔지만 아까 전과는 공기가 사뭇 달랐다.

이 꿀꿀하고 찝찝한 느낌은 분명 저 이상한 가짜 젊은이에게서 오는 거였다.

"앤. 저 이달론이라는 사람 몇 살이야?"

"위대한 마법사 이달론 님이요?"

"위대한 마법사라니?"

"현존하는 마법사 중에 가장 막대한 양의 마력을 가지고 계시대요! 대륙에서 가장 강한 마법사라 별칭이 위대한 마법사인걸요!"

국가 대표 마법사 같은 건가. 근데 왜 이렇게 꺼림칙하지.

내 꿀꿀한 기분을 알아채지 못했는지 앤은 신나서 계속 떠들었다.

"저분의 나이는 밝혀지지 않았어요. 굉장히 오래 살았다는 건 확실한데,

정확한 나이는 아무도 몰라요. 고급 마법을 자유롭게 사용할 줄 알고, 그리고……."

"그리고?"

"공작저에 가끔 들르셔서 헤이먼 도련님께 마법을 가르쳐 주셔요. 마법사 협회장인 위대하신 마법사께 직접 가르침을 받다니 정말 대단하시죠."

"……흠, 글쎄."

헤이먼은 그렇게 자랑스러워하는 것 같지 않던데.

이달론이 왔다는 말을 듣자마자 싸늘하게 식은 냉랭한 눈으로 내게 들어가라 했던 걸 보면 분명 뭔가 이유가 있는 걸 텐데.

내가 석연치 않은 대답으로 대화를 끝내려 하자 앤이 얼른 말을 덧붙였다.

"그런데 이달론 님은 왜 헤이먼 도련님만 가르치실까요? 사실 헤이먼 도련님보다 마력이 더 강한 사람도 있다고 들었거든요."

"뭐, 여기가 공작가니까 그렇겠지. 마력이건 뭐건 권력이 뒷받침돼야 하니까 그런 거 아닐까."

대충 대답하곤 방으로 들어갔지만 묘한 불쾌감이 계속해서 날 따라왔다.

앤의 말이 맞았다.

마력이 더 강한 사람이 있음에도, 이달론은 왜 꼭 헤이먼이어야만 할까. 단순히 공작가의 배경이 필요하다고 하기에는 뭔가 이상한데.

한참 고민하다가 침대에 벌렁 드러누웠다.

아냐! 가만히 있자! 괜히 여기저기 끼어들다가 사고 치지 말고 여기서 일기장에 글씨 쓰는 거나 연습하자!

헤이먼이고, 그레이고 나랑 무슨 상관이야. 나는 집에 갈 건데.

가족이 다 무슨 소용이 있어. 여기도 가짜, 나도 가짜. 어차피 다 가짜인걸.

마음속에 피어오른 불안감을 애써 무시하며 나는 서랍을 열고 일기장을 꺼냈다.

"그나저나 이게 어떻게 렘샤 부인의 어쩌구 핫 타임이라는 거야?"

진짜 그런 내용이었으면 읽어나 보지. 내가 봤을 땐 내 말투로 적혀 있지만 나는 전혀 쓴 적이 없는 일기장으로밖에 안 보이는데.

투덜거리면서 만년필을 손에 쥐었다.

일기장을 펼쳐서 바닥에 내려놓은 뒤 두 발로 일기장을 밟고 고정한 다음에 두 손으로 검은색 만년필이 튕겨 나가지 않도록 힘주어 잡았다. 그러곤 천천히 종이와의 거리를 좁혀 갔다.

"으……. 제발, 후……. 아! 좀!"

이런 쌍, 이거 왜 안 돼!

"야, 오늘 끝장을 보자."

온몸으로 내리눌러 봤지만 조금 가까워질 만하면 힘에 부쳐서 자꾸 손에서 만년필이 미끄러졌다.

힘이 모자라? 그럼 힘을 키우면 되지.

나는 펜을 잠깐 내려놓고 맨바닥에 엎드렸다.

그리고, 중학교 체력장 때 이후론 한 번도 해 본 적 없는 팔 굽혀 펴기를 시도했다. 무릎을 바닥에 대고 했는데도 다섯 개를 넘기는 것조차 어려웠다.

"하으어나! 두우울! 세으엇! 네으으아아르랏챠!"

기합을 넣었는데도 네 개가 다라니. 이 염병하게 병약한 몸뚱이 같으니라고.

하지만 방금 전보다는 약간 팔 근육이 올라온 것 같았다.

"반드시 집에 가고 만다."

그때 멈췄어야 했다. 힘도 부족한데 욕심부리지 말고 그냥 그때 멈추고 좀 더 강해진 다음에 도전했어야 했는데.

다시 도전했지만 여전히 힘이 부족했다. 그럼 이번엔 테이블을 잡고 다시 팔 굽혀 펴기를 하자.

자리에서 일어나 테이블을 잡고서 하니 바닥에서 할 때보단 더 수월해서 열 개까지는 꾸역꾸역 성공했다.

그다음엔 벽에 두 손을 대고 몸을 약간 기울인 후 팔 굽혀 펴기를 하듯 움직였다. 이게 운동이 되나 싶었지만 서른 개쯤 하니 삼두와 광배근 부분에 힘이 바짝 올라오는 게 느껴졌다.

좋았어, 근육 펌핑을 이렇게 했는데도 일기장 네가 버티나 보자.

이 몸에 들어온 이후 지금이 기량 최고조야. 아무도 나를 막을 수 없지.

방구석에서 펼쳐지는 나 혼자만의 악전고투였다. 다시 한번 이를 악물고 만년필을 쥐었다.

두 손으로 만년필을 터뜨릴 듯 움켜쥐고 종이 위로 천천히 내렸다. 역시나 어느 정도 가까이 가니 벽에 가로막힌 듯 전혀 움직이질 않았다.

하지만 약간의 희망은 있었다. 진짜 벽처럼 딱딱한 무언가가 아니라 그저 밀어 내는 느낌의 힘이라 계속해서 밀면 종이에 닿을 수 있을 것 같았다.

"······으랴으아압······!"

꾸역꾸역 밑으로 내리던 순간, 손에서 흐른 땀 때문인지 이 개같은 만년필이 앙탈이라도 부린 건지 모르겠지만 만년필이 팅 하고 손에서 튀어 올랐다.

그리고 튀어 오른 만년필은 정확히 내 이마 정중앙을 때렸다.

"악!"

"아가씨? 무슨 일이세요? 괜찮으세요?"

내 고통 어린 비명에 밖에 있는 앤이 문을 두드려 왔다. 지금 앤이 이 방에 들어와선 안 된다.

몇 분 내내 팔 굽혀 펴기를 해서 땀을 흘리고 있는 데다가 이 망할 일기장이 다른 사람들에게는 야설로 보이니까.

야설 읽으면서 땀 줄줄 흘리면 미친 변태 음습 오타쿠 같잖아요.

하지만 앤은 내가 걱정됐는지 문을 벌컥 열고 들어왔다.

"아가씨! 무슨 일이세요!"

나는 황급히 펼쳐진 일기장을 바라봤다. 책 표지만 안 보이면 괜찮아. 흰 종이 위에 있는 글씨들은 조그마할 테니까.

하지만 이 앙큼 발칙한 일기장은 얄밉게도 어느새 덮인 채 표지를 훤히 보여주고 있었다.

내 눈엔 글씨 하나 없는 평범한 무지 다이어리인데 앤한테는……

앤의 당황스러운 눈동자가 마구 흔들렸다.

"레, 렘샤 부인과의 위험한 계약?"

"어? 2탄인가?"

"2탄이라고요? 1탄도 보셨어요?"

"……제가요?"

너무 당황한 나머지 존댓말이 절로 나왔다. 당황한 내 모습에 앤은 잠깐 흠칫 놀라더니 이내 어색하게 입꼬리를 올려 웃으며 천천히 뒷걸음질 쳤다.

"……귀한, 취미를…… 어, 바, 방해해서 죄송합니다. 제가 아가씨의 비명 소리에 놀라서……. 다른 분들께는 비밀로 할게요. 아가씨께서 부끄러우실 수도 있으니까. 그, 그럼 이만 가 볼게요."

해명할 틈도 없이 앤은 그대로 총총 뒷걸음질하며 급하게 방을 나가 버렸다. '잠깐만……!' 하고 외쳐 봤지만 닫힌 문 너머에서 들려오는 앤의 발소리는 이미 멀어진 후였다.

앤이 멀리 떨어진 걸 알리듯 발소리가 작아진 후에야 나는 이마를 문지르며 다시 펜을 주워 들었다.

오늘 뒤졌다, 이 새끼.

나는 밤이 올 때까지 계속해서 팔 굽혀 펴기를 했다. 잠깐 쉬었다가 또 하고, 또 조금 쉬었다가 하고. 팔의 힘이 다 빠져서 바닥에 널브러질 때까지 계속 반복했다.

이 몸이 강해지면 일기장 가만 안 둔다.

그래서였을까. 일기장이랑 씨름하다가 겨우 잠든 새벽, 상체가 짓눌린 것처럼 아팠다.

설상가상으로 손목에도 통증이 느껴졌다. 팔뚝 전체가 쥐어짜는 듯 아프고,

어깨부터 날개뼈를 감싸는 모든 곳이 모조리 쑤셨다.

"으으……. 앤, 살려 줘."

화려한 근육통이 내 몸을 감쌌다.

이런 걸 바라진 않았는데요. 근육통 없이는 근육을 얻을 수 없다는 건가.

헬스 하는 놈들은 모두 이런 고행을 겪은 뒤에 울퉁불퉁한 근육을 가지는 거냐고요. 역시 세상에 공짜는 없어.

눈물을 머금고 고개를 들어 올리려 했지만 쇄골 아랫부분의 소흉근이 갈기갈기 찢어지듯 아파 와서 그것조차 힘들었다.

"……어, 진짜 좆된 거 같은데."

손가락 하나 까딱할 수 없었다.

"앤!"

여명이 푸르스름하게 돋아 오는 새벽이었다. 앤은 내 상태를 보자마자 기겁하며 저택 내에 상시 대기 중인 의사를 깨우러 갔다.

그다음엔 하녀장인 마르실라, 그리고 자다 깨서 급하게 달려온 베르고 공작에 그레이까지.

"레아, 이게 무슨 일이니. 아빠가 미안했다. 혹시 정원에 나가서 차를 마신 게 몸에 무리가 많이 갔던 걸까? 앞으론 부축할 만한 인물을 항상 붙여 주마."

아니요. 차는 맛있었는데요. 제가…….

"너 대체 무슨 짓을 한 거야! 몸을 왜 못 움직여!"

내가 팔 굽혀 펴기를 너무 많이 했어. 근육 욕심이 있어서…….

그날은 하루 종일 온갖 간호를 받았다. 공작저에서 두 발로 걷는 인간이란 인간은 다 내 걱정을 하는 모양인지 다들 시도 때도 없이 걱정 어린 말을 해 댔다.

그레이는 아예 내 방에 죽치고 앉아 잔소리를 퍼부었다.

"파알구웁혀펴기이? 네 그 마른 나뭇가지 같은 몸뚱이로 팔 굽혀 펴기? 돌았냐?"

"아파서 누워 있는 동생 옆에서 돌았냐고 하는 그 돌아 버린 주둥이 누구 거야?"

"그레이 거지. 힝. 솔레아는 그레이가 약 올려도 팔 하나 못 올리네. 그레이는 슬펑."

"……죽었으면."

팔 굽혀 펴기를 할 때 목에도 힘이 들어갔는지 뒷목까지 저려 오는 탓에 고개를 옆으로 돌릴 수조차 없었다.

눈만 살짝 돌린 채 그레이에게 악담을 퍼붓자 그레이가 내 이마에 아프지 않게 꿀밤을 먹였다.

"으이그. 멍청아. 운동하고 싶으면 날 부르지."

어제 만년필이 때리고 간 그 자리였다.

"아! 미친놈아! 왜 때려!"

"누가 우리 딸 때렸니!"

아직 나랑 화해한 게 아니라고 생각해서인지 새벽에 혼비백산하여 찾아온 베르고 공작은 내가 놀랄까 봐 의사를 불러 준 뒤 조심스럽게 방을 나갔다.

그러곤 돌아간 줄 알았는데 여태껏 복도에 계셨냐고요.

문밖에서 베르고 공작의 소리가 들리자마자 그레이가 목소리를 높여 답했다.

"꿀밤 좀 먹였는데 얘가 엄살 부린 거예요!"

"아픈 동생한테 꿀밤을 때리면 어떡하니! 그레이!"

"살짝 그냥, 손가락만 댔다니까요!"

"너 아빠가 너, 어? 동생한테 그렇게 하라고 가르쳤어?"

"아니, 아빠! 그런 거 아니라니까!"

나가서 싸워.

문을 열지도 않은 채로 사춘기 아들과 아빠처럼 싸우는 모습을 옆에서 실시간으로 보고 있으니 귀가 떨어져 나갈 것 같았다.

그레이도 답답했는지 자리에서 벌떡 일어섰다.

"야, 잠깐만. 나 아빠랑 싸우고 올 테니까 가만히 누워 있어."

내 대답은 듣지도 않고 방을 가로지른 그레이는 문을 열자마자 목소리를 높였다.

"아니, 아빠 그럴 거면 그냥 들어오시라니까요. 그리고 솔레아가 지금 몸은 아프지만 입은 망나니라고요."

"동생한테 망나니가 뭐냐, 망나니가. 내가 머리털 나고 우리 딸처럼 순한 애를 본 적이 없어!"

"순하다니! 쟤 완전 개망나니로 새로 태어났어요. 아빠도 기억 잃으셨어요?"

그레이 선수. 명불허전 그레이 새끼야답게 중간이 없는 드립으로 패륜의 새로운 패러다임을 여네요.

"이놈의 자식이 아빠한테 못 하는 말이 없어!"

"아!"

기어코 꿀밤을 한 대 맞았는지 그레이가 소리를 질렀고, 환자의 방 앞에서 싸우는 게 영 거시기했는지 두 사람은 점점 내 방 앞에서 멀어졌다.

그래도 시끄럽게 떠들긴 매한가지였지만.

징하게도 싸우네.

저렇게 왁왁 소리 지르면서 싸우는 것만 보면 그레이가 입양아인 걸 전혀 모를 수준이었다.

주변에서 함부로 떠드는 새끼들 다 공작저에서 하숙시켜야 돼. 저렇게 서로 격의도 없고, 그레이는 예절도 없는 걸 보면 입양아니, 뭐니 아무도 못 떠들 텐데.

난리 법석 속에서 앤이 조심스럽게 방문을 열고 들어왔다.

"무슨 일이야, 앤?"

"……아가씨께서 갑자기 또 아프신 원인이 뭘까 계속 생각했어요."

불안하다.

저 흔들리는 눈동자.

앤은 조심스럽게 치맛자락을 들어 올렸다. 무릎 위까지 올리자 하얀 속바지가 보이기 시작했다.

"아가씨가 원하시는 걸 제가 갖고 있어요."

아니야, 없어.

나 고개도 못 돌리는데 이러지 마, 제발.

우사인 볼트보다 빠르게 앞서 나가는 내 망상을 멈춘 건 앤의 치마 안주머니에서 나온 책 한 권이었다.

"몸도 약하신 분이 밤새워서 책을 읽으시다가 몸살이 나신 거죠?"

"뭐?"

앤은 빨개진 얼굴로 말했다.

"3탄은 찾지 못해서…… 서점 주인에게 다른 걸 추천해 달라고 했어요. 앞으로는 아가씨 아프실 일 없게 제가 읽어 드릴게요."

왜 스스로 불러온 재앙에 짓눌리려고 하세요. 돌아가세요.

눈물이 앞을 가리는 충성심이었지만 사실 안 가려도 되는 충성심이었다.

마음 같아서는 고개도 도리도리 젓고 두 손도 흔들고, 온 사지 육신을 동원해서 싫다고 표현하고 싶었지만 지금 현란하게 움직일 수 있는 건 내 혓바닥뿐이었다.

"아냐, 앤. 뭔가 오해하고 있는 것 같아."

"괜찮아요, 아가씨. 부끄러워하지 마세요. 아가씨를 위해서라면 이 정도쯤은 얼마든지 할 수 있어요. 제 동생도 이런 거 본대요!"

"아니야. 진짜 아니야."

"아무한테도 말 안 했어요."

"방금 동생도 이런 거 본다고 했잖아."

"같이 일하는 동료가 본다고 말했어요. 그래서 동생이 관련 책들을 파는 서점도 추천해 준 거고요. 오늘 아침에 외출해서 집에 잠깐 들렀거든요. 아무튼 아가씨, 서점 주인의 안목을 믿어 보세요!"

오른손으로 주먹을 움켜쥐며 굳이 안 해도 될 각오를 다지는 앤을 보고 있자니 한숨만 나왔다.

"뭔가 오해가 있는 것 같아."

눈동자로 나름 최대한의 거부 의사를 밝혔지만 앤은 정말로 내가 부끄러워서 거절한다고 생각했는지 이불을 다시 가슴 위까지 덮어 주고는 다정히 말했다.

"괜찮아요, 아가씨. 편하게 들으세요. 이게 스토리도 은근히 재밌대요. 자, 제목. 공작 부인은 왜 마구간지기에게 소고기를 주었나."

아, 제목 누가 붙였어.

"앤, 나 정말 듣고 싶지 않아. 괜찮다니까."

"밤새워서 책을 읽으시니까 탈이 나시죠. 어제 늦도록 안 주무시는 소리가 들렸는걸요. 저만 믿으세요! 그레이 도련님 오시면 얼른 숨길게요!"

앤은 막무가내로 책을 읽어 내려갔다.

공작 부인이 마구간지기에게 소고기를 준 이유가 장황하고 상세하게 쭉쭉 이어졌다.

그랬군요……. 상당히 핫한 마구간지기군요.

앤, 얘는 공작가에서 일하면서 공작 부인이 마구간지기랑 외도하는 책을 골라 오다니. 이 순수함은 대체 어디서 오는 거야.

공작 부인이 남들 몰래 마구간 뒤편 마른풀 사이에서 마구간지기와 뜨거운 만남을 가지는 구간을 빨개진 얼굴로 태연히 읽으려 노력하는 앤을 보다가 나도 모르게 웃음이 터져 버렸다.

"앗, 재밌으세요? 취향에 맞으세요?"

"하……. 아냐, 계속해."

앤은 뿌듯한 얼굴로 열심히 마구간지기의 훌륭한 사타구니 부분을 읽었다.

이 어처구니없는 상황에 웃음이 나는 건 사실이었다.

고작 나 따위가 뭐라고.

내가 뭔데 이 하녀는 내가 아픈 이유에 대해 계속 고민하다 저런 책을 서점에 가서 구해 오고, 그레이는 곁을 지키는 걸로도 모자라서 운동할 땐 자기를 부르라고 하고, 베르고 공작은 차마 방에도 들어오지 못한 채 저렇게 애지중지할까.

"……부럽다."

"……부럽다고요?"

얼굴은 빨개졌지만 내색하지 않으려 노력하던 앤의 눈동자가 처음으로 사방팔방 날뛰었다.

"하지만 아가씨……."

"아니야. 진짜 오해야. 이건 진짜 짚고 넘어가자. 아닙니다. 내가 기억을 잃었잖아? 어? 그치. 근데 솔레아가 지금 너무 사랑받고 있잖아. 온 가족들이 다 걱정을 하고? 그렇잖아. 그래서 지금 내가 어제 팔 굽혀 펴기를 과하게 해서 바보같이 근육통 때문에 가만히 누워 있는데도 아무도 뭐라고 하는 사람도 없고 다들 걱정하고 달래 주고 하니까 솔레아의 인생이. 어? 그 책 속의 공작 부인 말고 이 솔레아의 인생이 부럽다는 거지."

앤은 부드러운 미소를 지으며 나를 바라봤다.

"고작 팔 굽혀 펴기 좀 했다고 근육통이 오진 않겠지만, 아무튼 솔레아 아가씨가 사랑받는 건 당연하니까요. 늘 저희에게 웃어 주셨잖아요. 다정하셨고, 친절하셨고, 제가 다쳤을 때 누구보다 걱정해 주신 분이 아가씨였는걸요."

고작 팔 굽혀 펴기 몇 번 해서 근육통이 온 사람. 그게 바로 저예요.

원래의 솔레아에게 너무 미안해진다.

죄송해요. 솔레아 씨가 쌓아 놓은 이미지를 제가 지금 때려 부수고 있어요. 야설 좋아하는 음습한 음지의 아가씨로 만들어서 정말 죄송합니다.

그렇게 한참 책을 읽어 주던 앤은 그레이가 다시 돌아오자 얼른 다시 치마폭 안으로 숨겼다.

고소한 냄새를 풍기는 수프를 들고 들어온 그레이는 앤에게 직접 먹일 테니 가서 쉬라고 말한 후 나를 조심스럽게 침대에서 일으켜 앉혔다.

내 손으로 먹고 싶었지만 도저히 팔을 움직일 수가 없어서 그레이가 먹여 주는 대로 받아먹을 수밖에 없었다.

표정은 험악한 주제에 한없이 다정한 손길로 수프를 떠 후후 불어 준 그레이는 기어코 내게 수프 한 그릇을 다 먹인 후 말했다.

"너는 좀 아프지 마라."

"너나 잘해."

그레이와 아웅다웅 싸우다 보니 헤이먼이 머리털 하나 비치지 않은 게 생각났다.

"헤이먼은?"

내 물음에 그레이는 짜증 섞인 한숨을 내쉰 후 머리를 쓸어 넘겼다.

"마법 어쩌구 수업만 받고 나면 하루 종일 방에 틀어박혀서 자잖아. 굳이 그렇게 하면서까지 마법 수업을 받아야 하나 싶지만 굳이 받는다고 하니까 말리지도 못하겠고. 어휴, 둘 다 왜 그러냐."

다 비운 수프 그릇을 치운 뒤에도 그레이는 방에서 나가지 않고 내게 이것저것 웃긴 이야기를 해 주며 시간을 보냈다.

"웃기지 마! 배 땡긴다고!"

"너한테는 딱 그 정도 운동이 알맞네. 운동도 순차적으로 해야지. 갑자기 뭔 바람이 불어서 팔 굽혀 펴기를 해. 아오, 이걸 쥐어박지도 못하고."

베르고 공작에게 혼나고 난 이후라서인지 그레이는 다시 꿀밤을 먹이거나 하진 않았지만 여전히 나를 약 올렸다.

진짜 친오빠가 있다면 이런 기분일까 싶었다.

나는 다음 날 수도에서 급하게 달려왔다는 의술사에게 치료를 받고서야 겨우 자리에서 일어나 움직일 수 있었다.

"앤, 공작님이랑 같이 식사하고 싶어."

"정말요? 공작님도 기뻐하실 거예요! 잠시만요!"

아침 단장을 돕던 앤은 머리 손질을 마무리하자마자 활짝 웃으며 공작에게 소식을 전하려 뛰어갔다.

방 밖에서 마르실라가 타박하는 소리가 들려왔다.

"앤! 복도에서 뛰지 말라고 몇 번이나."

"아가씨께서 공작님이랑 같이 아침을 드신대요!"

"어머, 정말! 뛰어, 앤!"

"네!"

앤의 힘찬 발걸음 소리에 저절로 웃음이 터졌다.

진짜 많이 사랑받는구나.

잠시 후, 정찬실로 가니 베르고 공작이 환한 미소로 나를 맞이했다. 어제 새벽에 잠깐 얼굴을 마주하기 전까진 거의 일주일이 넘게 그를 피했는데도 노여워하는 기색이 전혀 느껴지지 않았다.

오히려 내가 멀쩡히 걸어 다니는 것만으로도 기쁘다는 표정이었다.

······이상한 사람.

"이제 몸은 괜찮니? 더 아픈 곳은 없고?"

"의술사까지 불러서 치료해 주셨잖아요. 죄송해요, 자꾸 아파서 헛돈이 나가네요."

"헛돈······. 솔레아."

공작이 내 이름을 부르는 소리를 듣고 나서야 나는 알아챘다.

아, 또 나도 모르게 솔레아를 깎아내렸구나.

공작은 손에 들고 있던 나이프를 테이블 위에 내려놓고 잔잔하게 미소 지었다.

"그거 아니?"

"네?"

"아빠는 돈이 아주 많단다."

무슨 소리야. 긴장해 굳어 있다가 영문 모를 소리에 어리둥절한 눈으로 베르고 공작을 바라보자 그는 장난기 섞인 말투로 말을 이었다.

"의술사 정도야 짐마차 가득 실어 나를 수도 있지. 그러니 돈 걱정은 하지 마라. 너는 네 걱정만 하렴. 착한 내 딸."

"아……. 네."

자꾸 목덜미가 뜨끈하다.

고개를 숙이고 말없이 수프를 입 안으로 떠 넣었다.

식사를 마친 후 일이 많아 곧장 집무실로 가야 한다고 말한 공작은 내게 꽃을 한 송이 건넸다.

"이번에는 이 꽃이 핀 곳으로 가서 차를 마시는 게 어떻겠니. 의사가 아직까지는 정원을 걷는 정도의 운동만 하는 게 좋다고 하더구나."

"……감사해요."

공작의 커다란 손이 내 머리를 덮었다. 따듯한 온기를 머금은 그의 손바닥이 내 머리를 찬찬히 쓰다듬었다.

마음이 자꾸 둥실둥실 떠오르는 것 같았다. 내 가족도 아닌데 자꾸 이곳에 안주하고 싶어진다. 가만히 있어도 자꾸 웃음이 피어 나왔다.

차를 마시러 가기 위해 공작이 준 꽃을 들고 정원을 거닐다가 다른 꽃보다 이르게 피어난 장미 한 송이를 발견했다.

이거 가져다드리면 좋아하실까.

가시를 피해 장미 한 송이를 꺾은 뒤 공작의 집무실로 향했다.

그런데 살짝 열린 집무실 문틈 사이로 솔레아의 이름이 들려왔다.

"공작님. 페르난도 후작가 영윤과 솔레아 아가씨가 결혼만 하면 남부 곡창 지대의 소유권을 가지실 수 있습니다."

제일 처음 이곳에 왔을 때 들었던 결혼 이야기가 머리를 스쳤다.

애지중지 아낀다 싶더니. 그랬구나.

……어쩐지. 내 주제에 이런 행운이 있을 리가 없지.

나는 손바닥에 가시가 파고드는 줄도 모른 채 장미를 움켜쥐었다가 그대로 창밖으로 던져 버렸다.

세계관이 묘하게 중세 시대 같다 싶더니. 고루하기가 짝이 없네.

방 앞에 서 있던 앤이 성큼성큼 걸어오는 나를 보곤 환하게 웃으며 문을 열어 줬다.

"아가씨. 공작님께선 뭐라고 하시던가요?"

방으로 들어가 아무런 말 없이 가만히 창밖을 보고 있던 나는 조용히 대답했다.

"술 있어? 독주로."

"……술이요?"

"술이라도 있어야지."

돈도 없는데.

술은 나와 아주 길고 긴 역사를 함께한 친구인데. 그거라도 있어야지.

나를 말리고 싶은지 우물쭈물하던 앤은 천천히 나가더니 술 한 잔을 들고 돌아왔다.

"탈이 나실 수도 있으니까 천천히 드세요. 위스키예요."

"고마워, 앤. 이거 한 잔이면 충분해."

"……아가씨 괜찮으세요? 저라도 곁에 있을까요? 아니면 그레이 도련님을……."

"신경 써 줘서 고마워. 앤. 잠깐 혼자 있을게."

"예, 아가씨."

대답은 했지만 앤은 내가 신경 쓰이는지 몇 번이나 뒤를 돌아보며 천천히 방을 나갔다.

나는 달칵 문이 닫히는 소리가 들리자마자 위스키가 담긴 잔을 들어 올려 그대로 벌컥 목구멍으로 넘겼다.

불같이 뜨거운 액체가 목구멍으로 넘어가며 목부터 가슴까지 화끈거렸다. 어으으, 염병할 인생에 취한다.

긴 한숨을 푸우— 하고 내쉬었다.

그래, 산책은 끝내고 이제 집에 가자.

얼른 17억과 함께 돌아가야겠다. 팔자에도 없는 결혼을 할 순 없으니까.

페르난도? 이름부터 별로야. 패륜아 같아.

장미 가시에 찔린 손가락 끝에 맺힌 피 때문에 술잔에도 핏자국이 생겼다. 물끄러미 그것을 바라보다가 소매로 대충 문질러 닦았다.

현실적으로 생각하자. 나는 일기장이 들어 있는 서랍장을 바라보며 고민했다.

저 일기장에 지금 당장 집으로 돌아가는 미래를 적을 수 있나요?

아니.

근육을 충분하게 키울 시간이 있나요?

그건 모르지.

근육을 포기할 건가요?

지금으로선 돌아갈 방법이 그거 하나뿐이니 포기는 안 돼.

강해지는 것 말고 저 일기장에 글씨를 쓸 수 있는 방법은 없나?

……그건 모르지.

다른 사람에게 만년필을 쥐여 줘 본 적이 없으니.

저 일기장이 다른 사람들 눈에 야설로 보인다는 건 일기장 자체에 마력이 있다는 의미인데, 그럼 마력이 있는 사람이 보면 다르게 보이려나.

나는 일기장을 손에 들고 헤이먼의 방으로 향했다.

"헤이먼?"

방문을 두드리자 힘없는 목소리가 대답했다.

"……들어와."

어제 내내 방 안에 박혀 있었다는 헤이먼은 퍽 피곤해 보였다.

창가의 의자에 앉아 있는 그의 시선이 나를 향했다.

"무슨 일이야."

"헤이먼. 넌 마력이 있지?"

내 말에 헤이먼의 한쪽 눈썹이 올라갔다.

"……그런데?"

왜 그렇게 방어적이야. 누가 네 마력 뺏어 간다니.

헤이먼에게 가까이 다가가자 이번엔 그의 미간이 찌푸려졌다.

"너 술 마셨어?"

"냄새나? 딱 한 잔밖에 안 마셨는데."

아직 책 얘기는 꺼내지도 않았는데 헤이먼은 한숨을 내쉬며 나를 한심하게
바라봤다.

"술을 왜 마셔. 나이도 어린 게."

"어랍쇼, 누가 보면 여섯 살 먹은 어린애인 줄 알겠네. 내가 알기론 나 열여
덟 살이라 했던 거 같은데. 넌 술 안 마시냐."

내가 받아칠 줄은 몰랐던 건지 헤이먼은 황당하단 듯 나를 올려다보다가 고
개를 반대쪽으로 돌려 버렸다.

"안 마셔. 마력이 불안정해지니까."

"그럼 마력 안정돼 있는 김에 이거 손에 들어 봐."

만년필을 내밀자 헤이먼은 의심스럽다는 눈으로 그것을 한참 바라봤다.

왜 가만 보기만 하지? 손에 쥐어 보라고.

시큰둥하게 헤이먼을 기다리다 보니 불길한 예감이 뇌리를 스쳤다.

……일기장이 야설로 보이는 것처럼 설마 만년필도 다른 걸로 보이는 건가.

젠장. 앤한테 먼저 실험해 보고 올걸. 앤은 내가 입단속이라도 시킬 수 있을 텐데.

내 속이 타들어 가는 걸 아는지 모르는지 헤이먼은 영 마뜩잖은 표정을 지으며 엄지와 검지로 조심스럽게 만년필을 들어 올렸다.

"다 낡아 빠진 만년필은 왜?"

세상에, 신이시여. 감사합니다. 그나마 만년필의 범주에는 넣어 주셨군요. 분홍 머리 외국인에게 성인용품 들이미는 미친 사람이 되지 않게 해 주셔서 정말 감사합니다.

난 가슴을 쓸어내리며 잔뜩 일그러진 헤이먼의 얼굴을 바라봤다.

저게 내 눈에는 쌔끈하게 잘빠진 검정 만년필로 보이지만 쟤한텐 아닌가 보네. 일단 만년필이라고 인지는 해 주니 다행이다.

"그럼 이건 어때?"

표지가 보이지 않게 드레스의 넓은 소매로 가리고 품에 안고 왔던 일기장을 테이블 위에 올려놓았다.

그 짧은 몇 초 동안 머릿속에서 온갖 위험한 상상이 스쳐 지나갔다.

만년필은 성공했지만 이게 또 야설로 보이면 잘못 들고 왔다고 뻥쳐야 하는데.

하지만 내가 알고 있는 사람 중에서 마력을 지닌 사람은 헤이먼이 유일했다.

물어볼 사람이 헤이먼뿐이니 앤한테 매달릴 수밖에 없다. 만약 실패하면, 그땐 정말 근육 키우는 데 사활을 걸어야지.

"이게 뭐야?"

갑자기 찾아와 이것저것 묻는 나 때문에 두통이 오는지 관자놀이를 문지르던 헤이먼이 테이블 위에 놓인 책을 힐긋 내려다봤다.

"……일기장?"

그의 입에서 작게 튀어나온 일기장이라는 소리에 심장이 쿵 내려앉았다.

나 정말, 너무 감동적이야.

그동안 일기장을 일기장이라고 부르지 못하고 만년필을 만년필이라고 부르지 못해 얼마나 힘들었던가.

반가운 마음에 펄쩍 뛰며 목소리를 높였다.

"이게 진짜 일기장으로 보여? 세상에. 어, 맞아! 이거 일기장인데! 이거 봐봐, 안에 전부 내가 쓴……."

"렘샤 부인의 비밀 일기장? 이게 네 거라고?"

"아닌데요."

시발.

렘샤 부인. 시리즈 좀 그만 내세요. 인생이 그렇게 바쁘시냐고요. 짧은 인생을 너무 즐기시는 거 아니냐고요. 그 다망하신 와중에 일기까지 쓰시면 어떡해요.

일기장을 펼치려 드는 헤이먼의 손등을 찰싹 내리쳤다.

"아!"

"보지 마."

"네 거라며!"

"아냐. 잘못 들고 왔어."

손등을 얻어맞은 헤이먼이 분홍색 눈으로 나를 올려다보다 팔짱을 꼈다. 그의 얼굴에서 불쾌감이 드러났다.

"방금 네가 네 입으로 네 일기장이라고 했잖아."

"아, 그러니까. 내 일기장인 줄 알았는데 이게…… 렘샤 부인의 일기장이었네."

"그 여자는 누군데."

그러니까요. 저도 만나고 싶네요.

최대한 태연하게 어깨를 으쓱 올렸다 내리자 헤이먼이 지친 표정으로 손을 들어 두 눈가를 짓눌렀다.

"솔레아. 네가 기억을 잃은 이후로 많이 혼란스럽다는 건 알아. 하지만 남한 테 피해를 끼치면 안 된다는 기초적인 상식까진 까먹진 않았을 텐데?"

말을 해도 꼭 저렇게 재수 없게 해야 되냐.

"그리고 이 만년필은 뭐야? 렘샤 부인이랑 교환 일기라도 쓰는 건지, 아니면 네 상상 친구인진 모르겠지만 너 아니어도 나 충분히 바쁜 사람이야. 그러니까 시답잖게 굴지 말고 이거 갖고 방으로 돌아가."

더럽게 예민하네. 이불 100장 밑에 콩알 끼워 두면 불편하다고 못 잘 까탈 공주님 같은 새끼.

신경질적으로 일기장을 잡아채다가 그만 떨어뜨리고 말았다. 게다가 헤이먼 의 손도 쳐 버렸는지 만년필까지 바닥으로 떨어졌다.

펼쳐진 종이 위로 낙하하던 만년필은 허공에서 한 번 퉁 튕겨 오른 뒤 일기 장 위가 아닌 나무 바닥으로 떨어졌다.

"……방금 뭐야?"

"뭐가?"

똑똑히 봤는지 헤이먼의 잘생긴 얼굴이 쫙쫙 펴졌다. 그는 휘둥그레 커진 눈 으로 나와 일기장을 번갈아 바라봤다.

"방어벽이라도 펼쳐져 있는 것처럼 만년필이 공중에서 튕겼잖아."

"난 잘 모르겠는데. 충분히 바쁘신 까탈 공주 헤이먼에게 피해를 끼치지 않 기 위해 나가려던 참이라."

"너 방금 날 뭐라고 부른 거야."

"으이그, 공주님 방해 안 되게 저 나가겠다고요."

방어벽이 있든 넘사벽이 있든 이상벽 씨가 있든 그게 너랑 무슨 상관이야. 느자구없는 새끼야.

만년필을 주운 후, 일기장을 집으려는 순간 헤이먼이 일기장을 발로 밟았 다.

"뭐 하는 짓이야."

"너 왜 책에 마법을 걸어 놓은 거야."

"알 바 아니잖아."

날카로운 내 대답에 헤이먼은 잠깐 멈칫했지만 이내 발을 치우고 제 손으로 일기장을 들어 올렸다.

몇 페이지 대충 훑어보던 헤이먼은 아니나 다를까 그 고운 얼굴을 찌푸리며 내게 다시 내밀었다.

"……야한 소설을 쓰고는 싶은데, 다른 사람들한텐 들키기 싫어서 마법사를 고용해 마력을 걸었나 보지?"

"내가 그런 걸 왜 써!"

솔레아 씨, 미안해요. 야설을 보는 이미지뿐 아니라 야설을 쓰는 이미지까지 만들었어요.

"그래……. 하루 종일 집에만 있었으니 심심했을 수도 있어. 하지만 그다지 좋은 취미는 아닌 것 같은데. 다른 사람 귀에 들어가기라도 했으면 베르고 가문을 뭐라고 보겠어."

야설을 쓰는 날(물론 안 썼지만) 혼내는 것도 아니고, 놀리는 것도 아니었다. 헤이먼은 가문을 운운해 가며 나를 나무라고 있었다.

"베르고는 제르노아의 공신 가문이야. 그곳의 유일한 적자인 네가 이런 저급한 취미를 갖고 있다고 하면 우리 가문의 위신이 어떻게 되겠어. 생각이 없는 거야?"

"내가 쓴 거 아니라니까. 귀에 석고 때려 막았어?"

헤이먼의 손에 들린 일기장을 뺏어 온 후 그를 똑바로 바라보며 말했다.

"너 전에도 솔레아한테 이딴 식으로 굴었어?"

"뭐?"

"가문의 위신 어쩌고 하면서 애를 쥐 잡듯이 했냐고."

싸늘해진 내 말투에 헤이먼은 놀란 것처럼 나를 잠깐 바라보다가 피식 한쪽 입꼬리를 올려 웃었다.

"위신, 체면 그게 너한텐 별거 아닐지 몰라도 나한테는 그게 전부야."

며칠 전까지만 해도 내게 마법을 보여 주며 꽤 다정하게 굴었던 헤이먼의 성질머리가 과하게 날카롭게 바뀌어 있었다.

꼭 무언가에 뒤쫓기는 것처럼 초조한 낯이었다.

"공녀님은 하루 종일 병상에 누워 있든, 방탕한 소설을 쓰며 마음껏 놀든 상관없겠지만 난 아니라고."

문장의 끝으로 갈수록 한 음절, 한 음절 씹어뱉듯이 말하며 헤이먼은 나를 힘껏 노려봤다.

거 너무하네. 설령 진짜 야설을 썼다고 해도 그게 왜 방탕한 놀이야. 렘샤 부인 들으면 운다, 이 자식아.

앉아 있던 의자에서 일어난 헤이먼이 내 앞에 곧게 섰다. 그는 차갑게 식은 분홍색 눈으로 나를 내려다보며 낮은 목소리로 조용히 덧붙였다.

"아버지의 명예를 더럽히지 말고 공녀면 공녀답게 행동해."

나는 헤이먼의 어깨를 밀치며 그를 지나쳤다.

"비켜. 너한테 도움을 받으려고 한 내가 등신이지. 건방지게 책을 밟는 놈이랑은 할 말 없⋯⋯."

⋯⋯잠깐만, 책을 밟았다고?

그동안 나도 책을 고정시키기 위해 가장자리에 발을 올리긴 했지만, 그건 어디까지나 가장자리였다.

발로 가장자리에 글씨를 쓰려고 몇 번이나 시도했지만 당연히 실패했다.

가운데 부분엔 발을 올릴 수조차 없었고 만년필을 발가락에 끼우면 발을 일기장 가까이 가져다 대는 것조차 아예 불가능했다.

"왜 말을 하다 말아?"

뒤에서 들려오는 헤이먼의 목소리가 천사의 타종처럼 느껴졌다. 저기가 천국으로 가는 문인가.

"헤이먼. 신발 벗어."

"······뭐라고?"

나는 품에 안고 있던 일기장을 바닥에 내려놓고 헤이먼의 앞에 무릎을 대고 주저앉아 우리 사랑스러운 곤듀님의 발목을 잡았다.

까탈스러운 핑크 곤듀님의 발목은 꽤나 굵었다.

"발 좀 보여 줘!"

"야!"

"이거 좀 벗어 보라니까."

"뭐, 뭐 하는!"

"가만히 있어 봐! 이거 왜 안 벗겨져!"

나는 필사적이었다.

근육을 키우는 데에는 시간이 너무 많이 들어간다.

다른 방법이 있다면 무슨 수를 써서든 그 방법을 이용해 돌아가고 싶었다.

은행과 나의 17억이 있는 그곳으로.

어제 근육통에 시달린 탓인지 손에 힘이 제대로 들어가지 않았지만 다행히 헤이먼은 나를 힘껏 밀쳐 내진 않았다.

적자, 후계자를 계속해서 언급하더니 솔레아가 다칠까 꽤나 신경 쓰고 있는 것 같았다.

으유, 이 안쓰럽고 싹수도 없고 지 기분 좋을 때만 다정한 자격지심 덩어리 핑크 곤듀.

다짜고짜 신발을 벗기려는 미친 사람에게 한다는 게 고작 소리 지르는 것뿐이라니.

"내 발은 왜! 아, 정말! 솔레아!"

휘청거리던 헤이먼은 결국 뒤로 넘어지고 말았다.

나 같았으면 잡히지 않은 다른 쪽 발로 힘껏 차 버렸을 텐데.

헤이먼은 그 와중에도 발을 휘둘러 나를 차 내지는 못하고 그저 두 손으로 내 어깨를 열심히 밀어 낼 뿐이었다.

"미쳤어?! 정신 차려! 혹시 또 발작이야?"

"벗어! 네 발 좀 보자!"

"발을 왜! 갑자기 왜 이래!"

"에이씨, 왜 이렇게 안 벗겨져!"

"너 정말……!"

"아, 벗겼다!"

겨우 헤이먼의 신발을 벗기고 그의 발가락 사이에 만년필을 끼웠다.

"자, 얼른 여기에 네 이름 써 봐!"

마음 같아서는 지금 당장 '17억 당첨 종이와 함께 무사히 원래의 세계로 귀환.'이라고 쓰고 싶었지만 그랬다가는 무슨 얘기냐고 달달 볶을 게 분명했다.

일단 이름부터 써 보게 하고, 성공하면 수면제라도 먹여서 발 좀 빌려야지.

상처 많은 발을 보아 하니 역시 듣던 대로 고생을 많이 했단 걸 알 수 있었지만 지금은 그런 게 중요한 게 아니었다.

넌 돈 많잖아. 난 이게 다라고.

"제발! 솔레아!"

"제발이 아니라 네 발 이리 달라니까! 이름! 이름 써 봐!"

곧장 발 아래 일기장을 갖다 대려 했지만 헤이먼은 빨개진 얼굴로 나를 휙 밀쳐 내고 발가락에 끼워진 만년필도 내던졌다.

내가 곧바로 다시 붙잡을 거 같았는지 헤이먼은 바닥에서 벌떡 일어서선 한 걸음 물러났다.

"내 이름을 그 책에 왜 남겨! 솔레아! 정신 차려!"

조용히 하고 발이나 내놔.

일기장을 손에 쥐고 일어서서 그와 마주서자 마치 광인을 마주한 듯 헤이먼의 동공이 약하게 흔들렸다.

그는 날짐승에게 신호를 보내듯 손바닥을 편 채 두 손을 들어 보였다.

"······진정해. 마법 수업을 받고 난 후엔 한동안 마력을 운용할 수 없어서 널 재울 수도 없다고. 그러니까 제발······."

"나도 제발. 날 줘! 이름 좀 써 달라니까?"

"좀! 대체 왜 그러는 거야! 내 이름으로 책을 출간해서 날 망신시키려는 거야? 그런 생각이라면 접어야 할걸. 난 애초에 떨어뜨릴 평판조차 없는 놈이니까."

처음엔 흥분해 커졌던 헤이먼의 목소리가 점점 스스로를 비웃는 것처럼 자조적으로 바뀌었다.

나는 숨을 크게 들이마셨다가 내쉰 후 차분하게 말했다.

"그래······. 헤이먼."

나는 솔레아다.

나는 솔레아다.

나는 솔레아다.

나는 지성과 다정을 모두 겸비한 갓벽한 솔레아다.

조용히 셀프 최면을 건 뒤 헤이먼을 향해 최대한 자애롭게 웃어 보였다.

"난 그냥 네 아픔에 공감해 주고 싶을 뿐이야."

"······무슨 소리야."

헤이먼이 날카롭게 받아치긴 했지만 대부업 아재들과 빚쟁이들에 비하면 이 정도야 가소로웠다.

흉터도 주름도 없는 고운 얼굴로 목소리를 깔고 위협해 봤자 내겐 그저 길고양이의 하악질처럼 느껴질 뿐이었다.

요 깜찍한 핑크 애옹 곤듀님 같으니라고.

"기억을 잃은 후 내 인생에 대해 다시 생각해 보기로 했어. 이젠 더 이상 아프다고 침대에 하루 종일 누워 있지도 않을 거고, 죄책감에 오빠들을 피하지도 않을 테야."

지금 완전 사랑방 손님과 솔레아 같았지.

다시 이성을 찾은 나는 크흠, 흠, 헛기침을 한 후 말을 이었다.

"나는 오빠의 힘든 과거도 안아 주고 싶어. 오빠의 위안이 되고 싶어. 그게 우리 가문을 위한 거라고 생각해. 왜냐하면 가족을 지키는 게 가문을 지키는 거니까."

우린 가족이라는 뜻이었다.

이 말을 했을 때 그레이는 좋아하던데 헤이먼한테도 먹히려나.

입꼬리를 쭈욱 끌어 올려 햇살이 부서지듯 웃어 보려 노력했다.

노력은 했다.

부족했을 뿐.

"……발을 보는 거야 그렇다 쳐도 이름은 왜 쓰라고 한 거야."

"예뻐서."

"뭐?"

여태 개소리를 해도 열심히 들어 주던 헤이먼의 미간이 단박에 확 구겨졌다. 헤이먼이 성큼성큼 내 앞으로 다가왔다.

"예뻐? 내 발이?"

아무런 대답도 하지 않자 헤이먼이 빠르게 말을 이었다.

"제대로 된 신발 한번 신어 보지 못하고 살았어. 이 집에 들어온 지 10년이 다 돼 가는데도, 여전히 흉터가 남아 있어. 찢어졌던 새끼발가락은 살이 아물며 이상하게 붙어서 기괴하기만 해. 근데 그게 예쁘다고?"

헤이먼의 냉기 어린 목소리에 방 안의 온도가 낮아진 듯한 착각까지 일 정도였다.

"놀리는 것도 적당히 해."

하지만 나는 굴하지 않고 아까의 대답을 고수했다.

"놀린 적 없어. 진짜 예쁘다고 생각해."

코앞에서 나를 위협하는 헤이먼의 눈을 똑바로 바라보며 말했다.

"그 발은 네가 얼마나 힘들게 이 자리까지 왔는지 알려 주는 지표잖아. 그런 힘든 상황을 모두 견뎌 내고 지금 여기에 있잖아."

나를 뚫어지게 바라보던 헤이먼이 잠깐 고개를 반대편으로 돌렸다가 곧장 다시 나를 바라봤다.

"그럼 글씨는 왜 쓰라고 한 거야. 그 책에 뭔가를 쓰게 만드는 게 목적이었던 거 아냐?"

들켰네, 시발. 하지만 들어 보세요.

"아니야. 그…… 발가락 운동이야. 발가락의 근육들을 훈련시켜 주면 뇌가 발달된대."

"……내 뇌가 덜 발달돼 보인단 소리야?"

그럴 리가요, 공주님.

"아니. 오빠가 어제 종일 누워 있었다길래 걱정돼서. 발가락 운동은 쉽고……. 그리고 솔직히 오빠 발 예쁘게 생겼잖아. 숨겨 놓는 게 아까워서 그랬어."

아직 신발을 신지 못한 헤이먼의 발을 슬쩍 내려다봤다.

발 모양은 정말 예쁜데. 흉터도 자잘한 게 많을 뿐, 보기 흉하진 않았다.

흉터 좀 있는 게 뭐, 어때서. 내 진짜 몸엔 이것보다 더 많은 흉터가 있는데.

……그렇다고 해서 내가 한 말들이 궤변이 아닌 건 아니지만.

'아가씨는 다정하고 똑똑하셨어요!' 라고 앤이 종종 말하곤 했는데.

망했네요.

이 자리에 길게 있었다간 더 꼬일 것 같으니 일단은 피해야겠다.

"……난 정말 오빠 발 예쁘다고 생각해. 그 얼굴만큼. 하지만 오빠가 시간이 필요할 수도 있지. 급하게 들이대서 미안. 그럼 난 이만 가 볼게."

구석에 떨어진 만년필을 조심스럽게 주워 들고 여전히 나를 경계하는 헤이먼의 눈길을 피해 방 밖으로 나왔다.

＊ ＊ ＊

그날 저녁 헤이먼은 거울 앞에 선 채 천천히 신발을 벗었다.

아무리 봐도 흉터투성이인 못난 발이었다.

절대 지울 수 없는 과거의 기억이 덕지덕지 묻은 발.

헤이먼은 신경질적으로 신발을 구겨 신은 뒤 거울을 등지고 돌아섰다.

"기억을 잃으면서 반푼이가 됐나 보군."

……라고 말했을 때만 해도 헤이먼은 농담이었다.

솔레아가 불러온 화가가 정원에서 그레이의 발을 그리고 있는 풍경을 보기 전까지는 말이다.

"헤이! 헤이먼! 안녕!"

"이게 무슨."

바지를 종아리 중간까지 걷어 올린 그레이는 다리를 꼰 채 테이블에 앉아 있었다.

화가는 나름의 프로 정신을 발휘하며 아무렇지 않은 척 그레이의 발을 화폭에 담아내고 있었다.

"그레이. 너 왜 발을……."

그레이에게 물었지만 대답은 옆에 서 있는 솔레아에게서 돌아왔다.

"헤이먼 오빠가 싫다고 해서, 내가 그레이한테 발 보여 달라고 했어. 아주 기다렸다는 듯이 신발을 벗어 재끼더라. 헤이먼 오빠 발이 더 예뻐서 아쉽긴 하지만 어쩔 수 없지."

"야! 내가 언제 기다렸다는 듯이 벗었어! 네가 먼저 발 보여 달라며!"

"아니, 그러면 너는 지나가는 사람이 '가슴 보여 주세요.' 하면 가슴도 보여 줄 거냐?"

"가, 가슴이…… 미친놈아! 여기서 가슴이 왜 나와! 그리고 너 왜 헤이먼한텐 오빠라고 하고 나는 너라고 부르냐? 난 네 오빠 아니냐!"

105

두 사람이 싸우기 시작하자 화가는 익숙한 일이라는 듯 왼손을 들어 한쪽 귀를 막고 다시 세심한 터치를 이어 갔다.

"도련님. 발을 움직이시면 안 됩니다."

화가가 조용히 읊조린 말에 그레이는 천부적인 신체 능력으로 하체는 가만히 두고 상체만 솔레아 쪽으로 돌려 분노를 표출했다.

자본주의 하체와 분노로 얼룩진 상체의 기괴함에 헤이먼은 제 머릿속까지 엉망진창이 되는 것 같았다.

"네가 발 좀 보자며! 예쁜 발이 보고 싶은데 헤이먼은 안 보여 준다고 내 거 보여 달라며!"

"으이구! 벗으란다고 벗어 놓고 내 탓을 하네!"

솔레아의 목소리엔 장난기가 가득했지만 그레이는 정말 억울했는지 길길이 날뛰다가 이내 헤이먼에게 화살을 돌렸다.

"형이 그냥 발 좀 보여 주지!"

"……뭐?"

"형이 발 보여 주지! 쟤가 화가 불렀는데 그냥 돌아가게 할 거냐고, 일당 받고 일하는 사람 하루 공치면 손해가 얼마나 큰지 아냐면서 당장 벗으래서 벗었는데! 형 대타잖아, 내가! 형이 벗었으면 나는 안 벗어도 됐잖아!"

혼란스러워진 헤이먼이 주춤거리며 말했다.

"왜, 왜 내 발이 필요한 건데."

그레이는 답답하다는 듯 가슴을 퍽퍽 치며 말했다.

"형 발이 더 예쁘다잖아. 솔레아가."

내 발이 진짜 예뻐?

이런 발이 뭐가 예쁜데.

가장 숨기고 싶은 곳을 위로해 주고 싶단 게 진심이었나?

……아니, 잠깐만. 고작 발이 예쁘다는 이유로 화가를 불러?

애가 제정신이 맞는 건가.

헤이먼의 작은 머리 안에 떠오른 수많은 의문들은 답을 하나도 찾지 못한 채 머릿속을 둥둥 떠다녔다.

그때, 캔버스 위를 붓으로 터치하던 화가의 입에서 아쉬움이 담긴 탄성이 흘러나왔다.

"흐음……."

그림 모델을 하고 있는 중에 방방 날뛴 게 양심에 찔렸는지 그레이가 냉큼 이유를 물었다.

"내 자세가 틀어져서 그래? 발은 가만히 있었는데."

"그게 아니라, 아무래도 기사 훈련을 받으신 분이라 그런지 발 모양이 살짝 틀어지셨네요. 솔레아 아가씨께서 찾으시는 완벽한 발은 아닌 듯합니다."

마치 신데렐라를 찾는 왕자님처럼 솔레아가 실망한 티를 팍팍 냈다.

"하……. 발의 세세한 흉터 하나하나에 담긴 스토리텔링으로 심금을 울리면서도 발가락 소근육을 자유롭게 움직이는 완벽한 균형의 예쁜 발이 보고 싶었는데."

제 동생이 실망한 모습에 괜히 미안함을 느끼는지 눈치를 살피던 그레이가 헤이먼을 향해 원망의 눈빛을 보냈다.

'네가 진작 발을 보여 줬어야지.'

화가는 솔레아를 올려다보며 물었다.

"계속 그릴까요?"

"네. 저는 그레이의 발이 디뎠던 과거도 사랑할 거니까요. 우린 피를 나누진 않았어도 남매니까."

그레이는 감격한 듯 입을 다물었고 화가 역시 눈꼬리에 맺힌 눈물을 닦아 낸 뒤 다시 그림을 그리는 데 집중했다.

헤이먼은 이 중에서 누가 덜 미쳤고, 더 미쳤는지 분간이 되지 않았다.

솔레아의 또라이 같은 기행은 그 뒤로도 계속 이어졌다.

며칠 뒤 다시 화가를 불러 이번에는 디에르고 공작의 발까지 그림에 담아내고 말았다.

"솔레아. 왜 하필 발이니?"

"가장 낮은 곳에서 위를 지탱하니까요. 걸어오신 길을 담아내고 싶어요."

디에르고 공작은 근엄하고 진지한 얼굴로 고개를 찬찬히 끄덕였다.

"그런 뜻이 있었구나."

그로부터 며칠 뒤 멋진 화풍으로 그린 디에르고 공작의 상처 많은 발과 그레이의 발이 저택에 걸렸다.

그레이의 것은 색채감이 화려한 그림이었지만 디에르고의 것은 목탄으로 그려 거친 터치감이 느껴지는 흑백 그림이었다.

디에르고는 만족스러운 얼굴로 서 있는 솔레아에게 물었다.

"……왜 나는 흑백이니, 솔레아."

"긴 세월에 무뎌진 고독과 쓰라린 아픔, 하지만 여전히 남아 있는 과거의 영광 같은 것들을 날것의 감성 그대로 그림에 표현해 보았습니다."

디에르고는 이번에도 깊게 감명을 받은 듯 고개를 끄덕였다.

솔레아의 대답은 마치 어딘가에서 하루 종일 손님을 상대하며 장사만 수십 년 해 온 전문가 같았다.

하지만 솔레아는 공작저 밖을 나간 적이 없으니 이 기묘한 기시감은 착각일 것이다.

고개를 짧게 흔든 헤이먼은 이마를 짚었다.

설마 내게 했던 모든 말이 진심이었던 건가?

어쩐지 골이 흔들려 휘청거리며 제 방으로 올라온 헤이먼은 제 서재에 앉아 곰곰이 생각했다. 뭔가 연관성이 있는 게 분명했다.

솔레아가 갑자기 발에 집착하는 이유.

눈앞까지 음란 소설을 들이밀며 반색하던 모습.

완전하게 예쁜 형태의 발을 찾는다고……?

헤이먼의 고운 분홍색 눈썹이 살짝 찡그려졌다.

몇 분이 지난 후, 그의 두 눈이 크게 뜨였다.

"……발 페티시인가!"

자리에서 벌떡 일어난 헤이먼은 서재 뒤편 서가에서 여러 권의 서적을 꺼내왔다.

크게 앓고 난 뒤로 성격이 바뀌었다든지, 이상한 습관이 생겼다든지 하는 사례들이 담긴 책이었다.

해가 저물어 가는 줄도 모르고 열심히 책을 살피던 헤이먼이 결론을 내린 듯 탁 소리가 나도록 책을 덮었다.

이 책에 의하면 욕구가 충족되지 않으면 계속해서 이상 행동을 할 수도 있다고 적혀 있었다.

헤이먼은 천천히 제 신발을 벗고 아래를 바라봤다.

평범해 보이는 발이었다.

"……내가 아니면 멈출 수 없다는 건가."

내가 아니면 멈출 수 없는 음험한 욕망이라니.

하하, 이것 참.

세계를 구할 영웅으로 다시 태어난 것만 같은 기분이었다.

"동생이 사교계에 나가서도 다른 이들 발을 보겠다고 신발을 벗기면 안 되니까."

헤이먼은 마법을 이용해 발의 흉터들을 잠깐 동안 보이지 않게 해 봤다.

말끔해 보이긴 했지만 평소와 달리 흉터가 모두 사라지자 제 발이 아닌 것처럼 보이기도 했다.

"아냐, 솔레아는…… 아픈 과거를 기억하고 싶은 거랬으니까."

발의 표면에 걸려 있던 착시 마법을 다시 거둬들였다.

이제야 '완전한' 발 같았다.

"가문을 위해선 어쩔 수 없어."

대단하신 희생이라도 하는 양 헤이먼은 굳은 얼굴로 다시 신발을 신었다.

그러곤 솔레아의 방으로 향했다.

하지만 솔레아는 보이지 않아 복도를 지나가던 하녀장 마르실라에게 물어볼 수밖에 없었다.

"마르실라. 솔레아는 어디 있지?"

"아, 도련님. 아가씨는 지금 기초 체력을 키우시기 위해 그레이 도련님과 같이 훈련장에 가 계세요."

"……그 약한 몸으로?"

"네, 하지만 어떻게든 건강해지고 싶다고 하셨으니까요. 그동안 침대에 누워 시간을 보냈던 게 아까우신가 봐요. 너무 잘됐죠!"

마르실라의 환한 웃음을 뒤로하고 헤이먼은 빠른 걸음으로 저택 뒤편의 훈련장으로 향했다.

크게 아프고 난 이후 앞으로의 인생을 건강하게 살고 싶다는 건 좋은 마음가짐이었다.

아픈 채로 골골거리면 바깥의 사람들 입에 오르내릴 뿐이니까.

'베르고의 유일한 후계자가 몸이 저리 약해서야 어떡한대요.'

기억을 잃기 전 솔레아는 그런 얘기가 듣기 싫다는 듯 아예 마음의 문을 걸어 잠그고 다른 사람들과 소통하지 않았지만, 어쩔 수 없는 일이었다.

다른 귀족들의 말처럼, 솔레아 말고는 모두 가짜니까.

입양한 아이를 키워 주고 보호해 준 은혜를 베푼 것만으로도 베르고 공작가에겐 충성을 맹세하는 것이 당연했다.

헤이먼은 훈련장에서 그레이와 소리 지르며 싸우고 있는 솔레아를 보며 픽 웃었다.

정말로 운동을 하고 있었는지 편한 바지와 긴 셔츠 차림의 저 엉뚱한 동생 역시, 형제들을 진심으로 사랑하는 거겠지.

"난 가문을 위해 소공작인 네게 충성하는 것뿐이지만."

헤이먼은 작게 혼잣말을 한 후 그들에게 다가갔다.

자, 솔레아. 네가 원하던 '완전한' 발이다.

약간 기대감에 부푼 상태로 걸어갔지만 그들은 헤이먼 따위 안중에도 없었다.

두 사람은 그야말로 박 터지게 싸우는 중이었다.

"아니, 너는 왜 내 말을 들어 먹질 않냐! 지금 네 몸 상태론 간단하게 스트레칭하고 하루에 30분 정도 걷는 게 최선이라니까!"

"이 안일한 자식아! 그렇게 해서 어느 세월에 근육을 만들라고!"

"또 근육통 오면 어쩔 건데!"

"공작님이 의술사 불러 주시겠지!"

"의술사는 근육통을 치료하는 거지, 찢어진 근육까지 붙여 주기는 힘들다고, 이 미친놈아!"

"이게 또 동생한테 미친놈이라고 하네! 너는 뭐, 되게 제정신인 줄 아나 보다?"

"뭐, 이 자식아?"

기어코 솔레아를 집어 던질 요량인지 그레이가 솔레아를 잡으러 뛰어가자 솔레아는 잽싸게 뛰어 도망 다니기 시작했다.

몇 초도 안 돼 붙잡힌 나약하기 그지없는 솔레아는 그레이에게 강제로 스트레칭을 당했다.

"악! 옆구리 찢지 마!"

"옆구리가 유연해야 된다고 했지!"

"……솔레아, 여기 너의 완전한 발이 왔다."

약간은 작은 목소리로 불러 봤지만 여전히 귓등에도 안 박히는 것 같았다.

"머리 누르지 말라고!"

"허리를 더 숙이라니까!"

"앤이 오늘 아침에 이 머리 하는 데 30분도 넘게 걸렸다! 너는 남의 수고를 개똥으로 아는 버릇이 있어. 하여간 부잣집 놈들이란."

"너 진짜 미쳤냐?"

"밀친 건 늬가 밀친 거겠죠~"

일부러 혀를 얄밉게 꼬아 가며 놀린 솔레아가 다시 도망가고, 그레이가 다시 쫓아가길 반복하자 헤이먼은 참지 못하고 큰 소리로 그들을 불렀다.

발을 보여 주러 왔는데 이렇게 존재감 없는 사람 취급을 받을 줄은 몰랐다.

"품위 떨어지게 지금 뭐 하는 거야!"

예전의 솔레아에겐 이 정도로 소리쳐 본 적도 없었다.

하도 기죽은 채로 다닌 터라 가끔 마법을 보여 주고 미미한 미소를 얼굴에 띠어 주는 게 최선이었으니까.

그조차도 헤이먼의 변덕이 허락하는 날뿐이었지만.

아무튼, 예전의 솔레아였다면 헤이먼이 소리를 질렀을 때 고개를 푹 숙이고 입을 다물었을 것이다.

하지만 문제는 솔레아가 변했다는 거였다.

"으이그, 우리 곤듀님 화났잖아. 너 때문에."

"······너 지금 헤이먼한테 공주라고 한 거야? 너 어디까지 돌았어? 약을 먹어야 되는 거야, 아니면 먹어야 되는 약을 빼먹은 거야?"

"너나 잘해."

헤이먼의 찡그린 미간은 보이지도 않는지 두 사람은 신랄하게 토론을 펼쳤다.

며칠 사이에 얼마나 친해졌는지 누가 보면 아주 태어날 때부터 죽이 척척 맞은 줄 알 정도였다.

"공주는 좀 그래. 우리 제국 황녀님만 해도 얼마나 담대하고 멋지신데."

"맞아. 내가 잘못했네. 그럼 그냥 완댜님이라고 부를까."

"왕자님이면 왕자님이지. 완댜님은 뭐야?"

"완댜님이라고 해야 놀리는 게 티 나잖아."

그레이는 새삼스럽게 놀라운 얼굴을 하고 솔레아를 쳐다봤다.

"너 정말 참신한 또라이구나."

헤이먼은 여기 더 오래 있고 싶지 않았다.

빨리 기억을 잃고 비정상이 된 솔레아의 발 페티시를 해결해 주고 싶었다.

비장하게 각오를 다진 헤이먼은 솔레아의 앞으로 다가가서 말했다.

"내 발, 필요하다면 보여 줄게."

"진짜?"

놀리는 의도가 다분했던 아까의 장난기 섞인 목소리는 싹 사라지고 솔레아의 음성엔 오직 기대감만이 가득했다.

온 얼굴을 환하게 피우며 솔레아는 맑게 웃었다.

전에 본 적 없는 밝은 미소였다.

"보여 줘."

솔레아의 뒤에 선 그레이가 약간 퉁명스럽게 끼어들었다.

"야. 내 발도 예쁘다며. 언제는 내 발의 과거도 사랑하겠다며."

핑쿠 완댜님은 여유롭게 승자의 미소를 띤 채 말했다.

"네 발이 '완전하고 완벽하게' 아름답진 않았나 보지. 과거와는 별개로 발의 모양은 제각각이니까."

기세등등한 모양새가 아주 기똥차게 재수 없어서 그레이는 아랫입술을 쭉 늘어뜨리듯 내리고 비아냥거렸다.

"늬예늬예~ 어련하시겠어요, 완댜님~"

솔레아에게 배운 기술이었다.

헤이먼은 못생긴 발을 가진 그레이가 아무리 약을 올려도 큰 데미지를 느끼지 못했다.

어쨌든 '완전한' 발의 주인은 나니까.

헤이먼은 완연한 미소를 띠며 신발을 벗어 보였다.

자, 솔레아. 이것이 바로 '완벽'이다.

은근슬쩍 마법을 이용해 발 뒤에 후광까지 만들었다.

이건 다 가문을 위한 거니까.

솔레아가 빨리 정신을 차려야 가문의 체면이 서니까.

하지만 헤이먼의 기대와는 달리 솔레아는 다소 시큰둥한 반응이었다.

"스읍……. 이건, 좀. 곤란한데."

"뭐, 뭐가?"

"헤이먼. 혹시 발에 살쪘어?"

"뭐?"

"전에 봤을 땐 발에 핏줄이 좀 올라와 있었고, 발 모양도 좀 더 날카로웠고, 아치도 더 봉긋했는데. 하, 이건 좀."

말끝엔 고개를 절레절레 흔들기까지 했다.

헤이먼은 머리에 철퇴라도 맞은 것 같은 충격에 눈을 빠르게 깜빡이다가 솔레아의 두 어깨를 잡았다.

"내 발이 예쁘다며! 내 발이 제일 예쁘다며! 그림으로 담아내지 못해서 아쉽다며!"

솔레아는 일부러 입술을 양옆으로 길게 늘이며 눈썹을 팔자로 만들었다.

21세기에선 흔히 볼 수 있는, (ex. 죄송합니다, 고객님. 재고가 없습니다.) 하나도 안 죄송할 때의 표정이었다.

"안타깝군요. 헤이먼 씨는 저와 함께 가실 수 없습니다."

그레이는 이미 호위 기사가 된 것처럼, 솔레아의 어깨를 잡고 있던 헤이먼의 두 손을 떼 냈다.

"부농 완댜님. 이만 방으로 돌아가서 발이나 씻으시죠. 풀밭을 밟으셨네요."

"야! 그레이! 나 봐! 내 발이 왜! 내 발이, ……며칠 전까진 멀쩡했는데 갑자기 발에 살이 쪘다는 게 말이 돼?"

그레이와 함께 투스텝을 밟으며 저택으로 돌아가던 솔레아가 싱긋 웃으며 뒤돌아봤다.

"그럼 발가락에 만년필이라도 끼우고 글씨 연습을 해 봐. 소근육을 키우면 좀 나아질지도 모르지."

말을 마친 후 솔레아는 다시 그레이와 어깨동무를 하고 원 투 차차차를 밟으며 박진감 있게 저택으로 들어갔다.

"저 미친 것들. 둘이 친해지더니 아주 쌍으로 미친 거야. 돌았어. 제정신이 아니야."

하지만 지금 이 순간 제일 미친 건 발가락에 끼울 만한 만년필 사이즈를 머릿속으로 찾고 있는 저 자신이었다.

헤이먼의 고민은 하루가 꼬박 다 가도록 해결되지 않았다.

일단 신발은 벗었다.

만년필도 오른손에 쥐고 있다.

다만, 이 만년필을 발에 끼우는 것은 전혀 다른 차원의 문제였다.

귀족가에 입양되고 난 뒤 몸 안에 떠도는 불안정한 마력 때문에 얼마나 고생했던가.

그 이후로도 출신 모를 입양아라는 이유로 이 저택 밖에서는 제대로 인정받지 못했다.

다른 귀족들이 대놓고 무시하는 말을 할 때면 헤이먼은 저를 입양해 준 공작 부부가 망신스럽다며 내칠까 봐 얼마나 떨었는지를 모른다.

다시 그 거리로 나가, 실험실에 갇힌 채 당장 내일조차 알 수 없는 매일을 견뎌 내고.

살아 있다는 사실에 희망을 가졌다가, 살고 말았다며 또 절망하기를 반복하고.

다시는 그렇게 살기 싫어서 헤이먼은 필사적으로 공작가에 남기 위해 노력했다.

다행히 성년이 되고 마법사로 인정받은 이날까지, 디에르고 공작과 돌아가신 공작 부인은 한 번도 그에게 모진 소리를 한 적이 없었다.

그 은혜를 갚기 위해 껍데기만이라도 완벽한 귀족이 되려고 노력하며…….

살았는데 발에 만년필을 끼워?

웃기는 소리.

말도 안 돼.

내가 그럴 수는 없지.

그건 귀족으로서도 당연히 안 될 말이지.

힐긋 창밖을 바라보자 보란 듯이 인부들의 신발을 모두 벗겨 놓은 솔레아가 한 명씩 발을 확인하며 고개를 절레절레 흔들고 있었다.

멀리 떨어진 거리 탓에 소리가 잘 들리지 않아 헤이먼은 슬그머니 창을 열고 마법을 이용해 음파를 확장시켰다.

이젠 바로 옆에서 말하는 것처럼 솔레아의 음성이 들렸다.

"아니, 이 발이 아니야. 다음. ……흠, 이 발도 아니야."

"아가씨. 갑자기 발은 왜요."

"나는 완벽한 발을 찾고 있어. 나의 심미안을 충족시켜 줄 완전하고 완벽한 발."

마치 일부러 헤이먼 들으란 듯이 말하는 것 같았다.

헤이먼은 고개를 아래로 숙여 제 발을 봤다.

"……진짜 살이 쪘나."

조심스럽게 발가락을 안으로 오므라뜨렸다가 천천히 힘을 풀었다.

발가락만 잘 움직이는데 뭐가 불만인 거지.

"글씨를 쓸 수 있을 만큼 발을 자유자재로 움직여야 한다는 건가. 그 정도가 아니면 만족할 수 없는 발 페티시를 가졌단 말이야?"

징그러운 취향이었지만 그래도 뭐.

이 세상에 완벽한 발을 가진 사람이 나밖에 없다면 어쩔 수 없지.

헤이먼은 자신만만한 미소를 띠며 오른손에 쥐고 있던 만년필을 발가락 사이에 끼웠다.

그런 뒤 바닥에 종이를 내려놓고 글씨 연습을 시작했다.

「헤이먼 폰 베르고」

"삐뚤빼뚤 엉망이군. 이러니 솔레아가 만족하지 못할 만도 해."

다시 다리에 힘을 준 헤이먼은 발가락에 온 신경을 집중해 온갖 글씨를 써 내려갔다.

「다베르고 폰 베르고」

존경하는 공작님.

「에일린 일던 폰 베르고」

따스하게 안아 주셨던 다정한 공작 부인.

「타인 폰 베르고」

과묵한 형님.

「그레이 폰 베르고」

철없는 멍청이.

「솔레아 폰 베르고」

미친 사람.

가족들의 이름을 하나씩 적을 때마다 글씨가 점차 나아지는 것 같기도 했다.

헤이먼은 그 이후로도 몇 번이나 종이를 바꿔 가며 글씨 연습을 계속했다.

하녀 하나가 품 안에 쓰레기를 가득 들고 솔레아의 방 문을 두드렸다.

"아가씨. 저예요."

"들어와."

앤은 솔레아의 방으로 들어오자마자 냉큼 문을 닫더니 재빠르게 테이블 위에 쓰레기들을 내려놓았다.

"헤이먼 도련님 방의 쓰레기들을 왜 모아 오라고 하신 거예요."

"확인할 게 있거든."

솔레아는 생긋 웃으며 앤에게 작은 반지를 하나 건넸다.

"이런 거 안 주셔도 돼요! 아가씨가 시키신 일을 한 것뿐인데요."

"그래도. 고마워서 그래."

이 세상에 공짜 아닌 게 어디 있니. 괜찮다, 괜찮다 해도 사람을 부릴 때는 역시 돈이 최고거든.

그리고 이런 걸 줘 놔야 나중에 뭔 일이 있으면 네가 나한테 제일 먼저 달려올 거 아냐. 나도 꽤나 모진 인생을 살아왔단다.

몇 번을 연거푸 거절하던 앤은 결국 반지를 받아 들고 솔레아에게서 뒤돌아섰다. 난처한 낯빛이긴 했지만 내심 기쁜 기색이었다.

행여 흠집이라도 날까 봐 조심조심 다루며 반지를 제 속치마 주머니 안의 깊은 곳에 꽁꽁 숨긴 앤이 다시 몸을 돌렸다.

솔레아는 그레이 방에서 가져온 종이들을 살피느라 그다지 신경 쓰지 않는 모양이었다.

"나쁘지 않네. 알아볼 수는 있을 정도야."

솔레아가 내려놓은 종이 다발 속에서 앤은 이상한 문장을 발견했다.

"여기 '솔레아 변태.' 라고 적혀 있는데요, 아가씨?!"

저도 모르게 하, 하고 웃음이 터진 솔레아는 종이 다발을 대충 뭉친 다음에 벽장 난로 안으로 집어 던졌다.

"앗, 왜 태우세요? 헤이먼 도련님이 변태라고 하셔서 화나셨어요?"

"아니, 그게 아니라."

"혹시 헤이먼 도련님에게도 외설스러운 글을 읽으시는 걸 들키신 거예요?"

"……그런 거 아냐. 앤. 그러니까 너도 이제 나한테 그런 책 안 갖다줘도 돼."

이미 침대 밑엔 앤이 몰래 숨겨 둔 야설이 한가득이었다.

이젠 그만 사 와도 되는데.

앤은 심심하실까 봐 걱정된다며 매주 한 번씩 어디선가 책을 구해 와 침대 밑에 숨겨 두곤 했다.

"어차피 방 청소는 주로 제가 하니까 아가씨는 걱정 마시고 편히 즐기세요."

"아냐. 안 즐겨도 괜찮으니까 나가 봐."

"예, 아가씨!"

충성스럽지만 눈치가 조금 없는 순수한 앤이 고개를 끄덕이며 방을 나간 뒤 솔레아는 불타오르는 벽난로를 물끄러미 쳐다봤다.

"종이에 발로 글씨 쓰는 건 이제 익숙해졌을 테니까 실험만 해 보면 돼."

일기장 위에 글씨를 쓰는 게 정말 가능한지.

다짜고짜 원하는 말을 쓰게 했다가 실패라도 하면 의심만 살 테니까.

솔레아는 왼손으로 제 목에 걸려 있는 작은 은색 목걸이를 만지작거렸다.

앤을 시켜서 몰래 구매한 목걸이는 펜던트 안에 작은 사진을 넣을 수 있었다.

물론 그 안에는 사진이 아니라 로또 당첨 종이가 들어 있었다.

항상 지니고 다녀야지. 언제 집으로 돌아가게 될지 모르니까.

솔레아는 일부러 기다렸다.

헤이먼이 애가 타도록.

그리고 만약을 대비해 그 와중에도 그레이와 매일 운동했다.

"허리가 꺾이면 안 된다니까! 배에 힘줘!"

"배에……! 으억, 배에 힘이 없다고! 솔레아는 왜 이렇게 몸에 근육이 한 덩이도 없어!"

똑비로 서서 어깨를 쭉 펴고 팔이 Y 자가 되도록 위로 펼쳤다가 팔꿈치를 구부려 아래로 쭉 잡아 내리는 단순한 동작인데도 아팠다.

광배근, 날개뼈, 허리, 허벅지, 심지어 발바닥까지.

"솔레아가 평소에 계속 누워 있었으니까 그렇지. 그래서 지금 그레이가 운동 가르쳐 주잖아."

"그레이 새끼야. 너무 힘들어."

"넌 오빠한테 말 좀 곱게 해라."

"그레이. 이거 몇 개나 해야 돼?"

"딱 다섯 개만 더 하자."

"흐어어."

이렇게 해서 어느 세월에 근육을 키워.

그렇게 눈물을 머금고 근육을 키운 지 일주일도 채 지나지 않아 헤이먼이 먼저 솔레아의 방 문을 두드렸다.

"솔레아. 나야."

"응. 들어와."

오늘도 운동을 끝내고 녹초가 되어 방으로 돌아온 솔레아가 제자리에서 벌떡 일어섰다.

비장한 표정으로 방으로 들어서는 헤이먼이 보였다.

"운동을 한다고 들었어."

"응. 건강해지려고."

"……여전히 예쁜 발도 찾고 있다지."

"응. 그렇지."

"원하는 발은 찾았니."

"아니, 아직."

아무렇지 않은 것처럼 대답하며 솔레아는 헤이먼을 바라봤다.

자신만만한 표정이었다.

"이건 네가 쓴 건가?"

디에르고 공작은 전에 솔레아에게 일주일간 편지를 보낸 뒤로도 가끔 아침 식사를 함께하지 못하는 날이면 간단한 쪽지를 적어 하녀를 통해 전하곤 했다.

솔레아 역시 가끔 답장을 했다.

테이블 위에 놓인 솔레아의 편지를 바라보며 물어본 헤이먼은 부드럽게 웃으며 묻지도 않은 자랑을 시작했다.

"글씨가 마치 글을 배운 지 며칠 되지 않은 아이 같군. 내가 발로 써도 이것보단 잘 쓰겠는데."

재수 없네.

하지만 진짜로 더 잘 쓰면 용서해 주지.

뭔들 용서 못 하겠니.

솔레아는 내색하지 않고 고개를 갸웃 기울였다.

"발로 글씨를 써도 이것보다 잘 쓸 수 있다고? 힘들 텐데."

헤이먼은 픽 웃으며 재킷의 안주머니에서 만년필을 꺼냈다.

"물론, 섬세한 소근육이 제대로 발달하지 않으면 힘든 일이지."

발을 깨끗하게 씻고 왔는지 신발을 벗자 향긋한 꽃향기가 풍겼다.

무슨 관리씩이나 하고 왔어.

솔레아는 웃지 않으려고 입술을 깨물었다.

"……확실히 전보다는 발 모양이 예뻐진 것 같아."

"그럴 줄 알았다. 조금 보기 흉할 수도 있지만, 네 취향이 이렇다니까 뭐, 내가 참아야지."

헤이먼은 테이블 위에 놓인 종이 중 하나를 바닥에 내리고 오른발에 만년필을 끼운 뒤 글씨를 써 내려갔다.

'미친놈. 진짜 손으로 쓰는 것보다 잘 쓰잖아?'

연기를 할 필요 없이 저절로 입술이 벌어졌다.

「헤이먼 폰 베르고」

유려한 필기체로 휘갈기듯 자신의 이름을 쓴 헤이먼의 글씨는 튀어 나간 획 하나 없이 깔끔해 그대로 어디 계약서의 서명으로 이용해도 될 법했다.

솔레아의 놀란 얼굴에 우쭐해진 건지 헤이먼은 이름 밑으로도 여러 문장을 써 내려갔다.

'이 정도는 돼야 완벽한 발을 가졌다고 할 수 있지.'

'흉터는 많지만 그만큼 재주도 많은 발이다.'

'네가 예쁘다고 칭찬 일색이었던 게 이제야 이해가 가.'

솔레아는 헤이먼의 글 하나하나에 반응했다.

"진짜! 내가 본 것 중에 헤이먼 발이 가장 완벽해!"

"어쩜, 글씨까지 이렇게 예쁠 수가 있지. 정말 머리부터 발끝까지 빠지는 부분 하나 없이 예쁜 사람이네!"

"너무 예뻐! 우리 부농 곤듀 완댜님! 오구오구, 예뻐!"

헤이먼의 입꼬리가 피실피실 위로 올라가던 그때 솔레아가 환한 얼굴로 서랍에서 책을 꺼내 왔다.

오래된 가죽 커버로 감싼 두꺼운 책이었다.

"그건 무슨 책이야?"

"아. 오래된 종이라서. 오래된 종이에 오래된 펜으로 쓰는 건 힘 조절이 어렵잖아. 오빠가 잘할 수 있을지 궁금해서."

말을 마친 솔레아는 마치 미리 준비라도 해 둔 것처럼 책 사이에서 오래된 만년필을 꺼냈다.

"간단하지. 난 이제 발가락으로 솜털 개수도 셀 수 있다."

"그럼 보여 줘."

보여 달라는 말을 하는 솔레아의 눈이 잠깐 번뜩였다.

헤이먼은 순간 저도 모르게 움찔 쫄았지만 어차피 동생은 발 페티시가 있는 변태라 그런 걸 테니.

"솔레아. 약속 하나만 해."

"뭔데."

"네 발 페티시를 내가 충족시켜 주면 더 이상 다른 사람들을 벗기고 다니지 않겠다고."

"누가 들으면 오해하겠네. 알았어. 신발 안 벗길게. 우리 완댜님이 여기 글 쓰는 거 성공만 하면 뭔들 못 하겠어. 기인열전에도 내보내 준다, 내가."

기인열전이 뭔지는 모르지만 아무튼 헤이먼은 자신이 있었다.

오래된 종이라 힘을 섬세하게 조절해야 하지만 지난 며칠간 얼마나 피나는 노력을 했던가.

솔레아 말처럼 생각보다 하체의 근육을 골고루 쓰는 모양이라 처음엔 힘들었지만 이젠 자유자재로 조절하는 게 가능했다.

헤이먼은 비장하게 고개를 끄덕이며 솔레아가 내민 오래된 만년필을 제 발에 끼웠다.

가만, 이거 어디서 본 장면 같은데?

하긴, 오래된 만년필은 다 이렇게 생기긴 했지.

솔레아가 책장을 넘기며 주르륵 훑더니 텅 빈 페이지를 펼쳐 바닥에 내려놓았다.

헤이먼은 솔레아에게 들키지 않을 만큼 숨을 들이마셨다가 아주 천천히 내뱉은 뒤 발을 그 위로 올렸다.

"……음?"

"왜 그래?"

"앉아서 하니 힘을 조절하는 게 힘드네. 일어서 볼게."

헤이먼이 자리에서 일어서서 균형을 잡은 뒤 다시 종이 위에 발을 갖다 댔다.

솔레아는 어느새 책 앞에 주저앉아 종이만을 바라보고 있었다.

누가 보면 발등에 키스라도 하는 줄 알 법한 모양새였다.

하지만 둘 다 그런 것 따위 신경 쓸 겨를이 없었다.

헤이먼에겐 자존심이 걸려 있었고, 솔레아에겐 인생이 걸려 있었다.

"할 수 있어! 힘내 봐!"

"이, 이게 왜 이러지."

하지만 솔레아의 열띤 응원에도 헤이먼은 종이 위에 어떤 글자도 찍을 수 없었다.

헤이먼은 발이 부들부들 떨릴 정도로 힘을 줬지만 만년필 펜촉은 종이 위에 닿지 않았다.

꽃향기가 폴폴 날리는 흉터 많은 하얀 발 위로 핏줄이 곤두섰다.

"헤이먼! 넌 할 수 있어!"

"……왜 안 되는 거지?"

"다리에 쥐 난 거 아냐?"

다급해진 솔레아가 헤이먼의 다리를 붙잡고 한참을 주무르다가 놓아 줬지만 그래도 결과는 똑같았다.

"솔레아! 이럴 리가 없어! 내가 이럴 리가 없다고!"

"내가 할 소리다, 인마! 이럴 리가 없어! 해 봐! 할 수 있어!"

두 손을 모으고 목소리를 높여 가며 헤이먼을 응원했지만 안 되는 건 안 되는 거였다.

헤이먼은 결국 옆에 있는 다른 종이 위로 발을 옮겨 글을 써 봤다.

잉크가 없는지 글씨가 나오지 않았다.

"솔레아! 이 펜은 글씨도 안 적히잖아."

"이 펜으로! 이 종이 위에 썼어야지!"

"안 된다고!"

오래된 만년필이라 내구성이 엉망인지 심지어 쩌적 갈라지는 소리까지 들렸다.

"아악! 안 돼! 제발!"

절규하는 솔레아를 보며 헤이먼은 발에서 슬그머니 만년필을 빼냈다.

"……그래도 나 다른 종이 위에선 글씨 예쁘게 잘 썼어. 살도 좀 빠졌는데."

하지만 솔레아에겐 자신의 말이 들리지 않는 것 같았다.

솔레아는 두꺼운 책을 손에 쥔 채 아이고, 집에 어떻게 가, 하는 이상한 곡소리를 내고 있었다.

헤이먼은 저도 모르게 솔레아의 등을 토닥였다.

"……여기가 네 집이야."

말을 뱉고 보니 익숙한 기시감이 머릿속을 안개처럼 뿌옇게 만들었다.

어디서 들은 말이더라.

헤이먼은 기억을 뒤적였다.

분명히 누군가가 제게 이 말을 한 적이 있었다.

아, 그래. 공작 부인.

에일린 일턴 폰 베르고.

그녀의 다정이 변덕 때문일 거라 믿었던 어린 날이었다.

헤이먼은 이 넓은 저택으로 온 뒤에도 안심하지 못하고 근 한 달 가까이 제대로 잠을 자지 못했다.

먹으라고 가져다준 식사도 하지 못했다.

약을 타지 않았을까.

저 수프를 먹으면 또 몸이 찢어지는 고통을 느끼게 되지 않을까.

'가족'이라는 구성원 안에서는 마력이 어떻게 발동하나 실험 중인 게 아닐까.

의심 가득한 눈으로 디에르고와 에일린을 번갈아 노려보며 헤이먼은 계속해서 촉각을 곤두세웠다.

그러다 보니 몸에 살이 붙지 않는 건 당연했고, 팔다리가 점점 겨울의 앙상한 나뭇가지처럼 말라 갔다.

에일린 부인과 디에르고 공작이 교대로 방에 들어와 헤이먼을 살폈지만 헤이먼은 그때마다 부들부들 떨며 구석으로 숨기 바빴다.

커다란 어른이 방에 들어오면, 아픈 실험이 시작되니까.

먹지도 않고, 자지도 않았다.

그러니 약한 몸이 탈이 나는 건 당연했다.

결국 허기를 참지 못한 헤이먼은 저택으로 들어온 식료품 마차에 몰래 숨어들었다. 짐칸에 있는 감자에 묻은 흙을 대충 털어 낸 뒤 곧바로 입에 쑤셔 넣었다.

'여기 있는 것들이라면 약을 타진 않았겠지. 이상한 마법도 안 걸려 있을 거야. 지켜보는 사람도 없고, 뭔가를 기록하는 사람도 없어. 괜찮아. 이건 먹어도 되는 거야.'

마차 구석에서 몸을 옹송그린 채 닥치는 대로 양손으로 음식을 집어 입 안에 욱여넣었다.

그러다 보안 마력이 걸려 있는 귀한 향신료 상자에 손이 살짝 닿고 말았다.

헤이먼은 비명도 지르지 못한 채 그대로 폭발에 튕겨 나가듯 마차 밖으로 떨어졌다.

입 안에 가득 들어 있던 감자와 각종 음식물들이 지저분하게 밖으로 흘러나왔고, 온몸이 게거품을 물 듯 경련했다.

과도한 실험으로 인해 타인의 마력에 민감하게 반응하는 몸으로 바뀐 탓이었다.

"으, 으으, 윽……"

"이 도둑놈은 뭐야!"

짐마차를 끌고 온 마부가 사지를 떨고 있는 어린 헤이먼의 뒷덜미를 짜증스럽게 잡아채려는 순간, 누군가가 헤이먼의 작은 몸을 힘껏 끌어안았다.

"헤이먼! 이게 무슨 일이니. 세상에! 마르실라! 의술사를, 아니 의사를 불러! 마법사든 뭐든 아무나 불러!"

마력에 놀란 어린아이의 몸은 공작 부인의 품속에서 계속해서 경련했다.

급하게 먹은 것들이 모조리 입 밖으로 쏟아져 나왔고 눈물, 콧물, 그리고 실금까지 지리고 말았다.

정신을 차리지 못하고 눈이 자꾸 뒤집히자 에일린 공작 부인은 그대로 헤이먼을 안아 들었다.

"마님, 저희가 옮기겠습니다."

주변에 있던 인부들이 공작 부인의 드레스가 더러워지는 걸 보고 끼어들었지만 에일린은 단호한 목소리로 답했다.

"내 아이니 내가 안겠다!"

하지만 점점 더 굳어 가는 헤이먼의 몸 때문에 에일린은 얼마 가지 못하고 저택 내의 평지에 헤이먼을 내려놓았다.

"헤이먼!"

헤이먼이 울컥거리며 소화되지 않은 음식과 벌건 마력 웅어리를 토하자 에일린은 그의 머리를 옆으로 돌리고 눈물 젖은 목소리로 말했다.

"정신 차리렴. 헤이먼. 내 목소리 들리니?"

헤이먼은 그 뒤로도 한참 후에야 겨우 정신을 차릴 수 있었다.

그때 지는 해를 등진 채 저를 보고 있던, 눈물로 얼룩진 얼굴이 아직도 기억 속에 선명하게 남아 있었다.

태양을 닮은 빨간 머리카락은 헝클어져 엉망이었고, 눈가 역시 빨갛게 짓물러 있었다.

헤이먼은 멍한 목소리로 물었다.

"……전 이제 어디로 가나요."

이렇게 실험이 망하게 되면, 곧바로 다른 실험에 이용당하곤 했으니까.

'실험체로 팔려 왔으니 제값을 해야지.'

라는 말을 지겹도록 들었으니까.

이제 또 다른 곳으로 옮겨질 차례라고 생각했다.

하지만 에일린은 토끼같이 붉어진 눈을 억지로 고이 접어 웃으며 헤이먼의 거친 뺨을 쓰다듬었다.

"여기가 네 집이야, 헤이먼."

집이구나.

그제야 헤이먼은 눈을 감고, 처음으로 아주 긴 잠을 잤다.

자고 일어나니 깨끗한 잠옷으로 갈아입혀져 있었다.

침대 옆에서 책을 읽고 있던 디에르고 공작이 눈을 뜬 헤이먼을 보고 활짝 웃었었다.

"몸은 괜찮니, 헤이먼? 아빠를 이렇게 놀라게 할 줄이야. 다음부턴 숨바꼭질이 하고 싶으면 아빠를 부르렴."

거친 손으로 머리를 부스스 흐트러뜨리는 디에르고를 보며 헤이먼은 커다란 눈을 말똥말똥 깜빡였다.

왜 말을 그렇게 하세요.

왜 모른 척하시는 거예요.

알고 계시잖아요.

당신들을 믿지 않아서 식료품 마차에 쥐새끼처럼 기어 들어가 음식을 훔쳐 먹었어요.

여태 만났던 어른들에게 배운 언어로 제가 한 행동을 나름대로 설명하려 했지만 목소리가 나오지 않았다.

'쥐새끼.'

'실험체.'

'제대로 된 마력도 없는 병신 새끼.'

'쓸모없는 놈.'

그런 것 말고. 나도 그런 이름 말고.

"헤이먼? 괜찮니?"

헤이먼의 분홍색 눈동자가 굴러떨어질 것처럼 투명하게 빛났다.

맑은 눈물이 아래로 떨어졌다.

헤이먼은 고개를 끄덕이며 대답했다.

"⋯⋯네."

목이 메어 목소리가 잘 나오지 않았지만 헤이먼은 필사적으로 고개를 끄덕였다.

"예, 괜찮, 흐, 괜찮아요."

"그렇구나. 괜찮다니 다행이네. 걱정되지만 아들이 한 말이니까 믿어야겠지?"

일부러 장난스럽게 말하며 디에르고는 보던 책을 덮고 헤이먼의 머리를 다시 한번 쓰다듬었다.

그래, 그때였지.

오물로 얼룩진 내게 에일린 공작 부인은 '여기가 네 집이야.' 라고 말했었다.

이상하다.

솔레아는 분명히 에일린이 낳은 그녀의 친딸이다.

이 베르고 가문의 유일한 적자이며 명백한 후계자다.

디에르고 공작이 후계 문제에 대해 언급한 적은 없지만 양자가 아닌 친자에게 가문을 물려주고 싶은 건 누구라도 당연할 테니까.

모든 걸 가진 솔레아인데.

왜.

왜 자꾸 이런 감정이 드는 거지.

몇 주 전 솔레아가 소리를 지르는 디에르고 공작에게 겁을 먹었을 때도 이런 기분이었다.

밤에 잠자리에 들 때까지도 솔레아가 신경 쓰여 얼마 있지도 않은 마력을 끌어모아 솔레아의 방으로 올려 보내 줬다.

두려움에 떠는 밤이 얼마나 고통스러운지 알고 있으니까.

헤이먼은 과거의 자신을 보는 기분을 느끼며 솔레아의 어깨를 천천히 다독였다.

"……괜찮아, 솔레아. 여긴 네 집이야. 나는 네…… 가족이고. 다 괜찮을 거야."

만년필을 손에 쥔 채 엎드린 솔레아는 '돈'을 부르짖으며 울분을 터뜨렸다.

기세가 점점 잦아들긴 했지만 여간 속상한 게 아닌 모양이었다.

헤이먼은 솔레아가 찾는 돈을 찾아 주고 싶었다.

'그자가 네가 원하는 완벽한 발을 가진 이라면, 내가 꼭 찾아 줄게. 찾아서 네 앞에 데려올 테니 그만 울어.'

속으로 낯간지러운 다짐을 하며 헤이먼은 한참 동안 솔레아를 달랬다.

다음 날 솔레아는 침대에서 일어나자마자 운동복을 꺼내 입었다.

쌍, 이젠 정말 근육뿐이야.

옷을 챙겨 입고 저택 밖으로 나가는 동안에도 내내 한숨이 새어 나왔다.

"……왜 나한테만 지랄이야. 세상아……."

기사들이 없는 후원에서 간단한 스트레칭을 마친 후 빠른 걸음으로 정원을 걸을 때였다.

"너 왜 혼자서 운동하고 있어?"

"……그냥. 좀 일찍 일어났어."

평소 같으면 그레이와 장난이라도 쳤겠지만 들뜬 기대감이 어제 와장창 깨진 탓에 그럴 마음이 들지 않았다.

솔레아는 시큰둥하게 대답한 후 다시 후원을 걸었다.

"몸은 다 풀었어?"

"응. 네가 가르쳐 준 거 다 했어."

"……오늘 기분 안 좋아?"

"괜찮아. 신경 쓰지 마."

솔레아의 옆을 따라 걷던 그레이는 대답을 듣고는 잠깐 멈췄다가 다시 빠르게 따라붙었다.

"말을 왜 그렇게 하냐……. 신경 좀 쓰면 어때서. ……네가 내 동생인데."

차갑지도 뜨겁지도 않은 완연한 봄바람이 부드럽게 불어왔지만 솔레아의 낯빛은 여전히 어두웠다.

그레이는 입술을 삐죽 내밀고 머리를 기울였다.

무언가 고민할 때면 나타나는 그만의 습관인 것 같았다.

잠시 후 그레이는 솔레아를 후원에 혼자 남겨 두고 재빠르게 뛰어갔다.

"너 잠깐만 혼자 있어! 이상한 거 주워 먹지 말고! 쓰러지지 말고!"

말이 끝나기 무섭게 저택 쪽으로 향하는 그레이를 보며 솔레아는 시들하게 중얼거렸다.

"쟤는 내가 무슨 다섯 살배기 애인 줄 아나."

두 손으로 나무 기둥을 짚고, 손목의 각도를 맞추어 한참 팔 굽혀 펴기를 하고 있을 즈음, 갑자기 여러 개의 발자국 소리가 다가왔다.

"뭐야?"

그레이가 여러 명의 기사들과 함께 후원으로 돌아왔다.

"야, 솔레아. 꿀꿀할 땐 사람들이랑 부대끼면 좀 낫던데, 나는."

"기사들 훈련하는 시간 아니야?"

이 저택에서 지낸 지 한 달이 넘었지만 기사들을 보는 건 이번이 처음이었다.

머쓱한 기분이 든 솔레아는 대충 고개를 까딱 숙여 그들에게 인사를 건넸다.

이곳에선 윗사람이 먼저 인사를 건네는 게 예의였기에 기사들은 그제야 한쪽 무릎을 바닥에 꿇고 솔레아에게 예를 갖췄다.

"반갑습니다, 아가씨!"

"안녕하십니까!"

"공놀이 좋아하십니까?"

연한 갈색 머리의 덩치 큰 기사가 환하게 웃으며 공을 내밀었다.

"공놀이……?"

그들이 설명한 공놀이의 룰은 피구와 비슷했다.

구역을 정해 놓고 가운데에 선을 그은 뒤, 공을 상대편 쪽으로 던지는 것.

공에 맞으면 죽어서 구역 밖으로 나가야 하고, 공을 받아 내면 다시 반대편으로 던질 수 있다.

"피구잖아?"

"피구? 그게 뭐야."

그레이의 반응을 보니 피구라는 말을 사용하진 않는 듯했지만.

솔레아는 체육 시간에 피구를 할 때 적용했던 룰을 추가했다.

공을 맞고 죽으면 반대편 라인 바깥에 서서 안쪽의 사람들을 공격하기.

"그거 재밌겠다. 죽어도 게임에 참여할 수 있으니까."

설명을 들은 기사들은 웃음기 가득한 얼굴로 사뭇 진지하게 땅에 선을 긋기 시작했다.

"공녀님이라고 안 봐드릴 겁니다."

"나 공 잘못 맞으면 뼈 나가니까 알아서 잘해 줘요."

"……아. 뼈가 나가지 않을 정도로만 공을 던지라니. 난이도가 너무 높은데요."

농담을 하며 기사들과 피구를 시작했다.

"아니, 이건 땅볼이지!"

"땅에 맞은 뒤 몸에 맞았어도 맞은 건 맞은 거죠!"

"너 어느 동네에서 피구 배웠어! 고향 어디야!"

"아, 공녀님! 자꾸 규칙을 새로 만드시면 어떡해요!"

"아냐, 솔레아 말대로 하는 게 재밌을 거 같아. 그렇게 하자."

"그레이가 그러라잖아!"

이 뒤떨어진 피구 후진국 놈들. 한국에선 걸음마 떼자마자 피구한다고.

"그레이 님! 왜 아가씨 편만 드십니까!"

"얘가 내 동생이니까 그렇지!"

"그럼 저도 동생 하겠습니다. 그레이 오빠. 땅볼 없앱시다."

"……너 벽 보고 손 들고 서 있어."

솔레아와 그레이, 기사들의 웃음소리가 후원을 가득 채웠다.

피구를 몇 판이나 했는지 모르겠다.

신이 난 솔레아는 나중엔 두 팔을 걷어붙인 채 공을 들고 상대편에게 달려들었다.

"으아악!"

"아, 아가씨. 세게 던지지 마세요!"

"칼 허벅지보다 작은 공인데 그거 좀 맞았다고 엄살을 부려요?"

"그래도 맞으면 아프다고요."

말은 그렇게 했어도 명색이 공녀이니 꽤 봐줄 줄 알았는데 기사들은 정말 봐주지 않았다.

체구가 작아 경기 초반엔 덩치 큰 기사들 틈에 섞여 공을 피했지만 라인 안의 인원이 줄면 솔레아는 금방 탈락했다.

"아! 머리는 반칙! 이건 무효야."

"와, 머리도 무효라고요? 그럼 어떻게 죽여요?"

"죽여? 와. 오빠. 들었어? 저 기사님 저거 말하는 거 보게."

"……넌 이럴 때만 오빠라고 하더라."

머리에 공을 맞아 높게 올려 묶은 붉은색 머리카락이 마구 흐트러졌다.

이번에는 무효로 인정해 주지 않아 솔레아는 구시렁대며 수비 라인으로 옮겨 갔다.

머리를 다시 묶은 솔레아는 상체를 조금 숙이고 손뼉을 짝짝 쳤다.

"패스해! 삼각형 전법으로 갑시다!"

"아가씨. 누가 보면 운동 되세 좋아하시는 줄 알겠어요."

학교 다닐 땐 좋아했지.

고등학교 3년을 끝까지 다 다녔으면 더 좋아했을걸.

식당 뒷방에서 숙식할 때 제일 아쉬웠던 건 더 이상 학교를 다니지 못한다는 사실이었다.

그래도 그땐 친구들이 있었는데. 하지만 식당에 친구들이 놀러 온 날 사채업자들이 들이닥치는 바람에 그다음 날 곧장 식당도 그만두고 친구들과의 연락도 끊어 버렸었지.

짧은 아쉬움을 뒤로하고 솔레아는 머리를 얼른 도리도리 저었다.

"우리 이거 하고 무궁화꽃이 피었습니다도 할래요?"

"그게 뭐예요?"

수비 라인 오른쪽에서 날아온 공을 받아 낸 솔레아는 힘껏 공을 던진 후 활짝 웃으며 답했다.

"그런 게 있어요! 책에서 봤는데, 이따 가르쳐 줄게요!"

이마 위에 송골송골 땀이 맺힐 때까지 피구를 하고, 모두에게 무궁화꽃이 피었습니다까지 가르쳤다.

무궁화가 뭐냐고 계속해서 묻는 그레이 때문에 데이지꽃이 피었습니다, 라고 게임 이름을 바꿔야 했지만.

"데쥬꼬치 펐스돠!"

"아!"

"공녀님! 이건 진짜 반칙 아니에요?"

한쪽 발로 서 있던 데론과 어기가 기우뚱하며 넘어졌다.

"이건 술래 재량이지!"

"다시 해 주세요!"

"안 돼, 안 돼. 그런 거 없어요."

"아! 됐으니까 그냥 빨리 계속 해! 나 다리에 쥐 난다고!"

그레이가 달리기를 시작하려는 자세 그대로 굳어 있었다.

두 다리가 활짝 벌어진 상태라 오래 견딜 수 없을 것 같았다.

아마 모르긴 몰라도 허벅지 안쪽 근육에 어마어마하게 힘을 준 채 버티고 있을 게 분명했다.

데론과 어기가 장난기가 돌았는지 일부러 솔레아에게 말을 걸었다.

"아가씨. 이건 정식으로 회의에 안건을 올려서 토론을 해야 할 것 같습니다."

"그럴까."

"아, 제발! 솔레아!"

기사들이 킥킥거리며 웃기 시작했다.

다급한 건 그레이뿐이었다.

"솔레아악!"

"오빠. 기다려 봐. 이런 건 규칙이 중요하단 말이야. 그럼 글자 수를 어디까지 허용해 줄 거야?"

"뎃꼬 펏스다, 는 너무한 거 같아요."

"나 그 정도까진 아니었어!"

"아악!"

결국 마지막까지 남아 있던 그레이가 버티지 못하고 넘어졌다.

그걸 신호로 솔레아는 힘차게 뛰어갔다.

한 명 잡으면 나 술래 아니지롱!

달리기도 느리고 균형을 잡는 것도 못해서 벌써 네 판째 술래라 솔레아는 이번엔 꼭 벗어나고 싶었다.

"잡았……! 어, 뭐야."

누군가의 몸에 힘껏 부딪친 후 솔레아는 고개를 들었다.

헤이먼이었다.

"헤이먼?"

노느라 열이 바짝 올라 얼굴에 땀방울이 송송 맺힌 솔레아는 당황스러운 표정으로 헤이먼을 올려다봤다.

"어쩐 일이야?"

"……어제는 죽을상을 하고 있더니. 그건 그냥 변덕이었나 보지."

왜 시비를 걸지?

인상을 찌푸린 솔레아가 두 손으로 허리를 짚었다.

"운동하고 있잖아."

"이제 발은 필요 없는 건가?"

"응. 이제 필요 없어."

"……필요 없다고?"

헤이먼의 맑은 분홍색 눈동자가 잠깐 흔들렸다.

"며칠 내내 찾았잖아. 완벽하고 완전한, 예쁜…… 발."

"이젠 필요 없어. 난 그냥 운동이나 열심히 할 거야."

무엇 때문에 골이 났는지는 모르겠지만 헤이먼은 짜증스러운 눈빛으로 기사들과 그레이를 훑어봤다.

"이게 운동인가. 내가 보기엔 그냥 노는 걸로 보이는데."

"헤이먼. 말을 왜 그렇게 해."

그레이가 끼어들었지만 헤이먼은 여전히 싸늘하게 식은 눈으로 그를 바라보기만 했다.

남매들 사이의 분위기가 심상치 않자 기사들이 슬슬 눈치를 살피기 시작했다.

노는 걸 정리하려는지 땀에 젖어 흐트러진 머리칼을 쓸어 넘기고, 옷매무새를 살피며 정원 한쪽으로 정렬을 맞춰 모였다.

한숨을 푹 내쉰 솔레아가 헤이먼에게 말했다.

"……야. 헤이먼. 네가 술래야."

"뭐라고?"

솔레아는 반문하는 헤이먼의 팔뚝을 잡고 끌고 가 술래의 나무 앞에 세웠다.

"너 나한테 잡혔잖아. 나무 보고 서서 '데이지, 꽃이, 피었습니다!' 이 박자로 말하면 돼. 문장이 끝날 때까지 뒤돌아보면 안 되고."

"한 번도 들어 본 적 없는 게임인데. 그리고 난 이런 게임이나 하려고 여기 온 게 아니라."

"그냥 해. 진짜 싫었으면 내가 이끄는 대로 따라오지도 않았을 거면서."

솔레아가 잡고 끄는 대로 졸졸 따라와 놓고 튕기는 모습이라니.

헤이먼은 입을 꾹 다물고 나무를 향해 돌아섰다.

"……지금 해?"

"아니. 내가 시작하라고 하면 해."

"이 주문을 외우면 뭐가 어떻게 되는데."

"누가 네 몸을 칠 거야. 그럼 그때 뒤돌아서 도망가는 사람 아무나 잡으면 돼."

꽤 거리가 벌어졌는지 솔레아의 목소리가 멀어졌다.

"……날 친다고?"

"시작!"

헤이먼이 되묻자마자 솔레아가 시작이라고 외치는 바람에 그는 이상한 주문을 말할 수밖에 없었다.

뭐라고 그랬더라.

데이지꽃?

"……데이지, 꽃이, ……피었습, 악!"

너무 느리게 말했다.

솔레아는 인생 최고의 속도로 뛰어와 헤이먼의 뒤통수를 후려쳤다.

어처구니없다는 표정으로 눈을 휘둥그레 뜨고 뒤돌아보자 날다람쥐처럼(속도는 느렸지만) 냉큼 도망가는 솔레아의 뒷모습이 보였다.

기사들 역시 동그래진 눈으로 헤이먼을 보고 있었고, 그레이도 솔레아가 머리를 후려칠 줄은 몰랐는지 턱이 벌어져 있었다.

멍하니 쳐다보는 동안 솔레아는 허헉거리며 반대편에 도착해 버렸다.

"혁, 흐, 허윽, 너, 못 잡았, 으니까, 혁, 다시 술래. 흐업, 혁. 나 물 좀. 으억."

얻어맞은 머리를 감싸 쥐고 있던 헤이먼의 얼굴에 비릿한 미소가 감돌았다.

"……아. 그래. 이렇게 하는 거라고. 알았다."

비상한 마력이 정원 위를 덮었다.

다시 게임이 시작됐다.

'데이지꽃이 피었습니다.' 한 판을 끝내고 난 뒤 모두 녹초가 되어 버렸다.

헤이먼이 마법을 이용해 아무리 뛰고 또 뛰어도 술래에게 닿을 수 없도록 정원을 넓게 만든 탓이었다.

한참 뛰다 지친 솔레아는 결국 구석에 놓인 공을 던져 헤이먼의 등을 맞췄고, 헤이먼은 마력으로 솔레아의 몸을 잡아당겨 붙잡았다.

"마법은 반칙! 마법은 반칙!"

"처음부터 말했어야지."

다시 술래가 된 솔레아는 한국에서 쌓은 노하우로 티끌만큼이라도 움직임이 포착되면 모두 잡아냈다.

문제는 그다음부터였다. 움직여서 걸린 사람들과 솔레아가 새끼손가락을 거는 걸 헤이먼이 반대했기 때문이었다.

"……왜 불필요한 접촉을 하지?"

보다 못한 그레이가 끼어들었다.

"그냥 게임이야. 헤이먼."

"기사와 주인이 손가락을 걸고 나란히 서 있는 걸 가만히 보고 있으라는 건가?"

"……아니, 그래도 이건 게임인데……."

베르고 공작가의 귀한 공녀님과 새끼손가락을 걸고 나무 아래 서 있던 기사 올리브는 슬그머니 손을 빼내려 했다.

"아, 좀 그냥 해!"

솔레아의 박력에 밀려 실패했지만.

"아니야. 손가락을 잡는 건 좀 그래. 다른 걸 잡아."

"내가 이 기사님 목덜미를 잡아야 만족하겠어?"

비꼬려고 한 말이었지만 올리브는 대뜸 목을 내밀었다.

"아가씨. 그냥 제 멱살을 잡아 주세요."

"……무궁화 역사상 멱살을 잡는 경우는 없었어요."

"전 정말 괜찮습니다. 제 멱살을 잡아 주십시오."

그 이후로 술래인 솔레아에게 잡힌 기사들은 서로의 멱살을 잡았다.

몇 판을 더 하고 나자 해가 서서히 저물었다.

마력을 과하게 소진한 헤이먼은 제 방으로 들어가자마자 잠들었고, 솔레아를 방까지 데려다준 그레이는 두 사람 사이에서 눈치를 본 탓인지 비척비척 걸어 제 방으로 돌아갔다.

솔레아 역시 처음으로 하녀들의 시중을 받으며 목욕한 뒤, 침대 안으로 기어 들어 가 기절하듯 잠들었다.

기사들이야 말할 것도 없었다. 마법으로 넓어진 정원을 연무장 돌듯 뛴 터라 숙소에 도착하자마자 제각기 다른 자세로 지쳐 쓰러졌다.

그날 저녁, 황궁에서 공무를 마치고 돌아온 디에르고는 조용한 저택 분위기에 고개를 갸웃거렸다.

"아이들은 다 어디 갔지?"

하녀장 마르실라가 후훗, 소리 내어 웃었다.

"들으시면 아마 깜짝 놀라실 겁니다. 공작님."

"음?"

마르실라에게 오늘 하루 동안 벌어진 이야기를 모두 전해 들은 디에르고는 후원으로 향했다.

하루 온종일 뛰어놀았다더니 후원의 잔디는 온통 뭉개지고 땅은 흙이 파여 엉망이었다.

게다가 가지고 논 공도 치우지 않아 바닥을 굴러다니고 있었다.

해가 져 사방이 어두운 탓에 램프를 들고 공작을 따라온 집사가 반대편 손으로 얼른 공을 집어 들었다.

"죄송합니다. 공작님. 제가 치워 놓겠습니다."

디에르고는 부드럽게 웃으며 집사가 들고 있는 공을 건네받아 다시 후원 한 가운데로 굴려 보냈다.

"그대로 둬. 아이들이 내일 또 놀지도 모르니."

공작은 내내 웃음기를 거두지 못한 채 다시 저택 안으로 들어갔다.

서류가 켜켜이 쌓인 책상에 앉아 한참 일을 하던 공작은 고개를 들어 제 보좌관인 라트엘에게 말했다.

"내일 쉬면 안 되겠지?"

"예, 안 됩니다."

"……오늘 애들이 새로운 놀이를 했다던데."

"세 분 다요?"

"셋 다."

"솔레아 아가씨도요? 아니, 그 까칠하신 헤이먼 도련님이 거기 끼셨다고요? ……그레이 도련님도 훈련 시간에는 절대 딴짓하지 않으시는 분으로 아는데……. 세 분이 다요?"

디에르고는 확인시켜 주듯 단단한 목소리로 다시 말했다.

"그래. 셋 다."

"와."

저도 모르게 감탄을 자아낸 라트엘을 힐긋 보며 공작은 다시 한번 넌지시 물었다.

"나도 내일 쉬면 안 될까. 하루 정도야, 뭐."

"안 되죠."

"그렇군."

"그렇습니다."

"자네, 휴가 필요 없나."

"예."

"응?"

"필요 없습니다."

"……그렇군."

"그렇습니다."

디에르고의 위엄 있는 이목구비가 조금 구겨졌다.

"미리 의술사를 불러 둬. 다른 애들은 몰라도 솔레아는 또 근육통을 앓을 테니."

"예, 퇴근 전에 집사장에게 말해 두겠습니다."

서류를 살피던 디에르고는 다분히 삐친 말투로 명령했다.

"지금. 지금 해. 당장!"

"예. 알겠습니다."

보좌관에겐 전혀 통하지 않았지만.

며칠 뒤 디에르고는 솔레아가 최근 운동을 열심히 한다는 얘기를 듣곤 1층의 손님용 거실을 텅 비워 버렸다.

메인 거실은 아니었지만 명색이 거실이라 굉장히 넓은 공간이었다.

디에르고는 출근하기 전인 이른 아침, 솔레아에게 거실을 보여 주며 뿌듯하게 미소 지었다.

"비가 올 땐 여기서 운동하렴."

솔레아는 눈을 빛내며 답했다.

"네, 걱정 마세요. 꼭 근육을 많이 키울게요."

두 주먹을 불끈 쥔 솔레아는 몰랐다.

혹시라도 그녀가 다칠까 봐 디에르고가 바닥에 깔아 놓은 폭신한 융단의 가격이 일반 귀족의 1년 치 생활비에 육박한다는 걸.

❖ ❖ ❖

여기 온 지 한 달이 넘었다.

당첨금 수령 기한은 1년.

그 전에 돌아가야 한다.

아니, 그것보다 이곳의 솔레아를 결혼시키기 전에 돌아가야 했다.

나는 플랭크를 하며 이를 악물었다.

"이, 이게 분명…… 전신 운동이라고……. 유튜브에서 지나가다가 봤었는데……."

몇 초나 지났는지 정확히 알 수는 없었지만, 분명 5초도 안 돼 팔다리가 감전이라도 된 것처럼 덜덜 떨려 왔다.

"흐업!"

결국 쓰러졌다.

그레이가 모든 운동은 복근에 힘을 주냐 안 주냐에서부터 크게 차이가 난다고 해서 배에 잔뜩 힘을 줬는데.

배 속에 불이 붙은 것 같다.

하체 운동을 할 때면 허벅지가 안에서부터 타들어 가는 것 같았고, 복근 운동을 하면 배 속을 불로 지지는 것 같았다.

솔레아가 어지간한 약골이긴 했는지 한 달 내내 운동을 했는데도 매일 다른 부위에 근육통이 생길 뿐, 건강해지고 있다는 느낌은 그다지 받지 못했다.

"너무 힘들어."

조바심이 나서 그레이가 없을 때엔 이렇게 플랭크 같은 거라도 하려고 했지만, 초시계가 없으니 얼마나 했는지 알 수가 없었다.

지친 몸을 일으켜 비척비척 욕실로 들어가 몸을 다시 씻고 나왔다.

하루에 샤워를 몇 번이나 하는 거야.

근육은 늘지도 않고, 젠장.

다른 운동복으로 갈아입자 앤이 방으로 들어왔다.

그런데 앤의 얼굴이 푹 시들어 있었다.

평소의 맑고 활기찬 느낌은 전혀 찾아볼 수 없었다.

작고 오밀조밀한 입술을 조심스레 연 앤은 내가 전혀 상상도 못 했던 말을 꺼냈다.

"……아가씨. 혹시 실례가 되지 않는다면 노예를 왜 사셨는지 여쭤봐도 괜찮을까요?"

"내가 노예를 샀다고?"

이 저택 밖으론 단 한 번도 나간 적이 없는데 무슨 수로 노예를 사.

그럴 돈이 있으면 모아서 보석 산 다음에 한국으로 돌아갈 때 들고 가지.

내가 왜 노예를 사.

머릿속에서 온갖 말이 휘몰아쳤지만 너무 엉뚱한 소리를 들은 탓인지 막상 입 밖으로 나온 말은 단출하기 그지없었다.

"나 아닌데."

하지만 솔레아라는 이름으로 노예를 산 게 확실한 건지 앤의 눈꼬리가 아래로 축 처졌다.

"……제가 사고도 많이 치고, 그릇도 많이 깨서……. 주방에서 잘릴 뻔했을 때, 아니 잘렸을 때. 그때 아가씨가 저를 다시 고용해 주셨잖아요."

"……그랬구나."

나야 모르지.

"후문에서 울고 있는 저를 딱하게 여기신 아가씨가, 흑, 저를 다시, 다들 반대했는데 잘할 수 있을 거라고 설득도 해 주시고……. 그래서 저 진짜 아가씨께서 부족함을 느끼시지 않도록 잘 모시려고 노력했는데."

"그래. 너 노력 많이 했어. 충분히."

누가 제 주인을 위해 서점까지 가서 직접 야설을 사 오겠니.

그것도 읽어 주기까지.

난 이미 거기에서 네 충성심을 봤단다.

눈물방울을 그렁그렁 매단 채 중얼거리던 앤은 이내 자포자기하듯 말했다.

"괜찮아요. 어차피 노예라 아가씨를 제대로 보필하지도 못할 거고. 아가씨의 곁을 지키는 하녀는 저뿐이니까."

"아. 내가 샀다는 노예가 여자야?"

"아니요. 남자요."

"음? 남잔데 왜 그렇게 훌쩍거려. 하녀로 곁에 두지도 않을 텐데."

이해가 안 가네.

"하지만 엄청 예쁘게 생겼단 말이에요!"

이해가 확 가네.

"일단 가 보자. 노예가 왔어?"

"예, 노예상과 함께 제 발로 찾아왔어요."

"……돈도 내가 내야 된대?"

나 돈 없는데.

가진 거라곤 운동복 몇 벌밖에 없는 사람인데.

"아니요. 이미 값을 지불하셨다고 했어요."

"나 정말 아닌데. 난 노예를 사지 않아."

방문을 열고 나가 계단을 내려가니 정말 앤의 말대로 활짝 열린 정문 밖 계단 아래에 남자가 서 있었다.

두 손목과 발목에 각각 수갑과 족갑이 채워져 있어 걷는 게 편치 않을 것 같았다.

노예의 옆에서 저택 안쪽을 힐긋거리는 남자는 비교적 깔끔한 옷차림인 걸 보니 아마 저 남자가 앤이 말한 노예상 놈인 듯했다.

햇볕에 그을린 진한 갈색 얼굴과 술에 쩐 듯 누리끼리한 눈동자는 누군가를 떠올리게 만들었다.

아, 썅.

후. 진정하자. 여긴 그 집이 아니야. 나는 솔레아다.

저 사람은 나한테 손도 대지 못할 거야.

"……왜 밖에 세워 뒀어. 들어오라고 해."

앤이 고개를 갸웃거리며 되물었다.

"노예를 저택 안으로 들이시게요?"

"……그럼 내가 여기서 저 사람들이랑 소리치면서 대화할 순 없잖아."

앤의 눈이 빠르게 깜빡였다.

"노예상이나 노예와 직접 대화를 나누지 않으셔도 돼요. 아가씨! 시키실 일만 제게 말씀해 주시면 나머지는 제가 알아서 할게요."

나는 바깥에 서 있는 노예를 힐긋 바라봤다.

지난번 저택에 찾아왔던 이름도 기억 안 나는 세 친구들 중 하나가 노예 무역을 크게 하고 있다고 했을 때 알아봤어야 했다.

노예 제도가 아무렇지도 않은 거야 둘째 치고 노예를 취급하는 수준이 알 만했다.

멀찍이 서서 차마 안을 들여다보지도 못하고 있는 저 노예의 행색은 그야말로 거지꼴이었다.

노예의 곁에 서 있던 비교적 깔끔한 옷차림의 사내가 계단 위로 한 걸음 올라섰다.

"노예 계약서에 서명을 해 주셔야 제가 돌아갈 수 있습니다. 이미 값은 치르셨지만, 이놈을 받으신 날짜에 서명을 해 주셔야 하거든요. 베르고 공녀님."

"누가 감히 내 딸을 함부로 부르지."

뒤쪽에서 낮고 중후한 목소리가 들려왔다.

저택 벽면에 붙어 있는 넓은 계단의 정가운데로 은발의 디에르고 폰 베르고 공작이 천천히 걸어 내려왔다.

그리고 그의 뒤에는 형형한 눈빛으로 노예상을 노려보고 있는 헤이먼과 그레이도 함께였다.

공작님 출근 안 했나 보네.

"안녕히 주무셨어요."

내 무덤덤한 인사에 디에르고 공작은 살짝 미소 지으며 답했다.

"잘 잤니, 솔레아. 오늘은 너와 같이 아침을 먹으려고 기다렸단다."

"……아. 미리 말씀해 주셨으면 일찍 일어났을 텐데요. 전 나가신 줄 알고."

"됐다, 나 혼자 그리 정했으니 내가 기다리는 게 맞지."

그럼 혼자 정하신 약속인데 뒤에 두 명은 왜 같이 기다리고 있는 건데요.

헤이먼은 늘 그랬듯 무심한 얼굴로 나를 내려다봤고, 그레이는 입 모양으로 이죽거렸다.

'배고파 죽겠다.'

나는 디에르고 공작을 향해 웃으며 그 몰래 그레이 쪽을 향해 가운뎃손가락을 펼쳤다.

'엿 드세용.'

며칠 전 처음으로 빠큐를 본 그레이는 무슨 뜻인지도 모르면서 뉘앙스로 욕이란 걸 알아챈, 쌍욕계의 영재였다.

내 장난에 픽 웃은 그레이가 대수롭지 않다는 듯 눈곱을 떼는 척하며 내게 엿을 날렸다.

저놈이.

입양한 아들과 가짜 딸이 소리 없이 맹렬하게 싸우고 있다는 걸 꿈에도 모른 채 디에르고는 생글거렸다.

"운동복을 입은 걸 보니 식사를 끝낸 뒤 또 운동을 할 모양이구나."

"예, 그래야죠."

"식후에 바로 움직이면 힘드니까 차라도 한잔 마시고 하렴."

디에르고는 상냥하게 싱긋 웃어 보인 뒤 노예상의 앞으로 걸어갔다.

"그건 그렇고……. 내 딸이 노예를 샀을 리가 없는데."

"……안, 안녕하십니까. 공작님. 저는 볼튼이라고 합니다."

볼튼이라는 자의 소개가 끝나기도 전에 그레이가 위협적으로 한 걸음 앞으로 나섰다.

"공작님께선 네 이름을 물어보신 적 없다."

망한 초코칩쿠키에 대바늘로 눈알 구멍을 콕콕 찍어 놓은 것같이 생긴 노예상 볼튼이 당황한 듯 작은 눈을 나름대로 크게 뜨고 말했다.

"아니, 분명히! 이 집안의 종자가! 솔레아 아가씨께서 노예를 사셨다고 했습니다! 그날 바로 대금도 치렀습니다!"

볼튼의 괴상한 초코칩쿠키 얼굴이 한여름 아스팔트 위에 있는 것처럼 구겨졌다.

"혹시 노예의 이름이 뭔가."

헤이먼이 끼어들자 노예상이 냉큼 대답했다.

"돈입니다!"

뭐야?

"그렇군. 아버지. 제가 샀습니다."

넌 또 뭐야?

"……헤이먼. 왜 저 노예를 솔레아의 이름으로 샀지?"

"솔레아가 찾는 인물이니까요."

디에르고와 헤이먼, 그레이가 동시에 뒤로 돌아 나를 바라봤다.

"뭘 생각하든 그거 아니에요!"

내 필사적인 목소리가 닿지 않았는지 디에르고 공작의 낯빛이 어두워졌다. 그는 정문 밖으로 몇 걸음 걸어가 노예 돈에게 말했다.

"고개를 들어라."

얼굴로 내가 찾는 돈인지 아닌지 어떻게 분간을 해요.

제가 찾는 돈은 17억 돈이지, 노예 돈이 아니란 말이에요.

진실을 말할 수가 없어서 복장이 터질 지경이었다.

넝마를 몸에 걸치고 있는 돈이 천천히 고개를 들었다.

"흠."

근심 어린 한숨이 디에르고의 입에서 튀어나왔다.

"공작님! 착오가 있는 것 같아요. 제가 찾는 돈은 그런 게 아니고, 그, 그냥

147

돈! 용돈 같은⋯⋯."

내가 설명하려 했지만 공작 곁으로 다가간 헤이먼이 내 말을 끊고 그의 귀 가까이에서 무어라 속닥거렸다.

그러자 공작이 다시 노예상에게 말했다.

"저 족갑을 풀어 봐. 발을 봐야겠다."

발.

⋯⋯시발.

망한 초코칩쿠키 노예상 볼튼이 잽싸게 노예의 족갑을 풀었다.

뒤에서 지켜보고만 있을 수가 없어 나도 앞으로 다가갔다.

목덜미를 덮은 긴 남색 머리카락은 엉키고 떡져서 엉망진창이었지만 이목구비는 또렷했다.

겁먹은 두 눈과 앙다문 입술은 원초적인 뭔가를 자극하는 힘이 있었다.

⋯⋯좋은 선물이 될 수도 있겠네요. 헤이먼 오라버니.

아니. 내가 지금 무슨 소리를.

겨우 이성을 되찾았다.

그동안 디에르고는 판단을 모두 끝냈는지 볼튼에게 손을 내밀었다.

"서명은 내가 할 테니 소란 피우지 말고 돌아가게."

"아이고, 서명만 해 주시면 저야 당장 돌아가죠. 감사합니다!"

볼튼이 내민 노예 계약서에 아무런 거리낌 없이 서명을 마친 디에르고는 그림처럼 뒤돌아서 내게 다가왔다.

"⋯⋯공작님. 오해하지 마시고요."

뭐라 더 말하기도 전에 공작의 두 눈에 침울한 빛이 서렸다.

"그날 내겐 아니라고 했잖니."

"네?"

어깨를 축 늘어뜨린 디에르고가 터덜터덜 계단을 올라갔다.

"공작님! 진짜 뭔가 오해가 있는 것 같아요. 저는 저 돈이 필요한 게 아니에요!"

헤이먼이 끼어들었다.

"다른 노예들과 달리 저자는 빠진 발톱도 하나 없고 발의 모양도 틀어지지 않았다. 가족들에게 숨길 필요 없다, 솔레아."

발, 발, 그놈의 발.

망할 발.

헤이발 새끼야. 끼어들지 마!

계단 중간까지 내려온 공작의 보좌관이 곁에 서서 공작에게 작게 말을 걸었다.

그의 말이 끝나자마자 공작은 푹 한숨을 내쉬며 손을 휘휘 내저었다.

"오늘은 자네도 퇴근하게."

잠시 공작의 축 처진 뒷모습을 바라보던 보좌관은 이내 고개를 짧게 끄덕인 뒤 빠르게 계단을 마저 내려왔다.

"가 보겠습니다."

"잠깐만요. 선생님. 이렇게 퇴근하신다고요?"

괜히 마음이 급해져 그를 붙잡았지만 보좌관은 단호했다.

"공작님 곁에서만 16년입니다. 이런 날은 일 못 하십니다. 그럼 이만."

당신 내가 이 저택에 있는 한 달 내내 일 못 해서 죽은 귀신 붙은 것처럼 굴더니.

사실은 그냥 정시에 퇴근하고 싶어서 공작님께 일을 열심히 시킨 워크와 라이프의 밸런스를 중요시하는 인간이었군요.

공작이 방으로 들어갔는지 문이 쿵 하고 닫히는 소리가 들렸다.

그제야 그레이가 신경질적으로 말을 걸어왔다.

"너 사람 볼 때 얼굴 보냐?"

"……이건 또 무슨 소리야."

"아니. 솔레아는 발을 본다."

"넌 조용히 해라."

불쌍한 노예는 영문도 모른 채 거적때기만 걸치고서 와들와들 떨고 있었다.

저 노예는 지가 여기에 왜 왔는지도 모를 거 아냐.

이 상황을 어떻게 정리해야 할지 감도 오지 않았다.

그리고 그건 나뿐만이 아니었는지 그레이 역시 잔뜩 뿔이 난 얼굴이었다.

안 그래도 날카로운 인상이 더 사납게 구겨졌다.

"내 발이 저 발보다 못났다고?"

"아니, 그 발이 아니라니까."

"저 발도 아니라고? 그럼 네가 찾는 발을 가진 돈은 대체 누구냐. 내가 다시 찾아보지."

"헤이먼. 좀 끼어들지 마. 더 복잡해지잖아."

눈살을 찌푸린 헤이먼이 계단을 쿵쿵 내려가 노예의 앞에 섰다.

그러곤 고개를 푹 숙이고 있는 노예의 턱을 잡아 올려 내게 얼굴을 보였다.

"이런 얼굴에 이런 사연 많은 발인데도 싫다고?!"

"아! 무슨 소릴 하는 거야! 저 사람 울겠네!"

겁에 질려 눈을 동그랗게 뜬 돈이 두 손을 공손히 모은 채 나를 올려다봤다.

그 와중에 그레이가 다시 말을 얹었다.

"노예 정도 사연은 있어야 만족한다는 거야? 야. 언제는 나한테 앵벌이 오빠라며. 앵벌이로는 부족해?"

"미쳤나, 진짜! 누가 네 과거 그렇게 팔아먹으래!"

"앵벌이로는 부족하냐고!"

"그레이! 솔레아가 널 오빠라고 불렀다고? 언제. 네 발이 불만족스럽다고 한 이후에도?"

······집에 가고 싶다.

진짜 그 어느 때보다도 격렬하게 집에 가고 싶다.

화를 내던 그레이가 픽 웃으며 팔짱을 꼈다.

"아. 난 솔레아랑 매일 운동을 하니까 오빠 소리야 간간이 듣지. 형은 그때 이후로 못 들었나 봐?"

"나도 들은 적 있다."

"언제. 못난 발로 솔레아를 실망시키기 전?"

"……내 발은 안 못났어. 그리고 그깟 오빠 소리 못 들어도 상관없다."

그러게. 그깟 게 뭐라고.

"둘 다 조용히 해. 어휴."

가만히 있어도 도움이 안 되는데 왜 일을 만들어서 키우고 지랄이야.

난 그냥 집에 가고 싶은 사람인데.

뒤돌아서 정찬실로 걸어가자 그레이가 쫓아왔다.

"야. 운동해야지."

"밥부터 먹어야 할 거 아냐."

발걸음 소리가 하나 더 들린다 싶더니 헤이먼의 목소리가 이어 들렸다.

"그래. 네 변덕을 이해해 주지. 그럼 저 노예는 어쩔까. 얼굴도 예쁘고, 발도 저만하면."

자신만만한 말투였지만 별로 대꾸하고 싶지 않았다.

무엇보다 이런 이벤트는 전혀 원한 적이 없었다.

"노예 사 달라고 한 적 없어."

헤이먼은 더 이상 나를 따라오지 않았다.

❖ ❖ ❖

그레이와 함께 넓은 식탁에 앉은 솔레아의 머릿속에 힘없이 처진 어깨로 계단을 올라가던 공작이 떠올랐다.

아, 내가 왜 이러지.

아무 상관도 없는 사람인데.

불쌍해서 그런가.

……그래. 이건 동정이야.

딸이 거짓말을 했다고 생각했으니까 실망했겠지.

솔레아는 하얀 손으로 포크를 쥐었다가 놓기를 반복했다.

마음속 어딘가에서 찌꺼기 같은 부유물이 둥둥 떠다니는 것 같았다.

결국 솔레아는 음식을 들고 다가온 마르실라를 향해 입을 열었다.

"마르실라. 공작님은 방에서 식사를 하신다던가?"

식탁에 접시를 내려놓던 마르실라가 어깨를 짧게 으쓱 올렸다 내리며 대답
했다.

"글쎄요. 방문을 노크했는데 대답을 안 하셔서요. 아가씨께서 공작님께 가
보시겠어요?"

맞은편에 앉아 물을 마시던 그레이가 잔을 내려놓더니 고개를 절레절레 저
었다.

"안 돼."

"왜?"

"너 아빠 화내면 무서워하잖아. 그러니까 가지 마. 물론 뭐, 아빠가 좀 삐친
걸로 저번처럼 그러시진 않겠지만 그래도."

"괜찮아."

"괜찮아?"

생각보다 아무렇지 않게 답하는 솔레아의 반응에 그레이가 의외라는 듯 고
개를 똑바로 들고 솔레아를 마주 봤다.

허리를 꼿꼿이 편 솔레아는 정말로 아무렇지 않은 것 같았다.

"화나신 거 아니잖아."

그레이가 잠깐 고민하듯 아름다운 회색 눈동자를 왼쪽으로 한 바퀴 굴렸다.

"약간 서운해하시는 것 같아 보이긴 했는데. 그래, 뭐. 너도 오해를 풀고 싶
을 테니까."

"응. 괜찮아. 가 볼게."

"……같이 가 줄까?"

솔레아는 가볍게 웃으며 손을 내저었다.

"진짜 괜찮다니까. 공작님 소리도 안 질렀고, 욕도 안 했고, 물건을 집어 던지지도 않았고, 때리지도 않았는데 뭐. 그 정돈 괜찮아."

대수롭지 않게 대답하며 솔레아는 식당을 빠져나갔다. 생각도 못 한 대답에 무어라 말도 못 하고 멍하니 앉아 있던 그레이의 회색 눈이 잠잠하게 가라앉았다.

"저게 지금 뭐라고 한 거야? ……이 저택에 나 몰래 내 동생한테 손 올리는 새끼가 있어?"

솔레아에게 늘 냉정하게 생긴 주제에 비주얼에 안 어울리게 착하다며 놀림을 받던 그레이가 드디어 관상에 맞는 표정을 지었다.

빠드득 소리가 날 정도로 어금니를 사리문 그레이는 그대로 자리에서 일어서 어딘가로 향했다.

천천히 계단을 올라 디에르고의 방으로 향하는 솔레아는 애써 긴장한 마음을 가라앉혔다.

그레이에게 말한 것처럼 문제 될 건 아무것도 없어, 괜찮아.

돌아가기 전까진 이 저택에서 살아야 하고, 공작과의 관계가 틀어지는 건 내게 불리하니까.

공작의 커다란 방문을 두드렸지만 안에선 대답이 들리지 않았다.

"……공작님. 저예요."

차마 양심상 저 솔레아예요, 라는 말은 나오지 않았다.

하지만 목소리만으로도 솔레아라는 걸 알아챘는지 이내 안에서 대답이 들려왔다.

"들어오렴."

문을 열고 방 안으로 들어가자 넓은 소파에 앉아 있는 공작이 보였다.

"공작님. 식사는 하셔야 할 것 같아서 제가……."

"그건 괜찮으니 이리 와 앉아 보겠니?"

그레이에겐 괜찮다고 했지만 저절로 몸이 움찔 떨렸다.

괜찮아. 화나신 거 아니니까.

솔레아는 스스로를 달래며 티 나지 않게 숨을 들이켰다가 느리게 내쉬었다.

작고 마른 몸이 디에르고의 맞은편 소파에 앉았다.

"제가."

"일단."

두 사람의 목소리가 겹쳤다.

당황한 솔레아의 눈이 빠르게 깜빡이자 디에르고는 얼른 이어 말했다.

"아빠가 먼저 말해도 되겠니?"

"아. 네."

"음. 아까 내 태도를 오해하지 않았으면 좋겠는데……. 네게 실망했다거나 그런 게 아니란다. 그저 조금 놀랐을 뿐이야. 혹시 아빠에게 화나진 않았니?"

솔레아는 지금 눈앞에 앉아 있는 이 남자가 무슨 소리를 하는지 제대로 이해되지 않았다.

왜 내게 화나지 않았냐고 묻는 거지?

태어나고부터 아빠와 헤어지던 마지막 순간까지 그의 눈치를 살피며 살았다.

오늘 아빠의 기분이 나쁜가?

어느 정도로 나쁜가?

벌레를 잡을 때 뿌리는 에프킬라 통으로 내 머리를 후려칠 만큼인가?

엄마가 쓰던 스킨을 내가 바르는 모습을 보는 것만으로도 울화가 치민다며 뺨을 후려칠 정도일까?

오늘은 기분이 좋아서 술을 마셨을까, 아니면 드럽게 재수가 없어서 술을 마셨을까.

조용히 있어야 덜 맞을까, 무슨 일이시냐고 물어야 덜 맞을까.

오늘은 나를 정말 죽이려고 패는 걸까.

저 사람도 나를 버릴까.

사는 건 숨이 붙어 있기만 해도 사는 거라는데 나처럼 이렇게 사는 것도 사는 건가.

단 한 번도 미안하다는 말을 들어 본 적 없었다. 화났냐는 말조차도.

아. 있었다.

'네가 감히 화났다고 눈깔을 부라려?'

그런 말투였다.

그래. 그런 삶이었다.

솔레아는 저도 모르게 떠오른 기억에 오른손을 들어 알레르기라도 올라온 듯 가려운 뺨을 긁었다.

마른침을 삼켜도 목소리는 나오지 않았다.

그사이, 마주 쥐고 있던 두 손을 푼 디에르고는 흐음, 하고 길고 나지막한 숨을 내쉬었다.

그조차도 잔뜩 긴장한 솔레아를 배려하는 것처럼 나긋하기만 했다.

디에르고는 제 머리를 한 번 쓸어 넘기고는 부드럽게 말했다.

"……노예인 건 의외지만, 뭐. 가끔 말동무하는 것 정도야 괜찮다 싶으니까……. 솔레아, 혹시 내가 아까 화난 것 같아서 놀란 거니?"

저도 모르게 고개를 숙인 솔레아를 따라 디에르고 역시 앉은 자세에서 허리를 살짝 낮췄다.

눈높이를 맞춘 디에르고는 오히려 솔레아의 눈치를 살피듯 물었다.

"하고 싶은 말이 있으면 해 보렴. 괜찮으니까."

"……저는."

준비한 말은 많았다.

'저 노예는 헤이먼이 멋대로 데려온 거고, 전 아무것도 몰랐어요. 저택 밖으로 나가 본 적도 없잖아요.'

'헤이먼이 뭔가 오해를 한 것 같아요. 공작님이 생각하시는 그런 거 아니에요.'

'말도 안 되잖아요.'

하지만 계속해서 목이 메어 와 솔레아는 겨우 말을 뱉어 냈다.

"저는……. 화나지 않았어요."

"그래, 그렇다면 다행이구나."

디에르고는 부드럽게 웃었다.

"이런. 레아. 안색이 창백한데. 방에 가서 쉬어야겠구나."

무심코 솔레아를 부축하려 손을 뻗던 디에르고가 급히 손을 거뒀다.

제가 손을 뻗자 저도 모르게 눈이 커지는 솔레아를 봤기 때문이다.

덫에 빠진 토끼처럼 움직이지도 못한 채 가만히 눈의 크기만 키워 허공을 응시하는 모습을 보고 있노라면 디에르고는 큰 죄를 지은 것만 같았다.

"부축할 사람을 불러오마."

"아……."

"앤이라면 괜찮겠지?"

왜인지는 모르지만 큰 열병을 앓고 난 이후로 솔레아는 자신에게 두려움을 느끼는 듯했다.

디에르고는 솔레아에게 제 그림자조차 드리우지 않도록 신경 쓰며 천천히 자리에서 일어났다.

문 앞으로 다가간 디에르고가 사람을 부르려 했지만, 그보다 솔레아가 자리에서 일어선 것이 더 빨랐다.

"혼자 갈게요."

"솔레아, 사람을 부를 테니까."

"괜찮아요. 혼자서 할 수 있어요. 그러니까……."

그를 지나쳐 문고리를 잡은 솔레아는 천천히 뒤돌아서 디에르고와 눈을 맞췄다.

솔레아와 같은 색의 진한 보랏빛 눈이었다.

그의 다정한 눈을 보며 솔레아는 입술을 떼어 말했다.

"제게 신경 쓰지 마세요."

"······그게 무슨 소리니."

"다정하게 대하지 않으셔도 된단 뜻이에요. 전 괜찮으니까요."

"솔레아."

디에르고의 낮은 목소리가 머리 위에서 울렸지만 솔레아는 그의 시선을 피해 버렸다.

그대로 문을 열고 나간 솔레아는 누가 쫓아오기라도 하는 듯 빠르게 걸음을 옮겨 제 방으로 향했다.

그러곤 몸을 동그랗게 말아 이불 속으로 숨어들었다.

어느샌가 잠들었는지 눈을 뜨자 이불 밖이 묘하게 고요했다.

잡음 하나도 들리지 않을 정도로 적막해 솔레아는 이불을 걷었다.

창문 앞에 사람이 서 있었다.

마른 몸에 볕을 제대로 보지 못해 희멀겋기만 한 피부. 붉은 머리카락과 보라색 눈동자.

솔레아였다.

그녀는 아무런 말도 하지 않았지만 눈동자 속에는 왜인지 질타가 담겨 있는 것 같았다.

'거기는 내 자리야.'

알고 있다.

저건 귀신도 뭣도 아니며 죄책감이 만들어 낸 환상일 뿐이란 걸.

하지만 가짜는 사과할 수밖에 없었다.

"미안해."

지윤은 결심을 다지듯 말했다.

"진짜 내 자리가 어딘진 누구보다 내가 제일 잘 알아. 이 모든 게 다 내 것이 아니라는 것도. ……잘 알고 있어."

떨려 오는 입술을 꾹 다물며 솔레아는 이미 사라지고 없는 환영을 향해 속삭였다.

"걱정 마. 나는 가족 그런 거 안 믿어."

❊ ❊ ❊

다음 날 왜인지 그레이가 보이지 않았다.

그래서 혼자서 운동을 해야 하는 솔레아는 다소 불퉁한 얼굴로 후원을 걷고, 뛰고, 다시 걸었다.

스트레칭도 하고 후원과 이어진 뒷문으로 유유히 들어와 작은 거실에서 플랭크도 했다.

굽힌 무릎이 발끝보다 나가지 않도록 신경 쓰며 스쿼트까지 다 마쳤다.

그러고도 오전이 채 지나가지 않아 여전히 해가 하늘 높이 떠 있었다.

"오늘은 저택에 아무도 없나 봐? 조용하네."

점심으로 나온 샐러드와 수프, 감자와 베이컨을 함께 볶은 요리를 먹으며 솔레아는 앤에게 물었다.

"공작님은 어제저녁부터 집무실에서 한 번도 나오지 않으셨고, 헤이먼 도련님도 해야 할 일이 있으시다며 방에서 나오지 않고 계십니다. 그레이 도련님도 어제부터 바쁘셨는데, 지금은 방에 돌아오셨는지 모르겠어요."

"바쁘네, 다들."

공작이 방 밖으로 나오지 않은 이유는 짐작이 갔다.

이번엔 정말로 화가 났는지도 모르지.

딸한테 그런 소리를 들었으니까.

뭐, 어쩔 수 없는 일이지만.

헤이먼도 삐졌으려나?

애써 신경 써 데려온 노예를 내가 필요 없다고 했으니?

그런데 그레이는 뭐 때문에 바쁘지? 기사 작위는 받았지만 소속된 곳도 없으면서.

식사를 마친 솔레아는 방으로 올라가기 위해 1층 복도 끝의 식당에서 나왔다.

2층 오른편에 위치한 솔레아의 방은 현관 옆 벽면에 붙은 넓은 계단을 이용해 올라가야 하기 때문에 방으로 가려면 필히 정문을 지나가야 했다.

활짝 열린 저택의 문을 통해 들어온 늦봄의 따사로운 볕이 널찍한 현관을 가득 채우고 있었다.

곧 여름이 오려는지 햇볕의 온도가 올라가 가만히 보고만 있어도 가슴 안까지 따뜻한 기운이 몽글몽글 차오르는 것 같았다.

"와, 날씨 좋다."

하얀 타일에 반사된 빛에 눈이 부셔 잠깐 눈살을 찌푸렸다가 무심코 밖을 본 솔레아는 그대로 굳어 버렸다.

어제 낮에 잠깐 얼굴을 봤던 노예가 그 자세 그대로 서 있었다.

"……뭐야, 저거."

"혹시 또 기억이 안 나세요?"

"그런 말이 아니라 저 노예가 왜 아직도 서기 저리고 서 있냐고."

"네? 그거야 아가씨가 아무것도 명령하지 않으셨으니까……. 대기 중인 거겠죠."

"내가 아무것도 명령하지 않아서 꼬박 하루를 밖에 서 있었다고?"

한국에서 이런 식으로 일 시키면 뉴스에 나오는데.

24시간이 넘도록 잠도 안 재우고, 밥도 안 먹이고, 밖에 세워 두기만 하는 고용주가 나라니.

인권 문제에 양심을 심하게 가격당한 솔레아가 정문 밖으로 나가 빠르게 계단을 내려갔다.

"이봐요. 괜찮아요?"

팔을 뻗으면 닿을 거리까지 다가가자 그제야 고개를 든 돈이 아무런 답도 하지 못하고 다시 눈을 아래로 내리깔았다.

"괜찮냐고……! 이건 또 뭐야, 씨발."

험악한 말에 놀란 돈이 움찔 떨자 그에게서 절그럭하는 쇠사슬 소리가 들렸다.

목을 둘러싼 쇠로 만든 목줄과 양 손목에 채워진 수갑이 쇠사슬로 연결되어 있었다.

하루 동안 돈은 팔조차 펴지 못하고 이 자리에서 꼼짝도 못 한 채 솔레아를 기다렸던 것이다.

"어제 그자가 발에 채워져 있던 족갑을 풀고 갔잖아. 근데 왜 이건 그대로인 건데."

아까 전까지만 해도 놀란 목소리로 존댓말을 하던 주인이 반말로 다그치자 돈은 두 어깨를 옹송그리며 눈치를 살폈다.

"아. 이건…… 주, 주인님이 해 주셔야 해서……."

목이 잠겨 목소리가 제대로 나오지 않았다. 몇 번이나 먹먹하게 잠긴 쇳소리를 낸 후에야 돈은 겨우 대답할 수 있었다.

그는 새 주인이 왜 화가 났는지 알 수 없었다.

"열쇠는 어딨어. 그 상인이 열쇠를 건네주는 건 내가 못 봤는데."

돈이 오른손을 펼쳤다.

땀에 젖은 손바닥 위에 녹슨 열쇠가 놓여 있었다.

솔레아가 곧바로 열쇠를 가져가려 하자 돈은 다시 주먹을 쥐었다.

"뭐 하는 거야?"

"제가 땀을, 땀을 흘려서……."

"땀 안 흘리는 사람이 어딨다고! 내놔요, 열쇠!"

거적때기를 둘러쓴 돈의 어깨를 철썩 소리가 날 정도로 차지게 때린 솔레아는 돈에게서 열쇠를 뺏어 갔다.

"아야."

보통 사람들이 으레 하는 '아야!' 도 아니고, 그레이랑 치고받을 때 상대방 들으란 듯이 엄살을 피우며 내는 '아약!' 도 아니었다.

그야말로 무미건조한, 그저 경탄의 감탄사 정도의 '아야.' 였다.

잔뜩 기분이 상한 솔레아는 돈의 손목을 이리저리 돌려 보며 열쇠 구멍을 찾았다.

"하, 돌아 버리겠네. 진짜. 일단 이거부터 풀고 들어갑시다. 세상에. 아니, 말을 하지. 내 허락이 떨어지기 전까진 여기서 기다려야 한다고. 나 진짜 대가리를 무게 추용으로 달아 놓은 건가. 왜 생각을 못 했지? 내가 아무리 미친년이라도 사람한테 몹쓸 짓은 안 하고 살았는데. 어? 니기럴. 구멍 어딨냐고."

구멍이 어디 있는지 돈이 알 턱이 없었지만 첩첩이 쌓여 가는 욕을 듣고 있자니 있는 구멍, 없는 구멍 다 찾아서 갖다 바쳐야 할 것 같았다.

"구멍 어디 있어, 이걸 열어야 할 거 아냐."

노예에게 가까이 다가오지 않고 몇 발자국 멀리서 지켜보던 앤이 그제야 걸음을 옮겼다.

"무슨 구멍을 열어요? 혹시 그거요? 그럼 필요한 물건들을 준비할까요? 그전에 노예를 일단 깨끗하게 씻겨서 올려 보내는 게 먼저겠죠?"

앤의 말에 돈이 흠칫 떨며 살짝 뒤로 물러났다.

돈의 손목을 잡은 채 열심히 열쇠 구멍을 찾던 솔레아가 잠시 그대로 굳어 있다가 천천히 고개를 돌렸다.

"지금 무슨 소리 하는 거야. 무슨 책인지 알 거 같으니까 갖다 놓지 마. 그리고 너 이제 활자로 된 거는 간판도 읽지 마라. 아무것도 읽지 마."

넌 대체 서점에 갈 때마다 무슨 책을 읽는 거니…….

앤은 조용히 물러났다.

겨우 열쇠 구멍을 찾은 솔레아는 열쇠를 단박에 구멍 안으로 밀어 넣었다.

하지만 열쇠에 녹이 슬어 구멍에 제대로 꽂히지가 않았다.

"반대로 넣었나?"

열쇠의 방향을 바꾸어 다시 꽂아 넣었다.

이번엔 끝까지 들어가긴 했지만 열쇠가 도무지 돌아가지 않았다.

"손 좀 들어 봐요."

"저, 주인님. 제, 제게 존대를 하실 필요는 없으십니다."

코앞에서 비지땀을 흘리면서 어떻게든 수갑을 풀어 보겠다고 기를 쓰는 솔레아를 보며 돈은 조심스럽게 말했다.

하지만 솔레아는 그런 것보다 지금 이 수갑과 목줄을 어떻게 푸느냐가 더 중요했다.

"아, 예. 그래, 반말, 어. 해야지, 어……. 아, 왜 안 돌아가지."

돈은 눈을 질끈 감았다.

몸에서 냄새가 날 게 분명했다.

걸치고 있는 담요에서도 이상한 냄새가 날 텐데. 이런 악취를 맡으시게 하다니.

차마 눈을 마주치는 것조차 죄스러운 기분이었다.

그때, 빠각하는 소리와 함께 열쇠가 부러졌다.

"……아, 망했다."

구멍 안에서 부러진 탓에 다시 시도해 볼 수조차 없게 됐다.

손등으로 이마의 땀을 닦아 낸 솔레아는 잔뜩 짜증이 난 얼굴로 부러진 열쇠를 집어 던졌다.

"어차피 팔려 가니까 녹슨 싸구려로 대충 채워서 보냈나 보네."

"죄송합니다……. 주인님."

"죄송할 건 없어요. 당신 잘못도 아닌데. 어쩔 수 없지."

솔레아가 그대로 몸을 돌리자 돈은 다급하게 무릎을 꿇었다.

"주, 주인님! 돌려보내지 말아 주세요! 제, 제가 어떻게든 이, 이걸 풀어서 쓸 모가 있도록⋯⋯."

돌아가면 또 어디로 팔려 갈지 몰랐다.

밥은커녕 잠조차 제대로 자지 못한 채로 계속 일을 하게 될 텐데.

"건방지게, 모, 목소리를 높여서 죄송합니다. 제, 제가, 저는."

돈의 간절한 외침에 솔레아가 다시 뒤돌았다.

"무슨 소리 하는 거야. 일단 들어와요. 집 안에서 방법을 찾아야지. 그리고 옷 좀 여미고."

담요 하나만 걸친 돈은 그제야 제 몸을 가리려 애썼지만 수갑이 채워진 손으로는 흘러내리는 담요를 제대로 잡을 수조차 없었다.

자리에서 일어서려던 순간, 오래된 담요가 끈기도 없이 스르륵 내려갔다.

돈은 벌거숭이가 된 걸 깨닫자마자 얼른 다시 주저앉아 몸을 웅크렸지만 이미 솔레아도, 앤도 다 본 뒤였다.

짧은 찰나에 솔레아의 머릿속에 디에르고 공작이 보여 줬던 '보고서'가 떠올랐다.

'돈/20세~25세 사이/노예. 몸에 생채기는 많으나 훌륭.'

⋯⋯뭐가 훌륭한가 했다. 왜 아랫도리에 빠따를 달고 다니는 거야. 무겁지도 않나.

솔레아는 얼른 잔상을 떨쳐 낸 뒤 제가 입고 있던 얇은 가운을 벗어 동그랗게 몸을 말고 있는 돈의 등 위에 걸쳐 주었다.

부드러운 가운의 감촉에 움찔한 돈은 황급히 가운의 양쪽을 붙잡고 머리를 조아렸다.

"감, 감사합니다."

햇볕의 열기에 익은 건지, 민망함 때문인 건지 돈의 뒷목이 벌겋게 달아올랐다.

"괜찮으니까 그, 가운 안 벌어지게 잘 붙잡고 일어서. 일단 안으로 들어가자."

"……예. 주인님."

솔레아가 뒤돌자 두 손으로 입을 가린 앤이 눈을 휘둥그레 뜬 채 돈을 보고 있었다.

앤도 적잖이 놀란 것 같았다.

"앤."

솔레아가 엄숙한 목소리로 이름을 부르자 앤은 뒤늦게 정신을 차렸다.

"아, 네! 뭘 준비할까요?"

"도끼."

"채찍이 아니라요?"

"일단 손과 목에 연결된 저 사슬부터 끊어야 돈이 팔을 펼 수 있으니까 그것부터 해야, 아니 여기서 채찍이 왜 나와? 너는……. 하. 됐다."

눈치를 살피며 앤이 얼른 저택 안으로 뛰어 들어갔다.

"돈. 따라와."

이름이 돈이 뭐야, 돈이.

그리운 내 17억 자꾸 생각나게.

그나저나 근육은 언제 충분하게 커지는 거지. 힘이 좀 세져야 만년필로 일기장에 글을 써 볼 텐데.

빨리 돌아가고 싶다.

"방 안에서 도끼질을 할 순 없으니까 후원으로 가자."

마침 현관을 지나가던 집사장 모건에게 앤이 도끼를 들고 오면 후원으로 보내 달라는 부탁을 한 후, 솔레아는 빠르게 뒷문으로 향했다.

"도끼요? 도끼로 뭘 하려고 그러십니까?"

"아, 애 손."

솔레아는 빠르게 걸으며 손짓과 함께 대충 답했다.

돈은 혹시라도 이 넓은 저택에서 솔레아를 놓칠까 싶어 별다른 반항 없이 빠르게 솔레아의 뒤를 좇았다.

고생을 한 탓인지 수려한 외모와는 별개로 돈은 우중충한 관상이었다.

그리고 그의 그런 얼굴은 타인으로부터 오해를 불러일으키기 충분했다.

모건은 멍하니 현관에 서서 중얼거렸다.

"'아, 얘 손?' 노예의 손을…… 도끼로 뭘 어쩌시려고요?"

하지만 이미 사라진 솔레아 아가씨가 대답할 리 없었다.

모건은 이걸 어떻게 말려야 하나 싶어 두 손을 벌벌 떨었다.

많은 귀족들이 제멋대로 노예를 사고팔았다. 그러니 노예의 목숨을 끊어 버리거나 신체 따위를 함부로 훼손하는 것쯤은 드문 일도 아니었다.

하지만 적어도 이 베르고 공작가 안에서는 단 한 번도 그런 일이 벌어진 적이 없었다.

돌아가신 공작 부인은 절대 노예를 사지 않는 분이셨으니.

그런데 솔레아 아가씨가 갑자기 왜?

모건은 디에르고 공작의 방을 향해 황급히 계단을 뛰어 올라가다가 우뚝 멈춰 섰다.

'어제 솔레아 아가씨께서 방에 다녀가신 이후로 공작님 기분이 안 좋으셨는데. 이런 문제는 가정불화의 씨앗이 되지 않을까.'

모건은 그간의 기지를 발휘해 형제가 설득하는 편이 낫겠다고 판단했다.

둘째 헤이먼의 방으로 방향을 튼 모건은 다시 우뚝 멈춰 섰다.

'헤이먼 도련님이 사 온 노예의 손을 자른다는 건…… 헤이먼 도련님에 대한 불만의 표시 아닐까. 그럼 큰 싸움이 될 텐데.'

유능한 집사 모건은 결국 반대편에 있는 셋째 그레이의 방으로 향할 수밖에 없었다.

그때, 아래층에서 하녀 앤의 목소리가 들려왔다.

"우리 아가씨 어디 가셨지? 도끼 챙겨 왔는데. ……후원에 계신가?"

쟤는 왜 이럴 때만 눈치가 빠르고 난리람.

모건은 그레이의 방에 노크를 하자마자 황급히 문을 열었다.

사안이 사안인지라 대답을 제대로 들을 겨를이 없었다.

"도련님! 솔레아 아가씨가! 으악!"

홀딱 벗은 채 무릎 꿇고 있는 남자들 앞에 그레이가 고고한 자태로 앉아 있었다.

대체 우리 공작가에 무슨 일이 일어나고 있는 거지.

모건의 머릿속이 휘황찬란하게 엉망으로 뒤섞였다.

1번. 잘생긴 노예를 사서 꼬박 하루 동안 밖에 세워 둔 후 갑자기 손을 자르겠다는 아가씨.

2번. 노예라면 질색을 하시면서도 직접 잘생긴 노예를 골라 사 오신 둘째 도련님.

3번. 남자들을 데려다가 전라로 만들어 놓고 감상 중이신 셋째 도련님.

Q. 이 중 누가 정상일까요.

A. ……모르겠습니다.

모건은 시선을 돌리지도 못하고 뻣뻣이 든 채 허리만 엉거주춤 숙였다.

마치 줄이 엉켜 버린 꼭두각시 인형 같았다.

"……주, 중요한 시간을 방해해서 죄송합니다?"

"무슨 헛소리야!"

얼떨결에 문을 닫고 나가려던 모건이 그레이의 윽박에 깜짝 놀라 펄쩍 뛰어올랐다.

"아이고, 도련님! 이제 이 늙은이 나이도 있는데 그리 소리를 지르시면 어쩝니까."

"소리 질러서 미안해, 모건. 그러니까 이상한 오해하지 말고 들어와."

이상한 오해를 할 만한 상황이었다는 건 자각하고 계시다니 정말 다행입니다.

모건은 안도의 한숨을 내쉬며 방으로 들어갔다.

그러나 아무리 생각을 해 봐도 이게 무슨 상황인지 도무지 이해가 가지 않았다.

헐벗은 남자들과 도련님이라니.

더군다나 몇 명은 낯이 익은 사람들이었다.

정원사 엘드먼.

주방 말단 하인 실리.

종종 잔심부름을 시켰던 심부름꾼 폴.

게다가 폴은 아직 스무 살도 안 된 앳된 청년이었다.

나머지는 모르는 인물들이었지만.

"도련님, 이들은 왜 여기에 이러고 있는 겁니까?"

"내 생각엔 이놈들 중 하나가 솔레아한테 험한 짓을 한 것 같아."

"험한 짓이라면……?"

"때렸거나, 소리를 질렀거나, 물건을 집어 던졌거나…… 혹은 그걸 다 했거나."

"세상에!"

모건의 인자한 눈동자에 불길이 치솟았다.

감히 누가 우리 솔레아 아가씨를!

무릎을 꿇고 있는 자들 중 한 명이 억울함을 가득 담아 외쳤다.

"억울합니다! 공자님!"

정원사인 엘드먼이었다.

"하? 아직 네게 말해도 된다 한 적 없는데."

엘드먼은 잠깐 움찔했지만 정말로 답답했는지 조금은 사그라든 목소리로 이어 말했다.

"저는 공작저에 출근했다가 일을 마치면 곧장 집으로 갑니다. 산책 중이신 솔레아 아가씨와 몇 번 마주친 적은 있지만 제가 뭣 때문에 아가씨께 그런 흉악한 짓을 저지르겠습니까!"

"네 이웃들의 증언에 따르면 밤만 되면 아이들의 살려 달라, 용서해 달라는 비명 소리가 들린다 하던데. 네 집에서 하던 짓을 이 공작저에서는 안 했다는 걸 어찌 믿지?"

엘드먼은 공작저에서 10년 가까이 일하는 동안 하루도 빠진 적이 없는 굉장히 성실한 정원사였다.

항상 주변 사람들에게 친절했고, 굳이 말하자면 오히려 심약한 쪽에 가까웠다.

다른 사람들이 이것저것 부탁할 때면 거절하지 못하고 다 들어주곤 했으니.

난처한 얼굴을 할 때도 있었지만 마지막엔 그저 웃기만 했다.

모건이 보다 보다 답답해서 '자네는 왜 그리 거절을 못 하나.' 라고 물었을 때조차 '급하니 제게 부탁을 했겠지요.' 하며 웃어넘기던 자였다.

그런 엘드먼이 자기 집에서는 폭력적이라고?

모건은 믿을 수가 없어 그레이와 엘드먼을 번갈아 바라봤다.

하지만 그레이의 말이 사실이었는지 잠시 침묵을 지키던 엘드먼이 눈을 홉뜨고 물었다.

"이웃 중 누가 그렇게 말했습니까?"

그레이의 눈에서 불꽃이 튀었다. 그러나 뜨거운 분노로 가득 찬 눈동자와는 다르게 입 밖으로 새어 나온 목소리는 차갑기 그지없었다.

"이 건방진 새끼가."

그레이는 허리춤에 찬 검집을 손뼈에서 아드득 소리가 날 정도로 움켜쥐었다.

모건은 저도 모르게 엘드먼을 두둔할 뻔했다.

최근 솔레아와 사이가 좋아진 그레이가 생글생글 웃고 다녀 잠깐 까먹고 있었다.

그는 기사 작위를 받은 후 베르고 기사단에 들어가지 않았음에도 압도적인 실력으로 다른 기사들의 인정을 받은 사람이었다.

그레이는 금방이라도 엘드먼의 혀를 자를 것 같았다.

"공작령 내에서 가정 폭력을 저지른 자는 손목을 자른다는 걸 알 텐데?"

그제야 뒤늦게 엘드먼이 식은땀을 흘리며 변명을 시작했다.

"그, 그저 아이들을 교육하던 것뿐이었습니다."

모건은 봤다.

그레이의 관자놀이에 솟아오른 핏줄을.

"교육? 웃기지도 않는군. ……그래서, 솔레아도 때렸다는 거야?"

"아닙니다! 그건 진짜 아닙니다! 일과 가정을 완벽히 분리하는 것이 제 신조고, 솔레아 아가씨는 제가 모시는 분인데 제가 어떻게 그런 분을."

"그럼 집에서 폭력을 휘두른 건 맞다는 거네. 다음."

그레이의 눈이 엘드먼 옆에 앉은 실리에게 향했다.

"네가 주방에서 몰래 남은 술을 훔쳐 마신단 건 알고 있다. 그거야 뭐. 눈감아 줄 수 있지. 술에 취하면 개가 된다는 것도 유명하고."

그건 모건도 아는 사실이었다.

"4년 전, 술에 취한 네가 하녀장 마르실라에게 명령하지 말라고 소리 질렀던 건 기억하나?"

이건 처음 듣는 이야기였다.

저택에서 일하는 엘드먼도 몰랐는지 눈이 휘둥그레져 실리를 바라봤다.

실리의 안색이 파랗게 변했다.

"그, 그때는 술에 너무 취해서……."

"마르실라가 널 용서했지. 딱하고 갈 데 없는 청년이니 한 번은 봐주겠다고. 나만 못 본 척 용서해 주면 자기도 넘어갈 수 있다며."

방 안의 공기가 차갑게 가라앉았다.

그레이는 긴 다리를 천천히 꼬았다.

"그런데 최근에 또 사고를 쳤더군. 이번엔 심부름을 갔다가 다른 집 하녀의 뺨을 때렸다던데."

"아니, 그건! 도련님! 그건 그년이 새치기를 해서! 분명히 제가 먼저 식료품점에 줄을 서 있었고!"

"이상하네. 그 하녀가 키가 작아 안 보였을 뿐이지 먼저 온 건 그 하녀가 맞다고 하던데. 네가 말한 그 식료품점의 사장 말대로라면. 심지어 때린 직후에 사장이 설명도 했다며. 그런데 사과 한마디 없이 욕을 하고 나갔다고 들었어."

실리의 입이 꾹 닫혔다.

그레이가 목을 꺾자 우드득 소리가 들렸다.

"나는 우리 집에 이런……."

낮은 목소리가 잘 벼려진 칼날처럼 예리하게 공간을 메웠다.

"개쓰레기 새끼들이 있는 줄 몰랐네."

그레이가 천천히 손을 들어 눈썹 끝을 느리게 긁었다.

입가엔 자조적인 웃음이 걸려 있었다.

"그래, 솔레아한테도 그 더러운 손을 올렸나?"

시체라도 된 양 얼굴이 하얘진 실리가 다급하게 외쳤다.

"그런 적은 정말, 맹세코, 단 한 번도 없습니다!"

"마르실라에겐 사과하지 않고 그 광경을 목격한 내게만 용서해 달라 빌었을 때 죽였어야 했을까? 마르실라 얼굴을 봐서 살려 두었는데, 내가 괜한 짓을 한 걸까?"

"무, 무슨 그런……. 그, 그레이 도련님. 저는 정말로, 아가씨께는 한 번도……. 진짜 아니, 아닙니다."

험악해진 분위기를 틈타 폴이 냉큼 끼어들었다.

"도련님! 저는 왜 이 자리에 있는지 이유를 모르겠습니다. 저, 저는…… 아가씨와는 아무런 접점도 없고."

"접점이 없다는 놈이 솔레아에 대해 떠들고 다녀?"

나불거리던 폴이 아래턱을 덜덜 떨며 입을 꾹 다물었다.

그레이의 말이 사실인지 폴의 검은 눈동자가 좌우로 흔들렸다.

그레이는 피아노 건반을 두드리듯 제 무릎 위의 손가락을 부드럽게 움직였다.

움직임은 점차 느려졌다.

툭, 툭, 툭.

그것이 정박으로 맞춰질 때쯤, 그레이가 다시 입을 열었다.

"'솔레아 아가씨는 쑥스러움이 많으셔서 우린 꼭 둘이서만 만난다.'"

숙여져 있던 폴의 고개가 다시 번쩍 들렸다.

하지만 그레이는 제 무릎을 두드리는 손가락의 움직임을 멈추지 않고 계속해서 말했다.

"'둘이 있을 땐 레아라고 부른다. 그러면 얼굴이 빨개지는데 붉은 사과보다 탐.스.럽.다.'"

이를 악물고 발음하는 그레이의 모습에 모건은 제 정신까지 아뜩해지는 것 같았다.

그간 저딴 놈에게 심부름을 맡겨 왔다니.

아직 끝이 나지 않았는지 그레이는 픽 웃으며 무릎 위의 손을 들어 턱을 천천히 매만졌다.

"'막상 만나 보니 귀족 영애도 별다를 건 없더라.' 맞나?"

폴의 벗은 등에서 땀방울이 줄줄 흘러내렸다.

"도, 도련님. 죄송합니다. 정말 잘못했습니다. 예전에 심부름을 왔다가 먼발치에서 아가씨를 뵙고, 그저, 그, 그저……."

"그저?"

"좋아서, 아니, 그, 궁금해서……."

"좋아서 그랬다, 호기심에 그랬다. 그런 말 같지도 않은 변명이 통할 거라 믿는 건가?"

이번에는 모건이 참지 못하고 분을 터뜨렸다.

"그딴 저급한 입으로 아가씨께 폭언을 퍼부은 건가!"

폴은 얼른 두 손을 들어 흔들었다.

"아가씨와는 대화 한 번 해 본 적이 없습니다! 심부름을 시키시는 건 늘 하인 분들이시잖습니까! 제가 무슨 수로 아가씨와 말을 하겠습니까."

폴의 말이 사실이든 아니든 그냥 넘어갈 수 있는 문젠 아니었다.

아니, 저 셋 중 그냥 넘어가도 될 만한 놈이 단 한 명도 없었다.

그럼 저 나머지는 뭐 하는 사람들이지? 저택에서 본 적이 없는 이들인데.

모건의 얼굴에 스친 궁금증을 읽어 냈는지 그레이가 덤덤하게 말했다.

"저들은 '돈'이라는 이름을 가진 자들 중에서 저급하고 추잡한 놈들만 골라 데려온 것이다."

돈?

아. 오늘 아가씨가 데려가신 놈도 돈이었지.

모건의 머릿속에 후원에서 벌어질 참상이 스쳐 지나갔다.

'내가 지금 이러고 있을 때가 아닌데!'

남자들이 헐벗은 채 무릎을 꿇고 있는 충격적인 광경과 그들의 비윤리적인 행실에 잠깐 잊고 있었다.

"도련님, 잠깐 귀 좀……."

모건은 얼른 그레이의 옆으로 다가가 속삭였다.

"솔레아 아가씨가 어제 그 노예의 손목을 직접 자르시겠다며 도끼를 들고 후원으로 가셨습니다. 제발 말려 주십시오. 심약하신 아가씨가."

가만히 듣고 있던 그레이는 모건의 말이 채 끝나기도 전에 자리에서 벌떡 일어섰다.

"그 새끼인가?! 직접 처단하려고?"

그레이는 급하게 방문을 향해 걸어가다 말고 돌아섰다.

그러곤 모건에게 명령했다.

"상습적으로 가정폭력을 저지른 엘드먼은 영내 법에 따라 처분해. 아이를 때린 두 손을 자르고, 발로도 가구를 차서 부쉈다고 하니 발도 자르고. 아, 폭언도 폭력이니 혀도 잘라라. 아이들은 갈 곳이 없을 테니 공작저에서 일을 할 수 있도록 조치해 줘. 간단한 것만 시키고. 그리고 실라는 우리 공작가의 명예를 실추시키며 돌아다녔으니 아버지의 명예를 더럽힌 거나 마찬가지다. 묻어. 마지막으로 폴은……."

빠르게 명령을 내리던 그레이의 차가운 회색 눈동자가 폴에게 향했다.

"감히 내 동생을……."

그레이는 곧장 허리춤의 검을 뽑아 휘둘렀다.

폴의 두 눈꺼풀 위에서 피가 폭포처럼 흘러내렸다.

"아아악!"

"쉿. 목소리를 높이면 '쑥스러움이 많은' 내 동생이 듣고 놀라지 않겠니."

모건은 제 손을 들어 입을 틀어막았다.

"저놈의 혀를 지져라."

"제가 뭘 그리 잘못했습니까! 그저 말 몇 마디……!"

그레이의 기다란 검의 끝부분이 순식간에 폴의 입 안으로 들어갔다.

조금이라도 입을 움직였다간 그 즉시 혀가 베일 것 같아 폴은 공포에 떠는 것조차 할 수 없었다.

검어진 시야 너머에서 가라앉은 안개 같은 목소리가 날카롭게 들려왔다.

"말로도 사람을 죽일 수 있다. 얼마든지 공격하고, 피 말려 죽일 수 있어."

그레이는 폴의 입 안에서 검을 빠르게 빼냈다.

그러자 제 얼굴을 감싼 폴이 그대로 기절했다.

"남은 자들은 지하의 감옥에 넣어 두어라. 혹시 모르니 내가 다녀와서 직접 물어보겠다."

모건은 고개를 끄덕였다.

그레이는 검을 대충 손수건으로 닦은 후 검집에 집어넣으며 남은 세 명의 남자들에게 말했다.

"지은 죄가 없다면 금방 돌려보내 줄 테니 걱정 말고."

무릎을 꿇은 자들은 차마 대답하지 못하고 그저 고개만 끄덕거렸다.

그레이는 방문을 열곤 빠르게 후원으로 뛰어갔다.

솔레아는 안 그래 보여도 은근 마음이 약해서 직접 손목을 자르긴 힘들 터였다.

그러니 내가 해 줘야지.

모건은 입이 무거운 경비병과 기사 둘을 불러왔다.

"이 세 명은 지하실 감옥에 가두고, 엘드먼과 실리, 폴은…… 별관 뒷문으로 데려가지. 조용히 처리해야 하니."

"예, 알겠습니다."

저택에서 나와 후원 쪽으로 빠르게 향하던 그레이 도련님을 봤던지라 경비병과 기사들은 별다른 질문을 하지 않았다.

그레이가 시킨 일이라면 군말 없이 이행하는 것이 옳았다.

별관으로 조용히 이동하기 위해 그들은 저택 내 복도가 아니라 바깥 회랑을 이용해 걸어갔다.

엘드먼과 실리는 이가 딱딱 부딪치는 소리가 들릴 정도로 떨고 있었다.

기절한 탓에 뒷덜미가 잡힌 채 끌려가던 폴은 몸부림치며 깨어났다.

본능적으로 눈을 뜨려 했지만 찢어진 눈꺼풀을 들어 올릴 수는 없었다.

"어……? 어어, 어?"

손으로 제 얼굴을 만지작대던 폴이 이내 괴성을 질러 댔다.

"으아악! 눈, 내 눈! 으, 아악!"

"닥치고 걸어라."

"아, 아악! 으아악!"

폴은 저를 붙잡고 있는 기사들을 밀치며 사지를 마구 휘둘렀다.

찢어진 눈꺼풀과 입가에서 피가 끝도 없이 쏟아졌다. 그는 얼마 가지 않아 바닥에 주저앉았다.

"흐, 씨발, 내가……. 내가 뭘 어쨌다고, 흐으, 악! 아악!"

발악하듯 소리를 지를 때마다 피가 쏟아졌지만 기사들은 아랑곳 않고 그를 짐승처럼 다루며 끌었다.

회랑을 한참 걸어 드디어 별관 뒤쪽의 비좁은 공간으로 들어섰다.

빠르게 앞서 걷던 모건이 우뚝 멈춰 서자, 그의 뒤를 따라 걷던 다른 이들도 걸음을 멈췄다.

오직 두 눈을 잃은 폴만 침묵 속에서 발버둥을 치고 있었다.

돌바닥에 딱, 딱 부딪치는 납작한 구두 굽 소리가 점점 가까워졌다.

곧 낮고 힘 있는 목소리가 울렸다.

"시끄럽군."

인적이 드문 곳에서 마법 연습이라도 한 건지 앞머리가 적당히 땀에 젖은 헤이먼이 반대편에서 걸어왔다.

폴은 검은 시야 너머에서 들리는 말소리에 귀를 기울였다. 생소한 목소리였다.

그럼 일단 일반 하인은 아닐 테고.

다른 사람들이 겁에 질려 한마디도 하지 못하는 걸 보면 분명 공작일 거다.

……그래, 공작님이라면 이렇게 잔인한 벌을 내리라고 하지는 않으실 거야.

안 그래도 주워 온 놈들이라고 여기저기서 욕을 먹는데 제 양아들에게 악랄하다는 소문까지 더해지길 원하진 않으실 테지.

머릿속으로 짧은 고민을 끝낸 폴은 바닥에 무릎을 꿇었다.

"호, 혹시 공작님이십니까?! 저, 저는 억울합니다! 그레이 도련님이 공작님도 아닌데 이런 식으로 멋대로 처리하는 방식은 상당히 잘못됐다고 생각합니다! 이, 이건 그 뭐냐, 월권 아닙니까! 공작님에 대한 도전입니다! 게다가 무자비하고 잔인하기가 이루 말할 수도 없, 컥!"

피가 줄줄 흐르는 눈꺼풀을 움찔움찔 떨며 말하던 폴이 짧은 신음을 내뱉으며 비틀거렸다.

무언가가 목구멍을 틀어막은 것처럼 아무런 말도 꺼내지 못했다.

"모건."

"예, 도련님."

"자네가 설명해."

"이자들은 그레이 도련님이 직접 추려 내신 뒤 벌을 내리라 명령한 자들입니다."

"무슨 죄를 지었지?"

"처음엔 솔레아 아가씨께 폭력을 휘두른 걸로 의심되어 잡아 오셨으나 대질을 거쳐 보니 엘드먼은 상습적인 가정폭력을 저지르고 있었고, 실리는 상점가에서 폭력을 휘둘러 공작가의 명예를 실추시켰습니다. 폴은⋯⋯."

모건은 차마 이어 말하기조차 거북스러운지 잠깐 쉬었다가 조심스럽게 입을 열었다.

"솔레아 아가씨와 자신이 은밀히 사귀는 사이라며 아가씨에 대해 품평하는 등의 저급한 소문을 퍼뜨리고 다녔습니다."

헤이먼의 눈살이 단번에 구겨졌다.

"솔레아가 알고 있나?"

"모르십니다. ⋯⋯말씀드릴까요?"

"아니. 절대."

차분히 대화를 하고 있는 와중에도 폴은 숨이 막히는지 바닥에 쓰러져 버러지처럼 몸을 꿈틀거렸다.

엘드먼과 실리는 그것이 제 미래 같았는지 대놓고 쳐다보지는 못하고 고개를 푹 숙인 채 힐끔거리고 있었다.

"그레이가 무슨 벌을 주라고 했지?"

모건은 차분히 그들에게 내려진 벌을 하나씩 설명했다.

모건의 이야기가 끝나자 고개를 짧게 끄덕인 헤이먼이 고개를 좌우로 꺾었다.

"그레이가 왜 그랬을까."

기사들이 차마 티는 못 내고 미약하게 미간을 찡그렸다.

적합한 벌이라 생각했다.

이들 모두를 더 심하면 심하게 처벌했지, 용서는 있을 수 없는 일이라고 판단했는데.

헤이먼은 조용한 목소리로 이어 말했다.

"그냥 죽이면 될 것을. 아무래도 솔레아가 엮인 일이라 그레이가 마음이 여려졌나 보네."

헤이먼은 차분히 앞으로 걸어갔다.

그가 한 걸음씩 가까워져 오자 제일 먼저 엘드먼이 쿨럭거리며 목을 움켜쥐고 바닥으로 쓰러졌다.

그다음엔 실리가 엘드먼처럼 두 눈이 튀어나올 듯 부릅뜨고 주저앉았다.

"천천히 죽여. 폴은……. 공작님께 심판을 받고 싶다고?"

목이 막혀 간신히 코로 쿵쿵거리며 숨을 쉬던 폴이 고개를 끄덕였다.

"그게 자네의 억울함을 풀 마지막 소원이라면 그렇게 해 주지."

헤이먼이 마법을 풀었는지 숨쉬기가 자유로워진 폴은 몸을 웅크린 채 헛구역질을 하다가 급하게 산소를 들이켜곤 두 손을 모으고 빌었다.

"감사합니다! 정말 감사합……!"

하지만 말을 채 마치지도 못하고 폴의 몸이 그대로 옆으로 넘어갔다.

몸이 나비가 된 건지 피가 흐르는 눈꺼풀 속의 안구만 빠르게 움직였다.

"에이본 경. 저자의 혀를 잘라 오게."

"예."

기사 에이본은 한 치의 망설임도 없이 폴의 혀를 자른 후 손수건으로 감싸 헤이먼에게 넘겼다.

"억울하다 하니 잘못을 저지른 혀만 데려가는 게 옳지."

마력을 사용한 탓에 한층 하얗게 질린 낯으로 헤이먼이 차갑게 말했다.

"나머지는 그레이의 말대로 해. 숨통을 조여 놨으니 길어야 3분이다. 그 안에 줄 수 있는 고통은 모두 주도록."

조금은 지친 얼굴로 말한 헤이먼은 저택의 본관으로 향했다.

세 사람은 그렇게 비명 한 줄기조차 지르지 못하고 조용히 사라졌다.

집사장 모건은 조용히 생각했다.

제르노아에서 가장 강한 기사단을 이끄는 베르고 공작가다.

그 집안의 막내딸을 건드려 놓고 조용히 넘어가길 바랐다니.

웃음도 나오지 않을 농담이었다.

※ ※ ※

그레이가 후원에 도착하자마자 제일 먼저 본 건 도끼를 들고 노예를 내려치려는 솔레아의 모습이었다.

"야! 뭐 하는 거야!"

"깜짝이야! 왜 소리를 질러!"

두 손으로 야무지게 도끼를 쥔 솔레아가 숙이고 있던 허리를 폈다.

그레이에게 혼날 것 같았는지 솔레아는 재빠르게 변명을 시작했다.

"그레이. 이상해 보이겠지만 이건 그런 게 아니라 난 그냥 이 사람이."

"그래. 다 알고 있어."

"정말? 다행이다. 난 또 이상하게 오해한 줄 알았네."

안심이 된다는 듯 솔레아는 손을 들어 땀이 흐르는 이마를 닦았다.

"도끼 들어 본 적도 없는 게. 그러다 베이기라도 하면 어쩌려고."

도끼를 들고도 태연한 솔레아의 모습이 조마조마했는지 그레이는 빠른 걸음으로 다가와 솔레아에게서 도끼를 가져갔다.

"내가 할게."

"그래 주면 나야 고맙지."

"너같이 말라빠진 애가 왜 이런 일을 직접 해."

"안 그래도 앤한테 시키려고 했는데 앤은 심장이 떨려서 못 하겠다고 하더라고."

"보통 일은 아니지. 너도 저리 빠져 있어. 튈라."

"파편? 아, 하긴. 그럴 수도 있겠다. 알았어."

솔레아가 뒤로 물러나는 걸 보며 그레이는 잠깐 아리송해졌다.

피가 튈까 봐 걱정돼 한 말이었는데, 파편이라니.

날이 잘 든 도끼로 손목을 자르면 살점이 튀지 않을 텐데.

……솔레아는 마음이 약하니까 그런 걸 무서워할 수도 있지.

그레이는 바위 위에 수갑 찬 손목을 올려놓고 있는 노예와 솔레아를 번갈아 바라봤다.

이 새끼가 솔레아 널 괴롭힌 그 새끼란 말이지.

그런 놈을 직접 처단하려 하다니. 제 원수에게는 가차 없이 구는 담대함이 있구나.

그레이는 강해진 동생을 대견해하며 도끼를 높이 쳐들었다.

부들부들 떠는 노예가 그저 가소로웠다.

감히, 누구한테.

도끼를 쳐든 그레이가 아래로 내려치기 직전, 솔레아가 말했다.

"그레이. 사슬만 잘 자를 수 있지?"

"그럼! 그, 이? 뭐라고?"

이미 두 팔 근육의 힘을 최대한 이용해 정확히 노예의 두 손목을 향해 내려치는 중이었다.

노예는 두 눈을 질끈 감았고, 솔레아는 소리를 질렀다.

"사슬만!!"

"읍!"

급하게 팔의 방향을 틀었지만 어떻게 될지 그레이로서도 확신할 수 없었다.

"까아아악!"

지켜보던 앤의 비명 소리가 후원을 가득 채웠다.

도끼와 바위가 부딪치는 캉ㅡ! 하는 소리가 웅웅거리며 긴 이명을 남겼다.

두 눈알이 안으로 파고들 정도로 힘주어 눈을 감고 있던 노예 돈은 결국 실금을 지려 버리고 말았다.

몇 발자국 떨어져 있던 솔레아가 황급히 달려와 그레이의 등짝을 후려쳤다.

"오해하지 말랬더니 이미 했네! 왜 사람 손을 자르려고 해!"

"너, 너는 왜 갑자기 도끼를 들고 설쳐!"

"제, 흐윽, 제 손목이 잘렸나요? 너무 금방 잘려서 아픔이 없는 건가요……? 주인님 제발 알려 주세요."

돈의 얇은 눈꺼풀이 잘게 떨렸다.

"괜찮아. 잘린 건 사슬뿐이야."

돈은 그제야 눈을 한쪽씩 번갈아 떴다.

다행히 그레이가 마지막에 방향을 튼 덕분에 정확하게 두 손목과 목을 연결하는 긴 사슬만 잘려 있었다.

바위 위에서 상체를 옆으로 누이고 있었던 돈은 뒤늦게 안도의 눈물을 흘렸다.

"감, 감사합니다……. 감사해요."

하지만 남매는 듣지 않았다.

"솔레아, 진짜 미쳤냐! 열쇠 놔두고 왜 도끼로 난리야! 난 그런 줄도 모르고!"

"상식적으로, 도끼로! 그것도 사람 손목을 자르는 미친 새끼가 어디 있겠냐?!"

조금 전 정원사 손목을 자르라고 명령하고 온 그레이는 입을 잠깐 다물었다.

열쇠가 부서진 탓에 어쩔 수 없었다는 얘기까지 다 듣고 나서야 그레이는 머리를 마구 헤집었다.

"깜짝이야. 난 네가 직접 손목을 자르려는 줄 알았다고. 아니면 됐어."

그리 말한 그레이는 도끼로 돈의 두 손목을 잇고 있는 짧은 사슬까지 정확히 잘라 주었다.

"아직 남은 수갑이나 쇠목줄은 마법사나 열쇠공을 불러 풀어 줄 테니 무겁겠지만 이대로 잠깐만 지내."

괜히 돈의 손목을 자를 뻔한 게 미안했는지 그레이는 돈에게 퍽 친절하게 굴었다.

"이제 그만 일어서."

"예, 감사합니다."

그런데 하필 일어서면서 몸에 걸쳐 놓은 가운이 또 떨어졌다.

"괜히 겁줘서 미안, ……미, 미친놈이! 왜 바지를 안 입고 있어!"

돈의 얼굴이 새빨개졌다.

팔려 온 노예에게 옷을 선택할 권리가 없다는 걸 빠르게 알아차린 그레이는 도끼로 삿대질을 하며 솔레아를 향해 소리 질렀다.

"야! 너는! 사람을 들였으면! 바지부터 입혀야 할 거 아냐!"

보고서 속에 명시되어 있던 훌륭한 '그것'과 다시 독대하고 싶지 않은 솔레아의 눈이 하늘로 올라갔다.

"난 사슬부터 끊어 주려고 했지!"

"멍청아! 사슬이 사타구니랑 연결돼 있냐! 바지부터 입힌 다음에 하면 될 거 아냐!"

"눈앞에 사슬이 있으니까 난 그냥! 아, 왜 소리를 질러!"

두 사람이 싸우는 와중에 앤이 친절한 목소리로 물어 왔다.

"사타구니랑 연결할 수 있는 사슬을 찾으세요?"

그레이가 못 들을 걸 들었다는 듯 눈을 빠르게 깜빡이며 고개를 틀었다.

"그……걸 왜?"

솔레아가 얼른 손을 들어 그레이의 시선을 막았다.

"쟤 요새 집에 우환이 있어서 가끔 헛소리해. 얼른 들어가자."

그레이는 솔레아가 이끄는 대로 일단 저택 안으로 들어갔다.

솔레아는 고개를 돌려 앤에게 입 모양으로 명령했다.

'책 그만 봐.'

저택 안으로 들어온 그레이가 해결해야 할 일이 있다며 급히 어디론가 가 버렸기 때문에 솔레아는 앤과 아직 바지를 못 입은 돈과 함께 방으로 돌아갔다.

"……이 넓은 저택에, 이렇게 많은 사용인들이 있고, 오늘은 아무도 집 밖으로 안 나갔다는데 왜……."

솔레아는 급격히 골이 아파 와 두 손으로 머리를 감싸 쥐었다.

"왜! 노예한테 무슨 일을 시켜야 하는지 가르쳐 주는 사람이 아무도 없어!"

바빴다. 지금 이러고 있을 시간이 없다.

노예와 입씨름을 하고 있는 이 와중에도 당첨금은 차분히 수령인을 기다리고 있을 텐데.

솔레아는 한숨을 푹 내쉬며 노예 돈을 바라봤다.

어디서 사 왔는지는 모르겠지만 일단 솔레아의 명의로 되어 있으니 무슨 일이든 시켜야 할 것 같았다.

그런데 하인들은 노예를 본체만체하며 힐긋거리다 가 버리니.

염병할 노예 제도.

대체 무슨 일을 시키란 말이야?

귀족들은 노예를 사면 무슨 일을 시키는 거지?

여긴 농장도 아니라서 맡길 만한 일도 없는데.

솔레아는 빨간 머리를 마구 헤집으며 계속 고민했다.

아랫도리에 담요를 두른 돈이 눈치를 보며 방구석으로 가 섰다.

"왜 그래?"

"저는…… 힘도 웬만큼 쓰고, 잡일도 이것저것 다 할 줄 아니 괜찮습니다. 그러니 아무 걱정 안 하셔도 됩니다."

말을 마친 돈은 뭔가 할 말이 남은 것처럼 우물거리다가 겨우 입을 열었다.

"그리고……."

"그리고?"

"옷을 좀……."

돈은 말을 꺼내면서도 솔레아와 그녀 옆에 서 있는 앤의 눈치를 계속해서 살폈다.

노예 주제에 뭔가를 달라고 하는 게 건방져 보일까 봐 걱정인 듯 모아 쥔 두 손을 꼼지락꼼지락 움직였다.

어떤 일을 하든 상관없었지만 이런 꼴로는…….

솔레아가 눈을 휘둥그레 뜨고 제 이마를 퍽 소리가 나도록 때렸다.

"미안! 미안해요! 내가 지금 그쪽 손 잘릴 뻔한 것 때문에 정신이 없어서. 앤, 가서 이 사람이 입을 만한 옷 좀 가져와 줘."

방으로 올라오는 동안 책 좀 그만 읽으라고 달달 볶인 앤은 별다른 말 없이 공손히 절을 하고 방을 나섰다.

방 안에 둘만 남게 되자 돈은 가만히 눈만 깜빡였다.

그는 지금 굉장히 뻘쭘했다.

노예 주제에 귀족과 한방에 있다니.

돈은 저도 모르게 주춤거리며 더욱 구석으로 숨어들었다.

그 소심한 움직임을 눈치챈 솔레아가 돈에게 가까이 다가오라고 손짓했다.

"왜 그러고 있어? 오래 서 있어서 다리 아플 텐데 의자에 앉아. 아, 바지가 없어서 앉기가 좀 불편한가? 다리를 모으고 앉으면 되잖아."

솔레아는 마주 보는 자리에 놓여 있던 의자 하나를 들어다가 돈을 향해 돌려 줬다.

"주! 주인님! 저 때문에 무거운 걸 드실 필요는 없으십니다!"

당황한 돈이 허둥거렸지만 그의 자유로워진 두 손은 지금 허리춤에 두르고 있는 담요를 잡고 있느라 바빴다.

저를 위해 의자를 옮겨 준 주인의 인상이 약간 구겨졌다.

"솔레아 몸이 약하다는 게 거기까지 소문이 났나. 그래도 이제 의자 하나 정도는 옮길 수 있는데."

왜 본인 이름을 남처럼 말하지?

잠깐 궁금했지만 노예는 주인에게 질문해선 안 된다.

돈은 질문은 속으로 삼키고 죄송하다는 말부터 꺼냈다.

"죄, 죄송합니다."

"됐어요. 자. 앉아요. 아니, 앉아."

"저는……."

"저는?"

커다란 눈을 이리저리 굴리던 돈이 작은 목소리로 답했다.

"주인님의 깨끗한 의자에 앉을 수가 없습니다."

돈이 다시 고개를 푹 숙이자 솔레아는 팔짱을 끼고 돈의 굽은 등과 어깨를 내려다봤다.

목욕을 몇 달 넘게 못 한 것 같긴 했다.

근데 사람이 이래저래 고생 좀 하다 보면 목욕 못 할 때도 있지 않나.

솔레아는 과거를 떠올렸다.

나도 처음 집 나왔을 때 공용 건물 화장실에서 세수하고 빈집에서 몰래 자곤 했는데.

외지 생활 하면 그럴 수도 있지.

뭐, 저 사람은 남한테 폐 끼치는 걸 싫어하는 성격인가 보다.

대충 결론을 내린 솔레아는 고개를 짧게 끄덕였다.

"그래, 의자는 통째로 빨 수가 없으니까 눈치가 보일 수도 있지. ……그럼 씻을래?"

솔레아는 엄지로 제 방 한쪽에 마련된 문을 가리켰다.

'씻을래?' 라고 말한 걸로 봐선 아마 욕실인 듯했다.

돈의 눈동자가 팝콘처럼 튀어 올랐다.

"제, 제가 어떻게 감히 주인님의 욕실에서 몸을 씻, 씻……. 그냥 공용 수돗 가나, 아니면 근처 냇가에만 보내 주셔도 됩니다. 아! 도망은 안 갑니다."

솔레아의 미간 폭이 다시 좁아졌다.

몸이 찝찝하면 빨리 씻고 싶지 않나?

의자에 앉으래도 싫대.

씻으라니까 그것도 싫대.

이 저택이 얼마나 넓은데 공용 수돗가까지 갔다 온대.

"아니, 그냥 씻으면 되잖아! 이것도 싫다. 저것도 못 하겠다."

"죄송합니다! 제, 제가 더러워서!"

"그냥 들어가!"

돈의 등을 덮고 있던 제 가운을 낚아채듯 벗긴 솔레아가 맨 등짝을 손바닥으로 찰지게 때렸다.

"빨리 씻어!"

"아! 주, 주인님?"

돈의 눈에 당혹이 서렸다.

'제가 왜 주인님의 방에서 씻나요?'

씻지 않는 제게 화난 새로운 주인을 보며 돈은 고민에 빠졌다.

며칠 전, 새로운 주인에게 팔렸다는 말을 들었을 때, 돈은 심드렁했다.

뭐, 어차피 또 어딘가로 가서 쓰러질 때까지 일하겠지 싶었다.

하지만 돈을 산 주인의 이름은 솔레아 폰 베르고.

제국에 사는 사람이라면 모를 수가 없는 유명한 귀족가의, 그중에서도 특히 유명한 막내 아가씨였다.

'그런 분이 왜 노예를?'

베르고 공작가는 노예를 사지 않는 것으로 유명했다.

다른 노예들은 돈이 떠나기 전 심각한 얼굴로 조언했다.

'약을 만들기 위해 노예들을 몰래 사다가 임상 실험을 하는 귀족들도 있대.'

담요를 붙잡고 욕실로 발자국을 옮기는 돈의 손에 땀이 들어찼다.

실험을 위해 나보고 씻으라고 하시는 건가.

다른 하인들은 모르게 하려고 일부러 방까지 데려오시고?

이런 삶이 너무 당연해서 여태껏 한 번도 두렵다 느낀 적이 없었는데 왜인지 이번엔 두려웠다.

아까 주인님의 하녀가 한 말이 귓가에 웅웅 맴돌았다.

'사타구니랑 연결할 수 있는 사슬을 찾으세요?'

제대로 걷지 못하게 만든 다음에 실험을 하시려는 거구나.

돈은 덜덜 떨며 욕실 문손잡이를 잡았다가 털썩 주저앉았다.

"뭐, 뭐든지 하겠습니다! 그러니까 제발……."

"또 무슨 소리야."

피곤한지 소파에 비스듬히 기대앉은 주인의 뒤로 햇빛이 비쳐 들어왔다. 역광 때문에 표정이 보이지 않았다.

설상가상으로 짜증이 난 것 같은 말투였다.

아까 처음 대화했을 때처럼 상냥하셔도 용서해 주실까 말까인데.

하지만 지금이 아니면 기회는 없었다.

욕실 안에 들어가면 도망도 못 치고 꼼짝없이 실험체가 되어야 한다.

아니, 이게 꼭 욕실이란 법도 없잖아. 문을 열었는데 밀실이면 어떡하지.

돈은 두 눈을 질끈 감았다.

귀족들에 대한 괴담까지 더해져 머릿속이 엉망이었다.

돈은 큰 소리로 빌었다.

"말 잘 듣는 노예가 되겠습니다! 절대 도망가지 않을게요! 하라는 거 다 하겠습니다! 그러니까, 그러니까…… 제 사, 사타구니를 묶지 마세요."

주인님은 말이 없었다.

중간에 목소리를 작게 해서 안 들리셨던 걸까.

돈은 조심스럽게 고개를 들었다.

어느새 열린 방문 앞에 서 있는 앤이 보였다. 그녀는 들고 온 옷 무더기를 바닥에 모두 떨군 채 두 손으로 입을 틀어막고 돈과 솔레아를 번갈아 바라보고 있었다.

하지만 어쩐지 가린 입이 활짝 웃고 있는 것 같았다.

……착각이겠지.

돈은 다시 솔레아를 바라보았다. 다행히 주인은 화나 보이지 않았지만 그렇다고 기뻐 보이지도 않았다.

무심한 얼굴로 돈을 내려다보던 솔레아는 앤을 향해 손을 내밀었다.

"앤, 이리 줘."

"……자리를 비켜 드릴, 아. 그 전에 아까 말씀드린 그 사슬을 준비해 드릴까요?"

"옷."

"아, 네."

앤은 바닥에 떨어진 옷들을 재빠르게 집어 들고 솔레아에게 건넸다.

"문 닫아."

"네."

문을 닫으며 나가려던 앤을 솔레아가 불러 세웠다.

"있어. 괜히 오해하지 말고."

왠지 얼어붙은 분위기에 돈은 입을 꾹 다물었고, 앤 역시 별다른 말을 하지 않았다.

솔레아는 옷을 손에 들고 뚜벅뚜벅 걸어와 돈의 앞에 섰다.

"일어서서 이 옷 들고, 안으로 들어가서 깨끗하게 씻은 뒤에 옷 입고 나와. 그리고 이상한 오해 좀 하지 마. 여기 수맥이 흐르나. 왜 이 방에만 들어오면 오해를 해, 사람들이."

"……예?"

"나 누구 묶고, 때리고, 그런 거 하는 사람 아니니까 오해하지 말라고. 그런 취향 아니야. 나는 굉장히 노멀한 사람이라고."

"아, 예? 에, 예……."

"뜨거운 물 필요해? 날은 더운데."

"아니, 아닙니다! 아니에요!"

손사래를 친 돈이 사냥개를 만나기라도 한 것처럼 뒷걸음질하며 솔레아와 조금씩 멀어졌다.

돈이 엉거주춤 욕실로 들어가려는데, 솔레아가 아, 하는 짧은 탄성과 함께 그에게 물었다.

"돈. 숫자 셀 수 있어?"

"예. 빠르게만 아니면……."

"그럼 됐어."

더 이상은 거부할 수가 없어 돈은 문을 열고 안으로 들어갔다.

다행히 진짜 욕실이었다.

돈은 주인의 말대로 깨끗하게 몸을 씻었다.

욕실에서 나가자 앤이 눈물 젖은 얼굴로 침대 밑에서 두꺼운 양장본 여러 권을 꺼내고 있었다. 그녀는 곧 그것들을 커다란 자루에 담았다.

"저, 앤 님?"

"1층 작은 거실로 가 봐. 아가씨는 거기 계셔."

복도를 지나 계단으로 향하는 내내 기분이 이상했다.

아무도 채찍으로 때리지 않는다니.

사타구니는커녕 아예 묶지도 않으신다니.

그럼 어떤 일을 시키시는 거지?

입으라고 준 옷도 모두 깔끔히 세탁되어 있었다.

찢어지거나, 어딘가에 구멍이 났거나, 오물이 묻어 있지도 않았다.

진짜 입을 만한 옷이었다.

그러고 보니 '돈'이라는 이름으로 불린 것도 오랜만이었다.

1층의 작은 거실로 가자 주인은 괴상한 자세를 취하고 있었다.

바닥에 엎드린 상태에서 팔뚝의 아랫부분과 양발의 끝부분으로 몸을 지탱하던 주인은 몇 초 지나지 않아 바닥으로 철퍽 쓰러졌다.

……왜 저러시는 거지.

"으억! 잘 왔다."

"예, 예! 뭐, 뭘 할까요. 주인님!"

씻는 걸 허락하시고, 깨끗한 옷도 주셨다.

괜히 기강을 잡겠답시고 저택에 오자마자 때리지도 않았다. 비록 도끼는 휘둘렀지만.

이상한 자세에 당황하긴 했지만 돈은 기쁜 마음으로 엎드려 있는 솔레아 옆으로 가 무릎을 꿇고 앉았다.

"자, 플랭크 다시 할 거니까 1부터 30까지 세."

"플, 예?"

"준비, 시작!"

주인은 금세 자세를 바로잡으며 다시 몸을 일직선으로 일으켰다.

바닥에 닿은 아래팔이 양쪽 모두 벌벌 떨리는 게 눈에 보였다.

"주, 주인님. 이걸 왜 하시는 건지……. 감히 누가 주인님께 벌이라도……."

"악, 힘들어! 돈! 숫자!"

"아, 네, 네! 1! 2! 3!"

"아니지! 네가 말하는 동안 3초 지났잖아!! 네가 헬스장 트레이너야?! 으아악!"

"예! ……6! 7! 8!"

"나 지금 몸 일직선이야? 봐 봐."

바닥에 무릎을 꿇고 있던 돈은 무릎걸음으로 찔끔찔끔 물러서서 솔레아의 몸이 일직선으로 곧게 펴져 있는지 확인했다.

그 와중에도 입으로는 계속 숫자를 세고 있었다.

"11! 12! 네, 일직선이십니다. 13! 14!"

솔레아는 겨우 30초를 다 채우고 일어섰다.

땀이 송골송골 맺힌 얼굴은 꽤나 뿌듯해 보였다.

"와, 진짜 편하네. 숫자 세면서 하려고 해도 힘들어서 중간에 자꾸 까먹거든. 앤은 바빠서 이런 자잘한 일 못 시켰는데."

탐스러운 붉은 머리의 제 주인은 싱긋 웃으며 자리에서 일어나더니 허공에 앉았다가 천천히 일어섰다.

"이건 스쿼트라는 건데, 열다섯 개씩 세 번 할 거야. 잘 세야 돼."

"예, 예."

돈은 이제 제가 할 일이 무엇인지 알았다.

"하나, 둘, 셋, 넷."

"중간중간에 칭찬도 좀 섞어 줘."

"예, 여섯, 일곱, 완벽하십니다. 여덟, 아홉, 자세가 흐트러지지 않으십니다. 열, 열하나, 열둘."

두 번째 운동까지 마친 솔레아는 뿌듯함에 활짝 웃으며 돈의 손목을 잡고 위로 들어 올려 손바닥을 펼쳤다.

그러곤 짝 소리가 날 정도로 맞부딪쳤다.

"이게 뭔가요……?"

"하이파이브! 너무 잘했어! 네가 오니까 훨씬 좋다."

돈은 주인의 손바닥이 닿았던 손바닥을 괜히 꾹 말아 쥐었다.

처음으로 쓸모 있는 사람이 된 기분이었다.

이후로도 몇 개의 운동을 더 하고 녹초가 된 솔레아가 바닥에 널브러져 있다가 겨우 일어났다.

"내일 근육통 안 오면 찢어 버려야지."

"……예?"

"말이 그렇단 거지. 내가 누굴 찢겠어."

솔레아는 대수롭지 않게 대답했지만 돈의 입장에선 귀족의 말이 농담으로 들리지 않았다.

그들은 사람을 찢고자 하면 정말로 찢을 수 있는 사람이니까.

이제 운동을 끝내려는 듯 수건으로 땀을 닦은 솔레아가 방향을 틀고 거실 밖으로 향했다.

'근육통 안 오면 사람을 찢어 버려야지.'

'근육통 안 오면 사람 짼다.'

'근육통이 없으면 널 찢어 죽이겠다.'

주인의 말은 돈의 머릿속에서 잔인하게 변질되어 갔다.

돈은 울며 겨자 먹기로 큰 용기를 냈다.

"주인님!"

"응?"

"……부족하지 않을까요? 적어도 온몸이 후들후들 떨릴 때까지는 하셔야……."

감히.

눈도 못 마주치는 귀족에게 감히 이런 말을 꺼내다니.

돈의 심장이 밖으로 튀어 나갈 것처럼 쿵쿵 울렸다.

하지만 주인에게서 나온 말은 의외였다.

"하긴. 맞는 말이야. 겨우 이 정도로 근육통이 오진 않겠지. 그레이가 근육이 찢어진 자리에 영양소를 채워 넣어야 근육이 커진댔어."

알 수 없는 운동 상식을 중얼거린 솔레아가 다시 바닥에 누워 두 다리를 90도로 높이 올렸다.

"이건 힘드니까 열 개씩 세 번 할게."

"……열다섯 개씩 세 번 하셔도 괜찮지 않을까요? 주인님은 가능하실 거라고 믿습니다."

솔레아의 얼굴이 잠깐 구겨졌다가 금세 원래대로 돌아왔다.

"……그래. 이런 트레이너 선생님도 있어야지."

여전히 무슨 말인지 모르겠지만 어쨌든 주인의 마음에 든 것 같았다.

돈은 솔레아가 운동을 끝내려는 기미가 보일 때마다 붙잡고 몇 번 더 하기를 권유했다.

솔레아의 눈에서 살기가 느껴질 때가 되어서야 돈은 입을 다물었다.

기진맥진한 상태로 자리에서 일어나 땀을 닦고 있는 솔레아에게 돈이 조심스럽게 물었다.

"저, 주인님."

"으, 죽겠네. 돈. 그 호칭 말이야."

"아! 네! 예."

"그냥 남들처럼 공녀님이나 아가씨라고 부르면 안 될까? 주인님은 뭔가……. 채찍이라도 휘둘러야 할 것 같단 말이야."

돈은 잠깐 멍한 얼굴로 솔레아를 바라봤다.

하긴, 그동안의 주인들은 모두 쉽게 채찍을 휘둘렀었지.

역시 이 주인은 좋은 사람이다.

비록 운동 효과가 보이지 않으면 찢어 죽이겠다고 하기는 했지만 그 외에는 체벌을 내리지 않겠다는 각오를 보이고 있지 않은가.

돈은 감격한 얼굴로 대답했다.

"예, 아가씨!"

"그래. 무슨 말 하려고 했어?"

"혹시 저를 왜 사신 건지 여쭤봐도 괜찮을까요? 운동하실 때 옆에서 숫자를 세 드리는 용도인가요?"

"흐음……. 뭔가 오해가 있어서 헤이먼이 널 샀는데……. 아무튼 신경 쓸 필요 없어. 넌 잘하고 있으니까. 오늘처럼만 해."

솔레아는 격려 차원이라는 듯 아무렇지 않게 돈의 어깨를 툭툭 두드린 후 제 방으로 향했다.

혼자 거실에 남은 돈은 두 손을 꾹 말아 쥐고 수줍게 미소 지었다.

❄ ❄ ❄

하, 위험했다.

자칫하면 노예 제도에 찬성할 뻔했네.

옆에서 응원하고, 몇 개 더 하라고 권유하고, 개수도 세 주고, 또 그 외에는 조용하고.

고개를 짤짤 흔들었다.

안 돼. 21세기의 지성인이 돼 가지고 이러면 안 되지.

앤이 따뜻하게 데워 놓은 물이 가득 찬 욕조 속에 몸을 담그자 피로가 물씬 느껴졌다.

어째, 몸이 좀 단단해진 것 같은 느낌인데.

조바심이 생겨서 가만히 앉아 있을 수가 없었다.

얼른 몸을 헹구고 나와서 옷을 후다닥 갈아입고 서랍에서 일기장을 꺼냈다.

"너 이 새끼, 오늘은 딱 작살을 낸다."

만년필을 꺼내 오른손에 쥐었다.

이제 안다.

단순히 손목과 팔 근육만으로는 이 염병할 일기장을 조질 수 없다는 걸.

나는 긴 숨을 들이마셨다가 천천히 내쉬며 복근과 아랫배 안쪽 어딘가 코어라고 불리는 부분까지 힘을 줬다.

광배근에 힘을 주고, 견갑골부터 어깨, 팔까지 온 힘을 써서 만년필을 내리눌렀다.

"……으으."

조금만 더 하면 닿을 거 같은데.

헐, 진짜 닿을 거 같아!

엄청 가깝잖아!

전에도 몇 번 힘으로 글씨를 쓰려 했지만 이렇게 종이에 가까이 간 건 오늘이 처음이었다.

진짜 조금만 더 하면 될 거 같은데.

위에서 누가 눌러 주면 더 나으려나.

그러면 또 만년필 부서지는 소리가 들리지 않을까.

온갖 잡생각이 머리를 스쳤지만 지금 중요한 건 그게 아니었다. 종이와 펜촉의 거리가 1cm도 채 되지 않았다.

"조금만 더……!"

이를 악물고 젖 먹던 힘까지 짜냈다.

한국에서 이미 젖 먹던 힘을 쓰면서 살아와서 설마 지금 힘을 못 쓰는 건 아니겠지.

저한테 남은 거라곤 악과 깡뿐인데 그걸로 어떻게 안 될까요.

힘이 빠지려는 순간, 로또 종이가 들어 있는 펜던트가 턱에 툭, 부딪쳤다.

알겠어, 우리 예쁜 17억이. 엄마가 힘낼게.

초인적인 힘을 발휘해 만년필을 내리눌렀다.

내 정성에 감복했는지 만년필촉이 일기장에 닿았다.

"와!"

감탄을 내지른 순간 만년필이 그대로 종이 위를 쭉 미끄러져 내려왔다.

"됐어! 진짜 됐어!"

가설은 진짜였어.

정말로 근육왕이 되면 이 일기장에 글씨를 쓰고 돌아갈 수 있는 거야!

마법사가 존재하는 이 이상한 판타지 세상에서 왜 하필 근육을 키워야 원래 세상으로 돌아갈 수 있는지 여전히 의문이었지만 어쨌든 답은 근육에 있었다.

하얀 종이 위엔 숫자 '1'이 선명하게 남아 있었다.

"미끄러졌는데도 1이라니. 다음엔 여러 번 미끄러져서 17억까지 써야지."

흥이 절로 나네.

오늘은 이걸로 됐다.

아까 거의 한 시간 가까이 맨몸 트레이닝을 했을 때만큼 숨이 찼다.

일기장을 덮은 뒤 다시 서랍에 넣고 나니 어깨춤이 절로 나온다.

오예. 중세 판타지 놈들아. 나는 17억 들고 집에 갈 거지롱.

빚도 갚고, 지방에 집도 사고, 휴대폰도 현금빵으로 사야지. 나도 남들처럼 살아야지.

아, 그리고 운전면허도 따 봐야지.

차 사면 세금 내야 되니까 차는 사지 말고, 렌트해서 어디 놀러 가면 좋겠다.

누구랑 같이 가지?

헤이먼은 너무 까탈스러우니까 그레이랑 가야지. 재밌겠다.

근데 걔 은근히 잔소리 심해서 속도 낮춰라, 커브는 천천히 돌아라, 하면서 분명히 옆에서 한참 떠들겠지?

그렇게 혼자 킥킥거리다 문득 깨달았다.

돌아가면 아무도 없다는 걸.

"아……. 깜빡했네."

순간적으로 가슴이 철렁했다.

내가 왜 이럴까.

여긴 솔레아의 집이고 걔들은 내 가족이 아닌데.

"미안해, 솔레아. 내가…… 잠깐 헷갈렸어. 머리가 나빠서 그런가 봐."

아무도 없는 허공을 보며 한참을 멍하니 서 있었다.

아무런 생각도 들지 않았다.

마치 고장이라도 난 것처럼 오랫동안 방 한가운데 서 있었다.

돌아가면 또 혼자네.

무슨 소리야. 난 늘 혼자였잖아. 이젠 그게 편하잖아. 그러려고 돌아가는 건데, 왜 이런 생각을 하는 거야.

그렇게 당해 놓고도 또 '가족'을 믿고 싶어지다니.

혼자서 잘 먹고 잘 사는 게 꿈이었잖아. 이제 진짜 그럴 수 있는데. 왜 이러는 거야.

나는 차갑게 식은 손으로 목걸이를 꾹 쥐고 숨을 몰아쉬었다.

"가짜인 거 티 내지 말고 적당히 지내다 돌아가면 돼. ……괜찮아, 난 그거면 돼."

저녁을 먹으러 식당으로 들어서자 넓은 식탁에 그레이 혼자뿐이었다.

"공작님은 또 안 드셔? 헤이먼은?"

"아버지는 업무가 쌓여서 방에서 간단하게 드신다고 했고, 헤이먼은 이따 파티에 가야 해서 준비한다더라."

"파티?"

그레이가 말을 얼버무렸다.

"음……. 뭐, 그런 게 있어."

귀족들이 가는 파티인데 남한테 숨길 이유가 뭐가 있지.

문득 떠오른 생각에 나도 모르게 눈빛이 음흉해졌다.

요놈들~ 으른의 파티를 즐기나 보네.

하긴, 중세 시대 귀족들이면 그럴 만도 하지.

나도 어릴 때 만화방에서 베르사유의 어쩌구랑 만화책 많이 읽었어.

19금 달린 중세 시대 만화책도 주인아줌마 몰래 구석에서 열심히 읽었다고.

흐뭇하게 미소 짓는 내 얼굴을 본 그레이의 미간이 한껏 구겨졌다.

"너 또 무슨 생각 중이길래 얼굴이 그래?"

"넌 왜 맨날 내 얼굴 갖고 난리야. 그러는 네 얼굴은 고와?"

"내 얼굴이 뭐, 어때서."

"너 밖에 나가면 사람들이 너 쳐다도 안 보지?"

"그건 내가 귀족이고, 평판도 별로 좋지 않고……."

"아니야, 그레이. 너 못생겨서 그런 거야."

옆에서 식사 시중을 들던 하녀들의 눈이 잠깐 커지는 게 보였다.

안다, 나도.

그레이 잘생긴 거.

아주 뒤집어지게 잘생긴 거 안다.

그런데 어떡해.

얘랑 붙어 있으면 이상하게 약 올리고 싶다고.

그리고 진짜 잘생긴 사람들은 이런 걸로 타격 안 받아.

하지만 그레이는 이제껏 한 번도 잘생겼다는 말을 들어 본 적이 없는 것 같았다.

그 증거로, 못생겼다는 말을 들은 그레이의 눈동자가 빠르게 흔들렸다.

"……그, 그 정도야?"

"어?"

"나쁘지 않다고 생각했는데……. 그냥 내가 입양아라서 남들이 피하는 거라고 생각했는데……."

"아니, 잠깐만. 그게 아니라. 내 말 들려? 그레이?"

그레이는 스푼을 뒤집어 제 얼굴을 확인했다.

지금 본다고 뭐가 달라지냐.

잘생겼겠지, 인마.

하지만 그레이의 표정은 심각했다.

손으로 머리를 이리저리 만지다가 코와 입술도 쿡쿡 찔러 보던 그레이는 몸을 옆으로 돌렸다.

"실비아. 솔직하게 말해 봐. 내 얼굴이 피하고 싶을 정도야?"

그레이의 잔에 물을 채워 주던 하녀의 얼굴이 빨갛게 물들었다.

실비아는 아무 말도 하지 못하고 고개를 빠르게 도리도리 저은 뒤 도망치듯 물러났다.

그레이는 허망한 표정으로 쥐고 있던 스푼을 내려놓았다.

"야, 나 진짜 못생겼나 봐."

아니요, 선생님.

제가 보기에 실비아는 심장이 멈출까 봐 도망간 것 같아요.

그렇게 간절한 표정으로 올려다보며 묻는데, 대체 누가 멀쩡하겠냐고요.

날카로워 보이는 이목구비와는 어울리지 않게 그레이는 비 맞은 강아지처럼 축 처졌다.

"오늘 파티 나도 가려고 했는데……. 안 가야겠다."

"그레이. 미안해. 농담한 거야. 너 잘생겼어."

뒤늦게 그레이를 달래 보려 했지만 그레이는 애처롭게 웃으며 오히려 나를 달랬다.

"괜찮아, 나 파티 안 가도 돼. 어차피 헤이먼 혼자 보내기 좀 그래서 가려고 했던 거였으니까."

"아니, 그게 아니라 너 진짜 잘생겼다니까. 정말이야. 진짜로. 내 근육을 걸고."

"……너 근육 얼마 없잖아."

"야! 너 이게 나한테 얼마나 소중한 근육인 줄 알아?!"

울컥해서 무심코 소리를 질렀다가 다시 마음을 차분하게 가라앉혔다.

일단 지금은 그레이부터 달래야 했다.

"오빠."

"응?"

"나 기억을 잃고 눈 떴을 때 오빠 얼굴 보고 너무 잘생겨서 속으로 소리 질렀잖아."

"야, 무슨 그런 말을 해."

입은 아니라지만 몸은 솔직하구나.

그레이의 두 볼이 빨갛게 물들었다.

"정말이야. 너무 잘생겼어. 아부하는 게 아니라 정말로 진짜 잘생겼어. 크고 긴 눈인데, 눈꼬리가 살짝 올라가 있어서 대박 섹시해. 입술도 붉고 도톰해서 완전 사람 홀려. 남매끼리 이런 말 하는 거 버거운데 나 진짜 마음 크게 먹고 말하는 거야."

"남매?"

지금 잘생겼다고 팔만대장경 수준으로 칭찬하고 있는데 왜 거기서 제동이 걸려.

하지만 그레이는 남매 소리가 더 듣기 좋은 것 같았다.

뻣뻣하던 표정이 한껏 풀어졌다.

무표정으로 있으면 사람 손목 발목 다 자를 것같이 생겼는데 웃으니까 세상 햇살이 다 네 얼굴에 있네.

"넌 진짜 아이돌 해야 돼."

"그게 뭔데?"

"그, 모두의 마음속에서 빛나는 별이 되어 줘."

그레이의 입꼬리가 삐죽거리며 점점 더 위로 어색하게 올라갔다.

"넌 나 좋다는 말을 뭘, 그렇게 하냐……. 알았어. 오늘 파티에 너도 데려가 줄게."

아니, 난 파티가 아니라……. 아유, 그래 기분 풀렸다면 됐다.

저거 아주 인간 겉바속촉이네.

❄ ❄ ❄

디에르고 공작의 머릿속에 솔레아가 했던 말이 둥둥 떠다녔다.

'제게 신경 쓰지 마세요.'

잉크를 충분히 머금은 펜이 종이 위에서 아무런 글자도 쓰지 못한 채 가만히 멈춰 있었다.

물안개처럼 퍼지는 검은 잉크 자국을 가만히 내려다보던 디에르고는 펜촉으로 종이 위를 툭툭 두드렸다.

"기억을 잃고 낯설어서 그런가. 아니면 내가 서운하게 한 일이 있나."

원래 조용한 편이긴 했지만 그래도 눈이 마주치면 살포시 웃어 주던 아이였다.

몸도 마음도 심약해, 딱 그거 하나가 걱정이었는데.

어째 거리가 백만 년은 멀어진 기분이었다.

디에르고가 작게 한숨을 폭 내쉬며 의자 등받이에 몸을 깊숙이 기대는 순간, 노크 소리가 들려왔다.

"아버지, 헤이먼입니다."

"들어오거라."

집무실 중앙까지 걸어온 헤이먼은 디에르고의 책상 위에 손수건으로 싼 무언가를 내려놓았다.

"이게 뭐지."

"솔레아에 대한 헛소문을 퍼뜨리고 다닌 놈의 혀입니다."

단번에 디에르고의 미간이 찌푸려졌다.

"우리 집안에서 심부름을 하던 놈인데 그레이가 잡았습니다. 죄가 명백한데도 계속 억울하다 하길래 공작님께 네 죄를 직접 물어보겠다 하고 가져왔습니다."

무덤덤하게 이어지는 헤이먼의 말을 들으면서도 디에르고의 굳은 얼굴은 펴지지 않았다.

진한 보라색 눈동자가 천천히 헤이먼을 향했다.

"살려 뒀니."

"지금쯤 죽었겠네요."

"잘했다. 이건 가는 길에 버리렴."

피가 묻은 손수건 뭉치를 힐긋 바라본 디에르고가 작게 한숨을 내쉬다 말고 퍼뜩 머리를 들었다.

"솔레아가 알고 있니?"

"아니요."

헤이먼이 모건에게 했던 것과 같은 질문이었다.

이런 일은 본인이 알아 봐야 아무런 득도 없다. 상처만 될 뿐.

이제 겨우 건강해지고, 활달해져서 저택 이곳저곳을 돌아다니는데 이딴 불미스러운 일 때문에 다시 방에 틀어박히는 건 보고 싶지 않았다.

디에르고 역시 같은 생각이었던 듯 둘은 묵묵히 손수건을 바라봤다.

"됐다, 괜히 들고 다니지 않는 편이 낫겠구나."

디에르고는 손수건을 그대로 들어 올려 벽난로를 향해 던졌다.

여름이 가까워졌으나 아직 저녁은 쌀쌀해서 불을 피워 놓은 난로의 불길 속으로 작은 뭉텅이 하나가 떨어졌다.

입을 함부로 놀리던 사내의 혀가 그 즉시 전소되어 사라졌다.

파르륵 소리를 내며 타오르는 불꽃을 바라보던 디에르고는 걱정스러운 마음을 내색하지 않으며 덤덤히 물었다.

"헤이먼, 안색이 안 좋구나. 혹시 마력을 쓴 거니."

"……조금 사용했습니다."

"마력을 쓸 때마다 안색이 안 좋아지는구나. 몸이 아프진 않고?"

"네."

"언제든 아프면 쉬렴."

"괜찮습니다."

그 말에 디에르고 공작이 피식 웃음을 터뜨렸다.

"우리 애들은 왜 항상 괜찮다고 하는지. 여기 아프다, 저기 아프다 말해 주면 좋을 텐데."

헤이먼은 불꽃 그림자가 진 디에르고의 얼굴을 보며 대답했다.

"걱정을 끼치는 게 싫으니까요."

디에르고가 놀란 듯 눈을 동그랗게 떴다가 이내 기분 좋게 웃었다.

"그래도 이제 내겐 너희뿐이잖니. 조금 더 걱정하게 해 주겠니."

디에르고는 자리에서 일어서서 자신과 키가 비슷해진 헤이먼을 껴안았다.

벽난로 속 타오르는 불꽃을 바라보며 헤이먼은 속으로 조용히 덧붙였다.

'죄송해요. 아버지.'

❋ ❋ ❋

밥을 다 먹은 후 그레이는 나를 따라 내 방으로 올라왔다.

"너 근데 오늘 운동 안 해서 어떡해. 내일 두 배로 할까?"

"나 오늘 운동 했어."

"혼자서?"

"아니, 돈이랑."

"……누구?"

"돈. 헤이먼이 데려온 사람. 무슨 일을 시켜야 할지 모르겠어서 나 운동할
때 옆에서 개수 세고, 응원하라고 했지. 확실히 동기 부여가 잘되더라고."

잠깐 아무 말이 없던 그레이는 조금 불퉁한 표정으로 작게 중얼거렸다.

"……앞으론 혼자 하면 되겠네."

쟤는 왜 또 저래.

"아, 무슨 소리야. 오늘도 네가 가르쳐 준 것들 조금씩 섞어서 했는데. 발전
이 있으려면 스승이 있어야지."

'스승' 소리에 다시 기분이 좋아졌는지 그레이의 얼굴에 미소가 퍼졌다.

아유, 말랑한 사람.

사르르 햇살처럼 웃은 그레이는 앤을 불러 명령했다.

"솔레아도 파티에 갈 거니까 드레스 좀 가져와."

"……저희 아가씨가 파티에요?"

"원래 예정되어 있던 건 아니지만 초대장에 '베르고 공작가'라고 적혀 있었으니까 상관없겠지."

어깨를 으쓱 올렸다 내리며 대수롭지 않게 대답하는 그레이의 말에 앤 역시 동의하는 듯 활짝 웃으며 방 밖으로 뛰어나갔다.

"쟤는 참 솔레아를 좋아하네."

나는 또 무심코 3인칭으로 솔레아를 칭했고, 그레이는 놀릴 건수를 놓치지 않았다.

"그레이도 솔레아 좋아하는데."

"솔레아는 그레이 별론데."

"……야, 너는 그래도 오빠한테……. 아까 남매라고 해 놓고."

"세상천지에 자기 오빠 좋아하는 여동생이 어디 있어. 남매는 원래 태어날 때부터 전투 유전자를 타고 태어나는 거래."

입가에 미미한 미소를 띤 채 그레이가 말했다.

"같은 유전자도 아니잖아, 우리."

"같이 자란 거 아냐? 그럼 그럴 수도 있지. 내가 기억을 잃었어도 너 볼 때마다 짜증 나는 걸 보면 분명히 오빠가 맞는데."

장난기 섞인 내 말투에 그레이의 얼굴에 떠오른 잔잔한 우울감은 금세 시라졌다.

그레이의 입꼬리가 활짝 올라갔다.

"그래."

넌 진짜 평생 활짝 웃어야겠다.

살짝 웃으면 계략을 꾸미고 있을 것 같아 보인단 말이야.

"대체 전생에 무슨 업보를 쌓은 거야. 이목구비가 왜 그렇게 못되게 생겼어?"

"아니, 아까는 잘생겼다면서."

"약간 재질이 다르다니까. 헤이먼만 해도 그래. 얼마나 배우처럼……."

내 말이 끝나기 전, 방문이 열렸다.

하지만 들어온 건 앤뿐만이 아니었다.

진한 남색 더블 재킷에 흰색 크라바트를 목에 두른 헤이먼이 긴 다리로 뚜벅 뚜벅 걸어왔다.

"몸도 안 좋은 애가 파티에 어떻게 가."

"내가 몸이 안 좋아 보여?"

아직 근육이 많이 붙지는 않았지만, 그래도 한 달이 넘는 시간 동안 꾸준히 운동을 해서 그런지 걷다가 쓰러질 정도로 보이진 않았다.

헤이먼의 눈에도 그렇게 보였는지 그는 잠깐 말이 없다가 시큰둥하게 팔짱을 꼈다.

아무래도 어제 노예 사건 때문에 꽁한 것 같았다.

"여태까지 한 번도 파티에 가 본 적이 없는데 갑자기 갔다가 무슨 일을 치려고. 그리고 네가 밖에 나가는 거 아버지는 아셔?"

"말하고 나가야 돼? 왜? 화내셔?"

설마 이 공작님도 집에 자식이 없으면 물건을 부수나?

그럼 더더욱 조용히 나갔다가 쥐도 새도 모르게 돌아와야 하는 거 아냐? 그 게 맞는 거잖아.

내가 어리둥절한 표정을 짓자 그레이의 얼굴이 잠깐 어두워졌다.

"아깐 아니라고 했는데 혹시 솔레아 너……."

"야."

그레이의 말을 끊은 헤이먼은 조금 짜증스럽게 말을 이었다.

"당연히 걱정을 하시지."

"……걱정?"

"딸이 말없이 사라졌다가 들어왔는데 걱정 안 하는 부모가 어디 있어. 당장 가서 직접 말씀드리고 와."

"바빠서 저녁도 방에서 드셨는데. 내가 방해하면 어떡해?"

기가 죽은 목소리는 절대 아니었다.

내 입장에선 정말로, 바쁜 공작을 배려해서 꺼낸 말이었다.

하지만 그레이와 헤이먼의 표정은 더 진지해졌다.

헤이먼이 무어라 말을 꺼내려 입을 여는 순간, 그레이가 먼저 말했다.

"솔레아. 이 저택에서 널 방해꾼으로 여기는 사람은 아무도 없어. 그러니까 아버지께 파티에 가서 놀다 올 거고, 우리랑 같이 갈 테니까 걱정 마시라고, 늦지 않게 돌아오겠다고. 말씀드리고 와."

"······그렇게만 말하고 오면 돼? 그럼 나갈 수 있어?"

안 그래도 험악한 그레이의 인상이 한층 더 악랄해지기 전에 헤이먼의 음산한 목소리가 울렸다.

"멍청한 소리 그만해. 널 가둬 놓는 건 아무것도 없으니까."

참 이상하지.

평소 같으면 왜 말을 삐딱하게 하냐고 바로 받아쳤을 텐데.

날 가둬 놓는 건 아무것도 없다니.

두 사람을 올려다보던 내 시선이 천천히 아래로 향했다.

또다. 이상한 기분.

발가락이 간지럽고, 목뒤가 따뜻해지고, 가슴 언저리가 울렁거린다.

내 얼굴에 번지는 웃음을 본 건지 그레이는 손바닥으로 내 등을 밀며 방 밖으로 내보냈다.

"갔다 와. 우린 여기서 네가 입고 갈 드레스 고르고 있을 테니까."

"파티에서 입을 만한 드레스가 있나 모르겠군."

나는 문이 닫히기 전, 돌아서서 헤이먼에게 말했다.

"헤이먼, 돈을 데려와 줘서 고마워. 네가 생각하는 그 이유는 아니지만, 그래도 돈이 있어서 운동 편하게 했어."

내 눈을 피해 고개를 한쪽으로 돌린 헤이먼이 대답했다.

"……얼른 다녀와. 시간 없으니까."

"알았다, 이 자식아."

"뭐?"

헤이먼의 목소리가 커지는 걸 모른 척하고 일부러 휙 뒤돌아서 도망치듯 빠르게 걸었다.

뒤에서 그레이가 큰 소리로 웃으며 '거봐, 내가 뭐랬어. 쟤 완전 웃긴다니까.' 라고 말하는 소리가 들렸다.

즐겁다.

가슴의 울렁거림이 발바닥까지 내려간 것처럼 한 걸음 한 걸음 내디딜 때마다 날아갈 것 같은 기분이었다.

공작의 방 앞에 다다라서야 겨우 마음이 진정됐다.

아까 그레이가 한 말 그대로 하면 되는 거겠지.

숨을 고르고 있는 와중에 문이 벌컥 열렸다.

"모건, 거기 있나."

"악!"

갑자기 문을 열고 나온 디에르고 공작 때문에 깜짝 놀라 뒷걸음질을 치다가 발이 꼬여 뒤로 넘어질 뻔했다.

맨바닥에 엉덩방아를 찧기 전, 내 손목을 붙잡은 디에르고 공작이 나를 자신 쪽으로 잡아당겼다.

"솔레아! 다친 덴 없니. 노크를 하지!"

다소 격앙된 목소리긴 했지만 전처럼 무섭지 않았다.

공작님은 마치 무도회라도 온 것처럼 붙잡고 있는 손목을 중심으로 내 몸을 좌우로 돌리며 다친 곳은 없는지 열심히 살폈다.

내가 실실 웃고 있는 것도 발견 못 할 정도로 그는 놀란 것 같았다.

"넘어졌으면 어쩌려고, 세상에. 당장 복도에도 푹신한 융단을 깔라고 해야겠구나. 발은? 발은 접질리지 않았니?"

가만히 내버려 두면 손수 발목까지 잡고 이리저리 돌려 볼 것 같아서 나는 그에게서 조금 떨어졌다.

내가 한 걸음 물러서자 공작의 얼굴에 어두운 빛이 서렸다.

"아……. 미안하구나. 깜짝 놀라서 불쑥 다가가 버렸구나……."

공작은 내 눈치를 살피며 어색하게 미소 지었다.

나는 일부러 공작에게 잡힌 손목을 빼내지 않은 채 양발을 번갈아 콩콩 뛰었다.

"보세요. 저 발목 괜찮아요."

공작의 얼굴에 물안개가 퍼지듯 부드러운 미소가 번졌다.

이젠 정말 춤을 추는 것 같았다.

나만 그런 생각을 한 게 아닌지 공작은 웃으며 내 손목을 잡고 있는 손을 허공으로 올려 빙그르르 돌리며 나를 제자리에서 한 바퀴 돌게 만들었다.

"그렇구나. 건강하네, 우리 딸."

"그래서 오늘 파티에 가려고요."

"응?"

웃고 있던 공작의 얼굴이 약간 굳은 것 같았지만, 음. 기분 탓이겠지.

"그레이랑 헤이먼이랑 같이 다녀오려고요. 늦지 않게 돌아올 거예요."

"파티……. 네가 파티를 갈 수 있는…… 나이던가."

"저 열여덟 살이라던데요. 앤이."

"아, 그래. 그렇지……."

잠깐 고민하던 공작이 비장하게 말했다.

"그곳에 가면 청년들이 네게 춤을 추자고 하거나, 대화를 시도할 수도 있다."

아. 파티에서의 애티튜드를 가르치려나 보다.

나는 내 손목을 잡고 있는 공작의 손에 힘이 들어간 걸 느끼며 그의 말에 집중했다.

중세 시대 예의범절은 잘 모르니까 잘 들어 놔야지.

"그땐 일단 그레이를 앞세워라."

"네?"

청년들이랑…… 그레이요?

내 얼빠진 표정을 보고도 디에르고 공작은 모른 척하며 계속 말을 이었다.

"그레이가 자리를 비웠을 때는 헤이먼이라도……. 아니, 헤이먼은 그런 부분에 있어서는 은근히 무심해서, ……역시 그레이가 딱인데."

왜 그레이를 앞세워야 하는 거지?

조심스럽게 고개를 들어 공작에게 물었다.

"……혹시 제가 친구를 사귀는 게 싫으세요?"

"뭐?"

"……그러실 수 있겠네요. 갑자기 파티에 가게 된 데다, 제가 기억을 잃어 아무것도 모르는 상태이니 망신을 당할지도 모르잖아요."

공작의 눈동자가 좌우로 빠르게 흔들렸다.

"무슨 소리니!"

공작은 아차 하는 표정으로 입을 꾹 다물었다가 더듬거리며 다시 말을 이었다.

"음, 그게, ……그레이는 친구가 별로 없으니까, 네 오빠한테 먼저 기회를 주라는 거였지."

"아, 정말요?"

그레이 친구 없구나.

"그래, 넌 파티에 몇 번 더 참석한 뒤, 사람들의 얼굴을 익히고 나서 친구를 사귀는 게 어떻겠니. 아빠는 그게 좋을 것 같은데."

"네, 알았어요."

공작은 부자연스럽게 미소를 지었다.

"그래. 청년들이 말 걸면 무조건 그레이한테 넘기렴. 걔는 친구를 좀 사귀어야 해."

나는 두 주먹을 불끈 쥐고 대답했다.

"네! 공작님!"

각오를 다지며 내 방으로 돌아가자 헤이먼과 그레이는 이미 외출 준비를 다 마친 상태로 날 기다리고 있었다.

하지만 내가 입어야 할 드레스는 방 안 어디에도 보이지 않았다.

솔레아는 이렇게 입고 가는 건가.

아무리 파티가 처음이라지만, 이런 평상복 차림으로 가면 안 된다는 건 나도 아는 상식인데.

"솔레아가 입을 드레스는?"

"그레이가 보니까 솔레아가 입을 만한 드레스가 없더라고. 드레스부터 사자."

쟨 또 왜 3인칭을 쓰는 거야.

헤이먼이 조금 빨게진 얼굴로 더듬거리며 말을 덧붙였다.

"헤, 헤이먼도 그렇게 생각한다."

헤이먼까지 왜 저러지.

나는 속으로 그레이를 안쓰러워하며 측은하게 쳐다봤다.

네가 자꾸 3인칭을 쓰니까 친구가 별로 없지. 니네 아버지도 걱정하시더라.

하지만 둘 다 꽤 즐거워 보였기 때문에 인심 쓴다는 마음으로 3인칭 쓰기에 동참하기로 했다.

"⋯⋯솔레아는 그레이가 예쁜 게 더 중요하다고 생각해."

작게 중얼거린 내 목소리를 들은 그레이가 웃으며 걸어와 내 뒤의 방문을 열었다.

"걱정 마. 그레이는 항상 예쁘니까. 오늘은 솔레아도 중요하니까, 어서 가자."

……공작님. 그레이가 이렇게 사람을 잘 후리는데 가만히 내버려 둬도 친구가 생기지 않을까요.

헤이먼과 그레이, 그리고 나를 실은 마차가 어딘가로 출발했다.

이곳에 온 지 시간이 꽤 지났지만 마차를 타고 저택 밖으로 나가는 건 처음이었다.

"창문 열어도 돼?"

은근히 신난 목소리가 티 났는지 그레이는 팔을 뻗어 직접 창문을 열어 주었다.

다그닥다그닥 천천히 달리는 말발굽 소리가 들리고 시원한 바람이 두 볼을 스쳐 지나갔다.

공작저의 넓은 부지를 지나자 곧 사람들의 말소리가 가까이 들리기 시작했다.

길거리 사람들의 시선이 열린 창문 너머의 내게 부담스럽게 꽂히자 헤이먼이 창문을 닫았다.

"곧 도착이야."

그의 말대로 얼마 지나지 않아 마차가 멈췄다.

마부가 문을 열어 주자마자 헤이먼과 그레이가 재빠르게 문밖으로 내렸다.

그러곤 둘이 동시에 아직 마차 안에 있는 내게 손을 내밀었다.

"내려, 솔레아."

"누구 손을 잡으라고 둘 다 내미는 거야?"

내 질문에 두 사람은 서로를 잠깐 응시하긴 했지만 둘 중 누구도 손을 치우지는 않았다.

"그레이 손이 더 크니까 솔레아는 당연히 그레이 손을 잡아야지."

"그런 논리라면 내 손이 더 안성맞춤이지. 잡기에 편하다."

몇 발자국 떨어져 있는 마부가 눈치를 살피며 내게 입 모양으로 말했다.

'둘 다! 둘, 다!'

마부의 조언대로 나는 두 사람의 손을 양손에 각각 잡고서 마차에서 내렸다.

"우와."

탄성이 절로 나오는 건물이었다.

마치 공작저를 작게 본뜬 것처럼 생긴 커다란 상아색 건물 앞에는 진한 남색 글씨가 새겨져 있었다.

마리에 살롱

건물 외관에 넋이 나간 나를 이끌며 헤이먼이 앞으로 걸어 나갔다.

"시간 없어. 일단 오늘은 파티에서 입을 드레스부터 사고, 다음에 사람을 불러 드레스를 몇 벌 주문하는 게 낫겠어."

"그래, 파티에 너무 늦는 건 예의가 아니니까. 들어가자, 레아."

"⋯⋯아버지만 레아라고 부르시지 않나? 그레이."

"형도 친하면 레아라고 부르든가. 아, 아직 덜 친해서 못 부르나?"

그레이의 이죽거림에 헤이먼이 세상 비열하게 한쪽 입꼬리만 올려 웃었다.

"난 '레아'에게 딱 좋은 노예를 선물했는데 넌 뭘 했지?"

"난 오늘 '레아'가 밖에 나올 수 있을 만한 체력을 직접 만들어 준 사람이지. 형은 그동안 뭐 했어?"

"난, ⋯⋯발이 예쁜, 아니 그게 아니라⋯⋯."

"가자, 레아."

헤이먼이 버벅거리는 사이 그레이가 내 손을 잡고 살롱의 문을 열었다.

열린 문 너머에는 화려한 옷과 천들이 주렁주렁 걸려 있었다.

하지만 화사한 색채감보다 먼저 나를 사로잡은 건 달콤한 꽃향기였다.

향수도 함께 파는 곳인지 바깥 공기와는 확연히 다른 향에 기분이 저절로 들떴다.

가게의 직원들이 문 양옆으로 죽 줄지어 서 있었고, 그중 가장 화려하게 옷을 차려입은 여자가 앞으로 나섰다.

"어서 오세요! 베르고 공자님, 공녀님! 저는 이 살롱의 주인인 리끌로네 마리에라고 합니다. 방금 연락을 받고 부랴부랴 드레스 몇 벌을 준비했는데, 사이즈가 맞으실지 모르겠어요!"

언제 들어왔는지 헤이먼이 빠르게 대답했다.

"레아는 말랐으니 몸에 너무 붙는 옷은 안 돼. 적당한 걸로 부탁하지."

마리에의 얼굴 위로 올라온 자본주의 미소는 한 치의 흔들림도 없었다.

하지만 내 안의 코리안 유교걸은 반응했다.

마리에가 못해도 서른은 넘어 보이는데……. 이 새파랗게 어린놈이 반말을?

아니, 물론 귀족이니까 그럴 수도 있지.

저택에서 일하는 모든 사용인들에게도 반말을 하니까.

아, 그래도 내 양심이.

눈동자가 흔들리며 아래로 점점 떨어지고 있을 즈음, 그레이가 살짝 허리를 숙여 내게 귀를 가까이 가져다 댔다.

"왜 그래? 불편해?"

"……아니, 나도 반말을 해야 하나 싶어서. 그게 조금."

"아."

짧은 탄성을 뱉은 그레이가 한 걸음 앞으로 나아가 마리에의 손을 살포시 잡아 올렸다.

"그레이 폰 베르고입니다. 내 동생을 오늘 하루 제일 멋지게 만들어 주길 바랍니다, 마담 마리에."

말을 마친 후 그레이는 마리에의 손등에 짧게 키스했다.

와.

보고 있는 나까지 열이 오를 정도로 달콤한 목소리였다.

마리에 역시 그렇게 느꼈는지 그녀의 미소가 한층 더 밝아졌다.

저건 자본주의 미소가 아니야.

저건 진심으로 행복할 때 나오는 월급 통장 앞에서의 함박웃음이야.

공작님. 그레이가 사람을 후리는 솜씨가 보통이 아닌데요.

이미 충분히 청춘을 즐기고 있는 것 같아요.

하지만 내 목소리는 당연히 공작에게 닿지 않았다.

"네! 그럼요, 공자님. 맡겨만 주십시오."

옆에 서 있는 헤이먼이 작게 '첏.' 하고 혀를 차는 소리가 들리긴 했지만 나역시 지금 그레이에게 정신이 팔려 있어서 별로 신경이 쓰이지 않았다.

마리에는 내가 이 세계로 와서 본 미소 중 가장 행복한 미소를 지으며 다가와 나를 안쪽으로 이끌었다.

"공녀님께 어울릴 드레스를 준비하겠습니다. 공자님들께선 잠깐만 기다려 주십시오."

마리에를 따라 안으로 이동하자 온갖 드레스들이 줄줄이 걸려 있는 공간이 나타났다.

"공녀님. 혹시 좋아하는 색이나 디자인이 있으신가요?"

"아니요……."

긴장해서 말이 제대로 나오지 않았다.

"그러시면 여기 걸린 것들 중에 마음에 드시는 게 있으신가요?"

마리에의 질문에 뭐라고 대답해야 할지 감이 오지 않았다.

원래의 나라면 진작 도망쳤을 분위기였다.

이런 귀한 대접은 받아 본 적이 없는데. 저는 백화점도 잘 인 가는 사람이에요.

내가 백화점에 갈 때는 저녁 8시뿐이었다.

시간 맞춰서 지하 1층으로 가면 유부초밥을 떨이로 세 팩에 만 원으로 파니까.

그걸로 세끼를 해결하는 사람이란 말이에요, 제가.

잔뜩 긴장한 나를 보며 마리에는 능숙하게 말을 이었다.

"공녀님. 아쉽게도 저희가 주문 제작을 주로 하는 살롱이라 준비된 드레스는 고작해야 열 벌 남짓입니다. 그럼 하나씩 제하는 방식으로 결정해 볼까요?"

"네, 네."

"머리나 화장은 옷을 고른 다음에 하면 좋을 것 같은데 공녀님 생각은 어떠세요?"

"예, 좋아요."

"어쩜, 공녀님은 저와 생각이 잘 맞으시네요!"

그냥 마리에가 장사를 기가 막히게 잘하는 것 같은데요……

마리에는 활짝 웃으며 내게 작은 쿠키를 건넸다.

"저는 달콤한 걸 먹으면 기분이 좋아지더라고요. 공녀님도 하나 드셔 보시겠어요?"

"네."

달콤한 쿠키를 입에 넣자 그대로 혀 위에서 사르르 녹아내렸다.

"공녀님께서 뭘 좋아하실지 모르니 일단 열 벌을 모두 가져와 보라고 할게요."

잠시 후, 내 앞에 총천연색의 화려한 드레스들이 줄줄이 펼쳐졌다.

눈동자가 이리저리 날뛰는 걸 봤는지 마리에는 내 옆에서 다정하게 말했다.

"공녀님은 마르셨지만 어깨가 좁지는 않으셔서 드러내도 좋을 것 같아요, 어떠세요?"

멍하니 대답했다.

"네, 네. 좋아요."

열 벌 중에서 두 벌이 사라졌다.

"그리고 아까 쿠키를 드실 때 보니 손목이 가느셔서 손목을 드러내는 깔끔한 디자인이 잘 어울릴 것 같으세요. 저기 보세요, 공녀님."

마리에가 직접 드레스 두 벌 사이로 걸어가 손목 부분을 보여 줬다.

하나는 화려한 패턴의 옷감에 프릴까지 달린 디자인이었고, 다른 하나는 끝부분에 자수 처리가 된 디자인이었다.

"둘 중에 어떤 게 좋으세요?"

"······오른쪽이요."

"안목이 아주 고급스러우세요, 공녀님."

마리에가 활짝 웃으며 대답했다.

아니요. 전 아무리 생각해도 마리에가 장사를 잘하는 것 같다니까요.

그런 식으로 몇 벌을 더 제하고 나니 연한 살몬빛의 드레스와 아주 진한 초록색 드레스만 남았다.

"남은 두 벌은 직접 입어 보시고 공자님들께 의견을 여쭤보는 게 어떨까요?"

마리에가 이끄는 대로 옷을 갈아입은 뒤 머리를 가볍게 올렸다.

처음은 짙은 초록빛의 드레스였다.

어깨가 넓게 파인 드레스를 입고 밖으로 나서자 긴 소파에 앉아 있던 두 사람의 눈이 휘둥그레 커졌다.

"······그걸로 하지."

헤이먼은 계산을 하려는지 곧장 자리에서 일어났고 그레이는 커다래진 눈으로 나를 뚫어지게 보다가 조심스레 오른손을 들었다.

"마담? 실례지만 솔레아는 뒷문으로 빠져나갔나요? 내 동생이 안 보이네요."

바짝 긴장해 있었는데 그레이 때문에 웃음이 터졌다.

그제야 나는 긴장을 풀고 평소처럼 그레이에게 장난을 쳤다.

"아이씨, 너 눈 뜨고도 안 보여? 감겨 줘?"

"저기요. 저는 아이씨가 아니라 그레이거든요."

"그레이, 죽고 싶어?"

"힝. 그레이는 솔레아랑 파티 가고 싶은데."

"그럼 마차 뒤에 매달아 줄 테니까 뛰어와. 난 헤이먼이랑 마차 안에 타고 있을게."

"넌 오빠한테 무슨 말을 그렇게 하니."

그레이와 장난치며 깔깔거리며 웃고 있는데 마리에의 표정이 요상하게 변했다.

눈썹을 파르르 떨던 그녀는 갑자기 내 손목을 덥석 잡았다.

"공녀님!"

"네, 네?"

"이미지가……. 이, 이런 이미지에 이 옷은 어울리지 않습니다. 다시, 다시! 공자님! 아주 잠깐만 기다려 주세요!"

얼떨떨하게 그레이를 보며 어깨를 으쓱 올렸다 내리는데 마리에는 무지막지한 힘으로 나를 끌고 다시 탈의실 안으로 들어갔다.

나를 탈의실로 데리고 들어간 마리에는 재빠르게 옷을 벗기더니 직원들에게 시키지도 않고 직접 다른 방으로 쏜살같이 들어갔다.

나는 안에 입는 드레스만 입은 채로 서서 직원들을 바라봤지만 그들도 어색하게 미소만 지을 뿐이었다.

밖에서 헤이먼과 그레이의 목소리가 들렸다.

"그레이. 솔레아는 어디 갔어?"

"우리 '레아'는 한 번 더 변신을 하러 갔지. 네가 성질 급하게 돈부터 들이밀러 간 사이에."

"…… '레아' 한테 딱 어울리는 옷이라고 생각했는데. 더 나은 게 있나 보지."

"그러니까 말이야. 형이 급하게 계산한 레아의 드레스는 일단 마차에 실으라고 해 뒀어."

"……내 돈으로 샀으니 내 선물이야."

"네, 네. 형 보기보다 되게 유치하네."

"생각 없이 유치한 건 네 얘기겠지."

둘이 아웅다웅 싸우는 동안 마리에는 탈의실 안쪽에 딸린 방 안으로 들어가 한참 휘적거리더니 어두운 붉은색의 드레스를 가져왔다.

하지만 방금 보여 준 드레스들에 비하면 화려한 색감 말고는 별다른 특징이 없어 보이는 옷이었다.

어깨 위로는 천 쪼가리 하나 없는 튜브톱 드레스였다.

여배우 시상식 드레스 같네. 근데 솔레아는 몸이 너무 말라서 썩 어울릴 것 같지 않은데…….

고개를 갸우뚱 기울이는 나를 본 마리에가 확신에 찬 목소리로 말했다.

"일단 입어 보시죠, 공녀님."

마리에의 말을 따라 옷을 입어 보니 내게 맞춘 것처럼 잘 맞았다.

마른 사람만 입을 수 있게 만든 건지, 허리 부분이 딱 맞았다.

"저, 마담. 저는 근데 머리가 빨간색이라서 이렇게 다 빨갛게 하면 너무 이상하지 않을까요? 그리고 노출이 좀……."

우려 섞인 내 목소리에 마리에는 답도 않고 또다시 안으로 헐레벌떡 뛰어 들어가 검은색 천을 한 무더기 들고 나왔다.

"이걸 걸치시는 겁니다!"

안이 훤히 비치는 아주 얇은 검은색 천이 내 양어깨 위를 둘러쌌다.

드러난 어깨 부분을 숄처럼 감싼 천 때문에 가슴과 어깨가 적당히 가려지긴 했지만 안이 비치는 소재라 답답한 느낌은 없었다.

"음……. 잠깐만요! 기다려 주세요, 공녀님!"

내 모습을 보며 턱을 매만지던 마리에는 또 후다닥 안으로 뛰어 들어갔다.

제 더러운 성질머리에 영감받지 마세요, 마리에 님.

거울 앞에 서니 돈 많고, 성질도 적당히 더리운, 환불 잘 받아 올 것 같은 사람처럼 보였다.

그때 마리에가 다시 돌아왔다.

이번에는 검은색의 폭넓은 레이스를 품 안 가득 들고 있었다.

마리에는 내 앞에 주저앉아서 빠르게 바느질을 시작했다.

"괜찮습니다. 공녀님. 저는 바느질이라면 눈을 감고도 할 수 있으니까요, 이제 정말 거의 다 됐어요!"

그녀 말대로 얼마 지나지 않아 드레스는 완성됐다.

어깨선이 그대로 드러나지만 팔뚝을 감싸고 내려오는 검은색의 긴 천 때문에 노출이 과하다는 생각은 전혀 들지 않았다. 오히려 고고해 보이기까지 했다.

치맛단의 촘촘한 레이스도 위로 올라올수록 일정하게 간격이 넓어져서 방금 손으로 바느질한 퀄리티로 보이지 않았다.

당황한 내 눈동자를 본 건지 마리에는 이마의 땀을 닦으며 생긋 웃었다.

"완성품이라 보기엔 부족한 솜씨니 이건 그냥 무료로 드릴게요, 공녀님."

"……아니, 그래도 이건."

"잘 어울리셔서요. 그 어느 분보다. ……자! 시간이 너무 지체됐으니 얼른 머리를 할까요!"

마리에의 말에 몇 사람이 달라붙어 화장을 해 주고, 동시에 머리를 만지기 시작했다.

달구어진 고데로 머리카락을 풍성하게 만 다음 위로 올려서 고정시키자 긴 목이 그대로 드러났다.

"자, 공녀님. 아까 공자님과 농담할 때처럼 표정을 지어 보세요. 이렇게 삶은 감자 같은 말랑한 얼굴 말고요. 긴장 푸세요!"

마리에도 긴장이 많이 풀렸나 봐요. 삶은 감자 같은 말랑한 얼굴이라니…….

내가 픽 웃자 마리에는 입을 쩍 벌리며 박수를 짝짝 쳤다.

"이거예요! 이거! 자신감 넘치는 미소!"

마지막으로 금색 줄이 늘어진 화려한 머리핀까지 꽂고 탈의실 밖으로 나갔다.

차를 마시기 위해 찻잔을 들었던 헤이먼은 나를 보고 그대로 굳어 버렸고, 그레이는 소파에서 벌떡 일어섰다.

"……이상해? 표정이 왜 그래."

혼이 빠진 얼굴로 나를 뚫어지게 보던 그레이는 마른세수를 한 번 하더니 성큼성큼 걸어왔다.

"야, 이씨. 와."

"왜 갑자기 욕이야."

"와, 무슨. 아까도 내 동생 안 같았는데, 이건…….."

"지금도 솔레아 아니라고 해 보시지."

"아닙니다. 완벽한 솔레아예요. 이만큼 널 잘 살릴 수 있는 드레스는 없어. 가자."

말을 마친 후 그레이는 갑자기 손목에 차고 있던 시계를 풀더니 마리에의 손바닥 위에 올려놓았다.

"세상에, 공자님! 이건 안 돼요!"

"됩니다."

"아무리 그래도 시계라니, 이 드레스는 공녀님께 무료로 드리기로 했는걸요!"

"그럼 이거 받으시고 우리 레아한테 어울릴 옷 몇 벌 더 저택으로 보내 주세요. 사이즈는 오늘 봤으니 아실 테고."

마리에는 감동한 얼굴로 시계를 꽉 움켜쥐었다.

헤이먼은 헤이먼대로 다시 계산대 앞에 가 있는 상태였다.

"시계야 저놈 변덕이고, 드레스값은 내가 내지."

마리에가 손사래를 치며 돈까지 낼 필요 없다고 말렸지만 헤이먼은 굴하지 않았다.

"돈을 내게끔 옷을 입혀 놓고 돈을 내지 말라니. 제멋대로군."

쟤는 인성이 지갑으로 다 몰렸나.

물론 마리에의 안목은 뛰어났지만, 아무리 생각해도 이건 좀 과하지 않나.

나는 헤이먼에게 다가가 그의 어깨를 잡고 내 쪽으로 돌렸다.

"헤이먼, 나 때문에 그렇게 큰돈 쓸 필요 없어."

"그게 무슨 말이지."

헤이먼의 미간이 구겨졌다.

"말 그대로야. 굳이 나를……."

"솔레아."

내 말을 끊은 헤이먼은 내 한쪽 어깨 위에 손을 올렸다.

"그런 표정 하지 마."

"……내 표정이 어땠는데."

헤이먼은 내 질문을 무시하고 가볍게 웃으며 낮은 목소리로 말했다.

"다른 건 몰라도, 적어도 이 드레스엔 오만한 표정이 잘 어울리겠단 건 알겠군."

마리에가 손뼉을 치며 다가왔다.

"네! 거만하고! 당당한!"

마리에는 시계가 사라진 그레이의 손목에 화려한 팔찌를 채워 줬다. 그리고 내 목에는 그의 것과 세트인 듯 비슷한 디자인의 목걸이를 걸어 주려 했다.

"이 목걸이는 뭔가요? 뺄까요?"

로또 종이가 들어 있는 펜던트를 빼려고 하는 마리에의 손목을 덥석 잡았다.

"그건 안 돼요!"

다급한 내 목소리에도 마리에는 전혀 당황하지 않고 프로의 웃음을 지으며 목걸이를 그대로 두었다.

"그럼 이쪽 목걸이는 줄을 더 길게 해서 두 번 감을게요. 그게 더 잘 어울리겠네요."

마리에는 능숙하게 방금 걸었던 목걸이의 줄을 다른 것으로 바꿔 끼우고 손수 내 목에 걸어 주었다.

그 모습을 지켜보던 헤이먼이 끼어들었다.

"……내 건?"

"물론 있습니다."

자본주의 미소로 화답한 마리에는 헤이먼에게 우리의 것과 비슷한 디자인의 브로치를 건넸다. 그는 그것을 곧장 왼쪽 가슴에 매달았다.

뿌듯한 표정의 마리에는 마차까지 우리를 배웅했다.

"지나가는 사람이 봐도 세 분이 가족이라는 걸 바로 알겠어요."

가족이라는 말에 그레이는 티 나게 환하게 웃으며 좋아했고, 별다른 표정 변화는 없었지만 헤이먼 역시 인상이 조금 부드러워졌다.

내가 어색하게 웃는 게 보였는지 그레이는 내 머리 장식을 툭 건드리며 말을 걸었다.

"솔레아."

"왜."

"아무리 헤이먼이 싫어도 그렇게 표정을 굳힐 건 없잖아. 헤이먼 섭섭하게."

"무슨 소리야. 헤이먼 때문에 그런 거 아닌데!"

"뭐야, 그럼 나 때문이야? 힝. 그레이 슬퍼. 그레이는 솔레아가 그레이 좋아하는 줄 알았는데."

"그런 게 아니라…… 솔레아는 가족이 맞긴 한데."

나는 아니란 말이야.

어떤 말을 해야 할지 몰라 잠깐 버벅거리던 사이 그레이는 대화 주제를 바꿨고, 얼마 지나지 않아 파티장에 도착한 듯 마차가 멈춰 섰다.

"그런데 오늘 어떤 파티야?"

두 사람의 손을 잡고 마차에서 내리며 묻자 헤이먼이 그것도 모르고 따라왔냐는 표정으로 나를 한심하게 쳐다봤다.

깔끔하게 손질된 분홍색 머리카락을 조심스럽게 쓸어 넘긴 헤이먼이 커다란 문을 지나며 낮은 목소리로 대답했다.

"황녀 전하의 탄일 파티다."

"아, 황녀 전하의 탄일 파……. 뭐?"

아까 마부가 '베르고 공작가입니다.' 라고 인사한 뒤에도 한참 동안 마차가 달리더라니.

그게 넓은 황궁 내 부지를 달리느라 그런 거였냐고!

고개를 이리저리 돌리자 끝도 없이 펼쳐진 정원이 두 눈 가득 들어왔다.

도저히 걸음이 앞으로 나가질 않았다.

나는 두 사람의 손목을 잡고 정원 구석으로 끌어당겼다.

"왜 그래."

"아니, 그게 아니라 나 파티 처음이잖아. 아무것도 모른다고."

"괜찮아. 누가 네게 춤을 추자고 말을 걸면 은근슬쩍 그레이한테 넘겨라."

이 자식, 공작이랑 똑같은 말을 하네.

그레이 역시 비슷한 생각인지 별다른 반응이 없었다.

"그래, 일단 나한테 넘겨."

"……넌 그래도 괜찮아?"

너 진짜 친구 없어?

차마 속에 있는 질문은 하지 못했지만 어쨌든 그레이는 자신감 넘치게 웃어 보였다.

"당연히 괜찮지."

괜찮긴 개뿔이 괜찮아. 집에만 있던 애보다 친구가 없으면 어떡하냐고.

아, 안 돼. 아픈 상처 건들지 말자.

나는 고개를 짤짤 흔들고 허리를 똑바로 폈다.

그래, 오늘의 주인공은 탄일을 맞이하신 황녀 전하와 친구를 만들러 온 그레이다! 내가 아니야!

그렇게 생각하니까 확실히 부담이 덜했다.

나는 아까 마리에가 가르쳐 준 대로 오만불손한 표정을 지으며 다시 두 사람의 손을 잡고 걸었다.

아치형으로 된 넓은 문 앞에 선 후, 헤이먼은 맞은편에 서 있는 사람에게 초대장을 내밀었다.

이윽고 문이 열렸다.

"베르고 공작가의 헤이먼 폰 베르고 님, 그레이 폰 베르고 님, 솔레아 폰 베르고 님 입장하십니다."

연회장 안 사람들의 시선이 곧장 우리에게 꽂혔다.

수군거리는 목소리가 꽤나 가까이서 들려왔다.

"베르고의 공녀도 왔다고?"

"처음 아닌가? 아프다며."

"전하께 눈도장이라도 찍으러 온 건가."

힐긋거리며 위아래로 훑는 눈알들을 보아 하니 썩 좋은 반응은 아닌 것 같았다.

아무리 이 두 사람이 입양아라 해도 베르고 공작가는 공신 가문이 아니던가.

게다가 첫째인 티온도 지금 전쟁터에서 공을 꽤 많이 쌓고 있다고 들었는데.

기분이 더러워지자 표정도 같이 싸늘하게 식어 갔다.

내 얼굴을 본 그레이가 옆에서 만족스럽게 웃으며 내 귀에 작게 속삭였다.

"너 지금 옷이랑 얼굴이랑 딱 잘 어울린다. 성질 완전 더러워 보여."

"사람들이 말을 개같이 하잖아."

"네 표정이 더하니까 괜찮아. 우리가 이겼어."

크게 웃지 않으려고 입꼬리에 힘을 주다 보니 한쪽 입꼬리만 비스듬히 올라갔다.

나와 눈이 마주친 사람들이 흠칫 떨더니 고개를 돌리고 황급히 시선을 피하는 게 보였다.

얘 지금 일부러 나 웃긴 건가.

"둘 다 조용히 해."

우리에게 주의를 준 헤이먼은 긴 다리로 파티장을 가로질러 짙은 푸른색의 가장 화려한 드레스를 입은 금발 머리 여자에게 다가갔다.

저 사람이 황녀겠지.

레몬색의 밝은 금발이 조명을 받아 반짝반짝 빛이 났다.

헤이먼은 그녀 앞에 서서 공손히 인사를 건넸다.

그레이도 허리를 살짝 숙이며 내 옆구리를 쿡 찔렀다.

같이 인사하라는 거구나.

나도 꾸벅 고개를 숙였다가 들어 올렸다.

황녀의 기품 넘치는 목소리가 또렷하게 들렸다.

"헤이먼."

"탄일을 경하드립니다, 황녀 전하."

"그레이."

"예, 전하. 알아봐 주시니 영광입니다. 그레이 폰 베르고입니다."

"그대는 처음 보네요."

황녀가 내게 한 걸음 가까이 다가왔다.

투명한 파란색 눈동자가 호기심에 반짝거렸다.

"······솔레아 폰 베르고입니다. 처음 뵙겠습니다, 황녀 전하."

"그대의 첫 파티가 내 탄일 파티라니 기쁩니다. 파티가 처음이라 낯설죠?"

우아한 미소와 함께 황녀가 내 손을 살짝 잡았다.

청년이 말을 걸면 그레이한테 넘겨야 하는 건 알겠는데 황녀가 말을 걸어도 넘겨도 되나.

황녀는 내가 마음에 들었는지 나를 붙잡고 이것저것 물어 댔다.

"몸이 안 좋다 들었는데 지금은 괜찮은가요?"

"예, 지금은 많이 좋아졌습니다. 운동도 하고 있고요."

어색한 미소를 지으며 그레이에게 시선을 보냈지만 그 역시 황녀를 말릴 순 없는지 그저 웃고만 있었다.

"드레스가 잘 어울려요."

"황녀 전하께서 입으신 드레스만 못합니다."

대답한 뒤 무심코 고개를 들었다가 황녀와 눈이 마주쳤다.

투명한 호수 같은 파란색 눈동자에 내 얼굴이 비쳤다.

황녀는 부드럽게 미소 지으며 내 손을 짧게 힘주어 잡았다가 놓아 주었다.

"심약하다 들었는데 소문과는 다르군요. 역시 소문은 믿을 게 못 돼. 그렇지, 애런?"

애런은 또 누구야.

황녀의 옆에 선 남자가 그림처럼 웃으며 고개를 끄덕였다.

"파티가 처음이니 잘 모르겠네요. 여긴 내 동생이에요."

"아, 동생분⋯⋯."

얼떨결에 말했다가 몇 초 뒤에야 깨달았다.

황녀의 동생이면 황자잖아.

내 뒤에 서 있는 헤이먼이 황급하게 끼어들었다.

"죄송합니다, 황자 전하. 동생이 사교계가 처음이라 실례했습니다."

아, 젠장.

저는 평등한 나라에서 와서 머릿속에서 바로바로 귀족들의 가계도 세팅이 안 된단 말이에요.

"괜찮습니다."

애런 황자는 헤이먼에게 짧게 대답하며 나를 똑바로 바라봤다.

실수를 포장해 보려고 입을 열었지만 애런이 먼저 편하게 말을 걸었다.

"오히려 평범하게 인사를 해 주니 색다르고 좋네요, 베르고 영애. 저도 남들처럼 인사를 해도 될까요? 애런 베일리 드 제르노아입니다."

이름이 길어요.

거울을 안 봐도 알 수 있었다.

눈동자가 갈피를 못 잡고 이리저리 날뛰고 있다는 걸.

애런의 연한 갈색 눈이 곱게 휘었다.

"애런이라 불러도 됩니다, 영애."

"아닙니다, 황자님. 제가 실례를 범했습니다."

최대한 공손히 대답하곤 헤이먼에게 도와 달라 눈짓했다.

나와 눈이 마주친 헤이먼이 분위기를 바꿔 보려 얼른 끼어들었다.

"황자 전하께서 마법에 관심이 많으시다 들었습니다."

"예."

헤이먼이 일부러 마법 얘기를 꺼냈는데 황자의 반응이 영 이상했다.

웃고 있기도 하고 대답도 하긴 했는데.

뭔가······.

사람을 개무시하는 느낌인데.

내 표정이 조금 굳은 걸 봤는지 그레이가 한 걸음 가까이 다가왔다.

"너 괜찮아?"

맞다, 그레이가 있었지.

나는 그레이의 옷소매를 잡아당겨 내 옆에 세웠다.

"전하. 여기는 제 셋째 오빠인 그레이입니다."

갑자기 황자에게 소개되었지만 역시 그레이는 당황하는 법이 없었다.

"뵙게 되어 영광입니다. 지난번 오르슬빈가의 파티에서 짧게 인사드리고 처음 뵙네요, 전하."

"······그렇군요."

두 사람이 대화를 시작하자 황녀는 자연스럽게 내게 미소 지으며 다시 말을 이어 나갔다.

운동은 얼마나 자주 하는지, 건강을 완전히 회복한 건지.

예전에 공작 부인을 만난 적이 있는데 그녀와 내가 똑 닮았다는 것까지.

황녀가 분위기를 부드럽게 풀어 주며 대화를 리드해서인지 어느새 나도 그녀의 말에 웃으며 대답하고 있었다.

그렇게 황녀와 얘기를 나누고 있는데, 애런 황자가 갑자기 몸을 휙 돌려 말을 걸었다.

······그레이랑 대화하던 중 아니었나?

애런은 그레이를 완전히 등진 채 나를 바라보며 물었다.

"영애의 데뷔탕트는 언제쯤이 될까요?"

"……이미 사교계에 데뷔할 나이가 지나서 의미가 있을지 모르겠네요."

대답을 하긴 했지만 기분이 구렸다.

쎄한 느낌을 받은 건 나뿐인지 헤이먼과 그레이는 아무렇지 않아 보였다.

그러나 황녀는 내가 불편해하는 걸 알아차린 듯 얼른 대화를 다시 이끌어 갔다.

"공작가에서 파티를 열게 된다면 나도 가고 싶군요. 영애와 친구가 되고 싶거든요."

"영광입니다. 황녀 전하."

황녀는 싱긋 웃으며 헤이먼과 그레이에게도 짧은 안부를 물은 후 내게 눈인사를 건네고 다른 사람들에게 걸어갔다.

황녀의 눈부신 미소는 아름다웠지만 애런인지, 개런인지 하는 놈은 미소가 구렸다.

개런이 황녀를 따라 연회장 반대편으로 간 뒤, 나는 헤이먼에게 작은 목소리로 물었다.

"저놈 왜 저렇게 재수가 없어?"

"쉿. 그런 말 하지 마."

"그래서 지금 귓속말하잖아. 황녀 전하는 친절하신데 저 사람은 왜 저래. 가정 교육을 덜 받았나."

"원래 저런 분이시다. 그리고 그렇게 하나하나 싫어하기 시작하면 끝도 없으니 그만해."

이게 무슨 답답한 소리야.

그럼 무시당하는 걸 알면서도 모른 척하란 거야?

열이 나서 얼굴까지 뜨거워질 지경이었다.

그레이는 평소처럼 장난스럽게 웃으며 내게 말을 걸어왔다.

"안 들어도 너네 무슨 말 했는지 알겠다. 솔레아 표정 봐라."

"넌 화 안 나?"

"작게 말해."

속에서 천불이 나네. 이 둔팅이들. 하도 답답해서 그레이를 데리고 벽 쪽에 놓인 소파로 가 앉았다.

"그래도 황족이면 저런 식으로 행동하면 안 되는 거 아냐? 어쨌든 너희는 베르고의 공자들이잖아. 솔레아가 공작이 된다 쳐도 그 소공작의 오빠들인데."

"그레이 감동했쪄. 솔레아가 그레이 걱정해 줘서."

"아씨, 장난치지 말고."

사람이 많아서 그레이 멱살을 잡을 수가 없었다.

공작저였으면 짤짤짤 흔드는 건데.

그레이는 누군가 소파에 두고 간 듯한 부채를 요염하게 펼쳐 제 입을 가리고는 조금 더 명확한 음성으로 말했다.

"애런 황자는 5황비 소생인데, 황태자 자리를 노리고 있어. 베르고가 그 계획에 걸리적거리겠지."

"왜?"

"무시하자니 너무 큰 공신가고, 옆에 두자니 거슬리는 애물단지들이 셋이나 있으니까."

"……너 말 똑바로 해. 무슨 애물단지 말하는 거야? 티온, 헤이먼, 너. 그 세 명 말하는 거면 가만 안 둬."

음산한 내 목소리에도 그레이는 아랑곳 않고 부채를 팔락팔락 부쳐 대며 내 어깨에 머리를 기댔다.

"힝, 우리 레아가 오빠 걱정도 다 해 주네."

"이게 진짜. 아니, 어쨌든 저런 식으로 싸가지 없게 구는 건 기본 예의가 없는 거잖아."

멀찍이 서 있다가 우리 쪽으로 다가온 헤이먼이 손바닥 위에서 작은 새를 만

들어 냈다.

"야, 넌 마력 낭비 좀 하지 마라. 매번 골골대면서."

그레이의 핀잔에도 노란 날개를 가진 새는 종이처럼 팔랑거리며 날아와 소파에 앉아 있는 우리 두 사람의 사이에서 파스스 부서졌다.

새에게서 헤이먼의 목소리가 흘러나왔다.

주변의 다른 사람들은 아무런 미동도 없는 걸로 봐선 이 목소리는 우리 둘에게만 들리는 마법인 모양이었다.

'원래 저런 놈이야. 생각 없고 여성 편력 화려하고 더럽고 지저분하고 감히 황녀 전하의 자리를 노리는.'

풉!

웃음이 터지려고 하길래 그레이가 잡고 있는 부채를 뺏어 들어 얼른 얼굴을 가렸다.

그레이 역시 웃음을 참는 건 마찬가지였는지 다리를 꼬고 몸을 반대로 돌려 아예 벽을 바라보았다.

마법으로 험담을 들려준 헤이먼만 태연했다.

뒷담화를 마법으로 까다니.

역시 은밀하고 앙큼한 놈.

셋이서 낄낄거리고 있으니 아무도 다가오지 않았다.

그래도 너무 오래 앉아 있는 건 예의가 아닌 것 같아 자리에서 일어서자 두 사람은 마치 호위 기사처럼 내 양옆에 따라붙었다.

"솔레아, 그레이랑 춤출까?"

"나 춤출 줄 모르는데."

"가르쳐 줄게."

내 손을 잡고 연회장 중앙으로 이끄는 그레이의 뒤로 개런이 반갑다는 듯 웃으며 걸어왔다.

그는 아까도 그랬듯, 헤이먼과 그레이를 투명 인간 취급 하며 내게 바로 말을 걸었다.

"영애. 파티가 처음이라 많이 부담스럽죠? 나가서 잠깐 걸을까요?"

"……예?"

곤란해하는 내 얼굴을 봤는지 그레이가 얼른 끼어들었다.

"전하, 동생이 이런 곳은 처음이라 아무래도 제가 챙겨야."

"그래서 내가 챙긴다잖아."

방금까지만 해도 웃고 있던 애런은 짜증스러운 말투로 그레이를 살짝 밀어 냈다.

민다고 밀릴 놈이 아닌데도 그레이는 살짝 뒤로 물러났다.

……우리 그레이는요.

사람을 발로 차면 뼈도 부숴요.

그리고 손에 도끼를 쥐여 주면 손목을 자르라는 말인 줄 아는 거친 남자 인데.

"하지만 전하. 솔레이는……."

"귀족끼리 얘기하고 있지 않나."

이 새끼 말하는 거 보게.

귀족끼리 얘기하고 있지 않나?

그럼 그레이는 귀족이 아니라는 거잖아.

황녀 전하 있을 때는 그레이한테 꼬박꼬박 존댓말 하더니 이젠 그것조차 안 하고.

애런은 내 인상이 더러워지는 걸 보지 못한 것 같았다.

너 같은 놈 한 트럭을 갖다줘도 우리 그레이 못 준다.

옛 어른들 말씀에 친구는 가려 사귀라고 했어.

나를 진정시키듯 내 어깨 위에 손을 올린 헤이먼의 손바닥에서 작은 진동이 느껴졌다.

그레이는 황자에게 들은 말 때문인지 더 이상 끼어들지 못했다.

차갑게 식은 내 얼굴을 읽어 내는 최소한의 눈치도 없는 건지 개런 황자는 내 손목을 잡아당겼다.

"자네도 놓지. 베르고 영애와 할 얘기가 있으니."

이 개새끼가 주둥이에 똥을 처발랐나.

나는 가볍게 웃으며 애런에게 잡힌 손목을 빼냈다.

"전하. 제 오빠가 저를 부축해 주는 게 무슨 문제라도 있나요?"

애런이 내게 귓속말이라도 하려는 듯 몸을 숙였다.

"영애, 우린 아마 좋은……."

"아."

나는 곧장 뒤로 물러나며 헤이먼에게 등을 기댔다.

"전하. 갑자기 이리 다가오시면 조금……."

헤이먼은 내 어깨를 감싸 안으며 마치 미리 짜기라도 한 것처럼 능청스럽게 답했다.

"제 동생이 기억을 잃어서 낯선 사람을 보면 구역질을 합니다."

"……뭐야?"

그레이가 냉큼 한 걸음 앞으로 다가와 내 등을 토닥였다.

"많이 역겨워? 그냥 나갈까?"

헤이먼의 어깨에 머리를 기댄 채로 힘없이 고개를 절레절레 흔들자 그레이가 내 입가에 귀를 가져다 댔다.

"메스껍다고? 토할 것 같다고? 알았어."

나 아무 말도 안 했잖아, 이 자식아.

연기하는 것보다 웃음 참기 챌린지가 더 힘들다.

"내가 역겹다는 건가?"

개런의 인상이 더럽게 구겨졌다.

나는 얕은 숨을 뱉으며 울상을 하고 두 손을 짤짤 흔들었다.

"그럴 리가 있겠습니까, 전하. 다만 제가 침대 위에서만 전전하다 오늘 겨우 밖으로 나온 탓에 바깥 공기가 낯설어서 그렇답니다."

내 가증스러운 말투에 개런의 눈빛이 험상궂게 변했다.

"아까 황녀 전하와 붙어 얘기할 때는 멀쩡하더니. 나한테만 그렇다는 건가, 영애?"

내가 미처 대답하기 전, 황녀가 우리들 곁으로 가까이 다가왔다.

"무슨 일이야."

대놓고 이쪽을 보진 못했지만 사람들의 시선이 힐끔거리며 나와 개런 황자를 향했다.

황자는 꽤나 억울한 듯 황녀에게 고자질을 시작했다.

"누님. 베르고 공녀가 아까까진 멀쩡하더니 저와 얘기를 하자마자 구역질이 난다며 난립니다. 거실까지 싹 치우고 매일 아침저녁으로 운동하며 체력을 키운다면서 고작 낯선 이를 봤다고 구역이 치민다는 게 말이 됩니까!"

황녀의 한쪽 눈썹이 비스듬히 올라갔다.

"그 말은 꼭, 베르고에 심어 둔 사람이 있다는 것처럼 들리는구나."

촉새처럼 나불대던 개런의 주둥이가 드디어 다물렸다.

애런이 아무런 말도 못 하고 머뭇대는 사이 황녀의 시선이 내게 향했다.

"낯선 사람을 보면 속이 안 좋다는 게 틀린 말은 아닌 것 같군. 영애의 얼굴이 하얗게 질렸지 않니."

황녀는 내게 손을 내밀었다.

얼떨결에 손을 뻗어 맞잡자 황녀는 매끄럽게 입꼬리를 올려 웃었다.

"다행히 내겐 구역질이 나지 않나 보군요."

"……아, 네. 당연히."

"그럼 잠깐 쉬었다 올까요?"

쉬었다 가자는 말은 드라마에서나 나오는 줄 알았는데.

판타지 세상에서 황녀가 나한테 쉬었다가 오자고 할 땐 어떻게 해야 하지?

"잡아먹지 않을 테니 겁먹지 말고 따라와요."

새파란 하늘을 담아낸 것 같은 그녀의 눈동자는 한 치의 흔들림도 없이 올곧게 나를 향하고 있었다.

잡힌 손에서 땀이 나는 것 같아서 저절로 긴장이 됐다.

애런은 말하는 본새가 재수 없어서 셋이서 돌아가며 바짝 약을 올렸지만, 이건 경우가 다르잖아.

어쩌면 차기 황제가 될지도 모르는 황녀 앞에 서 있으니 저절로 목이 바짝바짝 말라 왔다.

황녀의 곁에 서 있던 시녀가 한 걸음 멀어지자 황녀는 내게서 시선을 떼지 않고 헤이먼과 그레이에게 말했다.

"공자들은 사용인들 단속을 해야겠군요. 불필요한 이야기까지 퍼지면 안 되니까."

"명심하겠습니다, 전하."

황녀는 내 손을 잡은 채로 살짝 몸을 틀어 애런을 똑바로 바라봤다.

나나 헤이먼, 그레이에게 말하던 때와는 완전히 다른 낮은 목소리로 그녀는 애런에게 명령했다.

"까불지 마. 이건 내 파티고, 널 데리고 온 건 순전히 5황비 전하의 체면 때문이니."

애런이 이를 빠드득 가는 소리가 선명히 들렸다.

하지만 그는 곧장 싱그럽게 웃으며 황녀에게 살짝 고개를 숙였다.

"제 어머니 들먹거리지 마세요. 황제가 '사이좋은 가족'을 좋아하니 그에 맞춰 놀아 준 것뿐이면서."

"놀아 주었다, 라고 주제를 잘 알고 있으니 그나마 다행이구나."

황녀는 더 이상 그와 말을 섞지 않고 내 손을 잡은 채로 물 위를 걷듯 사뿐사뿐 부드럽게 앞으로 걸어 나갔다.

연회장 밖으로 나가기 전, 나는 뒤를 살짝 돌아봤지만 헤이먼과 그레이라고 할지라도 황녀를 말릴 수 있을 리 만무했다.

살려 줘. 이 남매 쪼끔 무서워. 웃으면서 욕하잖아. 난 그래도 욕할 때 인상
은 쓴단 말이야.

하지만 마음의 소리가 들릴 리 없었다.

커다란 홀 형식의 연회장을 나와 사람 대여섯 명은 너끈히 이불을 깔고 누워
잘 수 있을 법한 복도를 걸었다.

황녀는 잡은 내 손을 놓지 않았고, 나는 난생처음 보는 건물 형식에 넋이 나
가 있었다.

"궁이 신기한가요?"

"아! 네. 처음 보니까요."

"저택에만 있었으니 답답했겠네요."

"……딱히 그렇지도 않았습니다. 공작님과 오라버니들이 심심하지 않게 잘
대해 준 덕분에……."

과분하게도요.

뒷말은 조용히 속으로 삼켰다.

황녀가 복도 끝 커다란 문 앞에 멈춰 서자 뒤에서 따라오던 시녀가 다가와
문을 열어 주었다.

손님들이 쉬었다가 가는 방인지 안에는 긴 소파 두 개와 테이블 하나뿐이었
다.

"차를 마시면 속이 좀 가라앉겠죠. ……로빈."

"예, 전하."

황녀의 부름을 받은 시녀가 짧게 머리를 숙인 뒤 방을 나가자 넓은 방 안에
는 황녀의 호위 기사 둘과 다른 시녀 하나, 얼빠진 얼굴로 서 있는 나만 남았
다.

"앉아요, 영애."

미끄러지듯 자연스럽게 소파에 앉은 황녀는 싱긋 웃으며 맞은편 소파를 가

리켰다.

"예, 감사합니다. 전하."

어디에 앉아야 하지?

맞은편에 앉아도 되나?

아니, 근데 황녀랑 마주 보고 앉을 수가 있나.

이럴 줄 알았으면 중세 시대 배경 영화를 한 편 보는 건데.

……아니지. 대체 누가 중세 시대로 올 걸 알고 미리 공부하겠냐고.

고민하는 사이 황녀의 얼굴이 심각하게 변했다.

"내가 생각이 짧았군요. 제이드, 쿼온. 잠깐 나가 있어."

기사들이 나가자마자 황녀는 시녀에게 두툼한 방석을 가져오라고 시켰다.

영문 모를 얼굴로 엉거주춤 서 있자 황녀는 자애로운 미소와 함께 말했다.

"침대에 오래 누워 있다 보면 욕창이 생길 수도 있지요. 아픈 몸을 이끌고 내 탄일 파티에 와 주어서 기쁩니다."

"저야말로 영광, 예? 욕창이요?"

무슨 욕창이요.

시녀가 소파의 정가운데에 두툼한 방석을 깔아 줬고, 앉을 자리가 정해졌으니 안 앉을 수가 없었다.

가운데 앉아도 되는 거였구나.

하지만 욕창은 아닌데.

"전하, 뭔가 오해를 하신 것 같은데 저는 욕창이 아니라……."

"괜찮아요, 부끄러워하지 않아도 됩니다. 나도 책을 읽느라 의자에 오래 앉아 있다 보면 엉덩이와 허리, 어깨가 아프곤 합니다."

그건 그냥 아픈 거고, 지금 멀쩡한 사람을 욕창 환자로 만드셨잖아요.

"……아니면, 치질인가요?"

황녀의 두 눈이 동그래졌다.

"아닙니다! 욕창이에요! 심하지 않아요! 거의 나아 갑니다!"

"그렇군요, 다행이에요. 앞으로는 침대에 누워 있는 시간을 차차 줄이면 되겠죠. 저택으로 돌아가기 전에 좋은 피부약을 선물할게요."

"……영광입니다. 전하."

"욕창이야 뭐, 나으면 될 일이고. 공녀가 오늘 파티에 참석한 이유가 따로 있겠죠?"

저는……. 그레이 화 풀어 주려다가 걔가 따라오라 그래서 따라왔는데요.

어차피 집으로 돌아갈 텐데 가기 전에 중세 유럽 구경이나 해 보고 가자 싶어서 따라왔어요. 한국은 지금 전염병 때문에 해외로 못 나가거든요. 뭐, 저야 돈이 없어서 원래 가 본 적 없지만요.

처음 이곳에 왔을 때라면 황녀에게 온갖 헛소리를 했을 수도 있지만 이젠 여기가 가짜 세상이 아니란 걸 안다.

이 황녀가 바라는 대답이 있는 거 같은데 그녀의 저의를 알 수 없었다.

내가 말없이 머뭇거리고 있자 황녀는 시녀가 가져온 차를 마시며 가만히 나를 바라보다가 능청스레 말했다.

"먼저, 내 이름을 말해 주는 게 좋겠네요. 파티에 오기 전에 들었을지도 모르지만 황녀의 이름을 본인에게 직접 듣는다는 게 어떤 의미인지 모르진 않을 테니까."

잘은 모르겠지만 몰라도 괜찮을 것 같아요.

"카라샤펠 로즈 폰 사파테아도 드 제르노아."

여기 사람들은 다 이름이 기네.

한국에선 세 글자도 다 안 불러서 서로서로 김 형, 박 형 하면서 사는데.

황녀는 미소와 함께 덧붙였다.

"랏샤라 불러도 됩니다."

랏샤라는 애칭에 어떤 반응을 보이기도 전, 황녀는 커다란 눈을 곱게 휘며 웃었다.

하지만 그 속의 푸른 동공은 나를 뚫어질 듯 응시하고 있었다.

"내가 그대를 가지고 싶듯, 그대도 날 가질 거라면."

……뭐요?

외국이라 그런가, 되게 개방적이네.

전혀 의도한 적 없는 개방감에 당황해서인지 아무 말도 나오지 않았다.

"그대는 공작가를 물려받겠죠?"

찻잔을 손에 든 채로 황녀는 태연하게 물어 왔다.

"……전하, 실례지만 왜 갑자기 그런 걸 물으시는지 모르겠습니다."

"적개심이 가득한 눈이네요."

웃음기를 머금고 있긴 했지만 하나도 즐거워 보이지 않았다.

태생적으로 당당한 사람인 듯 가만히 앉아만 있는데도 황녀는 자신감이 철철 흘러넘쳤다.

헤이먼이나 그레이와는 확연히 다른 느낌이었다.

거부할 수 없는 압도적인 고귀함이 공간을 가득 메웠다.

"그대가 나의 검이 되어 준다면, 내가 그대를 베르고의 공작으로 만들어 드리죠. 물론, 그대가 공작이 되었을 때의 베르고는 지금과는 비교도 할 수 없을 정도의 힘을 가지게 될 겁니다."

황녀의 말에는 어폐가 있었다.

이 몸 안에 들어온 이후 만났던 대부분의 사람들이 나를 소공작으로 대했다. 심지어 헤이먼과 그레이조차도.

내가 이 몸으로 들어왔든, 안 들어왔든, 어쨌든 적자인 솔레아에겐 공작이 될 명분이 충분했다.

그러니 솔레아 입장에선 수지가 안 맞는 장사일 텐데.

하지만 왜 황녀는 그것을 두고 나와 거래를 하려 하지?

몰라.

일단 도망가자.

"전하, 황송하지만 공작님께서 아프신 곳 없이 건강하시고, 업무를 하시는데도 전혀 지장이 없으신데 후계를 얘기하는 건 도리에 맞지 않는 것 같습니다. 못 들은 걸로 하겠습니다."

애런만 재수 없는 줄 알았는데 자세히 보니 황녀도 재수가 없네.

군이 곤란한 상황으로 나를 밀어 넣은 황녀에게 속으로 쌍욕을 뱉으며 자리에서 일어나려던 찰나, 카라샤펠 황녀의 단단한 음성이 나를 붙잡았다.

"베르고의 공자들이 평생 그 누구에게도 무시당하지 않는 건 어떨까요?"

"……예?"

"꽤 사이가 좋은 것 같더군요."

소파에 앉은 카라샤펠 황녀 주위로만 여유로운 공기가 느릿하게 흘러가는 것 같았다.

"아무도 그들을 깔보지 않고, 조롱하지 않고, 그 누구도 그들의 과거를 입에 담을 수조차 없도록 해 주겠다."

티온은 만난 적도 없다.

헤이먼은 가끔 장난을 치지만 그뿐이다.

그레이는 이곳에서 가장 친해진 사람이지만 어쨌든 그도 언젠가는 헤어져야 할 사람이다.

공작은 다정하고 솔레아를 깊이 사랑하지만 나는 그녀가 아니다.

나는 그들의 가족이 아니다.

그러니 황녀가 한 말은 나와는 전혀 상관이 없는 말이어야 한다.

그런데 이 기분은 뭐지.

카라샤펠 황녀의 조건은 솔레아의 가족을 향한 게 분명한데, 이상하게 가슴 한가운데를 부지깽이로 쑤시는 듯한 감각을 부정할 수가 없다.

아마도 그녀가 내건 조건이 내가 평생을 바랐던 일이기 때문이겠지.

거지새끼, 불쌍한 것, 엄마 도망갔다며, 이래서 못 배운 것들이랑은, 네가 할 줄 아는 게 뭐가 있다고 끼어들어, 말 한마디 했다고 죽자고 달려드네. 건방지게, 머리 써야 되는 작업이니까 넌 빠져, 지밖에 모르는 이기적인 년.

칼날처럼 날아온 온갖 말들이 머릿속을 웅웅 울린다.

아무도 나를 깔보지 않고.

누구도 나를 조롱하지 않고.

다시는 내 과거를 입에 담을 수조차 없는.

저런 삶을 살 수 있기를 나는 그 누구보다 간절하게 바랐었다.

하지만, 그건 남이 이뤄 줄 수 없는 꿈이었다.

내 과거를 가장 깔보는 건 나 자신이었으니까.

나는 입을 꾹 다물었다가 겨우 힘을 주어 열었다.

"……사양하겠습니다. 도와주실 필요 없습니다."

카라샤펠 황녀는 아무런 표정의 변화도 없이 나를 바라봤다.

"알아들었습니다. 이만 가 보셔도 좋습니다. 즐거운 대화였습니다."

황녀는 방금까지의 대화는 내 환상이었다는 듯 말끔하게 웃었고, 나는 그녀보단 못한 얼굴로 억지로 미소를 띠었다.

"초대해 주셔서 감사했습니다. 전하."

방을 나오고 나서야 가슴이 미친 것처럼 쿵쿵 뛰는 게 느껴졌다.

❈ ❈ ❈

"역시 소문은 믿을 게 못 되네. 공녀가 저리 강단 있는 사람이라는 소문은 지나가는 참새에게서조차 들은 적 없는데."

여태껏 방 안에서 조용히 있던 시녀 하나가 구석에서 작은 돌 하나를 꺼내 들었다.

"전하, 영상석은 어찌할까요."

카라샤펠은 누구를 만나든 영상을 찍어 기록을 남겨 두었다.

나중에 일이 어떻게 될지 모르니 담보를 마련해 두는 것이었다.

"베르고의 공녀에겐 쓸 일이 없겠다. 이런 사사로운 대화 따위로 약점 잡힐

만한 사람도 아닌 것 같아 보이고. 그건 그냥 부숴 버려."

카라샤펠은 베르고 공녀에 대해 알아보는 걸 조금 뒤로 미루기로 결심했다.

마법사인 그녀의 시녀가 상상도 못 한 얘기를 꺼내기 전까지는.

"……전하, 영상석에서 공녀의 모습이 보이지 않습니다."

드물게도, 카라샤펠 황녀의 커다란 벽안이 요동쳤다.

"그게 무슨 소리야."

"……정말입니다. 이것 보세요."

마법사 시녀가 주문과 함께 영상석의 화면을 허공에 띄우자 방 안의 전경이 작게 펼쳐졌다.

소파에 앉아 말을 하는 황녀의 모습은 똑같았지만, 맞은편에 앉아 있었던 베르고의 공녀는 어디에도 보이지 않았다.

심지어 목소리조차도.

"……귀신이라도 씐 것 같군. 메리. 혹시 내가 환영을 본 건가."

"그럴 리가요. 분명히 실존하는 사람입니다. 모두가 봤는걸요."

카라샤펠의 얼굴이 조용히 가라앉았다. 그녀는 입술을 무겁게 앙다물며 천천히 눈을 깜빡였다.

길고 가는 손가락이 찻잔의 겉면을 툭툭 두드렸다.

"영상석은 고급 마법사만 다룰 수 있다며. 그럼 저 영애가 영상석에 본인의 모습이 찍히지 않도록 조절할 수 있는 고급 마법사라도 된다는 건가."

"그건 불가능합니다."

"왜. 평생을 저택에 은거했으니 그 정도 숨기는 거야 일도 아닐 것 같은데."

의심해 볼 만한 가치가 있는 주장이긴 했지만 전제부터 잘못되었다.

메리는 덤덤하게 말했다.

"마력이 있는 사람만이 마법을 쓸 수 있습니다. 전하."

"그런 것쯤이야 마법을 배우지 않아도 아는 기초 상식이잖아. 알고 있다."

"하지만 고급 마법학에서는 해석을 달리해서 가르칩니다. 사실은 그것이 정답에 더 가깝고요."

카라샤펠의 한쪽 눈썹이 미미하게 올라갔다.

황녀는 언제나 정확한 것을 선호하는 성미였다.

그런 그녀에게 이런 빙빙 둘러 설명하는 듯한 태도는 썩 달갑지 않은 것일 테다.

그것을 잘 알고 있는 메리였지만 그래도 그녀는 설명을 멈추지 않았다.

이건 황가의 자손들조차 모르는, 고급 마법학을 배운 소수의 마법사들만이 알고 있는 지식이었기 때문이다.

"인간은 모두 마력을 지니고 있습니다."

"흥미로운 해석이군. 그래서?"

"영상석의 원리도 그에 기반한 것이죠. 영상석은 인간이 가지고 있는 아주 작은 마력까지도 읽어 내 그 흐름의 모양을 그대로 담아내는 것입니다."

"요점은."

카라샤펠 황녀가 결국 참지 못하고 결론부터 물어 왔다. 메리는 그제야 대답했다.

"베르고의 영애는, 고급 마법사 정도가 아니라 위대한 마법사 이달론보다 더 뛰어난 마력을 지니고 있어 그것을 숨길 수 있거나, 혹은……."

"혹은?"

"몸에 마력이 아예 없을 수도 있습니다."

"없을 수도 있다? 나는 정확한 답을 원해."

황녀의 단단한 음성에 메리는 고개를 꾸벅 숙이며 엄중한 목소리로 답했다.

"답을 찾아오겠습니다."

메리가 이동 마법 주문을 외우려는 순간, 카라샤펠의 영롱한 푸른 눈동자가 호기심으로 물들며 흥미롭다는 듯 빛났다.

"베르고 영애 말이야. 위험한 인물일까?"

메리는 잠깐 고민했다.

아까 대화할 때 지켜본 바로는 아무것도 느껴지지 않았다.

있는지 넘치는지도 모르겠는 마력뿐 아니라 살의나 적개심 같은 악의조차.

메리는 가만히 고민하다가 조심스럽게 입을 열었다.

"전하께서 직접 알아보시는 것은 아무래도 위험합니다. 제가 먼저 그녀를."

그리고 고민이 무색하게 황녀가 말을 잘랐다.

"친해지고 싶다."

"예? 누구, 왜요?"

웬만해선 질문을 하지 않는 메리였지만 이번엔 정말 궁금했다.

왜?

베르고 가문이 돈이 많은 공신가이긴 하지만 돈 많은 공신 가문은 그곳 말고도 더 있었다.

"베르고가 필요해서입니까?"

가장 합당한 의견을 도출해 낸 메리가 물었다.

하지만 황녀는 고개를 가로저으며 꽤나 상큼하게 답했다.

"그렇게 눈 똑바로 뜨고 날 거절한 건 걔가 처음이야."

"음……."

메리의 침묵이 길어졌다.

"으음……."

조금 더 길어졌다.

"흐음……."

메리가 입을 여는가 싶더니 주문을 외우며 사라져 버렸다.

순간 이동이었다.

"대답도 안 하고 도망가네. 친구 해도 된다는 거겠지."

카라샤펠이 보기에, 솔레아는 남에게 티 나게 날을 세우긴 해도 성격이 나쁜 것 같진 않았다.

어떻게 다가가야 안 놀라고 친해질 수 있지.

황녀는 아까보다는 경쾌해진 발걸음으로 연회장으로 돌아갔다.

"베르고는?"

연회장 정문에 서 있는 시종에게 묻자 그는 공손하게 답했다.

"모두 돌아갔습니다."

"……웃으며?"

"예?"

"모두 웃으며 즐겁다는 듯이 돌아갔어? 내게 작별 인사도 없이?"

시종은 점잖게 대답했다.

"베르고의 영애는 나가기 전, 누군가와 소소하게 다툼을 해 상당히 험상궂은 얼굴로 나갔고, 두 영식은 꽤나 싱글거리는 얼굴로 뒤따라 나갔습니다. 아무래도 공작 부인이 없으니 제대로 된 교양을 배우지 못한 것이겠죠. 그 오빠들도 그렇고 말입니다."

"……그래?"

"예, 전하."

공손히 답하는 시종을 보며 카라샤펠 황녀는 미소 지었다.

"내 손님에게 함부로 말하는 걸 보니 자네는 황궁이 맞지 않는 것 같아. 다시 보는 일은 없었으면 좋겠군."

말을 마친 황녀는 곧장 연회장 안으로 매끄럽게 걸어 들어갔고, 시종은 멍한 눈으로 황녀를 다시 부르려 했으나 곧 저지당했다.

그는 짐도 챙기지 못하고 황궁 밖으로 쫓겨나 다시 수도 땅을 밟지 못했다.

❖ ❖ ❖

연회장으로 돌아온 나는 헤이먼과 그레이부터 찾았다.

헤이먼이 쎄이먼인 줄 알았더니 카라샤펠 황녀가 카라쎄펠이야. 도망가야겠어.

얼른 둘을 찾아서 튈 생각뿐이었다.

혹시라도 둘이 뿔뿔이 흩어져서 따로 놀고 있다거나 하면 어쩌지.

그레이가 그사이에 친구를 만들어서 정원 산책이라도 나갔으면 어떻게 찾아.

헤이먼 시켜서 마법으로 미아 찾기 방송 같은 거라도 해 달라고 해야 되나.

아무튼 고민이 많았다.

조바심에 발을 동동 구르며 연회장 안을 살폈지만 걱정이 무색하게도, 둘은 아까 내가 앉았던 벽 쪽 소파 앞에 멀뚱히 서 있었다.

그것도 꽤나 곧은 자세로. 조각처럼.

'왜 저러고 있지? 잘생겼다고 모델이라도 하겠다는 거야?'

하지만 파티를 즐기는 인간들 중에서 화가처럼 보이는 인간은 없었다.

오히려 사람들은 헤이먼과 그레이가 있는 쪽으론 시선조차 주지 않았다.

심하다 싶을 정도로 저 둘 근처만 공기가 얼어붙은 듯 조용했다.

그레이는 제 얼굴이 사납게 생긴 걸 아는지, 모르는지 차갑게 굳은 표정으로 사람들 사이를 가만히 응시하고 있었고, 헤이먼은 웃는 얼굴이긴 했으나 역시 무감해 보였다.

그때 그들 쪽으로 한 남자가 가까이 걸어가는 게 보였다.

나도 모르게 기둥 뒤로 재빠르게 숨었다.

헤이먼 불러야 되는 거 아냐? 분위기 파악하고 빨리 비켜 주라고 말해 줘야 하는데.

하여튼 저 눈치 없는 놈.

그레이의 우정을 응원해 주란 말이야. 우리 그레이 친구 없다고.

하지만 들리는 목소리는 전혀 달갑지 않은 내용이었다.

"숙녀분들이 난처해하시니 둘 다 돌아가는 게 어때."

"신경 꺼."

딱딱하게 굳은 그레이의 목소리에도 다가온 사내는 말을 가리지 않았다.

"매번 망신을 당하면서도 부끄러운 줄 모르고 파티에 오는군. 구걸하던 게 습관이 되어 그런가? 아니면, 갈수록 뻔뻔해지는 마법 실험이라도 하는 중인가?"

남자는 길거리를 전전하던 그레이와 실험을 당했던 헤이먼의 과거를 싸잡아 욕하고 있었다.

헤이먼은 남자의 시선을 피하지 않은 채 무덤덤하게 말했다.

"유치하게 시비 걸지 말고 그냥 가던 길이나 가지. 우린 곧 나갈 테니."

시비를 걸던 뭉갠 은행같이 생긴 놈 뒤로 다른 남자 몇 명이 다가왔다.

그중 생태계 교란종 황소개구리같이 생긴 놈이 말했다.

"우리? 베르고의 공녀와 너희가 왜 '우리'지? 언제부터 천한 놈들이 귀족을 우리라 묶어 부를 수 있게 된 거야."

연회장 자체가 워낙 넓은 탓에 말소리가 크게 울리진 않았지만 근처에 있는 사람이라면 충분히 들을 법한 크기였다.

대부분은 모른 척 눈을 돌리며 다른 곳으로 피했지만 황소개구리 옆에 붙어 있는 놈들은 입을 가린 채 키득거렸다.

그러나 정작 헤이먼은 피곤하다는 듯 눈가를 손으로 꾹 누르더니 그대로 무시했다.

하지만 황소개구리는 그것조차 비웃으며 웃음을 터뜨렸다.

"쪽팔린 건 아나 보지. 아무도 상대 안 해 주는 무도회에 매번 참석해 무시당하는 걸 그 공녀 아가씨가 알게 되면 어떻게 될까?"

어떻게 되긴 뭐가 어떻게 돼.

"욕하겠지, 새끼야."

모습을 드러내며 대답하자 헤이먼과 그레이가 동시에 내 쪽으로 고개를 돌렸다.

"듣자 듣자 하니까 남의 오빠들한테 못 하는 말이 없네. 나 원 참."

내가 같이 있을 땐 한마디도 안 하고 눈치만 보던 것들이 내가 사라지자마자 두 사람을 조롱하다니.

안 봐도 뻔하다.

강자에게 약하고, 약자에게 강한 놈이겠지. 저런 놈이라면 이가 갈리도록 숱하게 봐 왔다.

한 달 알바비로 겨우 10만 원 주면서 혼자 사는 어린애라고 만만하게 보고 밥 세끼 챙겨 주는 걸 고마운 줄 알라던 고깃집 사장이 저런 부류였다.

저런 놈에게 약점을 보이면 공격의 대상이 될 뿐이다. 설명도, 설득도 아무것도 통하지 않는다.

결국 그 사장은 10만 원조차 제때 주지 않았다. 참지 못하고 그만두겠다고 하자 사장은 나를 잡상인 취급 하며 쫓아내려 했다.

나보다 훨씬 덩치 큰 남자가 버럭버럭 소리를 지르며 밀치는 통에 숨이 턱 막혀 아무런 말도 못 했다.

빈손으로 터덜터덜 집으로 가다 보니 배가 고파 왔다. 하지만 내겐 천 원 한 장도 남아 있지 않았다.

결국 나는 다시 돌아갔다. 덜덜 떨리는 가슴을 부여잡고 고깃집으로 들어가자마자 바닥에 드러누워 버렸다.

'이 미친년이! 안 나가! 너 이거 영업 방해로 고소할 수 있어!'

'해! 이 미친 새끼야! 열여덟 먹은 애 하루 열두 시간씩 매일 일시키면서 한 달에 10만 원 준 거 나도 고소할 테니까 해 봐! 고소하라고!'

손님들이 수군거리기 시작하자 사장은 드러누운 나를 쫓아내려 했고, 나는 바닥에 고정된 테이블 다리를 끌어안으며 소리 질렀다.

'돈 내놓으라고! 내가 뭐, 씨발 퇴직금으로 100만 원을 달랬어? 밀린 월급 달라는 거잖아!'

결국 사장은 아내를 시켜 50만 원을 인출해 오라 했고, 잠시 후 그 돈을 내게 던지며 꺼지라 소리쳤다.

바닥에 떨어진 돈을 줍는 내 머리 위에서 독한 년, 미친년 소리가 쉴 새 없이 쏟아졌다.

그때 돈을 모두 챙겨 들고 나오며 결심했다. 다시는 멍청하게 당하고만 살지는 않겠다고.

……그래, 한국에서 당한 거에 비하면 너희는 순한 맛이지.

나는 그레이에게 다가가 대수롭지 않다는 듯 물었다.

"오빠. 왜 황소개구리랑 말을 섞어."

곳곳에서 품! 소리가 들렸다.

거봐, 생각하는 거 다 비슷하다니까. 공감되니까 웃은 거 아냐.

황소개구리가 한 발짝 가까이 다가오며 꽤 성난 목소리를 냈다.

"베르고 영애. 말이 심하십니다. 입에서 흘러나온 말은 주워 담을 수가 없습."

"너야말로 내 오빠들한테 함부로 주둥이 나불거리지 마."

눈을 똑바로 뜬 채 죽일 듯 노려보자 흠칫 놀란 그가 입술을 파르르 떨며 애써 너스레를 떨었다.

"하! 이래서, 환경이 중요하다니까. 형제들이 그 모양이니 알 만하군."

"아직 머리는 진화가 덜 됐나. 왜 사람 말을 못 알아듣지. 방금 한 말 입 닥치라는 뜻이었어. 못 알아듣겠어? 개구리 데려와서 통역해 줘?"

황소개구리의 이맛살이 단박에 찡그려졌다.

더 싸우고 싶었지만 그레이가 웃음을 참으며 거의 끌고 나가다시피 나를 데리고 나가는 바람에 끝장은 보지 못했다.

하지만 나는 고개를 돌려 눈을 부라리며 말했다.

"너 얼굴 봐 뒀다. 앞으로 살면서 나랑 눈 마주치는 일 없게 해."

"솔레아, 이제 그만하자. 응?"

"레아. 진정해라. 가자."

"다음에 혹시라도 마주치면 잘못된 내 환경이 네 인생에 어떤 영향을 끼치는지 가르쳐 줄게."

뭉개진 은행은 눈을 돌렸지만 황소개구리는 분한 듯 나가는 나를 끝까지 노려봤다.

"개구리 너 눈알 돌아가는 소리 들려. 가만 안 둬. 나 농담 안 해."

결국 그레이는 내 허리를 안아 올려 발이 땅에 닿지 않도록 한 후 그대로 들고 나갔다.

밖으로 나가 마차가 오기를 기다리는 동안에도 분이 사그라들지 않았다.

"그걸 왜 가만히 듣고 있어! 순 양서류같이 생긴 새끼가 시냇가 가서 뜀뛰기나 하지. 어딜 감히 사람 말하는 데 끼어들어. 건방진 새끼."

"솔레아. 방금은 네가 잘못한 거다. 그 자리에 귀족들이 얼마나 많았는데. 게다가 황녀 전하의 탄일 파티였어."

"내가 뭐, 사람 머리통을 깨부수길 했어, 바닥에 드러눕길 했어. 말싸움 조금 한 걸 가지고."

내 말을 듣는 헤이먼의 미간은 미미하게 구겨져 있었지만 입꼬리는 약간 올라가 있었다.

헤이먼은 입가를 가린 채 큼, 흠, 하고 헛기침을 뱉더니 진지하게 다시 나를 타일렀다.

"그래도 그건 너무 대책 없는 짓이야."

"뭐가 대책이 없어. 공작가의 아들들을 모욕하는 게 더 대책 없는 거 아니야?"

"네 평판이 바닥을 치게 될 거라곤 생각 안 해? 우리야 상관없어. 네가 곧 가문의 위신을."

헤이먼의 말을 끊고 물었다.

"뭐가 상관없어! 넌 베르고 아니야?"

그는 잠깐 놀란 눈으로 나를 내려다봤다.

"남들이 아무리 그딴 식으로 말해도 너는 너를 그렇게 취급하면 안 되는 거잖아! 네가 싸고도는 솔레아도 베르고의 공녀, 너랑 그레이도 똑같이 베르고의 공자야."

뒤에서 그레이가 내 어깨에 손을 올리며 웃음기를 머금은 채 말했다.

"그래, 헤이먼도 그레이도 베르고의 공자고, 솔레아도 베르고의 공녀야."

"그걸 잘 아는 너는 왜 아까 못 받아쳤냐."

어깨에 올려진 손을 떼어 낸 뒤 몸을 돌려 그레이의 등짝을 찰싹 소리가 나도록 연달아 때렸다.

"그렇게 잘 알면서! 왜 당하고만 있어! 좋은 집안에 있으면서! 꿀릴 것도 없으면서! 당하고 살아야 되는 위치도 아니면서! 왜 가만히 욕을 듣고만 있어! 속상하게!"

넓은 등짝에서 퍽퍽 소리가 나도록 맞던 그레이가 갑자기 허리를 세우더니 내 두 손목을 잡았다.

갑자기 양손을 붙잡힌 나는 움직임을 멈추고 가만히 그레이를 올려다봤다.

마법으로 불을 밝혀 놓은 가로등의 불빛 덕에 그레이의 환한 미소가 두 눈 가득 들어왔다.

그 어느 때보다 밝게 웃는 그의 얼굴은 바보처럼 보일 지경이었다.

함박웃음을 지으며 그레이가 내게 물었다.

"속상해?"

"……뭐?"

얼굴을 찡그리며 되묻자 그레이는 예쁜 회색 눈을 곱게 접어 웃으며 다시 물어 왔다.

"우리가 당하면 속상해?"

"당연한 거 아냐! 제일 얼굴 자주 보는데!"

헤이먼이 뒤에서 손을 뻗어 내 손목을 잡고 있는 그레이를 살짝 밀어 냈다.

"그만해."

들뜬 그레이는 밀려났는데도 기분이 나쁘지 않은지 싱글거리며 나를 바라봤다.

"지금 그레이 너무 기분 좋은데. 솔레아가 속상해해 줘서."

"으. 너 3인칭 고쳐라."

"솔레아가 먼저 고쳐."

"내가 언제 썼어."

"솔레아 맨날 쓰잖아."

"나 그런 거 안 해!"

"헤이먼한테 물어봐!"

나는 몸을 돌려 헤이먼에게 한 걸음 다가섰다.

"내가 3인칭을 써?"

헤이먼은 내가 한 질문엔 대답 않고 살짝 고개를 돌리며 엉뚱한 소리를 해 댔다.

"……사실 헤이먼도 기분이 썩 나쁘진 않군."

"뭐야, 둘 다 돌았어?"

"오빠들한테 돌았어가 뭐야, 그레이 속상해. 힝."

"왜 이래! 정말!"

그레이가 뒤에서 두 팔을 뻗어 내 어깨 위에 올리곤, 제 턱을 내 정수리 위에 올렸다.

"힝. 그레이 감동."

"미친 거야? 그레이 진짜 위험한 거 같은데."

아웅다웅하는 우리 둘을 바라보는 헤이먼의 미소는 마차가 올 때까지 사라지지 않았다.

"헤이먼은 오늘 기분이 좋아서 이대로 집에 돌아가기 아쉽군."

"그레이도 그렇게 생각해. 잠깐 바람이나 쐬고 가자."

"오빠들아. 솔레아한테도 의견을 좀 물어봐라. 솔레아는 피곤하다고."

마차 문을 열어 준 마부가 이상한 눈빛으로 우릴 바라보긴 했지만 금세 개의치 않고 시선을 돌렸다.

베르고 공작가의 전용 마부라 그간 그레이와 내가 저택 여기저기를 돌아다니며 싸우는 걸 자주 봐서 그런 것이 분명했다.

그레이는 정말로 기분이 좋은지 계속 내 머리 위에 턱을 괸 채 말하다가 내 허리 양쪽을 잡고 나를 번쩍 들어 올렸다.

"악!"

어느새 마차에 먼저 올라탄 헤이먼이 안에서 내 두 손을 잡고 당겨 줬다.

짐처럼 실렸다는 느낌이 들긴 했지만 어쨌든 손 하나 까딱 않고 마차에 올라탔다.

뒤이어 바람처럼 올라탄 그레이가 내 옆에 앉아 장난치듯 어깨에 머리를 기댔다가 킬킬 웃으며 몸을 물렸다.

마부가 문을 닫기 전 헤이먼은 부드러운 얼굴로 그에게 말했다.

"재회의 언덕으로 부탁하지."

"예, 도련님."

잠시 후 말발굽 소리와 함께 마차가 출발했다.

창밖을 보며 화보 A컷처럼 웃던 헤이먼이 낮은 목소리로 말했다.

"내일이 되면 큰일이 나겠지만, 어쨌든 오늘은 기분이 좋아."

그레이가 너스레를 떨며 덧붙였다.

"그래. 큰일이 안 날 순 없겠지만 그래도 속은 개운하다. 정말이야."

큰일이라고 해 봐야 이 가문의 평판이 떨어진다, 그런 거 아닌가.

아니면 더 중요한 일이 있는 건가.

잠깐 고민하다가 문득 몇 주 전 공작의 방에서 들려오던 대화가 떠올랐다.

솔레아의 결혼.

아, 참. 그게 있었지.

갑자기 기분이 축 가라앉았다. 솔레아가 필요하니까 잘해 주는 거였는데.

"아쉽지만 내 결혼 사업은 물 건너갔네."

무미건조하게 툭 던진 말에 그레이가 반사적으로 대답했다.

"뭐?"

창틀에 팔꿈치를 올리고 밤바람을 맞던 그레이가 날 돌아보며 인상을 단번에 구겼다.

헤이먼의 미소 또한 사라졌다.

그는 싸늘하게 식은 눈으로 나를 바라봤다.

"결혼이라니. 누가."

"결혼을 한다며. 아니, 시킬 거라던데."

"누가 그딴 소리를 지껄이고 다녀."

"그렇게 애써 모른 척할 필요 없어. 들어서 알고 있으니까. 괜찮아."

물론 난 그 전에 돌아갈 거야.

아무리 날림으로 한다 해도 결혼 준비하는 데 적어도 몇 달은 걸릴 테고, 오늘 일기장에 1을 적는 데 성공했으니까 한 문장 정도야 금방이야.

난 돌아갈 거고, 이곳에 다시 돌아올 일은 없어.

내 덤덤한 태도에도 마차 안의 공기는 무거워지기만 했다.

"누가 그런 말을 했지?"

"응?"

헤이먼의 연한 분홍색 눈동자가 나를 잠잠히 응시했다.

고요한 눈빛을 보고 있자니 널뛰던 가슴이 원래의 제 고동을 찾아가는 듯했다.

나는 입을 열어 높낮이 없는 평온한 목소리로 말을 이어 나갔다.

"공작님 방에서 들었어. 무슨 패륜아랑 나를 결혼시키면 곡창 지대를 가질 수 있다고. 그리고 처음 내가 왔을, 아니, 눈을 떠서 정찬실에 갔을 때도 너희 그 얘기 하고 있었잖아. 기억 안 나?"

그레이가 눈살을 찌푸리며 끼어들었다.

"그땐 병상에 누워 있는 네 앞으로 날아오는 비상식적인 청혼서들을 거절하느라 온 가족이 비상이었고, 아니, 잠깐만. 뭐? 패륜아?"

그레이는 제대하고 돌아왔더니 학과가 사라져 당황한 복학생 같은 얼굴로 허공을 응시했다.

"……패륜이라고?"

"푸학!"

그 멍청한 표정 때문에 웃음이 터져 결국 얼굴을 가리고 웃어 버렸다.

하지만 헤이먼과 그레이는 심각했다.

"아, 형. 혹시 그거 아냐? 전에 라트엘이 화난 얼굴로 오늘 이상한 장사꾼이 찾아와서 아버지 업무 시간을 빼앗아 갔다고 씩씩거렸잖아."

"그래, 정시 퇴근 못 했다고 한참 씩씩거렸지. 페르난도 후작이였던가?"

"어. 근데 페르난도 영식이 패륜이였나?"

"……그건 모르지. 말을 섞어 본 적 없으니."

"그걸 아버지가 허락하셨을 리 없는데."

"불같이 화내셨으니 당연하지."

그레이는 고개를 갸웃거리다 내 손을 잡고 짤짤 흔들며 재촉했다.

"솔레아, 너 그때 아버지 방에서 어디까지 들었던 거야?"

"결혼하면 곡창 지대를 가질 수 있다는 것까지였지."

"그럼 거절하기 전까지 들은 거잖아! 아우, 깜짝이야."

헤이먼은 아까보다 훨씬 풀어진 표정으로 머리를 쓸어 넘겼다.

"오해다, 솔레아. 그런 바보 같은 말 하지 마. 웬 놈이 찾아와서 너와의 결혼을 들먹거렸다며 아버지께서 한참 화내셨으니까."

"……그래?"

"당연하지. 왜 널 그런 집안과 결혼시켜. ……아니, 그 전에 결혼 자체가 너무 먼 얘기 아닌가."

열여덟 살이면 성인이라고 앤이 그랬는데.

"그럼 오늘 파티도 결혼 상대를 찾기 위해 온 게 아닌 거야?"

내 질문에 그레이가 짧은 한숨을 푹 내쉬곤 머리를 마구 헝클어뜨렸다.

"그건 그냥 네가 건강해졌으니까 같이 밖에 나가자고 한 거잖아."

아, 그랬구나.

그랬던 거구나.

그레이는 내 머리에 아프지 않게 꿀밤을 때리며 면박을 줬다.

"너는 헛소리 좀 하지 마! 이건 건강하라고 운동시켜 놨더니 이상한 소리나 하고!"

"아야! 운동을 네가 시켰어? 내가 하고 싶다고 해서 한 거지!"

"앤 꼭 우리끼리 있음 너라고 하더라. 남들 앞에선 오빠라고 부르면서!"

"남들 앞에서도 너라고 해 줘?"

나도 모르게 웃음이 자꾸만 새어 나왔다.

아니구나. 진짜로 사랑을 받았던 거구나.

긴장이 풀렸다.

해묵어 굳어 버린 감정의 표면이 툭 하고 깨지는 감각이었다.

다시 그레이와 장난을 치기 시작하는데, 헤이먼이 창을 활짝 열었다.

"도착했어."

마차에서 내린 후, 헤이먼을 따라 언덕을 몇 분 동안 올라갔다.

올라가는 내내 그레이는 1분마다 나를 돌아보며 '야, 업어 줘? 힘들면 말해라.' 하고 묻고 또 물으며 계속 귀찮게 굴었다.

"너 구두는 괜찮아? 업어 줘? 아니면 신발 바꿀까?"

"네 왕발이 내 신발에 들어가겠냐."

"솔레아. 아직 내 마력이 조금 남아 있으니 힘들면 말해라. 실어 나를 수 있다."

"괜찮다니까!"

고작해야 10분 정도 올라가는 거면서.

마차로 꽤 올라온 뒤에 야트막한 작은 언덕만 도보로 오르는 거라 그다지 힘들지 않았다.

언덕 꼭대기로 올라가니 멀어진 황궁의 반짝이는 불빛들과 머리 위에 떠 있는 환한 달이 시야에 가득 들어왔다.

하지만 여전히 어두운 건 매한가지였다.

"여기가 왜 재회의 언덕이야?"

내 질문에 헤이먼은 웃음기를 머금은 목소리로 대답했다.

"이곳에선 잃었던 인연을 다시 만난다는 전설이 있거든. 뭐, 꾸며 낸 이야기지만 워낙 경치가 아름다우니까 한 번쯤은 와 볼 만하지."

야경이 예쁘긴 하지만 그렇게 극찬할 정도인가······?

헤이먼은 말을 마친 후 내 손을 조심스레 잡았다.

"놀라서 넘어질까 봐 잡는 거다."

"뭐야. 둘이 손 언제 잡았어. 그레이만 쏙 빼놓고. 힝. 그레이 삐짐."

그레이가 되도 않는 애교를 부리며 내 손을 잡는 사이 헤이먼이 조용히 주문을 외웠다.

그러자 작은 바람이 불어와 풀숲이 흔들리며 사방에서 별빛이 솟아올랐다.

반딧불이었다.

온통 검었던 시야가 금세 환해졌다. 노란 불빛이 점점이 공중으로 올라가며 허공을 화려하게 수놓았다.

나는 두 눈을 동그랗게 뜬 채 한참을 아무런 말도 못 하고 서 있었다.

하늘 위에서 빛나는 무수한 별무리가 땅까지 이어져 내려온 듯 어디까지가 땅이고 어디부터가 하늘인지 구분이 가지 않았다.

별 위에 올라선 것 같아 나도 모르게 두 사람의 손을 힘주어 고쳐 잡았다.

곁을 지켜 주는 둘의 따뜻한 체온 덕에 전혀 춥지 않았다.

오히려 모든 것들이 멀게 느껴졌다.

저 먼 황궁도. 엉망진창으로 망쳐 놓은 파티도.

연신 걱정을 하는 솔레아의 가족들과······.

영원히 완성되지 못할 삶이라고 느껴지던 나의 지난 평생까지도.

깨져 버려 텅 빈 것 같던 마음 어딘가에 따뜻한 온수가 차올랐다.

'……솔레아. 미안해. 네가 느껴야 할 행복을 도둑질해서. 근데 이번 한 번만 봐주면 안 될까. 내가 돌아가기 전까지만. 꿈이라고 생각할게. 깨고 나면 다신 바라지 않을게. 그러니까 이번 한 번만.'

그러면 남은 날은, 이 기억으로 견디며 살아갈 수 있을 테니까.

Chapter.2

재회의 언덕에서 내려와 다시 마차를 타고서 생각해 보니 무언가 이상했다.

아무리 입양아라 해도 공작가의 공자들인데 얘네는 왜 그런 모욕적인 소리를 듣고도 가만히 있었던 거지.

돈이 없어서 참아야 한다거나, 잘잘못을 따지면 당장 일자리를 잃게 된다거나, 신분을 보증할 사람이 없는 것도 아니면서.

"너희는 왜 당하고만 있어?"

왜 아직도 이렇게 말랐냐며 내 손목을 잡고 빙글빙글 돌리던 그레이는 말없이 씨익 웃기만 했다.

헤이먼은 아무렇지 않은 듯 고저 없는 말투로 여상히 말했다.

"아버지가 신경 쓰시니까."

"음?"

이해가 잘 되지 않았다.

공작은 오히려 이리저리 신경을 쓰고 싶어 하는 눈치였는데.

"저번에 내 친구라며 찾아왔던 애들이 너희 욕하고 다닌다는 걸 아시자마자 공작님이 혼쭐을 냈잖아."

혼쭐 정도가 아니지.

아예 그 가문을 영지에서 쫓아냈다던데.

어느새 그레이는 잡고 있던 내 손을 놓고 한쪽 손으로 턱을 괸 채 흥미롭다는 듯 내 옆얼굴을 바라보고 있었다.

"왜 그런 얼굴로 봐."

기다란 손가락으로 갸름한 얼굴을 괸 그레이는 지그시 나를 바라보며 싱긋 웃었다.

"되게 속상해하네. 그레이 자꾸 들뜨게."

비스듬히 기운 얼굴을 따라 흘러내린 적갈색 머리카락에 눈웃음 짓고 있는 회색 눈동자가 살짝 가려졌다.

이렇게 끼도 많고 잘생겼는데(비록 조금 무섭게 생기긴 했지만 어쨌든) 그레이는 왜 친구가 없지. 내가 여기 귀족이었으면 앵벌이 해서라도 너랑 친구 했다.

헤이먼도 은근히 공작님을 많이 닮았지만 그레이는 정말 말도 안 되게 닮은 거 같다.

외양 말고 말투가. 끼가 아주 보통이 아닌데.

이쯤 되니 첫째라는 티온이 걱정된다. 걔는 완전 거푸집 수준으로 닮은 거 아냐.

뺄하게 이어지는 내 생각을 끊은 헤이먼의 대답은 늘 그랬듯 재수 없었다.

"기억은 잃었어도 상식은 남아 있을 줄 알았더니."

"넌 상식이 넘쳐서 욕을 듣고도 가만히 있었어?"

크흡! 하고 터진 그레이의 웃음소리가 마차의 말발굽 소리에 묻혔다.

하지만 헤이먼은 이제 내 이죽거림 정도는 가볍게 넘길 수준이 됐는지 얼굴색 하나 변하지 않고 이어 말했다.

"이 나라에 귀족이 얼마나 많고, 그 귀족들이 얼마나 내밀하게 엮여 있는데.

양아들한테 욕한 것 정도로 인연을 끊는다면 베르고는 금방 고립될걸. 어떤 물 자도 들어오지 않을 테니까. 돈의 문제가 아냐."

헤이먼의 말에 따르면, 베르고는 과거 전쟁에서 큰 공을 세운 대가로 넓은 땅을 얻게 되었지만 그것을 효과적으로 굴릴 만한 사업체는 부족하다고 했다.

영주민들을 위해서 다른 지방들과의 교역이 끊기면 안 된다고.

"일례로, 저번의 그 셋을 처벌한 이후 영지로 들어오는 직물의 수가 확 줄었지. 당연히 가격은 훅 뛰었고. 노예 무역으로 돈벌이를 하던 케인 자작의 자본이 한꺼번에 빠져나간 탓에 그것 역시 영지 전체에 영향을 끼쳤고."

"······공작가에 돈 많다며."

"물론 많지. 하지만 영지 전체를 융숭히 먹여 살리려면 자본뿐 아니라 생산수단, 교역 물품, 노동력 등 신경 써야 할 게 많으니까."

조금 굳은 내 표정을 살피던 그레이가 얼른 말을 보탰다.

"그래도 난 우리 영지에서 대규모 노예 사업장이 사라진 건 좋아. 찜찜했으니까. 잘했어, 솔레아."

그레이가 내 머리를 쓰다듬듯 툭툭 두드렸지만 그 정도로 털어 낼 수 있는 부담감이 아니었다.

헤이먼은 내 표정을 읽어 내곤 다른 말을 이었다.

"괜찮아. 아버지는 뛰어나신 분이니까. 곧 다 좋아질 거야."

고요히 반짝이는 헤이먼의 연한 분홍색 눈동자를 바라보며 물었다.

"곧 다 좋아진다는 건, 그 세 귀족의 빈자리를 메꾸는 게 가능하니까 그렇게 말한 거지? 하지만 오늘 파티에선 그게 불가능했으니까 날 말린 거고?"

헤이먼이 웃는 듯 마는 듯 잔잔한 미소와 함께 고개를 끄덕였다.

"그래. 그러니까 다음엔 참아. 우리 신경 쓰지 말고."

깽판을 치면 그 여파가 고스란히 공작님과 영지 전체에 간다는 걸 아니까 매번 모욕을 당했으면서도 아무렇지 않게 넘겨 왔던 거구나.

그냥 꾹 참으면서.

"……너희가 이 정도로 당하는 걸 공작님은 아셔?"

"모르실 거야. 모르시게 하려고 매번 사교 파티에 나가는 거니까. 다른 귀족들 역시 베르고와 연을 끊기는 싫으니까 초대장을 보내오는 거고."

"너희 둘만 입 다물면 조용히 넘어갈 일이라서?"

"그렇게 들으니 새삼스럽군. 하지만 사실이야. 안타깝게 여겨도 어쩔 수 없어."

모욕을 당하는 게 당연하다는 듯 대수롭지 않게 말하는 헤이먼 때문에 명치 아래로 밤송이가 굴러다니는 것 같은 이물감이 느껴졌다.

밤송이는 가슴속을 데구르르 구르다가 목구멍까지 치고 올라왔다.

"근데 그런 논리라면 상대편도 마찬가지 아니야?"

씁쓸한 표정으로 앉아 있던 그레이가 다시 나를 향해 물었다.

"무슨 소리야?"

"각자 가문의 체면 때문에 눈치 보고 있는 거라며. 그럼 욕 좀 하면 어때."

일방적인 갑을 관계도 아니면서.

나는 앞으로 바싹 당겨 앉으며 두 사람을 설득했다.

"들어 봐. 그쪽에선 초대하기 싫지만 초대를 했어, 너희도 싫지만 갔어. 그럼 1 대 1이지."

헤이먼이 홀린 듯 고개를 끄덕였다.

"그다음엔 어떻게 해야 돼? 그쪽에서 안 건드려야 공평하지. 그쪽 물품을 우리가 돈 주고 산다는 건 영지 간 거래가 오가는 협력 관계라는 거잖아."

"그렇지?"

"근데 욕은 항상 걔들이 먼저 하지? 조롱하고 비난하고 무시하고?"

"항상은 아니야, 가끔……."

"어쨌든 시비를 걸거나 사람을 개무시하거나 둘 중 하나라며. 그러면 우리가 한 방 먹었네? 2 대 1이잖아. 사람이 손해 보고 살면 되겠어, 안 되겠어?"

잠깐 내게 말릴 뻔하던 헤이먼은 냉큼 정신을 차리고 헛기침과 함께 다시 근엄한 목소리로 돌아왔다.

"그렇게 간단하게 생각할 순 없어."

"아니지, 헤이먼. 복잡한 일일수록 간단하게 생각해야지. 상호 거래 관계인데 왜 너희만 참고 있냐고."

가만히 듣고 있던 그레이가 내 쪽으로 몸을 바짝 붙이며 고개를 끄덕였다.

"어, 맞는 말 같아."

"그레이 너까지 그러지 마라."

"그레이한테 왜 그래. 나 틀린 말 안 했다니까?"

나보다 덩치가 큰 그레이의 어깨를 토닥이며 말하자 그가 어이없다는 듯 잠깐 헛웃음을 짓다가 얼른 장난스럽게 받아쳤다.

"맞아, 맞아. 솔레아 말이 다 맞아."

"그래. 그레이. 이제부터 누가 욕하면 받아치자."

"그래, 받아치자."

"하……. 너희 다음 파티엔 오지 마라, 나 혼자 갈 테니."

"그럼 형은 혼자 가. 난 솔레아랑 갈 테니까."

"그래. 넌 혼자 가. 난 그레이랑 둘이서 사이좋게 마차 타고 갈게."

말없이 우리를 잠깐 째려보던 헤이먼은 픽 웃고는 이후로 별다른 말을 하지 않았다.

장난스럽게 마무리하긴 했지만 솔직히 그냥 넘어가기엔 꺼림칙한 문제였다.

공작이 최근 내내 바빴던 이유가 저번의 그 일 때문에 교역이 끊겨 부족해진 자원을 여기저기서 충당하기 위해서였구나.

나는 저택에 도착하자마자 늦은 밤임에도 불구하고 앤을 불렀다.

"오늘 파티는 즐거우셨어요, 아가씨?"

"꽤 즐거웠어. 그러니까 가서 이 영지에 대한 자료 좀 가져와 줘. 역사부터 교류 내역, 토지 대장 그런 거 전부 다. 아, 그리고 다른 영지에 대한 것도. 베르고와 교류하는 영지가 아니라 아예 멀리 떨어진 곳에 위치한 영지에 대한 것도 좋아. 어떤 걸로 먹고 사는지 적혀 있는 그런 게 있을 거 아니야. 사례가 많이 필요해."

앤은 호기심 가득한 얼굴로 머리를 긁적이다 갑자기 눈을 동그랗게 뜨고 작은 목소리로 속삭이듯 물었다.

"공작이 되시기로 결정하신 거예요?"

"뭐?"

"전에는 그런 거 공부하기 싫다고 하셨잖아요. 아가씨의 장래에 관해서 남들이 떠드는 것도, 괜히 이목이 집중되는 것도 싫으시다고요."

확실히 전의 솔레아라면 그랬겠지.

하지만 나는 그 둘이 무시당하는 걸 가만히 두고 볼 수 없었다.

무슨 소릴 듣고 다니는지 알아 버렸는데 어떻게 가만히 있어.

오늘 사람들 가운데서 고목처럼 가만히 서 있던 헤이먼과 그레이의 모습이 자꾸 과거의 나와 겹쳐졌다.

혼자라는 고독과 무력감은 절대 익숙해지지 않는다는 걸 누구보다 잘 알고 있는 나였다.

이마에 든 멍을 가리려 머리를 숙이고 등교해, 하교하는 시간까지 아무도 내게 말을 걸지 않아 교실 한가운데 우두커니 앉아 있을 때도, 아버지를 밀친 뒤 달동네를 달려 내려올 때도 그랬다.

사람이 기계처럼 돌아가는 공장에서 열두 시간의 근무를 마치고 퇴근하는 길, 주황빛 가로등 아래를 걸어가다 보면 문득 떠오르는 생각에 너무 두려워졌다.

난 이대로 쭉 혼자일 거야.

이 삶이 끝날 때까지.

누구도 나를 기억하지 못한 채로.

홀로 고장 난 것처럼 멈춰 버려서 그저 부식되어만 가는 기분을 다시 느끼고 싶지도 않았고, 그 두 사람이 그렇게 되는 걸 두고 볼 수도 없었다.

그들은 나와 같은 시간을 보내지 않으면 했다.

그래, 돌아가기 전까지만, 딱 그 전까지만.

나는 앤을 똑바로 바라보며 말했다.

"누가 어떻게 생각하든 상관없으니까 있는 대로 다 가져와 줘."

앤이 나간 후 욕실에서 씻고 편한 옷으로 갈아입고 나와 기다렸다.

잠시 후 도르륵, 바퀴 굴러가는 소리와 함께 앤이 방 안으로 들어왔다.

사람 하나 정도는 너끈히 실을 수 있을 법한 수레에 책과 종이 뭉치를 가득 싣고 돌아온 앤은 걱정 어린 얼굴로 말했다.

"천천히 읽으세요, 아가씨. 너무 늦게 주무시면 안 돼요."

"응. 알았어."

"서재에 있는 걸 다 가져오진 못했어요. 너무 많아서요. 이건 일단 이 근방 영지의 자료들이에요."

"지도도 부탁해. 우리 영지 전체의 세부 지도, 제르노아 제국 지도, 그리고 이 대륙뿐 아니라 세계 지도까지 다 필요할 것 같아."

"그것까지요?"

"응. 난 아무것도 모르니까. 다 필요해. 그리고 내가 이것저것 쓸 수 있는 종이들도 가져와 줘."

"……네."

갑자기 이상하게 구는 내가 이해되지 않는지 앤은 의문스러운 표정이긴 했지만 곧 내가 말한 걸 전부 가져왔다.

넓은 방이 자료들로 가득 찼다.

이 세계에 대한 상식이 전무하니까 이것들을 전부 익히는 데에 얼마만큼의 시간이 걸릴지 장담할 수 없었다.

졸리고, 눈알이 튀어나올 것 같았지만 잠들 수 없었다.

끙끙거리며 자료를 분류한 후에야 베르고의 역사가 줄줄 나열된 종이 뭉치를 펼쳤다.

영지는 넓지만 주로 과거에 전쟁을 치렀던 기사들이 그대로 정착해 사는 땅이라 농업이 아닌 군사 훈련으로만 땅을 사용하고 있다는 내용이었다.

기사들의 명예를 중시하며 돈보다는 품위와 명성에 대한 욕구가 더 강하고, 영주에 대한 충성도가 높다는 말이 이어졌다.

그래서 영주가 데려온 아들들을 인정하면서도 그들 개개인은 명예롭지 않다 생각하여 괄시했던 거였구나.

어쩐지, 개자식들.

눈 밑에 시커멓게 물든 다크서클을 달고 아침이 되어 겨우 잠들었다가 정오를 넘기기 전 눈을 떴다.

습관적으로 일기장을 펼치자 어제 내가 적었던 '1' 뒤로 다른 글자들이 이어져 있었다.

1번만 더 욕하고 다니면 가만 안 둬 개새끼들아

……이 정도면 그냥 내가 쓰고 기억 못 하는 거 아닌가.

※ ※ ※

나날이 집으로 날아오던 초대장이 뚝 끊겼다.

아마 내가 깽판을 친 것 때문이겠지.

공작 눈치로 봐선 가문 사이의 관계가 소원해진 것 같진 않았지만 파티 초대장은 더 이상 오지 않았다.

심지어 이 약아빠진 귀족 것들이 티 안 내려고 일부러 공작님한테는 편지를 보내면서 사교계 파티 초대장만 안 보내고 있었다.

후원에서 내게 운동을 가르쳐 주던 그레이가 곤란한 듯 머리를 쓸어 넘겼다.

"이게 길어지면 아버지도 알아차리실 텐데."

"공작님이 눈치채시기 전에 다시 초대장 보낼걸. 왜냐하면 문제가 불거지는 건 그쪽도 사양일 테니까."

"그런가."

입술을 삐죽이던 그레이는 갑자기 내 쪽으로 한 걸음 불쑥 다가왔다.

"근데 너 요새 밤에 안 자고 뭐 하냐. 얼굴 상태가 왜 이래."

요즘 매일 베르고의 역사, 토지별 특징, 다른 영지에 대한 자료들을 읽고 익히느라 수면 시간이 확 줄어들었다.

그게 티가 났는지 그레이는 눈살을 찌푸리며 또 잔소리를 시작했다.

"일찍 좀 자라. 뭐 하냐. 혹시 너 또 렘샤 부인⋯⋯!"

목소리를 높이려던 그레이가 흡, 하며 입을 다물었다.

내 뒤에 서 있는 노예 돈의 눈치를 살피는 듯했다.

돈은 처음 내 옆에서 운동을 도와준 날 이후로 매일 운동 시간만 되면 나를 따라다니며 돕고 있었다.

그레이는 돈의 앞에서 야설 얘기를 꺼내기가 꺼려졌는지 손을 휘휘 저었다.

"너. 가 봐."

하긴, 렘샤 부인의 뜨거운 정사 장면을 직접 읽었으니 얼마나 숭한지 알고 있겠지.

하지만 그레이의 명령에도 돈은 말을 더듬거리며 쉽게 자리를 뜨지 않았다.

"⋯⋯지, 지금까지 아가씨께서 후원 네 바퀴 반을 도셨고, 제일 처음이요. 그리고 그다음엔 나뭇등걸에 발을 한쪽씩 올렸다 내리는 건 각 열다섯 번씩 총 세 번을 하셨고⋯⋯."

"돈. 내가 있을 땐 네가 개수 셀 필요 없으니까 이만 가라고. 안 따라다녀도 된다고."

"네, 도련님. 죄송합니다⋯⋯."

꾸벅 인사를 한 돈은 어깨를 축 늘어뜨린 채 힘없이 터벅터벅 후원을 빠져나 갔다.

아무 일도 시키질 않아서 온종일 내 운동 시간만 기다리니 저럴 법도 했다.

얼마나 심심하면 저러겠어.

"그레이. 돈이 여기에서 딱히 하는 일이 없어서 심심해서 저러는 거야. 너무 야박하게 그러지 마."

"……방금 쟤 내 말 일부러 모른 척했잖아. 근데 왜 나한테 화를 내?"

그레이의 긴 눈이 날카롭게 뜨였다. 그런 주제에 눈빛은 처량하기 그지없었 다.

"그레이 너까지 왜 이래. 안 그래도 머리 아픈데."

"그러니까 밤에 잠을 잘 자란 말이야! 아프다고 골골대지 말고! 넌 건강하기 만 하라고 내가 몇 번을 말했냐! 괜히 이것저것 신경 쓰지 말고, 그냥……! 그 냥, 아프지만 말라고 했잖아!"

괜히 짜증을 내고 휙 돌아선 그레이는 몇 걸음 걸어가다가 제 분에 못 이긴 듯 다시 날 향해 돌아섰다.

"애초에 왜 네가 운동할 때마다 쟤를 데리고 다녀. 나 있으니까 쟨 필요 없 잖아! 운동도 내가 가르쳐 주고, 개수도 내가 세 주고, 힘내라고 말하는 것도 원 래 내가 했잖아. 쟬 왜 데려오냐고. 나랑 운동하는 시간이잖아!"

……얘가 지금 다섯 살 난 애도 아니고 무슨 소릴 하는 거야.

무슨 말을 해야 될지 모르겠네.

가만히 그레이를 보고만 있자, 그 역시 민망해졌는지 입술을 내밀고는 작게 투덜거렸다.

"……헤이먼은 왜 저런 놈을 사 와서는."

"그레이. 네가 돈이 불편하면 너랑 운동하는 시간에는 데려오지 않을게. 그 래도 다른 사람한테 그런 식으로 굴지 마. 무서워하잖아. 나이도 있으면서 왜 그러냐."

그대로 후원을 나가려던 그레이가 우뚝 멈춰 섰다.

"잠깐만. 나이? 나이이이?"

"왜 나이에 그렇게 민감하게 반응해. 너 낼모레 환갑이야?"

"나 스물세 살이야! 젊어! 팔팔해! 그리고 돈이 나보다 나이가 더 많다며! 생판 남한텐 나이 안 들먹거리면서 왜 네 오빠한테만 나이로 혼내냐!"

"야! 나이로 따지면 네가 돈한테 더 그러면 안 됐지! 너보다 나이가 많잖아!"

"허이구, 아가씨는 나이 많은 어른 공경해서 옆에 어른 세워 놓고 숫자나 세라고 하셨나 봐요."

"야. 그러는 너는, ……너는."

"할 말 없지? 할 말 없지?"

아니, 이 새끼 왜 갈수록 유치해지지. 다른 집 오빠들도 다 이런가.

어처구니가 없어서 웃음밖에 안 나오네.

내가 헛웃음을 터뜨리자 그레이는 혼자 씩씩거리다 재빠르게 후원 입구까지 가서 큰 소리로 외쳤다.

"돈! 다시 와 봐!"

근처에 있었는지 돈이 빨개진 얼굴로 빠르게 뛰어왔다.

"부르셨어요?"

그레이는 돈과 함께 돌아와선 깔깔 웃고 있는 내 앞에 섰다.

"돈. 나한테 와. 노예 문서 찢어 줄게."

돈의 눈이 휘둥그레 커졌다.

내 눈도 휘둥그레 커졌다.

공작님이 그레이에게 남자인 친구가 필요하다고 했던 게 설마 진짜 남자 친구였나.

그레이가 빠르게 말을 이었다.

"대신 너도 운동 같이 해. 그 굽은 등 펴 줄 테니까 솔레아 말고 그냥 내 옆에 있으라고."

……오해하게끔 말을 하고 있잖아, 네가! 자꾸 오해하게 된다고! 머릿속에서! 진짜 남자 친구였어?

"노예 문서도 없애 줄게. 자유인 보증도 해 주고."

"가, 갑자기 왜 저를……."

방금 전까지만 해도 화내던 그레이가 갑자기 노예 문서를 없애 주겠다고 하자 돈은 적잖이 놀란 눈치였다.

"안 돼!"

내 외침에 돈이 놀란 건 물론이고, 그레이 역시 당황한 눈치였다.

"고, 공작님이 반대하실 거야."

"……아버지도 노예 제도에 그리 긍정적이지 않으셔. 오히려 찬성하실걸."

공작님은 네가 무슨 마음으로 돈을 자유인으로 만들려고 하는지 모르시잖아.

……아냐. 잠깐만.

정신 차려. 중세 시대 인간보다 꽉 막힌 현대인이 될 수 없다고.

얼른 정신을 차리고 돈에게 물었다.

"둘이 합의된 거야? 나는 돈이 좋다면 상관없어."

돈은 나를 물끄러미 바라보다가 말했다.

"아가씨가 좋으시면 저도 좋아요. 그렇게 할게요."

"나까지 좋으면 안 되지!"

셋은 좀 그렇잖아!

그리고 그레이랑 솔레아는 가족인데 인마! 이건 개방적인 게 아니라 윤리에 어긋나는 거지!

돌아가신 공작 부인이 무덤에서 일어나 땅을 치며 우시겠네!

펄쩍 뛰며 질색하자 그레이의 얼굴이 미묘하게 구겨졌다.

"돈은 지금은 너한테 종속돼 있잖아."

"난 한 번도 돈을 그렇게 본 적 없어!"

돈의 처진 눈에 눈물이 그렁그렁 맺히기 시작했다.

"아가씨라면 그러실 줄 알았어요……. 저를 노예가 아니라 사람으로 대해 주신다는 걸 알고 있었어요."

"뭐? 그거야 당연하지. 지금 그게 아니라 더 중요한 얘길 하고 있잖아."

그레이가 한숨을 쉬며 끼어들었다.

"돈. 잘 생각하고 결정해. 솔레아 밑에서 계속 노예로 있을 건지, 내 하인이 돼서 자유를 가질 건지."

"그레이 너는 무슨 말을 그렇게 섬뜩하게 해."

돈이 입을 열기 전, 그레이가 얼른 조건을 더했다.

"원한다면 이 집에서 나가도 좋아."

"싫어요!"

돈이 즉답했다.

그는 나와 그레이를 번갈아 한 번씩 보고는 그레이를 똑바로 올려다보며 말했다.

"……도련님의 하인이 되면 제가 사람으로 살게끔 해 주시나요."

"물론. 어려운 일도 아니야. 네가 솔레아 옆에서 쫄쫄 따라다니는 것보다 보기 편할 거 같네."

말을 왜 그렇게 해. 쟤는 고백 한번 제대로 안 하고 사람을 얼렁뚱땅 꿀꺽 제 손에 넣을 셈인가.

불만스러운 건 사실이었지만 돈이 좋다는데 내가 말릴 순 없었다.

결국 그날 오후, 돈은 자유인이 되었다.

이제 그레이랑 함께 파티에 가도 친구를 만들어 줄 필요는 없는 건가. 하긴, 인물도 없더라.

우리 그레이랑 헤이먼이 제일 잘생겼던데, 뭐. 황소개구리랑 뭉개진 은행이랑은 친구 할 필요 없어.

저녁을 먹을 때 넌지시 그레이에게 물었다.

"……너 돈이 마음에 들어서 데려간 거야?"

"응? 뭐, 성실해 보이긴 하더라."

갑자기 공장에서 만난 옆 레일 언니의 말이 떠올랐다.

'나는 성실한 사람이 좋아.'

아니야. 잠깐만. 언니 멋대로 끼어들지 마세요.

나는 고개를 도리도리 저은 후 다시 물었다.

"그, 너, 여자 친구는 사귈 마음 없……."

안 돼. 지금 완전 보수적인 아버지 같잖아.

나는 다시 고개를 젓고 질문을 수정했다.

"그레이. 너 장가 안 가니."

이게 더 심하잖아.

입을 때려 부수고 싶다.

"그게 무슨 말이야? 장가?"

"……아무것도 아니야. 돈이랑 잘 친해져 봐……."

"친해질 게 뭐 있어. 하인이랑 주인 사이에. 맡긴 일 잘해 주면 고마운 거지."

아, 오해였구나.

식은땀을 흘리며 남은 식사를 마쳤다. 하마터면 다음번 파티 때 그레이가 남자랑 얘기라도 하면 바람피운다고 오해할 뻔했네.

며칠 뒤, 나는 결국 과로로 쓰러졌다.

내 방에 쌓인 책 더미가 쓰러지는 걸 보고도 피하지 못한 탓에 그대로 머리를 맞고 단번에 기절했다.

몸이 약하다는 건 알고 있었지만, 이 정도일 줄은 몰랐다. 고작 잠 좀 줄였다고 기절이라니.

책이 무너지는 우르르 소리와 함께 앤의 비명 소리가 언뜻 들리긴 했지만 그이후로는 꽤 긴 암전이었다.

간간이 공작의 목소리가 들렸다.

'……의술사…… 마력을 쓰는데도…… 왜…….'

'……희귀병인지…….'

'마력 흡수가…… 안 되는…….'

며칠이 지난 건지 분간이 잘 되지 않았다.

물속에 잠긴 것처럼 헤이먼의 목소리가 멀찍이 느껴졌다.

웅웅 울리는 목소리의 주인이 헤이먼이라는 걸 알자마자 조금 더 선명하게 들려왔다.

"내 목소리 들려? 솔레아."

응.

"목소리에 마력을 담아 말해야 받아들이는 걸 보니 확실하네. 왜인진 모르지만 넌 지금 네가 원하는 마력만 흡수하고 있어. 하지만 난…… 너를 치료할 정도의 마력은 없어."

뭐야. 그럼 난 이제 말라 죽는 거야?

"이달론을 불러오는 방법밖에 없다는 걸 알지만……. 그 사람은 안 돼. 그러니까, 네 힘으로 눈을 떠. 솔레아."

왜 이달론 얘기를 꺼내지.

"이달론은…… 안 부를 거야. 무슨 일이 있어도 그것만은 막을 거야. 그 사람이 왔다가 널 보면 큰일이니까. 그래서…… 나도 이젠 못 올 거 같아."

이달론을 못 오게 하는 거랑 네가 못 오는 게 무슨 상관인데.

그리고 난 이달론이라는 그 가짜 젊은이한테 도움받고 싶지 않은데.

그 이후로 잠깐 의식이 멀어졌다가 갑자기 손등이 축축해지는 느낌에 정신이 들었다.

내 손등으로 물방울이 떨어지며 뚝뚝 끊긴 목소리가 멀찍이서 메아리처럼 들려왔다.

'……솔레아. 아빠가…… 꼭…… 너까지…… 제발.'

울지 마세요. 공작님.

일어나고 싶다. 울지 마시라고 말하고 싶은데.

……운동 부족인가.

그레이의 말이 생각났다.

'모든 것은 복근에서부터 시작돼. 안에서부터 밀어 올리듯 근육을 쓰는 거야. 말할 때도 똑같아.'

그레이 말대로 해 볼까.

엉덩이에 힘을 빡 주고. 배에도 힘을 빡 주고. 눈에도 힘을 빡 주고.

뭔가 될 것 같은 느낌이 들었다.

손등 위로 떨어진 미지근한 온도의 물방울 개수가 늘어날수록 조바심이 일었다.

공작님이 우는 게 싫었다.

몇 년 전엔 나 때문에 우는 사람이 있었으면 좋겠다고 그렇게 빌었는데.

막상 그런 사람이 생기니 마음이 달라졌다. 이게 솔레아를 향한 것이라 해도.

공작이 우는 걸 두고 볼 수가 없었다.

나는 다시 한번 심기일전해서 엉덩이와 복근에 온 힘을 주고 눈을 질끈 감았다가 힘껏 뜨며 소리쳤다.

"울지 마세욧!!"

"악!"

이번엔 공작님이 기절했네.

다행히 공작은 나완 달리 빠르게 정신을 차렸다.

그는 눈을 뜨자마자 침대 옆에 앉아 있는 나를 향해 손을 뻗었다.

"솔레아!"

다급한 눈빛 속에는 두려움이 가득했다. 빠져나가기라도 할까 봐 걱정된다는 듯 힘주어 손을 잡은 탓에 아팠지만 나는 태연하게 말했다.

"네, 저 여기 있어요."

"괜찮니? 몸은? 아픈 곳은? 세상에. 3일이나 눈을 뜨지 않아서 얼마나 걱정을 했는지. 밥은? 뭐라도 먹어야 하지 않겠니. 물부터 마셔야 하는 거."

"진정하세요. 저 물도 마셨고, 아직 제대로 된 식사는 무리라 묽은 수프부터 먹었어요."

"그래, 그랬구나."

자기가 기절한 건 생각도 안 드는지 공작은 내 손을 부여잡고 연신 내 걱정만 해 댔다.

더 아픈 곳은 없는지, 머리가 아프진 않은지, 소화는 잘 됐는지 등등.

"전 정말 괜찮아요."

"다행이구나. 의술사들이 하나같이 마력이 통하지 않는다고 해서 얼마나 걱정했는지 모른다."

쓰러져 있을 때도 비슷한 말을 들었는데.

왜 그런 거지.

이곳에 온 지 얼마 되지 않아 다쳤을 때는 의술사의 도움으로 금방 나았었는데.

설마 시간이 꽤 흘렀기 때문에 내 영혼이 솔레아의 몸에 완전히 스며든 건가.

그래서 마력이 없는 한국에서의 몸의 영향을 받게 된 거라면 조금 이해가 갔다.

일어나서 다행이라며 두 손으로 내 손을 꼭 잡고 다독이던 공작은 갑자기 눈을 번쩍 뜨며 침대에서 일어나려 했다.

"헤이먼! 헤이먼은 정신을 차렸니?"

"아니요, 아직."

나도 정신을 차린 직후 사람을 불러 공작님을 침대로 옮긴 뒤 가장 먼저 헤이먼에게 찾아갔다.

내가 쓰러져 있을 때 내게 한 말이 무슨 의미인지 물어보려 했지만 그는 파리하게 질린 낯으로 침대에 누운 채 꼼짝도 하지 못했다.

말을 걸어도 듣지 못하는 듯 미동도 없이 누워 있기만 했다.

헤이먼의 소식을 들은 공작은 한숨을 내쉬며 눈을 질끈 감았다가 침대에서 완전히 일어났다.

"방금 깨셨잖아요. 좀 더 누워 계세요."

무심코 공작의 옷소매를 잡았다.

그는 부드럽게 부서지듯 웃으며 허리를 숙여 내 이마에 짧게 입 맞췄다.

"걱정해 줘서 고맙구나. 그래도 헤이먼이 걱정되니까 다녀오마."

싱긋 웃어 보인 공작은 언제 기절했냐는 듯 성큼성큼 방문을 향해 걸어갔다.

문고리를 잡은 그는 멈칫하며 서더니 뒤돌아 내게 물었다.

"그런데 아까 일어나면서 뭐라고 소리쳤던 거니? ……너무 놀라서 제대로 듣지 못했는데."

"아……."

나도 모르게 머리가 아래로 숙여졌다.

"……고요."

"응?"

"……마시라고, 했어요."

"잘 안 들리는데. 무슨 나쁜 꿈이라도 꿨니?"

공작이 다시 내 쪽으로 다가오려 해 나는 쪽팔림을 무릅쓰고 큰 소리로 말했다.

"울지 마시라고 했어요!"

"아."

동그란 보라색 두 눈을 크게 뜬 공작은 눈을 깜빡이며 나를 보다가 하하, 웃음을 터뜨렸다.

"솔레아."

"네?"

특유의 여유로운 미소를 지은 공작은 헛기침을 뱉으며 목을 가다듬더니 멀찍이서 말했다.

"모든 게 낯선 네 입장에선 내가 그저 나이 많은 아저씨라 불편할 수도 있겠더구나. 아빠가 사과할게."

"사과하실 필요 없어요."

"아니야, 갑자기 불쑥 친하게 굴었으니 놀랄 만도 하지."

머쓱한 듯 웃는 그의 말대로 내게 그는 그냥 한국말을 잘하는 외국인 모델 간지 아저씨일 뿐이었다.

하지만 그에게 솔레아는 기억을 잃은 딸이었다.

18년을 키워 온, 사랑해 마지않는 가족.

"어떻게 해야 네가 날 덜 불편해할까 생각을 해 봤는데, 넌 기억이 없으니 사실 날 처음 보는 거 아니겠니."

턱을 매만지며 공작은 장난기 가득하게 씩 웃었다.

얼떨결에 고개를 끄덕이자 공작은 두 손으로 허리를 짚고 의기양양하게 말했다.

"천천히 친해지고 싶어서 아빠는 이제부터 너한테 존댓말을 쓰기로 했단다! 아니, 했습니다."

이건 무슨 소리야.

"괜찮아요! 그렇게까지 신경 안 쓰셔도 돼요!"

"또, 또! 그건 버릇입니다. 신경 쓰지 말라는 말은 서운하니까 앞으로는 되도록 투정을 많이 부리십시오, 알겠습니까."

교관님 이러지 마세요.

"공작님. 제발 그냥 평소처럼 해 주세요."

"아닙니다. 딸이 나를 편하게 생각할 때까지는 존댓말을 쓸 겁니다. 알겠습니까."

아, 교관님. 이러지 마시라고요.

중세 시대 놀러 왔어억!

본 교관은 솔레아에게 실망했다!

이제부터 어떻게 하느냐에 따라 교관은 착한 아빠 교관이 될 수도 있고, 슬퍼서 삐뚤어진 교관이 될 수도 있다. 알겠습니까악!

잠깐 존댓말 하다 말겠지, 생각하겠지만 본 교관은 끝까지 할 겁니다. 알겠습니까악!

머릿속에서 자꾸 이 다정한 공작님이 어울리지도 않게 소리를 지르는 모습이 연상됐다.

"공작님."

"예, 따님. 말씀하십시오."

뒷짐을 진 채 씩 웃고 있는 공작은 난처해하는 내 얼굴에 재미를 느끼는 것 같았다.

"저 이제 진짜 괜찮아요. 내일 같이 산책해요."

"그렇습니까? 약속했습니다. 그럼 아빠는 아들한테 가 봐야겠습니다."

존댓말을 왜 자꾸 하는 거야, 진짜.

머리를 긁다가 혹시나 싶어서 문을 열고 나가는 공작을 작게 불러 봤다.

"다녀오세요, ……아빠."

움찔 멈춰 선 공작은 뒤돌며 환하게 웃었다.

"그래, 아빠 다녀올게. 쉬고 있으렴."

복도를 걸어가는 공작의 뒷모습이 한결 가벼워 보였다.

이틀 뒤, 마법사 이달론이 저택에 찾아왔다.

그는 아무도 들어오지 말라고 한 뒤 헤이먼의 방으로 향했다.

왜 갑자기 헤이먼이 쓰러졌고, 어떻게 알고 찾아왔냐며 공작이 이달론을 붙잡고 묻자 그는 헤이먼의 상태를 슬쩍 본 후 의미심장하게 웃으며 대답했다.

"마법을 많이 썼나 보군요."

꺼림칙한 대답이었지만 그는 더 이상 아무 말도 하지 않았다.

이달론은 데려온 종자에게 헤이먼을 안아 들고 저택의 지하로 향하도록 시켰다.

시체처럼 축 늘어진 헤이먼이 종자에게 들려 지하로 옮겨지는 걸 가만히 지켜보고 있는 공작의 뒷모습은 무력하기 그지없었다.

공작은 지하와 연결된 계단 입구에 의자를 가져다 놓고 앉았다.

"공작님, 이달론이 나오길 기다리시는 거예요?"

내 질문에 쓴웃음을 지은 공작은 애써 밝게 대답했다.

"네, 그럴 겁니다. 헤이먼이 일어날 때 아빠가 옆에 있어 줘야죠."

아직 입에 아빠 소리가 붙지 않아 공작님이라 부른 탓에 그는 또 내게 존댓말로 대답했다.

며칠 새 볼이 팰 정도로 마른 공작의 얼굴은 말이 아니었다.

자식들이 번갈아 아프니 걱정이 이만저만이 아닌 듯했다.

"……아빠, 끼니 잘 챙겨 드세요. 말랐어요."

"고마워, 딸."

내게 힘없이 웃어 보인 공작은 다시 지하로 향하는 계단으로 시선을 돌렸다.

가 봐야겠어.

왜 내가 기절했을 때, 이달론이 와선 안 됐는지. 저 해초 머리 가짜 늙은이가 대체 무슨 짓을 하고 다니는지 알아야겠어.

저택을 빠져나와 주변을 빙 둘러보았다.

이 넓은 곳에 지하로 향하는 문이 저기 하나밖에 없을 리가 없는데.

저택의 후미진 구석까지 걸어가자 나무로 만들어진 오래된 문이 눈에 들어왔다.

"역시 이런 거 있을 줄 알았어."

한쪽 문고리를 잡고 힘을 줘서 당기자 오래된 문이 끄다다닥, 하는 이상한 소리와 함께 열렸다.

먼지 냄새와 곰팡이가 핀 듯 퀴퀴하고 습기 가득한 냄새가 코를 가득 찔러왔다.

돌로 만들어진 계단을 조심스럽게 밟으며 내려가자 지하의 정문이 보였다.

이달론이 데려온 종자는 문 바로 앞이 이닌 멀찍이 떨어진 코너에 의자를 두고 앉아 있었다.

구두를 벗고, 살금살금 걸어 커다란 문을 열었다.

굳게 닫혀 있던 문은 생각보다 훨씬 부드럽게 열렸다.

사방이 밀폐된 공간임에도 안쪽에서 강한 바람이 불어 나왔다.

휘날리던 내 머리카락과 드레스가 잠잠해진 후 안으로 한 발씩 천천히 들어가자 온통 컴컴한 시야에 쓰러진 헤이먼이 들어왔다.

"헤이먼!"

헤이먼을 향해 뛰어가려는 찰나, 무언가가 나를 가로막았다.

거대한 벽이었다.

잠시 후 이달론의 목소리가 어디 있는지도 알 수 없을 정도로 웅웅 울리며 들려왔다.

"이런. 제 마법 수업은 비공개인데요, 공녀님."

"들어왔는데 어쩌라고요. 그럼 그쪽이 나가시든가."

"어떻게 들어왔지? 분명히 결계가 쳐져 있었을 텐데."

"이 벽 어떻게 부수지?"

"제 말이 안 들리시나 보네요."

"무시하는 건데. 늙어서 눈치가 먼저 뒈졌나 봐?"

앞에 있는 투명한 벽을 통통 두드렸다. 워낙 단단해서 이 정도론 깨질 것 같지도 않았다.

이거 힘으론 못 부수나? 난 마법 그런 거 못 하는데.

차가운 바닥에 쓰러진 헤이먼은 괴로운 듯 온 얼굴을 찌푸린 채 몸을 비틀고 있었다.

"헤이먼, 괜찮아?"

일단 주먹질이라도 해 보자.

그레이가 가르쳐 준 대로.

발목부터 허리, 어깨까지 돌리면서 주먹에 힘을 싣는 거야.

몇 번 허공에 대고 주먹질을 연습한 후 벽을 향해 내질렀다.

벽은 그대로 가루처럼 바사삭 부서졌다. 아플 줄 알았는데 그렇지도 않았다.

와, 역시.

(마)법보다 가까운 주먹.

한국이나 여기나 주먹질이 더 빠르긴 하구나.

변하지 않는 삶의 진리를 마음에 새기며 헤이먼에게 달려갔다.

쓰러진 헤이먼의 앞에 선 해초 머리 이달론이 놀란 얼굴로 나를 바라봤다.

"벽을 어떻게 부순 거지?"

"입 닫고 저기 서서 혼자 5분 동안 잘 생각해 보세요."

그런데 정말 이상하긴 하다.

고작 운동 한두 달 했다고 마법으로 만든 벽을 때려 부술 수가 있나?

의구심이 들긴 했지만 일단 쓰러진 사람이 먼저였다.

최대한 아무렇지 않게 이달론을 등진 후 헤이먼을 살폈다.

헤이먼은 얕은 숨을 빠르게 쉬며 쌕쌕대고 있었다.

"헤이먼. 인공호흡하기 싫으니까 정신 차려 봐. 힉, 이상한 토를 하네."

노란색의 안개 같은 것이 헤이먼이 쿨럭댈 때마다 입 밖으로 흘러나왔다.

"위에 누구 없어요?! 헤이먼 옮겨야 돼!"

"오늘 마법 수업은 이만 끝내야겠군요."

말을 마친 이달론의 몸이 점점 투명해졌다.

이 새끼가 어딜 도망가.

그가 완전히 투명해지기 직전 난 그에게 달려들어 멱살을 틀어쥐었다.

내게 잡힐 줄 몰랐던 건지 이달론의 초록색 눈동자가 당황으로 물들었다.

"헤이먼한테 무슨 짓 한 거야! 이 자식아!"

빗자루처럼 짤짤 흔들리던 이달론은 입을 열지 않았지만 내 머릿속에선 그의 징그러운 목소리가 울렸다.

'내게 고마워해야 할 겁니다. 헤이먼을 살린 건 저니까요.'

"뭐?"

인상을 찌푸린 순간 뒤에서 헤이먼의 목소리가 들렸다.

"……그만해."

뒤로 돌자 천천히 몸을 일으켜 앉은 헤이먼이 나를 바라봤다. 분홍색이었던 그의 눈동자가 녹색으로 빛나고 있었다.

"너 눈 색도 마음대로 바꿔?"

놀란 내 목소리를 듣고 그는 아주 잠깐 미소를 지었다가 이내 인상을 굳혔다.

"위험하니까 빨리 나가."

"내가 뭐가 위험해. 지금 네가 죽을상인데. 방금 이 이상한 사기꾼이……."

다시 뒤돌아 이달론이 있던 자리를 바라봤지만 그는 온데간데없이 사라져 있었다.

"어디 갔지?"

원래 아무도 없던 것처럼 넓은 지하실엔 우리 둘뿐이었다.

헤이먼은 마른기침을 몇 번 하더니 완전히 일어섰다.

"그는 날 도와주는 사람이야."

"……거짓말하지 마."

정말로 도와주는 사람이라면 헤이먼이 이런 표정일 리 없었다.

내 대답에 헤이먼은 픽 웃으며 맥없이 낮게 중얼거렸다.

"그래, 거짓말이야. 자기 마력을 내게 집어넣어서 텅 빈 내 몸뚱이를 살려내지. 꼭두각시처럼."

"그게 무슨 소리야."

이달론의 마력을 받아서 산다고?

황폐한 그의 눈동자가 아주 느리게 다시 분홍색으로 돌아오기 시작했다.

"그는 버려진 날 찾아내 자기 맘대로 살렸고, 그 대가로 날 이용하고 있어."

"……다른 사람의 마력을 받으면 안 돼?"

"그러면 그 사람도 죽고, 나도 죽어. 내 몸에 마력을 집어넣을 수 있는 건 이달론뿐이야."

헤이먼은 힘없이 내게 터벅터벅 걸어왔다.

뭔가 불길했다.

모두 진실이라고 해도, 그걸 왜 전부 말하는 거지?

마치 내 생각을 읽기라도 한 것처럼 헤이먼은 손을 뻗어 내 시야를 가렸다.

"여길 나가면 다 잊게 될 거야."

눈을 질끈 감으려는 순간, 그의 손바닥에서 튀어나온 노란 안개가 눈앞을 물들였다. 뇌를 주무르는 것처럼 끔찍한 감각에 온몸에 소름이 퍼졌다.

"괜찮아, 다 잊어. 그래도 여기까지 찾아와 줘서 고마워, 레아."

"잠깐만, 헤이먼! 잠깐!"

"쉿."

시야가 점점 검게 물들고, 주변 소음들이 멀어지는 가운데 헤이먼의 음성이 꿈결처럼 들려왔다.

"어차피 아무도 날 구할 수 없어."

❋ ❋ ❋

평소와 같은 풍경이었다.

조용히 눈을 감은 채 자고 있는 솔레아와 그녀의 옆에 앉아서 낮은 목소리로 조곤조곤 책을 읽어 주고 있는 그레이.

"⋯⋯뜨겁게 달구어진 에라스토의 몸이 겹쳐 왔다. 그의 두꺼운 손이 램샤 부인의 다리를 벌리고, 버, 벌리고⋯⋯. 미친놈. 이런 걸 왜 읽는 거야. 도대체."

"아, 머리야. 자는 사람한테 왜 욕이야."

솔레아가 머리를 감싸 쥐고 몸을 일으켰다.

현기증이 이는 듯 온 얼굴을 찌푸린 솔레아를 보자마자 그레이는 책을 내던지듯 협탁 위로 내려놓고 솔레아를 부축했다.

겨우 침대 등받이에 몸을 기댄 솔레아는 창문을 바라봤다.

푸르스름한 걸 보아 하니 새벽 아니면 저녁인 듯했다.

"몇 시야?"

"6시. 넌 무슨 낮잠을 이렇게 오래 자냐."

"근데 넌 왜 남의 책을 읽고 있어. 그것도 자는 사람 옆에서."

"네 옆에 놓여 있길래. 네가 읽다가 지쳐서 잠든 줄 알았지."

"야. 솔직히 인정해라. 그냥 네가 읽고 싶어서 읽은 거 아니야?"

아픈 머리를 붙잡고도 실실 웃으며 장난을 치는 솔레아를 차마 한 대 치지도 못하고 그레이가 씩씩거렸다.

"네가 하도 간절하게 붙잡고 자서! 내가! 불쌍해서 읽어 준 거야! 이 미친놈아! 숭해서 몇 줄 읽어 주지도 못했다! 일어나! 저녁 먹으러 가게!"

말은 험악하게 하면서도 그레이는 조심스럽게 침대에서 일어나는 솔레아를 부드럽게 부축했다.

"머리 아픈데 저녁 안 먹으면 안 돼?"

"안 돼. 근육 빠져."

"그놈의 근손실."

"밥을 잘 챙겨 먹어야 건강해지지. 빨리 가자, 준비 다 됐을 거야."

"하……."

귀찮은 티를 팍팍 내며 신발을 신던 솔레아는 문득 고개를 들어 올렸다.

"내가 저걸 읽다가 잤다고?"

"그래. 완전 집중해서 읽었는지 종이도 구겨져 있던데."

"보자."

부축하고 있던 그레이의 팔을 뿌리치고 솔레아가 황급히 뒤돌았다.

"야, 밥 먹으러 갈 건데 야한 소설을 왜 보냐. 그걸 보고도 밥이 들어가?"

"어, 난 들어가. 너무 잘 들어가. 맨날 야한 생각만 해서 괜찮아. 그러니까 너 먼저 가 있어."

"……너 또 기절한 거 같아서 부축해 주려고 기다렸지, 나는."

그레이는 작게 중얼거리며 방 밖으로 나가질 않았다.

어차피 쟤 눈엔 야설로 보이니까 상관없겠지 싶어 솔레아는 아랑곳 않고 일기장을 펼쳤다.

몇 장을 넘기던 솔레아가 천천히 머리를 들어 올려 그레이를 바라봤다.

"사람이 위기에 처하면 막, 힘이 솟아나기도 하고 그러나?"

"글쎄. 그렇지 않을까. 왜 갑자기? 기사 에라스토가 위기에 처했냐? 아니면 렘샤 부인이? 그 소설에서 위기에 처해 봤자 뭐, 밖에서 하다가 들켜서 도망가는 거 말고 뭐가 있어서."

"그렇지. 음, 그런 내용이야. 렘샤 부인이 구두를 신고도 잘 뛰길래."

대수롭지 않다는 듯 웃으면서 책을 덮은 솔레아는 그레이의 부축을 받으며 방을 나섰다.

방금 확인한 일기장엔 다급히 갈겨쓴 글씨가 적혀 있었다.

헤이먼

마력

이달

두세 글자밖에 안 되는 내용들이 맥락 없이 뚝뚝 끊긴 채로 하얀 종이 위에 남았다.

식당에 내려가니 공작과 헤이먼이 앉아서 기다리고 있었다.

"레아, 매일 운동을 하더니 오늘은 많이 피곤했나 보구나. 몸은 괜찮니? 낮잠을 길게 잔 것 같던데."

"괜찮아요, 공작…… 아빠."

그레이가 놓치질 않고 놀려 댔다.

"공작님이면 공작님이고, 아빠면 아빠지. 공작 아빠는 뭐야. 그럼 아빠가 후작인 애들은 후작 아빠라고 하냐."

킥킥거리며 놀리는 그레이를 향해 솔레아는 싱긋 웃으며 머리카락을 귀 뒤로 넘기는 척 엿을 날렸다.

찰나였음에도 가운뎃손가락을 본 건지 그레이가 분한 듯 입을 꾹 다물었다.

"솔레아, 소화시키기 힘들면 가벼운 것들로만 준비하라 할까?"

어수선한 가운데 헤이먼의 부드러운 목소리가 들려왔다.

솔레아는 그를 향해 태연하게 미소 지었다.

"괜찮아, 배고파서 다 먹을 수 있을 거 같아."

"그럼 다행이고."

공작은 만족스러운 듯 입꼬리를 올려 웃었다.

"얼마 만에 다 같이 하는 식사인지 모르겠구나. 다들 건강해야 돼. 아프지 말고."

"예, 걱정 마세요."

"넌 솔레아 좀 괴롭히지 마라."

공작이 그레이에게 핀잔을 주자 그가 억울한 듯 목소리를 높였다.

"아니, 아빠가 솔레아를 잘 모르셔서 그래요. 쟤가 얼마나 사람 잘 놀리, 저거 보세요! 또 나한테 욕해!"

턱을 괴는 척 손가락으로 또 엿을 날리고 있던 솔레아는 공작이 시선을 주자마자 태연하게 다섯 손가락을 폈다.

"내가 뭘?"

어깨를 으쓱하는 솔레아를 보며 그레이가 손날로 목을 긋는 시늉을 했다.

아마 내일 운동할 때 반 죽여 놓겠다는 신호인 것 같았다.

"레아, 식탁 위에 팔꿈치를 올려놓는 건 예절이 아니란다."

"네, 공…… 아빠."

"공애빠."

"그만해라, 그레이."

키득거리며 그레이와 장난을 치다 보니 식사 시간이 어떻게 지나가는지도 몰랐다.

"그런데 요 며칠은 너희가 통 밖에 나가질 않는구나."

고기를 씹어 삼킨 후 가볍게 물은 공작의 말에 세 남매가 동시에 움찔했다.

초대장이 하나도 안 왔으니까 아무 데도 안 갔죠.

그레이는 빠르게 눈을 굴려 솔레아를 한 번 보고는 헤이먼에게 시선을 주었다.

솔레아 역시 눈알을 빠르게 돌리며 포크로 헤이먼을 넌지시 가리켰다.

결국 셋 중 제일 나이가 많은 헤이먼이 입을 열었다.

"저번에 파티를 다녀온 뒤로 솔레아가 피곤하다 해서 잠깐 쉬고 있습니다. 아무래도 처음 파티에 가 본 거니까요."

"그랬구나."

그 이후로도 식사를 하며 몇 번 더 공작을 '공작님'이라고 불렀다가 의도치 않게 중세 수련회 교관님 말투를 몇 번 더 들어 버렸다.

결국 솔레아는 식사 중에 그만 크게 소리 내어 웃으며 '알았어요. 그만하세요. 아빠라고 부를게요.'라고 했고, 공작은 그제야 만족한 듯 웃었다.

그레이와 아웅다웅 장난치며 방으로 돌아간 솔레아는 문이 닫히고 홀로 남자마자 웃음을 거뒀다.

기억이 뒤죽박죽이었다.

"내가 낮잠을 잤다고?"

지하실에 갔었다. 헤이먼을 구하러······.

헤이먼이 분홍색 머리카락을 지하실 돌바닥에 흐트러뜨린 채 쓰러져 있던 게 어렴풋이 기억난다. 꿈이었나?

솔레아는 아까 던져 놓았던 일기장을 다시 펼쳐 들었다.

이제 곧 밤이니 이곳에 일기가 적힐 게 분명했다.

낮에 몇 글자씩 적어 놓았으니 그 뒤로 이어서 내용이 적히겠지.

그러면 잊은 사건에 대해 대략적으로라도 알 수 있겠지.

하지만 배가 부른 탓인지 눈이 저절로 감겨 왔다.

한 시간이 지나고, 머리를 아래위로 뒤흔들며 꾸벅꾸벅 졸기 시작할 즈음, 문이 끼익 소리를 내며 열렸다.

"······또 이걸 읽고 계시네."

앤은 조심스럽게 음란 소설을 협탁에 내려놓은 뒤 솔레아를 침대에 누이려 했다.

그 순간 솔레아가 벌떡 일어섰다.

"안 잤어!"

"어머, 깜짝이야! 아가씨! 놀랐잖아요!"

솔레아는 얼른 일기장을 펼쳤다.

'헤이먼' 뒤로 첫 번째 줄이 적히고 있었다.

헤이먼은 누워 있어도 잘생겼네.

아, 젠장! 분명 이런 생각을 했었던 거 같긴 한데! 중요한 건 아니잖아!

"아악!"

"왜 그러세요, 아가씨!"

깜짝 놀란 앤이 솔레아의 어깨 너머로 보이는 글자를 슬쩍 읽었다.

어느 부분에서 놀라 소리를 지르신 거지?

'렘샤 부인에게 저 말고도 숨겨진 또 다른 남자가 있다는 걸 알아챈 바카다는 헤어질 바에야 차라리 셋이서 하자고 제안했다.'

"와! 굉장하네요!"

앤은 반성했다.

그동안 쌓아 놨던 책을 다 갖다 버리라고 하신 데에는 이유가 있었구나. 성에 안 차셔서 그러신 거였어.

앤이 깨달음을 얻은 줄도 모르고 솔레아는 얼른 그녀를 내보냈다.

"나가 봐, 앤."

"네, 아가씨. 즐거운 시간 보내세요."

앤이 얼른 자리를 비키자 솔레아는 다시 두 번째 줄을 읽었다.

종이 위에 다시 글자가 천천히 떠오르고 있었다.

마력이 통하지 않는 몸이니 앞으로는 다치면 안 되겠다. 운동할 때 더 조심해야지. 외국인 놈들. 사람 왕따시키는 것도 아니고, 마력 가지고 되게 쩨쩨하게 구네.

아, 참. 그런 일도 있었지.

이 몸엔 더 이상 마력이 통하지 않는다.

아마도 원래의 솔레아가 가지고 있던 기운이 며칠 새 다 빠져나간 탓이겠지.

하지만 이런 것 말고 좀 더, 도움 되는 게 필요한데.

솔레아는 진지하게 일기장을 뚫어져라 쳐다봤다.

마지막, 이달.

잠시 후, 세 번째 단어의 뒤로 글자가 나타났다.

이달론일 거야. 이달론 말고는 없어.

이달의 운세 \(^∇^)

준비했던 일들이 전혀 예기치 않은 방향으로 풀립니다. 그 과정에서 새로운 친구들을 사귀게 될지도 모르겠군요. 하지만 달갑지는 않습니다.

행운의 색깔 : 검은색

행운의 아이템 : 파리채

"아. 돌았나."

쌍욕이 절로 나오네.

부들부들 떨며 책을 덮고 그대로 던져 버리려다가 꾹 참으며 협탁 위에 내려 놓았다.

"……딱 한 번만 더 시도해 보자."

물론 집으로 돌아가는 것도 중요하지만, 마음에 걸리는 장면이 머릿속에 남아 있었다.

시야를 가리고 있는 손가락 사이로 보이던 헤이먼의 얼굴.

흐트러진 머리카락과 핼쑥해진 두 뺨, 흔들리는 분홍색 눈과 흐르지 못하고 맺혀 있던 투명한 물방울.

"분명히 울고 있었는데."

솔레아는 조금 뭉친 어깨 근육을 풀며 만년필을 손에 쥐고, 천으로 꽁꽁 묶어 버렸다.

혹시라도 힘에 밀려서 위로 튕겨 나가지 못하도록.

"어제 정신없는 와중에 저렇게 많이 썼으니까. 분명히 오늘도 할 수 있을 거야."

숨을 몰아쉬고 솔레아는 흡, 하는 기합과 함께 오늘도 일기장에 글자를 써 넣기 위해 힘을 주기 시작했다.

하지만 어제는 기적이 일어나기라도 한 건지 오늘은 아무리 끙끙거리며 힘을 줘도 두 글자 이상은 쓸 수가 없었다.

겨우, 아주 겨우 적은 두 글자는 '기억'이었다.

내일은 생각나겠지. 일단 '기억'이라는 말을 아무도 못 하게 해야겠다.

솔레아는 희망을 품은 채 지친 몸을 씻고 새벽녘에야 겨우 잠들었다.

다음 날, 꽤 시끌벅적하게 하루가 시작됐다.

갑자기 초대장이 물밀듯 들어오기 시작한 것이다.

"이게 무슨 일이야, 헤이먼?"

"나도 모르겠어. 원래도 이 정도는 아니었는데."

"그레이는 어디 갔어?"

"저기 오네."

잔뜩 신난 표정으로 달려오던 그레이는 저택의 문을 넘어서기도 전에 외쳤다.

"솔레아! 너 황녀 전하랑 무슨 사이야!"

"무, 무슨 사이긴. 뭐가. 왜. 무슨 사이랄 게 있나."

알아도 모른 척하고 싶은 사이지…….

바란 적도 없는데 자꾸 나를 개방적으로 만들려고 해.

솔레아가 당황하는 걸 보고도 그레이는 잔뜩 들뜬 얼굴로 말했다.

"네 험담을 한 시종을 황녀 전하께서 단번에 자르셨대."

"목을 말이냐?"

헤이먼이 기대에 찬 얼굴로 음산하게 묻자 그레이는 고개를 저었다.

"아니. 그냥 잘랐다더라."

"혀를?"

솔레아가 기겁하는 얼굴로 헤이먼을 바라봤다.

"사람 혀를 왜 잘라……."

헤이먼은 머쓱한 눈으로 그레이의 대답을 기다렸다.

그레이는 아쉽다는 듯 혀를 쯧, 차고는 말했다.

"황궁에서 더 이상 일 못 하도록 잘랐다고. 혀나 손, 발, 같은 신체는 아무것도 안 잘랐대."

"그 소문이 퍼지면서 황녀 전하께 줄을 대 보겠다고 우리한테 이렇게 초대장이 쏟아지는 거군."

"그렇지."

그레이가 고개를 끄덕거리다가 '아!' 하는 탄성을 지르며 재킷 안주머니에서 작은 봉투를 꺼냈다.

"큰형 전쟁에서 승리했대."

그레이는 환하게 웃으며 이어 말했다.

"기억은 없어도, 솔레아 너도 금방 큰형을 좋아하게 될 거야."

……아, 잠깐만. 기억이라는 단어를 빼고 말할 수는 없었니.

❋ ❋ ❋

아니나 다를까, 일기장에는 그레이가 한 말이 그대로 적혀 버렸다.

기억이 없어도 큰형을 좋아하게 될 거라니. 흥. 웃기는 소리.

젠장.

짜증을 내며 일기장을 덮고, 제르노아 제국의 역사서를 펼쳤다.

책을 읽다가 기절한 뒤 3일이나 못 깨어나긴 했지만 어쨌든 공부를 멈출 순 없었다.

내가 바라는 건, 귀족들 앞에서 헤이먼과 그레이가 당당하게 행동하는 것이었다.

마음 깊은 곳 양심의 소리가 내게 '이미 가족으로 받아들인 거 아니야?' 라고 속삭이고 있긴 했지만 대답할 자신은 없었다.

솔레아가 고열에 시달리다 사라지지만 않더라도 이건 전부 그녀가 누렸을 행복이었다.

나는 행복을 훔친 대가를 갚는 것뿐이다.

마음을 가라앉힌 후 제르노아 역사서를 읽으며 종이에 필기했다.

한국에서 못 했던 공부를 여기서 하네.

아버지를 피해 도망쳤을 때 학교로 다시 돌아가지 못하게 된 게 서러웠고, 교복을 입은 아이들을 보면 부러웠다.

나도 언젠가 다시 공부할 수 있을까 했지만 그런 기회는 오지 않았다.

'지윤 씨 중졸이라 그랬죠?'

'……고등학교 중퇴요.'

'그게 중졸이죠. 가서 이거 복사해 와요. 아, 복사할 줄 모르죠? 손 많이 가네, 정말. 소개로 들어왔으면 도와주신 분 민망하지 않게 본인이 알아서 좀 잘해요. 이런 거 하나하나 묻지 말고. 머리가 안 좋으면 노력이라도 해야지.'

물어본 적도 없는데 시발 놈아.

처음으로 공장이 아닌 회사에서 일한 기억은 썩 좋지 않았다.

여기로 오기 전 마지막 출근 날 나눴던 대화를 떠올리다 나도 모르게 이를 악물었다.

"내가 머리가 안 좋은 게 아니란 걸 보여 주지."

가만있어 보자, 베르고의 첫 번째 영주는…….

몇 시간 뒤, 책상 위는 제르노아 제국과 베르고의 역사에 대해 정리한 종이들로 가득 메워졌다.

이렇게 정리하면서 읽지 않으면 누가 누군지 분간이 가지 않았다.

"감시온이 누구더라. 얘는 왜 옆 대륙으로 가 있었어? 엥? 갑자기 왜 돌아왔어?"

"지도가 왜 이래? 아까 앞 장에서는 이거보다 땅이 크지 않았나? 뭐? 언제 조약을 맺어서 넘긴 거야?"

"얘는 즈그 땅도 아니면서 왜 끼어들어? 왕의 처남이라 정통성을 주장하며 쳐들어왔다고? 누구랑 결혼을 했는데 처남이라는 거야."

공부가 쉬운 게 아니구나.

산더미처럼 쌓인 책들 사이로 풀썩 엎드렸다.

"······머리 터질 것 같아······."

그대로 눈을 감으면 잘 수 있을 것 같았다.

어차피 조금 있으면 해 뜰 것 같은데 대충 정리하고 잘까?

안일한 생각이 스멀스멀 피어올랐다.

그래! 공부는 내일!

침대로 가려던 그때, 연회장에서 멀뚱히 서 있던 헤이먼과 그레이의 안쓰러운 뒷모습이 떠올랐다.

"하······."

나는 한숨을 쉬며 몸을 돌려 다시 책상으로 향했다.

"힘내자. 난 공부를 잘하진 않지만 포기하진 않을 거야."

들어 본 적도 없는 나라의 역사를 머릿속에 새긴다는 게 보통 일이 아니었지만 이대로 포기할 순 없었다.

쉴 새 없이 움직여 뻐근한 손목을 원을 그리며 한 번 돌려 준 후, 다시 펜을 잡았다.

그렇게 며칠이 지나고, 여느 때처럼 피곤한 아침이었다.

문을 두드리는 노크 소리가 평소보다 경쾌했다.

"아가씨! 일어나셨어요? 아가씨!"

"······앤······."

목이 잠겨서 제대로 대답도 하지 못했는데 앤은 그 작은 목소리를 어떻게 들었는지 문을 벌컥 열고 들어왔다.

"어휴! 아가씨! 얼른 일어나세요! 세상에, 얼굴이 이게 뭐예요! 드레스 입어 보셔야 하는데!"

"드레, 큼! 무슨, 드레스?"

눈을 반쯤 뜨고 비몽사몽으로 답하는 사이에 앤은 창가로 가 커튼을 확 젖혔다.

"앤……. 정신 차릴 시간 좀 줘."

"안 돼요! 저녁에 파티에 간다고 하셨단 말이에요! 지금 얼른 드레스 정하고, 장신구 정하고, 아이고, 너무 바빠! 오늘 아침에 드레스들이 도착해서 천만다행이죠!"

앤은 내가 고이 덮고 있던 이불을 빼앗고는 내 두 팔을 잡아당겨 일으켰다.

"파티? 무슨 파티?"

내가 얼빠진 얼굴로 질문하자 앤이 뭘 그런 당연한 걸 묻냐는 듯 눈을 동그랗게 뜨고 답했다.

"초대장이 태풍처럼 날아들었잖아요! 헤이먼 도련님이 오늘 파티에는 꼭 가야 한다고 하셨어요!"

대답하는 시간조차 아까운지 앤은 평소보다 더 빠르게 움직였다.

넋을 잃은 부랑자 꼴로 앉아 있는 나를 침대에서 내려오게 한 앤은 그대로 잠옷을 벗겨 내곤 곧장 욕실로 집어넣었다.

"잠들지 마시고 얼른 씻고 나오세요! 빨리요, 아가씨! 진짜 빨리요!"

느릿느릿 씻고 나오자 방 안엔 드레스들이 한가득 쌓여 있었다.

"자! 하나씩 입어 봅시다!"

"솔레아가 파티에 가는 게 흔한 일이 아니라 그런가. 신났구나, 앤."

"아가씨 말씀 또 재밌게 하시네. 네, 앤은 지금 너무 신나요!"

제자리에서 빙그르르 돌기까지 한 앤은 연한 노란색에 소매가 풍성한 디자인의 드레스를 내게 입혔다.

"이건 아무래도 좀 너무 색이 유치하죠? 아가씨랑 안 어울리는 것 같아요."

앤의 말에 대답하기 직전, 누군가 문을 두드렸다.

"공녀님. 마리에 살롱의 마리에입니다."

"네? 아, 들어오세요."

마리에가 활짝 웃으며 성큼성큼 안으로 들어왔다.

"여기까진 어쩐 일이에요? 살롱에 있어야 할 시간 아닌가요?"

"저번에 공자님께 받은 시곗값이라고 쳐주세요. 오늘도 공녀님을 멋지게 변신시켜 드릴게요."

콧잔등을 찡그리며 싱긋 웃은 마리에는 냉큼 내게 달려들어 입고 있던 노란 드레스를 순식간에 벗겨 냈다.

"앗! 아니, 잠깐!"

"시간이 없어요. 하녀 아가씨! 저기 진한 푸른색 드레스를! 아니, 그거 말고 그 옆의 거!"

"네! 마리에 님!"

드레스 전쟁의 서막이 오르는 순간이었다.

셀 수 없이 많은 옷을 입어 본 후에야 방을 나설 수 있었다.

"……나도 거울……."

"아까 보여 드렸는데. 아가씨도 참. 아직 잠이 덜 깨셨나 봐요! 호호호!"

"……어디로……."

"지금 밖으로 나가는 중이죠. 오늘은 야외 파티라고 했더니 마리에 님이 옷감이 자연광을 받을 때 어떻게 빛나는지 확인해야겠다고 하셨거든요."

"아……."

나는 멍하니 앤의 팔을 잡고 그녀가 이끄는 대로 걸어갔다.

정원으로 나가자 마리에가 박수갈채를 치며 이렇게 색감이 진한 감색 드레스가 어울리는 사람은 흔치 않다며 환호를 퍼부었다.

그리고 그녀는 앤에게 어울리는 머리 스타일들을 여러 개 설명한 뒤 빠르게 살롱으로 출근해 버렸다.

바쁜데도 와 줘서 감사하다고 내가 인사를…… 했던가.

아유, 잠이 안 깨네. 누가 머리를 헤집어 놓기라도 했나.

마리에를 보낸 뒤, 앤과 함께 저택으로 들어가려던 찰나 내 뒤에서 우당탕 소리가 들렸다.

화들짝 놀라 뒤를 돌아보자 깜짝 놀라 커다래진 두 눈으로 나를 바라보는 공작님과 눈이 마주쳤다.

넘어지기라도 했는지 공작은 한쪽 무릎을 꿇고 넋이 나간 듯한 표정으로 나를 바라보고 있었다.

"공작…… 아빠! 괜찮으세요?"

그를 부르며 달려가자 디에르고가 그제야 눈을 몇 번 깜빡이더니 어색하게 입꼬리를 당겨 웃었다.

"아, 하하……. 내가 착각을 해서, 어, 그러니까 잠깐 다른 생각을 하다가……."

"안 다치셨어요?"

내가 내민 손을 가만히 내려다보던 공작은 조심스럽게 내 손을 맞잡고 자리에서 일어났다.

"이 옷은 처음 보는구나. 색감도……. 20년 전에나 유행했던 것 같고."

"마리에가 잘 어울릴 것 같다고 이걸로 골라 줬어요."

"그래……. 그랬구나."

말을 하는 디에르고 공작은 어쩐지 그리운 눈을 하고 나를 지그시 바라봤다.

하지만 그의 눈은 내가 아니라 다른 곳을 보는 것처럼 초점이 흐릿했다.

"공…… 아빠?"

내 목소리에 공작은 눈썹을 움찔 떨더니 평소처럼 온화한 얼굴로 돌아왔다.

"그래, 공딸. 공아빠가 잠깐 다른 생각을 했네. 들어가자."

"그만 놀리세요."

힐긋 노려보자 공작이 씩 웃어 보였다.

"파티 때문에 드레스를 입었구나."

"네. 헤이먼이 중요한 파티라고 꼭두새벽부터 이 고생을 시켰어요."

"저런. 아무리 파티가 중요해도 동생 잠도 못 자게 괴롭히면 안 되지. 오늘 헤이먼이 너보다 안 멋지면 아주 혼쭐을 내 줘야겠네."

일부러 장난스럽게 말한 디에르고는 나를 저택으로 부드럽게 이끌었다.

그의 손바닥이 등에 닿을 듯 가까웠지만 내 옆에서 나란히 걷고 있는 디에르고 공작이 더는 두렵지 않았다.

어쩐지 잔뜩 응석을 부리고 싶은 기분이었다.

"네. 그리고 그레이도 혼내 주세요."

"그레이는 왜?"

"오늘 파티 준비 하느라 오전 운동 못 한다고 했더니 아까 문밖에서 운동을 빼먹으면 어떡하냐고 성질을 부리는데. 어휴……."

"그놈 참. 동생이 바쁘면 그럴 수도 있지. 그레이도 파티 가기 전에 연무장 열 바퀴 뛰고 가라고 하마. '그 좋아하는 운동 너나 해라!' 이렇게. 어떠냐?"

나는 낄낄 웃으며 고개를 끄덕였고 디에르고는 따스한 눈빛으로 나를 내려다봤다.

내게 한 말이 농담이 아니었던 건지 디에르고는 헤이먼과 그레이를 불러와 한 소리씩 퍼부었다.

"헤이먼. 사교계도 중요하지만 동생 몸도 안 좋은데 새벽부터 무리를 시키면 안 되지!"

"하지만 아버지, 오늘 파티는 솔레아에게도 중요한 파티입니다."

"어허! 그리고 그레이 너도. 동생이 일찍부터 준비하느라 바쁜데 도와주지는 못할망정 운동 빼먹었다고 화내는 게 말이 되니. 오빠가 돼 가지고 말이야. 동생을 챙겨 줘야지."

"저는 동생 건강을 챙겨 주는 거잖아요, 아버지!"

"상황에 따라 동생이 이럴 때는 이렇게 봐주고, 저럴 때는 저렇게 봐주고. 그래야지."

어쩐지 쌤통이라 나는 디에르고 공작의 뒤에 서서 모르는 척 혀를 빼꼼 내밀었다.

유치한 장난인 걸 아는데도 이상하게 비집고 나오는 웃음을 참을 수가 없었다.

그레이가 억울한 듯 펄쩍 뛰며 내게 삿대질했다.

"아니, 아빠! 쟤 지금 메롱 하잖아요! 저, 저! 웃는 거 봐! 얄미워 죽겠네, 저거!"

"동생한테 저거라니! 그리고 솔레아! 아빠가 지금 진지하게 네 편 들어 주고 있는데 오빠를 놀리면 안 되지!"

"방금 솔레아 편 들어 준다고 하셨어요? 아들은 너무 서러워! 아빠가 딸 편만 들어 준대! 아들 서러워!"

그레이가 오버스럽게 난장을 피우며 거실 바닥에 드러눕자 헤이먼이 인상을 찡그리고 그레이에게 말했다.

"일어나라. 아버지 앞에서 무슨 추태야."

헤이먼의 진지한 목소리에도 그레이는 아랑곳하지 않고 시위하듯 말했다.

"파티는 딸만 가! 아들은 여기서 살 거야! 아빠 아들 안 사랑해!"

아이처럼 난동을 부리고 있지만 그레이의 목소리에는 웃음기가 가득했다.

"그레이! 무슨 소리냐. 나는 니희를 차별 없이 키웠는데! 호, 혹시 서운한 게 있다면 말해 주면 고치마!"

디에르고 공작의 당황한 얼굴 때문에 웃음이 크게 터져 버렸다.

내가 웃자 그레이가 슬쩍 윙크하며 제 옆자리를 손바닥으로 툭툭 쳤다.

나도 그레이의 옆에 눕자 헤이먼이 깜짝 놀라 소리쳤다.

"솔레아! 너까지 뭐 하는 거냐! 아버지 앞에서 바닥에 드러눕다니!"

"딸도 오늘 피곤해! 딸은 파티 안 가! 파티는 둘째 아들만 가!"

"솔레아! 아버지 앞이다! 일어나!"

그제야 장난인 걸 눈치챈 디에르고 공작이 크게 웃음을 터뜨리며 의자에 앉은 채로 두 팔을 늘어뜨리곤 똑같은 말투로 말했다.

"그래! 아빠도 일 안 해! 파티는 둘째 아들만 가!"

"공작님. 일은 하셔야 됩니다."

그 와중에 나직하게 울리는 보좌관 라트엘의 목소리 때문에 모두 또다시 웃음이 빵 터져 버렸다.

거실에 드러누운 채 발을 동동 구르며 한바탕 장난을 친 탓에 드레스가 구겨져 버렸다.

옷을 정돈하러 방으로 올라가자 안에 있던 앤이 울상이 되어 나를 맞았다.

"아가씨……. 이 드레스랑 어울리는 머리 모양도 딱 생각해 놨는데……."

"하하, 미안. 아니, 그레이가 무슨 다섯 살배기 애처럼 장난을 치잖아. 아빠 앞에서. 헤이먼은 당황했는지 얼굴이 시뻘게져선 당장 일어나라고 소리치고, 하하하, 그 와중에 라트엘이 아빠한테 계속 '공작님. 이제 일하셔야 합니다. 공작님? 제 목소리가 들리지 않으십니까? 왜 안 일어나시는 거죠. 공작님.' 이러잖아. 얼마나 웃겼는데."

나는 아직도 웃음이 멈추질 않아 거울 앞에 서서 한참을 낄낄거렸다.

옷의 주름을 다시 잡아 준 앤은 부드럽게 웃으며 나를 의자에 앉혔다.

그러곤 뜨겁게 달군 얇은 고데로 조심스럽게 머리카락을 말며 말했다.

"아가씨가 이렇게 계속 건강하셨으면 좋겠어요."

"응?"

거울을 통해 내 뒤에 서 있는 앤의 눈을 바라봤다.

어느새 그녀의 눈동자가 촉촉하게 젖어 있었다.

"크게 앓고 나신 뒤 정신을 차리셨을 때, 기억을 잃으셔서 얼마나 슬펐는지 몰라요. 그날 이후로 밤에 달을 볼 때마다 빌던 말이에요."

"……내 기억이 돌아왔으면 좋겠다고?"

앤은 고데를 들고 있지 않은 손을 들어 눈물을 슥 훔쳐 내고는 싱긋 웃으며 고개를 저었다.

"아니요. 건강하셨으면 좋겠다고요."

힐긋 고개를 돌려 시간을 확인한 앤의 손이 빨라졌다.

"기억이야 앞으로 사는 날 동안 계속 만들면 되죠. 그건 중요한 게 아니에요. 우리 엄마가 그랬는데요. 사람은 누구나 마음속에 자기만의 집이 있대요. 그걸 어떻게 꾸미고 사는지는 자기 나름이라는 거예요. 앞으로 아가씨가 마음의 집을 예쁘게 꾸미시면 되죠! 저는요. 제 마음의 집이 꼭 이 저택 같았으면 좋겠다고 생각하거든요. 그래서 매일 청소하고 아가씨가 어디에서든 반짝반짝 빛나도록 신경 쓰고 있어요."

"하하, 네 마음의 집인데 왜 나를 신경 써?"

"에이. 아가씨랑 같이 있는 게 제 직업이고, 곧 저인걸요."

귀여운 앤의 말에 나도 모르게 미소가 피어올랐다.

하지만 정말로 그런 거라면 내가 어릴 때부터 갖고 있는 나만의 집은 얼마나 허접스러울까.

여태 살아왔던 집처럼 별도 제대로 들지 않는 곰팡내 나는 곳이겠지.

나도 모르게 작은 목소리로 중얼거렸다.

"날 때부터 마음의 집이 좁고 더러운 아이들은 어떡하니?"

양옆으로 조금씩 땋은 붉은 머리카락을 윗머리와 묶어 반묶음을 만든 앤은 거울 속의 내 얼굴을 똑바로 바라보며 말했다.

"말했잖아요. 마음의 집이라고. 어떻게 마음먹느냐에 따라 얼마든지 바꿀 수 있어요. 커다랗고, 행복하고, 반짝반짝 빛나는 따뜻한 집을 같이 만들어요. 아가씨!"

앤은 서랍에서 작은 핀을 꺼내 내 머리에 꽂고는 밝게 웃었다.

"머리 끝!"

······꿈같은 소리.

그게 그렇게 말처럼 쉬운 일이 아니잖아.

세상일이 내 마음대로 돌아가지 않는데 무슨 말도 안 되는 소리야.

누구나 자기 수준에 맞게 사는 거지. 무슨, 주제에 맞지도 않는 커다란 마음의 집 타령을…….

머릿속엔 부정적인 생각이 가득했지만 앤이 한 말은 내 가슴에 천천히 꽃잎처럼 내려앉았다.

'따뜻한 집을 같이 만들어요. 아가씨!'

방문을 열어 주며 생글거리는 앤의 얼굴을 가만히 바라봤다.

"아가씨? 왜 우세요?"

"내가? 울었어?"

"아니, 약간 그렁그렁……. 세상에! 눈물이 흘러서 화장 번지면 다시 해야 하는데!"

요란법석을 떨며 손수건으로 눈 앞머리를 콕콕 찍어 대는 앤 때문에 나는 다시 웃어 버리고 말았다.

"몰래 하품해서 그런가 보네. 갔다 올게, 앤."

"네, 아가씨! 다녀오세요!"

"……그래, 다녀올게."

이리저리 헤매도 다시 돌아가게 되는 곳.

그게 집이었지.

긴 복도를 걸어 계단에 다다르자 현관 입구에서 나를 기다리고 있는 헤이민과 그레이가 보였다.

"너어는 오빠들이, 어? 기다리다가 눈이 빠져서, 어? 힘들어 죽을 뻔했어! 이거 봐라, 오빠 발이 팅팅 부었잖아? 보이니? 어딜 보니. 레아? 솔레아?"

"머리 모양이 잘 어울리는구나. 레아. 가자."

"아니……. 형이 그렇게 말하면 내가 뭐가 돼? 레아, 드레스 너무 예뻐. 아니, 네가 더 예뻐. 계단 내려오는 거 힘들지?"

일부러 계단을 두 칸씩 뛰어 올라와 내 손을 잡고 함께 내려가는 그레이의 옆모습을 보다가 픽 웃어 버렸다.

"왜 웃어?"

"아니. 아무것도 아니야."

앤, 나도 여기가 내 마음의 집이었으면 좋겠어.

❄ ❄ ❄

좀 많이 늦은 감이 있지만 오늘이 무슨 파티인지 아직도 안 물어봤네.

"지금 누구 파티 가는 거야?"

"일찍도 물어보는군."

헤이먼이 나를 보며 비웃듯 말했다.

"형은 우리 막내 말에 왜 그렇게 삐딱하게 대답해? 그치, 막내야?"

"……으. 갑자기 왜 이래?"

그레이가 징그럽게 내게 팔짱을 끼며 어깨에 머리를 기대 왔다.

"솔레아. 나 이제부터 너만 믿는다. 알았지?"

"그레이. 약 먹었어? 아니면 먹어야 할 약을 빼먹었어?"

"응응. 그레이 약 먹고 죽어 가는 척할 테니까 네가 대신 싸워 줘."

얼굴을 잔뜩 찌푸린 채 맞은편에 앉은 헤이먼을 쳐다보자 그가 대신 대답했다.

"지금 가는 나사니엘 백작가의 영윤이 10년쯤 전에 그레이와 목검 승부를 했다가 졌거든."

"9년 전이야."

어느새 내게 기대 있던 몸을 일으키고 똑바로 앉은 그레이가 헤이먼의 말을 수정했다.

"그리고 3년 전 진검 승부에서도 또 졌지. 그때 이후로 그레이를 볼 때마다 다시 승부하자고 계속 귀찮게 굴어."

"아유, 넌 눈치껏 한 번 정도는 져 주지 그랬어."

그레이를 바라보자 그가 어깨를 축 늘어뜨리며 불쌍한 강아지 흉내를 냈다.

굳이 비유하자면 여우같이 생긴 놈이.

"힝. 나는 지는 사람이 아닌데."

헤이먼은 그레이의 잔망을 무시하곤 딱딱한 목소리로 덧붙였다.

"빌 나사니엘은 나쁜 놈은 아니야. 그레이만 보면 승부하자고 귀찮게 구는 게 전부니까. 아마 솔레아 너랑 나는 가만히 파티를 즐기다 오면 될 거야. 그댁 영애도 친절한 성격이니까."

"아, 그래?"

"오늘은 사라 나사니엘 영애의 데뷔탕트야. 가서 싸우지 마라, 솔레아. 그레이 너도."

"나는 다르지. 빌이 계속 싸우자고 하는 거잖아. 난 필사적으로 도망 다니고 있다니까?"

억울한 그레이가 투덜댐과 동시에 나사니엘 백작저의 모습이 보이기 시작했다.

그래, 이제 겨우 두 번째 파티인데 별일이야 있겠어?

나는 싱긋 웃으며 저녁 바람을 맞았다.

"왔구나, 그레이! 기다리고 있었다."

정원으로 들어서자 밖에 서 있던 연한 갈색 머리의 청년이 그레이를 보곤 반갑게 웃으며 빠르게 걸어왔다.

"야, 너 친구 없다며. 쟤는 너 되게 반가워하는데?"

그레이의 옆구리를 쿡 찌르며 올려다보자 그는 잔뜩 짜증 난 얼굴을 하고 있었다.

"그레이, 표정이 왜 그래우왑!"

내가 말을 다 마치기도 전에 영윤이 검을 빼 들었다.

"승부를 하자! 그레이!"

"미, 미, 미츠……"

'미친놈 아니야!' 라고 말하려던 찰나 그레이가 어깨동무를 하며 자연스럽게 내 입을 막았다.

"미안, 빌. 난 오늘 동생과 왔어. 동생이 보는 앞에서 잔인하게 진검으로 승부를 겨루는 건 아무래도 그렇잖아?"

눈을 동그랗게 뜨고 있는 나를 보던 청년은 그제야 검을 검집에 집어넣었다.

그러곤 꽤나 멀쩡한 사람인 척 빙긋이 웃으며 내게 인사를 건넸다.

"놀라게 해 드려 죄송합니다! 공녀님! 제가 여러 번 결투장을 보냈지만, 그레이에게서 여태 답이 없어 마음이 앞섰습니다. 빌 나사니엘, 이 나사니엘 백작가의 밝고 창창한 미래를 책임질 인재입니다. 기억해 주십시오! 공녀님!"

선거에 출마하는 사람인가?

잠깐 고개를 갸웃하며 그레이와 헤이먼을 번갈아 쳐다봤지만 둘 다 내 시선을 무시했다.

빌은 내가 대답하기도 전에 헤이먼에게 인사를 건넸다.

"헤이먼 공자님도 올 줄은 몰랐습니다! 제가 사교계에 데뷔했을 때였나요, 그때 헤이먼 공자님이……."

"오빠! 왜 정원에서 그러고 있어!"

토끼처럼 귀여운 인상의 영애가 얼굴이 새하얗게 질린 채 총총거리며 빠른 발걸음으로 뛰어왔다.

"죄송합니다! 오빠가……! 으악! 베르고 공녀님! 공자님! 안녕하세요! 죄송, 아니, 이렇게 일찍 오실 줄 몰랐어요! 어머나, 죄송해요!"

"아, 사라 나사니엘 영애?"

내가 이름을 부르자 얼굴이 빨개진 영애가 고개를 끄덕거렸다.

"반가워요. 솔레아 폰 베르고예요. 성년을 맞이한 걸 축하합니다."

"네, 네. 처음 뵙습니다. 감사합니다! 반갑습, 아, 와 주셔서 기쁩니다. 그리고, 어, 이, 일단 들어가실까요?"

주춤거리며 우리를 저택 안으로 안내하는 사라는 계속 뒤를 돌아보며 나를 힐끔거렸다.

귀엽다. 미어캣 같아.

하지만 사라의 오빠는 불도저였다.

"그레이! 왜 내가 보낸 초대장을 무시하는 거지! 몇 번이나 결투를 신청했는데!"

"빌. 내가 너 얼굴 볼 때마다 말하지만 결투 신청 할 때는 장갑을 던져야 된다고 했잖아. 그런데 왜 장갑을 선물하냐고. 너 때문에 서랍이 장갑으로 미어터져."

"그래도 한 짝만 보내면 쓸모가 없지 않나! 버리지 않았으니 다행이군!"

버리지 않아서 다행이라니. 밟아도 밟아도 죽지 않는 잡초 같은 긍정 마인드네.

파티는 생각보다 괜찮은 분위기였다.

황녀의 파티보다는 규모가 작아서 그런지 참석한 사람이 적었다.

그래서일까, 대놓고 시비 거는 이도 없었다.

사라 나사니엘은 파티의 주인공답게 여기저기 다니며 사람들에게 인사를 했고, 눈치를 보아 하니 나를 싫어하진 않는 것 같았다.

꽤 시간이 지나자 사라는 눈치를 살피며 내 옆으로 달팽이처럼 느릿느릿 다가왔다.

오히려 그런 행동이 주변의 이목을 끌고 있었지만 본인은 최선을 다해 자연스럽게 보이려 노력 중인 것 같아 나도 모른 척했다.

"안, 안녕하세요. 공녀님."

"네, 나사니엘 영애."

"저, 제가 듣기로는 저번에 그, 저기······."

"예. 편히 말하세요. 듣고 있어요."

"영지에서 노예 무역을 완전히 몰아내셨다고 들었어요. 정말 대단하세요!"

"아, 그건 제가 한 게 아니라 저희 아버지가 하신 겁니다."

싱긋 웃으며 답하는 순간 다른 목소리가 끼어들었다.

"어머, 나사니엘 영애. 그건 대단한 일이 아니에요. 영주민들도 그렇고 베르고 공작님도 그렇고 다들 큰 손해를 봤잖아요?"

고개를 들자 마른 몸매에 검은 머리카락을 길게 늘어뜨린 여자가 나를 바라보고 있었다.

"누구?"

"소개가 늦었습니다. 저는 톨베커만 백작가의 레이나라고 합니다."

"······날 알고 있는 것 같으니 내 소개는 굳이 할 필요 없겠네요."

"그럼요."

고개를 까딱이며 싱긋 웃은 레이나는 작은 목소리로 이어 말했다.

"기억을 잃으신 분은 편하시겠네요."

"무슨 의미지?"

싸해진 분위기에 사라가 레이나와 나를 번갈아 쳐다봤다.

늘 내 옆에 있던 헤이먼은 마침 자리를 비운 상태였고, 그레이는 빌에게 붙잡힌 채 '결투하자, 그레이!'라는 라이브 도전장을 한 시간째 무시하는 중이었다.

레이나는 생글거리며 내게 말했다.

"노예의 역사도, 이 지역의 생리도 모르시니까 그렇게 간단히 공작님께 말씀드리신 거 아니겠어요? 전 다 이해해요. 친구랑 싸우면 화가 난 마음에 아빠한테 이르고 싶을 수도 있죠."

주둥이가 도를 넘네.

우리 둘 사이에서 어쩔 줄 몰라 하던 사라가 도톰한 입술을 꾹 다물며 레이나를 향해 돌아섰다.

"레이나 영애! 당장 그 말 취소하세요! 이런 행동은 참을 수 없습니다!"

작은 입 때문인지 웅얼웅얼 소리치는 모습이 한껏 화가 난 아기 뱁새 같은 느낌이었지만 어쨌든 사라는 내 대신 화를 내고 있었다.

하지만 레이나는 사라를 무시한 채 오로지 나만 보며 말했다.

"공녀님, 전 다 이해한다니까요. 아, 이번엔 아버지한테 이르지 마시구요."

픽 웃으며 뒤돌아선 레이나의 뒤통수를 향해 말했다.

"그러는 넌 얼마나 아는데?"

내가 가만히 있으니까 빙다리 핫바지로 보이나.

날카롭게 던져진 내 질문에 다시 돌아선 레이나가 비웃음을 머금고 나를 바라봤다.

"네?"

"넌 뭐, 얼마나 알길래 그러냐고 물었어."

이년은 내가 공부하느라 며칠 밤을 새운 줄이나 알고 떠드는 건가.

"내가 알기론 니르만 황제 4년, 수토비아와의 전쟁에서 승리한 후 그곳의 포로들을 데려와 노예로 삼은 것이 이 제국의 노예 역사의 시작이었는데."

"아, 그건……."

무언가 말하려는 레이나의 말을 끊고 이어서 말했다.

"혹시 최초의 노예가 아니라 최초의 노예 무역에 대해 궁금한 건가? 정쟁 끝에 테르간으로 망명을 가게 된 캄시온 2세가 다시 제르노아로 돌아와 황좌를 차지한 뒤 가장 먼저 한 일이 테르간 왕의 삼남 올리버 탈리든에게 독점 무역권을 허가해 준 거지. 우리나라 노예 무역도 거기에서 시작했어."

"……공녀님, 뭔가 오해가 생긴 것 같습니다. 저는 단지……."

"이것도 아닌가? 아, 혹시 번성하게 된 계기가 궁금했던 거야? 올리버 탈리든이 세운 무역 회사는 올리버 3세 때 부흥을 맞게 되는데 그건 그 당시의 황제가 해상 무역 자금을 대 줬기 때문이지. 올리버 무역 회사는 타국에서 노예를 데려오는 것뿐 아니라 각종 향신료와 설탕, 담배도 들여왔어. 그리고 데려온 노예들은 광산이나 농장으로 팔려 나갔지. 이제 이해가 좀 됐나?"

레이나의 표정이 수치로 인해 서서히 벌겋게 물들었다.

"어머나, 설마 백작가에서는 아직도 네르하 콘이 발표한 '성서 번역'을 믿고 있는 건 아니지? 그자가 자기 멋대로 죄를 지은 인간은 깨달음을 얻은 인간의 종으로 살며 죄를 씻어야 한다고 덧붙였잖아? 그게 노예의 타당성을 입증하는 말처럼 전해졌지만 결국 네르하 콘은 말년에 그 모든 번역이 사기임이 입증되어서 감옥에서 죽었고. 모르고 있었나? 설마 그 정도로 멍청하진 않을 텐데. 톨베커만 백작가에선 기본적인 교육도 안 시키나?"

"공녀님! 아무리 그래도 우리 백작가를 모욕하시는 것은 참을 수 없습니다!"

레이나의 음성이 커지자 주변의 시선이 집중되었다.

나는 차분하게 다시 입을 열었다.

"그럼 뭐가 문제인 거지? 선선대 황제께서 '노예 제도는 비인도적 처사다.'라고 이미 말씀하신 바 있고 타국에서도 서서히 노예의 수를 줄이고 있는데 왜 제르노아에서는 그게 아직도 성행하냔 말이야."

내 말에 분이 차올랐는지 붉은 얼굴로 씨근덕거리는 레이나를 가만히 응시하며 덧붙였다.

"공부를 게을리해 머리가 덜 찼으면 모를 수도 있지."

그대로 돌아서서 걸음을 옮기려던 나는 문득 떠오른 생각에 미소를 지으며 다시 뒤돌았다.

그러곤 아까 레이나 말투를 따라 하며 말했다.

"이번 일은 톨베커만 백작에게 일러도 좋아. 토론은 언제나 환영이니까."

나는 싱긋 웃으며 옆에서 동그란 눈으로 나를 올려다보고 있는 사라의 어깨를 다독였다.

"그래도 오늘은 나사니엘 영애의 데뷔탕트니까 이만할까?"

레이나가 나를 죽일 듯 노려보며 움켜쥔 주먹을 바들바들 떨었다.

"아, 참. 톨베커만 영애. 시간 남으면 책을 좀 읽는 게 어때요? 물론 파티도 좋지만 기억 상실인 나보다 무식해서야 되겠어요?"

나는 레이나를 향해 한쪽 입꼬리를 살짝 올려 비웃은 뒤 사라를 데리고 그녀에게서 멀어졌다.

나보다 머리 하나는 작은 사라가 눈을 휘둥그레 뜨고선 나를 멍하니 올려다봤다.

"왜 그렇게 봐요? 나사니엘 영애?"

"언제 그런 공부를 다 하셨어요? 정말 대단하세요! 공녀님! 방금 너무 멋있으셨어요!"

난 미소를 머금고서 나사니엘 영애에게 대답했다.

"딱 하나만 팠는데 그 하나가 시험에 나온 운 좋은 경우죠."

"네?"

귀여운 소동물처럼 눈을 깜빡이는 사라에게 나는 고개를 도리도리 젓고는 그저 씩 웃고 말았다.

지난 며칠 동안 역사서의 내용을 정리하면서 가장 집중적으로 살핀 것이 '노예의 역사'였다.

제국 최초의 노예, 노예 무역의 시작, 노예 무역이 가장 성행했던 시기, 노예 인식에 대한 변화, 현재 노예들의 위치 등등.

그야말로 잡히는 대로 책을 읽어 나가며 머릿속에 집어넣었다.

헤이먼 때문에 얼떨결에 우리 공작저로 온 돈이 적응하지 못하고 부유물처럼 이리저리 돌아다니는 안쓰러운 모습을 본 탓이었다.

근처에 있는 사람의 이야기라 집중하기가 쉬웠다.

그래도 이렇게 빨리 써먹게 될 줄은 몰랐는데.

톨베커만은 뭐 하는 백작가인 거지.

설마 나 또 싸웠다고 우리 영지에 피해가 생기는 건 아니겠지.

······그래도 그쪽이 먼저 공녀를 무시하는 발언을 했으니까, 뭐.

혹시라도 공작이 내게 오늘의 일에 대해 물으면 가감 없이 얘기할 작정이었다.

여태 봐 온 디에르고 공작이라면 톨베커만과의 거래를 끊었으면 끊었지, 나를 혼낼 사람은 아닐 거라는 믿음이 있었다.

"아빠니까······."

"네?"

"아, 아빠가, 그러니까 디에르고 공작님은 오늘 업무 때문에 못 오셨어요. 그래도 나사니엘 영애의 성년을 깊이 축하한다고 전해 달라 하셨어요."

나사니엘의 말간 얼굴이 분홍빛으로 물들었다.

"네! 감사합니다! 저는 오늘 공녀님이랑 공자님들이 와 주신 것만으로도 충분히 기뻐요!"

처음 봤을 때의 낯가림은 어디로 갔는지 사라는 사랑을 듬뿍 받은 아이 특유의 해맑은 모습으로 내게 활짝 웃어 보였다.

이곳 기준으로 성년이라고는 하지만 내 눈엔 아직도 어린 10대 소녀였다.

"다들 나를 썩 좋아하지 않던데······. 나사니엘 영애는 내가 괜찮은가 봐요."

정확히는 나뿐 아니라 베르고 가문 자체를 영 탐탁지 않게 보는 거였지만.

내 조심스러운 질문에도 사라는 미소를 머금은 채로 생기 넘치게 답했다.

"오빠한테 얘기를 많이 들어서 저는 예전부터 공녀님을 많이 뵙고 싶었어요."

"무슨 얘기를 하던가요?"

"베르고 공작가에 검을 잘 쓰는 그레이 공자님이 있는데 결투장을 아무리 보내도 대결을 안 해 준다고. 딱 한 번 답장이 온 적이 있는데 동생이 아파서 안 나간다고 했대요."

"······그랬구나."

솔레아가 아프지 않았으면 그레이는 빌과 친한 친구가 되지 않았을까.

빌이 특이하긴 해도 그레이를 편견 없이 대하는 것 같았는데.

내 얼굴이 어색하게 구는 것을 봤는지 사라는 내 옆에 바짝 붙으며 작게 속 살거렸다.

"그래서 오빠가 병문안 겸 찾아가겠다고 했대요."

"아, 내가 혹시 이전에 나사니엘 영윤을 만난 적이 있었나요?"

"아뇨. 그레이 공자님이 보낸 심부름꾼이 와서 오빠한테 '내 동생 아픈데 걸 리적거리지 마.' 라고 했대요. 그래서 못 갔어요. 아마 공작가분들 다음으로 우 리 오빠가 공녀님이 건강해지시길 바랐을걸요!"

애교 많은 사라는 주변을 슥 둘러보며 눈치를 살피더니 까치발을 하고선 근 근이 내게 귓속말을 건넸다.

"사실은 저도 공녀님이 너무 궁금했어요."

귀여워.

너무 귀엽잖아.

헤이먼이 중간에서 전달을 잘못한 거 같아.

'그 댁 영애도 친절한 성격이니까.' 라니.

이건 친절이라기보다는 사랑스럽다고 해야 하는 거 아닌가.

나도 모르게 사라를 애정 가득한 눈으로 내려다봤는지 사라의 귓불이 발갛 게 물들었다.

"그리구요, 오늘 가시고 나면 나중에 편지 써도 되나요?"

광대가 자유 의지를 가지고 제멋대로 승천하듯 올라갔다.

내가 고개를 끄덕이자 사라의 표정이 한층 더 밝아졌다.

그때였다.

연회장 바깥, 정원 쪽이 소란스러워졌다.

몇몇 사람들이 주변을 힐긋거리다가 창문 쪽으로 다가갔고 연회장에 있던 사람들 대부분은 아예 밖으로 나가서 구경을 시작했다.

"싸움이 붙었나 봐."

"결투인가?"

주변의 술렁거림 속에서 익숙한 목소리가 들려왔다.

"그레이……!"

어디에 있다가 이제야 나타난 건지 헤이먼이 창문을 확인하더니 주먹을 움켜쥐었다.

그레이의 이름을 중얼거린 그는 잔뜩 굳은 얼굴로 몸을 틀었다.

"헤이먼! 지금 싸우는 사람이 그레이야? 넌 어디 있다가 오는 거고?"

내가 달려가 헤이먼의 팔을 붙잡고 묻자 그는 초조한 낯으로 빠르게 내 손목을 잡고 정원으로 향했다.

"잠깐 볼일이 있었어. 나가자. 그레이가 싸움에 휘말린 것 같아. 아무 이유 없이 싸우는 녀석이 아닌데."

꽤나 걱정이 됐는지 헤이먼은 거의 뛰듯이 밖으로 나갔다.

나 역시 그레이가 웬만한 시비에는 반응하지 않는단 걸 알고 있어서 내 눈으로 보기 전까진 믿을 수 없었다.

하지만 정원에 서 있는 건 진짜 그레이였다.

그는 무표정한 얼굴이지만 차갑게 식은 눈으로 건너편에 서 있는 한 남자를 가만히 바라보고 있었다.

내 옆에 서 있는 남자가 자신의 일행에게 말했다.

"슐로든 후작가의 삼남이잖아. 저 콧대 높은 자가 이 파티엔 왜 왔지?"

"톨베커만 백작 영애와 만난다는 얘기가 있잖아. 둘이 함께 왔나 보지."

"아하, 그런가?"

"그게 문제가 아니라 지금 슐로든 영윤이 하는 꼴을 봐. 아무리 그래도 베르고는 공작가잖아. 웬 건방이야?"

"베르고가 공작가라 해도 저 삼남의 출신이."

"커흠! 흠! 흠! 공녀님! 흠! 그레이 공자님! 저기 계시네요! 크흠흠!"

헤이먼과 나를 뒤따라온 사라가 내 옆자리 놈이 헛소리를 하려던 찰나 과하게 헛기침을 하며 나를 불렀다.

그 덕에 옆에 있던 이들은 나를 알아보고 화들짝 놀라더니 꾸벅 고개를 숙인 후 조금 떨어진 곳으로 이동했다.

이 다급한 와중에도 사라가 귀엽다니.

나도 돌아가면 꼭 사라한테 편지 써야지. 친해져야지.

얼떨결에 사라의 머리를 쓰다듬을 뻔했지만 슐로든이라는 놈의 목소리가 들려온 탓에 다시 그쪽으로 시선이 쏠렸다.

"내가 틀린 말 했나? 왜 그런 눈으로 바라보고 그래."

그레이의 옆에 서 있던 빌은 그레이를 말리려는 건지 그의 팔을 잡고 뒤로 당기고 있었다.

하지만 그레이는 바위처럼 꿈쩍도 않은 채 제자리에 서서 슐로든을 무감한 눈으로 계속 응시하고 있을 뿐이었다.

"구경꾼들이 꽤 모였으니 다시 얘기해 줄까? 두 분이 친하게 지내는 모습이 보기 좋다 했습니다. 귀머거리 빌 나사니엘과 베르고의 공자님이라니."

주변 사람들이 술렁거리기 시작했다.

"빌 나사니엘이?"

"나사니엘 백작가의 장남이 귀에 문제가 있다고?"

"그래서 매번 그리 소리를 지른 건가?"

"저런……. 불쌍하기도 하지."

"나사니엘 백작님이 여태 숨기신 건가?"

"나사니엘 영윤도 대단하네요. 전혀 티 내지도 않고."

주변의 수군거림이 커지자 어깨를 으쓱 올렸다 내린 슐로든이 비소를 머금은 채 말했다.

"설마 비밀이었던 건 아니겠지? 너무 티가 나서 말이야."

주변의 소란에도 굴하지 않고 빌이 당당하게 외쳤다.

"슐로든! 이건 가문 간의 예의에 어긋나는 행동이지 않나! 내게 돌을 던진 건 그냥 넘어갈 테니 이만하는 게 좋겠군!"

하지만 그는 여전히 비아냥거리는 말투였다.

"부르면 돌아봤어야지. 너 하나 붙잡겠다고 쫄래쫄래 뛰어갈 순 없잖아? 앵벌이 거지도 아니고."

저 새끼가.

이를 악물고 앞으로 나서려던 찰나, 헤이먼이 내 손목을 잡았다.

놓으라고 말하려던 그때 그레이가 손에 끼고 있던 장갑을 천천히 빼내더니 빌에게 말했다.

"빌, 지금 내가 하는 건 결투 신청의 잘못된 예다."

그레이는 바닥에 굴러다니는 돌멩이 하나를 들어 올렸다.

아마도 그게 슐로든이 빌에게 던진 돌멩이인 듯했다.

그레이는 차갑게 식은 얼굴로 장갑 안에 돌멩이를 넣더니 망설임 없이 곧장 슐로든을 향해 던졌다.

슐로든의 얼굴로 돌멩이가 든 장갑이 날아갔다.

제 딴에는 피하려 몸을 틀었지만 그것마저 예상하고 던졌는지 장갑으로 감싼 돌멩이는 공중에서 방향을 틀어 슐로든의 광대에 명중했다.

"악!"

광대뼈를 감싸 쥔 슐로든이 악에 받쳐 소리를 질렀지만 그레이의 표정은 태연했다.

"이게 대체 뭐 하는 짓이야!"

"네가 한 짓 똑같이 한 거지. 난 그래도 예의가 있어서 앞통수로 던졌다. 그리고 이거 결투 신청이야."

그레이의 말에 구경꾼들은 입을 틀어막으며 저마다 뭐라 뭐라 떠들어 댔다.

"세상에, 아무리 그래도 사람에게 돌을 던지다니요. 베르고 공자도 참."

"부인. 먼저 돌을 던진 건 슐로든 공자 아닙니까."

"똑같이 행동하는 건 신사답지 못한 행동인 것 같은데."

"그 말씀도 맞지만 친구의 일에 함께 화내 주는 건 좀 멋있지 않나요?"

암요.

한 대 맞았으면 두 대 때려야지. 그래야 다시는 등쳐 먹힐 일이 없지.

나는 가만히 그레이를 보며 중얼거렸다.

"우리 오빠 야구를 시킬 걸 그랬네."

옆에 서 있는 헤이먼이 눈을 휘둥그레 뜨고 나를 내려다봤다.

"너는 이 상황에 그걸 농담이라고⋯⋯."

농담 아닌데. 공중에서 방향이 변하는 무회전 강속구를 던지는 투수라니. 어느 팀에 들어가도 다들 반길 거야.

게다가 외국 용병이 한국말도 잘하니까 다들 얼마나 좋아하겠어.

장난 섞인 말을 하고는 있었지만 속에선 분이 끓어올랐다.

하지만 속에 있는 말을 꺼낼 수는 없어 입 닫고 가만히 슐로든과 그레이를 지켜봤다.

돌에 맞은 슐로든의 광대에서 피가 흘러내렸다.

분노로 가득 찬 슐로든이 이를 악물고 낮은 목소리로 씨근거렸다.

"감히, 내게 돌팔매질을 해? 귀도 제대로 안 들리는 귀머거리 놈인 걸 여태껏 모른 척해 줬더니 출신도 모르는 놈이 끼어들어서는⋯⋯."

작게 이죽거렸지만 근처를 둘러싼 사람들 중 일부는 대충 알아들을 수 있는 정도였다.

단어 몇 개만 들어도 모욕으로 똘똘 뭉친 내용이라는 걸 알 수 있었다.

'감히' 출신도 모르는 놈에게 돌을 맞은 충격 때문인지 슐로든은 자리에서 꼼짝도 않은 채 바들바들 떨어 대고 있었다.

피에 젖은 얼굴과 악문 턱은 금방이라도 누군가를 때려죽일 것 같은 분노를 담고 있었다.

그래서인지 아무도 그가 한 말을 나무라지 못한 채 쥐 죽은 듯 상황을 지켜보고만 있었다.

아무도 나서려 하지 않기에 나는 성큼성큼 걸어 슐로든의 앞으로 다가갔다.

"무슨."

내게 말을 걸려는 슐로든의 따귀를 그대로 올려붙였다.

짝, 소리와 함께 슐로든의 얼굴이 돌아갔다.

헙, 하고 숨을 들이켜는 사람들의 신음 소리가 아까 돌팔매질에 이어 다시 들려왔다.

주변의 소란스러움이 가라앉은 후에야 나는 조용히 한 글자, 한 글자씩 씹어 뱉듯 말했다.

"감히 건방지게 내 오라버니의 출신을 들먹여?"

출신을 들먹거리는 놈에겐 출신으로 눌러 주는 수밖에 없었다.

이건 '진짜' 솔레아의 몸이니까.

슐로든이 한쪽 입꼬리를 비스듬히 올리며 천천히 나를 향해 고개를 틀었다.

"하, 공녀님. 오늘 일 후회하게 되실지도 모릅니다. 저는 슐로든 후작가의 삼남이며."

짝.

다시 한번 그자의 뺨을 때렸다.

"솔레아!"

두 번 때릴 거라곤 생각 못 했는지 나와 꽤 떨어진 곳에 서 있는 그레이가 소리를 질렀다.

"네가 슐로든의 무엇이든 상관없다. '출신도 모르는 놈'이라고? 네깟 게 제국의 공신인 베르고의 공자에게 출신을 물어?"

나를 죽일 듯 노려보는 슐로든의 두 눈을 똑바로 마주하며 차분하게 말했다.

"넌 왜 사탕 뺏긴 애처럼 씩씩대고만 있지? 네가 한 것과 똑같은 방식으로 오빠가 결투를 신청했는데 말이야. 검술을 배우지 못했나?"

내가 말을 마치자마자 천천히 검집으로 손을 뻗던 슐로든이 순식간에 검을 빼 들었다.

내가 그 자리에 계속 있었다면 베였을지도 모를 각도였다.

다행히 헤이먼이 노란 안개로 순식간에 나를 감싸고 공중으로 띄워 올려 제 쪽으로 당겼다.

갑자기 마법을 써서인지 헤이먼은 평소보다 과하게 숨을 고르며 내게 작은 목소리로 화를 냈다.

"왜 저런 자에게 도발을 해! 슐로든은 예전부터 행실이 안 좋기로 유명하다고."

"내가 말했지. 저딴 말을 듣고도 가만히 참는 게 이상한 거라고."

두 손으로 검을 거머쥔 슐로든은 멀어진 나를 힐긋 노려보다가 그레이에게 시선을 돌렸다.

뺨으로 흘러내린 피를 거칠게 닦은 슐로든은 바닥을 구르는 돌멩이 위로 침을 퉤, 뱉곤 그레이를 매섭게 바라봤다.

그레이는 빌이 옆구리에 차고 있던 검을 빼낸 뒤 슐로든을 향해 겨눴다.

내 손이 덜덜 떨리는 게 슐로든의 뺨을 있는 힘껏 때려서인지, 두 사람의 결투가 시작되어서인지 알 수 없었다.

그래도 내겐 그레이가 지지 않을 거라는 막연한 믿음이 있었다.

둘은 서서히 거리를 좁히며 서로에게 다가갔다.

슐로든의 얼굴에선 의기양양한 미소가 가시질 않았다.

"하바논 기사단에 최연소로 입단한 나를 상대하겠다니. 웃기지도 않는군."

"난 웃긴데. 넌 긴장되나 봐?"

"……반드시 죽여 주마."

"뺨 맞아서 뇌가 돌아갔나. 넌 입으로 검 쓰냐?"

특유의 가벼운 말투로 슐로든을 조롱한 그레이가 마치 산책이라도 하듯 그의 앞으로 성큼성큼 걸어갔다.

내 뒤에 서 있는 누군가가 작게 중얼댔다.

"아니, 보폭을 저리 넓게 하면……. 아이고……. 불 보듯 뻔하구만."

뒤돌아서서 입 닥치라고 말하려는 찰나 두 사람의 검이 맞닿았다.

챙, 하는 검날이 부딪치는 소리가 정원에 울렸다.

날아드는 그레이의 검을 받아 낸 슐로든의 뺨이 금세 피로 물들었다.

"윽!"

뭐지? 어떻게 된 거지?

달빛에 의지한 채 눈을 크게 뜨고 상황을 살폈지만 내가 있는 방향에선 자세히 보이지 않았다.

"귀가 없어졌네. 슐로든."

속삭이듯 작은 목소리였지만 사방이 워낙 조용해서 차갑게 가라앉은 그레이의 목소리가 선명하게 들렸다.

그제야 바닥을 구르는 슐로든의 왼쪽 귀가 눈에 들어왔다.

몇몇 사람들이 윽, 하는 소리와 함께 헛구역질을 하며 뒷걸음질 쳤다.

"이아아악!"

괴성을 지르며 그레이의 검을 쳐 낸 슐로든이 크게 검을 휘둘렀다.

공중을 길게 가르는 검의 궤도 사이로 검을 찔러 넣었다가 빼낸 그레이가 장난감 칼을 쳐 내듯 슐로든의 검을 쳐 냈다.

다시 검날이 부딪치는 소리가 웅— 하며 긴 공명을 남겼다.

슐로든의 피가 허공으로 솟아올랐다.

"아악!"

너무 빨라 보이진 않았지만 그레이의 검이 그의 어깨를 관통한 모양이었다.

순간적으로 검을 놓친 슐로든은 재빠르게 왼손으로 다시 검을 거머쥐었다.

"이 자식이!"

슐로든이 검을 막무가내로 휘두르며 전진했다.

정신없이 검이 날아드는 와중에도 그레이의 냉정한 눈은 흔들리지 않았다.

그는 깔끔하게 모든 공격들을 쳐 내다가 허리를 틀며 슐로든의 검을 위로 쳐 올렸다.

슐로든의 검이 날아가 정원 구석에 꽂혔다.

사람들의 시선이 주인을 잃은 채 애처롭게 바닥에 꽂혀 있는 검으로 갔다가 순식간에 슐로든과 그레이에게로 다시 향했다.

어느새 그레이의 검은 슐로든의 목을 겨누고 있었다.

"할 말은?"

"……우연히 나를 이겼다고 자만하지 마라. 근본 없는 놈이 나를."

그레이가 검을 쥐고 있는 위치를 바꿔 손잡이로 슐로든의 목을 후려쳤다.

슐로든이 종이 인형마냥 바닥으로 풀썩 쓰러졌다.

"서운하네. 근본도 모른 채 결투를 했다니."

뺨에 튄 피를 손등으로 부드럽게 닦아 낸 그레이가 주변을 둘러싼 사람들을 둘러보다가 내게 시선을 고정하곤 빙긋이 웃으며 말했다.

"나는 그레이 폰 베르고다."

그의 미소를 보니 나도 모르게 긴장하고 있던 마음이 놓여 움켜쥐고 있던 주먹에 힘이 풀렸다.

내가 안도하는 사이, 누군가가 비명을 지르며 슐로든에게 뛰어갔다.

아까 내게 시비를 걸었던 레이나였다.

"아이작! 이게 무슨! 피, 피가! 누가 좀 도와줘요! 이봐!"

레이나의 날카로운 음성이 정원을 울렸지만 선뜻 나서는 사람은 없었다.

"하인! 하인 누구 없어! 도와줘! 도와 달라고! 살아 있단 말이야! 아이작! 눈 좀 떠 봐요!"

비명을 지르며 도움을 요청하던 그녀는 이내 사라를 향해 표독스럽게 외쳤다.

"사라 나사니엘! 당신의 파티에서 당한 변고예요! 당장 하인을 부르지 않고 뭐 하는 건가요!"

빌의 곁으로 가 있던 사라는 입술을 꾹 다문 채 눈을 천천히 감았다 떴다.

"내 파티에서, 내 오라버니를 모욕한 사람을 도우란 말입니까?"

사라는 제 손수건으로 슐로든이 던진 돌에 맞은 빌의 뒤통수를 감싸며 발걸음을 옮겼다.

쓰러져 있는 슐로든과 레이나에겐 시선 한 번 주지 않았다.

"그러게 좀 적당히 하지."

"아무리 그래도……. 베르고는 공작가잖아."

"알아서 가야지, 뭐. 누가 챙기겠어. 결투에서 졌잖아."

작게 소곤대는 사람들 틈에서 중년의 남성이 다 들릴 만하게 외쳤다.

"결투인데 왜 목숨을 끊지 않은 거지? 기사도는 안 배웠나 보지."

살짝 웃음기가 서린 걸로 봐선 어떻게든 트집을 잡아 놀리고 싶은 모양이었다.

내 옆에 서 있던 그레이가 웃음기 띤 목소리로 대답했다.

"우리 솔레아가 마음이 약해서 그런 걸 잘 못 보거든요."

마침 근처에 서 있던 이가 되게 크게 '어? 마음이? 약해?' 하고 되물었다.

네. 저도 제 마음이 약한 줄 몰랐습니다.

그레이가 빙긋 웃으며 큰 소리로 다시 외쳤다.

"근데 어느 가문의 누구시죠? 기사도에 관해서 대화를 나눴으면 좋겠는데요."

검을 만지작대며 말하는 걸로 봐선 저 검의 이름이 대화인가 보다.

그레이의 말에 그 누구도 답하지 않은 채 사람들은 다시 우르르 건물 안으로 들어갔다.

중세 시대에선 결투가 그리 큰일도 아니라더니 그들은 연회장에 들어서자마자 아무 일도 없었던 것처럼 떠들어 댔다.

"나사니엘 영윤. 그런데 아까 그 얘기가 사실인가요? 귀 말이에요."

"뭐라고 하는 게 아니라 혹시 정말이라면 그동안 배려하지 않았던 게 미안해서 그러지요."

"귀도 잘 안 들리는데 정말 대견하십니다!"

"그래서 목소리가 컸던 거죠? 정말, 세상에나."

"제 하인 중에도 귀머거리가 있는데 그자와는 달리……."

쏟아지는 질문 속에서 나사니엘은 불편한 웃음을 지으며 답했다.

"오른쪽 귀는 적당히 들립니다. 목소리가 커서 불편했다면 죄송하군요."

"아, 그럼 왼쪽은 아예 안 들리나 봐요!"

"날 때부터 그랬었나요?"

빌의 뒤통수를 닦느라 피가 묻은 손수건을 꼭 쥔 사라가 입술을 앙다문 채 벌벌 떨었다.

나는 사라의 어깨를 다독이며 그녀에게 속삭였다.

"험한 소리는 내가 할게요."

그대로 허리를 세우고 큰 소리로 하나씩 말했다.

"대체 누가 아까부터 귀머거리, 귀머거리……. 거슬리네요. 그딴 뒤떨어진 차별적 언어를 쓴 사람이 대체 누굽니까. 그리고 뭐, 대견? 대애견? 대견하다니. 곧 백작가를 이을 나사니엘 영윤에게 누가 함부로 대견하다고 합니까. 할아버지쯤 되시나? 장애가 있다는 이유로 그 사람을 낮춰 보고 평가하듯 말하는 이가 있다니. 못 들어 주겠네."

헤이먼이 싱긋 웃으며 앞으로 나섰다.

"제 동생이 입은 험하지만 틀린 말을 하진 않습니다. 아……. 손도 험합니다."

방긋방긋 웃으며 말하는 헤이먼에게 대놓고 뭐라 할 수 없었던 귀족들은 부채를 펄럭이거나 헛기침을 하며 자리를 벗어났다.

북적대던 소음이 잦아들자 빌이 슬쩍 그레이의 근처로 가 섰다.

"빌. 할 말 있으면 해."

"……그레이, 혹시 내 귀 말이야, 전부터 그, 혹시……."

"알고 있었어. 그게 뭐라고."

그레이는 빌의 어깨를 툭 치며 이어 말했다.

"야, 나 오늘은 결투 못 한다. 솔레아가 건강해지긴 했어도 막 피 나고 이런 거 잘 못 봐. 마음이 약해."

웃음이 터진 빌이 고개를 끄덕이곤 슬쩍 눈가를 훔쳤다.

"그렇군! 그럼 다음번엔 차를 마시는 게 어때, 그레이! 내가 초대하지!"

그레이가 평소의 그 시큰둥한 표정으로 답했다.

"아, 됐어. 바빠."

❄ ❄ ❄

많은 변화가 있었다.

일단 나는 슐로든 놈의 뺨을 힘껏 두 대나 때린 덕에 근육통이 찾아와 이틀을 꼬박 끙끙거려야 했다.

이 몸뚱이는 마력으로 치료할 수가 없어서 디에르고 공작은 전전긍긍하며 나를 지켜봤지만 내 입장에선 대수롭지 않은 일이었다.

내가 때렸으니 후폭풍을 맞는 건 당연한 일이지. 오히려 마법처럼 짠! 하고 낫는 게 더 말도 안 되는 거잖아.

태연한 내 태도에도 디에르고 공작은 오직 내 아픈 팔만 걱정했다.

그는 내게 근육통의 원인을 묻지 않았다.

"많이 아프니?"

그저 따뜻한 목소리로 날 살피며 달콤한 간식을 손수 가져다주었을 뿐이다.

그래서 그레이와 빌을 모욕했던 슐로든의 삼남이 죽었다는 소식도 며칠 후에야 듣게 되었다.

"……앤, 방금 뭐라고 했어?"

"아, 그, 아니……. 저는, 말하지 말라고 하셨는데……."

"괜찮으니까 말해 봐."

책상 주변에 엉망으로 널브러진 책들을 정리하던 앤이 하얗게 질린 얼굴로 나를 올려다봤다.

"정말 그자가 죽었어?"

"……네."

"공작님이…… 죽인 거야?"

"그건 아니에요! 아니라고 들었어요! 정말이에요!"

"그렇구나."

나도 모르게 안도의 한숨을 내쉬며 가슴을 쓸어내렸다.

분명 그딴 새끼는 죽는 게 사회에 훨씬 도움 되는 일이라고 생각하긴 했다.

그렇게 남을 깔아뭉개는 놈들은 어딜 가나 있었고, 그런 놈들에게 저주를 퍼부은 적도 셀 수 없이 많았다.

하지만 그중 정말로 죽은 사람은 단 한 명도 없었다.

그래서일까. 처음으로 나와 내 주변을 모욕한 사람이 죽었다는 얘기를 듣자 쌤통이라는 생각이 들기보단 소름이 끼쳤다.

죽었으면 좋겠네, 라고 욕한다고 해서 진짜로 사람이 죽기를 바란 건 아니니까.

"나사니엘 백작가에서 손을 쓴 거야?"

아들을 모욕했으니 그럴 만도 하지.

나와는 달리 그들은 진짜 이 시대의 사람이었다. 그러니 다른 이들 앞에서 그런 식으로 모욕한 건 가문의 명예를 더럽힌 거기도 하니까.

"병이 났대요. 뭐……. 아프면 갑자기 죽는 경우도 있으니까요."

"그래……."

내 목소리가 차분해지자 앤은 걱정이 됐는지 애써 밝게 답했다.

"그래도! 그자가 나사니엘 영윤님과 그레이 도련님을 모욕한 건 맞으니까요! 잘된 일이죠! 마음 쓰지 마세요, 아가씨!"

"이번 일로 베르고가 손해 본 건 없고?"

"제가 알기론 없어요! 아가씨는 아무 걱정 마시고 건강하기만 하세요! 팔은 이제 괜찮으신 거죠?"

"응."

"다행이에요, 아가씨!"

앤이 방긋거리며 웃는 탓에 더 이상 물을 수가 없었다.

※　※　※

"슐로든가의 삼남?"

카라샤펠 황녀가 조용히 찻잔을 들어 차를 마시며 시녀에게 물었다.

"예, 아이작 슐로든이라고 평소에도 행실이 건방지고 성격이 괴팍한 자였습니다."

"디에르고 공작이 단단히 화가 났나 보구나. 하긴, 그럴 분이지. 여태 고자질 한 번 않던 공자들이 제 여동생을 건드렸다고 미주알고주알 떠들었나 보네."

과묵한 시녀는 감상을 말하지 않고 가만히 기다렸다.

카라샤펠 황녀는 빙긋이 웃으며 찻잔 손잡이를 만지작거렸다.

"슐로든 후가 제 자식을 직접 처리했나 보군."

"예. 베르고 공께서 삼남의 시체를 확인시켜 주지 않으면 모든 거래를 끊고 그 땅 위의 살아 있는 것들을 모두 불사르겠다고 전했답니다."

"슐로든 후의 선택이 맞는 거지. 베르고와의 거래가 끊기면 손해가 만만찮을 테니까. 그 많은 아들 중 하나 치우는 게 무슨 큰일이라고. 게다가 제 목숨도 아까웠겠지."

황녀는 가만히 눈을 감고 어릴 적 황제가 했던 말을 떠올렸다.

'랏샤, 명심하렴. 베르고를 적으로 두지 마라.'

'왜요, 아버지? 아! 폐하!'

아버지라고 불렀다가 황급히 폐하라고 고쳐 말하며 방긋 웃는 딸을 향해 황제는 사랑스럽다는 듯 마주 웃어 주곤 이어 말했다.

'원래 베르고라는 말은 망령들의 땅이라는 뜻이란다.'

'망령들의 땅이요? 그곳에 귀신이 많습니까?'

소리 내어 웃은 황제는 랏샤의 머리칼을 쓰다듬곤 이어 말했다.

'군사들은 다들 똑같은 옷을 입고 있잖니? 아무리 죽여도 그와 똑같은 옷을 입은 병사들이 또 찾아오니 죽지 않는 망령 같다는 소릴 한 거지.'

'그래도 베르고 공은 좋은 사람이었습니다.'

랏샤는 무뚝뚝한 얼굴을 하고 있다가도 저와 눈이 마주치면 싱긋 웃으며 고개를 숙여 인사하던 베르고 공작을 떠올렸다.

분명 다정한 눈빛이었다. 그런 사람의 군대를 보고 망령이라니. 아버지는 농담을 무섭게도 하신다.

하지만 랏샤의 생각과 달리 황제의 얼굴은 조금 차갑게 굳었다.

'새싹이 자라지 않는 그곳에선 군사들이 움튼단다. 그들을 적으로 만들 바엔 차라리 모두 죽이는 편이 나을 거다.'

'……모두 죽여요?'

'그건 힘든 일이지. 그러니 그저 그들이 하는 대로 두어라. 친구가 되면 좋겠지만 그들은 쉽게 곁을 내어 주지 않는단다. ……주군까지도 골라 섬기는 자들이지.'

'황제인 아버지가 더 대단하잖아요!' 라고 씩씩거리며 말했더니 그는 빙긋이 미소 지었다.

'높은 자리에 있을수록 사람들을 잘 봐야 한다. 누가 나의 적이고, 친구인

지. ……그리고 누구를 건드리면 안 되는지.'

'건드리면 안 되는 사람을 어찌 알아보나요?'

'눈을 보아라, 랏샤. 그들의 눈을.'

'눈?'

황제는 카라샤펠의 반짝반짝 빛나는 파란 눈에 짧게 입 맞추곤 이어 말했다.

'절대 굽히지 않는 눈이 있다. 그런 이들을 적으로 둘 바에야……'

황제는 말을 끝맺지 않고 입을 닫았다. 하지만 랏샤는 이어질 말을 알 수 있었다.

카랴사펠은 황제의 조언을 떠올리다 말고 픽 웃었다.

충성하진 않으나 배신도 않기에 내버려 두었다니. 아버지, 아까운 일을 하셨습니다.

"……아이작 슐로든이 죽은 진짜 이유를 베르고 영애는 모르겠지?"

"예. 마음이 약해 그런 일은 모르는 편이 나을 것이라며……"

황녀의 얼굴에 웃음기가 서렸다.

"마음이 약하다니. 그 많은 사람들 앞에서 아이작의 따귀를 두 대나 후려쳤다는데."

"그래도 막상 사람이 죽었다는 소식을 들으면 겁을 먹을 수도 있다고 생각합니다."

"……글쎄."

귀한 대접을 받고 자랐을 베르고의 공녀는 무언가 이상했다.

긴장한 듯 굳어 있으면서도 세상사에 미련이 없는 것처럼 굴었다.

슬며시 가족을 언급하며 떠봤을 때 마주했던 자안은 기이할 정도로 고요했다.

황녀는 고개를 들어 메리를 불렀다.

얼마 전 그녀에게 솔레아 폰 베르고에 대해 조사해 오라고 지시했었다.

"만족할 만한 대답을 가져왔나?"

메리는 숨을 가다듬고는 자신이 알아낸 것들을 차례차례 설명하기 위해 머릿속에서 한 번 더 정리했다.

위대한 마법사 이달론의 마력량에 준할 만큼의 마력을 지녔거나 마력이 아예 없을 거라는 추측을 토대로 조사해 본 결과…….

"베르고의 공녀에 대한 자료가 부족해 정확히는 알 수 없지만 일단 마법학 고서들을 찾아."

"메리."

"예. 폐하."

"친구 해도 되는 거야?"

"예?"

"네게 마력에 대한 조사를 맡긴 이유는 내가 공녀와 친구를 해도 괜찮을지 위험성을 판단하기 위함이었다. 조사 결과를 차분한 마음으로 듣기 위해선 그걸 먼저 말해 줬으면 하는데."

"아."

"친구 해도 되는 건가?"

메리의 눈이 당황으로 흔들렸다.

아차, 황녀 전하께선 눈동자가 사방팔방 날뛰는 것을 싫어하신다.

얼른 다시 마음을 가라앉혔지만 카라샤펠 황녀의 미간은 이미 살짝 좁혀져 있었다.

그럼에도 그 눈은 기대감으로 묘하게 들떠 있었다.

"빨리. 위험한 자인가? 엄청, 너무, 굉장히 위험한 자면 즉시 처리하겠다. 베르고의 싹을 잘라서라도 처리할 거야. 하지만 적당히 위험하면 곁에 두고 싶어. 가능하면 계속. 내 곁에. 오래도록. 내가 그녀의 주군이 되겠다. 여태껏 이렇게 욕심나는 이는 없었어. 그러니 빨리 답해. 가능한가?"

"아, 예. 네. 가능합니다."

"역시!"

황녀는 만족스럽다는 듯 눈을 접어 웃었다.

그제야 의자에 등을 기대며 편히 앉은 카라샤펠 황녀가 부드럽게 말했다.

"이제 말해. 마력이 뭐, 어쨌다고?"

그건 별로 안 중요하신 거 같은데요. 메리는 그 말은 꾹 삼킨 채 설명을 시작했다.

"예……. 지난 한 달 가까이 마력석으로 계속 관찰을 해 보았지만, 베르고 공녀의 모습은 단 한 번도 마력석에 비치지 않았습니다. 마력을 넘치듯 가지고 있다 하더라도 그것을 숨기는 데에도 상당한 힘이 듭니다. 마력의 흐름까지 숨길 수 있을 리 없고요. 그러니."

"마력이 없다?"

"예. 지금으로선 마력이 없다는 가설이 맞을 확률이 더 큽니다."

"그럼 공녀가 시체란 말인가?"

"시체는 아닙니다. 생기가 있으니까요. 하지만 마력이 없는 이가 살아 움직이는 경우는 아주 드뭅니다."

"있긴 있었다는 얘기군."

"고대 마법서 중 금서로 지정된 책을 찾아보니 딱 한 명 있었습니다."

"그게 누구야? 어찌 살아 있었지?"

"2백여 년 전, 펠르아이네르의 마지막 왕자였습니다. 이름이나 나이 등에 대한 기록은 없지만 마지막 왕자가 죽었다가 *깨어난* 이후, 모든 기억과 마력을 잃었다고 적혀 있었습니다."

"……그래? 죽었다가 깨어났다고?"

그 질문을 끝으로 한동안 고민하는 듯 말이 없던 황녀는 고개를 숙였다가 천천히 들고 메리에게 물었다.

"그 왕자는 어찌 되었지?"

"깨어난 뒤 1년이 채 되기 전에 죽었다고 합니다. 그것이 기록의 끝입니다."

황녀의 오른쪽 눈썹이 작게 움직였다.

"공녀도 죽는다는 건가?"

"선례로는 그렇습니다."

카라샤펠은 검지로 테이블을 툭툭 두드렸다. 왠지 모르게 목이 타서 평소라면 손도 대지 않았을 다 식어 버린 차를 들어 목을 축였다.

"메리, 나는 그녀를 친구로 두고 싶다 했어."

"……예."

"나는 베르고의 공녀를 살릴 거고 너 또한 그 일에 목숨을 걸어야 할 것이다."

입을 굳게 다물고 고개를 끄덕인 메리는 그대로 방을 나가려다 황녀를 향해 질문했다.

"……전하. 이리 정성을 들이시는 이유가 궁금합니다."

"거짓이 없는 자를 만나는 건 드물지만 가능한 일이다. 꽤나 정성을 들이면 내 사람으로 만들 수도 있지. 너처럼."

황녀는 붉은 입술이 비소를 그리며 위로 올라갔다.

"하지만 독을 품은 자에게 거짓이 없기란 불가능해. 나는 그런 자를 본 적이 없다. 공녀를 만나기 전까진 말이야."

카라샤펠은 사람을 만날 때면 항상 눈을 바라봤다.

거짓을 말하는 자는 눈이 흔들리고, 자신감이 없는 자는 시선이 아래를 향한다. 그리고 잃을 것이 없는 자의 눈은 아무런 미동이 없다.

솔레아의 깊은 두 눈은 들끓는 분노를 담고 있는 주제에 고요했다.

하지만 딱히 숨길 마음이 없는지 그녀의 자안은 함께 있는 내내 미동도 없이 오롯이 황녀만을 향했다.

"나는 그자가 길에서 구걸을 하며 살았다 해도 곁에 뒀을 거야."

말을 마친 황녀는 메리에게 펠르아이네르의 마지막 왕자에 대해 더 알아보라 일렀다.

메리가 나간 후 황녀는 아무도 없는 방에서 조용히 혼자 중얼거렸다.

"차라리 거지였으면 쉬웠겠지."

카라샤펠은 천천히 눈을 감고 솔레아가 저를 '닷샤' 라고 부르는 모습을 상상했다.

※ ※ ※

……뭔가 오싹한데. 왜 갑자기 소름이 돋지?

어딘가에서 미친 집착 광공이 나를 지켜보고 있는 것 같아.

뜬금없이 등줄기에 식은땀이 주룩 흐르더니 팔에 소름이 오소소 돋았다.

나의 '쎄' 레이다는 거짓말을 한 적이 없는데. 숱한 세월 속에서 단련해 온 내 쎄이다가 말하고 있었다.

'뭔가 쎄하다.'

아이작 슐로든의 병사(病死)에 뭔가 숨겨진 비밀이라도 있나? 공작이 거기 관여했다든가…….

그게 아니면 헤이먼이 요 며칠 내게 은근히 다정하게 구는 것과 관련이 있는 걸까?

늘상 틱틱대는 게 일인 분홍 곤듀님이 최근엔 퍽 살갑게 굴었다.

마치 내가 저를 위해 큰 위험을 무릅써서 감동하기라도 한 양.

며칠 전 '지하실에서 닐 본 기억이 있는데 생각이 잘 안 나.' 라고 말했을 때 헤이먼은 눈을 동그랗게 뜨고 나를 바라봤다.

'지하실? 꿈이라도 꾼 거 아니야?'

'음……. 그런가.'

하긴. 앤이랑 그레이도 내가 낮잠을 잤다고 했으니까.

날이 갈수록 지하실에 쓰러져 있던 헤이먼의 모습이 흐릿해지는 걸 봐선 정말 꿈인 것 같기도 했다.

그레이는 저번 일을 계기로 빌과 꽤 자주 교류하게 되었다.

물론 그리된 걸 그레이는 썩 좋아하지 않는 것 같았지만.

그 와중에 일기장은 며칠 내내 말썽이었다.

이놈 새끼는 내 말을 지독하게도 들어먹질 않았다. 마력을 받아들이지 못하는 몸이 된 정확한 이유가 궁금해서

'마력'

이라고 기를 쓰고 적어 놓으면 그다음 날엔

마, 력시 당 떨어질 땐 스콘에 버터지.

이딴 소리가 적혀 있기 일쑤였다.

"돌았냐고! 가운데에 반점 찍은 적 없었잖아! 그리고 역시가 왜 갑자기 력시가 되는 건데!"

별로 성의 있어 보이지도 않았다.

'헤이'

헤이 걸, 헤이 걸, 헤이 걸 걸 걸 헤이 유 고 걸, 대래대래댓댓 댓 걸

"이게 뭐야. 이거 노래 가사 아냐? 이 또라이 같은 게. 너 진짜 확 태워 줘?"

벽난로 앞에서 일기장을 들고 사람 멱살인 양 짤짤 흔들어 봤지만 그래 봤자 나만 미친년이었다.

'그레'

그레이가 운동을 제대로 안 한다고 꿀밤을 때리길래 화나서 '아빠악!' 하고 소리를 질렀다. 공작은 집에 없었지만 대신 마르실라가 달려와 그레이에게 한참 잔소리를 퍼붓다가 갔다. 속이 시원하다. 그레이 새끼.

'파티'

파티 초대장이 또다시 뚝 끊겼다. 황녀가 나를 험담한 시종에게 벌을 내렸다는 이야기 덕에 며칠 동안 초대장이 몰아쳤는데. 아무래도 깽판 쳐서 그런 듯.

하⋯⋯. 그럴 만도 하지.

남의 파티에 가서 결투를 벌이고, 난장판을 치다 왔으니.

이번 일로 더 확실해졌다.

베르고가 더 견고해지지 않으면 헤이먼과 그레이는 항상 그런 대접을 받을 것이다.

이 망할 놈의 출신 주의.

홧김에 일기장에 씨발이라고 적은 적도 있다.

'씨발'

씨발을 너무 많이 쓰는 것 같다. 앞으로는 바르고 고운 말을 사용해야지.

"너 인공 지능이야? 바르고 고운 말을 사용해야지? 야! 나와, 인마. 이달의 운세 불러 줄 때부터 알아봤다! 야!"

보란 듯이 다시 욕을 적었다.

'시발'

시발점이 될 수 있도록 열심히 노력해야지! 첫 사업은 어떤 걸로 해 볼까. 역시 땅이 넓으니 파나실라를 롤 모델로 삼아서 양모 사업으로 물꼬를 틀까.

……양모 사업?

맞아, 그게 있었지.

여긴 땅이 넓고, 이 땅 위에서 전쟁을 하고 있는 것도 아니고, 마물들도 국경 밖으로 몰아낸 지 오래고, 무엇보다 인건비가 많이 들어가지 않는다.

양 몇십 마리를 돌보는 데 양치기 한두 명이면 충분하다고 했으니까.

나는 책을 뒤져서 양모 사업에 관한 내용이 적힌 페이지를 몽땅 표시한 후 공작의 방으로 달려갔다.

힘차게 달려가다 실수로 드레스를 밟아 자빠졌다.

"아악!"

품에 안고 있던 세 권의 책이 주르륵 미끄러지며 복도에 널브러졌고, 넘어지는 소리를 들었는지 방 안에 있던 공작이 문을 열고 나왔다.

"레아!"

놀란 얼굴로 뛰쳐나온 공작은 손에 펜을 쥔 채였다.

"이게 무슨 일이니!"

나를 벌떡 일으켜 세운 공작은 여전히 애 취급 하며 내 몸을 이리저리 살폈다.

"왜 넘어진 거니? 새로 깔아 놓은 카펫에서 미끄러졌어? 아니면, 뛰다가 발에 걸린 거야? 이 책은 또 뭐니. 책 너무 많이 읽다가 또 쓰러지면 어쩌려고. 아니면, 선생을 하나 붙여 줄까? 저번에 물었을 땐 혼자 하는 게 편하다며 싫다고 했잖니. 어디 까진 데는 없고? 약이라도 발라야 하지 않니."

"하나씩요, 아빠. 하나씩 물어보세요."

머쓱하게 웃으며 공작을 올려다보자 그는 펜을 쥔 손으로 머리를 긁적이다 이마에 검은 자국을 만들어 냈다.

"아이고."

제 실수가 민망한지 공작은 헛웃음을 지으며 손등으로 이마를 슥 닦아 낸 뒤 부드럽게 웃으며 물었다.

"괜찮니?"

"네, 괜찮아요."

"옷을 밟고 넘어졌니. 평소엔 편하게 바지를 입지. 아, 아니면 발목 길이의 드레스를 준비하라 할까?"

"그래도 돼요?"

"집인데 뭐, 어떠니."

어깨를 으쓱하며 장난스레 씩 웃은 디에르고는 방 안에 있는 보좌관 라트엘에게 명령했다.

"자네 퇴근하는 길에 살롱에 들러서 우리 애 옷 좀 주문해 주게."

"저 반대 방향인데요."

퇴근길에 후진이란 없는 라트엘의 덤덤한 목소리가 방 밖으로 새어 나왔다.

공작이 내 책을 모두 주워 준 뒤 다시 방문 앞에 섰다.

"그럼 내일 출근길에 들러."

"반대 방향에서 온다니까요."

공작의 관자놀이가 움찔했다.

"······한 시간 늦게 출근하면 되잖아."

"공작님 내일 바쁘십니다. 그럼 제 퇴근도 늦어지지 않겠습니까?"

"미리 일하고 있을 테니까 자네는 마리에 살롱에 들러서 편하게 입을 만한 가볍고 짧은 드레스 주문하고 와."

"예, 그럼 제가 오기 전까지 여기부터 여기까지 다 보고 계셔야 합니다. 그래야 제가 내일도 정시에 퇴근하니까요."

라트엘은 업무가 끝났는지 자리에서 일어섰다.

내게도 고개를 까딱 기울이며 그는 기분 좋게 퇴근을 하려 했다.

하지만 양모 사업에 대해 물어보려면 라트엘도 같이 있는 게 좋을 것 같은데.

"라트엘. 물어보고 싶은 게 있어요."

"제게 말입니까?"

"아버지한테도 여쭤볼 거지만 라트엘도 있는 게 좋을 것 같아서요."

퇴근 귀신 라트엘은 시계를 살폈다.

"16분 안에 정리 가능하십니까?"

"내 딸이 하는 말인데 좀 들어 주지 그러나. 이놈아."

"욕하시면 안 되죠. 공작님."

라트엘은 무덤덤하게 다시 방으로 들어갔다.

의자에 앉은 공작은 부드럽게 미소 지으며 내게 말을 걸었다.

"무슨 일이니?"

"제가 생각을 해 봤는데요, 이 땅을 그저 군사 훈련 장소로만 두면 안 될 것 같아요. 그래서 말인데 베르고 영지 중에서 쓸 만한 땅을 골라 양모 사업을 시작해 보는 건 어떨까요."

난 라트엘과 공작을 번갈아 보며 말했다.

내 얘기를 듣고도 라트엘은 눈 하나 깜짝하지 않았고, 공작은 나를 잠시 가만히 보다가 책상 위에 둘둘 말린 채 놓여 있던 종이를 한 장 펼쳤다.

베르고의 지도였다.

"솔레아. 잘 봐라. 이쪽 남서부의 땅을 관리하는 리잔트리 자작은 성질이 고약한 데다 돈을 좋아하지. 그래서 새로운 도전을 하지 않아. 안전하고 높은 수익이 보장되는 쪽에만 투자한단다."

"네."

이 얘길 갑자기 왜 하지? 나 양모 사업 말하던 중이었는데.

"북동쪽 땅은 어떠니. 다른 쪽 평야보다 크기는 작지만 우리 영지에서 처음으로 하는 시도니 여기부터 하는 것도 좋겠구나."

어느새 가까이 다가온 라트엘이 고개를 끄덕였다.

"제가 보기에도 여기가 좋을 듯합니다. 사업이라고 부를 만큼 크게 하진 않더라도 일단 양의 개체 수를 차츰차츰 늘려 나가는 데에 집중하면요."

말을 마친 라트엘은 고저 없이 차분한 목소리로 덧붙였다.

"그런데 이렇게 키운 양모의 질이 다른 곳보다 떨어지면요? 양모 사업은 이미 게르투만에서 크게 하고 있습니다. 땅의 크기가 훨씬 넓고 비옥해 양들이 토실토실하고 당연히 양모의 양도 월등히 많죠. 만약 우리 양모의 질이 떨어져 팔리지 않으면 투자금과 만드는 데 들어간 시간은 어떻게 메우죠? 그 전에 이게 그만한 가치가 있을까요? 우리 영지는 마물 위험 구역이나 전쟁터에 기사를 보내 주고 그에 걸맞은 금액을 받고 있습니다. 그것보다 벌이가 나은 사업 수완입니까, 아가씨?"

나는 들고 있던 책을 라트엘의 가슴팍에 던지듯 안기며 대답했다.

"목숨 걸고 벌어 오는 돈보다는 뭐가 됐든 낫지 않겠어요?"

라트엘은 지지 않고 여전히 차분하게 답했다.

"확실한 이득이 있어야지요. 여기는 많은 영주민들의 목숨이 달린 자리니까요."

틀린 말은 아니었다.

게르투만의 양모 사업을 따라잡기 위해선 몇 년이 걸릴지 장담할 수가 없다.

다른 방법은 없을까.

내가 가만히 서서 눈알만 빠르게 굴리자 공작은 조용해진 나를 살피다가 슬쩍 라트엘을 만류했다.

"그래도 레아가 처음으로 의견을 낸 거니 해 보면 좋지 않겠나."

"그래서 말씀드리는 겁니다. 장차 영지를 다스리는 공작이 되실 거라면 희망 정도로는 안 됩니다. 확실한 기획이 있어야죠. 이건 사업입니다."

라트엘이 습관적으로 시간을 확인하려 손목을 들어 올렸고 나는 그의 손목에 채워진 시계를 잡았다.

"……왜 그러십니까, 아가씨."

"시계 줘 봐요."

당황하면서도 라트엘은 일단 시계를 풀어 내게 내밀었다.

그에게서 시계를 건네받은 나는 그대로 바닥에 던져 발로 밟아 깨부숴 버렸다.

"레아?!"

공작의 눈이 커다래졌고, 라트엘 역시 당황한 듯 아무 말도 꺼내지 못했다.

나는 라트엘의 눈을 똑바로 쳐다보며 의연하게 물었다.

"시계를 새로 사야겠네요. 시세는 어디 제품이 좋나요?"

아까보다 불쾌한 것 같아 보이긴 했지만 라트엘은 아무렇지 않게 답했다.

"시계는 레체타가 잘 만듭니다. 고장이 잘 안 나죠. 하지만 저처럼 시계를 자주 보는 게 아닌 사람은 아마델로 제품을 주로 사용합니다."

"왜요?"

"거기가 예쁘게 잘 만들거든요. 시간만 맞으면 이왕이면 비싸고 예쁜 걸 사죠."

"비싼데 더 잘 팔린다고요?"

"겉치레로 두른 물건들의 가격이 권력의 크기를 상징하기도 하니까요."

"……양모라고 다를까요?"

그는 의도성 짙은 내 질문에 아무런 말 없이 눈을 천천히 깜빡이다가 고개를 저었다.

"양모는 굳이 더 화려하게 만들어야 할 필요가 없습니다."

"변화는 '굳이'에서부터 옵니다. 사람들의 욕망을 자극해야죠. 나는 남들과 다르다'고 여겨지길 바라는 사람들에게 먹힐 거예요. 충분히 승산 있어요."

라트엘의 눈썹이 움찔 올라갔다.

사람 사는 거야 어디든 비슷하다.

비싸고 화려한 것. 어디에서도 본 적 없는 것.

그런 걸 공작새마냥 몸에 두르고 다니는 사람들은 언제나 더 새롭고, 더 화려한 것을 좇는다. 물론 돈도 아끼지 않고.

나는 그에게 한 걸음 더 가까이 다가가 한쪽 입꼬리를 올리며 덧붙였다.

"라트엘이 말했듯, 이건 사업이니까."

라트엘의 눈동자가 약하게 흔들렸다. 그는 곰곰이 생각하는 듯 잠깐 말이 없다가 이내 천천히 입꼬리를 올려 웃었다.

"운 좋으면 망하진 않겠네요."

"장담하죠. 대박을 칠 거예요."

내가 호언장담하자 여태 별 반응이 없었던 공작이 나를 불렀다.

"솔레아."

"네."

"왜 갑자기 사업을 하려는 거니."

헤이먼이랑 그레이가 여기저기서 무시당하는 걸 보니 빡쳐서요.

그래도 면은 세워 주고 떠나야 할 것 같아서요.

내가 개같이 깽판을 쳐도 남들이 아무 말 못 했으면 좋겠어서요.

여러 문장들이 머릿속에 둥둥 떠다녔지만 그중에 공작에게 해도 되는 말은 없었다.

헤이먼과 그레이는 자신들이 무시당하는 걸 공작이 몰랐으면 좋겠다고 말했으니까.

나사니엘 백작가에서 있었던 일을 알게 된다고 해도 그곳의 분위기와 여태 들었던 말 하나하나까지 전부 알 리는 없으니까.

굳이 내가 말해서 상황을 안 좋게 만들 필요는 없다.

"돈 좀 벌어 보려고요."

장난스레 대답하자 공작은 난처한 듯 어색하게 웃으며 넌지시 물었다.

"혹시 생활하는 데 불편한 게 있었니?"

"그런 건 아니고 돈 좀 두둑하게 벌어서 지갑 좀 채우고 싶어서요. 공작님, 아니, ……아빠 용돈도 드리고요."

"……네가 나한테 용돈을 준다고?"

"딸이 돈 벌면 아빠한테 용돈 좀 드릴 수도 있죠."

대수롭지 않게 덧붙이자 공작이 큰 소리를 내며 웃었다.

의외로 라트엘까지 웃음을 터뜨렸다.

"공작님께 용돈을 드리고 싶어서 사업을 하시겠단 겁니까?"

"잘되면 라트엘한테도 보너스 좀 줄게요."

"그 전에 시계부터 하나 사 주세요."

라트엘은 고갯짓으로 내가 박살 낸 시계를 가리켰다.

"음, 그래요. 다음 주쯤에 같이 사러 가죠."

"좋습니다."

그가 잠깐의 망설임도 없이 대답했다.

공작이 다급하게 끼어들었다.

"시계 사는 거야 라트엘 혼자 보내도 되지 않니. 뭐 하러 둘이 같이 가."

"들를 곳이 있어서요. 라트엘이 필요해요. 하루만 빌려주세요."

공작이 입술이 삐죽거렸지만 마땅히 거절할 핑계가 없는지 이내 고개를 끄덕이고 말았다.

라트엘과 함께 방을 나갔다.

끼익 소리와 함께 문이 닫히고 라트엘과 나는 한마디 말도 없이 나란히 복도를 걸었다.

계단을 내려가며 나는 그에게 시선을 주지 않고 정면을 응시한 채 단조롭게 말했다.

"상단이 필요합니다."

라트엘은 마치 대화가 계속 이어져 왔던 것처럼 매끄럽게 받아쳤다.

"이유는요."

"라트엘도 알다시피, 베르고는 과거엔 영광을 누렸지만 현재는 귀족들 사이에서 평판이 별로 안 좋잖아요. 교류하고 있는 가문도 별로 없고. 염색 양모를 전국으로 유통하려면 바지 사장이 필요해요."

"……바지 사장?"

"얼굴마담으로 앉혀 놓을 말 잘 듣는 상단이요."

라트엘과 함께 천천히 걸으며 정문으로 향했다. 그는 달빛 아래에서 아무런 말이 없었다.

저택을 나와 정원을 한참 거닌 뒤에야 그는 입을 열었다.

"사람의 충성을 얻는 일은 쉽지 않습니다."

걸음을 멈춘 그는 나를 향해 몸을 돌렸다.

라트엘의 연한 갈색 머리카락 위로 달빛이 내려와 부드럽게 부서지며 반짝거렸다.

나는 그의 다갈색 눈동자를 보며 솔직하게 말했다.

"라트엘 얘기인가요? 아니면 상단을 얻기 힘들 거란 얘기인가요?"

내 눈을 피하지 않은 채 그는 솔직하게 답했다.

"……둘 다일 수도 있죠."

"그럼 둘 다 가져 보죠, 뭐."

나 역시 그의 눈을 피하지 않았다.

어느새 공작저의 커다란 정문 바로 앞이었다. 나는 라트엘에게 생긋 웃으며 말했다.

"다음 주에 봐요."

그대로 돌아서려던 나를 라트엘이 불러 세웠다.

"전엔 죽어도 공작령의 일에는 관여하지 않겠다고 하셨잖습니까. 무슨 심경의 변화를 겪으신 겁니까."

"……말했잖아요, 돈 좀 벌고 싶다고. 그뿐이에요."

라트엘의 눈빛이 그 전과 달리 다소 날카롭게 바뀌었다.

늘 의연하고 시큰둥하던 눈이 아니었다. 내 속을 꿰뚫듯 지그시 바라보던 라트엘이 차가운 어조로 말했다.

"아가씨. 동정은 함부로 하는 게 아닙니다. 가진 게 많으시니 이것저것 손대도 잃을 게 없다 생각하시는 것 같은데, 여기엔 지금의 입지만이라도 지켜야 할 사람들이."

"그건 내가 결정해요."

나는 라트엘의 허전한 손목을 내려다보며 천천히 웃었다.

"값싼 동정으로 퉁치려고 했으면 전처럼 방에서 울고 말았겠죠. 아니면 당신처럼 가만히 지켜보기만 하든가. 난 절대 이대로 안 넘어가요. 그간 받았던 조롱을 훨씬 비싼 값으로 받아 낼 거예요."

받아 낼 수 있다면 얼마든지 받아 낼 것이다.

다시는, 누구에게도 부모 없는 새끼라고 욕을 듣게 하고 싶지 않았다.

나는 라트엘을 바라보며 매끄럽게 웃었다.

"사업은 수지가 맞아야지. 당하고만 살 수 있나."

어리벙벙한 눈길로 나를 바라보던 라트엘이 눈을 빠르게 깜빡이다 머리카락을 쓸어 올리며 작게 한숨을 쉬었다.

"······더 필요하신 게 있으십니까."

"내일 마리에 살롱에 가서, 새 드레스를 주문하되 한 벌은 가져오지 말고 사람들이 볼 수 있는 곳에 걸어 놓으라 해 줘요. 이왕이면 입구 바로 앞, 눈에 잘 띄는 곳에."

"왜요?"

"그렇게 해 놓으면 곧 마리에한테서 연락이 올 거예요. 그러면 돼요. 마담은 장사를 잘하니까."

이해할 수 없다는 얼굴이긴 했지만 라트엘은 내게 더 이상 묻지 않았다.

방으로 올라와 널브러진 책들을 정리했지만 이대로 잠들 순 없었다.

종을 울리자 앤이 졸린 눈을 비비며 문을 열고 들어왔다.

"앤. 부탁할 일이 있어."

"예, 아가씨."

"학식이 높은 마법사를 알아봐 줘. 가능하면 활동 별로 안 하고 입이 무거운 자로."

나는 손에 끼고 있던 작은 반지를 빼내 앤에게 내밀었다.

"부탁할게."

앤의 커다란 눈동자가 좌우로 빠르게 흔들렸다.

사람에 대한 믿음은 때론 작은 일에도 흔들리기 마련이다.

하지만 돈은 아니야.

돈은 거짓말도 안 하고, 배신하지도 않으니까. 주머니가 비었을 땐 사랑하는 사람이 아니라 지갑을 채워 주는 돈 한 푼이 더 생각나는 법이니까.

내가 내민 반지와 나를 번갈아 바라보던 앤이 갑자기 무릎을 꿇었다.

"제가 그동안 아가씨께 부족했다면 용서해 주세요."

"응?"

앤은 떨리는 목소리로 말을 이었다.

"……저를 믿지 못하셔서 이런 걸 주시는 건가요?"

나는 미간을 찌푸리며 조용히 물었다.

"앤. 저번엔 받고, 이번엔 안 받으려는 이유가 뭐야?"

무릎 꿇은 상태에서 치마를 걷어 올린 앤은 속치마 주머니 속에서 이전에 받은 반지를 꺼냈다.

"이건 아가씨가 제게 처음으로 주신 거잖아요. 돈으로 바꾸지도 않았고, 가족들한테 보여 준 적도 없어요. 소중하게 들고 다닌단 말이에요. 근데 지금은……."

"지금은?"

"저를 못 믿어서 주시는 것 같아요. 그런 건 받고 싶지 않아요. 저 자체로 아가씨께 믿음을 보여 드리고 싶어요."

순진한 충성이었다.

내가 원래의 솔레아인 줄 알고 있으니 저렇게 간절하게 믿어 달라 비는 거겠지.

어쨌든 앤을 울리고 싶은 마음은 없었다.

중요한 건 비밀을 지킬 수 있냐는 거였으니까.

나는 반지를 다시 손가락에 끼운 뒤 앤에게 손을 내밀어 그녀를 일으켰다.

방금 울먹거렸던 탓에 그렁그렁 눈물이 맺혀 있는 앤의 눈이 반짝 빛났다.

나는 조심스럽게 앤을 당겨 끌어안았다.

"저녁 일도 바쁜데 날 위해 고생해 줘서 고마우니까. 그런 상황에서 내가 다른 일까지 시키는 게 미안해서 그래."

"아니에요, 아가씨! 아가씨를 모시는 게 원래 제 일인걸요."

"마법사를 알아 오는 게 부담스러우면 안 해도 돼. 무거운 비밀도 아니니까."

안겨 있던 앤이 화들짝 놀라 내게서 떨어졌다.

"할 수 있어요! 해낼게요."

"위험하니까 네가 직접 알아보지 말고, 다른 사람한테 시켜. 이건 그 사람한테 심부름값으로 주고. 그러면 됐지?"

"아! 알겠습니다."

내가 다시 반지를 빼서 건네자 앤은 그제야 반지를 가져갔다.

곧장 방을 나설 준비를 하는 앤을 불렀다.

"아, 그리고 나사니엘 영애가 편지를 보내왔어. 함께 놀러 가자더라고."

"어머! 정말요? 너무 잘되셨어요, 아가씨! 하녀들 사이에서도 좋은 분이라고 소문이 자자해요!"

"응. 그래서 다음에 만나러 갈까 하는데 마땅히 착용할 만한 보석이 없더라고. 드레스는 저번에 주문한 게 있어서 괜찮은데. 너도 알다시피 내가 그간 밖에 나간 적이 없잖니."

고개를 갸웃거리던 앤이 그제야 손뼉을 짝 치며 밝게 웃었다.

"아! 상인을 부를까요?"

"그래, ……음, 귀족들을 많이 상대한 노련한 사람들을 알아봐 줘. 유행이나 귀족들 취향을 잘 알고 있는 자로. 난 사교계를 잘 모르잖니."

생글거리며 앤은 밝게 네! 하고 답한 후 힘차게 방을 나섰다.

두 사람에게 완전히 다른 목적으로 부탁을 해 두었으니 앤과 라트엘이 뽑아 온 상단 중 공통된 쪽을 골라야지.

아, 갑자기 머리를 팽팽 돌려 썼더니 당 떨어지네.

주방에 가서 간식 달라고 할까.

굳은 목을 움직이며 스트레칭을 한 후 주방으로 내려갔다.

하지만 꽤 늦은 저녁이라 그런지 아래층 복도는 조용했다.

불도 몇 개 켜 두지 않아서 제일 구석의 주방에 가까워질수록 주변이 어두워졌다.

"조용하네."

그때, 귀에서 위잉 소리가 들리기 시작했다.

모기가 있나?

주변을 둘러봤지만 작은 모기를 발견하기엔 너무 어두웠다.

위잉 소리가 더 커졌다.

모기가 아니라 벌인가?

몸을 움츠린 채 가만히 서 있는데 복도 끝 어딘가에서 작은 신음 소리가 들려왔다.

"으으······."

"거기 누구 있어요?"

램프를 가져왔으면 좋았을 텐데.

조금만 더 밝으면 보일 것 같은데.

앞에 뭐가 있는지 제대로 보이지도 않고, 귀에서는 계속 위잉 소리가 들려왔다.

손을 꾹 움켜쥐었다가 펼쳤다.

벽에 붙어 게걸음을 찔끔찔끔 걷다가 결국 짜증을 참지 못하고 입 밖으로 쌍욕이 흘러나왔다.

"아니, 시발, 뭐가 보여야······."

유창하게 쌍욕을 뱉은 순간, 어딘가에서 빛이 날아와 시야를 밝혔다.

"악! 뭐야! 꺼져!"

불이 꺼졌다.

······뭐지, 이거?

"부, 불 켜 줘."

놀란 마음에 옆으로 걸으며 작게 중얼거렸지만 불이 다시 켜지진 않았다.

"불······. 켜 달라니까?"

다시 어둠에 눈이 익숙해지기 시작하자 또 짜증이 올라왔다.

사람 가지고 장난치는 것도 아니고.

마법이라고 해 봐야 영화에 나오는 영국인들 마법 학교밖에 모르는 21세기에 살던 내가.

지금 이 백 리 타향 머나먼 이름 모를 제국까지 왔는데.

이젠 뭐가 뭔지도 모를 마법까지 나한테 장난을 쳐?

"불 켜 달라고. 이 새끼야."

아까보다 더 다급하게 불빛이 날아와 시야를 환하게 밝혔다.

"헤이먼이야? 너 호적 오빠고 뭐고 잡히면 죽는다."

이 저택에서 마법을 쓸 줄 아는 사람은 헤이먼밖에 없으니까.

복도 끝에 쓰러져 있는 사람의 그림자가 눈에 들어왔다.

어깨까지 내려오는 기다란 남색 머리카락, 커다란 체구.

돈이었다.

"돈!"

그에게 달려가던 중 괴상한 악취가 코를 가득 메웠다.

"윽, 이게 무슨 냄새야!"

그레이 이놈은 돈을 데려갔으면 목욕을 재깍재깍 시켜야지.

쓰러진 돈의 위로 작은 벌레가 날아다니는 게 보여 나도 모르게 두 손을 휘둘러 짝, 소리와 함께 잡아 버렸다.

갑자기 무겁던 공기가 안개 걷히듯 순식간에 사라졌다.

입 밖으로 겨우 신음만 흘리던 돈이 몇 초 지나지 않아 눈을 떴다.

"……으, 아가씨……."

"돈? 괜찮아?"

느리게 눈을 깜빡이며 돈은 배시시 웃었다.

"빛이 나요……. 아가씨의 모습으로 데리러 오셨군요. 천사님……."

애 아직도 정신 못 차렸네.

나는 그대로 돈의 귀싸대기를 올려붙였다.

"악!"

따귀를 맞은 돈이 벌떡 몸을 일으켰다.

주변을 환하게 밝히던 불빛은 천천히 어두워지다가 이내 사라졌다.

하지만 너무 찰나여서 그런지 돈은 제가 본 불빛이 착각이라 믿는 듯했다.

돈은 눈을 껌뻑거리다가 빠르게 주변을 둘러봤다.

"제가 왜 이러고 있는 거죠?"

"나야말로 묻고 싶다. 왜 그러고 있었어?"

"배가 고파서 왔는데 이상한 냄새가 나길래 혹시 주방장님이나 다른 하인분들이 상한 음식을 버리는 걸 깜빡하셨나 했거든요. 그래서 대신 버려 드리려고 했는데……. 어라, 왜 기절했지?"

"혹시 지금도 이상한 냄새 나?"

내 질문에 돈은 코를 킁킁거렸다.

그러다 고개를 갸웃거리곤 이내 도리도리 저었다.

"지금은 잘 모르겠습니다."

귀엽네.

눈이 커서 그런가. 두 배로 귀엽네.

"그런데 배가 고프다니? 그레이가 밥 안 줘?"

"아, 밥은 알아서 챙겨 먹어야 하는데 다른 분들이랑 같이 먹는 건 불편해서……."

"네가 불편하다고?"

"아……. 그게, 저는 아무래도, 노예고……. 다른 분들은 저랑 다르시니까."

"그레이가 자유인으로 만들어 준 거 아니야?"

"그렇긴 해도 출신이 다르니까요."

돈은 민망한 듯 살짝 웃었지만 나는 웃을 수가 없었다.

……다른 곳도 아니고 이곳의 하인들까지 출신으로 사람을 차별하다니.

게다가 밥 먹는 걸로 눈치를 줘?

세상에서 제일 서러운 게 눈칫밥 먹는 건데.

나는 분을 삭이며 돈의 팔을 잡고 일으켰다.

"일어나. 주방 가서 뭐라도 먹게."

"아뇨! 아가씨! 저 이제 괜찮아요! 배 안 고파요!"

손사래를 치며 금방이라도 도망갈 폼을 잡는 돈의 등짝을 내려쳤다.

"사람이 밥은 먹어야지! 일어나!"

다행히 커다란 솥에 담겨 있는 수프는 아직 따뜻했고 식탁 위엔 빵도 남아 있었다.

"나도 출출해서 온 거니까 앉아. 같이 먹자."

"아닙니다, 아가씨……. 아가씨랑 같이 먹을 수는."

"앉아."

"네."

눈치를 보며 주방의 간이 식탁 구석에 앉은 돈에게 빵이며 수프를 있는 대로 갖다줬다.

"아가씨. 제가, 제가 먹을게요."

"조용히 하고 입에 넣어."

"네……."

그 이후로 한마디 말도 없이 빵을 입에 넣고 꼭꼭 씹어 삼키던 돈은 식사가 끝날 즈음에야 내게 말을 걸었다.

"저녁에는 혼자 운동하시잖아요, 그, 그땐 괜찮으세요?"

"아니. 그레이가 너 데려가서 좀 불편해."

사실이었다.

그레이가 도와주는 건 낮 운동뿐이었고, 개도 나름대로 바쁜지 저녁 운동은 봐주지 못했다.

그러니 당연히 혼자 운동을 해야 했고, 옆에서 숫자를 세 주는 사람이 없어 불편했다.

하지만 돈은 내 대답이 마음에 들었는지 얼굴을 발갛게 붉혔다.

"그러시구나……."

"내가 불편해하는 게 좋아?"

"제가 저녁 운동만 도와드려도 괜찮을까요? 그레이 도련님께 여쭤보고 올게요."

"그레이 지금 안 자?"

"아직 주무실 시간은 아니라서요. 이거 다 먹으면 여쭤보고 올게요."

마음이 급한지 돈은 남은 빵을 입에 욱여넣고 수프를 마시다시피 해치웠다.

"기다려. 같이 가게."

의자에서 일어나려던 돈은 다시 얌전히 자리에 앉았다.

간단한 식사를 마친 뒤 그레이의 방으로 함께 올라갔다.

노크를 한 후, '그레이. 나야.' 라고 말하자 그레이가 문을 벌컥 열었다.

"웬일이야, 이 시간에. ……돈? 돈은 왜 데리고 왔어?"

원래는 저녁 운동 때 돈을 데려가도 되냐고 묻는 게 목적이었지만, 그레이의 얼굴을 보니 다른 말이 먼저 튀어 나갔다.

"야, 너는 애를 데려갔으면 밥을 제때 먹는지 안 먹는지 챙겼어야지. 밤에 몰래 주방을 기웃거리게 만들어?"

"어? 밥?"

잠깐 당황하던 그레이가 돈을 보며 물었다.

"너 저녁 못 먹었어? 왜."

그레이의 날카로운 목소리에 돈의 어깨가 움츠러들었다.

"아, 도련님. 그런 게 아니라 제가 그냥 못 챙겨 먹은 거예요."

돈은 차마 붙잡지도 못하고 손을 어정쩡하게 내민 채 우리를 말리려 했지만, 나는 이미 눈이 돌아간 상태였다.

하루에 한 번, 700원짜리 삼각김밥 두 개로 끼니를 때우고 일하다가 저녁때 식당에 아르바이트하러 가면 몰래 잔반을 싸 오곤 했다.

그러다 식당 사장에게 걸려 '음식 재사용으로 오해받을 수 있으니 버려라.'

라는 얘기를 듣고 잔반을 모두 버려야만 했다.

그날은 음식물 쓰레기통 앞에 혼자 한참을 서 있었다.

배가 고파서.

서럽지도 않았다. 그땐 그저 배가 고프다는 생각뿐이었다. 며칠 뒤 잔반을 몰래 싸 가다 걸렸을 땐 해고당했다.

그에겐 당연했고, 내겐 가혹했다.

자꾸 과거의 내가 생각나서인지 목소리가 점점 커졌다.

"그레이! 밥은 먹여야지! 애 밥을 굶기면 어떡해!"

"내가 하인들 밥 먹었는지까지 하나하나 어떻게 챙겨! 알아서 먹을 줄 알았지!"

"그럴 거면 왜 데려갔어! 잘 챙긴다며!"

"그렇다고 갑자기 이 밤에 찾아와서 혼을 내냐, 너는!"

"아무리 바빠도 네가 책임지겠다고 데려갔으면 제대로 돌봐야 할 거 아냐!"

"네가 데리고 있을 땐 뭐, 살뜰하게 잘 챙겼어? 운동할 때만 잠깐 신경 썼잖아!"

"난 그래도 밥은 편히 먹을 수 있게 하고, 잠자리에서도 편하게 쉬라고 했어! 이럴 거면 내가 데리고 있는 게 낫지!"

"내가 데려온다고 했을 때 너도 동의했으면서 왜 갑자기 찾아와서 난리야!"

"애가 밥을 못 먹는다잖아!"

"나이가 몇인데 혼자 밥도 못 챙겨 먹겠어!"

"이 밤에 혼자 주방 가서 남은 음식 먹는 게 정상이야? 네가 더 신경 썼어야지!"

"얘가 눈치 보는 것까지 내가 어떻게 신경 써!"

"왜 못 챙겨! 이럴 거면 저녁때는 내가 데려갈게! 어차피 운동 봐줄 사람도 필요하고, 겸사겸사 밥도 먹이게."

"그렇다고 또 네가 데려가면 어떻게 해! 애 데려갈 거면 내 허락을 받아야 하는 거 아냐?"

"그래서 지금 묻잖아! 뭐, 내가 하루 종일 데리고 있는다고 했어? 저녁이라도 맘 편히 먹게."

"저, 두 분……."

점점 커지는 목소리를 듣고 찾아온 건지 한 손에 램프를 든 하녀장 마르실라가 당황한 눈으로 우리를 불렀다.

그러곤 돈과 나, 그레이를 번갈아 쳐다보다가 조심스럽게 입을 열었다.

"죄송한데…… 지금 대화만 들었을 땐 양육권 두고 싸우는 이혼 부부 같아서요. 제가 지금 뭘 들은 거죠?"

돈이 새빨개진 얼굴을 푹 숙였다.

내게 화를 내던 그레이가 방금 전 대화를 곰곰이 되새기다가 크게 웃음을 터뜨렸다.

문고리를 잡은 채 큰 소리로 웃던 그레이는 이 상황극을 계속 이어 가고 싶은지 돈의 손목을 잡고 방 안으로 끌어당겼다.

그러곤 장난기 가득한 말투로 내게 말했다.

"당신이 애 보냈으면서 이제 와서 후회하지 마! 돈은 내가 남부럽지 않게 키울 거니까!"

문이 쾅 닫혔다.

마르실라의 당황한 눈이 더욱 요동쳤다.

"장난친 거예요."

어색하게 웃으며 마르실라를 진정시켰지만 그녀는 나를 방에 데려다주는 순간까지 식은땀을 흘렸다.

"세상에, 무슨 연극이라도 보는 줄 알았어요."

"하하하, 그러게요. 그레이는 저 정도로 잘생긴 김에 배우나 하지."

그제야 마르실라는 놀란 가슴을 쓸어내리며 나를 방 안으로 들여보냈다.

씻는 동안 그레이가 했던 상황극 때문에 실실 웃음이 터져 나왔다.

요 며칠 내내 말 안 듣는 일기장이랑 떠오르지 않는 기억 때문에 속이 답답했는데 잠깐 아무 생각 없이 그레이랑 떠들고 나니 속이 시원했다.

그날 밤 난 처음으로 일기장에 '오빠'라고 썼다.

밤에 쓴 글은 다음 날 아침에 채워졌다.

오빠랑 상황극을 하며 놀았다. 재밌었다. 다음에 또 놀고 싶다.

초등학교 수준의 작문이었지만 가장 간단하고, 명확한 진심이었다.

처음으로 일기장을 보며 편하게 미소 지으며 하루를 시작했다.

그레이는 정말로 돈에게 신경을 쓰기로 한 것 같았다.

그 예로 낮 운동 때 그레이가 데려온 돈의 복장이 어제와는 사뭇 달랐다.

좋은 걸 입혔는지 부드러워 보이는 질감의 옷은 도저히 바깥 운동을 할 때 입을 만한 것처럼 보이지 않았다.

"운동할 건데 왜 저렇게 휘황찬란하게 입혀 놨어?"

그레이는 자신감 넘치게 웃으며 대답했다.

"당신, 이제 우리 돈한테 신경 꺼. 내가 더 잘 키울 수 있으니까."

"하하하, 미쳤나. 언제까지 상황극 할 거야. 공, ……아버지가 들으시면 뒤로 넘어가셔."

"넌 오빠한테 미쳤나가 뭐니. 그것도 공아버지가 들으시면 넘어가신다."

언제나처럼 매끄럽게 나를 놀린 그레이가 우리에게 새로운 운동 동작을 가르쳤다.

굽은 어깨를 펴기 위해 돈에게도 다양한 운동을 가르쳤지만 그는 몸을 제대로 움직이지 못했다.

"돈. 어디 아파?"

그레이가 운동을 따라오지 못하는 돈에게 물었다.

"그, 그게…… 어깨를 펴면 너무 아파서요."

돈은 굽은 어깨를 억지로 잡아 내리며 펴려고 하니 쇄골 밑 부분의 가슴이 찢어지는 것처럼 아프다고 했다.

"마사지 볼이라도 있으면 좋을 텐데. 아니면 폼롤러."

"뭐라고?"

내가 작게 중얼거리자 그레이가 되물었다.

나는 주변을 두리번거리다가 작은 통나무를 끙끙거리며 들어 올렸다.

"돈! 이리 와서 여기 누워 봐!"

"넌 무겁게 이걸 왜 들고 와. 하여간 생각 없긴. 이리 줘."

얼른 달려온 그레이가 나 대신 통나무를 들어 옮겼다.

분명히 우리 회사 경리가 자기 아빠 방이라고 폼롤러 가져다 놓고 틈만 나면 사장실로 들어가 폼롤러 위에서 여기저기 풀었는데.

나는 몇 달 전 기억을 떠올리며 돈에게 그대로 시켰다.

"허리보다 더 위, 양쪽 날개뼈 밑에 통나무가 가로로 가게 눕고, 무릎은 접어 세우고, 그렇지. 그리고 두 손 만세. 이제 통나무 굴려 봐."

돈이 무거운 통나무 위에서 용을 쓰며 몸을 굴리자마자 어디선가 뼈 부러지는 소리가 들렸다.

우드득.

그레이가 눈을 커다랗게 뜨고 재빠르게 돈을 일으켰다.

"괜찮아? 안 아파?"

그레이가 잡아당긴 탓에 얼떨결에 벌떡 일어난 돈은 허공을 보며 눈을 멀뚱멀뚱 감았다 뜨다 홀린 듯 말했다.

"너무 시원해……."

그는 하늘을 보며 중얼거렸다.

"너무, 너무 시원해……."

이 세상의 모든 속박과 굴레를 벗어던지고 행복을 찾아 떠난 미소를 머금은 돈의 표정에 나까지 저절로 뿌듯해졌다.

그레이가 일부러 장난스럽게 내 어깨를 붙잡았다.

"당신 애한테 무슨 짓을 한 거야!"

"그러는 당신은 애 어깨가 굽을 때까지 뭐 했어!"

우리가 또 이혼 부부 상황극을 시작하자 돈은 고개를 숙이고 조용히 키득거리며 웃었다.

"당신, 애한테 이상한 거 시켰으면 우리도 끝장이야! 나도 못 참아!"

장난스럽게 호통을 친 그레이가 그 위에 똑같이 누웠다.

곧, 그도 깨달음을 얻은 생불의 미소를 지었다.

"와…… 솔레아. 이거 진짜 너무 좋다."

"그치? 대박이지?"

"대박? 어, 어. 대박이라고 표현할 만하다."

"도련님은 어깨가 곧잖아요. 저는 굽었으니까 제가 좀 더 누워 있을게요."

"돈, 아빠 아직 안 잔다."

"무슨 소리를 하시는 거예요! 도련님!"

그레이가 누운 상태로 킬킬거리며 웃었다.

근데 저거 좀 가볍게만 만들면 상품화할 수 있을 거 같은데…….

"그레이. 이 통나무 헤이먼한테 들고 갈 수 있을까?"

"네가? 불가능."

"네가."

"아, 내가? 당연히 가능하지. 넌 날 뭘로 보고. 이 정도야 거뜬하지."

돈은 그레이가 비킨 후 곧장 다시 통나무 위에 눕더니 찹쌀떡처럼 찰싹 붙어 일어날 줄을 몰랐다.

그레이는 두 팔을 걷어붙이고 돈에게 명령했다.

"돈, 나와."

"아, 도련님……."

"왜 이래, 진짜. 여기 무슨 꿀이라도 발랐어?"

"그러게. 개다래나무에 붙은 고양이도 아니고."

몸을 축 늘어뜨린 채 통나무를 만끽하던 돈은 미적미적 겨우 일어섰다.

그레이가 으쌰, 소리와 함께 통나무를 들어 올리더니 앞서 걷기 시작했다.

"가자, 솔레아."

"응."

그대로 그를 따라가려다 후원에 홀로 남아 아무 욕심도 없이 배시시 웃고 있는 돈이 마음에 걸려 뒤돌아섰다.

"돈. 점심 어디서 먹을 거야?"

"……그냥, 아무 데서나……. 전 괜찮아요, 아가씨."

괜찮아요, 라는 말에 노이로제 걸릴 거 같네.

"솔레아! 빨리 오라니까! 내가 쉽게 들었다고 해서 이게 가벼운 게 아니에요!"

"돈. 저 사람 봐. 지 몸이 얼마나 튼튼하고, 근육도 얼마나 많은지 아는데 저 통나무 하나 들었다고 저렇게 힘든 티를 낸다. 저 정도까진 아니더라도 너도 배고프면 그냥 식당 가서 밥 먹어 봐. 눈치 보지 마. 괜찮을 거야."

"……네."

두 손을 모은 돈이 작게 대답하긴 했지만 여전히 발을 떼기가 어려웠다.

"아니면 식당에서 밥 받아 와서 여기, 후원에서 먹어."

"그렇게까지 신경 쓰지 않으셔도 돼요! 정말 괜찮아요!"

"솔레아악! 그레이 통나무에 깔려 죽음!"

"이따 밥 먹었는지 안 먹었는지 확인할 거야. 꼭 먹어야 돼."

"예, 아가씨."

이제야 마음이 좀 놓여 그레이를 따라가기 위해 몸을 돌렸는데 돈이 나를 붙잡았다.

내게 직접 접촉한 건 처음이었다.

돈은 커다란 눈을 유순하게 접어 웃으며 말했다.

"아껴 주셔서 감사합니다, 아가씨."

어느새 옆에 다가온 그레이가 어깨에 통나무를 짊어진 채 험악한 얼굴로 애교 넘치게 말했다.

"돈, 자유를 찾아 준 나한테는 한마디 말도 없더니. 그레이 속상해. 정말."

"도련님께도 정말 감사하고 있어요!"

돈의 대답을 들은 그레이가 씩 웃으며 몸을 돌렸다.

그러자 꽤 긴 통나무가 그의 움직임을 따라 돌아가 내 뒤통수를 후려쳤다.

"악! 야!"

"뭐야, 어디 맞았어? 왜!"

"너 눈알을 뒤통수에 박고 다녀?"

"눈알이 뒤통수에 있었으면 너 안 부딪치게 내가 잘 조절했겠지. 머리에 또 혹 난 거 아냐?"

"사과부터 해. 그레이 새끼야."

"죄송합니다. 솔레아 다치게 해서 그레이도 너무 슬퍼."

아웅다웅 그레이의 다리를 발로 차며 저택으로 들어갔다.

바로 옆에 붙어 있지 않으면 또 머리를 박을지도 모른다며 그레이는 통나무를 짊어진 어깨의 반대쪽 손으로 내 손을 꽉 잡았다.

"너 손잡고 싶어서 쇼한 거지?"

"이잉. 그레이는 그런 거 모르는데."

그 상태로 헤이먼의 방으로 들어가자 그는 휘둥그레 커진 눈으로 우리를 맞았다.

"……통나무를 왜 짊어지고, 아니, 둘이 손은 왜 잡고?"

"이거 팔아 보려고."

"응?"

"이걸?"

그레이와 헤이먼이 놀라서 동시에 나를 바라봤다.

"근육이 뭉친 사람들한테는 분명 필요할 거야. 근데 이렇게 무거우면 못 팔

아. 그러니까 가볍게 만들어 줘."

이해가 가지 않는지 헤이먼의 눈가가 곤란한 듯 찌푸려졌다.

"무게를 줄인들, 이게 팔릴지 모르겠네."

그레이가 내 편을 들기 시작했다.

"내가 아까 누워 봤는데 편하긴 했어. 형도 누워 봐."

"……나보고 통나무 위에 누우라고? 그런 바보 같은 짓을 누가 하지?"

나는 손을 올려 그레이를 가리켰다.

그레이가 얼떨결에 나를 따라 자기 얼굴을 가리켰다.

"그런 품위 떨어지는 짓 하고 다니지 마. 솔레아 너도 그레이 그만 놀리고."

"하, 참내. 마력이 부족하면 부족하다고 말을 하지. 왜 시비를 걸……어."

마력이 부족해?

무심코 줄줄 흐르는 대로 나온 말에 기묘한 기시감이 느껴졌다.

헤이먼에게 마력이 부족하다.

사람마다 타고난 마력의 양이 있다는 건 저번에 들어서 알고 있었지만 내가 뱉은 문장에서 느껴지는 이 묘한 데자뷔는 그것 때문이 아니었다.

손끝이 떨려 와서 나는 주먹을 꼭 쥐어야 했다.

내가 화난 것처럼 보였는지 헤이먼은 한숨을 폭 내쉬곤 차분하게 말했다.

"판매하려면 적어도 수백 개에 마력을 넣어야 해. 마법사 고용 비용이 더 들어갈 거야, 솔레아. 무한정으로 솟아나는 마력의 샘물 같은 게 있으면 몰라도 누가 이걸 팔겠니."

"……그래, 맞아. 맞는 말이야."

떨리는 목소리를 감추며 고개를 끄덕였다.

내 표정을 보기 위해 고개를 숙인 그레이가 얼굴이 굳은 걸 확인하곤 따뜻한 손을 올려 머리를 쓰다듬었다.

"형. 솔레아한테 왜 그렇게 말해. 얘 섭섭하게. 너 예민한 거 아는데 그래도 좀 좋게 말해. ……가자, 솔레아."

복도를 걸어가는 내내 그레이는 내 기분을 달래려 말을 마구 걸어 댔다.

"레아, 많이 속상해? 같이 피구할까? 내가 사람 불러올게."

"일부러 통나무 헤이먼 방에 두고 왔어. 쟤 저거 옮기려면 꽤 고생할걸. 나 잘했지?"

"레아, 응? 나 봐 봐. 그레이 잘생겨서 화 풀리지 않아? ……안 잘생겼나 보네."

"솔레아. 화 풀어. 헤이먼이 성깔이 지랄맞아 그래. 원래도 그렇지만 몇 달에 한 번씩 더 예민하게 성질부리곤 하잖아. 형이지만 진짜 성격 더러워. 그치?"

멍하니 걷는데 문득 그레이의 말이 머릿속을 파고들었다.

제자리에 멈춰 선 채 그레이의 팔을 붙잡고 되물었다.

"몇 달에 한 번씩?"

"아. 넌 기억 못 하지. 뭐, 그 전에도 너는 거의 침대에만 있었으니까. 헤이먼 두어 달에 한 번꼴로 온갖 짜증 다 내면서 비실비실 휘청거리고 그랬잖아."

생각해 보니 내가 이곳에 온 이후로도 헤이먼이 하얗게 질린 낯으로 짜증스럽게 군 적이 있긴 했다.

"그러다가 헤이먼이 언제 다시 말랑해졌더라?"

"마법 연습인지 훈련인지 그거 한다고 밖에 나갔다 오거나, 집으로 이달론 부르면 괜찮아졌잖아. 쟤는 무슨 마법 수업으로 스트레스를 푸냐."

그레이를 보내고 혼자 방으로 들어와 문을 닫았다.

찰칵, 하고 문고리 돌아가는 소리가 귓가에 크게 울렸다.

이달론.

마력.

헤이먼.

생각났다.

헤이먼이 그날 내 기억을 지웠던 이유까지.

헤이먼은 마력이 부족한 마법사가 아니야. 이달론에게 마력을 받아 겨우 살아가는 거야.

……그에게 이용당하면서.

나는 무언가에 맞기라도 한 것처럼 고개를 휙 돌려 지나온 길을 되돌아봤다.

……헤이먼을 구해야 하는데.

마법사의 꼭두각시로 살게 하면 지금 이런 돈벌이도 아무 의미가 없는데.

하지만 어떻게?

마력도 없는 내가 무슨 수로 그놈을 이겨?

이달론을 없앤 후엔?

마력이 없는 헤이먼은 살아갈 수 있나?

눈앞이 캄캄해졌다.

꽉 쥔 주먹에 힘이 바짝 들어가 손바닥에 손톱자국이 날 것 같았다.

어떡하지.

……실패하면? 내가 실패해서 아무것도 안 하느니만 못한 상황이 펼쳐지면?

헤이먼이 죽어서, ……그나마 느꼈던 다정함들도 물거품처럼 다 사라지면?

생각지도 못했던 상황이 밀려들어 오자 귀에 물이라도 가득 찬 것처럼 멍해졌다.

지금 멈추면 좋은 기억으로 남을 수 있는데.

아무것도 남지 않은 사람은 너무 쉽게 무너지는데, 사랑이라 생각했던 것들도 쉽게 부서지는데.

엄마가 숨이 막힌다고, 차라리 네가 안 태어났으면 좋았을 뻔했다고, 나를 끌어안고 같이 죽자고 귀에다 속삭였던 날처럼.

사랑은, ……사람은 그렇게 쉽게 허물어지는데.

공작, 헤이먼, 그레이.

내가 행복하게 만들어 줄 수 있을까? 나 하나조차 행복하지 못했는데.

애초에 솔레아도 아닌 나한테 자격이 있어?

받은 만큼 돌려주고 싶다니. 내 것이 아니었던 행복을 받았으니 갚고 싶다니.

말도 안 돼. 못 해, 나는.

혼자 남은 방 안의 공기가 하염없이 무거워지며 나를 짓눌러 오기 시작했다.

나는 습관적으로 목에 걸려 있는 펜던트를 손에 쥐었다.

집에 가자.

아무도 사랑할 필요가 없었던 곳으로 가자.

아무도 나를 사랑하지 않아서 책임져야 할 것이 없었던 곳으로 돌아가자.

괜찮아, 다시 돌아가도 똑같이 살면 돼.

지금 가면 지난날들을 행복했다고 반추하며 살아갈 수 있어. 좋은 꿈 꿨다고 털어 내고 웃을 수 있을 거야.

……적어도 나 때문이라고 탓하는 사람은 아무도 없을 테니까.

물밀듯 밀려온 기억에 패닉 상태가 되어 아랫입술이 덜덜 떨려 왔다.

휘청거리며 서랍장으로 가 일기장을 꺼내 펼쳤다.

손에 펜을 쥐고, 흰 천으로 칭칭 감아 묶은 뒤, 하얀 백지 위로 펜을 내렸다.

펜을 밀어 내는 강한 압력은 여전했다.

생각하지 않으려 해도 영화처럼 머릿속에서 잔상이 빠르게 스쳐 지나간다.

목소리가 마구잡이로 엉켜 엉망이다.

'레아, 차가 너무 뜨겁진 않니?'

'역시 내 딸이 제일 예뻤나 보군.'

'다친 덴 없고? 아프면 말하렴.'

'누가 괴롭히면 나 불러.'

'우리 딸 언제 이렇게 컸지.'

'야, 너는 오빠한테 미친놈이 뭐냐.'

'놀라서 넘어질까 봐 잡는 거다.'

'넌 무슨…… 이런 책을 보냐. 진짜 돌았어?'

'여긴 재회의 언덕이야.'

종이 위로 물방울이 비처럼 후두둑 떨어진다.

"아, 안 돼. 젖으면 안 되는데……."

소매로 종이를 닦아 낸 뒤, 얼굴을 힘껏 문질러도 물방울은 멈출 줄을 모르고 종이를 적신다.

"제발, 그냥, ……그냥 지금 가게 해 줘."

투명한 물방울이 떨어지는 걸 도저히 막을 수 없어 그저 손에 힘을 주고 펜으로 글씨를 쓰는 것에만 집중했다.

'귀환'

이 두 글자만 적으면 뒤에 어떻게 이어지든 돌아갈 수 있지 않을까?

가장 확실한 단어니까.

까만 하늘과 별처럼 시야를 가득 메운 노란 반딧불이들, 나를 돌아보며 부서지듯 환하게 웃던 헤이먼과 그레이.

'다음에 또 오자, 솔레아.'

손이 벌벌 떨려서 글자를 쓰는 게 쉽지가 않다.

이를 악물고 눈을 질끈 감았다.

땀에 젖어 척척해진 손에 힘을 주고 겨우겨우 한 획씩 적어 내려갔다.

글씨가 엉망으로 일그러졌지만 겨우 적는 데 성공했다.

귀환.

끝났다.

일기장을 덮고 그대로 두 다리를 접어 그 사이에 얼굴을 묻었다.

이제 괜찮을 거야. 실망하는 얼굴 안 봐도 돼.

옷이 눈물에 축축하게 젖어 갈 때쯤 문이 열렸다.

"솔레아. 일단 하나를 가볍게 만들어 봤, ……왜 그래?"

헤이먼의 단정한 목소리가 순식간에 옆으로 다가왔다.

들고 있던 통나무도 내려놓고 다급한 발걸음으로 내 옆에 주저앉은 헤이먼은 내게 손도 대지 못한 채 당황한 목소리로 옆에서 중얼거렸다.

"울어? 왜, 왜? 네 잘못도 없는데 왜 우는 거지. 솔레아?"

헤이먼의 따뜻한 손이 내 어깨를 감쌌다.

그럼 너는 네 잘못도 아닌데 왜 포기했어? 죽을까 봐 무서웠어? 아니면 나처럼 버림받을까 봐?

마음에 맺힌 말을 하나도 꺼내지 못했다.

두 무릎 사이에 얼굴을 묻은 상태로 가만히 헤이먼의 온기에 몇 분 동안 갇혀 있었다.

왜 하필 다정해선.

고개를 들고 헤이먼의 분홍색 눈동자를 보며 천천히 입을 뗐다.

"마력도 얼마 없는데 이딴 건 왜 만들었어."

눈물 젖은 내 얼굴을 물끄러미 보던 헤이먼은 커다란 눈을 깜빡이다 시선을 내리깔며 민망한 듯 작게 답했다.

"······네가 근육통이 심하니까 네 거라도 만들어 주려고 했지."

헤이먼은 어색하게 덧붙였다.

"내일 같이 호수 보러 갈까."

차갑게 식은 손을 들어 헤이먼의 옷깃을 붙잡았다가 천천히 놓았다.

아니, 오늘이 끝이야.

그때 창가에서 작은 목소리가 들려왔다.

'우냐?'

'쟤 운다!'

나 지금 되게 슬픈데 누가 약 올리냐.

번쩍 고개를 들고 주변을 둘러봤지만 아무것도 보이지 않았다.

헤이먼은 듣지 못했는지 그는 걱정스레 나를 살피고 있었다.

'어두워서 그런가?'

'저번처럼 불 밝혀 줄까?'

'또 욕하기 전에 얼른 하자!'

'그래, 그래!'

소란스러운 목소리가 전혀 들리지 않는지 헤이먼은 내 눈치를 보며 얼른 덧붙였다.

"둘이 가는 게 싫으면 그레이도 부르지."

'화났나 봐! 쟤 얼굴 무서워!'

'불, 불!'

'하나, 둘, 셋!'

"하지 마!"

얼른 목소리를 높이자 여러 목소리들은 다시 조용해졌다. 다행히 밖은 잠잠했다.

헤이먼이 당황한 목소리로 말했다.

"그, 그래. 그럼 둘이 가자. 점심 먹고 출발할까? 오전엔 네가 운동을 하니까."

일단 헤이먼을 내보내야겠다는 생각에 고개를 빠르게 끄덕였다.

나를 달랬다고 생각한 헤이먼은 그제야 안심한 듯 엷게 미소 지으며 내 옆에 가벼워진 통나무를 두고 일어섰다.

"울지 마."

'쟤가 울렸나 봐!'

'혼내 줄까?'

'혼내 주자!'

'이 방에서 나가면 혼내 주자!'

'그래, 그래!'

'어떻게 혼내?'

'제일 무서워하는 거 보여 주자!'

'그래! 그러면 다시 지하 실험실로 끌려가는 미래를 보여 주자!'

'좋아!'

'가족들한테 잊혀서 혼자 남도록 하자!'

'그래, 그래!'

'이 방에서 나가면!'

'이 방에서 나가기만 하면!'

목소리들이 쉬지 않고 중구난방으로 떠드는 통에 빠르게 판단이 되지 않았다.

헤이먼은 아직 쪼그려 앉아 있는 나를 일으켜 침대에 앉혔다.

그러다 바닥에 놓인 책을 보더니 살짝 미간을 찌푸렸다.

"이런 것보다는 네게 도움이 되는 책을 읽는 게 어때. 책상 위에 저 많은 양서를 두고 왜 하필 이거야."

아직도 목소리들이 떠드는 통에 헤이먼이 하는 말이 제대로 들리지 않았다.

내가 아무런 말 없이 가만히 눈만 깜빡이고 있자 헤이먼은 한숨을 푹 내쉬더니 책을 펼쳤다.

안에 적힌 내용을 몇 줄 읽었는지 헤이먼의 분홍색 눈동자가 좌우로 왔다 갔다 움직였다.

그의 미간이 또 찌푸려졌다.

"아무리 기억을 잃었어도 갑자기 성격이 왜 그렇게 공격적으로 바뀌었나 했더니, 이런 책을 읽으니까 그렇지."

'무슨 책?'

'저게! 분홍 머리가 읽는 책!'

'야한 책!'

'하지만 안 야한걸!'

'마력을 다 빼내면 분홍 머리도 안 야한 걸 알 텐데!'

'그럼 오해 안 받게 우리가 마력을 다 빼 주자!'

'그래, 그래!'

'이 방에서 나가면!'

"이건 내가 버리도록 하지."

그대로 일기장을 들고 나가려는 헤이먼의 손목을 다급하게 잡으며 외쳤다.

"안 돼!"

'안 된대!'

'우리가 쟤 말을 들을 필요는 없어!'

'하지만 쟤가 안 된대!'

'쟤 무섭잖아!'

'그럼 하지 말자!'

내 대답을 들은 헤이먼이 한숨을 쉬며 나를 내려다보다 어쩔 수 없다는 듯 픽 웃어 버렸다.

"이 책이 그렇게 소중해?"

나는 얼른 고개를 끄덕였다.

얼떨결에 다시 솔레아를 야한 소설 마니아로 만들어 버렸지만 지금은 상황 파악이 제대로 되지 않아 머릿속이 혼란스러웠다.

갑자기 들리는 이 목소리들은 뭐고, 헤이먼에게 보여 주겠다는 미래는 또 뭔지.

영 탐탁지 않은 표정으로 책을 협탁 위에 올려 둔 헤이먼은 내 머리를 쓰다듬으려는 듯 손을 올렸다가 어색하게 툭툭, 두어 번 두드리곤 물러났다.

"너무 자주 읽지는 마. 차라리 연애 소설을 읽지 그래."

목소리들이 다시 떠들었다.

내가 좋아하는 책을 욕했으니 헤이먼을 혼쭐내 주자는 내용이었다.

"아냐, 이게 좋아. 이게 좋으니까 욕 그만해. 난 이게 좋다고."

"흠, ……그래. 그래도 취향을 좀, 온건하게…… 바꿔 보지 그래."

기껏해야 기사랑 뜨거운 시간을 보내는 내용일 텐데 왜 그러지.

의문 가득한 눈으로 그를 올려다보자 헤이먼의 얼굴이 빨개졌다.

"……사람을 묶어 놓고 그러는 건 좀 잘못된 취향 같아."

"어?"

"썩 대중적인 취향은 아닌 것 같은데 대체 어디서 이런 걸 골라서 온 건지……. 차라리 발 페티시가 더 나은 것 같은데."

"읽어 봐."

협탁 위에 있는 책을 들어 헤이먼에게 내밀자 그가 흠칫 떨며 뒤로 한 발자국 물러났다.

"아니, 나 가 볼게. 눈물 그쳤으면 됐다. 내일 보지."

사방에 깔린 목소리들이 신났는지 왁자지껄 떠들기 시작했다.

'나간대!'

'무서운 거 보여 주자!'

"헤이먼 가지 마!"

또다시 나가려는 헤이먼을 붙잡았다.

헤이먼의 표정이 묘하게 변했다.

"왜 그래, 몸이 안 좋아? 다른 사람 부를까?"

"그런 게 아니라……. 너 아무것도 안 들려?"

"왜? 혹시 환청이 들려? 이딴 책을 읽으니까 그렇지."

'환청 아닌데!'

'우리 가짜 아닌데!'

'화나!'

'화 많이 나!'

'분홍 머리가 다시는 환청이라고 못 하게 해 버리자!'

'실험실을 생생하게 보여 주자!'

"아, 씨발 하지 말라고."

'……하지 말자.'

'그래, 하지 말자.'

겨우 사방이 조용해졌다.

문제는 헤이먼도 조용해졌다.

그는 눈을 빠르게 깜빡이며 놀란 표정으로 나를 바라보다 말했다.

"미안……. 취향 무시해서 화났구나."

"아니야. 그런 게 아니라……."

'아니래!'

'할까?'

'그래! 제일 무서워하는 것들로.'

이상한 목소리들이 헤이먼에게 해코지라도 할까 싶어 나는 다급하게 말을 바꿨다.

"사실, 그래, 맞아! 너 내 취향 무시하지 마! 사람 묶어 놓고 이것저것 하고 싶을 수도 있지! 다시는 내 취향 무시하지 마! 알겠어?!"

"……알았어, 미안해……."

잔뜩 당황한 낯으로 우물쭈물하던 헤이먼은 슬쩍 문을 가리켰다.

"나 이제 가 봐도 될까?"

'쟤 나간대!'

"가지 마!"

"그럼 뭐, 여기 계속 있으라고?"

"으, 응. 여기 앉아 있어."

통나무를 가져다주려고 왔던 헤이먼은 나를 달래다가, 얼결에 방 밖으로 나가지도 못하게 돼 버렸다.

헤이먼을 괴롭히지 않겠다는 약속만 받으면 나도 헤이먼을 내보낸 뒤 이 목소리들과 대화를 해 보고 싶었다.

하지만 헤이먼이 저 문을 나서면 당장 무슨 짓을 할지 모르니 방법이 없었다.

방에서 개기는 수밖에.

하지만 그것조차 호락호락하지 않았다.

"여, 여기 앉으면 돼?"

'분홍 머리 마력 더러워!'

'구역질 나!'

'우리가 깨끗하게 해 주자!'

'그래! 비우면 깨끗해져!'

'마력을 탈탈 비우자!'

'그래, 그래!'

"아, 좀! 가만히 있어!"

의자에 앉으려던 헤이먼은 다시 엉거주춤 일어섰다.

결국 앉지도 못한 채 헤이먼은 벌이라도 서는 것처럼 서 있었다.

"솔레아, 뭔가 불만이 있으면 말로 해. 호수에 가는 게 마음에 안 들어⋯⋯?"

"아니. 그건 좋아. 좋은데."

잠깐 조용해진 목소리들의 출처를 찾아 고개를 두리번거렸다.

'뭐 찾는 거지?'

'침대 밑에 숨겨 둔 야한 책을 보여 주려는 것 같아!'

'하녀가 손이 안 닿아서 못 버린 책이 하나 남아 있어!'

'그래! 우리가 얼른 보여 주자!'

'꺼내 오자!'

목소리들은 물체도 옮길 수 있는지 침대 밑에서 무언가가 스르륵 움직이는 소리가 들렸다.

이번엔 헤이먼도 들었는지 그의 시선이 침대 아래로 향했다.

"저기 뭐 있어?"

"아니, 아무것도 없어."

'있는데!'

'길들여진 황제라고 적혀 있는데!'

"소리가 들렸잖아. 잠깐만. 내가 볼게, 솔레아. 위험하니까 가만히 있어."

헤이먼이 허리를 숙이려는 순간 어쩔 수 없이 이를 악물고 또 욕을 뱉었다.

"아무것도 없다니까, 썅."

'없대……'

'있는데……'

'들키기 싫은가 봐……'

'아니면 황제를 길들이기 싫은가 봐!'

'맞아!'

'쟤는 황녀랑 더 친하니까!'

'그럼 황녀를 길들이는 책을 찾아와야 돼?'

'그러자!'

이 새끼들 누군지는 몰라도 잡히면 가만 안 둬야지.

얼굴이 저절로 시뻘게졌다.

헤이먼한테 욕을 할 생각은 없었다.

몇 분 전까지만 해도 이별이 버거워 눈물을 줄줄 흘리고 있었으니까. 이대로 헤어지는 게 아쉽고 슬펐는데 갑자기 욕할 일이 생기다니.

거듭되는 쌍욕 퍼레이드에 헤이먼의 얼굴에는 당황을 넘어 당혹이 서려 있었다.

"오늘 좀 이상한데. 솔레아. 몸이 안 좋아?"

"괜찮아. 아무렇지도 않으니까 가만히 있어. 제발. 아무 말도 안 해도 돼."

'분홍 머리가 말하는 게 싫은가 봐!'

'그럼 입을 꿰매 버리자!'

'그래, 그래!'

"아니! 아니다! 헤이먼, 말해!"

"말을…… 하라고? 무슨 말?"

"나 신경 쓰지 말고, 아무 말이나 해 봐."

자꾸 횡설수설하는 내가 어지간히 걱정됐는지 헤이먼은 화내지도 않고 손을 내밀어 나를 당기고는 안색을 살피기 시작했다.

"평소에도 이상했지만 오늘은 정말 확실하게 이상한데."

"나 이상한 거 아니야. 지극히 정상이니까 환청, 이상하다, 그런 말 하지 마. 괜찮아, 오빠."

"그래."

고개를 끄덕이긴 했지만 헤이먼은 여전히 팔자로 꺾인 눈썹을 펴지 못한 채 나를 살폈다.

이렇게 된 이상 방법은 하나밖에 없었다.

나는 헤이먼의 두 손을 꼭 잡고 최대한 단단하고 음산한 목소리로 말했다.

"아무도 너 못 건드려."

"으, 응?"

내 말에 당황한 낯으로 묻는 헤이먼의 시선을 애써 무시한 채 어디에서 들리는지 모르는 목소리들을 향해 경고했다.

"손가락 하나도 못 건드려. 진짜 가만히 안 둘 거야. 너 아프게 하거나, 무섭게 하거나, 아무튼 네 신상에 조금이라도 흠나면 누가 그랬든 찾아내서 반드시 죽여 버릴 거야."

"……고마워. 근데 그렇게까진……."

"아니. 꼭 그렇게 할 거야."

헤이먼의 말을 끊고 허공을 바라봤다.

잠깐 뭔가가 반짝했던 거 같은데 확실하진 않았다.

그쪽 방향을 보며 나는 이를 악물고 덧붙였다.

"네 미래는 반드시 행복해야 돼. 두려움에 떨거나 외롭거나 그딴 건 없어. 알았어?"

"……으응."

한참 동안 쉬지 않고 떠들던 목소리들이 점점 잦아들더니 방 안이 고요해졌다.

이제야 겨우 조용해져 나는 헤이먼의 손을 터질 듯 꽉 잡고 말했다.

그가 어떤 눈으로 나를 바라보고 있는지도 모르고.

"넌 나한테 좋은 기억을 준 사람이니까."

헤이먼이 갑자기 내 등에 손을 올리더니 나를 천천히 당겨 안았다.

그의 어깨 위로 간신히 눈만 빼꼼 나왔다.

헤이먼에게 안겼지만 내 신경은 온통 주변의 목소리들에게 쏠려 있었다.

따스한 체온으로 나를 감싼 헤이먼이 낮은 목소리로 먹먹하게 말했다.

"고마워, 솔레아. 나를 지켜 주려고 하는 네 그 마음만으로도 내가 얼마나 기쁜지 모를 거야. 하지만 난……."

'……그래도 분홍 머리 마력은 더러운 마력인데…….'

'우리는 분홍 머리를 없앨 수 있는데에…….'

"입 닥쳐. 내가 너 지킬 거니까. 아무도 손 못 대게 할 거니까."

"으, 응……. 알았어."

험악한 말에 뭔가 더 얘기하려던 헤이먼은 입을 다물었다.

나는 헤이먼의 뒷덜미 칼라를 잡고 그의 몸을 떼어 낸 뒤 눈을 똑바로 바라보며 말했다.

"네 마력이 더럽든 말든, 난 신경 안 써. 그냥 네가 살아 있으면 됐어. 난 네가 아무 걱정 없이 행복했으면 좋겠어."

그의 눈이 빠르게 흔들렸다.

"기억이…… 났어?"

'당연하지!'

목소리들이 신나서 다시 웅성거리기 시작했다.

'쟤는 깨끗하니까!'

'원하는 마력은 얼마든지 받아들일 수 있고, 싫으면 얼마든지 뱉어 낼 수 있으니까!'

'정해진 끝이 없으니까!'

'모양도 없으니까!'

'아무거나 담을 수 있으니까!'

'분홍 머리를 싫어했으면 아예 안 통했을 텐데!'

'더러운 분홍 머리를 좋아해 버려서!'

'싫어지게 하면 좋을 텐데!'

멋대로 웃고 떠드는 목소리들에게 쌍욕을 퍼붓고 싶었다.

하지만 내 어깨를 잡은 헤이먼의 두 손이 벌벌 떨리고 있어 그럴 수가 없었다.

자신의 치부를 들켰기 때문인지 헤이먼의 두 눈에 투명한 물이 차오르고 있었다.

"다, 기억나? 내가 여전히 이달론한테 실험이나 당하는⋯⋯."

"괜찮아. 너 싫어질 일 없어. 네가 예전에 실험을 당했건, 지금도 당하고 있건, 난 그냥 자주 싸가지 없고, 가끔 착하고, 잘생긴 너를 좋아하는 거야. 내 오빠인 네가 좋아. 너 더럽다고 생각 안 해. 그렇게 생각하는 새끼들은 내가 주둥이를 틀어 버릴 거야. 그러니까 그 입 좀 다물고 가만히 안고나 있어."

"알았어⋯⋯."

목소리들이 고요해질 때까지 헤이먼을 안고 다독이며 허공을 힘껏 노려봤다.

방 안의 거울에 비친 내 보라색 눈이 번쩍였다.

아침이 되기 전에 일기장에 적힌 '귀환'을 지워야 했다.

목소리들에게 경고하며 마음이 확실해졌다.

나중에 미움을 받더라도, 헤이먼을, 이 가족을 이대로 두고 갈 순 없었다.

근데 얠 재워야 뭘 하든 할 텐데 도무지 잠들 기미가 없었다.

"아, 좀 누워!"

"솔레아, 정말 다 기억하는 거야? 나는……."

"그래. 어, 기억나. 그러니까 좀 누워. 내일 얘기해."

나 지금 일기장에 적은 귀환 두 글자 안 지우면 내일 아침에 휙 돌아갈지도 모른다고.

그럼 너 혼자 남아서 뭐, 어떻게 할 거야.

너한테 버림받았다는 기분 들게 하고 싶지 않단 말이야, 멍청아.

복잡한 내 속도 모르고 헤이먼은 침대에 앉아서 계속 내 손을 만지작거렸다.

"나도 처음엔 몰랐어. 그런데 계속 점점 아파지니까, 어머니가 걱정을 하셔서……."

"자자, 어? 내일 얘기하고 오늘은 그만 자자."

"내일? 난 여기서 자는 건가? 너는 어디서 자고? 그럼 내 방 가서 잘게."

그가 침대에서 일어나려고 하자마자 목소리들이 아주 작게 속닥이는 말소리가 들려왔다.

나는 헤이먼을 강제로 침대에 눕히고 이불까지 덮어 줬다.

"오빠! 그냥 좀 자! 욕 나오게 하지 말고!"

"응……. 미안."

꽃분홍색 눈을 토끼처럼 뜬 헤이먼은 평소처럼 냉정한 눈빛이 아닌 동글동글 말랑한 눈빛으로 나를 쳐다보다가 은근슬쩍 다시 입을 열었다.

"이달론은, 나도 아홉 살 때 처음 봤어. 내가 열흘 동안이나 눈을 안 떴대. 그 사람이 나를 어떻게 발견했는지는 모르지만 아무튼 그때 이후로 이달론한테서 정기적으로 마력을 받아서 살고 있어. 아버지나 어머니는 그 사람이 내 목숨을 구한 은인인 줄 알고 계시니까. ……틀린 말도 아니지만."

씁쓸하게 미소 짓는 헤이먼을 보면서 난 코웃음을 치며 말했다.

"너를 지 인형처럼 살게 했는데 무슨 은인이야. 패 죽일 놈이지."

'쟤가 패 죽일 놈이래!'

'이달론은 패 죽여도 되나 봐!'

'걔는 우리끼린 못 죽이는데!'

'못 죽여!'

'그럼 한 대씩 패고 오자!'

'그래, 한 대씩은 팰 수 있어!'

'패고 오자!'

'그래, 그래!'

'그럼 분홍 머리는?'

'……분홍 머리는 건들지 말자. 쟤 무서워.'

'응…… 쟤 또 욕했잖아. 일단 그냥 조용히 있자.'

'그럼 무서운 애가 자기는 분홍 머리 말고, 무서운 애가 싫어하는 이달론 패러 가자!'

'맞아! 욕 무서워!'

'욕하는 사람 무서워!'

'그래, 그래!'

'좋아!'

소곤소곤 떠들던 음성들이 순식간에 사라졌다.

헤이먼은 낮은 목소리로 이야기를 이어 갔다.

"나도 어릴 땐 좋은 사람이라고 생각했어. 자기한테 마력을 받는다는 걸 아무한테도 말하지 말라길래 그래야 하나 보다, 했고. 어쨌든 이달론이 다녀간 후엔 아팠던 몸이 나았으니까."

"그 가짜 늙은이가 어린애한테 입막음까지 시켰어?"

주먹이 부들부들 떨렸다.

대충 이야기를 듣다가 헤이먼을 재우려고 했는데 이렇게 까놓고 듣다 보니 열이 차올랐다.

나는 팔짱을 낀 채 누워 있는 헤이먼에게 물었다.

"걔가 봉사한답시고 널 돕진 않았을 거 아냐? 뭘 바라고 너한테 이래?"

"정확히는 몰라. 그냥 가끔 그 사람이 시킨 심부름을 해."

이상한 애들도 사라졌으니 얘기 좀 더 듣다가 새벽에 재워야겠다.

"무슨 심부름을 했는데?"

"좀…… 이상해."

내가 고개를 갸웃 움직이자 헤이먼은 몸을 일으키려는 듯 상체를 움직였다.

심각한 이야기니 각을 잡고 하려는 것 같았다.

하지만 지금 일어나서 아예 진지한 분위기로 갈아타 버리면 밤을 새워 버릴 게 분명했다.

얼른 어깨를 누르자 헤이먼은 내 눈치를 살피다 다시 자리에 누웠다.

옛날얘기를 듣는 꼬마 아이처럼 이불을 덮은 채 침대에 곱게 누워 있는 20대의 꽃다운 남성이 이야기를 이어 갔다.

"누군가의 이름을 알아 오라고 했어."

"지는 그딴 거 하나 못 해? 위대한 마법사라면서?"

"잘 모르겠어. ……남들도 다 알고 있는 이름 말고, 그들의 진짜 이름을 알아 오라고 시키더라고."

"이름을 두 개 쓰는 사람이 있었어?"

"대부분은 범죄자거나 예전에 노예였던 사람들이었어. 드물지만 자유인이 된 노예들은 이름을 바꾸기도 하니까. 아니면, 노예가 되기 전의 이름이 있을 수도 있고."

내가 알고 있는 노예는 돈뿐이었다.

자유인이 된 돈에게도 예전에 쓰던 이름이 있었을까?

"그 사람들의 이름을 알아 간 이후엔 어떻게 됐어?"

헤이먼의 아랫입술이 덜덜 떨렸다.

내 눈을 피해 허공을 응시하던 그는 기어들어 가는 작은 목소리로 답했다.

"사라졌어."

"뭐라고?"

"궁금해서 며칠 뒤에 찾아간 적이 있었어. 그런데 아무도 그 사람을 기억하지 못했어. 마치…… 원래부터 없었던 사람처럼."

헤이먼의 눈빛이 침울하게 잠겼다.

"나도 이름이 기억 안 나. 분명히 얘기를 나눴는데. 얼굴까지 생생한데."

이불을 쥔 그의 두 손이 잘게 떨려 왔다.

"내가 받은 마력이…… 그 사람들의 생명이면 어쩌지. 그럼 나는, 사실 내가 죽어야 하는데……."

나는 손을 들어 헤이먼의 입을 틀어막았다.

이상했다.

설령 그렇다고 한들 그렇게 번거로운 방법을 써 가면서까지 헤이먼을 살려야 하는 이유가 분명히 있을 텐데.

"그 심부름 말고 다른 건 안 했어? 아니면 이달론이 너한테 바라는 건 없었어?"

입을 막은 손을 떼 낸 뒤 물었지만 그는 아무런 말이 없었다.

"말해, 헤이먼. 내가 어떻게든 널 도울 수 있는 방법을 찾아볼게."

"가끔 이상한 글자가 적힌 종이를 보여 줬어."

"글자?"

"응. 읽을 수 있냐고. 그런데 단 한 번도 읽을 수 없었어. 타국의 글자도 아니었어. 아예 형체조차 알아볼 수 없었어."

아마도 헤이먼에게 읽으라고 한 그 글자들에 뭔가가 있는 것 같은데.

나는 고개를 끄덕인 후 헤이먼의 눈 위로 손을 올렸다.

"오늘은 내 방에서 자. 그냥 자. 아무 소리 말고."

그렇게 헤이먼이 잠들기를 기다릴 생각이었는데 그의 눈꺼풀이 파르르 떨리더니 내 손바닥이 촉촉하게 젖었다.

헤이먼이 천천히 입을 열었다.

"61번."

"응?"

"……지하 실험실에서 나를 부르던 이름이야. 나도 이름이 두 갠데……. 나도 잊히면 어쩌지. 쓸모가 없어져서, 언젠가 나도 그 사람들처럼……."

손을 떼어 내자 헤이먼은 물기에 젖은 눈으로 천장을 물끄러미 바라보았다.

익숙한 눈이다.

체념과 두려움이 마구 뒤섞인 눈.

거울을 볼 때마다 마주쳤던 것과 닮았다.

목구멍을 타고 울컥 올라오려는 쓰라린 감정들을 꾹 참고 겨우 말했다.

"그렇게 안 돼. 그러니까 걱정하지 마."

부서지듯 힘없이 웃은 헤이먼은 천천히 눈을 감았다.

"든든하네."

"……가족이잖아."

언제나 듣고 싶었던 말을 그에게 건넸다.

"한참 어린 너한테 위로를 받다니."

"한참 어린 내가 욕한다고 쫄았으면서."

눈을 감은 채 푸흐흐 바람 빠지듯이 웃은 헤이먼이 장난스럽게 말했다.

"너 무섭게 생겼잖아."

"내가 뭘 무섭게 생겨? 넌 방에 거울도 없어?"

아까부터 이상한 목소리들이 '쟤 무서워!'를 자꾸 외친 탓에 신경질적으로 답했다.

거울 보니까 그냥 좀 도회적으로 생긴 미인이던데 왜 자꾸 무섭게 생겼대.

짜증 난 목소리가 웃겼는지 헤이먼은 웃음기를 거두지 못하고 대답했다.

"걱정 마. 티온이 제일 무섭게 생겼어. 우린 괜찮아."

"아. 그래? 난 그레이가 제일 무섭게 생긴 줄 알았어. 처음 봤을 때 도망갈 뻔했잖아."

공감됐는지 크게 웃음을 터뜨린 헤이먼이 팔을 들어 눈을 가렸다.

무거워진 분위기를 풀기 위해 일부러 더 가볍게 말했다.

"공작님도 사실 이목구비가 그렇게 온화하시진 않잖아. 공작 부인이 약간 그런 취향이신가 봐. 냉하게 생긴 사람이랑 결혼해서 냉하게 생긴 애들만 데려오고, 냉하게 생긴 솔레아를 낳은 걸 보니."

헤이먼의 분홍색 입술이 호선을 그리며 올라갔다.

고르게 자리 잡은 하얀 이가 벌어지며 청명한 웃음소리가 방을 울렸다.

소리 내 웃던 헤이먼이 작게 덧붙였다.

"어머니."

"응?"

"공작 부인이 아니라 어머니지. 너를 낳아 주신 어머니잖아."

"……너한테도 어머니야."

"……응. 넌 내 동생이지."

이윽고 말없이 가만히 누워 있던 헤이먼의 숨소리가 차츰 차분하게 잦아들었다.

쌕쌕거리는 숨소리가 일정하게 울릴 때쯤 푸르른 빛이 방 안으로 새어 들어오기 시작했다.

나는 혹시라도 헤이먼이 깰까 조심하며 다시 일기장을 펼쳤다.

아직 일기장 속 '귀환'이라는 글자 뒤엔 아무것도 적히지 않은 상태였다.

조용히 얕은 한숨을 내쉰 후, 펜을 손에 쥐고 천으로 칭칭 돌려 감아 고정시켰다.

두 글자를 썼으니 오늘은 더 이상 못 쓸지도 모르지만 이대로 아무것도 안 하고 있는 것보다는 뭐라도 해 보는 게 나았다.

최소한 글자 가운데에 작대기라도 긋자.

몸에 힘을 주고 천천히 펜을 아래로 내렸다.

하지만 무언가에 가로막힌 것처럼 도무지 펜이 종이에 닿질 않았다.

한 시간 가까이 온몸에 힘을 주고 있자니 팔이 달달달 경운기마냥 떨리기 시작했다.

입고 있던 드레스가 땀에 젖어 등에 척척하게 달라붙었다.

시간이 흐를수록 마음이 초조해졌다.

이걸 못 지우면 안 되는데. 헤이먼이 숨기고 있던 비밀을 듣게 되었고, 그가 가지고 있는 불안까지 알아 버렸다.

그런데 어떻게 두고 가.

버려졌다고 생각할 텐데.

그 무서운 기분을 너무 잘 아니까, 다른 사람에겐 그걸 느끼게 하고 싶지 않았다.

이 가족들은 내게 처음으로 실패할 용기를 준 사람들이었다.

몸을 기울이고 체중을 실어 다시 한번 펜을 종이에 갖다 대려 했다.

그러자 목에 걸려 있는 펜던트가 짤랑, 하는 소리를 내며 눈앞에서 흔들렸다.

흠칫 놀라 침대 쪽으로 시선을 돌렸다.

헤이먼이 으음, 하는 작은 신음 소리를 내며 돌아누웠다.

깬 줄 알았네, 젠장.

나는 작게 마른침을 삼키며 펜던트의 잠금장치에 손을 올렸다.

17억.

내 꿈이었던 일확천금과 밝아 오는 여명을 번갈아 바라보다가 나는 단번에 펜던트 줄을 풀었다.

펜던트가 흔들리는 소리에 헤이먼이 깨기라도 하면 낭패였다.

만약 깨어난 그가 지금 뭐 하는 거냐고 물어도 해명할 시간조차 없었다.

그사이에 재수 없이 '귀환'의 뒷부분이 제대로 쓰여서 원래 세상으로 돌아가기라도 한다면 그땐 돌이킬 수 없으니까.

나는 풀어낸 펜던트를 소리가 나지 않도록 조심히 바닥에 내려 뒀다.

지금 더 중요한 건 일기장을 수정하는 일이었다.

그때, 밖에서 닭이 우는 소리가 들려왔다.

날이 밝아 오는데. 다시 펜던트를 쥐어야 할까. 저게 없이 돌아가면 난 다시…….

몇 초도 안 되는 짧은 시간 동안 머리가 하얘질 정도로 고민했다.

그러다 닭이 한 번 더 우는 순간, 나도 모르게 두 손으로 있는 힘껏 펜을 쥐고 종이 위로 내려 눌렀다.

겨우 펜이 종이에 닿은 순간, 종이 위에 글자가 써지기 시작했다.

"안 돼……!"

귀환까지 얼마 남지 않은 타온이 제일 무섭게 생겼다니.

과연 침대 위에서는 어떨까. 헤이먼처럼 고분고분하면 좋을 텐데.

……이게 진짜 돌았나.

렘샤 부인 취향은 잘 모르겠지만 저는 이쪽 아니라고요. 그리고 헤이먼은 그냥 자고 있는 거잖아. 누가 보면 오해하겠네.

한 줄을 띄운 채 다음 문장이 마저 적혔다.

지키고 싶은 가족들이 생겼다.

몇 시간 내내 난리 브루쓰를 떨었는데 저렇게 간단한 내용이라니.

명료하게 적힌 문장을 보고 있자니 헛웃음이 나왔다.

근데 이봐요, 렘샤 부인. 가족이라고 쓸 거면 위의 문장을 적으면 안 되죠.

……다른 사람들한텐 야설로 보여서 진짜 천만다행이네.

어이가 없어 웃으며 펜을 묶고 있던 천을 풀어냈다.

밤을 꼴딱 새웠지만 잠이 오진 않아서 옷을 챙겨 입고 후원으로 나갔다.

아까 그 목소리들은 이달론에게 간 것 같으니까 몇 시간은 조용하겠지. 돌아와도 바로 헤이먼을 건드릴 것 같진 않았다.

그런데 이달론이 바라는 게 대체 뭘까.

이름이 두 개인 사람들의 마력을 뺏어서 어디에 쓰는 거지? 사라진 사람들은 어디로 가는 거고? 헤이먼에게 읽으라고 시킨 글자는 또 뭘까?

생각에 잠긴 채 조용히 후원으로 향하는 문을 열었다.

커다란 인영이 몸을 웅크리고 벤치 위에 앉아 있었다.

"……아! 깜짝이야!"

아직 해가 완전히 떠오르지 않아 푸르스름한 풍경 가운데 덩그러니 앉아 있던 큰 덩어리가 몸을 펴고 자리에서 일어섰다.

난 잔뜩 긴장한 채 덩치를 노려봤다.

"아가씨."

돈이었다.

돈은 나를 보자마자 활짝 웃으며 벤치 위에 놓여 있던 텅 빈 그릇을 들어 보였다.

"저 밥 먹었어요."

"뭐라고?"

"아가씨가 여기서 밥 먹으라고, 다 먹으면 확인하겠다고 하셨잖아요."

그렇게 말하는 돈의 표정에서 원망이라고는 단 한 줄기도 찾아볼 수 없었다.

오히려 꼬리가 달렸다면 붕붕 흔들리는 소리가 들릴 정도로 밝고 뿌듯한 얼굴이었다.

"지금 밥 다 먹은 거 확인받으려고 후원에서 기다렸다는 거야? 지금 시간이 몇 신데……. 잠깐만. 그긴 어제 점심이었잖아!"

당황한 내 목소리가 점점 커지자 돈의 눈꼬리가 점점 아래로 내려갔다.

"……자리를 비운 사이 아가씨가 후원에 내려오실까 봐 저녁은 가지러 못 갔어요. 그, 그래도 점심은 진짜로 잘 먹었어요. 여기……."

"아니, 그걸 묻는 게 아니라……. 응? 그러면 어제 점심부터 지금까지 계속 여기서 기다렸단 말이야?"

빠르게 돈에게 걸어가 겉옷을 벗어 그의 어깨 위에 덮어 주었다.

"아, 아가씨, 저 괜찮아요."

나도 모르게 돈의 등짝을 세게 후려쳤다.

"아야."

또 한없이 단조로운 목소리로 '아야.'를 뱉어 낸 돈은 내게 한 대 맞고도 그저 좋은지 처진 눈을 접어 웃었다.

"그래도 저 밥 다 먹었어요."

싹싹 비워진 그릇을 내게 보여 주며 돈은 배시시 미소 지었다.

아무리 곧 여름이라 해도 밤부터 새벽까지는 아직 쌀쌀했다.

돈의 두 볼이 추위에 빨갛게 물들어 있었다.

무심코 손을 들어 돈의 빨개진 볼을 감쌌다.

"하…… 이 바보야."

"예?"

"얼굴이 이렇게 빨갛게 되도록 여기서 뭐 하는 거야."

"아, 아가씨가…… 확인한다고 하셔서. 저, 열심히 밥 받아 와서, 다 먹고…… 기다렸는데……."

돈의 검은색 눈동자가 나를 물끄러미 내려다봤다.

"저 또 잘못했어요?"

"그래. 멍청아. 따뜻한 데서 기다려야지. 감기 걸리면 어쩌려고."

"아! 괘, 괜찮아요. 아가씨. 저 한겨울에도 이것보다 얇은 옷 입고 일한 적 많아요. 정말, 진짜 괜찮은데……. 저한테 미안해하실 필요 없는네."

커다란 검은 눈동자가 빙그르르 돌더니 시선이 아래로 툭 떨어졌다.

금방이라도 굴러떨어질 것 같은 큰 눈에 슬픔이 가득 들어찼다.

"전 정말 괜찮아요. 아가씨."

"이놈의 괜찮아요."

"예?"

"남한테 들으니까 기분 정말 구리네. 서운하고, 괜히 짜증도 나고."

짜증이 난단 소리에 돈의 머리가 다시 아래를 향했다. 커다란 덩치에 맞지도 않게 한껏 서글픈 표정이었다.

내게 혼나는 것 같아 적잖이 서러운 모양이었다.

"그게 아니라, 돈. 넌 괜찮다, 신경 쓰지 마라. 이런 말만 하잖아. 너 이제 '괜찮아요.' 금지야. 알았어?"

"네……."

너스레를 떨며 말했는데도 돈은 작게 대답하며 내게서 한 걸음 살짝 떨어졌다.

돈의 뺨에 닿아 있던 내 손이 허망하게 공중에 떠 버렸다.

고개를 갸웃 기울이며 눈빛으로 왜 몸을 떨어뜨린 건지 묻자 우물쭈물하던 돈이 대답했다.

"아, 너무 오래, 닿아 있으면……. 더러울까 봐."

"너 세수 안 했어?"

"했어요! 했는데, 그래도……."

"너 얼굴이 얼어 있잖아."

다시 성큼 다가가서 두 손으로 돈의 얼굴을 잡으려 했지만 돈은 굽히고 있던 허리를 우뚝 펴고 까치발까지 했다.

"저 정말 괜찮, 아니, 다 좋아요! 일 없어요! 아가씨 추우실 테니까 얼른! 드, 들어가세요!"

'일 없어요.' 라니. 이북에서 왔나.

돈은 어쩐지 아까보다 더 빨개진 얼굴로 걸치고 있던 내 옷까지 벗어 다시 내 어깨에 둘러 주었다.

그런데 내 양쪽 어깨 위에 옷을 둘러 주고도 돈은 손을 떼 내지 않고 가만히 서 있었다.

"왜?"

시선을 맞추며 묻자 돈은 펄쩍 뛰며 뒤로 물러났다.

"아뇨! 아무것도 아니에요. 저, 확인도 받았으니까. 이, 이제 가 볼게요."

돈은 서둘러 후원을 빠져나갔다.

꽤 늦게 잠이 들었는데도 헤이먼은 아침이 되자마자 눈을 떴다.

아침 식사를 마친 후 방에 갔다 온 헤이먼은 평소답지 않게 화려한 옷을 차려입은 상태였다.

내 오전 운동이 끝나길 기다리는 건지 그는 후원에 그림처럼 서서 나와 그레이가 가볍게 몸을 푸는 걸 구경하고 있었다.

헤이먼과 내 대화를 듣던 그레이가 내 옆구리를 죽죽 찢어 버릴 듯 스트레칭시키다 말고 끼어들었다.

"둘이 어디 가? 헤이먼은 옷을 왜 그렇게 입었어? 무도회라도 가냐."

"솔레아가 헤이먼이라고 부른다고 해서 너도 그렇게 부르면 안 되지. 형이라고 불러라, 그레이."

"형. 나 빼고 어디 가는데. 솔레아랑."

"호수에 가기로 했어."

그레이가 사실이냐는 듯 나를 힐끔 바라봤고 나는 어깨를 으쓱거리며 씩 웃었다.

"나는 왜 안 데려가는데. 나도 오늘 별거 없는데."

"넌 늘 별거 없잖아."

"이게 또 오빠를 놀리네."

그레이가 내 머리를 팔로 감싸 헤드록을 걸고 마구 헤집듯 머리를 벅벅 힘주어 쓰다듬었다.

얘 지 빼고 놀러 가지 말라고 일부러 내 머리 망치는 거 같은데.

헤이먼의 의기양양한 목소리가 귓가에 파고들었다.

"솔레아가 너랑 같이 가기 싫다던데."

"……뭐?"

안 그래도 무섭게 생긴 그레이의 표정이 굳었다.

별 감정도 없이 놀라 굳은 거겠지만 얇게 빠져 살짝 올라간 긴 눈꼬리는 그 표정만으로도 보는 사람을 쫄게 했다.

헤이먼은 팔짱을 낀 채 미소 지었다.

"솔레아가 나와 둘이 가고 싶다고 했어."

고장이라도 난 것처럼 눈을 깜빡이던 그레이가 이내 입술을 앙다물고 고개를 씩씩하게 끄덕거렸다.

"잘했어, 솔레아."

"어?"

서운해할 줄 알았더니.

그레이는 장하다는 듯 내 머리카락을 곱게 쓸어 주고는 헝클어져 풀리기 일보 직전인 머리끈도 주욱 당겨 풀더니 내 뒤에 서서 직접 머리를 묶기 시작했다.

"헤이먼이 불쌍해서 하루 같이 놀아 주는 거구나. 그래, 우리 동생은 어쩜 이렇게 착할까. 그레이랑은 어차피 '매일' 보고, '제일' 친하니까 괜찮아."

묘하게 몇몇 단어를 강조하듯 힘줘 말한 그레이는 말을 마친 후 콧노래까지 흥얼거렸다.

내 머리를 다시 높이 올려 묶어 준 그는 내 머리통을 양손으로 붙잡고 휙 뒤로 꺾더니 이마에 쪽 입을 맞췄다.

"둘째 오빠 하루 챙겨 준 설로 그레이는 안 삐져요."

"뽀뽀는 왜 자꾸 해?"

"우리 솔레아 다 컸다 싶어서. 오빠는 눈물이 나."

일부러 흑흑 소리를 낸 그레이는 옷소매로 눈꼬리를 콕콕 찍어 내는 시늉까지 하며 헤이먼을 약 올렸다.

확실히 헤이먼보다 그레이랑 더 친하긴 했다.

얼굴도 더 자주 보고, 얘기도 더 많이 하니까.

하지만 고작 나랑 더 친하다는 게 약 올릴 만한 소재가 되나.

……되네.

소재가 되나 보네.

그것도 너무 되나 보네.

늘 여유 만만한 표정이던 헤이먼이 보기 드물게 씩씩거리며 나와 그레이를 노려보다가 긴 다리로 성큼성큼 걸어왔다.

"다 큰 동생한테 뽀뽀하는 거 굉장히 보기 껄끄럽군."

"지가 못 하는 거면서. 난 솔레아랑 친해서 이마에 뽀뽀 정도는 아무렇지도 않게 해."

틀린 말은 아니었다.

그레이는 내가 못 하던 운동 동작을 성공해 내거나, 팔 굽혀 펴기를 평소보다 더 많이 하거나, 연무장에서 하는 달리기를 목표치보다 한 바퀴라도 더 뛰면 제 일처럼 기뻐하며 박수를 쳤고, 가끔은 장하다며 나를 껴안고 빙빙 돌기도 했다.

누가 보면 올림픽에서 금메달이라도 딴 줄 알겠네 싶은 정성이었다.

내가 건강한 게 그 정도로 기쁜 일인지는 모르겠지만 어쨌든 그레이가 환하게 웃는 게 좋아 나도 별말은 하지 않았다.

고작 건강한 것만으로도 웃음을 줄 수 있는 존재가 됐다는 게 여전히 안 믿겼지만.

나도 모르게 그레이와의 추억들을 되새기며 배시시 웃자 헤이먼의 인상이 더욱 구겨졌다.

헤이먼이 내 손목을 덥석 잡더니 입꼬리를 비스듬히 올려 비열하게 웃었다.

"그래, 어쨌든 솔레아는 오늘 이 둘째 오빠랑 놀다 올 거니까 넌 집이나 지켜."

진짜 집 지키는 건 일 많은 공작님이랑 정시 퇴근 사냥꾼 라트엘인데.

얼떨결에 헤이먼의 뒤를 따라가며 그레이에게 손을 흔들었다.

"헤이먼, 그레이도 같이 가자고 할까?"

"싫어. 매일 그레이랑 있잖아."

"그레이랑은 운동하는 거고, 둘이서 논 적은 없어."

"그럼 둘이 노는 건 내가 처음이면 되잖아."

더 말하기 싫은지 헤이먼은 나를 그대로 어깨에 둘러맸다.

"야! 내려 줘! 너 어깨 빠지는 거 아냐?"

"괜찮아. 그레이만큼 힘이 세진 않아도 너 정도는 가뿐하니까."

어지간히 짜증이 났는지 헤이먼의 목소리에 불만이 가득한 게 느껴졌다.

"하하, 진짜 별것도 아닌 걸로 삐지네. 내가 뭐라고."

나를 어깨에 거꾸로 대롱대롱 매단 채 걸어가던 헤이먼은 정원 한가운데 도착해서야 나를 내려놓고 여전히 삐진 것 같은 표정으로 아무렇지 않게 말했다.

"네가 너지. 뭐긴 뭐야."

내 얼굴에 서서히 미소가 번졌다.

"그래, 오빠. 가자."

헤이먼의 손을 잡아끌고 가며 일부러 장난을 쳤다.

너 힘들어서 내려놓은 거지.

아니. 네 얼굴 보고 말하려고 내려놓은 거야.

너 숨소리가 씩씩거리잖아.

그레이 때문에 열받아서 그런 거거든.

아닌 거 같은데.

맞다니까!

❋　❋　❋

호수로 향하는 마차의 말발굽 소리를 들으며 그동안 궁금했던 질문을 건넸다.

"마력이 없는 거에 관해서 이달론에게 들은 건 없었어?"

"나도 왜 내가 마력이 없는 인간이 됐는지는 모르겠어."

혹시 헤이먼도 나처럼 다른 세상에서 왔기 때문에 마력이 없는 건 아닐까 해서 건넨 질문이었는데.

나도 모르게 표정이 굳은 걸 봤는지 헤이먼은 망설이다 덧붙였다.

"……실험에 실패했겠지. 마법사가 아닌 사람도 약간씩 마력을 가지고 있다는데 난 이달론에게 마력을 공급받지 못하면, ……죽어 버리는 실패작이잖아."

"남의 목숨 쥐고 부려 먹는 새끼가 이상한 거야. 실패작이라고 말하지 마."

내 거친 말에 헤이먼이 조심스럽게 웃었다.

헤이먼은 서서히 웃음을 그치고 입술을 한 번 꾹 다물었다가 열며 내게 물었다.

"넌…… 왜 나 이외의 사람에게선 마력을 못 받아들이는 거지? 원래는 의술사의 마력으로 치료가 가능했잖아. 넌…… 정상이었는데."

"글쎄. 우리 오빠 혼자 외로울까 봐 비슷한 처지가 됐나?"

일부러 생글생글 웃으며 답했다. 헤이먼은 내 눈을 피하며 창가로 고개를 돌렸다.

"……너를 치료할 사람이 나밖에 없다는 거잖아."

"뭐, 그렇지."

귀 끝을 발갛게 물들인 헤이먼이 손으로 바지를 살짝 움켜쥐었다가 천천히 풀며 말했다.

"네가 받아들이는 마력이 내 거밖에 없으니까, 내가……. 널 지켜야 하니까, 그러니까 내가 앞으로는 더, 마력을 아끼겠지만 나도 가진 게 한정적이라……."

"결론이 뭐야?"

헛기침을 몇 번 하던 헤이먼이 나를 힐긋 보고는 일부러 목소리를 낮춰 엄숙하게 말했다.

"다치지 마."

그레이랑 똑같은 말을 하네.

그러고 보니 공작도 불면 날아갈세라 쥐면 터질세라 솔레아를 아주 애지중지하던데.

나는 씩 웃으며 발을 뻗어 헤이먼의 구두코를 툭 찼다.

"뭐, 그런 말을 하면서 얼굴이 빨개져? 너나 몸 잘 챙겨. 얼마 없는 마력 나한테 낭비하지 말고."

"그게 왜 낭비야."

조금 신경질적으로 답한 헤이먼은 더 이상 말을 잇지 않았다.

그 뒤로도 한참을 더 달리던 마차의 속도가 서서히 줄어들었다.

도착했다는 마부의 말과 함께 마차의 문이 열렸고, 헤이먼이 먼저 내린 뒤 내 손을 잡고 마차에서 내려 주었다.

푸른 녹음 사이로 햇빛에 반사돼 반짝반짝 빛나는 호수가 보였다.

"우와."

생긋 웃은 헤이먼이 한 손에 바구니를 들고 앞서 걸었다.

호수 앞 풀밭에 커다란 천을 깐 뒤 내게 앉으라고 멋쩍게 손짓하는 헤이먼은 이런 상황 자체가 낯선 거 같았다.

털썩 천 위에 주저앉자 헤이먼은 기다렸다는 듯 바구니를 열고 맛있는 냄새가 나는 샌드위치를 꺼내 나에게 내밀었다.

선선한 나무 그늘 아래에 팔자 좋게 앉아 시원한 바람이 부는 호수를 바라보며 커다란 샌드위치를 볼이 미어터져라 먹고 있자니 지상 낙원이 따로 없었다.

물도 마시라며 챙겨 주는 헤이먼과 함께 호수 구경을 하다 보니 어디선가 말소리가 들려왔다.

뱃놀이를 하는지 작은 배에 양산을 쓴 귀족 아가씨 두엇과 젊은 남자가 타고 있었다.

노를 저어 유유자적 호수 위를 돌아다니던 그들은 우리를 발견하곤 깜짝 놀란 듯 눈을 커다랗게 떴다.

"헤이먼. 쟤네 알아?"

"글쎄. 저쪽은 우리를 아는 것 같은데."

하지만 그들은 쉽사리 다가오지 않았다.

몇 분 뒤 추위를 느낀 내가 팔을 매만지자 헤이먼은 마차에 가서 담요를 가져오겠다며 자리에서 일어섰다.

헤이먼이 사라지자 그들은 기다렸다는 듯 나타났다.

"안녕하세요! 베르고의 공녀님 맞으시죠?"

"언니는 뭐 그런 걸 물어. 당연한 것을. 세상에, 공녀님! 괜찮으신가요? 어머, 옷차림 봐."

요란을 떨며 다가온 여자 둘의 뒤로 꽤나 거만한 걸음걸이로 걸어오는 남자가 보였다.

"혹시 위험에 처하신 거라면 저희가 마차로 데려다드리겠습니다."

"……먼저 자기소개부터 했으면 좋겠는데."

몸을 일으키며 말하자 남자가 앞으로 나서며 과장된 몸짓으로 허리를 굽혀 인사했다.

"투들로 자작가의 시안입니다. 여기는 제 여동생 마가리트와 아이나고요."

여자 둘이 생긋 웃으며 고개를 숙였다. 나는 눈짓으로 대강 그들의 인사를 받고 물었다.

"내 소개는 할 필요 없을 것 같고, 그런데 위험하다는 게 무슨 소리지?"

경계심이 가득한 내 목소리에 장단이라도 맞추듯 마가리트가 소리를 낮춰 속삭이듯 말했다.

"그자와 함께 계셨잖아요. 그것도 곁을 지키는 이 하나 없이."

"뭐?"

이맛살을 찌푸리며 되묻자 아이나가 냉큼 대답을 가로챘다.

"그 입양된 자요! 평생 침대에 누워 계셨으니 세상이 얼마나 무서운지 모르실 수도 있지요. 많이 떨리셨죠? 저희가 왔어요, 공녀님."

조용히 넘어가는 날이 없네.

깊은 한숨을 내쉰 나는 헛웃음을 지으며 확인차 다시 물었다.

"그러니까 여러분의 말은, 내가 호위 기사도 없이, 인적이 드문 호수에, 내 오라비와 단둘이 있으면 위험할 것이다?"

"그럼요! 작위 승계에 문제라도 생기면 어떡합니까. 저희는 공녀님께서 건강해지셨다는 소문을 듣고 베르고 공작가도 이제야 겨우 한숨 돌렸겠구나, 했다고요!"

"공녀님이 계신 지금 이곳만 해도 보세요! 저 물이 얼마나 깊고 고요한지! 저희가 마침 지나갔기에 망정이지. 혼자 계시다 그자에게 변고라도 당하셨으면!"

"어유, 끔찍해!"

마가리트가 상상하기도 싫다는 듯 진저리를 치며 몸을 부르르 떨었다.

이 미친 것들이.

비소가 나오려는 것을 꾹 참으며 두 손으로 입을 틀어막았다.

"우리 오빠들이 나한테 정말 그럴까?"

일부러 눈썹을 아래로 축 늘어뜨리며 말하자 아이나가 이제야 말이 통한다는 듯, 한 걸음 더 가까이 다가왔다.

"하, 정말! 이리 순진하신 공녀님을 어쩌면 좋아. 당연히 그러겠죠! 그자가 청순한 얼굴을 하고서 공녀님께 독이라도 먹였을지 어찌 알아요? 물에 빠뜨리기라도 했으면요?"

"그러니 이리 오시죠, 공녀님."

시안 투들로가 매너 좋은 신사인 척 싱긋 웃으며 손을 내밀었다.

마가리트는 오물이라도 본 것처럼 헤이먼이 챙겨 온 도시락 상자를 발로 툭

차 엎어뜨리고는 내 손목을 잡아당겼다.

"저희 마차로 공작저까지 모셔다 드릴게요. 저희와 함께 가요."

내 손목을 잡고서 생글생글 웃는 마가리트를 마주 보며 나도 함께 웃었다.

"마가리트."

"네, 공녀님!"

"아이나, 시안. 맞지?"

"예, 공녀님! 저희 이름을 금세 외워 주시다니 정말 영광입니다! 앞으로도 기억해 주세요! 공녀님의 앞날에 영광만이 가득할 것입니다."

"그런데 어쩌지. 내 영광스러운 앞날에 그대들은 필요가 없겠는데."

나를 잡고 있던 마가리트의 손을 거칠게 뿌리치며 말했다.

마가리트와 아이나, 시안의 표정이 당황으로 물들었다.

"그게 무슨……."

"소문이 느린가 봐. 내가 우리 오라비들을 모욕한 놈의 따귀를 후려친 걸 모르나? 지금 조용히 가면 못 들은 걸로 해 주지. 그러니 꺼져."

시안의 눈동자가 빠르게 좌우로 흔들렸다.

입술을 잘근대며 씹던 남자가 내게 한 걸음 더 가까이 다가섰다.

"공녀님. 뭔가 오해가 있는 듯합니다. 저희는 그저 공녀님의 안전을 생각해서 드린 말씀입니다."

"무슨 근거로?"

"예?"

"무슨 근거로 감히 나의 안전을 걱정해. 그것도 내 오라비를 살인자로 몰아가며."

"그자가……."

"그자가?"

"출신도 불명확한 데다, 야릇한 머리색 하며…… 요상한 이목구비에, 지저분하고……."

"아하하!"

진심으로 웃음을 참을 수가 없었다.

한참 깔깔대던 나는 아이나를 똑바로 바라보며 말했다.

"너 방금 우리 오빠한테 '청순한 얼굴'이라지 않았어? 근데 시안은 지저분하다고 하네. 나한테 오기 전에 둘이 입도 안 맞췄어? 참 이상하네. 내가 보기에도 헤이먼은 미남인데. 같은 남자가 보기엔 영 별로인가? 아니면 질투해? 우리 오빠가 잘생겨서?"

고개를 까딱 기울이며 한쪽 입꼬리를 올리자 시안이 벌게진 얼굴로 발을 쿵굴렀다.

"공녀님!"

"그 입에 나를 올리지 마라."

싸늘히 굳은 표정으로 시안을 응시했다.

나야 어찌 됐든 이 몸의 주인인 솔레아는 저런 놈의 입에 오르내릴 신분이 아니었다.

게다가 헤이먼을 모욕하다니.

나조차도 분노를 느끼는데 진짜 솔레아였다면 오죽했을까.

나는 눈을 똑바로 뜨고 그들의 얼굴을 한 명 한 명 눈에 새기듯 바라봤다.

그때 마가리트가 진심으로 내가 불쌍하단 듯 눈물이 그렁그렁 맺힌 눈으로 내 손을 붙잡고 설득했다.

"공녀님은 지금 속고 계신 기예요. 이리 넘어가시면 안 됩니다! 출신도 모르는 천한 놈이 공작님과 공녀님을 등에 업고 건방지게 귀족 행세 하며 다니질 않습니까! 제발, 제발 정신 차리세요! 공녀님!"

"······뭐라고?"

"버러지 같은 자를 믿으시다니요!"

"이······!"

그대로 마가리트의 멱살을 잡고 주먹을 움켜쥐었다.

"솔레아!"

어느새 달려온 헤이먼이 내 손목을 붙잡고 나를 막았다.

"이거 놔!"

"솔레아, 진정해!"

온몸으로 나를 끌어안으며 막는 헤이먼 때문에 마가리트의 얼굴에 생채기 하나 내지 못했다.

휘둥그레 커진 눈으로 나를 바라보던 마가리트를 시안과 아이나가 데려갔다.

"고, 공녀님이 미치셨나 보군요!"

씩씩거리는 동생들 앞으로 시안이 나섰다.

"하! 무슨 말로 꾀어냈는진 모르겠지만 베르고의 유일한 후계자를 아주 제 입맛대로 요리해 놓았군."

픽 웃으며 거들먹거리는 시안을 향해 헤이먼이 평소의 싸늘한 말투로 말했다.

"말투가 아버지와는 다르군."

"……뭐?"

"돈을 빌리러 온 적이 있어 기억이 나. 자식들에게 부끄러운 꼴을 보이기 싫다 하던데. 그리 귀하게 여기는 자식이 내게 이리 나댄다는 걸 알고도 자네 아버지가 우리 저택에 돈을 빌리러 올지 궁금하네?"

비소를 머금은 헤이먼은 나를 잡고 있던 손을 놓고 시안에게 천천히 다가갔다.

헤이먼은 시안을 똑바로 내려다보며 낮게 속삭였다.

"그리고 한 번만 더 내 동생한테 미쳤다는 소릴 했다간…… 쥐도 새도 모르게 없애 주지."

"그, 그, 저 공녀님이 제 동생을 때리려 해서……."

"내 동생이 휘두른 주먹보다 내가 휘두른 권력이 더 아플 거야. 날 믿어, 시안 투들로."

부드럽게 말한 헤이먼이 시안의 어깨 위로 손을 올려 마치 위로라도 하듯 툭툭 두드렸다.

말을 마친 헤이먼은 몸을 돌렸고, 그가 안 보는 틈을 타 얼른 앞으로 달려 나간 나는 시안의 복부를 발로 걷어찼다.

"윽!"

"오빠!"

마가리트가 휘청거리는 시안을 부축하는 사이에 아이나가 내게 달려들었다.

나는 달려오는 아이나의 머리채를 그대로 휘어잡아 그녀를 바닥에 내던졌다.

"아악!"

"아이나!"

웅크리고 있던 시안이 아이나에게 손을 뻗고는 내게 소리쳤다.

"대체 무슨 억하심정이 있어서 우리에게 이러시는 겁니까!"

대답을 하려고 입을 여는 순간, 헤이먼이 시안의 앞으로 걸어갔다.

그러곤 주저앉아 있는 시안의 어깨를 발로 지그시 밟았다.

"아윽……!"

"쉿. 내 동생이 마음이 약해서 오빠 욕 하는 소릴 잘 못 듣거든. 그럼 이만."

그길로 곧장 나를 데리고 마차가 있는 곳까지 올라간 헤이먼은 아무런 말이 없었다.

"……헤이먼. 괜찮아? 많이 속상해, 울어?"

입을 꾹 다물고 있는 헤이먼의 얼굴은 화가 난 것처럼 보였지만 눈에는 금방이라도 떨어질 것처럼 물방울이 그렁그렁했다.

"왜 울어?"

내게 보이기 싫은 건지 헤이먼은 고개를 반대쪽으로 휙 돌렸다.

"왜 그러는데. 많이 화나서 그래? 내가 다시 가서 싸우고 올까? 나 싸움 잘해. 헤이먼. 왜 그래."

"……잖아."

"뭐라고? 안 들려."

"나랑 처음 나온 건데…… 망했잖아."

"아냐! 너무 재밌었어! 망친 건 쟤네들이지. 네 잘못은 하나도 없어! 왜 그래."

아까까지만 해도 속에서 천불이 일었는데 헤이먼의 눈물 때문에 분노가 쏙 들어가 버렸다.

엉엉 우는 것도 아니고 눈물방울이 눈에 맺힌 수준이었지만 내겐 충분히 놀라웠다.

까칠하기만 한 우리 분홍 곤듀 완댜님의 눈에 눈물이 그렁하다니.

그레이한테 말해 주면 3년을 놀려 먹을 수 있는 얼굴을 하고 있었다.

……물론 예뻤지만. 예쁜 걸 떠나서.

"헤이먼. 나 괜찮아. 나 정말 재밌었어. 호수도 너무 예뻤고, 샌드위치도 맛있었어. 물론 네가 만든 샌드위치는 아니었지만. 다음에 또 같이 나오자. 둘이서."

다음에 또 둘이서 나오자는 말에 헤이먼은 힐긋 나를 바라봤다.

"……약속 지켜. 솔레아."

두 눈을 질끈 감았다 뜬 헤이먼은 언제 울었냐는 듯 멀쩡한 얼굴로 돌아왔다.

"……일부러 우는 척한 거야? 너 이 약아빠진 새."

"도련님. 아가씨! 타시지요!"

하필 그때 마부가 문을 열어 주는 통에 욕을 마무리하지 못했다.

헤이먼은 티 없이 맑은 얼굴로 나를 부축해 준 뒤 뒤따라 마차에 올라탔다.

마차가 달리기 시작할 즈음, 헤이먼이 작게 중얼거렸다.

"……고마워. 솔레아."

"뭐가?"

"……화내 줘서."

"하. 참. 웃기는 소릴 하네. 오빠 욕을 듣고도 가만히 앉아 있는 동생이 어디 있다고."

픽 웃으며 말하긴 했지만 여전히 속이 부글부글 끓긴 했다.

이상하게 화를 참을 수 없었다.

평소엔 이 정도로 쉽게 화가 나지 않았던 것 같은데.

�֎ �֎ ✖

'쟤가 또 화나 있네!'

'아까 싸웠어! 이상한 애들이랑!'

'이상한 애들 누구?'

'투들로! 투들로 가문이래!'

'이름 이상해!'

'그럼 우리가 혼내 주자!'

'그래! 쟤 화내면 무서우니까!'

'세상에 존재했던 적도 없는 것처럼 쑥대밭으로 만들자!'

'좋아!'

'다시는 그 가문을 기억하는 이조차 없게 하자!'

'너무 좋아!'

✖ ✖ ✖

집으로 돌아와서도 축 가라앉은 기분이 가시질 않았다.

몸살 기운이 있는 것 같아 일찍 잠자리에 들었는데 누군가가 나를 일으켜 앉히곤 묽은 수프를 입에 넣어 주었다.

"……고, 마워."

하지만 대답은 들려오지 않았다.

그리고 꿈속에서 솔레아를 만났다.

여리고 맑은 눈동자로 나를 가만히 바라보던 솔레아가 방긋 웃었다. 누가 봐도 아리따운 귀족 아가씨였다.

배를 곯아 음식물 쓰레기를 바라보며 아까워하는 사람이 있을 거라곤 생각도 못 해 봤을 맑고 청초한 얼굴.

갑자기 이루 말할 수 없는 억울함, 분노, 스스로에 대한 불신이 물밀듯 밀려왔다.

"저기…… 솔레아. 당신이 해요. 나 못 하겠어요. 할 수 있을 줄 알았는데, 잘 안 돼요. 나 여태 한 거라곤 온갖 아르바이트, 공장 일 같은 것뿐이에요. 거기서도 잡일만 했고요. 요샌 공장에도 똑똑한 대졸이 많거든요. 아, 참. 나 복사도 못 해서 욕먹었어요."

하지만 내 얘기에도 솔레아는 아무런 말 없이 나를 물끄러미 바라만 봤다.

"그런 내가 어떻게 이 넓은 영지를 먹여 살리고, 당신네 오빠들 인생을 구해요. 난 그냥, 그냥 보내 줘요. 제발……."

그녀는 고개를 절레절레 저었다.

"그러지 말고, 좀! 저기 봐요, 저기 책상 위. 내가 주변 영지, 제국 역사, 이 땅의 토질, 심지어 최근 10년간의 크고 작은 가십들까지 싹 다 조사했어요. 정리해 뒀어요. 그냥 읽어 보기만 하면 돼요. 당신이 진짜잖아요!"

나는 언제 아팠냐는 듯 자리에서 벌떡 일어나 자료들이 쌓여 있는 책상으로 달려갔다.

정리해 놓은 종이들을 걸신들린 놈처럼 파헤치며 중얼거렸다.

"난 못 해요. 안 된다고요. 마음만으로 안 되는 일이 얼마나 많은데요. 난 항상 실패해요. 이상하게 그렇더라고. 대체 이런 날 누가 예뻐하겠어요. 이 몸도 당신 거잖아요."

다물지 못하고 쉴 새 없이 떠드는 입에서 침이 흘러내렸지만 닦을 정신도 없었다.

매일 밤마다 잠도 제대로 자지 못하고 정리했던 종이 뭉치들을 한 뭉치씩 품에 안으며 소리쳤다.

"이걸 좀 봐요! 솔레아! 여기, 내가 다 해 놨어요! 제대로 된 부모도 없는 버러지 같은 내가 한 거예요! 복사도 못 하고 남한테 폐만 끼치는 내가, 계산 빵꾸나 내는 멍청한 내가, 학교도 제대로 안 마친 내가! 이걸 다 했다고요! 이제 날 보내 줘요! 이거면 되잖아요!"

인이 박일 정도로 들어 왔던 말들을 뱉어 내며 품에 종이를 한가득 안고 뒤돌았다.

하지만 그녀가 앉아 있던 자리는 텅 비어 있었다.

"……솔레아? 솔레아!"

갑자기 방 안의 가구들이 모래가 흩어지듯 사라졌다.

책상도, 의자도, 커다란 침대도, 매일 어색하게 세워져 있었던 거울도. 내가 가슴에 품고 있던 종이들도.

전부 다.

그러더니 아래에 깔려 있던 진한 버건디 컬러의 융단이 붉은 벽돌 길로 변했다.

시끌벅적한 사람들 사이에서 적갈색 머리의 그레이가 바닥에 주저앉아 있었다.

"그레이?"

그는 내 목소리를 듣지 못한 것 같았다.

멍하니 앉아 있는 그레이를 향해 지나가는 사람들이 한마디씩 던져 댔다.

"버러지 같은 놈."

"제대로 된 부모가 없으니 저러고 살지."

"학교는 제대로 나왔나 몰라."

"저런 애들은 지 손으로 돈 버는 법도 몰라. 도둑질이나 하겠지."

그레이가 기대 쉬고 있던 벽 옆에 있는 문이 열리고 누군가가 걸어 나오더니 양동이 가득 들어 있던 물을 퍼부었다.

"꺼져!"

"내가 안 훔쳤어요!"

그레이가 벌떡 일어나 소리쳤지만 가게의 주인 같아 보이는 이는 아랑곳 않고 소리쳤다.

"너 말고 물건 훔칠 사람이 어디 있어! 당장 꺼져! 얼씬도 하지 마!"

남자가 시커멓고 두꺼운 손으로 그레이의 얼굴을 후려쳤다.

눈앞이 핑 돌았다.

나는 내가 어디 서 있는지도 잊고 그자에게 달려갔다.

"안 훔쳤다잖아! 안 훔쳤다잖아! 안 훔쳤다는데 왜 때려! 왜! 왜 안 믿냐고! 왜 아무도 안 믿어 주는 거야! 내가 안 훔쳤단 말이야!"

내가 무슨 말을 하는지 나 스스로조차 알 수 없었다.

내 등 뒤에 서 있던 그레이는 그런 나를 힐긋 보더니 뒤돌아 멀어졌다. 이제껏 한 번도 본 적 없는 표정이었다.

"그레이!"

그의 이름을 불렀지만 그는 대답도 않고 계속 걸음을 옮겼다.

그때, 반대편에서 아악! 하는 비명이 들려와 고개를 돌렸다.

분홍색 머리의 남자애가 하얀 가운을 입은 남자들에게 붙잡힌 채 끌려가고 있었다.

"하지 마세요! 안 갈래! 아파요! 살려 주세요!"

"61번!"

큰 호통에 아이는 경기를 일으키듯 벌벌 떨더니 몸을 축 늘어뜨렸다.

남자는 가벼운 옷감을 들어 올리듯 마른 나뭇가지 같은 남자애를 안아 들고 멀어졌다.

"헤이먼! 데려가지 마! 그러지 말라고! 헤이먼!"

그쪽을 향해 뛰려고 했지만 발이 모래에 파묻히기라도 한 것처럼 한 발자국 떼는 것도 쉽지 않았다.

"헤이먼!"

못 구해.

난 이들을 구할 수가 없어.

"누가 도와줘요! 제발! ……누구 없어요?! 도와 달란 말이야! 왜 다들 모른 척하는 거야! 도와 달라고!"

목이 터져라 외쳤지만 아무도 오지 않았다.

그때였다.

어디선가 따듯한 바람이 불어오듯 선명한 목소리가 들려왔다.

'할 수 있어. 넌 해낼 거야. 널 믿어.'

누구냐고 묻기도 전에 내 앞을 가로막고 있던 풍경들이 또다시 파도에 휩쓸리듯 사라졌다.

주변을 둘러봐도 온통 산등성이밖에 보이질 않았다.

내가 서 있는 곳도 어느 산꼭대기인 것처럼 보였다.

옆에 서 있는 커다랗고 빨간 단풍나무가 바람에 우수수 흔들리는 소리만 가득했다.

이상하게 마음이 편안해졌다.

'너를 일으키는 건 언제나 너 자신이야. 잊지 마.'

당신은 누구예요?

여긴 어디지?

눈꺼풀이 점점 무거워지며 내려앉는 탓에 붙잡고 있는 이를 제대로 볼 수가 없었다.

남자의 반짝이는 노란 눈만이 시야에 가득했다.

그가 손을 휘두르자 내 이마 한가운데서 초록색의 진득한 점액질 같은 연기들이 새어 나왔다.

남자는 낮은 목소리로 조용히 중얼거렸다.

"깊이 들어가지도 못한 주제에 지독하게도 달라붙어 있었군."

그대로 힘이 풀려 기절하는 순간, 나지막한 음성이 다시 들렸다.

"잊지 마. 또 만나."

커다랗고 차가운 손이 내 눈을 덮었다.

"아가씨? 정신이 좀 드세요?"

눈을 뜨자 울상이 된 앤이 내 옆에 서 있었다.

"⋯⋯어?"

"이틀 내내 앓으셔서 너무 걱정했어요. 방금도 인상을 잔뜩 찌푸리신 채 보내 달라 하셨다가, 하지 말라고 하셨다가⋯⋯."

"내가?"

"네! 아가씨가 어딜 가세요! 진짜, 너무 놀랐단 말이에요!"

눈물을 그렁그렁 매단 채 앤이 침대 가장자리에 풀썩 엎드렸다.

"무서운 꿈 꿨나 보지. 그만 울어, 나 괜찮으니까. 그리고 먹을 거 좀 가져다줄래? 배고파 죽을 것 같아."

소매로 눈을 벅벅 문지른 앤이 벌떡 일어섰다.

"네, 아직 무리하시면 안 되니까 따뜻한 수프 가져다드릴게요!"

왜 이렇게 기운이 없지.

앤이 나간 후 기지개를 한 번 쭉 켜고 이불을 걷어 냈다.

온몸이 땀범벅이었다.

그런데 왠지 개운했다.

뭔가 할 수 있다는 믿음이 마음 깊은 곳 어딘가에 자리 잡은 느낌이었다.

"그게 말이 돼!"

남자가 제 머리카락을 쥐어뜯으며 신경질적으로 소리쳤다.

윤기가 도는 짙은 초록색 머리카락이 엉망으로 엉겼다가 다시 풀어졌다.

"그 망할 공녀의 정신을 무너뜨리라고 했잖아! 다시 마력에 기댈 수밖에 없게 하라고! 그게 그렇게 힘들어? 이 멍청한 것!"

"죄송합니다. 이달론 님. 분명 처음엔 잘되고 있었는데……."

이달론의 앞에 서 있던 여자가 두 손을 공손히 모으고 고개를 숙였다.

"잘되고 있었는데, 뭐. 난 그딴 핑계나 듣겠다고 네년을 거기 심어 둔 게 아니야."

"……죄송합니다."

"마력이 없는 빈 몸뚱이가 구하기가 얼마나 힘든지 알아! 그게 얼마나 귀한 재료인데!"

이달론은 한참을 씩씩거렸다.

베르고의 공녀가 헤이먼의 마력만 받아들인다기에 저주를 몇 번 퍼부어 보았지만 한 번도 성공하지 못했었다.

'……헤이먼의 마력이 내 마력인데 왜 안 통하는 거지.'

아마도 공녀는 헤이먼의 손을 거쳐 간 마력들만 받아들이는 까다로운 그릇인 듯했다.

그래서 저번 마력 보충 때 만난 헤이먼의 정신을 교란시켜 그릇과 스푼에 그의 마력을 가득 담았다.

쓸데없이 나대는 공녀가 잠잠해져야 그 좋은 그릇을 제 손에 얻을 수 있었다.

그런데 보기 좋게 실패하고 말았다.

이달론이 여자의 머리채를 잡아 올렸다.

"윽!"

"네가 실수한 게 아니고서야 내 계산이 틀렸을 리 없다."

"윽…… 아니, 아닙니다. 분명히 이달론 님이 준비해 주신 수프를 헤이면 도련님의 마력이 담긴 그릇에 담아 마력이 담긴 스푼으로 떠먹였어요. 그랬더니 정말로 물도 못 마시던 공녀가 그걸 받아먹었단 말입니다."

"그런데 왜!"

"……그, 그런데 갑자기 공녀가 어느 순간 정신을 차렸습니다. 표정도 편안해졌고요. 아마도…… 저주를 분해한 것 같았습니다."

"아마도, 아마도, 아마도! 이 쓸모없는 것! 젠장!"

이달론은 여자의 머리카락을 쥐어 잡아 던지듯 내팽개치고는 씨근덕거리며 옆의 의자를 발로 찼다.

"이게 얼마 만의 기회인데…… 이대로 날릴 순 없어. 그런 그릇은 다시 만날 수가 없다고, 만들지도 못해, 그건."

초조한 듯 중얼대던 이달론이 여자를 향해 고개를 돌렸다.

"마르실라."

"……예, 이달론 님."

"한 번 더 기회를 주겠다. 이번에도 실패하면 숨만 붙어 있는 네 남편이랑 자식들을 모조리 죽여 주지."

"예……."

이달론은 고개를 숙여 마르실라의 귓가에 무어라 속삭였다.

이윽고 그가 내민 주머니를 조심스럽게 받아 품 안에 숨긴 마르실라는 재빠르게 그곳을 빠져나왔다.

앤, 그 둔해 빠진 계집애가 중간에 들어오는 바람에 낭패를 봤다.

그렇지만 않았어도 수프를 억지로 몇 입 더 먹였을 텐데. 약해 빠진 공녀가 그렇게 빨리 저주를 분해할 줄은 꿈에도 몰랐다.

성공하면 남편과 아이들을 온전히 살려 주겠지. 이번엔 반드시 성공해야 돼.

마르실라는 이가 딱딱 부딪칠 정도로 떨며 다시 공작저로 돌아갔다.

※ ※ ※

하녀들이나 입을 법한 연한 베이지색 드레스를 입고 머리카락 한 올 보이지 않도록 보닛을 꾹 눌러쓴 여자가 빠르게 걸어갔다.

"아가씨, 같이 가요!"

"쉿! 그렇게 부르지 말라니까. 시장 조사 하러 나왔는데 그렇게 부르면 어떡해."

앤은 울상이 되어 솔레아의 뒤를 종종거리며 쫓아갔다.

아침에 눈을 뜬 아가씨는 평소보다 자신감 넘치는 말투로 소리쳤다.

'시장 조사를 나가 봐야겠다!'

'무슨 조사요?'

'네가 알아 온 상단 목록 읽어 봤는데 보는 것만으로는 감이 안 오더라고. 내가 마트 알바도 몇 년 해 봤는데, 지점별로 손님 스타일도 다르고, 위에서 내려오는 마케팅 멘트에 따라서 판매 수량도 달라!'

'예? 못 알아듣겠어요. 알바가 뭐예요?'

'그런 게 있어! 가자! 앤!'

묘하게 힘이 넘치시는 모습이라 보기엔 좋았지만, 역시 조금 지치는 건 사실이었다.

굳이 위장을 하고 나가야겠다며 옷장 속에서 가장 색이 무난한 옷을 꺼내 입은 솔레아는 앤과 함께 저택을 빠져나와 시장을 구경하는 중이었다.

"저 걸리면 죽어요."

"괜찮아, 괜찮아."

"아가씨는 괜찮지만 전 죽는다니까요."

"그래, 내가 괜찮아."

앤은 처음으로 아가씨를 흘겨봤다.

한참 걸어 시장 한가운데쯤 왔을 때, 솔레아는 일부러 시장 상인에게 다가가 말을 걸었다.

"와, 사장님. 옷감이 너무 고와요. 이건 어디서 만든 건가요?"

"우란 상단 타고 저어기, 게르투만에서 온 거야. 작년 이월 상품인데, 그래도 다른 데선 이 가격에 못 사."

"옷감은 우란 상단이 알아주나 봐요."

포목점 사장은 껄껄 웃으며 두꺼운 양모를 툭툭 쳐 댔다.

"전체적으로 다 질이 좋긴 하지만, 특히 양모는 우란이 최고지. 게르투만에서 직접 떼 오잖아."

"그렇구나! 우란은 게르투만이랑 직거래하나 봐요."

"그렇지."

"아유, 그래도 너무 비싸다. 조금 깎아 주세요."

"거참! 이거 깎으면 우린 뭐 먹고 살아. 아가씨! 주인마님 심부름 나온 거면 그냥 돈 받은 대로 사 가!"

사장이 윽박을 질러도 솔레아는 연신 방긋방긋 웃으며 대답했다.

"에이. 그래도 좀 비싼데. 아유, 우리 영지에서 옷감을 직접 만들면 좀 싸지려나."

"웃기는 소리! 베르고가 무슨 옷감이야! 이 아가씨 머리가 비었나."

뒤에서 지켜보는 앤의 겨드랑이와 등이 식은땀으로 축축하게 젖어 들어갔다.

'우리 아가씨한테 머리가 비었다고 하시면, 사장님 머리통에 빈 자리가 생길 거예요.'

속이 타들어 가는 앤과는 달리 솔레아는 태연했다.

"베르고가 왜요? 사람도 많고, 땅도 넓잖아요. 제조업이든 뭐든 못 할 이유가 없죠."

"여기 귀족들이 그런 사업을 하겠어?! 길거리에 있는 놈들을 셋이나 양자로 삼아서 안 그래도 품위 없다 소리 듣는 판국에."

앤이 손톱을 물어뜯었다.

'사장님. 제발 입을 닥쳐요.'

"하긴, 그럴 수도 있겠네요. 그래도 영주민들 입장에선 생필품 가격이 싸지는 게 좋을 것 같아요."

"당연한 소릴! 괜히 뭐, 이래저래 체면 차리지 말고 물가나 좀 내렸으면 좋겠네. 이거 옷감 하나 팔아도 뭐, 빵 몇 개, 우유 조금, 치즈 약간 사면 끝이야. 내가 옷감을 파는데도 우리 마누라 옷 지어 줄 옷감 한 장 빼돌리지를 못한다고."

"저런, 우란이 돈을 비싸게 받나 봐요."

사장은 쯧, 하고 혀 차는 소리를 내고는 말했다.

"우란만 그러나. 다 그러지. 가운데 놈들이 떼먹으니까 그런 거 아냐. 아니, 그래서 살 거야! 말 거야!"

"좀 보다가 올게요. 사장님~"

방긋 웃으며 사장에게 인사한 솔레아가 다른 가게로 몸을 돌렸다.

"평판이 안 좋네. 하긴, 다른 곳에서 물건을 사 오기만 하니까 값이 비쌀 수밖에 없지."

"아가씨……. 어쩜 그렇게 능청스러우세요? 대단하세요, 진짜."

그때 누군가가 솔레아의 앞을 가로막았다.

빌 나사니엘이었다.

"여긴 어쩐 일이십니까! 공니여, 읍!"

그가 큰 목소리로 솔레아를 부르기 직전, 솔레아가 빌의 입을 틀어막았다.

"쉿! 어떻게 알아본 거예요?"

손을 떼어 내자 빌은 환하게 웃으며 답했다.

"제가 사람 얼굴을 잘 기억합니다!"

"밖에서 뵈니까 반갑네요. 나사니엘 영윤, 이쪽은 제 하녀인 앤입니다."

"그래, 반갑구나."

"앤, 이분은 나사니엘 백작가의 빌 나사니엘 영윤이시다."

"예, 안녕하세요!"

빌은 커다란 눈을 접어 웃으며 앤에게 인사했다.

"공……님. 그런데 하녀와 몰래 나오신 겁니까? 방금 입을 막으셔서요."

"네, 사정이 있습니다."

싱긋 웃고 마는 솔레아에게 빌은 더 이상 묻지 않았다.

"그러셨군요!"

큰 소리로 하하 웃은 빌을 따라 솔레아 역시 살짝 미소를 지어 보였다.

옆에 서 있던 앤(16세/로맨스 소설광인/최근 읽고 있는 작품 –『속옷 안에 두 글자?!』)이 눈을 빛내며 둘을 번갈아 힐긋거렸다.

'뭐야, 뭐야. 신분을 숨긴 여주를 한눈에 알아보다니. 이거 사랑 아니야?!'

방금 전까지 솔레아의 불꽃 평민 연기에 식은땀을 흘렸던 걸 금세 잊은 앤은 두 사람을 두근대는 심정으로 바라보았다.

인적이 드문 곳으로 걸어간 빌은 주변을 두리번거리다 조금 목소리를 낮춰 물었다.

"그런데 공녀님."

"네."

지켜보는 앤의 눈이 빛났다.

고백인가! 내가 한두 발짝이라도 뒤로 물러나야 하나? 공작저도, 백작저도 아닌 시장 한가운데서 사랑 고백이라니?!

빌이 천천히 입을 열었다.

앤은 가슴을 부여잡았다. 로맨스! 로맨스야! 내 눈앞에서 청춘의 로맨스가!

"……그레이 공자는 같이 안 왔나요?"

어? 이 장르가 아닌데.

"예? 그레이요?"

"네. 편지를 보냈는데 답이 없어서요."

"아, 어떤 편지였나요?"

쑥스럽다는 듯 볼을 붉힌 빌이 배시시 웃으며 말했다.

"대련하자고……. 좋은 검이 들어와서요. 이제나저제나 계속 기다리고 있습니다."

"저런. 그레이가 바빠서 아직 못 읽었나 봐요."

앤이 저도 모르게 혀를 쯧 찼다.

혀 차는 소리가 들렸는지 고개를 돌린 솔레아가 앤을 바라보며 눈을 한 번 느리게 깜빡였다.

예의 없는 행동이라는 뜻이었다.

앤은 조금 울상이 되어 뒤로 물러났다.

우리 아가씨는 언제쯤 자기만의 남자 주인공을 만나시려나.

솔레아는 빌과 함께 다시 시장 쪽으로 향했다.

"나사니엘 영윤은 어쩐 일로 나오셨습니까?"

"아, 그레이 공자에게 선물할 장갑을 구하러 나왔습니다. 아무래도 저번에 선물한 검은색 장갑이 마음에 들지 않아 대련에 응하지 않는 건가 싶어서요."

"장……갑이 문제가 아닐 텐데요."

"공녀님도 그리 말씀하시는군요. 그래도 어떻게 사람 얼굴에 장갑을 던지겠습니까. 그리고 한 짝씩만 보낼 수도 없어서요."

솔레아는 어색하게 입꼬리만 올렸다.

빌이 장갑을 던져서 화를 돋워도 그레이는 대련 안 할 거 같은데.

"나사니엘 영윤은 친한 친구가 되고 싶은 거죠? 오빠랑?"

"예!"

빌이 희망에 가득 찬 눈을 빛내며 크게 대답했다.

"그럼 다음에 나사니엘 영애와 함께 놀러 나오시는 건 어때요? 저는 그레이와 나갈게요. 우연히 만난 척하고 제가 사라 영애와 얘길 나눌 테니, 빌은 우리 오빠랑 둘이 대화하면서 친해지면 되지 않겠어요? 중요한 건 계기잖아요. 대신 오늘 저랑 같이 시장 구경을 다녀 주세요. 궁금한 것도 좀 있고요."

"좋은 생각이십니다!"

순식간에 오라비를 팔아 치운 것치곤 솔레아의 얼굴은 평온했다.

솔레아는 들뜬 빌의 옆얼굴을 슬쩍 보곤 준비해 놓은 말을 꺼냈다.

주변과 교류가 활발한 나사니엘 백작가라면 상단에 대한 정보가 빠삭하겠지.

"보석과 드레스, 그 외에도 여러 생필품을 구하고 싶은데 나사니엘 백작가에선 어떤 상단을 이용하시나요?"

"저희는 뤼블러스 쪽에서 직접 옷감을 받아서 옷을 주문 제작 합니다. 신발도 마찬가지이고요. 가구나 다른 것들은 하이온과 거래합니다. 하이온은 모르하임 자작가가 직접 운영하는 상단이거든요."

"어머, 그렇군요."

솔레아는 상단의 이름을 재빨리 머릿속에 새겼다.

"재밌네요, 그 외에도 거래하는 또 다른 상단이 있나요?"

"토번 상단에선 주로 보석을 취급하죠!"

"또요?"

"어, 그리고……. 아! 저기 마침 클레버 상단이 직접 운영하는 백화점이 있으니 가 보시죠."

솔레아는 그의 손가락이 가리키는 곳을 향해 눈을 돌렸다.

커다란 3층짜리 건물의 입구 한가운데에 커다랗게 써 놓은 '클레버 백화점'

간판은 여타 다른 잡화점 따위들과는 차별화된 고급스러운 느낌이었다.

솔레아는 그곳으로 들어가기 전 빌에게 미리 말했다.

"아까 말했듯 몰래 나온 거니 공녀님이라 부르지 말아 주세요."

"그러면 뭐라 부를까요?"

"음, 그러니까……."

그때 조금 빨리 생각을 마무리했어야 했다.

"아이고! 나사니엘 백작가의 공자님 아니십니까!"

눈이 부시도록 화려하게 차려입은 남자가 헤벌쭉 웃으며 백화점 안에서 뛰어나왔다.

빌은 사람을 맞을 때면 언제나 그랬듯 입꼬리를 올려서 웃으며 그와 인사했다.

"오랜만이군! 클레버!"

"오늘도 장갑을 사러 오셨습니까? 이왕 오신 김에 열댓 개쯤 사 가시지요. 고급 물품이 많이 들어왔습죠. 자, 이쪽으로 오시, 앗. 일행분들은 누구십니까?"

클레버의 눈이 솔레아와 앤에게 향했다.

"클레버, 여기는…… 내 하녀들이니 신경 쓰지 말게."

"아?"

클레버가 고개를 갸웃 기울였다.

하녀라기엔 드레스 원단이 고급스러워 보이는데.

하지만 귀족이 그렇다는데 어쩌겠는가, 짤짤 흔들어 물을 수도 없는 일이고.

그 와중에 솔레아는 보닛에 가려진 눈을 굴려 백화점 내부를 찬찬히 살폈다.

넓고 물건도 많다. 드나드는 사람들이 돈이 꽤 있어 보이는 자들뿐인 걸로 봐선 물품의 가격도 만만치 않을 듯했다.

"허허, 확실히 하녀들이 편히 드나들 만한 곳은 아니지? 신기할 게다."

커다란 눈으로 조심스럽게 주변을 둘러보는 솔레아를 보며 클레버는 자랑스레 말했다.

그는 하얀 치아를 드러내며 웃고 있었지만 빌과 앤의 얼굴에선 핏기가 사라져 갔다.

익숙지 않은 거짓말을 뱉은 탓에 빌의 손바닥에선 땀이 줄줄 배어났다.

'하녀라니. 평생 귀하게 대접받고 자라셨을 공녀님을 하녀라고 소개하다니. 멍청하고 불손하긴.'

하지만 공녀는 금세 유순한 낯빛을 하고 고개를 꾸벅 숙였다.

"예, 너무 신기해요. 도련님, 데려와 주셔서 감사합니다."

"아, 어. 그래. 너, 너도 원하는 게 있으면 말하십, 말해라. 선물할, 사 주겠다."

"아니에요. 도련님. 전 데려와 주신 것만으로도 감사해요."

손사래 치며 고개를 흔드는 공녀의 연기가 너무 자연스러웠다.

마치 평생을 빈궁하게 살아왔대도 믿을 만큼.

특이한 보라색 눈을 들키지 않기 위함인지 솔레아는 시선을 바닥으로 향한 채 말했다.

다행히 하녀라는 신분 탓인지 그런 자세가 눈에 띄지는 않았다.

오히려 그녀가 입고 있는 옷마저 주인의 옷을 짓고 남은 옷감을 선물받아 만든 펑퍼짐한 드레스처럼 보였다.

클레버는 이내 신경 쓰지 않고 빌과 함께 백화점을 돌아다녔다.

"이 장갑은 어떠십니까? 레이스를 섬세하게 박아 디자인이 화려합니다. 공장에서 돌린 게 아니라, 직접 한 땀 한 땀 엮은 레이스라 짱짱하지요."

"좋지만 내가 장갑을 선물할 이는 손이 꽤 큰 남자라서."

"아, 참 그랬지요."

허허실실 사람 좋게 웃은 클레버는 냉큼 남성용 장갑을 보여 줬다.

남자에게 매달 꾸준히 장갑을 선물할 일이 뭐가 있지, 하는 고민은 접어 두고서.

사내를 마음에 두셨나, 하는 생각도 잠깐 들긴 했지만 그렇다기엔 주야장천 장갑만 선물하는 게 이상했다.

하지만 뭐, 그게 중요한가! 돈 많은 손님인데!

클레버는 생글생글 웃으며 온갖 고급 장갑들을 선보였고 빌은 그가 보여 준 것들을 모두 구매했다.

"이 정도면 당분간은 괜찮겠군!"

솔레아는 그런 빌을 보며 귀엽다는 듯 작게 웃었다.

남이 보면 장갑 먹는 도깨비라도 키우는 줄 알겠네.

클레버가 다른 곳에서 만든 가죽 장갑도 보여 드리겠다며 빠르게 걸어가는 사이, 솔레아는 빌의 귀에 대고 빠르게 속삭였다.

"장갑은 이제 그만 사셔도 될 것 같아요, 빌."

"아, 예."

빌은 알아들었다는 듯 고개를 끄덕이곤 앞서 걸어가는 클레버에게 호기롭게 외쳤다.

"클레버! 장갑은 이제 됐으니! 손에…… 손에 할 만한……. 그래, 반지! 반지를 보여 주게!"

"빌! 우리 오빠한테 반지를 선물하려고요?"

솔레아가 다급하게 빌의 소매를 잡고 물었지만 그는 한 치의 의심조차 없는 맑은 눈으로 대답했다.

"예! 아니, 응! 이차피 손에 하는 거니까 의미야 비슷하겠지!"

장갑보다 더 비싼 반지를 찾는다는 말에 클레버는 입이 귀에 걸릴 듯 웃으며 헐레벌떡 날듯이 뛰어왔다.

"반지 말씀이십니까! 요즘 여성분들이 많이 찾으시는 반지는 여기 이 루비 반지로."

"아니! 아까도 말했듯 내가 선물할 이는 남자네, 클레버!"

"오……."

클레버의 눈동자가 재빠르게 한 바퀴 돌았다.

하지만 그는 빠르게 이성을 되찾았다. 지금 이 순간 클레버에게 중요한 것은 손님이 선물을 줄 대상이 아니다.

오직 반지의 가격일 뿐.

"남성분들이 많이 끼시는 반지는 이쪽입니다!"

"그래!"

빌이 긴 다리를 성큼성큼 움직였다.

그를 말릴 타이밍을 놓친 솔레아는 허공에 뻗은 손을 거둬들이며 이를 악물었다.

"아니, 쟤는 대체……. 아니, 하……. 너무 순수하고 당당하잖아. 아까 태어났나."

얼른 고개를 돌린 솔레아는 앤이 비상한 표정으로 굳어 있는 것을 발견했다.

"너 최근에 무슨 소설 읽었어?"

"예? 아니요? 무슨, 참. 남자끼리 사랑하는 소설 그런 거 안 읽었는데요. 비주류잖아요. 저는 주류만 좇는다고요. 에이, 그건 서점 제일 구석 아래에 있고, 그쪽으론 가지도 않아요."

솔레아는 이마를 짚었다.

무슨 소설 읽었냐고만 물었는데 어떤 생각을 하는지 줄줄 대답하는 거하며, 그 책의 위치까지 알고 있으니 읽어 봤다는 거겠지.

"앤. 너 말이야."

"아가…… 읍! 저 정말로 제일 많이 읽는 건 여자랑 남자랑 사랑하는 거예요! 신분 격차도 좋아하고, 인외 존재한테 사랑받는 인간 소녀 이야기도 좋아하고! 아, 최근에 읽은 건 어떤 황자가 마구간지기한테 반한 건데요. 마구간지기의 속마음이 들리기 시작하는데 그 여자가 아주 음탕해서요."

"아니. 됐어."

솔레아는 천천히 고개를 가로저었다.

밖에서 봤을 때도 커 보였던 백화점은 생각보다 내부가 훨씬 깊었다.

"시계도 파네."

솔레아는 시계를 파는 매대 앞에서 한참 고민하다 라트엘에게 선물할 시계를 골라 구매했다.

함께 시계를 사러 가기로 약속했는데 그가 너무 바쁜 탓에 날짜를 잡기가 여의치 않았다.

"시계는 공작님 거예요?"

"아니? 라트엘한테 선물하려고. 전에 내가 부쉈거든."

"뭐, 뭐 하시다가 시계를…… 부수셨어요? 혹시 벽으로 거칠게 미셨나요?"

"너 책 좀 끊어라. 제발. 좀."

그때, 누군가가 솔레아의 곁으로 다가왔다.

검은색 짧은 단발머리에 깔끔한 인상의 젊은 여자였다.

그녀는 말끔히 웃으며 솔레아에게 허리를 굽혀 인사했다.

"손님. 불편하시면 안쪽 방으로 모시겠습니다. 찾으시는 물건이 있으시면 말씀해 주세요. 방으로 가져다드리겠습니다."

솔레아는 한쪽 눈썹을 미미하게 찡그렸다가 이내 표정을 풀곤 공손히 대답했다.

"저, 오해를 하신 것 같아요. 저는 몸이 불편하지 않습니다. 그리고 아가씨가 아니라, 나사니엘 도련님의 하녀고요."

여자의 눈이 솔레아가 입은 옷으로 향했다.

"아, 옷이 저랑은 안 어울리죠? 이건 전에 일하던 곳의 주인마님이 남는 옷감이라며 주셔서요."

솔레아는 머쓱하게 웃으며 부끄럽다는 듯 드레스를 꾹 움켜쥐었다가 놓았다.

괜히 묻은 것도 없는데 옷을 툴툴 털어 내고 손거스러미를 떼어 내려는 듯 손끝을 만지작거리기도 했다.

하지만 단발머리 여자의 표정은 변하지 않았다.

"예, 손님. 말씀하신 부분 이해했습니다. 다만 저는 신체적 불편을 얘기한 것이 아니라 손님이 저희 백화점을 편히 구경하셨으면 하는 마음에 권유드린 것입니다. 부디 오해하지 않으셨으면 합니다. 혹여 제가 손님의 마음을 불편하게 해 드렸다면 사과드리겠습니다. 죄송합니다, 손님. 그럼 즐거운 시간 되세요."

긴말을 마친 여자는 아까와 한 치의 다름도 없이 겸손한 동작으로 허리를 깊이 숙여 인사했다.

마치 솔레아가 공녀임을 알고 있는 것 같았다.

그뿐 아니라 이 적확하고 군더더기 없는 손님 응대.

보통 인물은 아니었다.

"이름이 어떻게 되지?"

솔레아가 대뜸 반말로 물었음에도 그녀는 당황하지 않고 두 손을 모아 대답했다.

"이안 클레버입니다. 이 백화점의 주인인 토니 클레버의 딸이고요. 혹시 필요하신 게 있으시면 언제든 불러 주세요."

"……내가 누군지 아나?"

주변에 들리지 않을 정도로 작게 묻자 이안은 똑같이 목소리를 낮춰 답했다.

"누구신지는 모릅니다. 다만 귀하신 분인 거 같아 그에 맞는 대우를 했을 뿐입니다."

"그건 어찌 알았고?"

"주인이 하녀에게 남는 옷감을 선물하는 경우가 종종 있기는 하지만 그런 자투리 천으로 보닛과 드레스 세트를 만들기는 힘든 일입니다. 게다가 색이 흔하긴 하나 원단의 짜임을 보니 올봄에 바카라에서 직접 뽑아 낸 옷감이 분명한

데, 그런 귀한 것을 하녀에게 줬을 리 만무하고요. 그리고 신발이⋯⋯."

"신발?"

솔레아는 제 발을 내려다봤다. 드레스에 묻혀 잘 보이지도 않았다.

"걸으실 때 살짝 보였는데 구두가 아니라 낮은 굽의 단화를 신고 계셨지요. 단화는 주로 평민들이 신어서 그런 귀한 가죽으로는 제작되지 않습니다. 아가씨가 편히 걸으셨으면 하는 누군가의 마음이 담긴 귀한 신발이 아닌가요?"

솔레아는 가만히 입을 다물고 이안을 바라봤다.

그러곤 그녀의 곁을 지나며 짧게 말했다.

"다시 찾겠다, 이안."

"예, 아가씨."

그대로 멀어지려는 순간 이안이 덧붙였다.

"혹시 정체를 숨기시려거든, 데리고 계신 하녀를 곁에서 나란히 걷게 하십시오."

솔레아는 살짝 고개를 돌려 끄덕였다.

저런 아이는 흔하지 않다. 저 아이가 원하는 것이 신분 상승인지, 단순히 돈인지, 혹은 다른 무엇인지는 모르겠지만 어떤 것을 원하든 간에 저런 인재는 반드시 곁에 두어야 했다.

기어코 반지를 사고 돌아온 빌은 환하게 웃었다.

"이제 갈까요? 갈까! 더 구경하실 겁, 건가?"

빌의 곁에 선 클레버는 백화점 하루치 수익을 한 명한테 바짝 땡겨서인지 얼굴에 불그스름하니 열이 오른 채 흥분한 상태였다.

"저희 백화점 중정에는 분수대가 있습니다! 구경하고 가시죠!"

"오! 처음 듣는 얘기군! 같이 가시겠습, 겠나? 갈까?"

솔레아는 주먹을 말아 쥔 채 짧게 대답했다.

"예."

사라, 다음에 다시 만날 땐 네 오빠를 세상 물정에 좀 푹 담갔다가 건져 오렴. 무슨 거짓말을 저렇게 못한대니.

넓은 중정 한가운데 위치한 분수대는 조각 하나하나가 섬세했다.

클레버는 자랑스럽다는 듯 배를 내밀며 큰소리로 떠들었다.

"정말 아름답지요! 투들로 자작가에서 예술 지원 사업을 했지 않습니까? 그쪽과 계약을 해서 이렇게 좋은 작품을 만들었지요! 이거 보러 오시는 손님들도 꽤 많습니다."

투들로.

세밀하게 세공된 분수대 밑부분 문양을 보고 있던 솔레아의 눈 아래가 미세하게 떨렸다.

"투들로 자작가, 나도 들어 본 적 있네."

빌이 대답하자 클레버는 큰 한숨을 푹 내쉬며 콧잔등을 찌푸렸다.

"예, 그럼요. 돈깨나 만지던 자작가 아닙니까. 이 분수대를 만들 때 백화점 매상의 20%를 달라고 하길래 기함을 했습니다. 백화점 전체 매상의 20%를 가져가는 건 말도 안 된다고 따져도 봤는데, 영 안 통하더라고요."

"저런. 그래서 어찌 했나."

"어쩔 수 없죠. 안 그러면 완공된 중정을 분수대 포함해서 다 부순다는데……. 그냥 해 달라는 대로 했죠."

"했는데?"

클레버가 어색하게 웃으며 말을 이었다.

"워낙 무시무시해서……."

"뭔데 그러나. 말해 보게."

"투들로 자작이 빚까지 져 가면서 해상 무역에 투자를 하셨나 본데 태풍이 들이닥쳐서 그 많은 무역선이 모조리 난파되었답니다."

"저런."

"그 충격 때문인지 투들로 자작과 부인께서 연달아 심장 마비로 돌아가셨습니다. 그리고 며칠 뒤에 아드님이 오셔서 그 계약서를 파기하는 조건으로

5,000만 제르를 달라 하시더라고요. 큰돈이긴 했지만 당장 사정이 급해 보이시기도 하고, 길게 보면 오히려 나을 수도 있겠다 싶어서 그렇게 해 드렸죠."

"5,000만 제르라……. 그거라도 있어서 다행이었겠군."

아무것도 모르는 빌이 그리 화답하자 클레버는 고개를 절레절레 저었다.

"아유, 그건 그런데……."

"음?"

주변의 눈치를 살피곤 조용히 덧붙였다.

"말끔히 옷을 차려입은 어떤 공자가 투들로 자작가로 찾아오셔서 모욕에 대한 손해 배상을 청구하셨답니다. 워낙 조용히 일을 처리해서 잘은 모르겠지만 5,000만 제르를 몽땅 받아 내셨답니다. 아무튼 그래서 빚 때문에 투들로 자작가의 저택은 경매로 넘어갔지요! 참, 자작가의 하녀 말로는 찾아왔던 공자의 눈이 맑은 붉은색이랬나, 분홍색이랬나 그랬던 것 같기도 하고……?"

"흠, 그렇군."

빌은 슬쩍 고개를 돌려, 붉은 머리를 감춘 채 가만히 제 뒤에 서 있는 소녀를 바라봤다.

그녀는 미동도 없었다.

"그뿐이 아닙니다. 무슨 저주라도 받았는지 영애 한 분이 픽 쓰러지셨다가 그대로 눈도 못 뜨고 가시고, ……그리고 그 자작위를 물려받게 된 영식과 여동생분은……."

"왜 자꾸 말을 하다 마는 거지."

"듣기 상스러우실 수도 있어서 말입니다……."

"궁금해요."

보닛을 깊이 눌러쓴 하녀가 말하자 클레버는 어쩔 수 없다는 듯 이야기를 이었다.

"이미 경매로 넘어간 집을 비우지 않겠다고 버티다가 도저히 방법이 없자 저들 몸에 불을 질러 집과 함께 타 죽었답니다. 근데 집이 무슨, 마른 나뭇가지

타듯 순식간에 타올라서 내려앉았다고 하지 뭡니까. 정리된 이후에 가 봤더니 허허벌판이더군요."

클레버는 한껏 목소리를 죽이고 나지막하게 덧붙였다.

"마치, 그 가문이 한 번도 존재한 적 없었던 것처럼 말입니다."

※　※　※

며칠 뒤, 라트엘이 다급하게 나를 불러 세웠다.

"아가씨. 급히 드릴 말씀이 있습니다. 어서 이쪽으로."

"앗, 네."

응접실에 들어가자 라트엘은 의자를 빼 주는 매너를 잠깐 보이더니 내가 상석에 앉자마자 얼른 사선의 자리에 매끄럽게 앉아 빠르게 말했다.

"제국 전체를 도는 상단은 우란, 뤼블러스가 있습니다. 관련된 서류는 이쪽을 살펴보시면 됩니다. 여기 보시면……."

설명하기 위해 라트엘의 길고 흰 손가락이 서류 위를 부드럽게 훑었다.

손이 참 예쁘네.

라고 생각하던 찰나 라트엘의 검지와 엄지가 맞물려 딱 소리를 냈다.

"아, 깜짝이야."

"제 손이 예쁘긴 하지만 아가씨는 글을 보셔야죠."

"……저기요, 라트엘 원래 이런 성격이에요?"

"네, 저는 능력주의라 저 정도로 뛰어난 사람은 가끔 건방져도 된다고 생각합니다."

재수 없지만 타당하네.

라트엘이 태연하게 말을 이었다.

"우란과 뤼블러스는 규모가 비등비등하지만 서로 적대적인 관계라 만약 선택하신다면 한 상단하고만 물꼬를 터야 할 겁니다. 다만 우란은 콧대가 높아서 이런 도전적인 사업엔 끼어들지 않을 수도 있죠."

"……큰 상단이라면 뤼블러스라고 사정이 다를 것 같진 않은데."

"까다롭게 굴기야 하겠죠. 그래도 뭐, 저희가 지고 들어가는 입장이니까요."

"흠……. 그걸 바꿔 볼 생각은 없어요?"

앤과 몰래 나갔다 온 이후에도 운동하는 척 후원을 뛰다가 뒷문을 통해 몰래 시장에 다녀온 적이 있었다. 스치듯 만나 본 상단주들은 대부분 콧대가 높았고 거만했으며 상인들은 그런 상단들의 횡포에 질린 것 같았다.

그러니 물건을 구입해야 하는 영주민들 입장에선 더하겠지.

우리까지 지고 들어가 물건을 팔아 달라며 굽신거릴 순 없었다. 악순환 속으로 같이 기어들어 가는 거잖아.

내 말에 라트엘은 피식 웃었다.

"이미지는 쉽게 바뀌지 않습니다."

"베르고는 길거리의 아이들을 입양했기 때문에 귀족답지 않다고 무시를 당하잖아요. 그죠?"

"……예, 그렇죠."

"그 시선을 바꾸는 거예요."

"어떻게 말입니까?"

"민생을 생각하는 귀족. 영주민들을 진심으로 살피는 귀족. 그들이 직접 만든 물건. 그렇게요. 염색 양모는 사치품이 될 테니 그걸로 벌어들인 수익 중 일부분을 기부하고요."

"부유한 귀족들 돈으로 가난한 사람들을 돕겠다는 말씀이십니까?"

나는 눈을 똑바로 뜨고 라트엘을 바라보며 고개를 끄덕였다.

"네."

"……감동스럽긴 하지만 그건 너무 이상적인 생각입니다. 성공을 해야 가능한 얘긴데, 베르고의 이름을 대면 다들 꺼릴 테니까요."

회의적인 반응인 게 당연했다.

하지만 왠지 도전하고 싶었다. 할 수 있을 거라는 믿음이 있었다.

"내 궁극적 목표는 그거예요. 꿈이 커야 파편도 크다던데요."

살짝 미소 지은 라트엘은 손목시계를 대신해서 들고 다니는 오래된 회중시계를 꺼내 시간을 확인하더니 빠르게 이어 말했다.

"그 허황된 꿈을 위해서 일단 염색 공장에 샘플 주문을 먼저 하려고 합니다. 무슨 색으로 하는 게 좋겠습니까."

나는 머릿속으로 그간 봤던 초상화들을 더듬었다.

귀족들은 온갖 화려한 색으로 물든 겉옷을 걸치곤 했다.

"빨간색이 좋겠어요. 아주 시뻘겋고 화려한 빨강. 일단 그걸로 테스트해 보고, 색감 가장 잘 뽑는 업체랑 계약 진행하죠."

"예, 알겠습니다."

라트엘이 작은 수첩에 필기하는 동안 나는 얼른 덧붙였다.

"그리고 자수를 놓을 사람을 찾아야겠어요. 공장에 다니는 사람 말고 동네에서 한 20년 바느질만 한 베테랑들이 있을 거예요. 그쪽을 알아봐 줘요."

"……자수 공장에 다니는 사람들도 충분히 전문가일 텐데요."

라트엘이 은근히 못마땅하단 말투로 딴지를 걸었다.

하지만 원래 이런 손 기술은, 특히나 바느질은 동네에서 입소문으로 유명한, 간판도 없는 집이 제일 잘한단 말이다.

이건 양보할 수 없었다.

"분명히 뛰어난 사람이 있을 거예요."

"아. 살롱에 주문했던 드레스들이 모두 도착을 했다고 하더군요. 아마 아가씨의 방에 쌓여 있을 겁니다. 그리고 이건 마리에가 동봉하여 보낸 편지입니다."

편지를 펼치자 마리에의 깔끔한 글씨체가 주르륵 이어졌다.

의례적인 인사말 아래로 내가 원하던 말들이 적혀 있었다.

「파격적인 디자인이라 만들면서 즐거웠지만, 이걸 왜 걸어 두라 하셨는지 이해가 가지 않았어요. 하지만 살롱에 오신 귀족 아가씨들이 살펴보시곤 비슷한 디자인으로 부탁한다며 주문을 하고 가시더라고요. 잠옷을 입고 정원을 거닐 순 없고, 매일 긴 드레스를 입는 건 불편하다 하셨어요. 저택 내에서는 이런 옷도 나쁘지 않겠다 하시더라고요.」

역시.

사람 사는 거 다 거기서 거기지.

한국에서도 집 들어가면 제일 먼저 나를 옥죄던 속옷부터 벗어 던지기 마련인데 어떻게 통풍도 제대로 안 되는 옷을 몇 겹씩이나 매일 입겠어.

그것도 밟으면 자빠지기 일쑤인 긴 드레스를.

고개를 끄덕이며 마지막 문단을 읽었다.

「참, 그리고 황궁에서도 주문이 왔어요. 베르고의 공녀님이 주문한 디자인이라는 소문을 들으셨는지 황녀 전하께서 공녀님과 똑같은 디자인으로 만들어 달라 명령하셨어요.」

……카라샤펠 황녀?

'내가 그대를 가지고 싶듯, 그대도 날 가질 거라면.'

정수리부터 발뒤꿈치까지 또 싸해지기 시작했다.

「황녀 전하가 아가씨와 같은 옷을 주문하셨다는 소문까지 나기 시작했으니 곧 손님이 밀려들 것 같아요. 감사합니다, 아가씨. 이 은혜는 꼭 갚을게요.」

드레스는 사실 예행연습이었다.

제르노아 제국의 사람들이 새로운 것을 거리낌 없이 받아들이는지 아닌지 궁금했던 건데.

의류라면 꽉 잡고 있는 마리에게 확실히 호감을 사고 싶기도 했고.

그런데 황녀까지 홍보를 해 줄 줄이야. 고맙긴 한데…….

부담스러운 마음을 애써 가라앉히며 마리에의 편지를 접었다.

"라트엘. 사람을 모으면 살롱의 힘을 빌려서 공방을 운영하는 것도 좋겠어요."

"이러시려고 드레스를 일부러 거기 걸어 두라 하신 겁니까?"

"네, 뭐 겸사겸사. 아, 그리고 샘플이 완성돼도 상단으로 가져가지 말아요."

"물건을 보여 주지 않고 어떻게 계약을 하겠단 말씀입니까?"

"홍보를 먼저 할 거예요. 전쟁에서 돌아오는 승자의 어깨에 망토를 걸치게 해야죠. 그럼 상단들이 양모를 구하겠다고 나설 거예요."

"……티온 도련님의 귀환 일정에 맞추려면 조금 촉박하겠군요."

"신문에 엄청 크게 기사가 나가야 해요."

"예, 알겠습니다."

"목마른 놈들이 우물을 파도, 파도 안 나올 때, 갈증에 돌아 버릴 때, 그때 파는 거예요."

라트엘은 잠깐 말없이 나를 바라보다 픽 웃었다.

"왜 웃어요?"

라트엘은 언제 웃었냐는 듯 표정을 굳히고 수첩을 접었다.

"전 이제 퇴근 시간이라 이만."

……아까 급히 드릴 말씀이 있다면서 잡아끈 게 자기 퇴근 시간 때문이었나.

회중시계로 시간을 확인한 라트엘이 미련도 없이 일어섰다.

"아, 라트엘 잠깐만요!"

나는 일어서는 그를 붙잡아 다시 앉히곤 바지 주머니에서 작은 상자를 꺼냈다.

"이게 뭡니까."

"시계예요. 내가 저번에 부쉈잖아요."

상자를 열어 보고도 라트엘은 아무런 말이 없었다.

"마음에 안 들어요? 거기 주인이 요새 젊은이들은 이런 거 많이 들고 다닌다던데. 똑똑한 젊은이가 쓸 거니까 튼튼하고 예쁜 걸로 달라고 했어요."

다행히 기사들을 대동하고 시장을 다녀온 적도 있어서인지 라트엘은 언제

샀는지에 대해 묻진 않았다.

하지만 너무 말이 없었다.

"……마음에 안 들면 바꿀까요? 혹시 이번엔 레체타가 아닌 아마델로 제품으로 사 보려고 했어요?"

시계 상자를 물끄러미 보던 라트엘의 얼굴에 은은한 미소가 번졌다.

"감사히 잘 쓰겠습니다. 아가씨. 안목이 뛰어나시니 양모 장사는 걱정이 없겠네요."

그리 말하곤 곧장 응접실을 나서려던 라트엘이 멈칫하더니 내 쪽으로 돌아섰다.

"함부로 동정하지 말라는 말, 죄송했습니다. 주제넘었습니다."

"아직 사과할 때가 아니에요."

"예?"

라트엘의 두 눈에 의문이 떠올랐지만 나는 정말로 지금 사과를 받아선 안 된다고 생각했다.

"아무런 성과도 없이 사과 듣고 싶지 않아요. 이제 시작이에요."

천천히 자리에서 일어서서 라트엘에게 다가갔다.

그러곤 그가 손에 들고 있는 상자에서 시계를 꺼내 그의 왼손에 채워 주며 말했다.

"전에 비싼 시계는 권력의 크기를 상징한다고 했죠? 라트엘."

"……예."

시계를 다 채운 후 나는 고개를 들어 그를 똑바로 바라봤다.

"다음에, 우리가 성공해서 그 누구도 개소리 못 하게 되면요. 그때."

시계가 채워진 그의 손목을 살짝 그러쥐고 이어 말했다.

"훨씬 비싼 시계를 사 줄게요. 보란 듯이 차고 다녀요. 출신이든 뭐든 라트엘에 관해선 어떤 새끼도 찍소리 못 하게."

라트엘도 어디 귀족가의 사생아라 애물단지 취급을 받고 있었는데, 공작이 자신의 보좌관으로 고용하겠다며 데려왔댔지.

제 출신 때문에 다들 뒤에서 수군거리고 있으니 라트엘은 공작의 이미지를 생각해 부러 검소하게 하고 다녔겠지. 뛰어난 능력은 공작을 위해서만 쓰면서.

어째 이놈의 집구석엔 사연 없는 놈들이 없냐.

찌르면 인간극장이야.

내 말에 라트엘의 눈이 잠깐 커졌다.

라트엘은 투명할 정도의 검은 눈동자로 나를 내려다보다가 살짝 미소 지었다.

"기다리고 있겠습니다. 제 손목에 다음 시계를 채워 주실 때까지."

말을 마친 라트엘은 꾸벅 인사한 후 응접실을 빠져나갔다.

이곳의 여름은 짧다.

그러니 지금부터 염색 양모를 바짝 준비해서 긴 겨울에 팔아 치우고, 여름엔 '짧은 여름, 이대로 지나칠 순 없다!' 이런 멘트로 기사에 광고 팡팡 내보내면서 또 무언가를 팔아 치워야지.

자체 사업이 늘어야 공작령의 힘이 세질 거야.

마리에의 의류 사업에 투자할 수도 있고, 그 외에도 투자할 만한 다른 사업체를 찾아보고 키워 나가면 충분히⋯⋯.

이런저런 생각을 하며 내 방으로 향했다.

앤은 환한 얼굴로 나를 맞이하며 방문을 열었다.

"아가씨! 주문한 드레스들이 왔어요! 공작님이 추가로 주문하셨던 셔츠와 바지도요! 그리고 여기 이것도요!"

넓은 침대 위에 옷이 산처럼 쌓여 있었다.

그 와중에 앤이 내게 내민 건 금가루가 뿌려진 듯 반짝반짝 빛나는 초대장이었다.

"황궁에서 온 초대장이에요."

"……황궁? 누가?"

카라샤펠 전하인가. 혹시 커플룩 입고 산책하자는 제안인가 했지만 초대장은 황녀가 보낸 게 아니었다.

'애런 베일리 폰 델라스케인 드 제르노아'

쌍.

개런 그 자식이 보낸 거잖아? 그냥 태울까.

아냐, 황족이니까 한 번 참을까.

아. 젠장.

신경질적으로 방의 소파에 걸터앉아 초대장을 찢듯이 펼쳐 읽었다.

"그대가 내게 저지른 결례를 용서받을 기회를 주고자 합니다. 티 파티에 초대……. 뭐? 결례를 용서받을 기회를 줘? 뭐, 이런 놈이 다 있어!"

내 눈치를 살피는 앤을 내보내고 혼자 방에 남은 나는 길길이 날뛰었다.

한참 씩씩거리던 그때, 이제는 반갑기까지 한 목소리가 들려왔다.

'쟤 아직도 화나 있잖아!'

'왜 맨날 화나 있지?!'

'또 누가 화나게 한 거야! 아씨, 우리가 화 풀어 줘야 하는데!'

음?

초대장을 밟던 발을 치우고 허리를 꼿꼿이 세웠다.

그러곤 입을 열어 소리 내 물었다.

"내 화를 왜 너희가 풀어 줘? 뭐 때문에?"

'들리나?'

'들리는 것 같아!'

"너희는 대체 뭔데. 누구야?"

잠깐 조용하던 허공에서 대답이 돌아왔다.

'우리는 주인이 돌아오길 기다려.'

'마력을 잔뜩 쌓아 두고 기다려!'

혹시나 하는 들뜬 마음으로 물었다.

"내가 너희의 주인이야?"

'아니. 넌 그냥 무서운 사람.'

……너무하네.

주인이 누구냐고 거듭 물었지만 그들은 빙빙 돌려 말하며 대답을 피했다.

'주인은 자고 있어!'

'주인 깨워야 돼!'

"주인이 누군데?"

'주인은 주인이지!'

딘딘은 딘딘 같은 소리 하고 있네.

더 이상 물어보는 건 의미가 없을 것 같아 질문을 바꿨다.

"너희는 뭔데."

'우리?'

'나?'

'너 말고 우리 물었잖아!'

'너희라고 했잖아.'

'너희가 누구냐고?'

'너가 누구냐고?'

'자기가 누구냐고 우리한테 물었다고?'

아이고 두야. 골머리가 저려 온다.

머리를 붙잡고, 다시 설명하려는 찰나 전혀 의외의 대답이 돌아왔다.

'너는 특별한 이방인이지.'

"특별한, ……이방인?"

혹시 애들은 내 존재를 알고 있나? 그럼 돌아갈 방법도 알고 있는 건가.

가슴이 거세게 뛰었다.

"……내가 어디서 왔는지 알아?"

내 질문에 사방에서 웅성거리는 소리가 들려왔다. 얼마 지나지 않아 분명한 음성이 대답했다.

'그건 모르지! 다른 곳에서 왔다는 건 알아!'

'그리고 무섭다는 것도 알아!'

'주인 말고 우리랑 말할 수 있는 사람은 처음이야!'

'주인은 사람 아닌걸!'

'바보야! 그거 말하면 어떡해!'

'난 바보 아닌데!'

'맞아. 우리는 바보 아니야.'

"묻는 말에 한 명씩. 하나씩. 똑바로. 대답해."

어디 있는지를 모르니 허공에 눈을 부라릴 수밖에 없었다.

하지만 나름대로 효과는 있었는지 소란스럽던 목소리들이 순식간에 조용해졌다.

"다시 질문한다. 똑바로 대답해. 내가 왜 이 몸에 들어왔는지 알아?"

'……몰라.'

"방금 대답에 시간 걸렸잖아. 똑바로 말 안 해?"

'무서워…….'

'성격 별로 안 좋아.'

'주인 보고 싶어…….'

얼굴을 보지 않아도 알 수 있었다.

이것들이 뭔지는 모르겠지만 아마 지금 잔뜩 힝구가 된 슬픈 표정을 짓고 있을 게 분명했다.

"얘들아. 나 그렇게 무서운 사람 아니야. 내가 뭐가 무섭다고 그래. 얼굴 안 보이는 귀신 같은 너희가 더 무섭지."

'우린 귀신 아니야! 정령이야!'

"정령이라고?"

아이고, 판타지 세상아. 진짜 가지가지 한다.

하긴 마법이 있는데 정령이라고 없을 리 없지.

대화 주제가 아주 널뛰기하듯 폴짝폴짝 뛰어다니는 바람에 제대로 정리가 되지 않았다.

"자, 정리할게. 나는 특별한 이방인이고, 내가 어디서 왔는지는 너희도 모르고, 너희는 정령이고, 맞지? 그럼 왜 너희 목소리가 나한테 들리는 거야? 그리고 얼굴은 왜 안 보여?"

'정리했대!'

'정리!'

'정리가 누구야?'

'정리 지금 자고 있을걸?'

"잠깐, 잠깐!"

두 손을 앞으로 내밀어 휘휘 젓자 다시 조용해졌다.

유치원생들 100명 모아 놓고 인터뷰라도 하는 기분이었다.

집중시키기가 이렇게 힘들다니.

머리를 벅벅 긁으며 슬슬 빡이 올라오는 걸 가라앉히기 위해 한숨을 길게 내쉬었다.

정령들은 내 눈치를 살피는지 다시 조용해졌다.

"정령들아. 모습을 보여 주겠니?"

'주인한테만 보여 줄 거야!'

'주인만 우리 볼 수 있어!'

'원래는 목소리도 아무도 못 듣는데?!'

'그러게!'

'쟨 왜 우리 목소릴 듣지?'

'야한 일기를 쓰니까!'

'안 야한데!'

'하지만 야하게 보이는 일기를 쓰니까!'

"스톱! 누가 들으면 내가 일기로 야설 쓰는 줄 알겠네! 그리고 왜 자꾸 무섭다고 하는 거야. 나 안 무섭다니까."

몇 초 뒤, 정령 하나가 시무룩한 목소리로 대답했다.

'마력은 하나도 없지만 받아들이는 데에도 끝이 없잖아. 바닥이 없는 그릇은 무서워.'

"그릇? 내가 뭐, 만신 받아들이는 무당이라도 된다는 거야?"

'무당?'

'만신? 만신이 뭐지?'

'만점 신랑?'

'만점 신부!'

'자기 입으로 만점짜리 신부라고 한 거야?'

'결혼 안 했으니까 신부 아니잖아.'

'우리 주인도 만점짜리야.'

'좋아! 주인이랑 맺어 주자! 만점짜리니까!'

'……주인이 좋아할까?'

'괜찮아! 무섭지만 좋은 사람 같아!'

'그런데 무당이 뭐야?'

'무당벌레인가?'

'무당벌레 에뻐!'

'좋아!'

'맞아! 무당 좋아!'

"집중의! 박수를!"

짝. 짝. 짝.

나도 모르게 유치원생들에게 하듯 박자에 맞춰 박수를 세 번 쳐 버렸다.

예전에 일했던 식당 사장님의 딸이 유치원 선생님이었는데 취하기만 하면 허공을 보고 '집중의 박수를! 짝. 짝. 짝.' 하고 쳐 대 여간 무서웠던 게 아니었다.

……감사해요, 김 선생님. 그때 귀신 보신 줄 알고 무서웠지만 이렇게 도움을 받네요.

다행히 세계는 달라도 박수 세 번은 먹히는지 정령들이 조용해졌다.

'재밌어 보여!'

'따라 할래!'

"자, 재밌어 보이지? 내가 '집중의 박수를!' 하면 너희는 박수 세 번 치면 돼. ……집중의 박수를!"

'짝! 짝! 짝!'

집중하는 게 느껴졌다. 눈으로 직접 볼 순 없어도 나를 뚫어지게 지켜보며 집중하고 있을 게 분명했다.

어쩐지 귀여운 기분이라 웃음이 터지려는 걸 꾹 참고 조곤조곤 묻기 시작했다.

"이제 물어볼게."

'네!'

"전에 나한테 마력을 받아들일 수 있다고 했잖아. 기억나?"

'네!!'

여러 목소리들이 우렁차게 대답했다.

"원하는 만큼 받아들이고, 또 뱉어 낼 수 있다 했지. 그럼…… 다른 사람의 마력을 빨아들인 후에 갖다 버리고 또 다른 마력으로 채우는 것도 가능한 건가?"

나를 이용해서 헤이먼이 자유로워질 수 있는지 궁금했다.

내가 돌아가기 전까지 헤이먼을 자유롭게 만들어 주고 싶었다.

'응? 하지만 사람 마력을 빨아들이면 죽는데!'

'바보야! 안 죽을 만큼만 빨아들이면 되지!'

'분홍 머리는 죽을 텐데.'

'그래. 분홍 머리는 이달론과 계약이 되어 있으니까.'

'못 해, 못 해!'

정령이라도 이달론과의 계약을 끊을 순 없는 건가.

그럼 더 이상 볼 일은 없었다.

나는 무미건조하게 허공을 바라보며 말했다.

"알았어. 알려 줘서 고마워. 잘 가."

'……우리 가?'

"마력으로 헤이먼을 도울 수 없다면 무슨 소용이야. 난 마력 없이도 잘 살아."

'하, 하지만 다치면 마력이 필요하잖아.'

'우리 가면 너 심심하지 않을까?'

"나한텐 가족이 있는데 왜 심심해. 괜찮아."

'……우리는 우리뿐인데. 우리는 말 통하는 사람이 너뿐인데.'

'마력 있으면 좋잖아……. 우리 보내지 마.'

"다른 사람 마력 뺏으면 죽는다며. 난 살인자가 되면서까지 치료받고 싶지 않아. 내가 원래 있던 나라에선 마력 없이도 잘 살았어."

원하는 대답이 아니었는지 정령들이 시무룩해진 목소리로 수군수군하는 게 들려왔다.

'자연의 마력을 써!'

'우리가 모아 놓은 마력 줄게!'

'원래 주인 거지만 너 줄게!'

"필요 없다니까. 너희 주인 돌아오면 줘."

나는 그들에게 신경을 끄고 책이 쌓인 탁자 위로 갔다.

오늘 읽어야 할 책과 신문을 정리했다.

변덕이 죽 끓듯 하는 애들이니 곧 가겠지 싶었다.

'너 아니면 우리는 말할 사람이 없는데…….'

'불쌍하지 않아?'

"뭐가 불쌍해. 다들 그렇게 살아."

'힝, 매몰차.'

그때 의외의 말이 들려왔다.

'그럼 임시 주인 시켜 줄게!'

'그래! 마력 써!'

'마력 있으면 할 수 있는 일 많아!'

'맞아! 마물도 죽일 수 있고!'

'길들일 수도 있고!'

"마물 길들여서 뭐 해. 난 돈 벌어서 영지 부흥시키고, 헤이먼을 자유롭게 해 준 다음에 여기 뜰 거야."

조건을 걸어도 통하지 않자 정령들이 조용해졌다.

갔나? 이제 좀 집중할 수 있겠다.

그때, 바로 눈앞에 손바닥만 한 작은 형체가 반짝 모습을 드러냈다.

"우리 주인 해 줘!"

"악! 깜짝이야!"

화들짝 놀라 뒤로 물러나는 순간, 작은 별처럼 빛나는 정령들이 우르르 나타나며 시야를 가득 채워왔다.

"임시 주인 해 줘!"

"마력 써!"

"그러면 너희 집 지켜 줄게!"

"네가 아끼는 가족들 지켜 줄게!"

"괴롭히는 사람들 혼내 줄게!"

"그리고 항상 임시 주인을 제일 우선으로 할게!"

"주인 안 다치게 항상 보호 마법 걸어 줄게!"

"임시 주인 해 줘!"

"주인이 되면 정령들이 지킬 수 있어!"

색색깔로 빛나는 정령들이 내 팔과 어깨에 달라붙어 더욱더 강하게 빛을 뿜어내며 보채기 시작했다.

"잠깐만, 이 빛 좀 줄여! 밖에서 누가 보겠다."

"싫어!"

"우리가 조용해지면 또 우리 버릴 거지!"

"버리지 마!"

버린다는 말에 괜히 마음이 싱숭생숭해졌다.

하지만 이렇게 된 이상 이용하는 게 낫지 않을까?

"너희 그러면 저런 통나무 100개 만들 수 있어?"

내 방에 굴러다니는 통나무 폼롤러를 손가락으로 가리키자 보석처럼 반짝거리는 정령들의 눈동자가 통나무를 향했다.

정령 몇 명이 통나무 쪽으로 날아가 이리저리 둘러보더니 그중 하나가 짧은 다리로 짝다리를 짚으며 의기양양하게 소리쳤다.

"이런 거 천 개도 만들어!"

"……그래?"

나도 모르게 얼굴에 비열한 웃음이 번졌다.

"내가 너희 능력을 몰라서 그러는데, 이 저택에 있는 모든 사람들을 지킬 수 있어? 아무래도 그건 좀 힘들겠지?"

살짝 얼굴을 기울인 채 고개를 도리도리 젓자 정령들은 자존심이 상했는지 눈살을 찌푸리며 내 눈높이에 맞춰 높이 날아올랐다.

"할 수 있어!"

"정말?"

눈을 동그랗게 뜨고 의심하듯 물어보자 정령들이 공중에서 펄펄 뛰며 대답했다.

"당연하지!"

"지금 당장도 할 수 있어!"

"그 정돈 갖고 있는 마력의 손톱만큼도 안 돼!"

"자연이 끝이 없는데 우리 마력에 끝이 어디 있어!"

……좋은 거 같은데?

내가 마법을 쓸 수 있게 되면 헤이먼이 마력을 쓸 일도 줄어들 테고 그럼 당연히 헤이먼의 마력을 아낄 수 있다.

게다가 사업에도 이용할 수 있고.

생각에 잠겨 대답을 하지 않자 정령들이 이번엔 내 얼굴에 바싹 달라붙었다.

오동통한 손바닥으로 내 볼을 붙잡고 바싹 달라붙어 애정을 갈구했다.

"그러니까 우리 목소리 계속 들어 줘."

"안 보고, 안 듣겠다고 하지 마."

"우리 주인도 잠들었단 말이야."

"얼굴도 보여 줬잖아."

"매일 좋은 꿈만 꾸게 해 줄게."

"하늘의 별도 달도 다 너를 위해 반짝이게 해 줄게."

프러포즈도 아니고 뭐라는 거야.

저절로 웃음이 나는 걸 꾹 참고 그들에게 말했다.

"그래. 좋아. 임시 주인 해 줄 테니까 이거 상용화하는 데 너희가 도움을 줘야겠다."

발로 통나무를 툭 치며 말하자 정령들이 가슴이 튀어 나갈 정도로 앞으로 내밀며 답했다.

"물론이지! 주인!"

정령들이 포르르 날아와 내게 안겼다.

안겼다기보단…… 몸에 달라붙은 것 같았지만.

사지로 나를 꼭 잡은 채 내 몸 곳곳에 달라붙어 있는 정령들이 쪽쪽 뽀뽀를 퍼부어 댔다.

"임시 주인! 좋아!"

"무섭지만 좋아!"

"욕도 많이 하지만 좋아!"

나는 가만히 굳은 채 서 있다가 얼른 말했다.

"혹시 너희 힘을 빌리면 내 일기장에 걸린 마력도 풀 수 있어?"

정령들이 내게서 떨어져 나가며 서랍 앞에 옹기종기 모여 섰다.

손바닥만 한 애들이 서랍 앞에 주르륵 서서 한참 큰 키의 나를 멀뚱멀뚱 올려다보는 모습을 보고 있자니 귀여워서 당장에라도 주머니에 넣고 싶었다.

"열어 줘! 주인!"

"너희 서랍도 못 열어?"

"하지만 마력의 근본엔 손댈 수 없는데?"

"주인이 허락해 주면 우리가 펼쳐 볼게!"

마력의 근본이 뭐지?

일단 서랍에서 일기장을 꺼내 보였다.

"이게 뭔지 알아? 너희 눈엔 어떻게 보여?"

"마력의 뿌리?"

"근본?"

"원리?"

많은 단어들이 알아들을 수 없을 만큼 빠르게 지나갔다.

"보통 사람들 눈에는 통하지 않아. 하지만 주인은 특별하고 마력이 아예 없으니까!"

"마력도 없으면서 근본을 부수다니. 진짜 폭력적이고 무서운 이방인 주인이야."

"맞아, 맞아."

결국 결론은 똑같았다.

마법보다 강한 주먹으로 정령들의 목소리를 듣고, 그들의 주인이 된 폭력적
이고 무서운 이방인.

몇 달 전까지만 해도 난 생물학적 아버지가 남긴 머니마니대출의 빚을 열심
히 갚는 현대인이었는데.

Chapter.3

얼떨결에 정령들의 주인이 된 나는 한숨을 쉬며 얻어 낸 정보들을 하나씩 정리했다.

1번. 사람의 마력을 모두 빼내면 죽는다.

2번. 고로 헤이먼의 마력을 다 빼내면 죽는다.

3번. 자연의 마력을 채워도 헤이먼은 죽는다. (마력의 주인인 이달론과 묶여 있기 때문이라는데 그건 내가 어찌할 수 없는 부분이라 했다.)

그리고 가장 궁금했던 것을 물었다.

'진짜' 솔레아는 죽었는지.

대답 역시 명료했다.

"응."

"⋯⋯그렇구나."

솔레아는 마지막까지 아파하다가 죽었구나.

나는 빈 몸에 들어와 솔레아인 척 그들의 가족을 속이고 있는 거고.

조금 무거워진 내 표정을 알아챈 건지 정령들의 목소리가 가까워졌다.

"왜 울어?"

"……안 울어."

고개를 숙인 채 낮은 목소리로 대답했지만 맑은 목소리의 정령들은 내 주위를 빙빙 돌며 말을 걸어왔다.

"아닌데. 마음이 우는데?"

"슬픈데?"

"솔레아 울고 있는데."

끈질기게 쫓아오는 정령들의 시선을 무시하며 나는 힘없이 의자에 앉았다.

"난 솔레아가 아니잖아. 그런데 무슨 솔레아야."

조금은 자조적인 말투였다.

하지만 정령들은 한결같이 해맑은 목소리로 한마디씩 얹었다.

"하지만 너는 모두의 솔레아인데."

"네가 지금 솔레아로 살고 있고, 솔레아라 불리면 솔레아지!"

"맞아, 너는 너야!"

"이름은 이름일 뿐!"

"우리 주인이고!"

짜증스럽게 그들을 노려봤다.

"그 솔레아랑 지금의 내가 다른데 어떻게 같은 솔레아야!"

"하지만 인간은 매일 달라지는걸. 어제의 솔레아는, 오늘의 솔레아와 달라."

"모든 인간은 다 그래. 매일 생각도 바뀌고, 조금씩 자라는걸."

"인간 귀여워! 매일 자라!"

"주인. 혹시 다른 이름이 갖고 싶어?"

"하지만 이름을 바꿔도 주인은 주인인걸."

"응! 맞아, 맞아."

저들끼리 결론을 내린 정령들은 테이블 위에 가득한 책 주변에 둘러앉아서 떠들기 시작했다.

"조금 무섭지만."

"그래도 솔레아는 솔레아!"

"주인 다른 이름? 뭐로 할까?"

"만점짜리 신부 하자!"

"싫어. 무당벌레가 예쁘니까 무당 하자!"

"그래. 주인 결혼 안 했으니까 무당 하자."

결론이 하도 어처구니가 없어 헛웃음이 터졌다.

"무당이 뭔지도 모르면서 무당은 무슨."

"웃었다!"

"주인 웃었어!"

"웃었어, 거봐! 웃으니까 훨씬 안 무섭잖아!"

갑자기 신이 났는지 정령들은 노래를 부르며 제자리에서 빙글빙글 돌기 시작했다.

난 그들의 노래를 들으며 가만히 앉아 생각에 잠겼다.

내가 솔레아가 될 순 없다.

하지만 그건 이제 중요하지 않아.

'나'에게 지켜 주고 싶은 가족이 생겼다는 것만 선명할 뿐.

마음이 단단해졌을 무렵, 한참 동안 춤추고 놀던 정령들은 싫증이 났는지 내 일기장을 펼쳐 읽기 시작했다.

"…… '오랜만에 그레이와 피구를 하다가 기사의 다리를 벌리고 그 사이에 자리 잡았다.'"

"뭐? 그건 무슨 미친 소리야."

피구를 하다 말고 왜 기사의 다리 사이에 자리를 잡아.

일기 잘 읽다가 헛소리를 하고 있어.

일기장 위에서 종알종알 떠드는 정령들에게 다가가 파리를 쫓듯 팔을 휘휘 내젓고 일기장을 들어 올렸다.

하지만 역시 내겐 평범한 문구로 보였다.

"'오랜만에 그레이와 피구를 하다가 또 싸웠다. 머리에 맞으면 아웃 아니라 는데 자꾸 벅벅 우기네. 피구 후진국 새끼.' 라고 적혀 있잖아. 여기 어디에 기 사의 다리를 벌리는 내용이 있단 거야?'

내 질문에도 정령들은 자리에서 빙글빙글 돌며 여전히 일기장 얘기만 해 댔 다.

"글씨들이 완벽한 문장으로 보이지 않아!"

"마구잡이로 엉켜 있는데!"

"이게 더 재밌으니까 이대로 읽을래!"

"이거 봐! 헤이먼이랑 호수 간 얘기도 있어! '헤이먼과 호수에 가서 놀다가 건방진 놈을 만났다. 홀딱 벗겨 목줄을 채워 질질…….' "

"아악! 그런 적 없어!"

질색하며 펄쩍 뛰는 내가 재밌었는지 정령들은 파도에 부서지는 하얀 거품 같은 아름다운 소리를 내며 꺄르르 웃었다.

이후로도 정령들은 밤새도록 내 일기장 위에서 떠들며 놀았다.

그날 밤 꿈에는 헐벗은 기사들과 왜인지 내게 뇌쇄적인 눈빛을 쏘는 헤이먼, 스트레칭을 가르쳐 주다 말고 웃통을 벗는 그레이, 그리고 내 목욕 시중을 들 어 주는 돈이 나왔다.

제대로 못 잤다는 소리다.

❋ ❋ ❋

요새 아가씨가 이상합니다.

혼잣말을 많이 하세요. 혹시 다시 아프신 건가 잠깐 걱정했지만 전보다 훨씬 쾌활하시고 책도 많이 읽으시는 걸로 봐선 그건 아닌 것 같아요.

하지만 제가 잠자리를 봐드리고 나오자마자 '좀! 조용히 좀! 아니, 아무도 죽이지 말라고. 내가 멸족시키고 싶다고 말한 적 있어? 가만히! 쉿. 집중의 박수를!' 하고 한참 성을 내셨어요.

집중의 박수는 뭘까요.

날이 더워져서 그러신 걸까요.

햇볕은 쨍쨍하고 나무들도 푸르게 물든 완연한 여름인데 이상하게 저택 부지 내는 선선해요.

신기한 일은 그것 말고도 또 있었어요.

계단에서 발을 헛디딜 때마다 이상하게도 뭔가가 잡아 주는 것처럼 넘어지질 않아요. 정말 다행이죠.

덕분에 그릇을 다섯 개도 넘게 건졌을 거예요.

제일 이상한 건, 제 책입니다.

아가씨는 제게 활자로 된 건 간판도 읽지 말라고 하셨지만 사람이 어떻게 그러고 사나요.

가끔 아가씨가 휴일을 주실 때면 서점에 가서 책을 사 읽어요.

이젠 아가씨께 책을 읽어 드리진 않지만, 주무시고 계신 아가씨의 잠자리를 살피러 새벽에 잠깐 방에 들어가면 침대 위엔 여전히 '렘샤 부인과의 위험한 계약'이 있어요.

그것만 있었다면 모른 척 나왔을 거예요!

하지만 아가씨의 오른쪽 손목에서 무언가에 묶였던 선명한 사국을 발견하고선 저도 내심 놀라고 말았습니다.

······호기심도 많으신 우리 아가씨.

아가씨는 아마 제가 이런 외설적인 책을 읽어 드리는 게 부끄러워서 질색하셨나 봐요.

하지만 언젠가 이런 주제로 대화가 시작되었을 때, 아가씨가 부끄러워하지 않으시게끔 잘 받아 드리고 싶어요.

그래서 저는 공부를 게을리하지 않습니다!

……물론 그냥 재밌어서 읽는 것도 있어요.

먼젓번에 서점에 갔을 때 오랜만에 정통 로맨스가 보고 싶어져서 '스노우 공작님의 첫사랑'이라는 책을 쥐었는데요.

갑자기 무언가에 이끌리듯 그 옆 책장이 궁금해지더라고요.

정말 이상하죠. 분명히 로맨스 소설을 읽고 싶었는데.

저도 모르게 뽑은 책은 '황녀 전하, 거기는 길들이지 말아 주세요.'였어요.

황녀 전하가 다른 사람을 길들이는 책을 왜 읽어야 하지 싶었지만, 뭐.

우리 아가씨는 황녀 전하와도 친하시고 무언가 길들여지는 종류의 책을 좋아하시는 것 같으니 일단 사 왔습니다.

그런데 저택에 돌아와서 읽다 보니 책갈피 표시를 해 놓은 부분이 자꾸 바뀌더라고요.

혹시 저 말고 다른 사람이 이 책을 몰래 읽나 했어요. 그래서 매일 책을 숨기는 장소를 바꿨는데도, 책갈피 위치는 바뀌어 있었어요!

……무섭지만 정말이에요.

이 방은 아가씨 전용 하녀인 제가 쓰는 작은 독방에 불과한데 대체 누가 몰래 들어와 제 책을 읽는 걸까요.

다른 책을 사 와도 그랬어요.

심지어 제가 표시한 적도 없는 부분에 밝은 잉크가 떨어진 것처럼 밑줄도 그어 놨더라니까요.

누군지는 모르겠지만 클라이맥스를 골라내는 안목이 뛰어난 사람임에는 분명합니다.

그리고 얼마 전엔 아가씨가 황궁에 가신 적도 있었어요. 저도 물론 아가씨의 하녀로서 따라갔죠.

황녀 전하를 뵈러 가신 거였어요.

유명하신 카라샤펠 황녀 전하를 그렇게 가까이서 뵙는 건 처음이었어요.

"베르고 영애. 저번에 애런의 초대를 무시했다죠?"

"굳이 응해야 할 이유가 없어서요."

우리 아가씨의 대답을 들은 카라샤펠 황녀 전하는 기분 좋다는 듯이 웃으셨어요.

두 분은 굉장히 비슷한 옷을 입고 계셨어요. 옷의 품이 넓고, 치맛자락은 발목 위로 풍덩 올라가 종아리가 보일 정도였어요.

최근 아가씨들 사이에서 유행하는 실내복이래요.

돈이 모자란 저는 못 사지만, 살롱 마리에서 우리 아가씨에게 감사하다며 몇 벌 추가로 보내 준 걸 제가 정리한 적이 있어 기억합니다.

미인이신 두 분이 비슷하게 옷을 입고 마주 앉아 계신 걸 보고 있으니 머릿속에서 자꾸 '황녀 전하, 거기는 길들이지 말아 주세요.' 의 장면들이 스쳐 지나갔습니다.

식은땀이 흐르는 걸 겨우 닦았어요.

우리 아가씨가 황녀 전하를 좋아하시는 걸까요.

아니면, 황녀 전하가 우리 아가씨를 좋아하시는 걸까요.

"……그래서, 어쩐 일로 날 보자고 했죠, 영애?"

"책을 많이 읽으신다고 들었습니다. 업무량도 만만찮으시고요."

"그런데?"

카라샤펠 황녀 전하의 물음에 아가씨는 제게 눈짓하셨습니다.

책 얘기를 하시려는 건가, 아니면 지금 길들여시시려는 건가, 헷갈려서 얼굴이 빨개졌습니다.

가만히 저를 바라보던 아가씨의 미간이 갑자기 구겨졌습니다.

"너 무슨 생각 하는지 들린다. 그거 아니니까 가서 오늘 가져온 통롤러 들고 와."

"……아. 네."

제 생각도 읽으시나 봐요.

통롤러는 스트레칭 도구입니다.

저도 아가씨께 받아서 매일 저녁마다 그 위에서 몸을 굴려요.

실력 좋은 마법사를 무급으로 고용하신 것 같은데 도무지 말씀을 안 하셔서 마법사의 정체는 아무도 모릅니다.

통롤러를 보신 황녀 전하의 한쪽 눈썹이 비스듬하게 올라갔습니다.

"이게 뭐지?"

"통롤러라는 겁니다. 전하의 뭉친 어깨와 등, 하체 부종까지 시원하게 풀어 드려요."

설명을 들은 황녀 전하의 얼굴에 은은한 미소가 번졌습니다.

"날 위해 준비했어? 나와 친해지고 싶어서? 내가 아플까 봐 걱정되어서?"

하지만 우리 아가씨는 단호했습니다.

"아니요. 이거 사용하시고 좋으시면 대대적으로 알려 달라고요. 광고 같은 거죠."

"음?"

황녀 전하가 불쾌하신 듯 미간을 찌푸리셨지만 솔레아 아가씨는 아무렇지 않게 넘겼습니다.

"황궁에 놀러 오라 하셨잖아요. 그래서 선물까지 들고 왔죠, 저는."

"……이 내가 알면서도 속아 줘야 한다니. 속이 쓰린데."

"자, 시범을 보여 드릴게요. 말로 설명하는 것보다 한 번 보는 게 나아서. ……사람들을 물려 주시겠어요?"

"나와 단둘이?"

"말 좀 그렇게 하지 말아 주세요."

"전에 내가 친구 하자고 편지 보냈을 때 그대가 거절했으니 그렇지."

"친구가 하고 싶으니 시녀로 들어오라 하셨잖아요. 그건 싫다니까요."

"친구란 가까이에 있어야 해."

"거리가 멀어도 마음으로 가까우면 친구죠."

"우리가 마음으로 가깝나?"

황녀 전하가 느긋하게 웃으시며 고개를 기울이셨지만 아가씨의 관자놀이에는 핏줄이 섰습니다.

통롤러를 팔러 오신 것 같은데 생각대로 굴러가지 않자 빡치셨나 봐요.

빡친다, 는 아가씨가 상단 목록을 정리하거나 염색 공장과 일정을 맞출 때마다 씨발 뒤에 붙이는 말이에요.

아무튼 황녀 전하가 모두 물러가라 하셨어요.

그래서 방에 있던 황녀님의 시녀와 기사, 저까지 모두 물러났습니다.

잠시 후 방에서 이상한 소리가 들려왔습니다.

"잠깐! 이거 아프잖아! 아악!"

"처음엔 좀 아파요! 그럴 수 있어요! 하지만 다 하고 일어나시면 시원해지실 거예요!"

"아악!"

"전하! 조금만 참아 보세요!"

저와 함께 밖에 계시던 기사님이 문 앞으로 바짝 다가섰습니다.

"전하! 괜찮으십니까! 들어가겠습니다!"

"아니야! 괜찮아! 경! 들어오지 마!"

황녀 전하의 말에 아무도 안으로 들어가지 못했습니다. 비명은 차츰 잦아들었습니다.

"어으……. 으어어……."

"시원하시죠, 등이 쫙 펴지시죠? 이렇게 굴려 보세요. 전하."

"……아으으……."

"통롤러 위에 척추뼈를 대고 누우신 뒤 양팔을 벌려 보세요. 가슴이 쫙 펴지시죠?"

"허으으……."

대체 뭘 하셨던 걸까요.

아무튼 한 달도 지나지 않아 통롤러는 귀족들 사이에서 날개 돋친 듯 팔려 나갔습니다. 잘된 일이죠.

✳ ✳ ✳

규모가 그리 크진 않은 건물 안에서 여러 명의 여자들이 탐탁지 않은 눈으로 서로를 경계하며 눈치를 살폈다.

여자들을 이곳으로 불러 모은 주인이 아직 모습을 드러내지 않은 탓이었다.

자수를 기가 막히게 잘하는 분.

경력직 우대. 매우 우대.

라는 은밀한 모집 공고를 보고 알음알음 모인 인사들이었다.

또 몇몇은 속 모를 낯으로 싱긋 웃는 사내가 내민 종이를 보고 오기도 했다.

사내가 건넨 비싸 보이는 고급 종이에는 시간과 장소가 적혀 있었다.

그들이 이곳에 도착한 뒤 들은 얘기는 간단했다.

간단한 심사를 거친 후, 통과하면 함께 일을 하게 될 거라는 얘기.

얼마 지나지 않아 얼굴이 반들반들한 미남이 실내의 2층 난간 위에 등장했다.

"다들 모이셨군요. 반갑습니다."

"댁이 대체 누군데 우릴 모이라고 한 거요."

"오해가 있었나 보네요. 모이라고 한 건 제가 아닙니다. 다만, 아직은 비밀스러운 단계라 정확히 말씀을 드리기 어렵습니다."

1층에 옹기종기 모인 여자들의 이맛살이 찌푸려졌다.

"미안하지만, 이런 이상한 곳에 있을 시간에 바느질을 한 번 더 하는 게 낫겠네요. 가 볼게요."

"저도……."

"우리 애 약 먹이려면 장난 받아 줄 시간 없어요."

세 명의 여자가 밖으로 나가기 위해 발을 옮기는 순간 한 남자가 정문을 가로막았다.

2층 난간 위에 선 부드러운 인상의 남자와는 달리 눈빛 자체에 살기가 서린 듯 냉엄한 낯이었다.

여자들이 흠칫 놀라 뒷걸음질을 치자 남자의 커다란 회색 눈이 느리게 깜빡였다.

남자의 입술이 서서히 열렸다.

"문이 무거워서……. 열어 드릴까요?"

"예? 아. 아, 아닙니다."

얼결에 기가 죽은 세 여자가 서로 눈치를 살피다가 엉거주춤 자리로 돌아갔다.

어느새 입구에 서 있는 남자의 옆으로 모자를 깊이 눌러쓴 자가 나란히 섰다.

셔츠와 바지를 입긴 했으나 작게 소곤거리는 목소리는 여자의 것이었다.

'너 인상 더러우니까 조용히 있으랬잖아. 왜 어른들한테 겁을 줘!'

'네가 밖에 나간다며. 위험하니까 따라왔지.'

'내가 위험한데 왜 네가 따라 나오냐고.'

'힝. 나는 그래도 너 지키고 싶은뎅. 호위 기사로 임명도 안 해 주고. 힝. 슬펑.'

'아, 좀!'

몇몇이 대화 내용을 언뜻 듣고는 두 눈을 동그랗게 뜬 채 서로를 바라봤다.

'아무래도 저 무섭게 생긴 남자가 매달리는 모양이야.'

말없이 고개를 끄덕인 여자들은 술술 말을 이어 가는 2층 난간 위의 남자를 바라봤다.

"……자, 이제부터 보통 천과 양모 위에 각각 자수를 놓으면 됩니다. 될 수 있는 한 화려하게."

기존에 쓰던 바늘이 양모를 뚫지 못하는 상황을 대비해 다른 바늘도 준비해 놓은 상태였다.

처음엔 잠깐 헤맸지만 곧 그들은 무서운 속도로 집중해 천 위에 온갖 것들을 그려 냈다.

잠시 후, 심사에 통과한 이는 열다섯 명 남짓이었다.

탈락한 자들에게 돈을 쥐여 주자 웅성거림이 커졌다.

"떨어졌는데 왜 돈을 줍니까. 이게 뭐예요."

돈주머니를 손에 든 자들이 떨었다.

이유 없이 받는 돈은 화를 부르기라도 하는 것처럼.

그러자 건물의 정문 앞에 서 있던 여자가 큰 소리로 말했다.

"면접 보러 오셨으니 교통비는 드려야죠. 집에 돌아가실 때 마차 타고 가시고, 남은 돈으로 식사도 챙겨 드세요!"

선명한 보라색 눈동자가 휘어지는 눈꺼풀에 가려졌다.

저 여자가 주인인가? 사장인가?

하는 눈빛들이 직공들 사이를 오갔다.

주머니 속에서 덜그럭대는 동전의 무게를 보아 하니 한두 푼이 아닌 것 같은데.

면접비가 이 정도면 작업 수당은 대체 얼마일까. 그제야 탈락한 이들이 아쉬움에 쓴침을 삼키며 돌아갔다.

탈락자들이 돌아간 뒤 정문이 다시 닫혔다.

그리고 이번엔 온갖 색으로 염색 된 양모들이 다시 직공들의 눈앞에 펼쳐졌다.

피보다 농후한 붉은색, 어디에서도 본 적 없는 깊은 바다를 닮은 선명한 파랑, 한여름의 우거진 녹음을 담은 녹색, 눈이 부실 정도로 밝은 노란색.

"세상에……."

입을 틀어막은 직공들이 벽을 가득 메운 색색의 양모를 바라보다 짝, 하는 박수 소리에 다시 정문으로 시선을 돌렸다.

"선생님들이 작업하실 양모입니다."

이름 모를 아가씨가 어느새 검은 후드를 벗어 던졌다.

그러자 그녀의 새빨간 머리카락이 허리까지 넘실거리며 흘러넘쳤다.

"처음 뵙겠습니다. 선생님들."

"……선, 선생님이라니……요?"

붉은 머리카락의 여자는 생긋 웃으며 말을 이었다.

"이 자리에 계신 여러분은 살아 있는 브랜드가 되실 겁니다."

"……예?"

"자타가 공인하는 최고의 자수 실력자분들을 이곳에 모은 이유가 뭐겠습니까. 실력이 아까워서죠."

목소리는 당당했고, 자신감 또한 넘쳐 보였지만 직공들은 그녀의 말을 이해할 수 없었다.

실력이 아까운 게, 그래서 뭐?

어차피 돈 받고 시키는 모양의 자수를 깔끔하게 놓는 게 그간 해 왔던 일이다.

"뭔가 착각하시는 것 같은데 저흰 그냥, 자수만 할 줄 아는 것뿐……."

"옷의 전체적인 틀을 잡아 줄 디자이너는 따로 동업자가 계시니, 그 부분은 걱정 마시고 여러분은 자수만 완벽하게 해 주세요. 기본 급여는 그간 받으시던 돈의 열 배 이상으로 쳐드릴게요. 주문이 많이 들어오면 추가금도 있고요."

여자의 말이 끝나자마자 옆에 있던 회색 눈의 남자가 그녀의 손목을 잡았다.

"솔레아. 이제 시작인데 무슨 소리야. 자선 사업이라도 하겠다는 거야?"

언뜻 들려온 솔레아라는 이름이 분명 낯설지가 않았다.

직공들의 눈동자가 사방팔방으로 뛰기 시작했다.

"소중한 기술자니까. 재능과 노력과 노하우가 겸비된 장인들이라고."

저 여자가 칭송할 만할 실력인지 스스로도 자신할 수 없었다.

동네에서 알아주고, 가끔 유명하신 귀부인들의 주문을 연달아 받는 정도였다.

물론 작은 마을에선 그렇게만 해도 실력 좋다 소리를 들었지만 이런 곳에서 '장인' 소리까지 들으니 어쩐지 과분한 기분이었다.

평생 바느질만 하던 이들의 가슴에 이상한 감정이 일렁였다.

솔레아가 자색 눈동자를 번뜩이며 열다섯 명의 직공들과 하나하나 눈을 맞췄다.

"그리고 선생님들은 저희랑 전속으로 계약하시게 될 겁니다."

"네?"

"······그게 무슨."

"다른 곳에서 일을 받을 수 없다는 건가요?"

쏟아지는 질문에 솔레아는 태연하게 고개를 끄덕였다.

"우리 디자이너니까요. 완성된 옷이 포장되어 나갈 때, 선생님들의 성함이 적힌 명함도 동봉할 겁니다. 디자이너의 이름을 걸고 파는 옷, 그게 우리의 차별성을 보여 주는 키가 될 겁니다."

솔레아가 자신감 넘치게 웃어 보였다.

"명품을 만들어 보자고요."

웃음기를 머금은 채로 한 걸음 앞으로 나선 그녀가 더 큰 목소리로 말했다.

"자, 그럼 동업자를 소개합니다!"

공장 뒤편의 작은 문이 열리고, 화려한 옷차림의 여자가 상냥한 미소를 지은 채 또각또각 소리를 내며 걸어왔다.

"······낯이 익은데?"

"세상에. 마리에 아니야?"

"살롱의 그 마리에? 그 사람이 여기 왜 있어?"

"······저 사람이 만든 옷에 자수를 넣는다고? 말도 안 돼."

직공들의 얼굴이 새하얗게 질리기 시작했다.

마리에의 뒤에서 졸졸 따라오는 이들은 아까 직공들이 심사받을 때 자수를 놓은 양모를 들고 있었다.

"반갑습니다. 여러분. 마리에 프란입니다."

우아하게 웃은 마리에가 옷을 한 벌씩 살피며 말을 이었다.

"저는 아직 전속으로 일을 하진 못해요. 하지만 디자인 스케치는 해서 넘길 거랍니다. 잘 부탁드려요."

저 마리에가.

다른 사람도 아니고 제국에서 가장 화려한 살롱을 운영한다는 저 마리에 가.

동업자라니.

직공들의 눈이 커다랗게 뜨였다.

마리에가 디자인한 옷에 자수를 박는다는 게 믿기지 않는다는 표정이었다.

아연실색한 직공들의 표정들을 보고서도 마리에는 미소를 잃지 않았다.

서비스직 특유의 완벽한 웃음으로 마무리한 마리에는 솔레아에게 눈짓했다.

"아, 제 소개가 늦었네요. 저는 염색 양모의 제작 및 판매와 유통을 전반적으로 책임지게 될 베르고 공작가의 솔레아 폰 베르고입니다. 이쪽은 제 오빠 그레이 폰 베르고고요. 그럼, 잘 부탁드립니다. 우리 장인 선생님들?"

한 명이 기절했다.

서 있던 상태 그대로 다리에 힘이 풀려 몸이 스르륵 무너지더니 뒤로 넘어갔다.

"어머나! 제닌!"

쓰러진 제닌을 부축하느라 분위기가 잠깐 어수선해지긴 했지만 대부분 눈앞의 귀족들에게서 눈을 떼지 못하고 있었다.

기절한 건 열다섯 명 중 한 명이었지만 어쨌든 다른 사람들도 기겁한 건 마찬가지였다.

거의 공포에 가까울 정도의 경악스러운 표정이었다.

"저, 저희, 저희에게 왜……. 저희가 혹시 무슨 잘못이라도, 아니…… 왜 이런 좋은 기회를 주시는지……."

갑자기 찾아온 말도 안 되는 행운에 남루한 옷을 입은 여자가 더듬거리며 질문했다.

2층에 있던 남자가 부드러운 걸음걸이로 계단을 내려오며 대신 답했다.

"'실력에 맞는 대우를.' 그게 베르고의 모토입니다. 아, 저는 그 모토의 최대 수혜인인 베르고 공작가의 두뇌, 공작님의 오른팔, 보좌관 라트엘입니다. 아가씨가 저만 쏙 빼셨네요."

"아이구, 미안. 근데 왜 그렇게 거들먹거리는 성격이 됐어? 겸손은 다 어디 갔냐고."

"아가씨가 제게 자주 당당해지라고 그러셔서."

"도를 지나쳤잖아."

"그래서 소개를 빼먹으셨나요?"

"……미안."

대수롭지 않게 미안이라고 덧붙이는 귀족 아가씨를 보며 웃은 라트엘이라는 젊은 총각이 말을 이었다.

"여러분들은 출신, 나이, 경력 상관없이 실력만 보고 뽑히신 분들입니다. 제국에서 가장 자수에 뛰어난 최고의 실력자란 말이죠. 그러니 앞으로 누가 물으면 '난 디자이너야.' 라고 말하고 다니세요. 명함을 만들어야 하니 나가실 때 성함 적고 가시고요. 혹시 글을 모르시면 제가 대신 적어 드리겠습니다."

기절했다가 깨어난 제닌이 설명을 듣고 엉엉 울어 버리자 다른 이들도 눈물을 훔쳤다.

웬 말도 안 되는 행운인가 싶었지만 그런 생각을 하는 걸 귀신같이 알아챈 솔레아 아가씨가 슬쩍 옆으로 다가와 속삭였다.

"이건 행운이 아니라 기회입니다, 선생님. 운이 아니라 실력으로 따낸 거라고요."

"하지만, 제 평생 이런 일이 있을 줄은 정말 상상도 못 했어요. 게다가 제 이름을 걸고 옷을 만들다니······."

도리질 치며 낡은 손수건으로 눈물을 닦는 그녀에게서 손수건을 뺏어 든 솔레아는 그녀의 손에 제 하얀 레이스 손수건을 대신 쥐어 줬다.

"이제 옷에 수놓인 자수를 본 사람 눈에서 눈물을 뽑아낼 수 있게 옷을 만들어 봅시다."

홀린 듯 고개를 끄덕인 직공들이 갑자기 제자리에 선 채 회의를 시작했다.

솔레아에게 첫 번째 작품은 누구를 위해 만들면 되겠냐는 질문이 넘어왔고, 솔레아는 빙긋이 웃으며 새빨간 색의 커다란 망토를 건넸다.

"전쟁 영웅이 걸칠 거예요. 무슨 뜻이냐 하면, 지나가던 똥개가 봐도 전쟁 영웅처럼 보여야 한단 소립니다."

"······금사를 밑단부터 착착 쌓아 올리며 수놓아서, 금 구름 위를 걷는 듯 만들어도 좋겠네요."

열의에 차 당장 작업하겠다는 장인들을 겨우겨우 건물 밖으로 내보냈다.

"면접 본 날부터 일시키면 안 돼요. 망한 직장이라고 소문난다고요. 내일 봬요, 우리."

솔레아는 그들을 커다란 마차에 나눠 태우며 배웅했다.

여러분들을 이 공장으로 모실 마차가 내일 아침 댁으로 각자 갈 테니, 따로 차편을 마련할 필요가 없으며, 물건이 완성될 때까지 비밀 유지에 힘써 달라는 말에 직공들은 또 눈물을 쏟아 내며 솔레아에게 깊이 머리를 숙여 인사했다.

"······악마에게 영혼을 바쳐서라도 최고의 옷을 만들어 보겠습니다."

전쟁에라도 나가는 듯 결연한 말투였다.

지금 이 순간 직공들은 남은 인생을 완전히 탈바꿈시켜 준 베르고의 공녀를 위해서라면 그 무엇이든 할 수 있었다.

최고의 옷? 최고의 자수?

아주 보기만 하면 질질 울게 해 주지. 내가 굴러먹은 짬만 수십 년이야.

열다섯 명의 직공들은 눈물을 닦고 열정을 불태웠다. 아마도 절대 꺼지지 않을 충성의 불씨였다.

며칠 뒤, 직공들이 영혼을 때려 부어 완성된 옷은 완벽에 가까웠다.

바느질 상태와 자수를 꼼꼼히 살핀 솔레아는 완성된 옷을 곱게 포장한 후, 첫째 오빠에게 보냈다.

"……설마, 인성이 위로 갈수록 별로라서 헤이먼보다 까칠한 놈이면 어쩌지? 옷을 안 입으면 어떡해?"

옆에 선 그레이가 픽 웃으며 대답했다.

"에이, 형은 안 그래."

"헤이먼 까칠하다는 거엔 동의하는 거야?"

실실 웃으며 옆구리를 쿡 찌르자 그레이 역시 낄낄거리다 솔레아의 어깨를 툭 쳤다.

솔레아는 미소를 잃지 않으며 다시 그레이의 팔을 쳤다.

그러자 그레이가 웃는 얼굴로 다시 솔레아의 등을 툭 밀쳤다.

앞으로 튕겨 나간 솔레아가 그림처럼 웃으며 뒤돌더니 주먹을 꽉 쥔 채 그레이에게 달려들었다.

개싸움이었다.

"야, 놔라! 아! 머리! 머리 잡지 말라고! 솔레아!"

"이 그레이 새끼야! 나는 살살 쳤잖아! 너는 왜 세게 치냐고!"

"네가 먼저 옆구리 찔렀잖아!"

"장난친 거잖아, 이 새끼야!"

"오빠한테 이 새끼? 이 새끼? 이 새끼가."

"동생한테 이 새끼? 너 이 새끼 내가 아주 오늘 대가리에 구멍을 내 주지."

그레이는 솔레아를 힘껏 밀치지는 않고, 살짝 잡은 채 웃음기를 머금었다.

하지만 그것도 잠시, 머리카락을 잡은 솔레아의 손이 진심이 되어 가는 것 같아 그레이 역시 솔레아의 뒷덜미를 잡을 수밖에 없었다.

결국 두 사람은 공장 앞 조용한 부지에 엎어져 엎치락뒤치락하기 시작했다.

"내 머리 놔라! 야!"

"네가 먼저 내 옷 놔!"

그레이가 힘을 써서 뒷덜미를 잡아당기는 바람에 흙바닥에 한 번 나뒹군 솔레아는 그레이의 팔뚝을 깨물기 시작했다.

"아악! 야! 이 정신 나간!"

"으그그!"

"하나 둘 셋 하면 놓자, 어? 하나, 둘, 셋! ……야! 이 미친놈아! 너 왜 안 놔!"

"으으그극!"

"아아악! 팔! 팔! 살 떨어져 나가! 아! 솔레아아악!"

한편 공장 옆 조용한 공터에서 산책을 하거나 직원 복지로 마련된 통롤러를 굴리던 직공들이 잔잔하게 미소를 지으며 그들을 바라봤다.

"언제 봐도 두 분은 참 사이가 좋으시네요."

"그러게요. 저렇게 다 커서까지 친하게 지내시기가 쉽지 않은데."

마음이 약한 제닌이 산책을 하다 말고 멈춰 선 채 솔레아와 그레이를 바라봤다.

그레이가 지르는 비명이 어쩐지 점점 진짜 같아졌다.

"……그레이 도련님 살점이 떨어지면 누가 치료하나요?"

"……글쎄요, 그래도 우리 사장님은 솔레아 아가씨니까 사장님을 응원해야 하는 거 아닐까요."

자수 장인인 직공들의 눈빛이 조금은 걱정스럽게 바뀔 무렵, 마차를 타고 온 마리에가 보안을 위해 공장 부지에서 멀찍이 떨어진 곳에서 내려 홀로 짐 가방을 들고 올라오다 남매의 개싸움을 발견했다.

그러나 그녀는 대수롭지 않게 직공들에게 인사했다.

"안녕하세요, 여러분."

마리에의 인사를 못 들은 건지 솔레아와 그레이가 유치한 싸움을 이어 갔다.

마리에 역시 인사를 받아 줄 거란 생각은 안 했는지 옆 공터로 가 직공들을 불러 모았다.

"들어가서 새로운 디자인에 대한 얘기를 해 볼까요, 동업자 여러분?"

결국 텅 빈 공터에는 그레이의 외로운 비명만 겹겹이 쌓여 갔다.

돌아오는 마차에서 서로 눈도 안 마주치던 그레이와 솔레아는 저택 안으로 들어가자마자 공작에게 혼이 나기 시작했다.

"대체 뭘 했길래 이렇게 늦은 시간까지 밖에 있었던 거냐. 옷은 왜 이렇게 엉망이고!"

"음⋯⋯."

염색 양모 사업이 성공하기 전까지는 구체적으로 말하지 않기로 한 탓에 솔레아가 얼버무리자 그레이가 얼른 끼어들었다.

"얘가 자전거 타고 싶대서요."

"⋯⋯내가?"

휘둥그레 뜬 눈으로 그레이를 보다가 얼른 덧붙였다.

"네, 그. 자전거⋯⋯. 두발자전거. 타고 싶어서. 그, 멋져 보여서."

혼자 두고 간 것 때문에 삐졌는지 책을 들고 복도를 지나가던 헤이먼이 비웃었다.

"하, 지나가는 사람 자전거를 뺏기라도 했나 보지."

솔레아는 참지 않았다.

헤이먼을 사랑하고, 그를 구해 주고 싶고, 애정을 가득 담아 아끼고 있는, 그런 애틋한 감정들을 떠나서.

솔레아는 이죽거리는 건 참지 않았다.

"어디 아버지 말씀하시는데 끼어들어. 니 마차 바퀴 빼서 내 자전거에 붙인다."

"풉!"

"솔레아!"

웃음이 터진 그레이가 입을 틀어막았다.

깜짝 놀란 디에르고 공작은 이마를 짚었다.

지난 몇 달간, 솔레아는 굉장히 밝아졌다.

처음엔 아버지라 부르는 걸 어색해했지만 점차 익숙해지는 것 같았다.

그리고 라트엘과 얘기할 때면 이것저것 묻고, 의견을 제시한다고도 했고.

늘 같이 다니는 그레이와는 이제 누가 봐도 남매 같았다. 불붙으면 쌈박질하는 것까지.

……그래, 솔레아는 너무 밝아졌다.

"오빠한테 그렇게 말하면 안 되지!"

"헤이먼이 먼저 얄밉게 끼어들었잖아요! 아빠는 왜 나한테만 그래!"

처음으로 그에게 큰 소리를 내며 씩씩거리는 걸 보니 눈시울이 붉어졌다.

우리 딸……. 건강하기도 하지.

디에르고 공작은 목이 메어 와 큼큼 헛기침을 하며 솔레아의 헝클어진 머리카락을 손바닥으로 조심히 쓸었다.

"아빠한테 말했으면 자전거 100대는 사 줬을 텐데."

"다리가 두 개인데 100대를 어떻게 타요."

퉁명스럽지만 장난기가 가득 섞인 사랑스러운 목소리였다.

전처럼 겁먹고 눈을 피하지도 않았다.

디에르고는 품에 안은 솔레아를 오래 다독였다.

그러는 동안 솔레아는 공작의 어깨 너머에 서 있는 헤이먼과 입 모양으로 싸우고 있었다.

'왜 나만 빼고 둘이 갔냐고!'

'너를 왜 데리고 가야 하는데.'

'너 요새 맨날 그레이랑 다니잖아!'

'얘는 힘쓰는 애잖아.'

공작 옆에 서 있는 그레이가 생긋 웃으며 소매를 걷는 척, 형에게 엿을 날렸다.

솔레아와 그레이가 손가락으로 자주 엿 날리기를 하며 노는 걸 봐서인지 헤이먼 역시 저게 대충 부정적인 뜻이라는 건 알고 있었다.

다 큰 분홍색 어른이 홀로 씩씩거리며 복도를 지나쳐 제 방으로 들어갔다.

제 방으로 돌아와 씻은 후 편안한 옷으로 갈아입은 솔레아는 다소 지친 몸으로 의자에 앉아 일기장을 펼쳤다.

운동도 매일 하고 있고, 정령들의 주인이 된 후로 돈벌이도 걱정이 없었다.

문제는 딱 하나, 이놈의 일기장이었다.

염색 양모가 궁금해서

'염색'

이라고 썼더니

염색 안 한 지 오래됐는데. 돌아가면 셀프 뿌염 해야지.

라고 적히질 않나.

'양모'

라 쓰면

양 모자라다. 다음엔 아침밥 더 많이 달라고 해야지. 근손실 온다.

라고 적혔다.

될 대로 되라, 하고 놔뒀더니 갈수록 가관이었다.

그레이가 나중에 먹겠다고 남긴 푸딩이 없어졌다며 나를 의심했다. 너는 동생을 의심하는 거냐고 식당에서 싸우고 방으로 돌아왔다. ……근데 사실 내가 먹었다. 어쩌지.

매일 셔츠만 입어서 셔츠가 부족했다. 드레스 입기 싫어서 앤한테 헤이먼 옷장에서 몇 벌 가져오라고 시켰더니 아주 깔끔하게 쌔벼 왔다. 헤이먼은 내 옷이 자기거랑 같은 건 줄 알았는지 따라 샀냐 묻고는 어깨를 으쓱대며 웃었다.

바보. 지 건데.

심지어 과하게 리얼리티가 넘치는 구간도 있었다.

오늘 비 옴.

좀 더웠고, 재밌는 하루였다.

빨리 겨울 왔으면. 양모 잘 팔리게.

"렘샤 부인! 일기 쓰기 싫으면 싫다고 하세요! 누가 검사하는 것도 아닌데 날마다 이렇게 채우는 것도 피곤하시겠어요."

혼잣말을 하며 솔레아는 일기장을 넘겼다.

통롤러 판매 1,000개 돌파!

"하……. 이게 쇼핑몰인 줄 아나. 이런 걸 일기장에 왜 적어 놔?"

어이없긴 했지만 기분은 썩 괜찮았다.

어느새 옆으로 모여들었는지 뿅 하고 모습을 드러낸 작은 정령들이 일기장과 솔레아 사이에 자리 잡았다.

"뭐라고 쓰여 있어?"

"주인! 말해 줘!"

"우리 얘기도 있어?"

동그란 두상에 봉봉 띄워진 파란색 머리카락이 눈앞까지 날아올랐다.

파란 정령은 또박또박한 목소리로 일기장을 읽어 나갔다.

"1,000명의 남자를 모두 정복한 후, 나는 더 이상의 남자는 의미 없다고 판단했다. 그래서 이번에는 여자를, 까지 적혀 있는데? 주인! 이거 맞아?"

솔레아가 헛웃음을 치며 파란 정령의 부들부들한 머리카락을 검지로 쓰다듬었다.

"말이 되냐. 1,000명이랑 하면 골병들겠다. 너희가 만들어 준 통롤러 1,000개 팔았다고 적혀 있어."

"정말?"

"진짜?!"

"우와!"

각기 다른 모습으로 신나 하던 정령들은 이내 작은 몸을 이리저리 흔들어 대며 또 춤을 추기 시작했다.

흥 많은 귀여운 정령들이었다.

통롤러는 황녀의 홍보 덕분인지, 제품의 우수성 덕분인지, 아니면 둘 다인지.

그것도 아니면 물건을 배달하는 돈의 미색 덕분인지 불티나게 팔려 나갔다.

상단을 끼고 판매할까도 생각해 봤지만 마력이 담긴 제품을 베르고의 이름으로 팔 순 없었다.

헤이먼의 마력이 통롤러를 끝없이 제작할 만큼이 안 된다는 건 모두가 아는 사실이었고, 마법사들을 단체로 고용했다고 거짓말을 할 수도 없었다.

그런 거짓말은 마법사 협회장인 이달론에게 가장 먼저 들통날 테니까.

그렇게 되면 이달론이 움직일지도 모르고.

그래서 솔레아는 황녀에게 통롤러를 선물했던 날, 뻔한 거짓말을 했다.

"외국에서 온 마법사가 만들어 준 건데, 특별히 황녀님께 드리는 거예요."

"내게만?"

"다른 분들도 원하신다면 구해 드릴 순 있겠지만 그분들은 돈 주고 사셔야겠죠. 마력이 들어가기도 했고, 인건비가 있으니까요. ……선물로 드리는 건 황녀님뿐이에요."

황녀는 흡족한 듯 웃었고, 내가 한 말이 무슨 뜻인지도 대충 알아들은 듯했다.

"뻔한 수라는 걸 알면서도 속아 넘어가 주는 거야. 그래야 친구겠지?"

"그럼요. 선물이라는 건 거짓말도 아니고."

"타국의 마법사는 누구지? 같이 왔나?"

통롤러가 마음에 드는 듯 소파 옆에 고이 세워 둔 황녀를 보며 씩 웃은 솔레아는 문을 열어 앤에게 명령했다.

"그 사람, 데려와."

얼마 지나지 않아 바깥 복도에서 차분한 발걸음 소리가 들려왔다.

들어오라는 황녀의 허락이 떨어지자 문이 천천히 열렸다.

남자는 예의 바르게 안으로 들어와 황녀에게 고개 숙여 절했다.

목선이 훤히 드러난 짧은 남색 머리카락에 얇은 뿔테 안경, 커다란 키와 곧게 편 허리, 그리고 굳게 닫힌 입술.

돈이었다.

하지만 솔레아는 돈을 가리키며 '타국의 마법사' 라 칭했다.

황녀 역시 더 이상 묻지 않았다. 그저 고개를 짧게 끄덕였을 뿐이었다.

돌아오는 마차에서 돈은 두 손을 깍지를 낀 채 창밖을 보다가 작은 목소리로 물었다.

"……제가 잘할 수 있을까요, 아가씨."

"이제 넌 노예도 아닌데, 뭐. 그냥 가만히 서 있으면 돼. 이국적으로 생겨서 괜찮아. 어차피 구매자한테는 중간 매매업자가 다 설명할 테고, 그 사람도 너를 타국의 마법사로 알고 있으니까."

"하지만 저는 한낱……"

솔레아는 돈을 똑바로 보며 말했다.

"나 믿지?"

"……네."

돈은 어쩐지 얼굴에 열이 올라 마차의 창문을 열었다.

솔레아의 작전은 통했다.

중간 매매업자는 제작과 판매를 담당하는 건 이쪽 미남이라고 돈에 대해 설명하면서, 그를 이곳저곳 데리고 다니며 통롤러를 기똥차게 팔아 치웠다.

타고난 장사치였다.

"이분께서는 서대륙의 마법사이신데, 통롤러라는 걸 개발하신 뒤 바다 건너인 이곳까지 오셔서 판매를 하고 계세요. 이 마법사분이 원래는 상단주셨는데, 상단 이름이……."

상인이 슬쩍 쳐다봤지만 돈은 제국어를 못 한다는 설정이었기 때문에 아무런 답도 하지 않았다.

대신 솔레아가 가르쳐 준 대로 눈을 동그랗게 뜨고 고개를 갸웃, 오른쪽으로 꺾었다.

상품 설명을 듣기 위해 모였던 귀부인들이 갑자기 부채를 활짝 펼쳐 얼굴을 가리고는 저들끼리 한참 수군대다가 중간 매매업자를 불렀다.

"……다 주게."

"예?"

"저자의 마력으로 만든 운동 기구라며. 다. 팔고 가게."

마차에 싣고 온 통롤러를 모두 판매한 상인은 계약한 대로 수익의 10%를 가져갔다.

그는 말도 못 하는 외국인 마법사 덕에 돈을 꿍으로 벌었다면서 콧노래를 흥얼거리며 집으로 돌아갔다.

외국인 마법사로 탈바꿈한 돈의 정체는 솔레아와 그레이만 알고 있었다.

어느 날 갑자기 나타난 노예가 더 이상 노예가 아니라는 사실은 집안의 가신들 대부분이 알고 있었지만 손님방에 머무르는 외국인 마법사가 돈이라는 건 아무도 예상치 못했다.

어쩌다 머리색이 비슷한 거겠지, 정도였다.

그도 그럴 것이 이목구비의 느낌도 전혀 달랐고(밥을 잘 먹어서 낯빛이 좋아졌다), 짧게 자른 깔끔한 머리카락의 결도 달랐고(상한 머리카락을 잘라 낸 뒤 솔레아가 몰래 기름을 머리카락에 발라 주며 헤어 클리닉을 때려 박았다), 키도 훨씬 더 컸으며(체형 교정 덕분이다. 숨겨진 키를 찾아 주는 골반 교정 그레이&솔레아 클리닉), 결정적으로 이 잘생긴 외국인 마법사는 노예 돈과 달리 사람의 눈을 피하는 법이 없었으니까(솔레아의 세뇌에 가까운 교육 덕분).

이 사실을 아는 사람은 적은 편이 낫겠지, 싶어 헤이먼이나 공작님을 비롯한 집안 모든 사람들에게 말하지 말자며 솔레아가 그레이를 설득했다.

돈을 유심히 본 사람도 없으니 아마 다들 모를 거라는 꽤 타당한 근거가 그를 뒷받침했다.

그레이는 언제나처럼 장난기 넘치게 웃으며 솔레아의 어깨에 팔을 얹었다.

"그럼 이 사실은 나랑 너만 아는 거네?"

그렇게 말하는 그레이조차도 솔레아가 어디에서 마법사를 고용해서 이상한 운동 기구를 만들고 있는지 알지 못했지만, 그래도 솔레아가 중요한 일을 제게 부탁했다는 건 사실이었다.

내가 중요하니까.

내가 필요한 사람이니까 나한테 왔겠지.

솔레아의 뒤에 서서 싱글벙글 웃던 그레이는 그녀의 정수리에 제 턱을 괴고 두 팔로 어깨를 감싸 안은 뒤 머리 위에서 종알거렸다.

"응? 그레이만 아는 비밀이잖아. 그렇잖아. 빨리 맞다고 해."

"아, 바쁜데 왜 이래."

말로는 짜증스럽다는 듯 툴툴거리면서도 솔레아는 그레이를 내치지 않았다.

실컷 싸우고, 장난치고, 가끔 서로 번갈아 삐치긴 해도 내치지는 않았다.

바쁘게 종종걸음으로 다니며 이것저것 서류를 확인할 때도 절대로 내치진 않,

"덥다고! 떨어지라고!"

"……알았어."

짜증은 냈다.

솔레아의 방에서 나온 그레이는 홀로 손님방에 머무르는 돈의 방으로 향했다.

말 한마디 안 통하는 외국인이라는 설정 때문에 찍소리도 못 내고 있을 테니 심심하겠지.

그레이는 돈의 방 문 앞에서 서서 문을 두드렸다.

"나야."

하지만 방 안은 조용했다.

문고리 역시 잠겨 있었다.

"나라니까, 그레이."

이상하네, 잠들었나. 나중에 다시 올까.

그대로 뒤돌아서서 가려던 그레이는 우뚝 멈춰 섰다.

남 발자국 소리만 들어도 놀라서 뒤도는 놈이, 문 두드리는 소리를 못 듣는다고?

"문 열어."

이어진 몇 번의 노크에도 문을 열어 주지 않자 그레이는 불안한 기분에 휩싸였다.

"돈! 돈!"

문을 세게 두드리며 외쳤다.

돈의 이름을 부르면 안 된다는 걸 머리로는 알고 있었지만 기묘한 불안감이 걷잡을 수 없이 커져 갔다.

"돈!"

"왜 그러는 거냐, 그레이."

여전히 문은 열리지 않았고, 복도 반대편에서는 헤이먼과 공작이 나란히 걸어오고 있었다.

"돈이라니?"

"아, 그게……."

주먹으로 거칠게 문을 쿵쿵 두드리며 돈의 이름을 불렀던 탓에 그레이가 마땅한 변명거리를 찾지 못하고 머리를 굴렸다.

그때, 솔레아가 멀리서 후다닥 뛰어왔다.

"아이고! 오빠! 그러지 말라니까! 말 안 통하는 사람한테 왜 그래!"

"레아, 무슨 일 있니? 손님방의 마법사는 네 손님이라 들었는데."

공작의 질문에 솔레아는 한숨을 푹 내쉬며 고개를 절레절레 흔들었다.

그러곤 마치 질타하듯 그레이를 힐긋 올려다봤다.

"이 방의 마법사가 우리 영지에서 장사하는 걸 허락하고, 물건도 대신 팔아 주는 대가로 수익금의 절반을 주겠다고 했거든요. 근데 아직까지 돈을 안 주니까……. 아니, 그래도 갈 곳 없는 딱한 사람이니까 좀 참자고 했는데 그레이가 자꾸 돈 내놓으라며 저 사람을 괴롭히네요."

하필 그 상황에 그리도 야박하게 닫혀 있던 문이 빼꼼 열리며 돈이 모습을 드러냈다.

방 안쪽 욕실에서 씻고 나왔는지 머리카락이 촉촉하게 젖은 상태였다.

"씻고 있었나 봐요."

돈은 이전에 여러 번 연습했을 때처럼 솔레아를 물끄러미 보다가 생긋 웃는 것으로 화답했다.

빗자루 타고 날아다니는 영국 마법사 친구들이 상공에서 내려다봐도 '아, 미남!' 할 만한 미소였다.

상황을 전해 들은 공작과 헤이먼의 이맛살이 찌푸려졌다.

따끔한 눈총을 받은 그레이가 어버버하며 두 손을 휘휘 내저었지만 돈 독촉 말고는 별다른 핑계가 생각나질 않았다.

"우리 집에 머무르고 있는 손님의 방 문을 두드리며 돈 내놓으라 소리치다니. 그레이. 이게 대체 무슨 실례니?"

"……아버지, 그게 아니라……."

헤이먼이 말을 얹었다.

"솔레아와 붙어 지내는 건 알지만, 레아도 자기 일은 스스로 할 수 있으니 네가 다 처리해 주려 설레발치지 않아도 될 것 같은데."

"그래, 헤이먼의 말이 맞다. 네가 솔레아에게 의지가 되는 오라비인 건 맞다만, 이런 식으로 무례하게 행동하는 게 레아한테 좋은 영향을 끼칠 것 같진 않구나."

"아니, 난 그게 아니라 그냥 돈을……."

"돈을?"

보랏빛 자안을 깜빡이며 지그시 저를 응시하는 디에르고 공작과 눈을 맞추던 그레이가 입을 달싹이다 결국 고개를 푹 숙였다.

"죄송합니다."

헤이먼이 옳다구나 하고 냉큼 끼어들었다.

"그래, 함께 사는 오빠가 둘인데 하나하고만 친하게 지내는 건 말도 안 되지. 나라면 안 그럴걸."

핀트를 벗어난 얘기에 디에르고가 헤이먼을 잠깐 혼냈다.

"헤이먼. 중요한 건 솔레아가 너희 둘 중 누구와 더 친하냐가 아니다."

아, 상황에 맞지 않았군.

헤이먼이 짧게 고개를 끄덕이며 말을 수정하려는 순간 디에르고 공작이 진지하게 덧붙였다.

"친한 건 그레이겠지만, 레아가 내심 의지하고 있는 건 나다."

"예?"

"네?"

"음?"

까딱 잘못하면 돈도 '예?' 하고 되물을 뻔했다.

세 남매가 되묻는 상황에도 디에르고 공작은 뻔뻔했다.

"영지 사업을 구상하며 내 방에 몇 번이나 찾아오지 않았니. 솔레아가 그렇게 행동한 건 내 짐을 덜어 주고 싶다는 기특한 생각을 했기 때문이지."

방금까지만 해도 얌전히 있던 사채업자 꿈나무 그레이가 목소리를 높였다.

"아빠! 솔레아는 우리 잘되라고 영지 사업 하는 거거든요."

솔레아가 입 다물라며 그레이의 발을 꾹 밟았다.

다행히 디에르고 공작은 눈치채지 못한 듯 계속 말을 이었다.

"너희를 위한 사업이면 너희끼리 했겠지. 하지만 내 보좌관인 라트엘과 함께 양모 사업을 준비하고 있지 않니. 그건 나를 믿고 의지한다는 거다."

"아빠가 영주시니까 그렇겠죠."

그레이가 다시 한번 투덜거렸다.

퇴근 시간이 얼마 남지 않아 인사하러 온, 퇴근 귀신 라트엘이 대화를 간략하게 듣고는 냉큼 끼어들었다.

"그런 걸로 따지면 실질적으로 가장 의지하고 있는 건 저 아닐까요."

"라트엘까지 왜 그래요?"

솔레아가 당황하며 이상하게 번져 가는 싸움을 말리려 했지만 아무도 듣지 않았다.

그 와중에 솔레아의 귓가에서 정령들이 떠들기 시작했다.

'우리가 주인이랑 제일 친한데!'

'우린 주인한테 마력도 주니까 우리가 제일 친해!'

'통롤러 만든 건 우리야!'

'이 저택을 지키는 것도 우리야!'

'맞아, 우리가 제일 소중해!'

'주인이 의지하는 건 우리야!'

'의자 아니야! 의지!'

'그래, 그래!'

이 와중에 정령들까지 난리라니.

솔레아가 이마를 짚었다.

귓구멍이 터져 나갈 것 같았다.

사채업자 혐의를 받고 있다는 건 까먹었는지 그레이가 다시 목소리를 높였다.

"하루 종일 같이 있으면서 운동도 같이하고, 밥도 같이 먹고, 어? 같이 다니는 건 난데!"

"그레이, 너는 솔레아를 밖으로 데리고 나가 편안하게 쉬게 해 준 적이 있냐? 괜히 자전거나 가르쳐 주겠다고 하다가 동생을 다치게 한 것 말고 말이야."

"호수 한 번 갔다 왔다고 유세 떠네. 일상을 나누는 사람이랑 더 친한 게 당연한 거 아냐?"

"내가 솔레아의 아비다."

"아버지, 치사하게 핏줄로 끌고 가시깁니까."

헤이먼이 처음으로 존경하는 아버지를 있는 힘껏 째려봤다.

솔레아는 웃음을 참으려 인중을 길게 늘이고 입술을 꽉 깨물었다.

그러곤 일부러 목소리를 낮추고 진지하게 말했다.

"아버지, 너무하셨네요……. 그레이와 헤이먼이랑은 피가 안 섞여 있어 안 친하다는 거예요?"

"무슨 말을 그렇게 하니! 난 그런 의도가 아니라, 말 그대로 아버지라는 거지. 너희가 내 아들이고, 딸이고……."

디에르고 공작이 당황한 틈을 타 얌전히 있던 돈이 슬쩍 솔레아 옆으로 걸음을 옮겼다.

말이 안 통한다는 설정이니 대화를 못 알아듣는 척해야 맞는 건데 돈은 굳이, 굳이 솔레아의 옆에 섰다.

그러곤 솔레아와 악수하듯 손을 맞잡고 눈썹을 들썩이며 사람들을 하나씩

처다봤다.

"지금 동업자라고 생색내는 건가."

디에르고 공작이 주먹을 꾹 말아 쥐었다.

"하하, 하! 하, 하하……. 마법사님. 왜 이러실까. 하하."

솔레아가 어색하게 웃으며 손을 빼내자 그레이가 두 사람 사이를 가로막았다.

"돈 내놔."

"어?"

당황한 솔레아가 뒤에서 되물었지만, 그레이는 모른 척하고 돈에게 일부러 위협적으로 말했다.

"왜 남의 집 귀한 동생 손을 함부로 잡아. 때 되면 주겠다 한 돈을 줘야지. 누구는 땅 파서 장사하나. 돈 주기로 한 날짜는 제때 맞춰야 될 거 아냐. 돈 내놔."

아주 조금, 약간, 살짝, 솔레아 아가씨가 저를 아낀다는 어필을 하고 싶었던 돈의 두 눈이 팝콘처럼 튀어 올랐다.

'제가 돈이 어디 있어요. 그게 다 아가씨 돈인데.'

뻔히 알고 있을 텐데도 그레이는 막무가내였다.

"이런 식으로 할 거면 나가세요, 마법사님. 다 큰 청년이 사업을 빌미로 내 동생한테 이러는 거 썩 보기 좋지 않네요."

돈의 입이 벌어졌다.

억울해서 금방이라도 변명이 튀어나오기 일보 직전이었다.

하지만 솔레아의 손이 더 빨랐다.

그레이의 등짝을 거세게 후려치며 솔레아가 꽥 소리를 질렀다.

"내 손님이야! 돈 벌게 해 주는 귀한 손님인데 왜 그래! 아니, 그리고 무슨 이런 유치한 걸로 싸우세요, 다들?"

"그거야 네가 내 딸이니까."

"나를 지켜 준다고 해 놓고 매일 그레이랑만 시간을 보내니까."

"너 나랑은 한 번도 놀러 안 갔잖아. 나도 노 저을 줄 알아. 말도 헤이먼보다 잘 타."

"……음, 저도 한마디 해야 할까요? 그럼 전 이만 퇴근하겠습니다."

라트엘은 더 이상 이 유치한 싸움을 지켜보고 싶지 않았는지 누구의 대답도 듣지 않고 빠르게 걸음을 옮겨 계단을 내려갔다.

"그래요, 그럼! 이제 매일 오전엔 그레이랑 운동하고, 점심은 헤이먼이랑 먹고, 저녁때는 아버지랑 같이 시간 보낼게요! 놀러 가는 건, 그래! 그레이. 내일 놀러 가면 되잖아!"

"왜 아빠랑은 놀아 주지 않니."

"아버지는 바쁘시잖아요."

디에르고 공작의 매섭게 생긴 날 선 눈썹이 아래로 조금 내려갔다.

"시간이야 만들면 되지. 라트엘, 내가 내일 시간이…… 벌써 갔네."

라트엘이 사라진 빈자리를 허망하게 바라보던 디에르고 공작은 헛기침을 하며 상황을 정리했다.

"일단 솔레아 네 뜻이 그렇다면 손님을 내쫓진 않으마. 네 말처럼 너의 손님이니."

하지만 그 말을 뱉는 공작의 형형한 눈빛에 돈은 저도 모르게 허리를 숙일 뻔했다.

딸에게 손대지 말라는 눈빛이었다.

시무룩해진 돈의 얼굴을 살피던 헤이먼이 기시감을 느꼈는지 작게 '어?' 하는 탄성을 뱉었다.

들켰나, 싶은 순간 솔레아가 얼른 돈의 등을 밀어 방 안으로 집어넣고 잽싸게 문을 닫아 버렸다.

"내일, 일단 내일 얘기해요."

난리가 난 통에 저녁 식사 후 꽤 늦은 시간이 되어서야 겨우 짬이 났다.

운동을 하기 위해 운동복으로 갈아입고 작은 거실로 내려온 솔레아는 거실에 우두커니 서 있는 남자를 보고 흠칫 놀랐다.

"뭐 해?"

돈은 주변을 두리번거리며 사람이 없다는 걸 확인한 뒤에야 조심스럽게 입을 열었다.

"……아가씨 혼자 운동하시니까 제가 숫자 세 드리려고요."

"됐어, 누가 보면 어떡해. 괜찮으니까 올라가."

"그럼 옆에만 있으면 안 될까요?"

솔레아는 진심으로 이해가 가지 않아 고개를 갸웃거리며 물었다.

"개수를 세 주는 것도 아니고, 초를 세 주는 것도 아닌데 왜 옆에 있으려고 해?"

솔레아는 가볍게 질문한 것이지만, 돈에겐 꽤나 근본적인 질문이었다.

'왜 옆에 있으려고 해?'

그 말이 돈의 가슴에 쿡 날아와 박혔다.

돈은 쉽사리 대답하지 못하고 멀뚱히 선 채로 소처럼 커다란 눈만 느리게 깜빡였다.

왜 아가씨의 옆에 있고 싶을까.

아가씨는 이제 혼자서도 운동 잘하시고, 나 같은 건 필요 없으실 텐데.

그레이 도련님이 운동 시간에 아가씨의 곁을 지키지 않아도 된다고 하셨는데.

생각에 잠긴 돈이 한참 말이 없자 솔레아는 됐다며 손을 휘휘 젓고는 스트레칭을 시작했다.

"늦은 시간이라 하인들 대부분 별채로 갔을 거야. 아버지나 오빠들도 피곤해서 잠들었거나 각자 방에서 시간 보내고 있겠지. ……옆에 있어도 되지만 말은 하면 안 돼."

돈은 그제야 입꼬리를 수줍게 올려 웃으며 고개를 끄덕였다.

거울을 마주 보고 선 솔레아가 두 팔을 앞으로 내밀고 앉았다가 일어서기를 반복했다.

솔레아가 스쿼트를 하자 옆에서 배시시 웃고 있던 돈이 손가락을 접어 숫자를 세기 시작했다.

"나 참. 그렇게까지 안 해도 된다니까."

돈은 고개를 도리도리 저으며 숫자 세는 걸 멈추지 않았다.

그러자 참견하기 좋아하는 정령들이 또 떠들기 시작했다.

'주인! 쟤 주인 좋아하는 것 같아!'

'쟤 심장이 간질간질하게 통통 뛰어!'

'주인은 만점짜리 신랑인 우리 주인이랑 결혼하기로 했잖아!'

내가 언제 그랬어. 그리고 사람은 원래 심장이 뛴단다. 이 정령들아.

대답하고 싶었지만 돈이 옆에 있는 탓에 입을 열 수가 없었다.

다만 얼굴을 험악하게 찌푸렸다.

헤이먼과 그레이, 솔레아.

피 한 방울 안 섞인 남매들의 공통점은 인상이 더럽다는 것이었다.

정령들이 풀 죽은 목소리로 말했다.

'임시 주인 또 화났어……'

'우리 주인도 좋은데.'

'우리 주인 진짜 만점짜리인데.'

"잠만 퍼 자는 놈 뭐가 좋다고."

얼떨결에 대답하자 흠칫 놀란 돈이 울상을 지으며 솔레아의 옆으로 가까이 다가왔다.

그러곤 작은 목소리로 속삭이듯 물었다.

"자, 잠을 줄일까요?"

"응? 아니야. 나 때문에 여기저기 다니느라 너 잠도 제대로 못 자잖아. 아,

그리고 말 걸지 마. 숫자 헷갈린단 말이야."

돈은 짧은 머리를 살짝 매만지곤 손가락을 들어 보였다.

"이제 한 개만 더 하시면 스물이에요."

"역시 옆에서 숫자 세 주니까 편하긴 하네."

"저, 아가씨……. 왜 많은 사람들 중에 저한테 일을 맡기셨어요?"

"어?"

스쿼트 20개를 한 후 가만히 서 있는 솔레아에게 다가온 돈이 두 손을 모아 꼼지락거리며 다시 물었다.

"다른 사람을 고용하실 수도 있었는데 저를, ……저한테 시키신 이유가 있으신지……."

"네가 편하니까 그렇지."

주황빛 램프 불빛에 비친 돈의 얼굴이 살짝 상기됐다.

"편, 편하세요? 그럼 기댈 만큼은, ……그러니까, 이, 일을 맡길 정도로는 제가 편하신 거예요?"

뉘앙스가 이상하긴 했지만 솔레아는 일단 고개를 끄덕였다.

돈에게 맡기면 일거수일투족을 다 관리할 수 있으니 비밀이 새어 나갈 걱정을 덜 수 있고, 항상 움츠리고 다니던 탓에 얼굴을 아는 사람도 적을 거라 생각했으니까.

설마 노예가 외국인 마법사로 변장할 거라곤 아무도 예상치 못할 거라 생각했다.

당연히 아닐 거라 믿는 틈을 노린 꼼수였다.

그러니 정확히 표현하자면 편하다기보단 일을 맡기기에 적당했다, 가 알맞았다.

하지만 돈은 솔레아의 고개가 위아래로 움직이는 것만 보고도 만족한 듯 열없이 웃어 보였다.

"감사합니다, 아가씨. 열심히 할게요."

"……그래."

"역시 그 노예가 맞구나."

작은 거실의 입구에서 들려온 목소리에 두 사람의 고개가 동시에 돌아갔다. 헤이먼이 팔짱을 낀 채 긴 다리로 휘적휘적 걸어 들어왔다.

"돈. 맞지?"

당황한 돈이 고개를 저었지만 헤이먼은 픽 웃으며 그를 무시했다.

"네가 진짜 외국인이었으면 방금 내가 한 말도 못 알아들었어야지."

위협적으로 다가오던 헤이먼이 걸음을 멈추고 뒤돌아 뭐라 작게 주문을 외웠다.

'공간을 차단했어!'

'여기서 나는 소리는 이제 바깥에 안 들려!'

'우리도 아까 할걸!'

'공간 마력을 가진 애는 하녀 방에 가서 같이 책 읽고 있는데!'

'아! 나도 읽으러 갈걸! 어제 중요한 데서 끊겼는데!'

'근데 저 분홍 머리는 마력도 얼마 없는 게 낭비하네!'

'어떡할까, 주인! 머리를 때려서 기억을 잃게 할까?!'

당황한 나머지 좋은 생각이라며 솔레아가 무심코 고개를 끄덕이려던 찰나 정령들이 이어 말했다.

'그런데 힘 조절 못 하면 머리가 떨어져 나갈 수도 있어!'

"하지 마!"

마법을 건 후 돈에게 다시 한 걸음씩 다가가던 헤이먼이 신경질적으로 솔레아를 바라봤다.

"내가 돈한테 말 거는 것도 싫어? ……내가 네 오빠데. 나도 네 오빠데."

말을 하다 말고 헤이먼은 입을 꾹 다물었다.

"그레이는 알고 있는 거지? 그런데 왜 나한테는 말 안 했어?"

"아는 사람이 적은 게 나을 거라 생각했어. 돈이 사라지면 그레이가 바로 알아차릴 테니까 그레이한테는 처음부터 말할 수밖에 없었던 거고."

"……내가 못 미더웠어?"

"무슨 말을 그렇게 해."

솔레아는 말을 더 이으려 했지만 자신을 지그시 응시하는 헤이먼의 분홍색 눈동자 탓에 저절로 입이 막혔다.

마법 같은 게 아니었다.

그저 헤이먼의 투명한 분홍색 눈동자가 솔레아를 향했을 뿐.

"……내가 마력이 부족해서 통나무인지 통롤러인지 하는 걸 몇백 개씩 못 만드니까, 다른 마법사를 고용한 거지? 베르고가 직접적으로 연관돼 있다는 게 알려지면 매출에 영향이 있을까 봐 허수아비가 필요했던 거고."

솔레아는 가만히 고개를 끄덕였다.

"너도 생각이 있으니 그리했겠지. 그래, ……그런 건 괜찮아. 왜 하필 돈을 이용했는지는 모르겠지만, 다 괜찮아. 네가 뭐라 설명하든, 나도 이해할 수 있는데. 네가 비밀이라고 하면 나도 지킬 수 있는데……."

커다란 분홍색 눈동자가 금방이라도 아래로 굴러떨어질 것처럼 일렁거렸다.

"날 아낀다며. 지켜 주겠다며. 근데 왜 나는 안 믿어."

"헤이먼."

헤이먼의 이름을 단단하게 불렀지만 그는 시선을 피했다.

아래로 얼굴을 푹 숙인 탓에 풍성한 분홍색 머리칼과 동그란 이마, 높은 콧대밖에 보이지 않았다.

"……그레이는 강한데, 나는 약하니까, 내가 널 지켜 줄 만큼의 마력이 없어서 그래? 아니면 내가 그 사람의…… 제자라서 꺼림칙했어?"

"그런 거 아니야! 헤이먼, 나 봐 봐."

앞으로 성큼성큼 걸어간 솔레아가 헤이먼의 얼굴을 두 손으로 잡아 올렸다.

붕어처럼 입술을 삐죽 내민 헤이먼의 두 눈에 투명한 물방울이 보석처럼 맺혀 있었다.

"왜 나한테 비밀 만들어……. 나도 가족인데."

"으이구, 울보야. 이게 뭐라고 울어. 너 밤에 안 자고 울면 홍콩 할매가 잡아 간다."

그게 무슨 할머니인지는 모르겠지만 헤이먼은 양 뺨을 밀가루 치대듯 조물딱거리다 말고 꼭 안아 주는 솔레아의 어깨에 얼굴을 기댔다.

허리를 숙인 채 솔레아가 다독여 주는 대로 얌전히 안겨 있으니 서러운 마음이 약간 가시는 것 같기도 했다.

그러다 문득 눈을 뜨자 돈과 눈이 마주쳤다.

흠칫 놀란 돈이 고개를 돌리려다 말고 갑자기 허리를 꼿꼿이 폈다. 그러곤 헤이먼의 눈을 피하지 않고 똑바로 마주 봤다.

헤이먼은 솔레아를 안은 팔에 더욱 힘을 주며 굽었던 허리를 펴고 자세를 고쳤다.

이젠 솔레아를 품에 안은 채로 헤이먼이 말했다.

"너한테 뜻이 있으니 이런 거짓말을 꾸몄겠지. ……그런데 노예랑 야밤에 함께 있었던 이유는 좀 들어야겠는데."

"듣고 싶으면 놔. 네 가슴에 낑겨 죽겠다."

품 안에서 짜증스레 말하는 솔레아를 놓기 직전까지 헤이먼은 돈을 노려봤다.

감히.

단 두 글자로 설명이 충분한 눈빛이었다.

"전 노예가 아닙니다."

솔레아가 헤이먼의 품에서 벗어나자마자 돈이 묵직한 목소리로 말했다.

"내가 사 왔으니 노예지. 그게 아니면 너 같은 놈이 네 발로 직접 이 집에 일하러 왔다는 거야? 착각이 심하군."

화가 난 솔레아가 쏘아붙이기 전, 돈이 담담한 목소리로 대답했다.

"그레이 도련님이 자유인 보증서를 써 주셨고, 노예 문서도 직접 찢어 주

476

셨습니다. 처음엔 노예로 왔지만, 지금 아가씨 옆에 남아 있는 건 제 의지입니다."

"그렇게 당당하게 군다고 네 과거가 다 사라지나?"

"과거에 연연하지 말고 현재에 집중하자는 게 이 집안의 신념인 줄 알고 있습니다."

"이, 건방진!"

불같은 목소리로 말한 헤이먼이 한 걸음 앞으로 나가려는 순간, 솔레아가 그들 사이를 가로막았다.

"그만!"

솔레아의 외침에 둘 다 입을 다물긴 했지만 서로를 향한 적대적인 눈빛은 그대로였다.

어느 누구도 물러서지 않았다.

"헤이먼. 돈은 이제 노예가 아니야. 방금 한 말은 심했잖아."

가만히 솔레아를 내려다보던 헤이먼은 말없이 고개를 돌렸다.

"넌 저딴 놈 없이도 충분히 잘할 수 있어. 쟨 필요 없으니 돌려보내. 어디로든."

"예, 저 없이도 아가씨는 성공하시겠죠. 그 옆에 있고 싶은 건 제 욕심이겠지만 어쨌든 제가 필요하다 하신 건 아가씨십니다."

"너한테 한 말 아니니 입 닥치지 그래?"

"아가씨가 지금 누굴 위해서 밤낮없이 공부하며 일하시는지 아시는 분이."

"입 닥치라고 했어."

헤이먼의 손바닥 위로 마력이 모이기 시작했다.

그만하라고 외치려던 찰나, 헤이먼의 눈동자 색이 녹색으로 바뀌기 시작했다.

"솔레아는 너와 달라. 그리고 당연히 나와도 다르지. 그런데도 감히……. 주제도 모르고."

"헤이먼!"

헤이먼은 평소처럼 주문을 외우지도 않았다. 그는 그대로 손바닥에 있던 마력을 모아 돈에게 날렸다.

불에 탄 진흙 같은 냄새와 함께 강력한 파동이 작은 거실을 휩쓸고 지나갔다.

솔레아는 돈의 앞을 가로막고 헤이먼의 마력을 모두 받아 냈다.

"레아!"

잠깐 휘청거리긴 했지만 솔레아는 돈의 부축을 받고 똑바로 섰다.

그러곤 분노한 발걸음으로 빠르게 헤이먼의 앞으로 가 그의 뺨을 휘갈겼다.

"뭐 하는 거야!"

아프지도 않은 약한 따귀였다.

하지만 헤이먼은 제 왼쪽 뺨에 손을 올리고 믿기 힘들다는 듯 눈을 느리게 깜빡였다.

녹빛이 어린 헤이먼의 눈동자 가득 솔레아의 화가 난 얼굴이 담겼다.

"정신 차려. 출신 따위로 사람 깔보지 말고. 너 눈 색깔이나 똑바로 해."

헤이먼은 저도 모르게 뺨을 쥐고 있던 왼손을 들어 눈을 가렸다.

"이, 이건 나도 모르게……. 나는, 솔레아. 이건 내가 그 사람의."

"알았으니까 진정하고 네 방으로 올라가. 나중에 얘기해."

눈을 가리고 있는 손가락 틈새로 보이는 솔레아의 보라색 눈동자와 시선이 마주쳤다.

헤이먼은 더 이상 아무 말도 하지 못하고 몸을 틀어 뒤돌았다.

힘없는 발걸음이 점점 느려지다 문득 멈췄다.

헤이먼은 무언가에 홀린 표정으로 솔레아를 돌아봤다.

그의 아랫입술이 덜덜 떨리기 시작했다.

"왜, 왜 내 마법이 안 통했어?"

"그거야 난 원래 마력이 안 통하니까 당연히……."

"나는 믿었잖아. 나는 믿어서, 내 마력은 항상 다 받아들였잖아. 그런데 왜 지금은 다 튕겨 내? 나한테 실망해서 그래? 그래서 나도 이젠 너한테 남들하고 똑같은 사람이야?"

헤이먼은 떨리는 손끝으로 거실 한가운데 서 있는 돈을 가리켰다.

"이젠 내가 쟤보다 못해?"

그의 눈이 다시 완연한 녹색으로 물들었다. 말아 쥔 주먹과 앙다문 입술이 파르르 떨려 왔다.

그때, 어디선가 윙 하는 소리와 함께 검은 벌레가 날아들었다.

열린 창문도 없고, 지금 이 공간은 마력으로 차단되어 있는데 대체 어디서 벌레가 나타난 거지?

밤이라 제대로 보이지 않았다.

창가로 비쳐 들어오는 어스름한 달빛과 주황빛 램프 불로는 작은 벌레의 위치를 알아차리기 어려웠다.

설상가상으로 정령들까지 난리였다.

징그러워!

'이상한 소리!'

'더러워! 싫어!'

'끼야악!'

귓가에 대고 소리를 지르는 정령들 때문에 고막이 터질 것 같았다.

비명 사이로 무언가가 풀썩 쓰러지는 소리가 들려왔다.

솔레아가 몸을 뒤로 돌리자 돈이 바닥에 쓰러져 있었다.

"돈!"

그에게 손을 뻗으려는 순간 윙, 하는 검은 벌레가 시야에 들어왔다.

"이런 미친, 좀 조용히 하고 불! 불 좀 켜 봐!"

'하지만 징그러워!'

"쌍, 사람부터 살려야."

"솔레아."

그녀의 뒤에 서 있던 헤이먼이 잔잔한 목소리로 이름을 불렀다.

솔레아는 손을 뻗은 채 그대로 굳어 버리고 말았다.

등골이 싸늘해지는 기분에 저절로 몸이 오그라들었다.

마치 바로 뒤에 이달론이 서 있는 것처럼 께름칙하고 서늘한 감각이 뒷덜미를 휘감았다.

하지만 목소리는 분명 헤이먼의 것이었다.

어쩐지 서늘하면서도 다정히 온기가 서려 있던.

"레아, ……이제 나를 안 믿는 거야? 왜……?"

솔레아는 천천히 뒤돌았다.

돈의 몸에서 전에 복도에서 맡았던 그 악취가 서서히 풍기기 시작했다.

"헤이먼. 정신 똑바로 차리고 내 말 들어. 감정에 휩쓸리지 마."

헤이먼의 커다란 녹색 눈동자에 투명한 물방울이 맺혔다가 금세 아래로 툭, 떨어졌다.

"이제 네가 날 안 믿잖아. 내가, 내가…… 이런 괴물 같은 놈이라 너도 나를 더 이상 못 믿는 거잖아."

한번 흐른 눈물은 그치질 않고 계속 아래로 후두둑 떨어져 내렸다. 하지만 울음소리조차 들리지 않는 고요한 낙루였다.

"너 믿어."

짧은 대답을 한 후 솔레아는 조용히 덧붙였다.

"그러니까 살리려고 이렇게 애를 쓰지."

"뭐?"

헤이먼이 되묻기 무섭게 솔레아는 입술을 열어 작게 중얼거렸다.

마법의 주문 같진 않았다. 마력의 파동 역시 전혀 느낄 수 없었다.

하지만 몸을 가득 채우고 있던 것들이 발끝으로 모조리 빠져나가는 감각이 선명하게 헤이먼을 괴롭혔다.

순식간에 힘이 빠지고 천장의 무늬들이 그대로 뒤엉켜 아래로 무너지는 것 같은 괴상한 감각이었다.

마치 마법사 이달론이 제게 마력을 강제로 집어넣을 때와 비슷했다.

이윽고 헤이먼 역시 힘없이 바닥으로 쓰러졌다.

불안하게 빛나며 헤이먼의 몸에서 뿜어져 나오던 마력이 사라지고, 주변은 조용해졌지만 벌레 소리는 여전했다.

기절한 헤이먼의 곁으로 다가간 솔레아는 눈치를 살피다 그의 뺨을 아까보다 조금 더 세게 후려쳤다.

짝! 소리가 거실에 울려 퍼졌지만 헤이먼은 미동도 없었다. 애꿎은 뺨만 부어올랐다.

"야! 내가 잠깐 기절할 만큼만 마력 빼 놓으랬잖아!"

'기절시켰는데 왜 그래!'

"헤이먼은 혼자서는 마력 재생이 안 돼서 이달론 불러야 된단 말이야. 적당히 뺐어야지!"

'그래도 이 분홍 머리가 눈을 이상하게 떴잖아!'

"얘가 그러고 싶어서 그랬겠냐. 잠깐 눈이 돌아갔나 보지."

'하지만 진짜 눈이 돌아간 거랑, 관용어구로 눈이 돌아간 거랑은 다른데. 이 분홍 머리는 진짜로 눈이 돌아갔던데.'

"나도 알아. 그래도……. 방금은 감정 조절이 자기 마음대로 안 되는 것 같았어."

가만히 헤이먼을 내려다보던 솔레아는 잠시 생각에 잠겨 있다 입을 열었다.

"얘 그동안 다쳤을 때 다른 의술사한테 치료는 받았을 거 아냐. 그건 무슨 원리야?"

'몸 안에 마력을 넣는 게 아니라, 몸을 마력으로 둘러싸서 기력만 보충하는 거야. 그

건 누구나 할 수 있어. 분홍 머리처럼 마력이 없어도!'

'그래. 하지만 주안처럼 마력 자체를 안 받아들이는 몸한테는 못 해.'

"그럼 그렇게 해 줘. 이달론이 정기적으로 집에 찾아오는 날까진 아직 한참 남았고, 그 전에 부르면 괜히 의심만 살 테니까."

'우우우. 분홍 머리 싫은데.'

"나 지금 바르고 곱고 예쁘게 부탁했잖아, 애들아."

솔레아의 목소리가 말과는 달리 음산하게 퍼졌다.

무섭다며 정령들이 중얼거리자 솔레아가 한숨을 푹 내쉬더니 다시 말했다.

"빠르게 정리되면 내 방 가서 같이 일기장 읽자."

정령들이 활기차게 대답했다.

'알았어, 주인!'

'좋아! 일기장 좋아!'

"그래. 그리고 이제 불 좀 환하게 켜 봐. 공간 차단 확실하게 하고."

'왜? 불 왜 켜야 돼?'

'왜, 왜?'

"벌레 새끼 잡아야지."

'불! 불 켜래!'

'불 켜자!'

'주인이 벌레 잡는대! 그럼 우리가 파리채 줄게!'

정령들이 힘을 모아 허공에서 마력으로 빚은 커다란 파리채를 만들어 냈다.

어쩐지 파리채라기보다는 야구 배트에 가까운 모양과 두께였다.

은근히 묵직한 무게감에 솔레아는 팔 근육과 어깨 근육을 한번 푼 뒤에 그것을 집어 들었다.

"애들아, 공간 차단 확실히 했어?"

"응!"

확실히 공간을 차단했는지 정령들은 제 모습을 보이며 반짝거리기 시작했다.

불을 켜 환해진 거실의 정경과 정령들의 천연 스파클링 트윙클 반짝임 덕분에 시커먼 벌레들은 더더욱 눈에 잘 들어왔다.

두 손으로 마력 파리채를 쥔 솔레아가 왼발을 앞으로 내밀고 야구 배트를 쥔 양 있는 힘껏 파리채를 휘둘렀다.

'끽!'

이상한 소리와 함께 벌레 한 마리를 잡았다.

검은 벌레는 마력 빠따에 얻어터지자마자 공중에서 분해되듯 사라졌다.

"이거 뭐 하는 벌레인지 알아?"

"마력 빨아먹는 벌레!"

"마력 빨아먹는 벌레가 왜 여기 있어? 허윽! 이거 설마 헤이먼이 부른 거야? 으억차!"

기합과 함께 마력 빠따를 공중에서 몇 번 더 휘두른 뒤 땀을 닦으며 묻자 정령들이 딴소리를 해 댔다.

"주인! 많이 강해졌구나! 이제 결혼해도 되겠어!"

"만점짜리 신부야!"

솔레아의 미간이 단박에 찌푸려졌다.

"무슨 5060세대 같은 소릴 하고 있어."

"5060? 나이가 오천육십 살이라는 건가? 우리 아직 그렇게 나이 많지 않은데……."

"우리 늙어 보이나 봐……."

오천 살 정도의 꼰대라고 말하려던 건 아니었지만 어쨌든 대충 의미는 맞아서 솔레아는 입을 다물고 벌레들을 잡는 데 집중했다.

그러던 중 정령 하나가 벌레의 날개를 잡은 채 파르르 떨며 다가왔다.

"주인, 쥬, 쥬잉! 주임! 이거, 잡았, 내가 잡았! 잡아 줘! 아아악! 퍼덕거려!"

"지도 퍼덕거리면서."

솔레아는 픽 웃으며 퍽 소리가 나도록 배트를 가차 없이 휘둘렀다.

'끽!'

벌레가 거의 죽어 갔을 무렵 코를 찡하게 하는 악취도 거의 사라져 갔다. 솔레아는 정령들에게 다시 질문했다.

"헤이먼이 부른 벌레들이야?"

"에이. 이런 걸 분홍 머리가 어떻게 불러."

"그럼? 얘네가 왜 갑자기 온 건데?"

"이달론의 벌레들이야."

"……이달론의 벌레들이 왜 와?"

마력 빠따로 바닥을 짚은 채 짝다리로 서 있던 솔레아가 땀에 젖은 머리칼을 뒤로 넘기며 물었다.

"빨리 대답해. 이달론의 벌레들이 여기가 어디라고 와?"

정령들은 잠깐 아무 말이 없었다. 그사이에 솔레아는 거친 숨을 천천히 내쉬며 숨을 골랐다.

마력 빠따에 묻은 검은 안개를 옷소매로 대충 슥슥 닦고는 다시 지팡이마냥 바닥에 짚었다.

그 모습을 가만히 지켜보던 정령들이 조심스레 물었다.

"임시 주인. 일기장에 사채, 어쩌구 적혀 있었는데 혹시 예전에 직접 사채업을 했던 거야?"

이 해맑은 놈을 빠따로 칠 수도 없고.

솔레아가 이마를 짚은 채 다시 물었다.

"이달론의 벌레가 왜 오냐고 지금 세 번째 질문했다. 우리 정령 친구들."

정령들이 포르르 날아 돈의 몸 위에 앉았다.

그러곤 작은 마력을 모아 그의 몸 안으로 집어넣었다.

"애 마력이 뺏기 좋으니까. 이름이 두 개잖아. 주인, 너처럼."

"……뭐?"

"이달론의 벌레들은 이름이 두 개인 자들의 마력을 모을 수 있고, 여기엔 이름이 두 개인 사람이 셋이나 있잖아."

솔레아는 멍하니 거실을 둘러봤다.

노예였던 돈.

실험실에서 살던 헤이먼.

그리고 나.

저절로 등골이 오싹해졌다.

"그러니까 이 벌레들이, 돈의 마력만 뺏으러 온 건 아니라는 거네."

솔레아의 말에 정령들이 제각기 대답을 꺼냈다.

"지금은 그렇고, 나중엔 아닐 수도 있고."

"하지만 주인은 빈 몸이라 빼내 갈 마력이 없어!"

"그래도 빈 몸이니까 써먹을 곳이 많아서 몸째로 데려가려고 온 거 아닐까?"

"무서워!"

"주인! 우리가 뭐라 그랬어! 분홍 머리는 가만히 내버려 둬도 어차피 죽을 테니까 우리만 잘 살자고 했잖아!"

마지막으로 남아 있던 벌레 한 마리가 윙— 하며 솔레아의 코앞으로 날아왔다.

솔레아는 한 치의 망설임도 없이 마력 빠따를 휘둘러 벌레를 쳐 죽였다.

죽은 벌레가 퍼뜨린 검은 안개가 걷힌 뒤 드러난 솔레아의 얼굴은 그 어느 때보다 잠잠했다.

"……얘들아. 내가 뭐라고 그랬어. 분홍 머리건, 이 검은 눈이건 내가 다 살린다고 했지."

"……응, 그랬지."

"맞아……. 주인이 그랬지."

정령들이 고개를 끄덕이더니 할 수 없다는 듯 헤이먼의 몸을 빛나는 마력으로 감쌌다.

환하게 빛나는 마력은 헤이먼의 몸 위를 껍데기마냥 감싸다가 투명하게 변해 사라졌다.

돈의 몸 위로도 비슷한 마법이 훑고 지나갔다.

"근데 두 사람 어떻게 옮기지?"

"우리가 옮길까?"

"그래, 그럼. 대충 사람 걷는 것처럼 보이게 옮겨 줘. 부탁해."

그렇게 돈과 헤이먼은 각자의 방으로 올라갔다.

같은 방향의 손과 발이 동시에 앞으로 나가며, 계단에서 넘어질 뻔도 했지만 솔레아가 뒤에서 잡고 밀며 어찌어찌 방 안으로 둘을 집어넣었다.

다음 날 일어난 헤이먼과 돈은 지난밤 일을 정확히 기억하지 못했다.

다만 돈은 쓰러지기 전 헤이먼이 자신에게 화냈다는 건 기억하고 있었고, 헤이먼 역시 돈의 정체를 알아차린 후 말싸움을 하다가 왜인지 알 수 없는 강한 분노에 이성이 잠식된 것까지는 기억했다.

"둘이 풀어."

"……돈이랑 화해하라는 말이야? 난 그건 싫."

"안 그럼 앞으로 호수고 뭐고 나들이 가는 일은 다신 없어. 너랑 밥도 안 먹어."

"……돈은 지금 방에 있나?"

어젯밤 마력을 대부분 써 버려 비척비척 힘없이 자리에서 일어나긴 했지만 그 사실을 모르는 헤이먼은 그저 이달론이 올 때가 되어서 그렇겠거니 생각하며 돈의 방으로 찾아갔다.

둘이 무슨 대화를 했는지는 정확히 알 수 없지만 대화를 마치고 나온 헤이먼은 생각보다 덤덤한 표정이었다.

"화해했어. ……그러니까 그런 눈으로 보지 마."

"어떤 눈?"

헤이먼은 어쩐지 쓰라린 뺨을 매만지며 답했다.

"화났잖아, 너."

"네가 쓸데없이 고집부리니까 화내지."

"이제 안 그런다니까."

풀 죽은 목소리로 답한 헤이먼은 지친 몸을 이끌고 제 방으로 돌아갔다.

며칠 뒤, 헤이먼은 이상하게 생긴 물건을 솔레아에게 건넸다.

"이게 뭐야?"

"타종 시계에서 아이디어를 얻었어. 한 번 왔다 갔다 하는 게 1초 정도니까 혼자 운동할 땐 이거 써. 그 노······."

"노?"

"노······력하는 돈의 시간을 뺏지 말라고."

웃음을 터뜨린 솔레아가 알았다며 고개를 끄덕였다.

"그런데 이거 뭔가 익숙한데?"

가만히 보다 보니 분명 어디에선가 본 적이 있는 물건이었다.

이런 걸 뭐라고 부르더라?

긴 막대를 옆으로 당겼다 놓으니 딱, 딱 소리와 함께 오른쪽 왼쪽으로 움직였다.

"고마워. 잘 쓸게."

박자에 딱딱 맞춰 움직이니 헷갈리진 않겠네, 라고 생각하는 순간 초등학교 음악 시간이 머리 위를 스쳐 지나갔다.

"이거 메트로놈 아니야?"

"메, 뭐?"

"메트로놈! 인마! 오빠, 이 자식아! 이 발명왕 자식! 어유, 이런 걸 만들었어. 으이구! 예뻐 죽겠네!"

솔레아는 메어쩌구를 한 손에 들고 펄쩍펄쩍 뛰더니 헤이먼의 머리를 마구 헝클어뜨리며 쓰다듬었다.

"이거 마력 들어간 거야?"

"아니…… 마력이 없어서 그냥 타종 시계와 같은 원리로 만들었어."

"그럼 사람 몇 명 쓰면 이런 거 만드는 건 금방이겠네?"

"그렇……겠지. 왜 그래?"

"이거 음악가들한테 팔자. 예술 지원 사업인 것처럼 해서 이미지 쇄신도 하고."

"뭐?"

솔레아는 머릿속으로 염색 공장의 일정과 메트로놈의 개발 시기, 홍보 방식, 타깃으로 삼을 고객층을 정리하기 시작했다.

솔레아는 신난 발걸음으로 제 방으로 걸어갔다.

"레아, 그런데 그건 뭐야?"

"뭐가?"

"허리에 매달린 작은 은색 막대 말이야. 그런 장신구가 있었던가?"

솔레아는 빙긋 웃으며 산뜻하게 답했다.

"파리채야."

"파, 응?"

동생은 오늘따라 도통 알아들을 수 없는 말을 해 댔다.

몇 주 뒤, 티온 폰 베르고 공자의 귀환 사진이 신문에 대문짝만하게 실렸다.

시민들이 주로 보는 저렴한 신문은 흑백으로 인쇄되었지만 대형 신문사의 신문은 달랐다.

마력으로 코팅된 신문 속에서 티온이 걸치고 있는 짙은 붉은색 망토 위의 화려한 금사가 선명하게 빛났다.

아침 식사를 마친 후 베르고 일가는 짧은 티타임을 가지며 신문에 실린 기사에 대해 얘기를 나눴다.

"형이 이제야 오는군."

"솔레아 망토 선물 타이밍 맞추다 보니까 늦은 거잖아, 이 눈치도 없는 분홍머리 형님아."

"그레이. 애비 앞에서 무슨 말버릇이니."

"아니, 아버지! 헤이먼이 치사하게 점심 식사 때마다 솔레아랑 같이 먹겠다고 데리고 가서 오후까지 같이 있잖아요. 약속한 지 3주나 지났는데 솔레아는 나랑 나들이 한 번을 안 갔어!"

"솔레아가 너랑 나가기 싫은가 보지."

비웃는 헤이먼의 말에 그레이가 손을 아래로 내려 조용히 검집을 잡았다.

금방이라도 검을 뽑아 들 기세였다.

입꼬리를 늘려 웃은 솔레아는 탁자 밑으로 손을 뻗어 검집을 잡고 있는 그레이의 손을 떼 냈다. 그러곤 조용히 중얼거렸다.

"미친 오빠야. 같이 놀러 안 갔다고 형을 담그려고 하니."

"네가 맨날 쟤랑만 붙어 있고, 나랑은 바쁘다면서 안 나가잖아. 약속을 왜 안 지켜. 너 그럼 앞으로 점심도 나랑 먹어."

"왜 그래, 진짜. 유치하게. 오전 운동은 나랑 하잖아!"

"유치? 유우우치? 내가 진짜 한번 유치하게 해 봐?"

"크흠!"

디에르고 공작의 헛기침 소리에 속닥거리며 옥신각신 싸우던 소리가 멎었다.

두 사람이 조용해진 후에야 공작이 입을 열었다.

"티온이 돌아오는 날짜에 맞춰 귀환 파티를 열어야겠구나."

공작은 부드러운 미소를 지으며 들고 있던 신문을 테이블 위에 내려놓았다.

"이 망토가 솔레아 네가 만들어 보낸 거라고?"

"네, 아버지."

공작이 손을 뻗어 솔레아의 손을 꾹 움켜잡았다.

"그런데 잠은 좀 자면서 일하지 그러니. 얼굴이 많이 상했구나."

"아하하……. 네, 그럴게요."

충분히 걱정할 만한 몰골이었다. 솔레아의 눈 주위가 퀭하니 어두웠다.

그도 그럴 것이 일분일초가 아까워 제대로 쉬지도 못한 채 매일같이 공부하고 일하고 있었다.

새벽 어스름이 밝아 오자마자 일어난 솔레아는 아침 식사 전까지 앤이 가져다준 신문들을 죄다 읽었다.

매일 판매량을 경신하고 있는 통롤러 얘기가 실리지 않은 신문이 없었고, 오늘 아침 신문엔 티온의 붉은 양모 망토에 대한 반응도 실려 있었다.

식사를 마친 후 오전 운동을 하는 동안에는 돈이 옆에서 통롤러 판매량과 매출에 대해 보고했고, 헤이먼과 점심을 먹은 후에는 그의 몸 컨디션이 괜찮은지, 이달론이 뭔가 또 이상한 일을 시키진 않았는지 체크했다.

오후엔 양모 염색 공장에 방문해 생산 라인을 점검하고 자수 직공들을 만나 판매 루트 계획을 세우고 돌아오곤 했다.

그렇게 하루를 꽉 채우고 나면 어느새 저녁이 되어 있었다.

음식이 코로 들어가는지 입으로 들어가는지 구분도 못 할 정도로 지친 몸 상태로 아버지와 식사를 마치고 방으로 올라가 옷을 갈아입었다.

그러고 나면 저녁 운동 시간이었지만 요즘은 운동하는 대신 저택 내부를 날아다니는 이달론의 검은 벌레들을 때려잡곤 했다.

'주인! 대단해! 마력 몽둥이 짱이야!'

'멋있어!'

늦은 밤까지 마력 빠따를 휘두르다가 방으로 돌아와 겨우 씻은 후 일기를 확인하고 기절하듯 쓰러져 잠들었다.

그런 나날이었다.

피곤하던 날들을 회상하는 솔레아에게 공작이 말을 걸어왔다.

"잠을 잘 못 자는 거니?"

디에르고 공작의 다정한 손길이 솔레아의 얼굴 가까이 다가왔다.

커다란 손에 저도 모르게 흠칫 몸을 떤 솔레아는 이내 배시시 웃어 보였다.

"괜찮아요. 그건 그렇고 아버지. 티온의 파티는 엄청 성대하게 열었으면 좋겠어요."

"당연히 그럴 생각이었지만 특별한 이유라도 있니?"

솔레아는 자색 눈동자를 반짝이며 대답했다.

"양모를 홍보해야 해요."

"파티에서?"

"아직 양모를 유통할 상단을 잡지 못했어요. 신문에 기사가 나갔으니 발 빠른 이들은 이 자수 양모가 어디 물건인지 찾고 있을 테고 비밀로 한 적이 없으니 그게 베르고의 물건인 걸 곧 알게 되겠죠."

공작의 안색이 잠깐 잠잠하게 가라앉았다.

"네가 상단에 양모 유통을 맡기려 한다는 소식은 들었다. 그런데 조금만 조사하면 베르고 물건이라는 걸 알 수 있는데 왜 굳이 상단에 맡기려는 거냐."

솔레아의 얼굴 위로 미소가 은근하게 떠올랐다.

"베르고의 생산력은 믿지 못해도, 유통 상단이 이름난 곳이면 구매하려는 사람들이 있을 거예요."

마치 백화점에 입점한 브랜드는 처음 들어 본 곳이라도 테스트해 보는 것처럼.

자수 양모의 주 고객층인 귀족들을 위한 결정이었다.

눈 가리고 아웅 식으로 덮어 두면 모른 척 구매해 주겠지.

화려한 자수가 수놓인 질 좋은 양모를 걸치는 건 누가 봐도 재력을 뽐낼 수 있는 기회니까.

그러다 자수 양모가 유행으로 완전히 자리 잡고 나면 양모를 제작하는 곳이 베르고라고 드러내고 광고해도 괜찮아.

그땐, 누구도 우릴 무시할 수 없을 테니까.

"어떻게든 해낼게요."

"아니, 그럼 나랑은 언제 놀러 갈 건데."

"다음에 가자. 여유가 좀 생기면."

"솔레아 밉다."

그레이가 앙큼하게 입술을 삐죽였지만 날카로운 인상 탓에 먹이를 앞에 두고 장난치는 맹수처럼 보일 뿐이었다.

괜히 그레이의 얼굴에 놀란 하녀가 그릇을 하나 깨 먹는 것으로 그날의 티타임은 끝나 버렸다.

북부 국경 지대에서부터 내려오는 티온의 군대가 마치 가을을 데려오는 듯 점점 날이 쌀쌀해졌다.

"빨간색 양모 이쪽으로 들고 오세요! 아, 그 자리는 아니에요! 자수가 놓인 테이블보 어디 있지?"

파티를 준비하느라 정신없이 돌아다니는 솔레아의 몸 상태가 걱정됐는지 그레이가 졸졸 따라다녔다.

"야! 네가 직접 안 해도 되잖아!"

"사람들 몰려올 텐데 눈에 잘 띄도록 제일 좋은 자리에 물건들 딱딱 맞춰서 전시하고 싶단 말이야. 네가 보기엔 어때? 괜찮아?"

"어, 예뻐. 그런데 솔레아. 파티는 3일 뒤야. 벌써부터 이렇게 안 해도 되잖아. 너 좀 쉬라니까."

"티온은? 오늘 점심쯤에 도착하는 거야?"

"하…… 내 말은 듣지도 않네. 응. 아마 그럴 거야. 너 그럼 실내복 입고 형한테 인사할 거야?"

솔레아는 입고 있는 품 넓은 편안한 드레스를 내려다보다 제자리에서 빙그르르 돌았다.

"뭐, 어때. 별로야?"

"······별로다, 멍청아. 쉬라고 해도 말을 들어 먹지도 않고. 눈 밑은 시커메선. 너 운동 안 했으면 벌써 쓰러졌어."

"당연하지. 다 네 덕이야."

들뜬 솔레아의 말투에 그레이의 목덜미가 빨갛게 물들었다.

"······아니, 뭐. 그거는, 네가 노력을 했으니까······. 난 그냥, 도와만 준 거고. 오늘 컨디션 괜찮으면 오늘 저녁에 나랑 별 보러."

"아! 아저씨! 그거 그쪽 말고 이쪽으로요!"

솔레아가 다시 인부들에게 지시하며 뛰쳐나가자 혼자 남은 그레이는 한숨을 푹 내쉬었다.

"······또 안 듣네. 저런 걸 동생이라고. 하. ······야! 그러다 넘어진다고!"

후다닥 뛰어가던 솔레아가 휙 돌아봤다.

"오늘 티온 맞이하고, 오후에 나가자, 그레이! 우리 둘이!"

짜증스럽게 굳어 있던 그레이의 얼굴이 그제야 확 펴졌다.

"야! 진짜야! 너 약속 지켜!"

콧노래를 흥얼거리며 그레이는 제 방으로 올라갔다.

"갑자기 나가자고 하면 뭐 어쩌자는 거야. 갈 곳이 어디 있다고. 하, 참 내. 재회의 언덕은 벌써 가 봤고, 오늘은 시장도 일찍 닫을 텐데. 아, 어딜 가야 돼. 진짜 사람 곤란하게 하네. 옷은 뭘 입으라고. 하여간 아주 지 맘대로야."

투덜거리면서도 그레이의 얼굴에선 미소가 가시질 않았다.

❈ ❈ ❈

국법상 황궁에 먼저 들러 황제에게 인사를 올린 티온은 쉬지도 않고 말을 달려 베르고로 돌아오는 중이었다.

나는 저택의 입구에 서서 멀찍이서 들려오는 사람들의 환호 소리를 가만히 듣고 있었다.

장난이 아니구먼.

그래도 명색이 전쟁에서 공을 쌓은 첫째 오빠의 귀환이라 화려한 드레스를 입고서 기다리던 중 옆의 앤에게 물었다.

"앤. 셋 중에서 티온이 제일 인기가 좋은가 봐?"

"……예. 피 끓는 청춘들에겐 선망의 대상이시죠."

"그럼 피 안 끓는 사람들한테는?"

"아하하. 하하. 첫째 공자님은 워낙 과묵하시고, 인상도……."

말을 제대로 끝마치지도 않고서 앤은 입을 꾹 다물었다.

왜 저래. 티온 인상이 나빠 봐야 뭐, 그레이만 하겠어.

게다가 디에르고 공작의 젊은 시절 초상화를 보니 그 역시 한 성깔 했을 거 같은 관상이었다.

나는 속으로 픽 웃으며 점점 가까워지는 말발굽 소리에 귀를 기울였다.

신문에 실린 컬러 사진들은 이틀이 지나니 모두 흑백으로 변하고 말았다.

나는 붉은 망토의 착샷을 확인한 후 만족스럽게 신문을 덮었기 때문에 지금은 티온의 생김새가 잘 기억나지 않았다.

내가 워낙 바빴어야지. 요즘은 아까 먹은 식사 메뉴도 기억이 안 난다고.

그리고 설마, 아무리 무섭대도 전성기 디에르고 공작보다 무섭게 생겼겠어.

무섭게 생긴 얼굴은 이제 익숙하다. 거울만 봐도 솔레아 얼굴 얼마나 찐하게 생겼는데.

조금은 안일한 마음으로 멍하니 서 있었다.

이윽고 말발굽 소리가 드넓은 저택 밖에서 들려왔다.

흑마를 탄 남자가 무리의 맨 앞에서 기사단 행렬을 이끌며 차츰차츰 저택에 가까워져 왔다.

'……잘못 생각했다.'

어두운 갈색 피부에 은발이라기엔 잿빛에 더 가까운 짧은 머리카락.

온갖 흉터가 가득한 얼굴과 일그러진 은색 갑옷 위로 바람에 휘날리는 새빨간 핏빛의 망토. 거기에 화려하게 수놓인 금색 자수가 위압감을 더했다.

'……사람들이 지른 게 정말 환호성이었을까? 머, 멋있긴 한데, 말이 안 나올 정도의 압박감이잖아.'

저택의 정문으로 들어선 티온의 기사단 행렬이 넓은 정원을 가득 채웠다.

디에르고 공작은 환한 미소로 티온을 맞았다.

"왔구나, 티온. 고생 많았다."

"……예, 아버지."

흑마에서 내린 티온은 바닥에 한쪽 무릎을 꿇고 공작에게 절했다.

"일어나렴."

자리에서 천천히 일어선 티온이 긴 다리로 뚜벅뚜벅 걸어오다 말고 멈춰 섰다.

핏방울이 맺힌 것 같은 적색 눈동자가 저택 입구에 서 있는 내게로 향했다.

왼쪽 관자놀이 부근에서부터 눈 밑으로 이어지는 긴 흉터가 그의 얼굴에 자리 잡고 있었다.

……지금 좀 다른 이유로 집에 가고 싶어지는데요.

아니아. 일단 그래도 오빠니까 반갑다고 해야지.

인상이 무섭지, 인성이 별로인 건 아니니까.

생긴 걸로 사람 판단하면 안 돼. 차분하게 웃자.

긴 전쟁을 끝내고 돌아온 내 소중한 광고 모델을 향해 싱긋 웃어 보였다.

그러자 티온이 이맛살을 찌푸렸다.

뭐야. 왜 웃는 얼굴에 정색을 해?

저택 입구 계단을 걸어 올라온 티온은 아버지와 포옹을 하고, 헤이먼과 그레이와도 차례로 인사를 나눴다.

그러곤 또다시 얼굴을 찡그린 채 나를 뚫어지게 바라봤다.

가까이서 보니 나와 머리 두 개 정도는 키 차이가 났다.

몸도 어찌나 큰지 티온 뒤에 숨으면 머리카락 한 올 안 보일 것 같았다.

티온은 나를 가만히 내려다보다 그대로 지나쳤다.

"티온."

내 목소리를 들은 티온이 다시 뒤돌았다.

짙은 눈썹이 한껏 구겨져 있었다. 그의 입술이 열리자 흉터가 조금씩 일그러지며 입술을 따라 움직였다.

"……아가씨?"

"어?"

어, 예. 내가 아가씨인데.

저기요. 언어와 인상을 일치시켜 주세요. 언상불일치가 너무 심해요.

제발. 쫄린다고요.

언상불일치 티온은 굳은 얼굴로 나를 내려다보다가 허리를 깊이 숙여 인사했다.

"……잘 다녀와서 다행이야."

어색하게 인사를 건넸지만 돌아오는 대답은 없었다.

티온은 묵묵히 다시 허리를 편 후 공작을 따라 저택 안으로 들어갔다.

벙찐 채 그가 올라간 계단을 보다가 나도 모르게 이맛살을 찌푸렸다.

"그레이."

"왜?"

"저 사람 왜 나를 아가씨라고 부르지?"

"네가 아가씨니까 그렇지. 혹시 티온 형한테도 레아라고 불리고 싶었어? 그럼 내가 가서 말하고 올게!"

장난기 가득한 목소리로 답하곤 티온에게 달려가려는 그레이의 뒷덜미를 잡아챘다.

"그게 아니라! 너는 장난스럽게 아가씨, 아가씨, 하고 불렀는데 저 사람은……. 아, 뭔가 이상하잖아."

벽을 세우고 있는 것 같다고.

그레이는 어깨를 으쓱 올렸다 내리며 싱긋 웃었다.

"형이 숫기가 없어서 그래."

"두 번만 더 숫기 없었다간 사람 죽이겠네."

"사람 죽이고 온 사람한테 무슨 그런 말을 하니, 너는."

그건 그러네.

내 꿀꿀한 기분을 털어 주고 싶었는지 그레이는 내 두 어깨를 잡아 몸을 앞으로 밀었다.

"자, 놀러 갑시다. 숫기 없는 오빠 빼고, 싹수없는 오빠도 빼고, 제일 친한 오빠랑 둘이서 놀러 갑시다~"

그레이가 떠민 대로 계단 위로 발걸음을 옮겼지만 묘하게 기분이 꿀꿀했다.

물론 모두에게 사랑받는 건 생각도 안 했지만 티온이 나를 보고 저렇게까지 인상을 찌푸릴 이유가 있나?

혹시 솔레아랑 사이가 안 좋았던 건가.

방으로 올라가 앤에게 티온에 대해 물어봤지만 그녀 역시 별다른 말은 하지 않았다.

"티온 도련님이랑 아가씨요? 글쎄요, 원래도 말이 많진 않으셨지만 그래도 아가씨에겐 항상 친절하셨는데요."

친절? 가족 사이에 친절이라는 말을 하나. 생판 남도 아닌데.

꺼림칙한 기분은 사라지지 않았다.

공작에게 외출하고 오겠다고 말하러 간 그레이를 기다리며 정원을 거닐다가 아직 해산하지 않은 티온의 사병들과 마주치고 말았다.

먼지를 뒤집어쓴 그들은 조금은 날카로운 눈으로 나를 보다가 한 박자 늦게 인사를 건넸다.

"……안녕하십니까, 아가씨. 사일린이라고 합니다."

"맬다입니다."

"론입니다."

머리를 까딱 숙인 그들은 내가 대답도 하지 않았는데 그대로 나를 지나가려는 듯했다.

"물어볼 게 있어요."

"……말씀하세요."

늘 내게 우호적이었던 저택 내의 기사들과는 확연히 다른 태도였다.

시큰둥하게 나를 바라보는 그들의 눈동자 속에는 나를 탐탁지 않아 하는 적대감이 분명하게 들어차 있었다.

"전쟁터에서 티온은 어땠나요? 집 얘길 하던가요?"

자신을 사일린이라고 소개한 짙은 갈색 머리의 남자가 긴 머리카락을 쓸어넘기며 대수롭지 않게 말했다.

"뭐……. 워낙 말씀이 없으신 분이라."

"네, 알겠습니다."

말하는 꼴을 보아 하니 뭔가 있었어도 내게 얘기해 줄 것 같지 않았다.

그대로 몸을 돌리려던 찰나 맬다가 입을 열었다.

"전쟁터에서의 대장님은 집에서와는 확연히 다르셨죠, 당연히."

나는 고개를 틀어 맬다를 똑바로 바라봤다. 그가 픽 웃더니 말을 이었다.

"둘째 도련님은 영 샌님이시고, 셋째 도련님은 아가씨를 지켜야 한다며 집에 남으셨으니 혼자서 군대를 이끄셔야 했잖아요?"

론이 맬다의 어깨를 툭 치며 말렸지만 맬다는 오히려 말리는 론의 손을 쳐내곤 계속해서 말했다.

"대단하신 아가씨께선 모르셨겠지만, 아. 계속 누워 계시느라 더더욱 모르셨겠지요. 저희는 다 같이 죽음을 각오하고 전쟁터를 구르다 왔거든요. 그러니 당연히 여기랑은 다르죠."

"왜 말을 그따위로 하는 거지?"

날카로워진 내 목소리에도 맬다는 눈 하나 깜짝하지 않은 채 내게 한 걸음 가까이 다가오며 말했다.

"위대하신 차기 공작님께서 누워 계시는 동안, 저희는 나라를 지켰잖습니까. 그리고 대장님은 뭐, 계속 저렇게 밖으로 나도시겠죠. 전쟁이 끝나자마자 아가씨께서 이렇게 멀쩡해지셨으니까."

"내 질문을 똑바로 이해 못 했나 봐. 난 '왜' 나한테 말을 그따위로 하냐 물었어. 네 말대로라면 난 차기 공작인데, 무슨 배짱이야?"

맬다의 눈빛이 형형하게 빛났다.

"누구는 근 1년 가까이를 전쟁터에서 개죽 같은 밥 먹으면서 새우잠 자고, 가끔은 정신이 오락가락해서 수하도 못 알아보고, 검 부딪치는 소리가 들리기만 하면 적진 한가운데로 뛰어 들어가서 닥치는 대로 칼 휘두르면서 싸우다 겨우 살아 돌아왔는데. 짜증 날 만한 거 아닙니까? 대장님이 전쟁터에서 적군이랑 아군 구별도 못 하실 정도로 힘들어한 걸 아시기나 합니까?"

사일린이 맬다의 앞을 가로막았다.

"그만해, 맬다."

그는 전혀 미안하지 않은 눈빛으로 나를 내려다보며 고개를 꾸벅 숙였다.

"아랫사람의 실수를 넓은 아량으로 이해해 주시죠, 차기 공작님."

사일린의 말끝에선 미미한 비웃음마저 느껴졌다.

더 이상 그들과 대화하고 싶은 마음이 없었다. 내가 묻는다고 똑바로 답할 놈들 같지도 않았고.

나는 담담히 그들에게 말했다.

"정말 티온을 위한다면 그 주둥아리를 닥치는 게 좋겠어. 내가 공작이 된 후에 티온 모가지라도 치면 어쩌려고."

"이……!"

맬다가 한 걸음 더 앞으로 나서려 했지만 론이 필사적으로 그의 몸을 막아 세웠다.

"죄송합니다. 아가씨. 오랫동안 고생하다가 이제 막 돌아와서. 그, 건강해지셔서 다행입니다."

나는 그대로 몸을 틀어 정문으로 향했다.

기사들과 대화를 나누는 사이에 나왔는지 진한 남색 코트를 걸친 그레이가 나를 기다리고 있었다.

"먼저 나갔다면서 어디 있었어? 쓰러진 줄 알았잖아."

힐긋 발끝을 내려다보니 그레이의 신발에 흙이 묻어 있었다.

"나 찾았어?"

"그걸 말이라고 하냐. 빨리 마차에 타. 시간 없어. 시장 문 닫기 전에 잠깐 구경이라도 하고 와야지. 야, 나 나오다가 헤이먼 만나서 자랑했어. 너랑 놀러 나간다고."

아마도 내가 정원을 한 바퀴 돌고 오는 동안 엇갈린 모양이었다.

신발에 흙이 잔뜩 묻을 정도로 찾아다닌 주제에 그레이는 내게 면박 한마디 하지 않았다.

헤이먼을 약 올린 게 어지간히 신났는지 히죽거리며 웃기만 할 뿐이었다.

그레이와 함께 마차를 타고 가는 동안 그는 쉴 새 없이 내게 떠들었다.

"어디부터 갈까? 우리 같이 시장에 가는 거 처음이잖아. 아, 한 달만 있으면 축젠데. 그날 나올 걸 그랬나. 아냐, 그때 또 나오면 되지. 너 좋아하는 서점 갈까? ……나랑 있을 때 아니면 네가 언제 또 그런 야한 책을 직접 사겠냐. 아니면 간식 먹으러 갈래? 우리 주방장만 못하지만 엄청 맛있는 샌드위치 파는 곳 있거든. 솔레아? 솔? 레? 아? 듣고 있냐?"

"안경……."

"뭐?"

"안경점부터 가자."

"너 눈 안 좋아? 내 잘생긴 얼굴 안 보여? 이거 뭐게?"

가운뎃손가락을 올린 그레이가 내 눈앞에서 짤짤 흔들었다.

"아, 보여! 마차에서 싸우고 싶어?"

그레이의 가운뎃손가락을 잡아 뒤로 꺾자 그가 반대쪽 손으로 내 손목을 아프지 않게 잡았다.

"우리 동생 어디 아픈가 했지."

생글생글 웃으며 얼굴을 들이민 그레이는 또 내 머리통을 붙잡고 이마 윗부분에 뽀뽀를 퍼부었다.

"그레이는 솔레아 아프면 슬픔!"

"……솔레아는 그레이가 좀 아팠으면 좋겠음……."

"힝! 그레이 화남!"

전혀 화난 것 같지 않은 얼굴로 그레이는 마부와 소통하는 작은 창을 열고 말했다.

"코린 안경점으로 가 줘."

"예, 도련님."

얼마 가지 않아 안경점에 도착하자 그레이가 내 손을 잡아 에스코트하며 안경점으로 들어갔다.

문을 닫을 준비를 하고 있는 모양인지 청소 중이던 주인이 화들짝 놀란 눈으로 나와 그레이를 번갈아 바라봤다.

"아, 어! 그."

"네, 베르고 남매입니다."

그레이가 태연하게 싱긋 웃으며 인사하자 주인은 빗자루를 놓쳤다가 냉큼 다시 주워 들었다.

"잠, 잠깐만 기다려 주십시오!"

다급한 몸짓으로 주인이 가게 안쪽으로 뛰어 들어가자 그레이는 유리 진열장에 한쪽 팔꿈치를 올려 비스듬히 기대선 후 내게 물었다.

"그레이는 눈 좋은데. 누구 안경 사려고? 아버지? 아니면 또 라트엘?"

"또 라트엘? 내가 라트엘 시계 사 준 거 알고 있었어?"

"내가 모르는 게 어디 있어. 우리 아가씨 얘긴 다 알지. 라트엘이 아버지한테 자랑하고, 아버지는 우리한테 자랑하고. 어우, 아주 그냥 질투 나서 그레이 속 타 죽을 뻔했어."

"질투는."

픽 웃으며 그레이에게서 몸을 돌려 진열장 속 안경들을 유심히 보다가 나직이 덧붙였다.

"……그리고 아가씨라고 부르지 마. 거리감 느껴지잖아."

평소 같으면 분명히 '그레이 감동해써!' 라든지, '그레이 너무 좋아!' 같은 말을 퍼부었을 놈이 조용했다.

고개를 돌려 바라보자 그레이는 부드럽게 미소 지은 채 나를 보고 있었다.

앞으로 흘러내린 적갈색 머리카락 사이로 보이는 그의 회색 눈동자가 지그시 나를 응시하며 곱게 접혔다.

"알았어, 솔레아."

"어……. 응."

잠깐의 침묵 후 큰 몸을 재빠르게 움직여 내게 다가온 그레이가 내 얼굴을 붙잡고 이마에 다시 뽀뽀해 댔다.

"움빠쫙!"

"이상한 소리 내면서 뽀뽀하지 마! 미친놈아!"

"그럼 소리 안 내면서 할게!"

"저리 가라고!"

가슴을 퍽퍽 쳐 내자 그레이가 소리 내어 웃으며 뒤로 물러났다.

"그런데 진짜 누구 안경을 사려고 그러는 거야? 우리 솔레아가?"

"……내 생각엔 티온이 눈이 안 좋은 거 같아."

"설마 너 못 알아봤다고 돌려서 비꼬는 거야?"

"아냐. 그게 아니라 진짜로 눈이 안 좋은 거 같아서 그래. 내 감이지만."

앤에게 부탁해서 서가의 온갖 책들을 방으로 가져오도록 했을 때, 그중 베르고 일가에 대한 책도 있었다.

디에르고 공작이 참전한 전투와 그 이후 그의 행적에 대한 기록문을 읽다가 우연히 그 사이에 있는 가족들의 오래된 초상화를 보게 되었다.

공작과 공작 부인, 그리고 티온.

세 사람이 서 있는 그림 속에서 지금보다 더 마르고 전투적인 눈빛이었던 티온은 안경을 쓰고 있었다.

그게 단순히 길이 남겨질 초상화를 위해 인상이 조금 온순해 보이려고 안경을 쓴 거라면 내 추측이 틀린 거겠지만…….

나를 가까이에서 보고도 '아가씨?' 하며 묻는 것도 이상했고, 맬다가 한 말들에도 미심쩍은 부분이 많았다.

눈이 안 좋아서 수하를 못 알아보고, 전쟁터에서 적군과 아군을 구별하지 못한 게 아니었을까? 적군이랑 아군을 잘 구분하지 못하니까 혹시라도 실수할까 봐 매번 적진 한가운데로 뛰어 들어간 거고.

그레이 말대로 티온이 숫기 없는 성격이라면 어렸을 때 안경을 쓰다가 어떤 이유로 잃어버렸겠지.

잃어버렸고, 차마 다시 사 달란 말을 못 했을 것이다.

잠시 후, 안에서 깔끔한 옷으로 갈아입고 머리도 정갈히 빗질한 주인이 멀끔해진 모습으로 다시 나타났다.

"어떤 분이 쓰실 건가요?"

"아, 제 첫째 오빠가 쓸 건데 눈이 많이 안 좋은 것 같아요. 그래도 일단 너무 도수가 높은 안경은 말고 적당한 걸로요. 나중에 안 맞으면 교환하러 올게요."

"예, 예. 공녀님이시라면 신원도 확실하시고, 제가 잊을 리도 없으니 교환됩니다."

큰 손님이 와서 기뻤는지 주인은 가격이 비싼 안경들을 이것저것 추천해 댔다.

"이걸로 할게요."

들고 다니던 작은 가방에서 돈을 꺼내는 순간 내내 조용하던 그레이가 나를 불렀다.

"솔레아."

"응?"

"나도 사 줘."

"……뭘?"

"안경. 나도 사 달라고."

눈도 입도 웃고 있는데 이상하게 싸늘하다.

유리 진열장에 한쪽 팔을 걸친 그레이가 아름답게 미소 지었다.

아니, 사실 음산하기 그지없는 미소였다.

"……너 눈 좋다며. 그런데 갑자기 안경을 왜 사."

"책 읽을 때 필요할 거 같아서. 나도 필요해, 안경."

책을 2m 밖에서 볼 것도 아닌데 눈도 좋은 애가 안경을 왜 사냐고.

그레이의 회색 눈을 가만히 바라만 보고 있자 주인이 냉큼 끼어들었다.

"공자님께서도 안경을 구매하시려고요, 그러면 이쪽의……."

"아니. 솔레아가 고를 것이다."

"내가?"

"응. 네가."

눈을 접은 그가 웃음기를 함빡 머금은 시선으로 날 곧게 바라봤다.

"어, 응. 그래. 음……."

그레이에게서 시선을 돌려 진열장 안의 안경들을 물끄러미 바라보았다.

다 비슷비슷해 보이는데.

"너는 인상이 좀 스산하니까 테가 동그란 안경을 써 볼까?"

"그래. 네가 골라 줘."

나는 렌즈에 금색의 얇은 테가 동그랗게 둘러진 안경을 꺼내 그에게 내밀었다.

숱 많은 짙은 적갈색 머리카락을 부드럽게 쓸어 넘긴 그레이는 자신만만한 낯으로 곧바로 안경을 받아 들고 제 얼굴에 썼다.

날카로운 눈매가 안경알 뒤로 한 꺼풀 가려지자 묘하게 금욕적인 분위기가 철철 흘러넘쳤다.

"어우, 안 되겠다. 벗어, 벗어. 안 돼. 큰일 나."

두 손을 들어 안경을 벗기려 들자 그레이가 안경을 붙잡고 한 걸음 뒤로 물러섰다.

"아, 왜!"

"너 지금 얼굴만 보면 청소년 관람 불가야! 너 아주 큰일 나게 생겼어! 길거리를 걸어만 다녀도 풍기 문란이야!"

"무슨 소릴 하는 거야! 방금 전엔 네가 나보고 인상이 스산하니까 이게 잘 어울릴 거라며!"

"나도 그럴 줄 알았지!"

하여간 미친 이목구비. 도를 지나치게 날뛰네.

"빨리 벗어!"

결국 후원에서 장난칠 때처럼 그레이의 팔뚝을 철썩철썩 소리가 나게 때려 버렸다.

그레이는 소리 내어 웃으며 손가락으로 내 이마를 꾹 눌러 뒤로 밀어 냈다.

"지금 그레이가 너무 잘생겨서 레아가 이러는구나."

"잘생긴 게 문제가 아니라니까?"

"안 잘생겼다곤 안 하는 거 봐. 그레이도 솔레아 너무 좋아!"

"이, 미친놈이!"

몇 분 전의 서늘한 분위기는 어디에 갖다 버렸는지 그레이는 평소처럼 웃고 장난치며 내 옆구리를 잡아 몸을 들어 올렸다.

"우리 레아가 다 커서 오빠 안경도 사 주네!"

"누가 보면 한 열 살 차이 나는 줄 알겠네. 내려놔라."

"레아가 매일 침대에만 누워 있어서 그레이는 너무 슬펐는걸!"

들고 있는 가방을 휘둘러 그레이의 정수리를 내려찍자 그가 곧장 나를 내려 놓고 머리를 감싸 쥐었다.

"아야……. 너는 그렇다고 머리를 후려치냐. 그 안에 돈이 아니라 돌 든 거 아니냐?"

"사장님. 저 안경까지 계산할게요. 방금 험하게 장난쳐서 흠집이 났을지도 모르니까요."

얼빠진 표정으로 멍하니 서서 구경하던 안경점 주인은 내 말에 파드득 놀라 대답했다.

"아, 아! 예, 안경. 네, 두 개. 예."

값을 치르고 나온 뒤 다시 마차에 올라타려는 그레이의 팔뚝을 잡았다.

"왜?"

"안경은 얼결에 산 거고 진짜 필요한 거 사러 가야지. 검 사러 가자."

"검? 내 검?"

회색 눈동자가 튀어나올 것처럼 크게 뜨였다.

"뭘 그렇게 놀라. 오늘 너랑 놀러 나왔잖아. 네 것도 사야지. 마차 타고 다니 면 구경 제대로 못 하니까 걸어서 가자."

"정말? 진짜로 내 거 사 주는 거야?"

"아, 왜 이래. 진짜."

내 옆에 바짝 따라붙은 그레이가 상기된 얼굴로 몇 번이나 되물었다.

"왜 검 사 주는 거야? 검 사 줄 생각을 어떻게 했어? 검? 검으로 장사해야 돼서 시험해 보는 거 아니고 진짜 나한테 필요한 것 같아서 사 주는 거야? 시장 조사 그런 거 아니고 진짜 그냥 사 줘? 왜, ……왜?"

"왜 그래, 진짜! 누가 보면 생전 처음 뭐 사 준 줄 알."

"처음인데."

"……그러네."

그레이는 여간 기분 좋은 게 아니었는지 내내 벙싯벙싯 웃으며 걸어갔다.

나보다 앞서가다가도 내가 너무 뒤처지면 다시 내 옆으로 다가왔다가, 마음이 급하다는 듯 다시 빨리 가기를 반복하면서 정신없이 걸었다.

"아는 대장간 있어? 아니면 무기를 파는 상점에 가야 하나?"

"네가 좋아하는 곳으로 가자."

그렇게 말하며 시선을 돌리던 중 가게 앞까지 나와 있는 노파와 눈이 마주쳤다.

노파는 가만히 나를 보다가 꾸벅 고개를 숙였다.

유교 DNA 때문에 무심코 나도 인사를 하고 고개를 들었다.

노파는 그사이 가게 안으로 들어갔는지 가게 문이 끼익끼익 소리를 내며 앞뒤로 흔들리고 있었다.

대충 봐도 연식이 꽤 돼 보이는 가게였다. 간판에 도끼와 검이 그려진 걸로 봐선 무기를 파는 곳 같기는 한데…….

나는 앞서 걸어가고 있던 그레이의 옷을 잡아당겼다.

"그레이. 저기 들어가 볼래?"

"어디? 저기? ……나한테 돈 쓰기가 그렇게 싫어?"

"아니, 그게 아니라 원래 좀 허름한 데에 좋은 물건 있기도 하고 그러니까. 마음에 드는 거 없으면 구경만 하고 나오면 되지."

내 말에 수긍한 그레이와 함께 노파의 가게로 발걸음을 옮겼다. 문을 열자마자 오래된 나무 냄새가 코를 감쌌다.

"안녕하세요."

인사를 건네자 뜨개질을 하고 있던 노파가 주름이 진 눈을 겨우 뜨곤 다시 꾸벅 고개를 숙였다.

"검을 사러 왔는데요. 여기 제 오빠가 쓸 검이요."

노파는 은은한 미소를 지으며 고개를 끄덕거리기만 했다.

"사장님. 지금 검 살 수 있어요? 여기 있는 물건들 중에 고르면 돼요?"

그레이가 목소리를 높여 묻자 노파는 아까와 전혀 다를 바 없는 얼굴로 다시 뜨개질에 몰두했다.

고개를 끄덕이는 건지 몸 전체를 앞뒤로 흔드는 건지도 분간이 안 갈 정도로 미약한 몸짓이었다.

결국 그레이가 내 팔을 잡아당겼다.

"솔레아, 그냥 가자."

안내도 제대로 해 주지 않는 노파에게 그레이는 아무렇지 않게 인사를 건넸다.

"안녕히 계세요."

그가 내 팔을 잡은 채 걸음을 옮기려던 순간 노파가 손에 쥐고 있던 뜨개바늘로 벽에 걸린 검 한 자루를 가리켰다.

"네? 저거요?"

짧은 신호를 놓칠세라 내가 얼른 대답하며 가까이 다가갔지만 노파는 또다시 고개를 끄덕거리기만 했다.

결국 내가 직접 벽에 걸린 검을 빼내자 그제야 천천히 내 곁으로 다가온 노파가 내게서 검을 가져가 그레이에게 건넸다.

그러곤 입을 벌려 천천히 말했다.

"……착한 오빠구나. 앞으로 동생 잃어버리면 안 된다."

영문 모를 소리에 그레이의 이맛살이 미미하게 구겨졌다.

하지만 노파는 어떻게든 그레이의 손을 잡아 검을 쥐여 주었다.

그레이에게서 돌아선 노파는 다시 내게 다가왔다.

"너는 좋은 걸 가지고 있으니까 이번엔 오빠한테 양보하자. 알았지?"

노파는 내 손을 잡아 손등을 툭툭 두어 번 두드리곤 옆구리에 달려 있는 작은 사이즈의 마력 파리채 근처에 내 손을 내려 두었다.

"혼자 돌아다니지 말고. 응?"

그때였다.

갑자기 가게 안쪽의 문이 열리며 갈색 머리의 여자가 튀어나왔다.

"아이고! 손님 오셨구나! 엄마! 안에 들어가서 쉬시라니까. 그리고 손님 오시면 알려 달라 했잖아요, 내가 못 살아! 아유, 죄송해요. 언제 오셨어요? 물건은 보셨어요?"

멍하던 정신이 넉살 좋게 말을 걸어오는 여자 덕분에 돌아왔다.

정령들이 귓가에서 속삭였다.

'주인, 주인!'

'저 할머니 우리가 보이나 봐!'

'주인! 할머니랑 자꾸 눈 마주쳐!'

정령들의 말을 듣고 고개를 돌려 노파를 보자 그녀는 언제 일어섰냐는 듯 다시 의자에 앉아 뜨개질을 하는 중이었다.

노파는 서서히 고개를 들어 나와 시선을 맞추곤 한쪽 눈을 살짝 감았다 뜨며 윙크했다.

……뭐야, 저 할머니? 진짜 뭐가 보이나?

"우리 엄마가 요새 좀 오락가락하셔서요. 죄송해요. 놀라셨죠?"

"아닙니다. 정겹고 좋았는데요, 뭐."

그레이가 씩 웃으며 검을 내밀었다.

"이 검을 건네주시더라고요."

노파가 얼른 끼어들었다.

"그건 아주 좋은 검이야! 아무나 못 써! 용 뼈로 만든 건데!"

"아이고, 우리 엄마 또 이러네! 용이 어디 있어요!"

"용이 왜 없어! 있지! 있다니까! 내가 봤어!"

"엄마! 손님들 계신데 왜 그래!"

사장처럼 보이는 여자가 그레이에게 사과하며 검을 다시 받아 들려고 하자 노파가 버럭 소리를 질렀다.

　"뺏지 마! 저 오빠 거야! 동생 손 잡고 다니는데 얼마나 기특해! 요즘 세상에 그런 오빠가 어디 있어! 저 무섭게 생긴 오빠한테 줘!"

　"이분은 손님이시라니까!"

　노파의 불같은 음성이 이번엔 나를 향했다.

　"왜 이렇게 말랐어! 밥을 안 먹고 다니는 거야?! 그래 가지고 어느 세월에 용 타고 다닐래!"

　"네?"

　용이 무슨 자가용도 아니고 어떻게 용을 타고 다녀요.

　아까의 그 기묘한 느낌은 내 착각이었나 보다. 그냥 노망난 할머니구나.

　나는 한숨을 내쉬곤 몸을 틀어 사장에게 말을 걸었다.

　"그냥 저희가 살게요."

　"아이고……. 죄송해요. 이렇게 강매하는 일은 여태 한 번도 없었는데. 그건 그냥 가져가세요."

　사장은 연거푸 고개를 숙이며 사과했다.

　"그 검이 오래된 거긴 해도 날도 안 빠졌고 잘 들어요. 그동안 팔려고 해도 엄마가 자꾸 숨기시는 바람에 못 팔았는데, 오늘은 진짜 왜 이러시는지 모르겠네요."

　"아니에요, 값 치를게요!"

　그레이가 급하게 제 주머니를 뒤지길래 나도 얼른 가방을 열었다.

　"저희 돈 있어요!"

　"아닙니다! 베, 베르고가의 자제분들 맞으시죠? ……누추한 곳에 와 주신 것만으로도 너무 영광인데 저희 어머니한테 이상한 소리까지 듣게 해 드려서 너무 죄송해요. 그 검은 그냥 드릴게요."

　사장은 정말 미안했는지 계속 두 손을 모으며 허리를 숙였다.

계속 돈을 받지 않겠다며 거절하는 통에 결국 그냥 가게를 나올 수밖에 없었다.

잠시 후 안에서 사장과 노파가 실랑이하는 소리가 들려왔다.

"엄마 진짜 왜 그래!"

"이보슈, 사장. 아까 그 언니 봤어? 반짝반짝 빛이 나던데."

"좋은 옷을 입고 있으니까 그렇지! 그리고 귀족들한테 반말하면 어떻게 해! 그러다 큰일 나면 어쩌려고 그랬어!"

"아니야! 진짜 반짝반짝 작은 별들이 날아다녔어! 내가 봤어! 할머니는 나이가 많아도 다 알아! 할머니도 예전엔 용을 봤거든!"

"아우, 엄마! 좀! 가만히 계세요!"

기가 빨린 듯 그레이가 한숨을 내쉬며 고개를 절레절레 저었다.

"이제 그만 가자, 솔레아."

발을 떼려던 그때 가게 문이 다시 열리고 노파가 나왔다.

그녀는 내 손을 잡더니 구깃구깃 구겨진 작은 종이 뭉텅이를 쥐여 주었다.

"가면서 사탕 먹어. 오빠한테만 선물 줘서 미안하다, 아가."

나는 부드럽게 웃으며 할머니에게 인사했다.

"감사합니다. 잘 먹을게요. 얼른 들어가세요. 따님이 걱정하세요."

"아니야. 저 사장은 자꾸 소리만 지르잖아."

투덜거리면서도 노파는 다시 가게 안으로 들어갔다.

그레이와 눈이 마주친 난 그만 소리 내어 웃어 버렸다.

"솔레아. 이 공짜 검으로 퉁치려는 건 아니겠지? 나 맛있는 거 사 줘."

"알았어. 뭐 먹을 거야?"

앞으로 걷던 중 손에 든 종이 뭉치를 무심코 펼쳤다.

찢어진 지도 조각인 듯했고, 가장자리엔 작은 글씨로 글귀가 적혀 있었다.

"……아무스."

"뭐라고?"

"아무것도 아냐."

나를 내려다보며 묻는 그레이의 말에 나는 고개를 저으며 종이를 가방 안에 쑤셔 넣었다.

옆구리에 공짜로 얻은 검을 찬 그레이와 나란히 시장을 걸었다.

"사과 먹을래, 솔레아?"

"응."

"아저씨. 이거 두 개만 줘요. 닦아서 주면 더 좋고."

그레이에게서 번쩍번쩍한 금화를 받은 과일 가게 사장은 허허 웃으며 상자에 가득히 쌓인 빨간 사과 중 가장 동그랗게 생긴 것 두 개를 골랐다.

그러곤 티 하나 없이 하얀 천에 사과를 빡빡 닦은 뒤 우리에게 하나씩 건넸다.

"여기 있습니다! 공자님!"

"내가 공자인 걸 알아?"

"아이고, 머리색만 봐도 알지요. 공녀님과 같이 나오셨군요. 남매가 사이가 좋으시니 보는 저도 마음이 훈훈해집니다."

사장의 입 발린 소리에 그레이의 입가에도 미소가 번졌다.

"우리가 딱 봐도 사이좋은 남매 같아 보여?"

"아, 그럼요! 우리 애들도 공자님과 공녀님처럼 사이가 좋으면 더 바랄 게 없죠!"

빨간 사과를 손에 쥔 그레이의 입꼬리가 주체 못 하고 계속 올라갔다.

"그만 웃어, 그레이."

내 핀잔에도 그레이는 주머니에서 금화를 한 움큼 꺼내 사장의 손바닥 위에 척 올려 줬다.

"아, 아니! 이미 넘칠 만큼 큰돈을 받았습니다, 공자님!"

"사양 말고 받아요. 애들 잘 키우시고. 우리처럼. 사이좋게. 우애 넘치게. ……남매인가 보지?"

마침 가게 안쪽에서 코흘리개 여자애와 남자애가 우당탕 소리를 내며 튀어
나왔다.

"압빠! 오빠가 또 내 과자 훔쳐 먹어! 까아아아!"

분통이 터졌는지 여자애가 발을 구르며 울음을 터뜨리자 어쩔 줄 몰라 하던
사장이 일단 아이를 안아 들었다.

"죄, 죄송합니다. 정신이 없어서."

제 아버지가 곤란해하는 게 보이지도 않는지 사장의 바지를 붙잡은 남자애
가 시뻘게진 얼굴로 그를 올려다보며 열심히 말했다.

제 나름대론 꽤나 억울한 듯했다.

"아니야아! 랠리가 먼저 내 거 먹었어! 자기 거 있는데도 내 거 먹었다고!"

"랠리 거야! 다 랠리 거야! 아빠도 내 거야! 과자도 내 거야! 다 랠리 거야! 랠
리 거야아아악!"

"랠리! 아빠가 자꾸 욕심부리면 안 됐지!"

아빠 품에 안겨서도 발을 동동 구르며 귀청이 떨어져 나갈 듯이 우는 아이
때문에 사장은 우리에게 뭐라 말도 못 꺼내는 중이었다.

이때다 싶었는지 그레이가 큰 소리로 말했다.

"랠리. 오빠랑 사이좋게 지내라, 우리처럼."

굳이 사이좋은 모습을 보여 주고 싶었는지 그레이가 싱긋 웃으면서 내 어깨
에 팔을 둘렀다.

사장은 연거푸 감사하다며 인사를 했고 그 이후론 내딛는 걸음마다 퍼레이
드가 펼쳐졌다.

베어 문 사과를 몇 번 씹어 먹기도 전에 꽃밭을 발견한 벌 떼처럼 사람들이
몰려들었다.

"공자님, 공녀님! 우애 좋은 남매십니다!"

"좋아! 주스가 얼마지! 한 잔씩 부탁해!"

"건강해지신 공녀님과 공자님의 나들이라니! 이렇게 의좋은 남매는 본 적이

없습니다!"

"고마워! 자네 가게가 어디야! 내가 다 사지!"

"제르노아 제국에서 제일가는 우애입니다! 함께 놀러 나오시다니 제가 다 눈물이 왈칵 흐르네요!"

"정육점이야? 좋았어! 돼지 한 마리 베르고 공작가로 보내 놔!"

장난기 심한 정령들까지 신이 났는지 내 머리 위에서 날아다니다가 그레이의 어깨 위에 앉았다.

그러곤 운율이라도 맞추듯 함께 소리쳤다.

'멋진 오빠세요, 공자님!'

'두 분만큼 사이좋은 남매는 다신 없을 겁니다!'

'제국의 자랑!'

'좋은 남매의 표본!'

'임시 주인의 오빠는 좋은 오빠!'

'나도 오빠 갖고 싶어!'

'주인한테 만들어 달라 그래!'

'임시 주인! 오빠 만들어 줘!'

내가 어딜 가서 정령 오빠를 데려오니. 말도 안 되는 소릴 하고 있어.

혼이 빠질 것 같았다.

어느새 내 목에는 꽃으로 만든 목걸이가 걸려 있었고 한 손엔 닭꼬치, 나머지 한 손엔 주스를 든 채였다.

그걸로도 모자라 사람들은 끊임없이 뭔가를 들이밀었다.

"그레이. 사람들이 너무 몰렸잖아."

"그래도 처음으로 나랑 시장에 왔는데 시끌벅적하고 재밌잖아."

어지간히 기분이 좋은지 그레이는 보기 드문 부드러운 표정으로 환하게 웃어 보였다.

그 얼굴을 보고 있자니 도저히 이제 집으로 돌아가자는 말을 할 수가 없었다.

점점 더 인파가 몰려 아무리 노력해도 앞으로 걸어 나갈 수가 없었다.

그레이의 얼굴에서도 서서히 웃음기가 사라졌다.

그때, 그레이가 주스를 들고 있던 오른손을 높이 들었다.

그러자 어디에선가 말발굽 같은 소리가 박자를 맞추듯 땅을 쿵쿵쿵 울리며 가까워졌다.

자세히 들어 보니 말발굽 소리가 아니라 사람들의 발소리였다. 다만 땅에 발을 딛는 박자가 정확히 맞아떨어져 말이 뛰어오는 것처럼 무게감 있게 들렸을 뿐.

흰 옷을 입은 베르고의 기사들이 순식간에 인파들 사이를 뚫고 길을 만들었다.

방금 전까지만 해도 무리 지어 몰려 있던 사람들이 양쪽으로 갈라지며 가운데 길이 뻥 뚫렸다.

기사들이 만들어 놓은 길의 끝에서는 우리가 타고 온 마차가 얌전히 우릴 기다리고 있었다.

"너 기사단 데리고 왔어?"

깜짝 놀라 그레이에게 묻자 어느새 머리에 쓴 화관을 민망한 듯 어루만지며 그가 대답했다.

"너 다치면 어떡해. 그래서 그냥 데리고 나왔지. 다들 선뜻 따라가겠다 하더라고."

그레이의 대답을 들었는지 기사들이 장난기 가득한 말투로 말했다.

"아유, 우리 아가씨 나들이 두 번만 갔다간 군대 불러야겠네요."

"아가씨! 얼른 마차로 가 주세요! 사람들 막느라 등이 터지겠어요!"

기사들이 막고 있는데도 시장의 사람들은 기사들의 틈 사이로 물건들을 들이밀고 있었다.

"직접 짠 손수건이에요!"

"염소젖으로 만든 치즈 맛 좀 보세요! 공녀님! 최고급 치즈예요! 멋진 공자님과 나눠 드세요!"

"수제 잼이에요! 공녀님! 너무 건강하시고 오빠를 너무 좋아하시는 공녀님!"

그레이가 고개를 돌렸다.

"레아, 우리 수제 잼 사 갈까?"

"너 방금 '오빠를 너무 좋아하시는 공녀님' 이라고 해서 그러는 거지."

그레이가 회색 눈을 곱게 접으며 머리를 기울여 내 어깨에 기댔다.

키가 커서 몸을 거의 한쪽으로 접은 모양새였다.

"듣기 좋잖아. 오빠를 너무 좋아하시는 공녀님이라니."

지갑을 열기 위해 아첨하는 말인 게 뻔한데도 그레이가 티 나게 좋아하는 걸 보니 괜히 나까지 부끄러워졌다.

"……넌 뭐, 그런 말에 일일이 반응해."

"좋아서 그러지."

기사들이 만들어 준 길 사이로 나란히 걸으며 조용히 덧붙였다.

"동생이 오빠 좋아하는 게 뭐 특별한 일이라고……."

그레이는 말없이 나를 물끄러미 보다가 씩 웃으며 두 손으로 내 두 귀를 막았다.

"왜 그래?"

내 뒤에 선 그레이는 여전히 귀를 막은 채로 뒤따라 걸으며 일부러 다 들리게 소리쳤다.

"내 동생 귀 빨개진 거 아무도 보지 마!"

"아! 좀! 그레이! 하지 마!"

"오빠 좋아하는 솔레아 귀 빨개진 거 아무도 보면 안 돼!"

"손 떼라고!"

양옆에 줄지어 선 기사들이 그레이와 내가 실랑이하는 걸 보고 키득키득 웃기 시작했다.

겨우 마차에 다다르자 그레이는 그때서야 내 귀에서 두 손을 떼 냈다.

"세상에, 오빠를 너무 좋아하는 동생의 귀가 아직도 빨갛잖아."

"네가 귀를 터뜨릴 것처럼 잡아서 그렇잖아!"

"오빠가 동생이 좋아서 귀 막아 주는 게 뭐 특별한 일이라고……."

나를 놀리는 건지 아까 내가 한 말을 그대로 따라 하며 그레이가 쑥스러운 척 고개를 반대쪽으로 슬쩍 돌렸다.

"놀리지 말라고! 좀! 놀리지 말라면 놀리지 마!"

주먹을 쥐어 그레이의 팔뚝과 어깨, 등짝을 퍽퍽 때리자 그가 소리 내어 웃었다.

"아하하! 오빠를 너무 좋아하는 동생이 오빠를 때리는 특별한 일이네!"

"좀! 하지 마! 너 진짜 왜 그래! 갈수록 심해져!"

"나도 갈수록 솔레아 너무 좋은데! 동생 좋아하는 오빠가 어디 있지! 여기 있지!"

"하지 말라고! 하지! 말라고! 하지 말라면! 하지 마!"

내게 퍽퍽 얻어맞는 와중에도 그레이는 계속 낄낄거리며 웃었다.

하인이 마차의 문을 열어 주자 그레이는 자신을 때리던 내 손을 잡고 그대로 등을 밀어 안에 태워 버렸다.

아주 자연스러워서 언제 마차에 탔는지도 모를 정도였다.

나를 따라 물 흐르듯 자연스럽게 마차에 따라 올라탄 그레이는 마차 문이 닫히자 그림같이 웃으며 씩씩거리는 내게 말했다.

"알았어. 이제 그런 아무것도 아닌 일로는 안 놀릴게. 특별한 일도 아닌데, 그치? 내가 심했다."

얼굴이 붉으락푸르락하는 날 보며 그레이는 연신 싱글벙글 웃었다.

그는 마부 쪽으로 나 있는 작은 창을 열더니 내게 들리지 않을 만큼 작은 목소리로 마부에게 명령했다.

"어디 가는 거야?"

"비밀."

한참을 달린 후 마차에서 내리자 넓고 고요한 평원이 우리를 맞이했다.

미리 챙겨 놨는지 마차 안에서 커다란 숄을 꺼내 온 그레이가 내 어깨 위에 숄을 둘러 주었다.

"조금만 기다려."

나만 혼자 평원에 남겨 두고 그레이는 마차 뒤를 줄줄이 따라온 기사들을 향해 뛰어갔다.

뭘 하려는 거지.

잠시 후 그레이가 커다란 갈색 말 한 마리를 몰며 다가왔다.

"……말은 왜?"

"말 한 번도 안 타 봤잖아, 너."

"나, 나 말 탈 줄 몰라."

당황해서 말이 제대로 나오지 않았다.

드라마에서나 보던 말을 실제로 보니 위압감이 장난이 아니었다.

말 얼굴이 내 머리보다 위에 있었고, 몸집이 워낙 커서 다리에 한 번 치이기만 해도 갈비뼈가 나갈 것 같았다.

"괜찮아, 천천히 손 내밀어 봐. 얘 이름은 스테파니야."

내 손을 잡은 그레이가 천천히 손을 들어 올려 스테파니의 긴 얼굴 위에 올려놓았다.

커다란 눈동자가 멀뚱멀뚱 나를 바라봤다.

"……안녕, 스테파니."

차가운 손바닥에 부드러운 스테파니의 털이 닿았다.

나도 모르게 몸을 굳히자 그레이가 진정하라는 듯 어깨를 다독여 주었다.

"스테파니. 얘 내 동생이야. 알지? 내가 몇 번이나 얘기했잖아."

말이랑 대화가 통할 리가 없는데도 그레이는 차분히 말을 걸었고, 스테파니는 마치 그레이의 말을 알아듣기라도 한 것처럼 어색하게 굳은 내 손을 피하지 않았다.

잠깐 그렇게 그레이의 큰 손과 스테파니의 부드러운 얼굴 사이에 손을 가둬 두고 있었다.

"자, 이제 타 볼까."

"내가 어떻게 타!"

땅을 디딘 발에 힘을 주며 나름대로 안 가려고 버텼지만 그레이는 막무가내 였다.

"스테파니도 너 안 싫대. 이리 와."

붙잡고 있던 내 손을 잡아당긴 그레이는 스테파니의 옆에 서서 내 옆구리를 잡았다.

"여기 등자에 발 하나 올리고, 어, 그렇지. 고삐 잡고. 스테파니, 가만히 있 어. 자, 이제 올린다. 하나, 둘!"

"꺅!"

순식간에 몸이 번쩍 들렸다.

본능적으로 떨어지지 않으려고 말고삐를 꽉 잡자 스테파니가 뒷걸음질 쳤 다.

"애, 애 움직여!"

"가만히 있어. 괜찮아. 고삐 너무 당기지 말고."

두 팔로 나를 들어 올리고 있는 상태임에도 그레이는 안정적으로 말했다.

"솔레아, 괜찮을 거야. 내가 잡고 있을게."

"어으으……."

생전 처음으로 말 위에 올라 안장에 겨우 엉덩이를 붙이자마자 그레이가 곧 바로 내 뒤에 올라탔다.

스테파니가 푸르릉 입술을 떨며 신경질적으로 투레질했다.

"애 화난 거 아냐? 정원 초과돼서?"

"넌 우리 스테파니를 뭘로 보고 그런 말을 하냐. 얘가 얼마나 힘이 세고 잘 달리는데. 그치, 스테파니?"

그 순간 거짓말처럼 스테파니가 투레질을 멈추고 자랑이라도 하듯 앞발로 땅을 긁어 댔다.

달려 볼 테면 얼마든지 달려 보라는 것 같았다.

"레아, 긴장 풀고 앞에 봐. 허리 펴고. 손에 힘 풀어."

움츠러든 내 어깨를 다시 한번 다독여 준 그레이는 고삐를 잡은 내 손 옆으로 오른손을 가져다 댔다.

그가 고삐를 잡고 있다는 안도감에 나도 모르게 긴장해 바짝 힘이 들어갔던 손에 힘이 풀렸다.

천천히 그레이의 가슴에 기대고 앞을 바라봤다.

태어나서 처음 보는 광경이었다.

지평선 너머로 끝도 없이 펼쳐진 평야와 저 먼 파란 하늘 위에 조금 이르게 뜬 하얀 달.

"달릴게."

말을 마친 그레이가 왼팔로 내 허리를 감싸 안으며 오른손으로 고삐를 고쳐 쥐었다. 그와 동시에 스테파니가 조금씩 속도를 내기 시작했다.

시원한 바람이 얼굴을 스쳐 지나갔다.

"우, 우와……. 와!"

전혀 춥지 않았다.

등을 기대고 있는 그레이의 가슴은 따뜻했고, 그의 팔은 절대 나를 떨어뜨리지 않을 것처럼 단단했다.

바람 사이를 달리는 또 하나의 바람이 된 것만 같았다.

땅을 박차고 달리는 스테파니의 진동이 내게도 전해져 온몸이 거칠게 흔들렸다.

내 귓가에 숨소리와 함께 심장 박동이 울리는 것 같았다.

그러다 어느 순간 모든 소음이 멎은 듯했다.

땅을 울리는 말발굽 소리도, 긴장한 숨소리도, 쿵쿵 뛰는 박동들도, 불어오는 바람에 나뭇잎이 부대끼는 주변의 소음들까지 전부 다.

공장에서 숙식하며 일하던 때, 저녁 시간에 밖으로 나가 바라본 풍경은 어땠었지?

손에 50만 원을 쥔 채 술집과 고깃집이 즐비한 언덕을 올라가며 봤던 건물 사이의 하늘도 이랬던가?

한겨울에 내복만 입고 집에서 쫓겨나 달동네를 뛰어다니다 넘어져 굴렀을 때의 진동이 이와 비슷했었나?

어느새 눈물이 볼을 타고 흘러내렸다. 그중 어느 것도 오늘과 같지 않았다.

아, 나는 외로웠구나. 매 순간을 그저 견디면서 살아왔구나.

한참을 달린 후 그레이는 말의 고삐를 잡아당기며 서서히 속도를 늦췄다.

이미 마차가 있는 곳과는 꽤 멀어져 있었다.

말 머리를 돌린 그레이는 다시 마차가 있는 곳으로 향하며 낮은 목소리로 나직하게 말했다.

"네가 답답하다고 할 때 언제든지 데려와 줄 수 있어."

고맙다고 대답하고 싶었지만 바람을 잔뜩 삼킨 탓인지 목이 메어 쉽사리 목소리가 나오지 않았다.

"힘들 때 기대도 괜찮다고. 버텨 줄 힘 있으니까. 내가 못 미덥겠지만 너 하나는 괜찮아. 스테파니도 두 명 버티는데 내가 못 하겠냐."

대답이라도 하는 것처럼 얌전히 걷던 스테파니가 다시 푸르르릉 길게 투레질을 했다.

픽 웃은 그레이가 말을 이었다.

"그러니까 혼자서 무리하지 마. 내가 뒤에 있을게."

"……응."

"매일 그렇게 밤새우지 않아도, 심지어 네가 건강하지 않아도 괜찮, 아. 아니다. 이왕이면 건강해라. 아무튼, 크흠!"

헛기침을 한 후 그레이는 다시 말을 이었다.

"기대라고. 혹시 넘어지면 내가 잡아 줄 수 있으니까. 오빠잖아. 알았어?"

"······알았어."

"우냐?"

"좀! 산통 깨지 마!"

"우는 거 같은데?"

굳이 내 얼굴을 확인하려고 몸을 비트는 그레이 반대쪽으로 고개를 돌리자 그가 나를 따라 다시 고개를 돌렸다.

"어? 울었는데. 울었는데!"

"아, 안 울었다고!"

"눈물 자국 같은데!"

"침 흘렸다! 멍청아!"

"아하하하! 말 처음 타면 침 흘릴 수도 있지!"

큰 소리로 웃은 그레이는 나를 말 위에서 내려 줄 때에도 웃음기를 거두지 않았다.

"침 자국 닦아. 다른 사람들이 보면 뭐라고 하겠니, 동생아."

"에이씨, 진짜."

"저는 에이씨가 아니라 그레이입니다."

"그래, 이 새끼야."

"너는 오빠한테 그래, 이 새끼야가 뭐니. 세상에서 제일 좋아하는 오빠한테."

"누가 세상에서 제일 좋아한대?!"

"나 아니야? 그럼 헤이먼이야? 설마 티온은 아닐 거 아냐. 큰형이 제일 좋아? 어, 솔레아. 대답해 봐. 어디 가. 도망가냐?"

나를 졸졸 따라오던 그레이는 말을 다시 뒤에 있는 기사들에게 건네주곤 얼른 마차에 올라탔다.

말을 내가 몬 것도 아닌데 너무 피곤했다.

천천히 마차가 출발하자 눈꺼풀이 점점 무거워졌다.

꾸벅꾸벅 졸기 시작하자 맞은편에 앉아 있던 그레이가 내 옆으로 옮겨 앉았다.

그러고는 아까의 숄로 내 무릎 위를 덮어 주곤 내 머리를 제 어깨에 기대게 했다.

"안 자. 곧 도착이잖아⋯⋯."

"곧 도착이니까 자도 돼."

괜찮은데, 라고 말하려고 했지만 졸음이 몰려와 참을 수 없었다.

서서히 감기려는 눈을 떠 슬쩍 올려다본 그레이의 눈은 평소와는 달리 반달로 곱게 접혀 있었다.

"잘 자라, 솔레아."

나들이에다 말까지 탔으니 피곤할 거라며 그레이는 얼른 씻고 자라면서 나를 내 방에 밀어 넣곤 제 방으로 돌아갔다.

그의 말처럼 간만에 감성적이 된 데다 처음으로 말을 타서인지 온몸이 무거웠다.

"아가씨, 바로 주무실 거죠?"

목욕을 마친 뒤 욕실에서 나가자 침대 위를 정리하던 엔이 물었다.

"⋯⋯아. 아니, 잠깐만. 나 이것만 주고 올게."

나들이에 들고 갔던 가방에서 안경집을 꺼내 챙기고 티온의 방으로 향했다.

두 번의 노크 후 얼마 지나지 않아 방문이 열렸다.

잠깐 굳은 눈으로 정면을 보던 티온은 이내 미간을 확 찌푸리며 나를 내려다봤다.

아무래도 키가 많이 차이 나다 보니 바로 알아채지 못한 것 같았다.

티온은 눈살을 찌푸린 채 나를 한참 노려봤다.

"티온. 그냥 내 추측일 수도 있는데, 이거 필요할 것 같아서 사 왔어."

안경집을 내밀자 그는 아무런 말 없이 그것을 받아 들곤 무심히 열어 보았다.

흉터 많은 거친 손에 들린 안경은 너무 연약해 보였다.

"눈이 좀 안 좋은 것 같아서."

안경을 쓰지 않고 가만히 내려다보기만 하는 티온 때문에 민망해져서 마구 말을 퍼부었다.

"아니, 어렸을 때 초상화 보니까 안경을 쓰고 있더라고. 시력이 갑자기 좋아지는 경우는 드무니까 혹시 아직도 눈이 안 좋지 않을까 해서. 그래서 일단 밑져야 본전이라는 생각으로 사 왔지. 티온은 모르겠지만 내가 건강해진 뒤로 이것저것 해서 돈을 꽤 모았어. 아니, 돈이 진짜 많다는 건 아니고, 양모 자수에 투자한 돈 때문에 또이또이지만. 아, 또이또이 모르겠구나. 그게……."

아, 젠장. 오랜만에 덩치 큰 위압적인 남자 앞에 섰더니 괜히 긴장되네.

말을 하는 와중에도 발끝이 금방이라도 도망갈 것처럼 오그라들었다.

괜찮아진 줄 알았는데.

주변에 사람이 아무도 없고, 압도적으로 덩치 큰 남자와 단둘이 있으니 공포감이 밀려드는 건 어쩔 수 없었다.

그냥 그레이 데리고 올걸.

실없이 떠들던 입술이 다시 꾹 닫혔다.

"……고맙습니다."

"뭐?"

하도 묵직하게 낮은 목소리라 잘못 들은 줄 알았다.

번쩍 고개를 들자 티온이 얼른 내 시선을 피했다.

서서히 퍼지던 공포감이 순식간에 사그라들었다. 나를 때리지 않을 사람이라는 믿음이 은연중에 피어났다.

안경은 여전히 그의 손에 들린 채였다.

"……티온. 안경 써 봐."

"아니, 괜찮…… 괜찮습니다."

"혹시 내가 틀린 거였어? 눈 좋아? 아니, 그리고 왜 존댓말을 해요?"

"아가씨라서……."

한 걸음 가까이 다가가자 티온은 빠르게 물러났다.

방에서 새어 나오는 불빛을 등지고 있었지만 언뜻 보인 귀가 분명 빨갛게 물들어 있었다.

혹시 진짜로 그레이 말처럼 숫기가 없는 거였나?

"내가 왜 아가씨야, 티온 동생이잖아. 티온. 안경 써 봐."

자꾸 재촉하자 결국 티온은 마지못해 느리게 안경을 썼다.

그의 적색 눈이 일순간 동그랗게 떠졌다.

"아……."

"어때? 잘 보여? 잘 보이면 반말해 봐, 티온."

늘 찌푸려져 있던 미간이 곧게 펴졌다.

티온은 보일 듯 말 듯 미미하게 입꼬리를 올리곤 슬쩍 나를 봤다가 얼른 시선을 돌리며 답했다.

"잘 보입, 잘 보여."

이젠 귓바퀴와 눈 밑, 관자놀이 쪽의 벌어진 흉터까지 새빨갰다.

"진짜로 숫기가 없는 거야? 낯을 가려? 티온. 나 봐 봐. 나 보면서 고맙다고 해 봐."

얼른 안경을 벗은 티온은 방 안쪽으로 한 걸음 더 물러났다.

"고맙습, 고맙습다. 아니, ……고맙다."

짙은 나무색이던 그의 얼굴이 어느새 터질 듯 붉게 변해 있었다.

세상에, 진짜로 쑥스러움이 많은 거였어.

저절로 입이 벌어져 나도 모르게 두 손으로 입을 가리고 말았다.

내 놀란 표정을 힐긋 바라본 티온은 또다시 얼른 고개를 돌렸다.

웃느라 잠깐 일그러졌던 흉터가 아래로 쭉 늘어졌다.

표정보다 흉터의 모양으로 감정을 알아채는 게 더 쉽겠네.

"놀라서 미안해. 티온이 이렇게 쑥스러움이 많은 줄 몰랐어."

"……괜찮……다."

"너무 피하진 마. 아가씨 아니고 동생이잖아. 그리고 안경은 선물이야."

티온은 가만히 나를 보더니, 고개를 숙여 안경을 다시 보곤 조심스럽게 입을 열었다가 이내 꾹 닫았다.

나는 그의 눈을 똑바로 마주하며 덤덤하게 말했다.

"무사히 돌아온 거 정말 축하해. 그리고 내가 망토 도착할 때까지 무리하게 기다려 달라고 했는데 기다려 주고, 입고 돌아와 줘서 고마워. 덥진 않았어?"

티온은 안경집을 꾹 쥔 채로 고개를 흔들었다.

"괜찮았다."

반말해 달라고 했더니 사이보그가 돼 버렸네.

덩치도 있으니 터미네이터에 더 가까운 것 같아.

"아까 낮에 왜 나 보고 놀랐어?"

"……빨간 머리카락의 다른 사람인 줄 알고……. 건강해져서 다행이다."

"그랬구나. 그럼 나 이만 갈게. 잘 자, 티온."

내가 떠나려 하자 뭔가 할 말이 있는 듯 나를 바라보던 티온은 나와 눈이 마주치자 또다시 얼른 고개를 돌려 버렸다.

"우리 천천히 친해지자. 안녕."

마지막 인사를 한 후 그대로 발걸음을 옮기자 바로 문이 쿵 하고 세게 닫혔다.

그렇게 낯설고 싫은가. 하긴, 그럴 수도 있지. 몇 년 만에 집에 오기도 했고, 티온이 하는 거 보니까 솔레아랑 원래 친했던 것 같지도 않네.

갑자기 정령들이 반짝거리며 빛나기 시작했다.

나는 깜짝 놀라 하나를 손에 잡아 들었다.

"아직 사람들 다 자고 있는 것도 아닌데 왜 그래!"

'하지만 티온 너무 귀여워!'

'맞아! 착해!'

'선한 사람!'

'저런 사람 옆에 있으면 마력이 보송보송해져!'

빛을 내는 정령이 하나둘씩 늘어나서 나는 그들을 모조리 품에 끌어안고 도망치듯 방으로 들어와 문을 닫아 버렸다.

"갑자기 무슨 소리야? 티온이 왜?"

정령들은 모습을 완전히 드러내곤 방싯방싯 웃으며 말을 꺼냈다.

"솔레아한테 '너도 잘 자.' 라고 말하려고 문고리로 손을 뻗었는데 손이랑 발이 같이 나갔대!"

"고장 난 장난감처럼 발이 휙! 나가서 실수로 문을 발로 차 버렸대!"

"응! 그래서 문 쾅 닫혔대!"

"네가 실망해서 화났을까 봐 다시 문 못 열었대!"

"울상이야! 흉터가 또 아래로 추욱 처졌다!"

"그래서 혼잣말로 잘 자, 했어!"

세상에나.

소심한 사람한테 너무 소심하다고 놀라면 실례일 텐데.

그런데 정말 생각보다 더하네.

심지어 그 얼굴에.

"아니, 아니야. 얼굴로 사람 판단하면 안 되지."

고개를 절레절레 흔들었다.

이놈의 집구석.

얼굴이랑 성격이랑 맞는 인간이 아무도 없어.

"그럼 지금 티온은 뭐 하고 있어?"

정령들은 제자리에서 빙그르르 돌다가 또 까르르 웃어 댔다.

"말해 봐. 뭐 하고 있어?"

환하게 빛나는 정령이 맑은 목소리로 말했다.

"안경 쓰고 있어!"

"앗! 안경 벗었어!"

"다시 썼어!"

"거울 봤어!"

"웃었어!"

"다시 조금 울상!"

"앗, 일어났다! 온다, 온다!"

정령들은 금세 모습을 감추고 사라졌다.

묵직하지만 가지런한 발걸음 소리가 문밖에서 들려왔다.

그러나 노크 소리는 한참이 지나도 들리지 않았다.

지금 문 열면 바람 빠진 풍선처럼 튀어 올라 도망갈 것 같아서 나는 그가 노크하길 가만히 참고 기다렸다.

한참 후에야 정갈한 노크 소리가 박자에 맞춰 정확하게 두 번 울렸다.

"네."

짧게 대답하고 바로 문을 열자 안경을 쓴 티온이 나를 보고 가만히 서 있다가 빠르게 말했다.

"잘 자."

그 말 하러 일부러 와 준 거냐고 놀리고 싶었지만 그랬다간 왠지 또 새빨개질 것 같았다.

"고마워, 티온도."

자세히 봐야 알 수 있을 정도로 짧게 고개를 끄덕인 티온은 자로 잰 듯 정확하게 몸을 돌려 다시 자신의 방으로 걸어갔다.

나는 서서히 문을 닫았다.

미쳤네. 너무 귀엽잖아.

알래스카 불곰같이 생겼고, 파괴력도 그에 준하는데 하는 짓은 쁘띠 큐티 테디 베어네…….

❄ ❄ ❄

쁘띠 베어 티온의 귀환 파티가 시작됐다.

일찍부터 와 있던 황녀는 사람들을 모아 두고 근황을 전하는 척 통롤러 얘기를 꺼냈다.

"허리가 자주 아팠는데 요즘은 좀 괜찮더군요."

"어머, 전하. 저도 그랬어요!"

"확실히 아침이랑 저녁에 한 번씩 돌리고 자면 개운하더라고요."

"사그리나 영애도 그래요? 난 아침에 붓는 게 훨씬 덜하더라고요."

"저도요!"

입꼬리가 저절로 스멀스멀 올라갔다.

그것이 바로 문명의 이기, 폼롤러의 중세 버전 통롤러입니다.

히죽거리는 날 봤는지 황녀의 시선이 내게로 향했다.

그녀는 한쪽 입꼬리를 올려 비스듬히 웃더니 보란 듯이 말했다.

"베르고 영애. 가까이 와."

나는 미소를 지으며 그들에게 다가갔다.

영애들은 나를 보고는 눈을 동그랗게 떴다가 이내 어색하게 미소 지었다.

처음으로 간 파티에선 으깨진 은행같이 생긴 놈과 생태 교란종 황소개구리 귀족에게 싸움을 걸었고, 두 번째로 간 파티에선 슐로든의 뺨을 후려쳤으니 그럴 만도 하지.

영애들은 부채를 빠르게 펄럭거리다가 이내 애써 태연한 척하며 부채를 쥔 손을 아래로 내렸다.

"와 주셔서 감사합니다."

싱긋 웃으며 인사를 건네자 영애들이 그제야 환하게 웃었다.

"저택이 굉장히 크고 아름다워요. 진작 파티를 여셨다면 좋았을 텐데요."

"정말요, 왜 그간 파티를 안 열었는지 궁금할 정도예요."

헤이먼이랑 그레이는 파티에서 매번 춤 신청을 거절당했다던데, 우리 집에서 파티를 열면 오기나 할 거였냐고.

오늘도 황녀가 참석한다는 소식을 듣고 왔으면서.

"베르고 영애가 이렇게나 건강해지셨으니 정말 다행이에요. 공작님도 마음이 놓이시겠어요."

내용은 그렇지 않은데 이상하게 비꼬는 것처럼 들렸다.

자식이 건강해지면 부모가 마음이 놓이는 건 당연한 일인데도 꼭 베르고의 후계 자리를 염두에 두고 하는 말인 것 같았다.

아니야, 내가 너무 예민해서 그럴 거야.

애써 좋게 생각하며 대답하려던 그때, 방금 그 말을 꺼냈던 영애가 다시 입을 열었다.

"본인이 주최한 파티는 처음이라 그러신가 봐요."

"뭐가요?"

그녀는 아무 말 없이 빙긋이 웃으며 제 목을 어루만졌다.

목이 어떻다는 거지?

지금 내 목엔 로또 종이가 들어 있는 로켓 목걸이와 그것과 세트인 것처럼 어울리는 줄이 긴 은색 목걸이가 걸려 있었다.

목걸이를 안 한 것도 아니고 뭐가 문제지.

굳은 얼굴로 영애를 가만히 쳐다보자 황녀가 나직하게 말하며 끼어들었다.

"영애. 섭섭해."

"네? 대체 뭐가요?"

카라샤펠 황녀는 그 우아한 얼굴에 어울리지 않게 입술을 삐죽이며 삐친 척을 했다.

"왜 내가 선물한 사파이어 목걸이 안 했어. 귀걸이도 같이 줬잖아."

그걸 언제 줬어요, 라고 말하려던 찰나 다른 영애가 참견했다.

"세상에나. 황녀님이 사파이어 목걸이를요?"

"네, 우린 아주 친한 친구거든요. 제 궁에 베르고 영애가 자주 놀러 온다는 건 알죠?"

그러고 보니 황녀가 아까부터 내게만 반말을 하고 있었다.

누가 봐도 친분을 과시하는 것처럼 보였다.

그림처럼 부드럽게 웃은 황녀는 뒤에서 대기 중인 하녀에게 손짓했다.

앤이 가까이 다가오자 황녀는 재빠른 손짓으로 내 목에 걸린 목걸이 두 개를 모두 풀어내곤 앤에게 건넸다.

"이건 도로 영애 방에 가져다 놔."

황녀의 명령에 앤은 얼른 내 목걸이들을 받아 들고 사라졌다.

"전하……!"

"쉿. 시키는 대로 해. 영애."

조용히 귓가에 속삭인 황녀는 다시 다른 사람들을 향해 조금 속상한 듯 서글프게 웃어 보였다.

눈을 내리며 새파란 눈동자를 반쯤 감추고 긴 속눈썹으로 그늘을 만들며 웃는 그녀의 미소를 보니 웬만한 비극은 우습게 느껴질 정도였다.

"내가 선물한 목걸이가 오늘 입은 드레스에 어울리지 않아서 안 한 거구나. 그렇지?"

"아……. 네. 당연하죠."

얼떨결에 대답하자 카라샤펠 황녀가 빙그레 웃으며 제가 차고 있던 목걸이를 끌러서는 손수 내 목에 채워 줬다.

"저, 전하?"

당황한 내 목소리를 듣고도 카라샤펠은 태연했다.

"자, 오늘 당신 드레스가 진한 초록색이니까 이 에메랄드는 잘 어울리지?"

내 앞에 서 있는, 아니, 이 연회장 안에 있는 모든 이들의 눈빛이 순식간에 이쪽을 향했다.

황족이 제 손으로 직접 선물한 보석을 걸어 주었다.

그것도 유력한 황위 계승자인 황녀가.

이건 명백한 정치적 의미였다.

베르고는 지금도, 앞으로도 자신의 것이라는 듯 황녀는 오만하게 입꼬리를 올려 웃었다.

이런 미친 사람을 봤나.

태어날 때부터 브레이크가 필요 없던 사람은 다 이런 건가.

나는 어색하게 웃다가 황녀를 데리고 테라스로 향했다.

"영애? 보통 테라스는 연인이 드나드는 장소잖아. 난 친구 하자고 했던 걸로 기억하는데?"

그녀가 한 걸음 더 내게 다가왔다.

"친구 신청을 거절한 이유가 이거였다면 생각할 시간이 필요한데. 후계 문제도 있고 하니. 흠, 제국이 발칵 뒤집히겠군."

"무슨 소리를 하시는 거예요. 그럴 리가 있나요. 좀 떨어져서 얘기해 주세요."

"영애는 내게 너무 몰인정해. 랏샤라고 불러 주지도 않고 말이야."

손수건을 꺼내 애초에 흐르지도 않은 눈물을 닦는 양 눈꼬리를 콕콕 찍어 내는 모습이 어디에도 비할 바 없이 아름답긴 했지만 한편으론 어처구니가 없었다.

"전하. 저는 애런 황자님처럼 제 오빠들을 무시하는 사람의 편에 서고픈 생각이 없어요."

"여기서 애런이 왜 나오지? 지금 우리 얘기 중인데."

카라샤펠이 머리를 갸우뚱 기울이며 한쪽 입꼬리만 올려 비스듬히 웃었다.

"황위 때문에 이러시는 거잖아요. 전 어차피 지난번에 애런 황자님의 초대에 응하지 않았기 때문에 어쩔 수 없이 황녀 전하의 편에 설 수밖에 없습니다. 그러니까 굳이 이렇게 과시하는 행동은 하지 않으셔도."

"아니."

황녀는 들고 있던 손수건을 휙 하고 내 앞으로 날렸다.

얼떨결에 날아오는 손수건을 잡는 순간, 그녀가 한 손으로 내 손목을 잡아당겼다.

카라샤펠의 곧은 시선이 나를 응시했다.

"어차피, 어쩔 수 없이, 굳이, 그런 이유 때문이 아니라 너의 의지로 날 지지해. 솔레아."

"……그건."

"네가 나를 선택해."

파란색의 투명한 눈동자가 달을 등지고도 맑게 빛났다.

그때, 연회장에 있는 사람들이 술렁거리기 시작했다.

이 파티의 주인공인 티온이 디에르고 공작과 함께 등장한 것이었다.

백발에 가까운 은색 머리인 디에르고 공작은 깔끔한 느낌의 짙은 남색 코트를 입고 있었지만 워낙 귀티가 줄줄 흐르는 사람이었다.

파티의 규모가 꽤 큰 편이라 젊고 어린 귀족들도 많이 모였음에도 불구하고 디에르고 공작의 주변에만 조명을 비추는 것처럼 그는 눈에 확 들어왔다.

"……와."

나도 모르게 감탄을 자아내고 있는데 누군가 내 턱을 손끝으로 잡아 고개를 돌렸다.

"나와 얘기 중이었는데, 솔레아."

"아……. 죄송합니다. 근데 저희 아버지가 오셨잖아요. 그리고 전하도 곧 춤을 추셔야 할 거고요."

티온의 귀환을 축하하는 파티니 그는 누군가에게 춤을 청해야 했고, 이 자리에서 가장 고귀한 사람인 황녀가 제일 먼저 요청을 받을 것이 뻔했다.

황녀는 한쪽 눈썹을 비스듬히 올리더니 창 너머의 티온을 뚫어지게 바라봤다.

카라샤펠 황녀의 파란 눈에 냉정한 기운이 감돌았다.

"알았어. 네가 언제 나를 랏샤라 불러 줄지는 모르겠지만 기다려 보지."

말을 끝낸 황녀는 몸을 돌려 테라스를 나서려다가 잠깐 멈추더니 부드럽게 웃으며 뒤돌았다.

"그리고 친구가 되고 싶단 말은 진심이었어. 물론 지금도."

싱긋 웃으며 카라샤펠 황녀는 그대로 테라스를 빠져나갔다.

나는 벙찐 채로 그녀가 남기고 간 손수건을 쥐고 가만히 서 있었다.

아니, 이 사람아.

황권 다툼 하는 후계자가 공작가에 들락거리면 당연히 그런 뜻인 줄 알지.

누가 진짜 친구 하자는 줄 알겠어요. 그리고 처음 만났을 때부터 내가 공작이 될 걸 염두에 두고 자길 지지하라고 말했으면서.

그러면 뭐, 처음엔 베르고가 필요해서 접근했는데 나를 보는 순간 첫눈에 반해서 친구가 되고 싶은 마음이라도 생겼단 거야 뭐야.

말도 안 되는 소릴 하고 있어.

짜증이 살짝 나긴 했지만 지금 이렇게 속으로 황녀 뒷담화를 하고 있을 때가 아니었다.

나는 테라스에서 빠져나와 연회장 건물의 외벽에 있는 계단을 빠르게 올라갔다.

좋은 아이디어가 생각났는데 시간이 없었다. 티온이 바로 춤을 청하진 않겠지만 그래도 빨리 올라가야 했다.

가장 높은 창문 근처까지 올라오고서야 나는 숨을 고르며 정령들을 불러냈다.

"얘들아, 나와 봐."

'우리?'

'우리?'

'나?'

'얘들이랬잖아! 우리지!'

'우리가 누구야'

'나는 나인걸!'

'누구도 대신하지 말아.'

'너 왜 갑자기 노래를 불러?'

'임시 주인 일기장에 써 있던데? 나는 나인걸 누구도 대신하지 말아! 라고 불러야 돼!'

'나도 알아! 봤어!'

"뭐? 내 노래방 애창곡이 왜 일기장에 있어? 아니, 그게 아니라 지금 너희가 해 줄 일이 있어."

아시아의 별 얘기는 나중에 하고 지금은 조명이 필요했다.

"너희 빛 쏠 수 있지? 정령이 한 거 들키면 안 되니까 조명인 것처럼 보여야 돼."

'그런 거 우리 잘하지!'

'우리 잘해!'

'우린 못하는 거 없어!'

정령들이 또 저들끼리 신이 났는지 목소리를 높였다.

여러 명의 아이들이 한꺼번에 떠드는 것처럼 순식간에 주변이 왁자지껄해졌다.

"자, 집중의 박수를!"

"짝짝짝!"

동시에 모습을 드러낸 정령들이 박수 세 번을 치며 내 시야 바로 앞까지 날아올랐다.

"티온한테? 조명 무슨 색?"

"우리는 모든 색 다 할 수 있어! 빨간 노을색! 주황 노을색! 노랑 노을색! 보라 노을색!"

"왜 노을 얘기만 해! 나는 하얀 조명이 좋아!"

"그럼 너 혼자 다 해!"

"이씨!"

티격태격하던 정령 둘이 갑자기 달라붙더니 치고받고 싸우기 시작했다.

"자, 그만. 그만하세요. 조명은 혼자서 못 해. 그러니까 친구들끼리 싸우지 말고 잘 해결해야 돼. 너희 손잡고 화해해."

"……미안해."

"미안해."

둘의 싸움을 말린 나는 분위기가 잠잠해지자마자 다시 정령들을 집중시킨 뒤 말했다.

"조명의 색이 너무 자주 바뀌면 사람들이 오히려 마력량을 궁금해하며 더 집중할 거야. '어디에서 온 마력이길래 이렇게 양이 많지?' 할 거라고. 너희는 물론 대단하지만 난 들키면 안 되잖아. 무슨 말인지 이해했지?"

"응!"

손바닥만 한 정령들이 동시에 고개를 끄덕였다.

"빛의 세기는 적당하게. 티온이 사람들 눈에 확 들어올 정도로. 자, 여기서 보면 티온 보이지?"

창문을 통해 티온을 확인한 정령들은 확신에 찬 눈으로 나를 바라봤다.

"할 수 있어! 임시 주인! 우리가 할 수 있어!"

"그래, 너희만 믿을게! 여기서 보다가 티온이 카라샤펠 황녀님한테 손 내밀면 그때 빵! 하고 쏘는 거야."

"응! 우리가 할게!"

마침 티온의 옷은 조명발을 잘 받는 흰색이었다.

나도 슬쩍 창문을 통해 연회장 안을 들여다봤다.

사람들은 신경 쓰지 않는 척 서로 얘기를 나누고 있었지만 모두들 춤이 시작되길 기다리는 눈치였다.

그런데 티온은 주변을 둘러보기만 할 뿐 황녀에게 춤을 권하지 않았다.

쟤 대체 뭐 하는 거야. 기다리는 사람이라도 있는 건가?

몇 분이나 지났지만 티온은 황녀의 근처에 다가가지 않았다.

멀찍이 선 채로 주변을 둘러볼 뿐이었다.

"왜 저러는 거야."

초조해진 내가 손톱을 물어뜯기 시작하자 정령들이 다시 수선을 피워 댔다.

"사람 무서운 티온!"

"낯가리는 티온!"

"숫기 없는 티온!"

"숫기가 뭐야?!"

"······수컷의 기운?"

"그런 거였어?!"

"그런 거구나! 수컷의 기운!"

"티온한테 수컷의 기운이 없어?"

"······불쌍해."

"불쌍한 사람. 우리가 마력 조금 주자!"

"좋아!"

또 저들끼리 이상한 결론을 낸 정령들이 갑자기 빛을 모으기 시작하더니 창문 너머 멀찍이 아래에 선 티온을 향해 쏘기 시작했다.

"잠깐만! 애들아! 아직 아니잖아!"

"하지만 티온은 숫기가 없는걸!"

"수컷의 기운이 없는걸!"

불퉁한 얼굴로 볼을 잔뜩 부풀린 정령들이 나를 쳐다봤다.

얼른 티온을 보자 그는 갑자기 제 머리 위로 쏟아진 흰 조명에 당황한 듯 주춤거리며 뒤로 물러났다.

어린아이 머리 크기만 한 커다란 주먹을 꽉 말아 쥔 티온은 대단히 화가 난 것처럼 보였다.

주변 사람들이 주춤거리며 조금씩 그와 거리를 두기 시작했다.

여러분. 그 사람 지금 긴장한 거예요.

숫기 없다는 걸 알고 나니까 제대로 보이네.

나는 한숨을 내쉰 후 정령들에게 말했다.

"숫기 없다는 건 쑥스러움이 많다는 뜻이야. 내향적이라는 뜻이라고."

"하지만 저렇게 쑥스러움이 많은데 사람을 어떻게 죽였지?"

"아! 처음 보는 사람이라서 죽였나 봐!"

"그런가 봐!"

"낯을 많이 가리니까 친해지기 전에 죽였구나!"

이상한 결론을 내린 정령들이 또 와자지껄 떠들기 시작했다.

"집중의 박수를!"

"짝짝짝!"

나는 다시 정령들을 집중시키고 말했다.

"전쟁은 정치적 이유가 있으니 그랬겠지. 물론 사람을 죽인 건 잘못된 일이지만 그곳에선 상대를 죽이지 않으면 자기가 죽으니까. 그러니까 티온을 미친 살인마로 만들지 마. 낯 가려서 친해지기 전에 죽였다니 그게 말이야, 똥이야."

"응!"

"응!"

"응!"

"대답은 동시에 한 번만 하면 돼. 그러니까 여기서 쭉 보다가 티온이 춤 요청하면 그때 빛 쏘면 돼. 알았지?"

"응!"

"그래. 나 내려간다!"

"응!"

정령들만 두고 가는 게 걱정되었지만 이대로 위에서 가만히 지켜보고만 있을 순 없었다.

티온이 안 움직이는 이유가 분명 있을 텐데.

가서 한마디라도 해야겠어.

황녀의 자존심 문제도 있으니까 안 친한 사람일지라도 일단 황녀와 춤을 춰야 한다고 말해야지.

나는 빠르게 발걸음을 옮겨 다시 연회장으로 향했다.

커다란 문을 열고 안으로 들어서자 몇몇 사람들의 시선이 나를 향했다.

그들 중 한 명은 다른 사람들보다 머리 하나 반은 더 큰 티온이었다.

깔끔하게 세팅된 잿빛 머리카락 아래의 피처럼 붉은 눈은 잔뜩 일그러져 있었다.

관자놀이 옆 흉터까지 구겨질 정도로 인상을 찌푸린 험악한 표정의 티온은 나를 보더니 고개를 갸웃거렸다.

그러곤 품 안에서 안경을 꺼내 눈에 썼다.

찡그려졌던 그의 미간이 곧게 펴지며 입꼬리가 올라갔다.

마치 안심이라도 한 것처럼 티온은 미미하게 웃으며 나를 지그시 응시했다.

그가 묵직한 발걸음을 옮겨 내게 다가왔다.

뭐, 뭐야. 왜 나한테 오지?

티온은 내 앞에 멈춰 서서 오른손을 내밀며 작게 말했다.

"……춤……."

"뭐?"

"춤 같이 추자."

"어? 나랑?"

당황한 눈동자가 제자리를 찾지 못하고 위아래로 흔들렸다.

그때 완벽히 타이밍을 맞춰 티온의 머리 위로 하얀 조명이 반짝하고 환하게 켜졌다.

바닥에 깔린 하얀 타일 덕분에 반사광까지 받은 티온의 얼굴이 환하게 빛났다.

"티온. 나 춤 잘 못 추는데."

"아……. 응. 미안."

올라가 있던 티온의 입꼬리가 아주 느리게 다시 내려갔다.

어쩐지 몹쓸 짓을 한 기분이었다.

천천히 내려가는 오른손을 나도 모르게 덥석 붙잡고 말았다.

"그냥 추자. 최선을 다해 볼게."

그제야 티온은 안심한 듯 나를 힐긋 보곤 귀를 빨갛게 물들이며 고개를 얕게 끄덕거렸다.

아이고, 우리 쁘띠 불곰. 어떡하려고 이래.

슬쩍 황녀를 바라보자 그녀는 입가에 지은 미소를 지우지 않은 채 묘하게 굳은 시선으로 티온을 바라보고 있었다.

역시, 황족이라 자기가 제일 먼저 시선을 받지 않으면 화나는 거구나.

돈 많고 권력 있는 사람들은 다 저런 식이니까.

하……. 망했다. 내 거래처. 내 광고 모델.

속으로 쓴 눈물을 삼키며 티온과 함께 연회장 한가운데로 걸어갔다.

티온은 조심스러운 손길로 내 손을 맞잡고 작게 속삭였다.

"나도 잘 못 춰."

"……나만 할까."

난 이런 격식 있는 자리에서 춤추는 게 처음이라고.

배워 둘 걸 그랬다.

지난번 황녀 전하의 탄일 파티에선 그레이와 춤을 추려던 순간에 애런 황자가 말을 거는 바람에 그 자리에서 나와 버렸고, 그 이후론 내내 바빠서 춤을 배울 시간이 없었다.

초조한 내 눈빛을 봤는지 멀찍이 서 있던 그레이가 악단이 있는 곳으로 다가가 지휘자의 귀에다 뭐라 속삭였다.

뭘 주문하든 내가 춤을 출 수 있을 리 없는데.

걱정이 가득한 얼굴을 봤는지 티온의 낯빛도 어두워졌다.

"……아가씨. 그냥 쉬셔도 돼요."

"왜 또 존댓말을 해, 티온. 그런 거 아니야. 좀 걱정돼서 그래. 춤추기 싫은 거 아니니까 아가씨라고 부르지 마."

"응."

가까이 선 티온이 안경 너머의 새빨간 눈을 살짝 접으며 미미하게 웃었다.

그 순간, 음악이 흐르기 시작했다.

굉장히 느린 음악이 물 흐르듯 부드럽게 연주됐다.

티온은 자연스럽게 나를 리드하며 속삭였다.

"나 잡고, ……발만 따라와."

"어, 으응."

나도 모르게 발을 보기 위해 고개를 숙이자 티온이 작은 목소리로 나를 불렀다.

"나 봐. 아가, ……솔레아."

아가 솔레아가 뭐야.

픽 웃으며 티온을 올려다보자 그는 눈을 위로 치켜떠 버렸다.

"보라며. 왜 눈을 피해."

대답은 없었지만 내 허리에 둘려 있는 바위 같은 팔은 충실히 제 역할을 해 냈다.

박자에 맞춰 나를 끌고 갔다가 몸을 돌리고, 다시 당겼다가 풀기를 반복했다.

생전 처음 춤을 춰 보는 나도 주춤주춤 따라서 발을 옮기며 춤을 출 수 있을 정도의 느린 음악과 간단한 동작이었다.

춤을 꽤 춘 것 같은데 음악이 끝나지 않았다.

그러다 갑자기 음악이 빨라졌다.

"어? 뭐, 뭐야?"

당황해 주변을 둘러보려는 찰나, 누군가 내 손을 잡아채더니 몸을 획 하고 돌렸다.

그레이였다.

"형. 이제 파트너 바꿔야지."

"……아, 그래."

한 걸음 물러선 티온에게 씩 웃어 준 그레이는 빨라진 음악에 맞춰 발을 빠르게 움직이며 나를 팽이처럼 돌렸다가 획 하고 당겼다. 얼결에 뱅그르르 돌면서 제자리로 돌아와 허리를 뒤로 꺾으며 그레이의 팔에 기댔지만 그것으로 끝나지 않았다. 이놈이 기어이 한 곡을 빼곡히 춤출 작정인지 가만히 있지 않고 쉴 새 없이 발을 이리저리 옮겼다.

"나랑 발 반대쪽으로, 그렇지. 엇갈리듯."

"아니, 무슨, 춤을 이렇게 춰!"

"빠르면 신나 보이니까 티 안 나고 좋잖아."

하지만 큰 음악 소리에도 무대에 나와 춤을 추는 사람은 없었다.

그때 부채로 입을 가린 채 수군거리는 사람들이 보였다.

……또 욕하고 있는 거구나. 속이 상했다.

나 때문인데. 오빠들이 입양아라서 그런 게 아니고, 베르고 가문이 교양이 없어서 그런 게 아니라 내가 춤을 못 춰서 그런 건데.

나는 또 남에게, 이토록 다정한 이 가문 사람들에게 폐를 끼쳤다.

즐겁던 기분이 푹 꺼지듯 가라앉았다.

〈2권에서 계속〉

공녀고 나발이고 집에 간다고

1판 1쇄 찍음 2022년 12월 12일
1판 1쇄 펴냄 2022년 12월 22일

지은이 | 단 디
펴낸이 | 정 필
펴낸곳 | (주)뿔미디어

기획·편집 | 김산혜 박경희 권지영 전유정 오유징
표지 디자인 | 소 징

출판등록 2002년 9월 11일 (제1081-1-132호)
주소 | 경기도 부천시 소향로 17, 303(두성프라자)
전화 | 032)651-6513 **팩스** | 032)651-6094
E-mail | scarlets2012@hanmail.net
블로그 | http://blog.naver.com/dahyangs

값 13,000원

ISBN 979-11-6973-099-0 04810
ISBN 979-11-6973-098-3 04810 (세트)